La última mirada
de Goya

JAVIER ALANDES

La última mirada de Goya

Primera edición en TuBolsillo: junio de 2025

Diseño de cubierta: Eva Mutter
Adaptación para esta edición: REGA
Grabado: *El sueño de la razón produce monstruos,* Francisco de
Goya, 1799

PAPEL DE FIBRA
CERTIFICADA

Copyright © Javier Alandes García, 2023, 2025
Autor representado por la Agencia Literaria Editabundo, S. L.
© de esta edición: TuBolsillo (Grupo Anaya, S. A.), 2025
Valentín Beato, 21
28037 Madrid

ISBN: 979-13-87739-02-7
Depósito legal: M. 6539-2025
Printed in Spain

A todos los que seguimos pensando
que no hay nada mejor que una buena historia

Prólogo

Solo el crujido de las pisadas sobre el suelo de gravilla quiebra el silencio que reina en el cementerio. La pequeña comitiva ha sido puntual a su cita de las nueve de la mañana. La encabeza Joaquín Pereyra, cónsul español en Burdeos, que, al fin, ha conseguido los permisos tras diez años de burocracia, peticiones de audiencias y despachos cruzados entre el gobierno español y el francés. Incluso tuvo que ser necesaria la intervención del rey Alfonso XII pocos meses antes de su muerte, cuatro años atrás, para que esa misión en el cementerio de La Chartreuse se haga realidad esa fría mañana de octubre de 1888.

Pereyra camina a paso rápido. Tras él, José Cisneros, secretario del consulado, y a varios metros de distancia les siguen el director del cementerio, dos testigos llamados por este, un notario para levantar acta y los tres operarios que, cargados con escalera, palas y palancas, hacen lo que pueden para mantener su ritmo.

A esas horas de la mañana, y aunque el otoño está siendo suave en el sudoeste francés, la humedad del río Garona cala hasta los huesos. El relente todavía es visible en las losas de piedra que flanquean el camino. Losas con nombres y fechas que Pereyra ha visto infinidad de ocasiones. Diez años atrás despertaban su curiosidad, ahora ni siquiera vuelve la mirada hacia ellas.

Diez años.

Diez años son los que han pasado desde la muerte de su esposa. Un catarro, propio de esa maldita humedad, que se convirtió en pulmonía y se la llevó en apenas un mes. Pereyra, siempre orgulloso de su carrera diplomática, cayó en una profunda depresión que le llevó a renegar de aquella Burdeos de pronto hostil para él y desatender sus obligaciones como cónsul. Su único deseo era dejar correr los días en silencio, uno tras otro, frente a la tumba de su esposa. Esas jornadas bañadas en lágrimas junto a la losa con el nombre de la única mujer a la que había amado grabaron a fuego en su memoria todos los detalles del, para él, funesto cementerio de La Chartreuse.

Todos los días, invariablemente, abandonaba los asuntos oficiales que requería su cargo para acudir al cementerio, que recorría en largos paseos hasta que llegó a conocerlo como la palma de su mano. En esas caminatas reparaba, casi sin pretenderlo, en las muchas curiosidades, de todo tipo, que puede albergar un camposanto. Arquitectónicas, con esa amalgama de estilos de sus muchos panteones, erigidos al gusto de las familias que ordenaban construirlos; cronológicas, debido a la convivencia de tumbas con varios siglos de antigüedad; e incluso artísticas, pues muchas de las lápidas estaban profusamente adornadas con artesanales grabados en piedra.

Fue así como reparó en él.

La confluencia de dos calles del cementerio estaba rematada por un monolito circular de piedra blanca, de apenas un metro y medio de altura, que señalaba una cripta. En la piedra, tan solo dos palabras: «A Goya».

Joaquín Pereyra acababa de encontrar la tumba de uno de los mayores genios de la pintura universal.

Francisco de Goya había fallecido en Burdeos, en abril de 1828, y allí mismo fue enterrado sin que, desde España, ni su familia ni el gobierno reclamaran sus restos. Un vestigio de tiempos pasados, el protagonista de una época de la que ya se había pasado página; héroe para unos y traidor para otros. España se había olvidado de él.

Y supo que esa sería su misión, su último gran servicio, el colofón a su brillante carrera diplomática: convencer al Gobierno español de la necesidad de recuperar los restos y repatriar el cuerpo del pintor. La subida al trono de Alfonso XII y la Constitución de 1876 lograron que en España se respirara un ambiente liberal que hizo ver con buenos ojos la propuesta de Pereyra. Sí, Goya debía descansar en España; el cónsul había conseguido que se volviera a considerar al pintor como el patrimonio nacional que nunca dejó de ser.

Ahora, en esa fría mañana, diez años de trámites acababan allí, en ese dieciséis de octubre de 1888, sesenta años después de la muerte de Francisco de Goya. Esa misión le había mantenido con vida tras el fallecimiento de su esposa, le había permitido volver a encontrar algo que daba un sentido a su existencia. Ha llegado el momento de saborear su triunfo, de recoger el fruto de todo ese trabajo y volver a España con todos los honores.

El cónsul, acompañado de su secretario, llega al monolito que corona la cripta, allí donde el fotógrafo y su ayudante han montado la cámara. Los ha contratado personalmente para inmortalizar su momento de gloria. El carromato que utilizan para almacenar las planchas y realizar el revelado, tirado por un caballo viejo, se encuentra a una docena de metros, con todo el material preparado. Pereyra asiente con satisfacción mientras se estira la levita y se quita el sombrero de copa para secar con un pañuelo la fina capa de sudor que se ha formado en su frente. El resto de la comitiva les alcanza y el director del cementerio ordena a los operarios que procedan.

Con las palas limpian la tierra que se ha sedimentado con el paso de los años y las malas hierbas que dificultan el trabajo. Pereyra se acerca a observar, pero el director del cementerio le detiene y le pide que espere junto a su secretario y a los dos testigos a unos metros. Las palancas logran levantar la losa lo suficiente como para que los tres empleados puedan arrastrarla y dejar un hueco por el que introducen una escalera que se apoya en el suelo de la cripta. Uno de ellos comienza a bajar y su compañero le pasa un candil.

Los segundos se le hacen eternos a Pereyra, que juega con la tapa de su reloj de bolsillo, donde todavía conserva un pequeño retrato de su esposa.

—*Mon dieu!* —se oye, alterada y cavernosa, la voz del operario que está bajo tierra.

Pereyra mira a su secretario con cara de circunstancias. «Mal asunto.» Este hace un gesto con la mano, pidiéndole que mantenga la calma. El fotógrafo ha comenzado a trabajar y solo se oye el chasquido del magnesio con cada instantánea y el ligero chirrido del cambio de plancha.

La cabeza del operario asoma por la cripta y hace un gesto al director, que camina hacia donde están sus hombres. Pereyra le sigue, pero el director se gira y con una mirada lo dice todo. «Este negocio, de momento, sigue siendo mío». Pereyra aprieta los labios y respira hondo para tratar de contener la impaciencia.

El director llega hasta la cripta y se acuclilla para que el operario le hable al oído. Asiente varias veces y gira la cabeza para mirar a su hombre a los ojos. Este es quien asiente en ese momento y le entrega un objeto a su jefe. El director se incorpora, se mesa el bigote y camina hacia Pereyra llevando en su mano derecha lo que el operario le ha entregado: una gorra abombada de cuero marrón.

—Señores… —comienza a decir en un buen español con acento francés—, esto es bastante… *inhabituel*.

—¿Inusual? —se impacienta Pereyra—. Defina «inusual», Monsieur.

—En la cripta no hay solo un féretro con restos —el director pasa la vista por el corrillo que se ha formado en torno a él—. Hay dos. El segundo, sin identificación.

—¿Dos féretros? —pregunta el secretario del consulado.

—Por llamarlos de algún modo. Apenas son dos vulgares cajas de madera.

—¿Quién podría estar enterrado junto a don Francisco de Goya? —Pereyra no imaginaba ese giro.

—No lo sabemos. Habrá que mirar en los registros. —Con corporativismo profesional, el director trata de proteger a sus antecesores en el cargo—. Pero eso no es todo… Las cajas han sido profanadas. —Hace un silencio para que sus palabras sean digeridas por el resto del grupo—. Están abiertas, hay algunos huesos fuera de ellas. Y al cuerpo de Goya… —Baja la mirada, no sabe cómo decirlo.

—¿Qué le ocurre? —pregunta Pereyra con temor.

—Pues que, por el momento, no van a poder trasladarlo a España. Tengo que dar parte de que falta… —es en ese momento cuando el director del cementerio entrega al cónsul español la abombada gorra de cuero marrón— su cabeza.

13

Pereyra y el resto del grupo se asoman a la cripta y, boquiabiertos, contemplan la sádica profanación. El notario se afana en tomar nota para levantar acta. La cripta es un vertedero de huesos esparcidos por el suelo. Uno de los esqueletos, vestido con traje negro que es poco más que un harapo, pero que curiosamente mantiene su corbatín en bastante buen estado, conserva las extremidades inferiores en su caja, mientras que la parte superior del cuerpo se descuelga por fuera del féretro hasta tocar el suelo. Como un invitado a una siniestra boda de ultratumba que hubiera bebido más de la cuenta.

El otro inquilino de la cripta, en cambio, vestido solo con un hábito de ermitaño que ha resistido bastante bien el paso del tiempo, está tirado en el suelo, con el esqueleto intacto, pero sin la cabeza. Ambos están descalzos; comprueban que los zapatos del cadáver vestido con traje están dentro de su caja: ahí debieron de quedar cuando la carne que los sujetaba dejó de existir. Pero el cuerpo vestido con hábito y sin cabeza parece que fue enterrado con los pies desnudos, que asoman por los bajos de su curiosa vestimenta.

Todo ese horror se disipa en la mente de Pereyra cuando le golpea la realidad: no va a poder cumplir su objetivo de repatriar los restos del gran pintor. Ya se puede ir despidiendo del regreso triunfal a España y de ese retiro dorado que tenía en mente.

La escena queda inmortalizada por el fotógrafo y su ayudante.

Con la gorra de cuero en las manos, el cónsul se gira y su vista se pierde en el paisaje de lápidas. «¿Qué demonios ha ocurrido con la cabeza de Goya?»

La imagen de un Pereyra desencajado es la última instantánea que el fotógrafo toma esa mañana.

Primera parte

1

—Buenos tiempos para ganar dinero, Niño.

—Malos tiempos para pensar en llegar a viejo —respondió este, escéptico.

—Anda, tómate un vino y no seas agorero. —Declercq llenó un vaso y lo puso ante él—. Niño… —lo pronunciaba en un mal español, con acento francés, de manera que de su boca salía algo parecido a *ninió*—, lo único que nos pertenece es el momento presente.

—Sabes que no bebo cuando estamos de servicio.

No había clientes en la taberna de la rue Charlemagne aquella noche. Tan solo los hombres, repartidos en varias mesas, que se encargaban de la protección de los diez políticos del partido doctrinario del marqués de Lafayette, que estaban reunidos a puerta cerrada en la sala de la chimenea. Calientes junto al fuego, esperaban novedades de las elecciones legislativas que se habían celebrado ese mismo día, y hablaban de las primeras decisiones a tomar en caso de victoria.

«El Niño» era Diego Girard, veintitrés años. Mitad francés, mitad español. Su padre había sido cañonero en el *Fougueux,* uno de los barcos franceses apresados por la marina británica en Trafalgar. En una de esas sucesiones de acontecimientos que nunca se sabe si son para bien o para mal, el barco fue tomado por los ingleses y, debido a su mal estado, remolcado en dirección a Gibraltar. Gracias a esta decisión, sus tripulantes se libraron de un seguro hundimiento en batalla, dadas las condiciones en las que se encontraba el navío. Sin embargo, los hombres no dejaban de preguntarse qué suerte correrían en manos de los británicos. No hubo oportunidad de despejar sus dudas: una tempestad, mientras se dirigían remolcados al Peñón, acabó por hundir el *Fougueux*. Y los tripulantes del navío inglés, preocupados por no irse ellos también a pique, soltaron amarras y decidieron que la diosa Fortuna se ocupara de las quinientas ochenta y dos almas del barco francés. Solo veinte sobrevivieron, que llegaron a las costas de Cádiz en un pequeño bote. Entre ellos estaba Louis Girard, el padre de Diego.

Encontró trabajo como mozo de una pensión en Chiclana, y no tardó ni dos meses en dejar embarazada a la hija de los dueños. Tuvo que huir de la pensión y del cuchillo jamonero del padre de la chica y, para intentar reunir el dinero que le permitiera volver a Francia, se vio obligado a buscarse la vida. Cosía redes de pesca, encalaba fachadas o cargaba carretillas como peón de albañil. El poco dinero que conseguía llevarse al bolsillo se le iba en pagar una pequeña habitación en la casa de una anciana viuda que había tenido a bien aceptarle como inquilino. Y en las noches de taberna:

Y en una taberna de Sancti Petri fue donde le encontró, meses después, la esposa del dueño de la pensión. Cargaba con un bulto envuelto en una manta y, sin mediar palabra, se lo entregó a Louis. Era un niño.

La joven madre había muerto en el parto y el dueño de la pensión, preso de la ira y el dolor, ordenó a su mujer que se deshiciera del bebé. La mujer regresó diciéndole al marido que lo había dejado en la puerta del convento de las clarisas, pero no era verdad; lo había dejado a cargo de una nodriza, para que lo amamantara mientras ella trataba de buscar al padre. Si ese niño tenía que ser abandonado a su suerte, que se encargara de hacerlo el desalmado que había dejado embarazada a su niña. Ella no quería mancharse las manos y ser juzgada por Dios.

—¿Tiene nombre? —preguntó Louis.

—Diego, como mi marido —dijo la mujer antes de irse por donde había venido, ya en paz con el Altísimo.

Louis apareció por la casa de la anciana viuda que le alquilaba la habitación con el bebé entre sus brazos, sin tener la más remota idea de lo que hacer con él. Doña Virtudes se hizo cargo de la situación y al día siguiente llevó al niño al orfanato de la marquesa de Coto Alto, donde había servido como voluntaria durante muchos años. En deferencia a ella, la directora accedió a quedarse con el niño.

Bien es cierto que Louis jamás se desentendió de la criatura. Iba a visitarlo los días que libraba y preguntaba por su salud y su desarrollo. El chico era fuerte e iba a salir adelante.

Metida entre ceja y ceja la idea de volver a Francia, Louis sacó a Diego del orfanato en 1810, cuando el niño contaba cinco años, para viajar a un Madrid tomado por el ejército francés donde reinaba José Bonaparte, el hermanísimo. Con sus credenciales de cañonero de marina, Louis tenía la esperanza de encontrar puesto en algún destacamento de artillería.

No fue así.

Solo consiguió colocarse como limpiador de caballerizas de una división militar, retirando paladas de estiércol todo el día y con un pequeño salario que apenas le permitía alquilar la habitación de una pensión para él y Diego. Lo poco que sobraba lo gastaba en vino y putas; después, volvía por las noches a la pensión dando tumbos y con los bolsillos pelados y se acostaba a roncar al lado de su hijo que, más por la lástima que la dueña le tenía que por otra cosa, ya había cenado como pago por sus labores de recadero.

Era imposible que Louis ahorrase para volver a Francia. Y, sin embargo, la ocasión se presentó en 1814, con la retirada del ejército francés tras la abdicación de José Bonaparte y la victoria española en la guerra de Independencia. La vuelta de todo aquel contingente de soldados era una operación logística descomunal, y necesitaba de mucha gente. Entre otros, de quienes se ocuparan de los caballos. Todo el mundo le decía que era una locura llevar a un niño de nueve años en aquella expedición que tenía que atravesar los Pirineos, pero ¿qué otra cosa podía hacer Louis?

Diego se ganaba su jornal abrevando los caballos o cargando con cubos de avena y alfalfa. Louis se dio cuenta de que aquellas semanas estaban siendo terribles para el niño: caminaba durante el día —a no ser que alguien se apiadara y le dejara hueco en algún carro— y cuidaba de los caballos por las noches. Pero también veía cómo aguantaba ese duro ritmo de trabajo y se forjaba en él un carácter fuerte y voluntarioso.

Se establecieron en París, donde, gracias a una recomendación firmada por su jefe en las caballerizas del ejército, Louis encontró trabajo como mozo de cuadras en la gendarmería del barrio de Pigalle. Habían vuelto a Francia, sí, cumpliendo el deseo de Louis durante los diez años anteriores, pero poco cambió su vida respecto a la que tenían en Madrid: vivían en una cochambrosa buhardilla donde tenían que proteger la comida de las ratas, y en sus noches de borrachera Louis se gastaba hasta su último céntimo.

En 1816, con once años, Diego entró a trabajar en un taller textil cargando en carros grandes bobinas de telas cuyo destino eran las sastrerías y los talleres de confección. Era un trabajo agotador para cualquiera, infernal para un niño. Las pocas monedas que ganaba se las entregaba a su padre para ayudar en el pago del alquiler y en la comida, pero Diego pronto se percató de que sus monedas acababan en bolsillos de taberneros y prostitutas y, cuando el dueño pasaba a cobrar el alquiler, la mayoría de las semanas Louis no tenía con qué pagar.

Diego era carne de cañón. Su futuro era trabajar por un salario miserable hasta que unas fiebres o una pulmonía se lo llevaran al otro barrio, como a tantos jóvenes como él.

Una mañana de abril de 1818 se despertó y sintió algo extraño. Se había dormido antes de que llegara su padre, pero en ese momento sí notaba la curvatura de su peso en el catre que compartían. Lo extraño era que no roncaba.

No, no roncaba. Tampoco respiraba. Louis llevaba puesta la misma ropa del día anterior, tenía el rostro hinchado y amoratado y una mancha de sangre se extendía desde su costado izquierdo hasta más allá de la mitad del colchón. En una reyerta, o quién sabe si un atraco, se había llevado una puñalada en las costillas y había conseguido, solo Dios sabía cómo, llegar hasta la buhardilla y tumbarse al lado de su hijo. Pero no despertó.

Junto al cadáver de Louis, Diego tuvo que tomar la primera gran decisión de su vida. Sabía que su casero le echaría de allí y que, además, tendría que dar parte de la muerte, soportar preguntas y ver cómo se llevaban los restos en una carretilla para echarlo a una fosa común. No deseaba ser testigo de todo aquello. Se limpió la sangre de su padre de las manos, empaquetó en un hatillo sus escasas pertenencias, se metió al bolsillo unas pocas monedas que este escondía y se fue. Sin más. El casero encontraría el cadáver y sería su problema. Bastante mala vida le había dado aquel al que llamaba padre. Con solo trece años, Diego salió a las calles de París dispuesto a cambiar su rumbo.

Ese día ya no se presentó al trabajo en la fábrica textil. Fue directo a las inmediaciones de la catedral de Notre-Dame, donde sabía que operaba la banda de delincuentes juveniles de *dents de plomb* Durand. Cuando estuvo frente a él y vio su asquerosa boca, supo de dónde provenía aquel sobrenombre. Con las pocas monedas que llevaba en el bolsillo, Diego compró el derecho a poder dormir durante una semana en un colchón en el suelo, bajo el techo del podrido cobertizo donde Durand reunía a su banda de maleantes. Una semana. Si pasado ese tiempo no daba beneficios, iría a la calle.

Por «dar beneficios» el hombre de los dientes de plomo se refería a traer cada noche dinero u objetos de valor que Diego hubiera conseguido robar durante el día. Una quinta parte de lo robado le correspondería a él; el resto era para Durand.

Metiendo manos al descuido en los bolsillos de viejas que caminaban por el mercado, rajando hatillos de viajeros con una navaja o haciéndose un experto trilero, la semana se convirtió en un año en el que Diego, sin embargo, no olvidó nunca que seguía siendo carne de cañón, como el resto de chicos. Porque cualquiera que se percatase de que estaba siendo robado podía lanzarle una cuchillada, o podían pillarle los gendarmes y meterle con los presos comunes en La Conciergerie, donde la carne joven era apreciada hasta que ya no servía para nada.

Diego Girard sabía que caer solo era cuestión de tiempo. Pero no contaba con Jacob Cordier.

—Entonces, Niño…, ¿quieres el vino o no? —volvió a preguntar Declercq.

Diego dejó atrás sus recuerdos para responder de nuevo que no, pero unos golpes en la puerta de la taberna le interrumpieron y alertaron al grupo de guardaespaldas que lideraba. El tabernero salió de detrás de la barra para ver quién podía ser y Diego aprovechó para ajustarse las cintas de cuero que sujetaban las dos pistolas que llevaba a los costados.

—¡Hay disturbios y vienen hacia aquí! —anunció un escuálido hombre en cuanto traspasó la puerta.

El grupo de guardaespaldas, entre los que sobresalía Diego por ser el más joven y porque sacaba media cabeza al resto, le rodeó ávido de noticias.

—Los monárquicos se saben perdedores —explicaba el hombrecillo mientras trataba de recuperar el resuello—, y el rey ha echado a la calle a sus perros. Se han enterado de que aquí hay diputados liberales y vienen a por ellos.

Carlos X, que sería el penúltimo rey de Francia —y último de los borbones—, sabedor de que el partido monárquico que le representaba y mantenía sus privilegios iba a perder esas elecciones, había maniobrado para que sus seguidores salieran a las calles y provocaran un caos que dificultara el recuento. Pero, como siempre ocurría con las turbas descontroladas, las cosas se le estaban yendo de las manos.

—Pignon, sácalos de ahí —ordenó Diego, señalando la puerta cerrada de la sala de la chimenea—. Cada uno que ponga a salvo al suyo.

—¿Los llevamos a sus casas? —preguntó Declercq, al que el vino no le había hecho perder la compostura.

—No, serían presa fácil. —Diego miró a sus nueve compañeros—. Os los lleváis al cobertizo del muelle y los escondéis. Mañana iremos viendo.

—Esto no le va a gustar a Cordier —aventuró Pignon mientras caminaba hacia la sala donde se reunían los diputados.

—Ya me apañaré yo con él —contestó Diego al tiempo que se ponía el abrigo—. Laferrat, los carruajes.

Diego, como mano derecha de Jacob Cordier y responsable de aquella misión, se hizo cargo de la situación. No se podía permitir perder a ninguno de los diez políticos a quienes protegían, ya no por el valor de sus vidas —que también—, sino porque situaciones como aquella determinaban la revalorización de los servicios de protección que brindaba la empresa de Jacob Cordier o la total pérdida de confianza de los clientes en un negocio tan lucrativo. Y él no iba a permitir eso.

Laferrat, otro de sus hombres, salió a la puerta de la taberna con un candil. Oteó hacia el final de la calle e hizo la seña acordada abriendo y cerrando tres veces la puertecilla que descubría la llama. A los pocos segundos todos oyeron el sonido de los cascos de los caballos. Los tres carruajes habían entendido la señal y seguido las instrucciones de acudir a la puerta de la taberna.

—Señores, disculpen, pero tenemos que sacarles de aquí —anunció Diego nada más entrar en la sala de la chimenea.

—Aún no hemos terminado —contestó cortante Cyrille Bastien, un cincuentón orondo, mano derecha del marqués de Lafayette y diputado de mayor rango de los presentes. Además, era el hombre a quien Diego debía proteger personalmente.

—Monsieur, es una noche de disturbios y un grupo de partidarios monárquicos viene hacia aquí. —El Niño no perdía la calma y se dirigía a su protegido de forma exquisita—. Es aconsejable que terminen sus asuntos mañana.

—¿Y qué nos importan esos disturbios? Para eso están ustedes. —Bastien desafiaba a Diego ante el silencio de los demás.

—Nuestro trabajo es protegerles, no enfrentarnos a una multitud —insistió este.

—Pues haga su trabajo, ya que nosotros estamos haciendo el nuestro. —Y Bastien se sentó de nuevo en la silla dejando patente que no iba a moverse de allí.

Diego cerró los ojos e hizo una inspiración profunda. Se sabía el centro de atención de todos los presentes. Y no era momento de dudar.

—¡Vamos! —se giró hacia sus compañeros—. Coged cada uno al vuestro, de la pechera si hace falta. Tres por carruaje, el último que espere al mío —señaló a Bastien—. ¡Ya!

Cuando las órdenes venían del Niño, el grupo actuaba sin pestañear. Cada guardaespaldas se dirigió hacia el diputado que tenía asignado e, inmunes a sus quejas, comenzaron a arrastrarlos hacia la salida. La indignación se dejaba ver en algunos de ellos, pero el alivio también estaba presente en los rostros de otros.

—Os subís a los estribos, pistolas cargadas en mano. —Diego seguía dando órdenes en voz alta—. Ya sabéis adónde hay que llevarlos.

El primer carruaje salió con tres diputados en su interior y los guardaespaldas subidos a los laterales, mientras el segundo se iba completando.

—¡Vámonos! —Diego oyó desde dentro la voz de Pignon, que daba la orden al cochero del segundo transporte y respiró un poco más tranquilo. Solo quedaba Cyrille Bastien en la sala. Con toda parsimonia, para demostrar que allí era él quien mandaba, recogía los papeles de la mesa.

—Monsieur, por favor... —Diego seguía sin alterarse—. Debemos salir ya.

—No puedo dejar estos documentos aquí. Sería fatal que cayeran en las manos equivocadas.

—¡*Ninió!* —Declercq gritó desde la puerta—. ¡Ya están aquí!

Cuando Diego iba a contestar, una piedra atravesó la ventana de la taberna haciendo volar añicos de vidrio. El hueco abierto dejaba ver las antorchas del grupo causante de los altercados y permitía oír los gritos y soflamas que vociferaban contra los liberales. Aquello tenía pinta de ir a acabar muy mal.

—¡Declercq, marchaos! —gritó Diego mirando a Bastien. Este se quedó de piedra al oír la orden de Diego: era una sentencia de muerte.

Declercq no protestó. Todos sabían de qué iba aquel negocio, y cuando las cosas venían mal dadas solo quedaba aceptarlo. Al fin y al cabo ellos se jugaban la vida todos los días y, en cuestión de clientes, mejor muerto uno que cuatro. El último carruaje partió y Cyrille Bastien vio cómo se esfumaba su vía de escape.

—Pero… —Bastien estaba pálido, la sangre no le llegaba al rostro— ¿cómo ha ordenado eso? —balbuceó con voz apagada.

—Es lo que usted me ha obligado a hacer —dijo Diego con dureza—. Ha cavado solito su tumba. Y la mía, claro.

Sin perder un segundo fue hasta la mesa ante la cual estaba Bastien, cogió los papeles, los tiró con presteza al fuego y levantó con una mano al hombre cogiéndole de las solapas de la levita mientras metía la otra bajo el cuello de su propia camisa. Rebuscó hasta dar con una medalla que pendía de una cadena de plata. San Martín Caballero. Sin siquiera mirarla, como en un acto reflejo, se la llevó a los labios, la besó y volvió a guardarla.

—Detrás de mí —ordenó mientras sacaba las dos pistolas de debajo de su abrigo—. Ponga sus manos en mis hombros y no se le ocurra separarse.

En su camino hacia la puerta, Diego hizo un gesto al tabernero para que se escondiera detrás de la barra. Cuando salieron a la fría noche, todo el grupo de alborotadores ya se había completado y formaba un semicírculo frente a ellos. Doce pudo contar. Únicamente sus antorchas iluminaban la escena, aquella noche los faroleros no habían hecho su ronda. Atraídos por el follón, varios vecinos curiosos se habían asomado a las ventanas. Diego vio cómo uno de ellos apagaba la vela que llevaba en la mano para no llamar la atención.

—Vaya… —un hombre casi tan alto como Diego, vestido con una elegante chaquetilla a juego con su chaleco y cubierto con un sombrero de tres picos, tomó la voz cantante—, el muchacho de Cordier.

Diego tenía sus armas empuñadas, pero no apuntaba con ellas; sabía que una actitud abiertamente hostil no iba a beneficiarles. Por el momento. Tenía los brazos doblados en un ángulo recto, haciendo que el cañón de las pistolas mirara al cielo. Podía sentir el temblor de las manos de Cyrille Bastien en sus hombros.

—No sé quiénes sois ni me importa. —Se esforzó en no levantar la voz para intentar parecer tranquilo—. Nos dejáis marchar y aquí no ha pasado nada.

—Tú puedes irte, no tenemos nada contra ti —respondió el cabecilla.

—Se lo agradezco —Diego intentó no sonar demasiado irónico—, pero me pagan por proteger a este hombre —movió la cabeza hacia atrás, señalando a Bastien, sin perder de vista a los hombres que le rodeaban.

—Estás protegiendo a un traidor, ¿lo sabías?

—Te protegería también a ti si me lo ordenaran. —Pasó a tutear a aquel hombre mientras sus ojos se movían de izquierda a derecha, tratando de controlar el más mínimo movimiento—. Es solo una cuestión profesional.

—Está bien, si eres un profesional, ya sabes lo que hay. —Sonrió—. ¡Traédmelo!

El disparo sobresaltó al grupo de hombres que comenzaban a acercarse a Diego y el instinto les obligó a detenerse. Cuando la humareda de la pólvora de una de sus pistolas se disipó, el cabecilla del grupo estaba tendido en el suelo, dos metros más allá de su posición inicial, con un agujero a la altura del corazón.

Diego, impasible, se guardó en el costado la pistola que había usado y apuntó hacia el grupo con la otra.

—¡Hijo de puta! —exclamó uno de los hombres cuando reparó en lo que acababa de ocurrir—. ¡Os vamos a despedazar aquí mismo!

—Es posible —respondió Diego—, pero os juro que al menos uno de vosotros acompañará a vuestro amigo. —Y señaló con la cabeza al tipo que yacía sin vida en el pavimento—. ¿Quién quiere ser el afortunado?

Midiéndose a todos aquellos hombres con la mirada, y sin dejar de apuntarles, Diego comenzó a avanzar hacia un lado. Sabía que era fundamental mantenerlos a todos a la vista. De la cintura del pantalón sacó un cuchillo y lanzó dos movimientos para hacer recular a uno que se estaba acercando demasiado. Podía sentir en el rostro el calor de sus antorchas.

—Camine hacia atrás —le dijo a Bastien cuando lograron hacerse hueco.

Al aterrado diputado le costó varios pasos acompasar el ritmo con Diego, pero al fin comenzaron a alejarse de la puerta de la taberna. No había otro plan que continuar caminando como los cangrejos, sabiendo que aquellos hombres iban a seguirles a la espera de su oportunidad. La única posibilidad era encontrar abierta la puerta de alguno de aquellos edificios para poder atrincherarse y, con un poco de suerte, aguantar hasta que amaneciera.

Pero el mundo se le cayó a Diego cuando, a su espalda, comenzó a oír los gritos de otra patrulla de partidarios monárquicos que se acercaban por detrás.

—*Fils de putes…* —masculló Diego. Sabía que estaban perdidos. La jodida profesionalidad iba a acabar con él.

—¡Venid! —Uno de los del grupo alentaba a los compañeros que llegaban por la espalda de Diego. Estaban a apenas cien metros—. ¡Grossellard está muerto! —Y Diego sintió cómo la marabunta de retaguardia se alborotaba y profería insultos hacia él. Cerró los ojos y exhaló el aire que llevaba aguantando varios segundos. Estaban muertos.

Pero el mismo mundo que se había cerrado hacía solo unos segundos volvió a abrirse en forma de sonido de cascos de caballo sobre los adoquines. Un carruaje, veloz, iba directo hacia ellos. El embozado cochero que dirigía desde el pescante se detuvo bruscamente a espaldas de Cyrille Bastien, colocándose entre los dos grupos de exaltados que querían acabar con Diego.

—¡*Niniò*! —gritó—. ¡Arriba! Si no me llego a beber el último vino, no encuentro el valor para volver a por ti.

Bastien abrió la portezuela del carruaje y saltó dentro. Declercq hizo restallar el látigo sobre el caballo y azuzó con violencia las riendas. Diego pudo cogerse al pasamanos y apoyar los pies en el estribo mientras el carruaje aumentaba la velocidad, yendo de frente hacia el grupo que venía por detrás, que no tuvieron más remedio que apartarse para no ser embestidos. Los hombres comenzaron a correr tras el coche. Diego empuñó con fuerza el arma, apuntó a uno de ellos, que se estaba acercando demasiado, y negó con la cabeza. «Yo de ti no lo haría, compañero». Todos supieron entender su gesto. Dejaron de correr para contemplar cómo el carro se alejaba.

—Me debes una —dijo Declercq a Diego cuando este trepó al pescante y se sentó a su lado—. ¡Estás loco, maldito español! —Y soltó en una carcajada nerviosa toda la tensión que había acumulado en aquellos últimos dos minutos.

2

Burdeos, noviembre 1827

La señora de Montraver hizo sonar la campanita desde el salón de lectura. Allí era donde, rodeada de libros, se refugiaba para dirigir la intendencia de la casa y llevar las cuentas de los negocios de la familia. Las cosas habían ido muy bien aquel año que estaba a punto de terminar: la cosecha de los viñedos había sido espléndida, sus vinos se exportaban a toda Europa y, con los beneficios ahorrados durante varios años, por fin habían podido comprar el paquete de acciones del Banque Industriel, que les aseguraría unas buenas rentas anuales de por vida. El broche de oro a todo aquello sería el evento para el cual, en aquel mismo momento, daba forma en su cabeza a la lista de invitados.

A sus cuarenta y ocho años había llegado más lejos de lo que jamás nadie habría apostado. Hija única de una familia noble venida a menos, su padre apalabró su matrimonio con el hijo de un terrateniente de viñedos. Aunque el joven no le llamaba en exceso la atención, ella aceptó; en aquel momento ya sabía que no se le presentarían muchas oportunidades y su familia política tenía mimbres para hacer una buena fortuna. Solo que no habían sabido hacerla. Ella se iba a encargar de eso, les haría ese favor a cambio de vivir la vida que ambicionaba.

Su primer objetivo fue darle un hijo a ese pobre chico que se pasaba la vida en el campo. Con un descendiente, se aseguraba una posición. Cuando su marido heredó las tierras de su familia, ella ya estaba al mando de todo. Nada de vino al por mayor; fundó las Bodegas Montraver, asegurándose de comercializar un burdeos excelente. De ahí al cielo. Su familia era ahora una de las más acaudaladas de la ciudad, y la compra de las acciones había sido la guinda del pastel. El precio era aguantar a su ignorante marido, que seguía pasando la mayor parte del tiempo en el campo, pero era un coste más que aceptable para alguien como ella, que se había hecho a sí misma tras dejarse unos cuantos escrúpulos por el camino.

—¿Madame? —La sirvienta, con el uniforme negro con cofia y delantal blancos, se presentó al toque de la campanilla. Miraba hacia el suelo mientras se dirigía a ella, tal y como había sido enseñada.

—Tráeme a Juliet —ordenó la señora de Montraver.

Minutos después se presentó en la puerta una tímida joven de precioso cabello rubio oculto bajo la cofia y que también mantenía sus ojos verdes fijos en el suelo.

—¿Me ha hecho llamar, señora?

—Juliet, querida. —La señora de Montraver le sonrió—. Pasa y cierra la puerta. —Mientras decía eso, la señora apartó una de las sillas que había en el lateral de la mesa de caoba, haciendo ver a la joven que la invitaba a sentarse.

Acompañados por el único sonido del péndulo del reloj con carrillón que decoraba uno de los rincones, los pasos de Juliet quedaron amortiguados por la mullida alfombra que hacía de la estancia uno de los lugares más confortables de la enorme casa. Las estanterías, repletas de libros, se distribuían a lo largo de las paredes. La joven tomó asiento con la misma timidez con la que había entrado, juntando las rodillas y posando las manos sobre las piernas. Evitaba que sus ojos se encontraran con los de la señora.

—Te he hecho llamar porque deseo tratar un tema contigo en confianza.

—Usted dirá, señora.

—Mírame a los ojos, por favor —ordenó la dueña de la casa sin dejar de dibujar aquella sonrisa de cercanía—. ¿Cuánto tiempo llevas con nosotros?

—El mes pasado se cumplió un año, señora —respondió Juliet alzando el rostro.

—Un año, vaya. —Sonó como si la señora de Montraver valorara de veras el tiempo que Juliet llevaba a su servicio—. Eso te hace casi de la familia.

—Gracias, señora —contestó Juliet con timidez.

—El caso es que… —la señora de Montraver mantenía esa mirada cómplice con ella por primera vez desde que había entrado a su servicio— a nuestra querida Gretta le quedan, como mucho, un par de años de trabajo. Creo que es un descanso que se ha ganado después de toda una vida con nosotros.

—No cabe duda. —Juliet no sabía dónde quería ir a parar su señora.

—Tenemos que ir preparando a alguien para sustituirla. —Y le guiñó un ojo.

—Pero, señora… —Juliet supo entonces de qué iba todo aquello—, Gretta es el ama de llaves perfecta. No creo poder estar jamás a su altura.

—Tonterías, Juliet. Por supuesto que lo estarás, te has formado durante años para ello. —La señora se recostó en su silla—. Por eso a partir de mañana vas a estar a sus órdenes.

Tienes que aprender todas sus funciones, serás su sombra. Ella te enseñará cuanto necesitas saber.

—Me halaga usted. No sé qué decir.

—No tienes que decir nada, muchacha. —Volvió a sonreír mientras hacía una tranquila pausa—. Aprecia la confianza que te estoy dando y no me falles.

—No lo haré, señora. —Juliet volvió a bajar la vista.

—Gretta está mayor, tiene malas pulgas. ¿Sabrás lidiar con ello?

—Lo intentaré.

—Bien… —La señora cerró uno de los pesados libros de cuentas que tenía abiertos sobre la mesa—. Este sábado daremos una cena para anunciar el compromiso de nuestro hijo con la hija de los condes de Nueupont. Ponte a las órdenes de Gretta, que salga todo perfecto ya forma parte de tus nuevas responsabilidades. —La señora de Montraver volvió la vista hacia sus papeles y pareció concentrarse de nuevo en ellos—. Cierra al salir.

—Señora… —Y Juliet hizo una pequeña reverencia a modo de despedida mientras abandonaba la sala de lectura caminando hacia atrás.

Cuando, tras sus intensos años de formación, los señores de Montraver la contrataron, Juliet Lesson no tenía ni idea del tipo de familia para la que iba a trabajar. Pero ese tiempo le había bastado para darse cuenta de que había pocas familias tan importantes en todo Burdeos, no solo por la enormidad de la casa, por el gran número de personas que trabajaban en el servicio o por la calidad de los invitados que acudían a las recepciones que allí se celebraban. Lo que más llamaba la atención a Juliet, y le hacía apreciar el trabajo que tenía, era la cantidad de personas que se presentaban, con excelentes credenciales, buscando entrar al servicio de los señores. Y cómo

Gretta, con sus malas pulgas, despachaba a todos diciendo que en la casa ya tenían el mejor servicio de toda Francia.

Ama de llaves. Era la persona más importante del servicio, la que gozaba de la confianza y confidencias de la señora, y las manos por las que pasaba cualquier detalle de la casa, por insignificante que fuera. Y ella iba a ser la aprendiz para ese puesto a una edad anormalmente joven.

Gretta, mucho más amable de lo que Juliet la había visto jamás, le asignó una nueva habitación en la buhardilla de la casa. Una habitación humilde, sí, pero para ella sola. Dejaba de compartir dormitorio con las otras cuatro doncellas, dejaba de escuchar sus chismorreos y quejas y se despedía de la preocupación de que pudiera desaparecer alguna de sus pocas pertenencias. Además, ya no iba a vestir el uniforme negro, sino uno igual al de Gretta: falda larga azul cielo y blusa blanca. Y el cabello en un recogido en la nuca, tan tirante que sentía cómo se le tensaba la frente. Aspecto de ama de llaves; Juliet no podía estar más satisfecha. Su padre, allá donde estuviera, se sentiría orgulloso de ver hasta dónde había llegado su pequeña leona.

La recepción para anunciar el compromiso del señorito con la hija de los condes de Nueupont resultó un éxito. La señora Montraver había elegido el menú y Juliet vio cómo Gretta negociaba con los proveedores la entrega de la materia prima, organizaba las cocinas, disponía la mesa e instruía a los miembros del servicio que iban a atender a los invitados.

Se contrató a un reputado chambelán para que anunciara la llegada de los invitados, y fue responsabilidad de Juliet repasar la lista de asistentes, el orden de entrada al gran salón y la recepción de estos para ser anunciados al hacer su entrada. Los condes de Nueupont fueron los últimos en llegar, dejando que la prometida accediera sola a la recepción, tras ser anunciada, para recibir un atronador aplauso. El cuarteto de cuerda que amenizaba la ocasión abordó una solemne pieza mientras los señores de Montraver, acompañados de su hijo, hicieron un brindis con champán para dar comienzo a la velada.

Juliet, en un segundo plano, no pudo evitar fijarse en que la joven pareja era un calco de los señores de Montraver: ella, resuelta y con mirada inteligente, y él, tímido y algo sobrepasado por la situación. A sus familias parecían no importarles las diferencias de carácter entre los prometidos, sino lo provechoso que el enlace resultaría para todos. Unos por dejar a su hija en una maravillosa posición económica, y los otros por conseguir para su hijo un título nobiliario. La señora de Montraver, que estaba exultante ejerciendo de perfecta anfitriona, incluso presentó a Juliet a varios invitados como su ama de llaves en formación. Esta, bien adiestrada en protocolo, supo mantener la vista baja y hacer las reverencias oportunas.

Ante la melodía de los violines, las lámparas de araña con todos sus candiles encendidos y la elegancia de anfitriones e invitados, Juliet sintió que jamás había asistido a nada tan hermoso. Y, aunque ella no pertenecía a ese mundo ni jamás participaría de algo así, se sentía afortunada y agradecida por poder vivir de cerca ese cuento de hadas.

Ya de vuelta en su dormitorio, todavía sentía el corazón acelerado después de la tensión y los nervios acumulados. Gracias a Gretta todo había salido a la perfección, e incluso esta había agradecido a Juliet su ayuda, pues ambas recibieron una felicitación de la señora cuando los invitados se marcharon y el resto del servicio comenzaba las labores de limpieza y recogida. Juliet se desvistió para ponerse la bata de dormir y, sentada frente al pequeño tocador de su humilde y frío dormitorio, se soltó el cabello sintiendo el alivio que su cabeza

36

reclamaba desde hacía varias horas. Apagó el candil cuando se metió bajo la gruesa manta, pero seguía sintiendo los latidos de su corazón en los oídos. Se obligó a cerrar los ojos y tratar de respirar de forma serena y, cuando parecía que su cuerpo se relajaba y el sueño comenzaba a invadirla, creyó escuchar unos ligeros golpes en la puerta. Sin saber si podía ser una mala pasada de su cansada mente, decidió no hacer caso y seguir buscando el sueño.

Pero los golpes se repitieron, esta vez con mayor intensidad.

A oscuras, con apenas los reflejos de la luna entrando por la ventana de la habitación abuhardillada, se levantó para abrir, alarmada por si pudiera haber ocurrido algo en la casa que reclamara su presencia.

Jamás hubiera imaginado con quién se encontraría ante ella.

Mathieu, el señorito, sostenía una vela en un platillo de plata. Estaba vestido con sus ropas de dormir, pero sin el gorro, y con los pies descalzos para hacer el menor ruido posible.

—¿Señor? —Aunque los ojos de Juliet se dirigían al suelo, su voz denotó la sorpresa de aquella visita.

—Ya estoy aquí, Juliet —dijo él con cierta aceleración mirando a ambos lados del oscuro pasillo—. Déjame pasar.

—No comprendo, señor… —acertó a balbucear mientras el recién prometido se colaba en la estancia.

—Cierra la puerta, vamos. No querrás que nadie nos vea.

Sorprendida y asustada, Juliet obedeció sin saber de qué iba todo aquello. Mathieu dejó la vela sobre la pequeña mesa del tocador y grotescas formas oscuras aparecieron de inmediato en el techo abuhardillado.

—¿Qué… qué puedo hacer por usted, señor? —Juliet había cerrado la puerta, pero no avanzó ni un solo paso, temblando con una mezcla de frío y terror.

—¿No conoces tus funciones?

—Sí… —La voz apenas le salía.

—Entonces no tengo que explicarte qué hago aquí. Estás a mi servicio. —Y Mathieu se tumbó en el camastro golpeando este con la palma de la mano—. Ven.

Una agria sensación, mezcla de miedo y asco, comenzó a subir por el estómago de Juliet hasta hacerle sentir el sabor de la bilis en su garganta. El corazón volvió a desbocarse, pero esta vez no de emoción y nervios, sino por el terror de no saber qué tenía que hacer. Qué se esperaba de ella. La señora la había hecho depositaria de su confianza y esperanzas, y tenía el ineludible pálpito de que la presencia del señorito Mathieu en su dormitorio iba a tener consecuencias para su futuro.

Su mente barajó las opciones con rapidez: si accedía a la petición del señorito, todo iría como la seda. Con el riesgo de que pudiera convertirse en algo habitual. Si no accedía, podía desencadenarse una tormenta en la residencia Montraver.

Juliet tomó una decisión y volvió a abrir la puerta:

—Señor, por favor, le pido que se marche de mi habitación. —Su voz era baja pero firme.

—¿Tu habitación? —dijo él desde la cama—. Esta casa es mía.

—Entonces, con su permiso, cogeré la almohada y la manta para dormir en el pasillo. —Y, esta vez, la leona que vivía en su interior le hizo levantar el rostro y mirar directamente a los ojos de aquel prepotente muchacho.

El joven negó con la cabeza y masculló entre dientes algo que Juliet no pudo entender. Con gesto de incredulidad, Mathieu se levantó de la cama y tomó su vela. Al pasar junto a ella se detuvo, y los ojos de ambos se encontraron durante unos segundos.

—Te guste o no, esto forma parte de tu trabajo. —Y aprovechando la corta distancia entre ellos, Mathieu echó mano al muslo de Juliet, levantó el camisón y dejó su pierna a la vista.

Juliet lo detuvo con su brazo, estableciéndose un forcejeo que terminó con un arañazo de ella en el dorso de la mano del señorito. El hijo de los señores emitió un grito ahogado, mezcla de sorpresa y dolor, que lo llevó a propinarle a la joven una bofetada en el rostro. El brusco movimiento hizo que platillo y vela cayeran, rompiendo el silencio de la noche.

El sonido debió de sobresaltar a alguna de las doncellas, porque a través de la puerta cercana se oyó atenuado un «¿Hay alguien ahí?». Los planes de Mathieu se habían ido al traste.

—Esto no va a quedar así —dijo en tono de amenaza mientras recogía el platillo y la vela del suelo. Luego, mirándola de arriba abajo con desprecio, salió al pasillo con la mayor dignidad que pudo reunir.

Cuando Juliet cerró la puerta, no pudo contener el temblor de sus piernas.

★★★

—Estoy muy decepcionada, no esperaba este comportamiento de ti —le decía la señora de Montraver desde la mesa de caoba.

Juliet, que no había podido dormir durante toda la noche, trataba de ocultar, mirando hacia el suelo con la vista más baja de lo habitual, tanto las ojeras como la marca que la bofetada le había dejado. La señora le había hecho llamar a la sala de lectura y allí se encontraba también al señorito, que había informado a su madre de lo ocurrido la noche anterior.

—Pensaba que en tus años de formación te prepararon para estos casos —continuó la dueña de la casa.

—¿Qué casos, señora? —preguntó Juliet sin despegar la vista del suelo.

—¡Niña insolente! ¿Cómo te atreves a hablar?

—Quizá todo ha sido una confusión, madre —intervino Mathieu con esas formas toscas y blandas que le caracterizaban. La blanca gasa en el dorso de su mano hacía juego con el encaje del puño de su camisa.

—Vamos a emparentar con la nobleza, Juliet. —La señora creía innecesarias las explicaciones, pero se avino a las palabras de su hijo—. Es algo muy importante para la familia, y vosotros —refiriéndose al servicio— también os beneficiáis de ello. Trabajaréis en una casa con título nobiliario.

Juliet permanecía en silencio, porque no acababa de comprender los razonamientos de su empleadora.

—Mi hijo tiene que demostrar que es todo un hombre la noche de bodas y, siguiendo con la estricta educación que le hemos dado, no conoce mujer. —Todo eso lo dijo la señora de Montraver pensando que su hijo era un inútil, lo que no dejaba de ser cierto—. Daba por hecho que conocías esos pequeños… asuntos.

—Para eso están los burdeles —dijo Juliet con todo el respeto que le debía a la señora en sus formas, pero con toda la rabia que le producía aquella situación.

—Muchacha ignorante… —la señora de Montraver la miró con cara de asco—, ¿crees que vamos a permitir que vean a nuestro hijo en un lugar así?

El sabor a bilis volvió de nuevo a la boca de Juliet, pero esta vez no se lo tragó. En aquel preciso instante lo comprendió todo: la promesa de ser la futura ama de llaves, la confianza de la señora e incluso la amabilidad de la insoportable Gretta no tenían más objetivo que el de meterla en la cama con el señorito. Para que él «hiciera sus prácticas» porque se había encaprichado de ella. Todo era una gran mentira. Y ella había sido tan tonta de creérsela. Ama de llaves, valiente ingenua.

La fiera que llevaba dentro le hizo alzar la vista y mirar directamente a su señora.

—Entonces..., ¿prefiere montarle el burdel aquí? —El silencio se hizo en la sala porque la dama no supo responder a aquella afrenta—. Conmigo no cuente.

—¡Estúpida desagradecida! —La señora de Montraver se puso en pie de repente con un gesto de odio que Juliet jamás había visto—. ¡Estás despedida!

Juliet se llevó las manos a su cabello, se deshizo el recogido y balanceó la cabeza para que su melena rubia volviera a su posición natural.

—No, señora, usted no me despide. Me voy yo. —Y, dando la espalda a la dueña y a su hijo, abrió la puerta de la sala de lectura—. Yo vine aquí a trabajar de doncella —les lanzó una última mirada—, no a ser una puta.

3

Madrid, noviembre 1827

—¿Y de dónde dice que ha salido esto? —preguntó Calomarde, ministro de Gracia y Justicia, dando un golpe despectivo con la mano a la hoja de papel.

—Se ha repartido por todo Madrid, señor —respondió Benigno Malumbres, su solícito secretario, mientras se ajustaba sus lentes redondas

—¿Quién lo ha impreso?

—Lo desconocemos. Aparecen imprentas ilegales por doquier.

—¡Pues ciérrelas, diantres! —Para el ministro la solución era bien sencilla.

—No es tan fácil, señor. —Malumbres odiaba no tener la respuesta adecuada para su superior—. Ni siquiera sabemos si se ha impreso aquí.

Francisco Calomarde, además de ministro, era, a sus cincuenta y cuatro años, la mano derecha de Fernando VII. Desde su nombramiento, hacía ya tres años, se había encargado de realizar las reformas que pretendían mantener el carácter absolutista del reinado del Borbón. No habían ganado una guerra a los franceses, ni el rey había soportado estoicamente un exilio, para que el germen de las reformas afrancesadas siguiera presente en España. Calomarde había devuelto poder a la Iglesia y a la nobleza, restaurado las Juntas de Fe y reformado los planes de enseñanza para frenar esa maldita corriente ilustrada que recorría Europa. Además, procuraba hacer la vida imposible a los liberales que pretendían restar poder a la corona, pese a que la mayoría había huido de España.

Pero, incluso desde el exilio, los intelectuales liberales seguían haciendo ruido. Sus textos contra las reformas dictadas por Fernando VII —casi todas ideadas por el propio Calomarde—, eran enviados por carta a colaboradores de confianza para que fueran impresos y distribuidos por la capital. Era la única manera que habían encontrado de intentar hacer llegar sus ideas al pueblo español y que este pudiera darse cuenta de quién reinaba y cómo pretendía mantenerlos en la ignorancia.

El último libelo que circulaba por las calles de Madrid, y que Benigno Malumbres había llevado aquella mañana al despacho del Palacio Real de su superior, venía firmado por Rogelio Valdés y contenía, con ese aire poético que tanto gustaba a la gente, versillos tan denigrantes como: «Calomarde es calamar que, con sus tentáculos, llega hasta donde ni siquiera se atrevería a alcanzar el propio rey. Pone y quita piezas para encalomar sus ideas, y encaramar su persona a la derecha del trono, para que el felón le acaricie el lomo». Inaceptable.

—¿Tenemos localizado a Rogelio Valdés? —El ministro se recostó en el respaldo de su asiento y se aflojó un poco el corbatín.

—Está en Burdeos, señor. —Para eso sí tenía respuesta su secretario—. Hay un buen grupo de exiliados allí, muy activos.

Francisco Calomarde se puso en pie y, dando la espalda a Malumbres, se quedó en silencio mientras contemplaba la vista desde el gran ventanal de su despacho. La demolición de las villas medievales que había frente a la fachada principal del palacio estaba casi terminada, y la nivelación del terreno, que había firmado de su puño y letra, comenzaba a dejarse ver. El plan urbanístico contemplaba que aquello fuera una gran plaza ajardinada —se llamaría «plaza de Oriente»— que haría ganar en relevancia y majestuosidad al Palacio Real. Al otro extremo de la plaza se situaría el Teatro Real, cuyas obras iban, según el arquitecto, al ritmo previsto. Aquel templo de las artes escénicas iba a hacer palidecer de envidia a las casas reales de toda Europa.

Benigno Malumbres sabía que no debía interrumpir al ministro cuando este reflexionaba; sus ataques de cólera eran legendarios. Mientras contemplaba la espalda del segundo hombre más poderoso del país, recortada en la ventana y enmarcada en los pliegues del voluptuoso cortinaje, se dio cuenta de que Calomarde había cogido peso. La camisa le rebosaba ligeramente por debajo del chaleco y su trasero llenaba el pantalón, tan ceñido que, aunque era la moda, le hacía parecer un poco ridículo. En los códigos de Malumbres, coger peso era señal de acomodamiento. Un hombre que apenas duerma, se olvide algunos días de comer y trabaje catorce horas al día por el país no cogerá peso.

Benigno Malumbres no solo era su secretario, sino el hombre de confianza del ministro. De orígenes muy humildes, siempre tuvo claro que su vida no estaba en aquel pueblo manchego en el que había nacido y en el que solo se podía malvivir de la tierra. Sus padres reunieron una pequeña cantidad de dinero para enviarlo a Madrid a estudiar Derecho. Alojado en casa de una tía lejana, poco a poco el joven Benigno comenzó a hacer contactos en la capital redactando escritos legales para hombres cada vez más poderosos.

Una vez licenciado, tuvo la fortuna de que un conocido mediara para que pudiera ocupar un puesto de pasante en el ministerio. Y Malumbres supo que no debía dejar escapar esa oportunidad. Su talento era innato, pero tuvo que pisar más de una cabeza para ir ascendiendo. Cuando ya había tocado el que hubiera sido su límite como funcionario, el matrimonio con una de las hijas del notario real le permitió romper de un golpe ese techo y hacerse un nombre. Una vez que el rey designó a Calomarde ministro de Gracia y Justicia, este quiso rodearse de hombres que no estuvieran manchados por el poder y los sobornos. Y ahí estaba Malumbres. Con cuarenta y tres años, había jugado sus piezas de forma magistral.

—Confisque todos esos panfletos —le ordenó por fin el ministro sin girarse.

—Señor, con todos los respetos… —el secretario medía sus palabras—, eso es como poner puertas al mar.

—¡Me da igual! —Esta vez Calomarde sí se giró, y su rostro no era amable—. ¡Como si tiene que vallar la ciudad! Haga controlar el correo que llega desde Francia, ponga a trabajar a sus espías para saber dónde se imprime, registre casa por casa si es necesario…

—Sí, señor. —En ese momento era imposible razonar con aquel hombre.

—Su majestad no puede enterarse de esto.

—Así se hará.

—Ahora salga, por favor. —Calomarde volvió a su asiento—. Infórmeme de los progresos.

***

El sonido de los pasos de Malumbres se oía en los pasillos del ministerio. Era un eco que resonaba al pisar sobre las losas de

45

mármol que pavimentaban el interior del palacio. En su opinión, el ministro se equivocaba al pretender que los panfletos difamatorios se dejaran de repartir, eran demasiado populares entre los seguidores liberales. Si había acudido a él, era porque el último, el que iba firmado por Rogelio Valdés, contenía palabras especialmente duras contra el propio Calomarde. Pero eran muchos los textos que circulaban por Madrid y que, entre risas, iban calando en el pueblo. Incluso semanas atrás corrió de mano en mano uno que le mencionaba expresamente: «Benigno Malumbres, que de bueno solo tiene el nombre. Y lo compensa con el apellido».

Malumbres se colocó el chaleco mientras caminaba y se ajustó el cuello de la camisa sobre el pañuelo que la cerraba. Él no tenía sobrepeso; el ministerio le producía insomnio y falta de apetito. En la antesala de su despacho estaba el puesto de su ayudante, que transcribía una normativa para colegios que debía publicarse en *La Gaceta de Madrid*.

—Tráigamelo —ladró Malumbres, sin mirar al muchacho, mientras se encerraba en su sobrio despacho. Si el ministro era blando, él no pensaba flaquear.

En su opinión, el ministro Calomarde no veía la perspectiva completa de lo que estaba ocurriendo. Los exiliados liberales podían ser traidores, sí, pero eran algunas de las mentes más brillantes de España. Si sus ideas progresistas y reformistas iban calando entre la gente, quizás hasta el futuro de la propia monarquía pendiera de un hilo. Un alzamiento o un levantamiento —el precedente de la Revolución francesa aún estaba caliente—, guiado por las voces adecuadas, podría derrocar en un día a la frágil monarquía española. Fernando VII no era una lumbrera, desde luego, ni un rey querido por su pueblo; había mentido con sus pactos, hecho ejecutar a héroes de la guerra contra Francia —el Empecinado o Riego, entre otros— y derogado la Constitución de 1812. Lo único que lo mantenía a salvo era la ignorancia en la que vivía el pueblo español y que pelear por dar de comer a los hijos todos los días tenía muy ocupado al populacho. Pero, si alguien conseguía prender la mecha, todo volaría por los aires.

Y demasiado trabajo le había costado a Malumbres llegar hasta allí como para perderlo todo por la desidia del ministro. Un ministro que, por otra parte, tarde o temprano dejaría su puesto y a quien el rey —fuera quien fuera en ese momento— necesitaría sustituir poniendo en su lugar a alguien que tomara las riendas. Él quería ser ministro, así que iba a cerrar aquel asunto con mano dura.

—¡Adelante! —respondió Malumbres a los tímidos golpes de nudillo que habían sonado en su puerta.

Su ayudante abrió y se retiró dejando el paso libre a un hombre corpulento, bastante más alto que el propio Malumbres, que vestía un estilizado abrigo negro, desabotonado a la altura de sus muslos y que dejaba entrever unos ceñidos pantalones de montar cuyas perneras se metían dentro de las botas, negras también. No llevaba sombrero y peinaba su cabello en una coleta, al estilo de la época.

El visitante entró en el despacho y se quedó de pie mirando al funcionario.

—Benítez, déjenos a solas —ordenó Malumbres.

Cuando su ayudante cerró, Benigno Malumbres dejó pasar unos segundos mientras observaba a su visita con la intención de lanzar el mensaje de que aquel era su territorio y era él quien mandaba. Al poco, esbozó una ligera sonrisa y se puso en pie, señalando la silla que había frente a su escritorio.

—Señor Boscoscuro, bienvenido. Su fama le precede.

—*Signore* Malumbres. —El visitante hizo una pequeña inclinación de cabeza a modo de saludo. Lo suficiente para ser cortés, pero lo bastante relajada como para indicar que, aunque se hallara en terreno del funcionario, no obedecía sus órdenes.

Boscoscuro se quitó el abrigo y Malumbres pudo ver que, aunque debían de tener una edad similar, aquel hombre se mantenía en forma; el chaleco, gris oscuro, de doble botonadura, se adaptaba a la forma de su cuerpo, y la camisa blanca dejaba adivinar unos brazos poderosos. Los puños desabrochados indicaban que la elegancia no estaba reñida con la funcionalidad. Tomó nota mental de que, si algún día establecía cierta confianza con aquel hombre, debía preguntarle por su sastre.

Mientras se sentaba en la silla que el funcionario le había ofrecido, Boscoscuro echó un vistazo profesional al despacho. Aunque amplio, se podía considerar humilde para ser el del secretario de un ministerio. Libros, montones de papeles y varios tinteros se agolpaban sobre la mesa. Los únicos detalles que sobresalían eran un par de cuadros de escaso valor y un pequeño mueble en el que había una trabajada botella de cristal llena de brandy y dos vasos. La ventana daba al patio interior del palacio y se agradecía el silencio que allí se respiraba.

—Es usted difícil de localizar —comentó Malumbres sentándose también.

—Si fuera fácil encontrarme, no estaría haciendo bien mi trabajo —dijo Boscoscuro con una sonrisa y marcado acento italiano.

—En eso —asintió satisfecho Malumbres— le doy la razón.

En efecto, desde su puesto en el ministerio había tenido que mover muchos hilos —y mucho dinero— para poder dar con aquel escurridizo italiano. Al fin lo tenía en su despacho, y no dudaba que le sería de gran utilidad para acabar de raíz con su problema. Se quitó las gafas y las frotó a conciencia con un pañuelo.

—Este no es un asunto oficial, señor Boscoscuro.

—Nunca es oficial. —Sonrió aquel de nuevo—. Si no, no estaría aquí.

—Me alegra que nos entendamos. Verá… —Malumbres carraspeó para aclararse la voz y volvió a ponerse las lentes—, tenemos ciertos «elementos» que están tratando de desestabilizar a la monarquía.

—Es lo que tiene ser rey. —A Boscoscuro le parecía lo más normal del mundo.

—Pero nosotros queremos acabar con eso.

—Cuando dice «nosotros», ¿a quién se refiere? ¿Al ministro?, ¿al rey?

—No veo que sea información relevante.

—*Tutto è* relevante, Malumbres. El primer paso es conocer quién está al tanto del encargo. *Informazione* en muchas manos se escapa de manera fácil.

—Entiendo… —El secretario del ministro se dio cuenta de que no podía ocultar algunas verdades—. Solo yo. Esta operación es solo mía.

—¿Y usted puede pagarla?

—Yo no, pero el ministerio sí. De eso me ocupo personalmente.

—*Mi piace…* Un hombre que se juega su puesto y su reputación por una causa.

—Eso es, señor Boscoscuro. Una causa justa y necesaria —afirmó contundente, y acto seguido comenzó a poner en antecedentes a su interlocutor—. Están circulando por Madrid textos difamatorios contra la corona y el Gobierno. Se imprimen en lugares ilegales y se distribuyen por calles y tabernas. Ya estamos en ello, pero… Solo se puede acabar con un mensaje si se acaba con quien lo envía.

—¿Quién es la fuente? —preguntó el italiano.

—Los liberales exiliados.

—Tiene miedo de que convenzan a la gente, de que el pueblo conozca la *veritá*.

—Son mentiras y calumnias infundadas.

—Yo no juzgo, Malumbres. Trabajo y cobro. —Boscoscuro demostraba un pragmatismo que al funcionario le parecía muy adecuado.

—Por eso prefiero sus servicios a los del señor Espina.

—Ese portugués es bueno, he de reconocerlo. —Boscoscuro no se inmutó cuando Malumbres nombró a su principal competencia, pero detectó la punzada en el estómago.

—Se dice que es más anárquico que usted, más indisciplinado. —Con todo, Benigno Malumbres no quería dorar demasiado la píldora al italiano, por eso añadió—: Además, me han dicho que está ocupado con un asunto en París.

—Si los autores de los panfletos son los intelectuales que *sono fuggiti* a Francia —Andrea Boscoscuro cambió el tercio; hablar sobre Antonio Espina, su principal competidor, no era tema de su agrado—, acabar con todos será imposible.

—No será necesario. Con eliminar a los más activos, el resto pondrá las barbas a remojar.

—Aviso a navegantes… —Sonrió—. ¿A quiénes quiere eliminar?

—A los que sostienen el movimiento liberal más allá de los Pirineos: Leandro Fernández de Moratín, Manuel Silvela y Rogelio Valdés. Están en Burdeos.

—*Bella città*… —Boscoscuro parecía recordarla con agrado—. ¿Muertos?

Malumbres ni siquiera contestó. Se limitó a abrir las manos, mirar por encima de las lentes y hacer un gesto con las cejas. «Obvio».

—¿Veinte mil maravedíes le parecen unos honorarios adecuados?

—¿Maravedíes? No me haga reír... —Sonrió con ironía—. Sus maravedíes no valen nada. Oro, señor Malumbres. Oro. —Boscoscuro se inclinó sobre la mesa—. Esos veinte mil maravedíes, en oro.

Emulando a Calomarde, Malumbres se levantó y se acercó a la ventana para mirar en silencio. Las vistas no eran tan espectaculares como las del ministro, pero para el efecto teatral valía lo mismo. Boscoscuro no tenía en cuenta las rarezas de sus interlocutores, así que esperó a que el funcionario hablara cuando quisiera.

—¿Le gustaría ganar el doble? —preguntó por fin el secretario—. Sería por un trabajo adicional, también en Burdeos.

—¿Dos pájaros de un tiro?

—Considérelo así. —Malumbres seguía dando la espalda a su visitante. Lo que habían hablado hasta ese momento podía responder a razones de Estado. Lo que iba a pedir ahora se salía un poco del guion.

—Soy todo oídos.

—¿Incluiría en el encargo a Francisco de Goya?

—Francisco de Goya..., vaya. —Incluso a Boscoscuro, acostumbrado a los asuntos más turbios, aquello le sonó a disparar demasiado alto. Pero él no juzgaba—. ¿Qué edad tiene?

—Rondará los ochenta.

—Pues sería mejor que la parca hiciera su trabajo y usted se ahorrara el dinero. No le debe de quedar mucho tiempo.

—Eso es asunto mío.

—Como desee… —A Boscoscuro no le importaban los asuntos de aquel hombrecillo—. No sabía que Goya estuviera en Burdeos.

—Sí. Y se junta con los que antes le he mencionado.

—¿Y por qué me va a pagar el doble por matar a un hombre más? Un hombre viejo, además. —Movió las manos dando a entender que era algo innecesario.

—Porque en el caso de Goya, no se trata solo de matarlo. —Malumbres se giró hacia Boscoscuro—. También quiero que le corte la cabeza.

—Eso es… —Boscoscuro buscó la palabra adecuada—, retorcido.

—Y que me la traiga. —Era una orden, no una petición.

El rostro de Boscoscuro no se inmutó —estaba adiestrado para ello—, pero no pudo evitar emitir un ligero silbido. Acto seguido, asintió lentamente.

—Usted paga, usted manda —aceptó—. Pero, *signore* Malumbres, lleva usted mucho odio dentro. Y este consejo es gratis: tenga cuidado, o acabará matándolo.

4

París, diciembre 1827

El carruaje, a paso lento para hacer el menor ruido posible, cruzó el Pont Royal. El cochero prendió el candil que llevaba a su lado y lo colgó de una pértiga para colocarlo unos metros por delante y poder ver un poco más allá. En el margen izquierdo del Sena no había farolas y pretendía evitar cualquier obstáculo. La noche era espesa y, ya de madrugada, la bruma se levantaba junto a las aguas del río dibujando un paisaje fantasmal que le hacía afilar los sentidos.

El coche se detuvo ante los cobertizos del muelle, donde se cargaban y descargaban las mercancías que llegaban a París, y el hombre que abrió la puerta para bajar emitió un quejido al poner un pie en la calle. Su edad, la humedad del río y el frío del ya cercano invierno no le venían nada bien a Jacob Cordier.

Se arrebujó en su abrigo y caminó, apoyado en el bastón, hacia el pescante para tomar el candil que le pasó el cochero. Mientras se alejaba, solo el sonido del bastón contra el suelo y el reflejo de la pequeña llama indicaban a este dónde estaba su jefe. No quería perderlo de vista.

Jacob Cordier dejó a su derecha varios cobertizos cerrados con candado hasta que llegó a uno cuyo candado no se veía.

Estaba cerrado por dentro. Emitió un corto silbido, alargando la última nota, y esperó.

Pasados unos segundos, el ocupante del interior abrió. Cordier levantó el candil mientras el otro retiraba la cadena y, cuando sus ojos se encontraron, el anciano asintió.

Dentro hacía el mismo frío que fuera, ya que al techo le faltaban varias planchas y Diego no podía encender fuego. Pero Cordier comprobó que tenía varias mantas y algunas provisiones de comida.

—¿Cómo lo llevas, Niño? —preguntó mientras se sentaba en un barril y emitía otro quejido de dolor. Dejó el candil en el suelo y atenuó la llama; no quería que ese resplandor en mitad de la noche pudiera llamar la atención de nadie.

—Pues ya ve, jefe. —Diego se sentó en un pequeño taburete y se echó una manta por los hombros—. Aguantando.

—Necesitas un baño —el viejo arrugó la nariz—. Y un buen afeitado.

—Necesito muchas cosas —asintió—, pero espero que esto acabe pronto.

Jacob Cordier, en su juventud, había trabajado en aquellos mismos muelles. Descargaba los productos que su jefe compraba y que llegaban en barcaza hasta allí, y los almacenaban hasta que se cargaran en los carros que distribuirían las mercancías por todo París. Cerveza, pescado, telas, salazones o cualquier cosa que el señor Deveraux pudiera colocar a comerciantes, taberneros, sastres y fábricas. Un negocio próspero que necesitaba hombres jóvenes y fuertes, como era entonces Jacob. Las jornadas eran agotadoras y el trabajo exigente, pero Deveraux pagaba con puntualidad a sus hombres y, aunque era estricto, confiaba en ellos. Pese a que estaba haciendo una pequeña fortuna, era el primero en llegar y el último en irse. Encerrado en su pequeño despacho, rodeado de libros de cuentas, resultaba habitual verle juguetear con la medalla de plata de san Martín Caballero —patrón de los comerciantes— que llevaba al cuello mientras anotaba la contabilidad.

Los días en los que el trabajo se acumulaba y había que echar más horas de la cuenta, Deveraux reconocía el esfuerzo de sus hombres con unas monedas extra o un hatillo con productos de los que hubieran descargado para que en sus casas no se pasara hambre. Sabía que unos trabajadores descontentos podían echar abajo un negocio como aquel, y no estaba dispuesto a permitirlo. Esos detalles eran solo una pequeña parte de sus ganancias, y lo tenía como una buena inversión.

Cuando París estalló en mayo de 1789, todos los operarios temieron que el trabajo flaqueara y pudieran ser despedidos, pero Deveraux les tranquilizó: la chispa que había comenzado con la Toma de la Bastilla prendió en las calles, y una sensación de liberación popular llenaría tabernas y comercios. En efecto, el trabajo aumentó por la creciente demanda de todos los productos con los que él comerciaba y tal vez por ello, más allá de la nobleza y el clero, pronto los promotores de la revolución pusieron su ojo en la clase burguesa.

Las distintas facciones en las que se agrupaban los ideólogos del alzamiento de las clases más humildes abarcaban la más variada gama de actuaciones respecto a aquella boyante clase empresarial: desde el diálogo para la búsqueda de acuerdos dignos para los trabajadores hasta una violenta radicalidad con la que, a golpes y antorchas, se pretendía aleccionar a esos empresarios que explotaban a sus trabajadores a cambio de sueldos de miseria y que se hacían cada vez más ricos.

Los que se presentaron aquel día de octubre de 1789 ante la puerta del cobertizo del señor Deveraux junto al Sena eran de estos últimos. Un grupo de vándalos que, amparados en aquella revolución social, aprovechaban para saquear almacenes textiles o de alimentos. Apostados frente a la puerta, el líder de aquellos dieciocho o veinte hombres pidió a los trabajadores que sacaran al señor Deveraux para llevárselo y que respondiera ante un tribunal popular de cuantas tropelías burguesas pudiera estar perpetrando. Aquel piquete había venido a salvarlos y liberarlos de la tiranía de su patrón.

Avisado Deveraux, salió de su despacho para ver qué demonios ocurría y tratar de calmar los ánimos. Fue entonces cuando el líder dio la orden de que fuera detenido y llevado a prisión a la espera de ver qué se hacía con él. Confiscarían las mercancías que allí se encontraban y los trabajadores podrían llevarse una parte, como compensación por todo lo sufrido. El terror afloró a los ojos del comerciante, que solo fue capaz de sacar su medalla y encomendarse a san Martín Caballero.

Ante la mirada de estupefacción de los trabajadores y el miedo que inundaba al señor Deveraux, los asaltantes, que celebraban la sentencia de su líder, enmudecieron al ver salir del cobertizo a un hombre corpulento que, con un hacha en la mano, les advertía que quien tocara un pelo al señor Deveraux iba a ver esparcidas sus entrañas por todo el muelle. También les dijo que sabía que quizás acabarían con él, pero les aseguraba que antes de eso tres o cuatro viajarían de la mano de su hacha al otro barrio. Pronto el resto de los trabajadores, al ver su firmeza, tomaron cadenas, cuerdas o cualquier otra herramienta que encontraron y se pusieron al lado de Jacob Cordier, protegiendo a Deveraux.

Fue así como los asaltantes acabaron aceptando que aquellos hombres quizá no estaban tan explotados como ellos pensaban, y que tal vez lo aconsejable sería visitar a otro burgués a quien sus empleados no tuvieran tanto aprecio.

Desde ese día, Jacob Cordier no descargó ni un solo barril más. Deveraux comprendió que necesitaba un guardaespaldas, alguien que le acompañara a visitar a sus clientes y en los trayectos entre su hogar y el trabajo, alguien que vigilara su espalda y que velara por su seguridad. En nombre de la revolución, contra la que Deveraux no tenía nada, se estaban cometiendo demasiadas tropelías. Se había salvado una vez, pero no iba a arriesgarse a una segunda.

Hizo que Cordier tomara lecciones de lucha cuerpo a cuerpo y de manejo de espada, cuchillo y armas de fuego. El joven, adiestrado en seguridad personal, comenzó a acompañar a Deveraux a todos los lugares donde sus asuntos le reclamaran, haciendo que, pese a que no había mostrado jamás una inclinación por los negocios, comenzara a aprender de su jefe, admirado de cómo una mente inquieta y avezada podía inventar mil maneras de hacer dinero.

Jacob no tardó en convertirse en la mano derecha de Deveraux. Con los años, esa confianza se amplió incluso a temas personales y Cordier se convirtió en guardaespaldas, secretario, confidente y única familia del comerciante.

Viudo, y sin descendencia, el fallecimiento de Deveraux en 1800 confirmó a Jacob Cordier como su único heredero. Eran suyas una pequeña pero elegante casa señorial en las inmediaciones de Notre-Dame, la empresa en los muelles del Sena y una cierta cantidad económica. Otra parte del dinero, junto con joyas familiares y una modesta colección de arte, fue donada a la beneficencia. Excepto la medalla de plata de san Martín Caballero, que el notario entregó a Jacob Cordier por orden expresa de Deveraux. Aquel día de octubre de 1789 no solo había salvado su vida, sino que había comenzado a considerarle como un hijo.

Jacob Cordier, soltero, vio cómo su vida cambiaba tras la muerte de Deveraux. Aunque no iba a sufrir estrecheces económicas a corto plazo, tenía que procurarse una forma de generar ingresos. Pero, además de que el veneno de los negocios ya había entrado en su sangre, consideraba que todo lo aprendido junto al señor Deveraux, a quien consideraba como un padre, merecía ser continuado para honrar su memoria. Sin embargo, ese deseo de continuar con los negocios no pasaba por hacerlo en la empresa que había fundado Deveraux. Cerró la venta con un competidor con la condición de que se hiciera cargo de todos los trabajadores y, con el dinero obtenido, Jacob Cordier puso en marcha su propio negocio.

París era un caos en aquellos años revolucionarios. Un lienzo formado por girondinos, jacobinos, liberales, monárquicos, pensadores, políticos, radicales, moderados y gentes de todo pelaje que lo mismo un día elevaban a alguien a los altares que al día siguiente lo guillotinaban. En tal tesitura, Cordier supo ver que muchas personas pretendían sobresalir en aquella Francia donde la libertad y el terror iban de la mano. Y todas ellas, aunque todavía no lo supieran, tenían necesidad de seguridad personal.

Cordier comenzó a reclutar hombres —antiguos militares, algún bravucón de taberna y un par de maestros de esgrima y lucha— para formar un cuerpo de guardaespaldas. Invirtió en armas, buenos ropajes, caballos y clases de protocolo y etiqueta. Tenía claro el servicio que iba a ofrecer: modales exquisitos y abundante falta de escrúpulos. Lo que necesitaban aquellos para quienes pretendía trabajar.

Las labores de protección que brindaba se hicieron muy populares en todo París. La demanda subía y a Cordier no le importaba quién le contratara. Lo único importante era que pudieran pagarle: sus hombres se jugaban la vida y debían percibir por ello buenos salarios, por lo que el precio era caro.

El miedo daba mucho trabajo y había que reclutar y formar nuevos hombres de manera continua. Tener la protección de un guardaespaldas de Cordier se convirtió en un signo de prestigio en París, y también en la señal de que quien se acercara a alguno de los clientes que protegían tenía muchas posibilidades de salir con los pies por delante.

Fueron buenos años de trabajo y la fortuna de Jacob Cordier aumentó de forma considerable. Empleaba a unos treinta hombres, seguía viviendo en la elegante casa del señor Deveraux y llevaba una vida discreta y sencilla. Jamás se casó, no tuvo hijos y, aunque nada le faltaba, siempre sintió que no tenía una vida completa.

Una mañana de 1818 Declercq, uno de sus hombres, fue a verle. Cordier tomaba el desayuno que le acaba de servir su doncella. A sus casi sesenta años, ya se permitía algún lujo y había días que se sentía cansado de seguir al frente del negocio. Pero no había aparecido nadie a quien pasar el testigo, alguien a quien confiar aquella labor.

Según le contó Declercq, un rufián había robado la faltriquera al descuido a Sosa, el secretario de Cordier, con la recaudación de las dos semanas anteriores, pues justo acababa de hacer la ronda de cobros. Cuando Sosa se dio cuenta, ya era tarde: el mozalbete huyó a la carrera sin saber que llevaba más de mil francos en aquella bolsa. Quiso la suerte aliarse con Sosa y que el muchacho tropezara en su huida, golpeándose en la cabeza y quedando aturdido en el suelo. Era uno de los ladronzuelos de *dents de plomb* Durand, pero, antes de hacer nada, Declercq quería que Cordier tomara la decisión. Esperaban con el chico a la puerta de su casa.

—Hazlo pasar.

El joven apenas tenía trece o catorce años. Sucio como una rata, flaco, pero alto y fuerte. Las ropas le venían pequeñas y sangraba por una herida en la frente. Le habían atado las manos y lo metieron en la casa a base de cachetazos en el cogote. Cuando Jacob Cordier lo tuvo delante, pudo identificar a uno de esos muchachos sin futuro, carne de cárcel o de cuchillada nocturna. Él podría haber sido uno de ellos si no llega a ser por el señor Deveraux.

—¿Sabes lo que se les hace a los ladrones en los países árabes? —le preguntó.

—Les cortan las manos —respondió el chico con calma, mirándole a los ojos.

—Así lo dicen sus leyes.

—¿Y no dicen nada de los estúpidos que se dejan robar?

Laferrat le dio otro cachete, pero Declercq tuvo que reprimir una sonrisa. El rufián había dado en el clavo: Sosa podía ganar un concurso de estúpidos.

—¿Eres uno de los chicos de *dents de plomb*?

—Sí —respondió el crío—. ¿Qué tiene de malo?

—Para mí, nada. —Cordier se limpió la boca con la servilleta—. Para ti, todo. No te doy más de dos años de vida.

Nada nuevo que el chico no supiera. Pero también nada que pudiera cambiar.

—¿Cómo te llamas? —preguntó Cordier.

—Diego Girard. —El chico agachó la cabeza; el vaticinio de aquel hombre le había afectado.

—Isabelle… —se dirigió a la doncella—, prepare un baño caliente para Diego. Y vístale de manera decente. Cuando huelas como una persona normal, seguiremos hablando, muchacho. —Y Cordier volvió a su desayuno.

★★★

Nueve años habían pasado desde aquella mañana. Nueve años desde que Cordier compró a Durand —a un precio excesivo, eso sí— la libertad de Diego. Nueve años en los que Diego Girard, poco a poco, se había convertido en el mejor hombre de Jacob Cordier. El más educado, el más preparado física y mentalmente. Y el más despiadado.

Los clientes pedían de manera expresa ser protegidos por Diego, a quien no le temblaba el pulso a la hora de disparar. Listo como el hambre, había dado nuevos aires a la empresa introduciendo la novedad de la protección a grupos. Las reuniones políticas, además de necesarias en aquellos tiempos, eran la oportunidad perfecta para que los enemigos de un determinado partido tumbaran varias piezas de un plumazo. Los atentados en grupo se habían vuelto algo habitual en el París de la segunda década del siglo XIX y Diego había estudiado cómo proteger la integridad de los asistentes a aquellas reuniones. Entradas, vías de escape, número de hombres y logística de cada operación. Jacob Cordier encontró en Diego lo que él había sido para Deveraux. Tanto era así que, desde hacía un par de años, era Diego quien, en los momentos complicados, sacaba de su cuello la medalla de plata de san Martín Caballero para besarla.

Ahora, en aquella fría noche de diciembre de 1827, en un cobertizo de los muelles del Sena, Diego y Cordier se miraron en silencio.

Todo había comenzado allí, en aquellos muelles. Y Cordier sabía que, al menos por el momento, allí era donde debía separarse de quien consideraba su hijo.

—Las cosas están mal, Diego. Te buscan por todo París.

—Era él o Bastien. —El Niño encogió los hombros.

—El problema es que el tal Grossellard, el hombre que mataste, era una especie de sobrino lejano del rey.

—Con la de maleantes que andan por París, el gallito tenía que ser de buena familia… —dijo Diego sin emoción alguna en un gesto de fastidio.

—Monárquicos, ya sabes… —Cordier hablaba con calma—. No me negarás que había bastantes posibilidades de que fuera un señorito.

—Pero ya es mala suerte que fuera uno que meara tan alto.

—Mala suerte, buena suerte… —Cordier ya sabía que, en la vida, pocas cosas son lo que parecen.

—Y ahora buscan su justicia, venganza o como quieran llamarle —constató Diego como un hecho natural.

—Así es como funciona. Han contratado a Antonio Espina, el portugués, para acabar contigo.

—Pues estoy jodido.

—Bastante. —Cordier estiró la espalda y varias vértebras crujieron—. No va a parar hasta encontrarte. Pero tus problemas son los míos, y vamos a sacarte de esta.

—Hice lo que tenía que hacer.

—Lo sé. —El empresario levantó el candil para ver mejor la cara de Diego—. Y has salvado el negocio; si a Cyrille Bastien le hubiera pasado algo, nadie hubiera vuelto a contratarnos. Ahora todo el mundo quiere nuestros servicios.

—Casi nos matan por su culpa.

—Pero tú lo evitaste. Y yo te saco de esta aunque sea lo último que haga.

—¿Qué opciones tengo?

—Es sencillo: te quedas escondido aquí y te voy mandando ropa y comida.

—¿Cuánto tiempo?

—Quién sabe… —Jacob Cordier dejó el candil en el suelo—. Quizá la semana próxima el rey tenga que huir y sus partidarios se conviertan en proscritos. O quizá los monárquicos se hagan fuertes en la Asamblea y les permitan ciertas licencias.

—¿Cuánto, Jacob? —Diego insistió con la confianza que tenía con él.

—Un año. Mínimo.

—Joder...

—O... —El viejo dejó la frase en el aire y el Niño le animó a que continuara con un gesto—. Te marchas lejos de París, a un lugar más tranquilo. Y esperamos a ver cómo transcurre la tormenta. Allí no te encontrará Espina.

—No quiero irme, Jacob.

—Ni yo quiero que te vayas. Pero te prefiero vivo.

—Maldito Bastien... —Diego dejó salir la rabia que tenía contenida—. Tendría que haberle cogido de la oreja y sacarle como a un chiquillo malcriado.

—Entonces no habrías dado el servicio por el que nos contratan.

—O tendría que haberle dejado allí.

—*Já!...* —Cordier no pudo evitar reírse—. Entonces no serías tú.

Diego, bien adiestrado por Cordier, conocía de sobra que el trabajo que desempeñaban era peligroso, arriesgado, y que nunca sabías si el servicio que estabas haciendo podría ser el último. Era por ello por lo que los guardaespaldas de Jacob Cordier no estaban casados ni tenían hijos. Al menos que supieran. No es que Cordier se lo prohibiera, en absoluto; pero cuando uno de sus hombres encontraba una estabilidad familiar, era invitado a dejar el trabajo. «La debilidad de un hombre comienza por las personas que ama», le dijo en una de sus primeras lecciones. Y Cordier no se podía permitir debilidades ni dudas.

Ambos eran conscientes de que, con el paso de los años, habían incumplido en cierto modo aquella máxima: el uno era la debilidad del otro. Pero también sabían que la profesionalidad estaba por encima de los sentimientos.

—¿Tú vas a estar seguro?

—Yo voy a estar perfectamente, chico… —Cordier ahuyentó fantasmas con una mano, restando importancia—. Han venido a mi casa, les he dicho que no sé dónde estás, que has huido. Yo no soy responsable de lo que puedan hacer mis hombres mientras cumplen con su trabajo. Con una indemnización a la viuda soluciono mi parte de responsabilidad.

—Siempre y cuando nadie sepa que me estás ocultando.

—Eso es.

—Entonces no hay otra: me marcho de París.

—Me alegra que hayas llegado tú mismo a esa conclusión —sonrió Cordier—. No hubiera querido tener que obligarte.

—¿Lo habrías hecho?

—Diego… —Jacob Cordier lo dijo en ese tono que el Niño tan bien conocía, ese con el que zanjaba los asuntos—. Aguantarás un día más aquí y mañana por la noche Declercq te traerá un caballo, ropa y dinero. No viajes por vías principales y trata de evitar al máximo a la gente hasta que estés lejos.

—No se me ocurre qué haré fuera de París. —Diego se puso en pie y Cordier volvió a pensar en cuánto le recordaba a él de joven. Alto, fuerte, desenvuelto.

—Tómatelo como unas vacaciones. —Esta vez sí sonó como una orden—. Te llevarás dinero para un año. Estudia, pasea, alterna con muchachas…

Diego se resignó e hizo suyas las palabras que Cordier solía repetir con frecuencia: «Buena suerte, mala suerte…, ¿quién sabe?». Si le tocaba empezar una nueva etapa, si tenía que empezar de cero, sería que eso era lo que la vida le tenía preparado y de poco servía negarse a aceptarlo. Buscó la cadena que llevaba al cuello y besó la medalla de plata de san Martín Caballero.

—Por cierto… —le vino a la cabeza de repente—, ¿dónde me voy?

—Bien lejos, está todo preparado. —Jacob Cordier le sonrió como un padre satisfecho—. Te vas a Burdeos, Niño.

5

Burdeos, diciembre 1827

Juliet Lesson había nacido en Ambès, un pequeño pueblo a unos veinte kilómetros de Burdeos. De familia muy humilde, sus padres arrendaban unas tierras en las que trabajar y sacarse un pequeño jornal que mantuviera a la extensa familia. Los Lesson tenían cinco hijos, todos varones, excepto la última. Juliet.

Guardaba un buen recuerdo de su infancia, rodeada de hermanos que la cuidaban y la hacían rabiar a partes iguales. Muy pequeña aprendió las labores del hogar para ayudar a su madre mientras estos y su padre se dejaban la espalda en las tareas del campo. Unos años eran mejores, otros peores, pero jamás faltó un plato de comida en la mesa o una colcha con que abrigarse las noches de invierno. Rodeada de chicos, Juliet forjó un carácter indomable con el que plantar cara ante cualquier desprecio que sus hermanos pudieran hacerle solo por ser la pequeña. Y por ser mujer.

Henri Lesson, su padre, tenía especial debilidad por ella, su pequeña leona. Disfrutaba del privilegio de verla crecer embobado por esa sonrisa que iluminaba el rostro de su niña, por su largo cabello rubio y aquellos ojos verdes del color del río donde solían ir a pescar los domingos. Sabía que, siendo mujer, poco podía ofrecerle, y que, cuando creciera, Juliet solo tendría tres caminos: ingresar en un convento, casarse con alguien que tuviera suficientes tierras como para mantenerla a ella y a los hijos que vinieran, o ser admitida en la escuela de Le Haillan, un pequeño pueblo cercano famoso por su destacada «escuela para señoritas».

Se trataba, en realidad, de un eufemismo que indicaba que allí se formaba a muchachas de clase baja para que entraran al servicio de familias adineradas. Nobles e industriales de todo el sudoeste francés acudían a Le Haillan para, tras un exigente proceso de selección y previo pago de unos buenos honorarios, llevarse a alguna de las alumnas para emplearlas en sus hogares y mansiones, ofreciéndoles así una salida digna al destino que les había tocado en suerte. Que las sirvientas de una casa estuvieran formadas en Le Haillan daba una idea del potencial económico de una familia, otorgaba prestigio.

Cuando el matrimonio Lesson se presentó en la escuela con aquel ángel de doce años, la directora supo de inmediato que ante ella había un diamante en bruto. Habría que pulirla, claro, pero esa niña iba a dar mucho dinero en unos años. Juliet se quedó interna aquel mismo día, por más que no pudiera contener las lágrimas al ver cómo sus padres se alejaban en el carro tirado por el viejo caballo de la familia.

Las risas y rabietas que habían sido su feliz día a día desde que tenía uso de razón se convirtieron en un estricto régimen de formación. Cocina, protocolo, piano, español e intendencia del hogar eran algunas de las áreas en las que se formaba a las señoritas en aquella institución. Todo bajo una disciplina casi militar impuesta por la directora, y sin que se les permitiera tener una estrecha relación con las compañeras. Las profesoras —en Le Haillan no entraban hombres— eran inflexibles y, si no veían progresos, emitían un informe recomendando la expulsión de las alumnas que no cumplían los objetivos.

Durante los primeros meses, Juliet intentó, en muchas ocasiones, hacer méritos para esa expulsión y que la devolvieran a su casa. Llegaba tarde a las clases, contestaba a las profesoras e incluso se peleó en el comedor varias veces. Recibía el invariable castigo de unos días de aislamiento y la charla de la directora, que apelaba a la decepción que supondría para sus padres, pero no era devuelta a su hogar, algo que sí les ocurría a muchas otras alumnas que, por mucho menos de lo que ella hacía, eran expulsadas. Lo que Juliet no acertaba a comprender era por qué esto resultaba tan triste para esas chicas. Era lo mejor que podía pasarles, pensaba.

La directora aguantaba sus maneras de animal salvaje y desafiante solo porque tenía en mente el dividendo que podría sacar si la enderezaba. Hasta que, cuando llevaba ocho meses interna, la hizo llamar a su despacho.

Sorprendida y temerosa por lo que pudiera querer aquella mujer, y con la íntima esperanza de que la dejaran por imposible, Juliet se llevó una sorpresa al descubrir que eran sus padres quienes estaban sentados en el pequeño sillón dispuesto para las visitas. Poco duró su alegría: habían ido a contarle que se trasladaban a París. Su padre y sus dos hermanos mayores iban a ser operarios en una fábrica metalúrgica y existía la posibilidad de que, más adelante, también fueran contratados los otros dos. Henri Lesson no pudo contener las lágrimas, sabía que no tenía más opción que dejar allí a su pequeña leona, y su único consuelo era la seguridad de que su hija tendría un futuro digno gracias a aquella escuela. Sin embargo, en la cabeza de Juliet no había espacio para pensar en ese futuro; hasta ese momento había soportado estar allí gracias a la certeza de que, aunque no viera a su familia, estaba solo a unos kilómetros. Pero ahora, con su marcha a París en busca de una oportunidad, sentía que los perdía de manera definitiva.

Ponían todo un mundo de distancia con ella. Ya no habría lugar al que ir si la expulsaban. Su familia se marchaba. Se sintió traicionada, abandonada y, entonces, el león que llevaba dentro se calmó, pero solo lo hizo por puro instinto de supervivencia.

El golpe definitivo que acabó de aplacar el fuego que pudiera quedarle dentro fue saber meses después, por boca de la directora, de la muerte de su padre en un accidente de trabajo. Por primera vez se sintió en la más absoluta soledad convencida de que la vida que una vez tuvo jamás regresaría. Su camino lo tendría que recorrer ella sola.

Seis años después, cuando los señores de Montraver llegaron a Le Haillan para seleccionar una nueva sirvienta, la directora supo que había llegado el momento de sacar rédito a ese ángel rubio. Había hecho de ella la doncella ideal, la había moldeado a la perfección aplacando su fuego interno. A los dieciocho años, convertida en una dócil muchacha, Juliet abandonó Le Haillan rumbo a Burdeos. Era la primera ilusión que tenía en seis años.

Una ilusión que se hizo añicos la mañana en la que la leona volvió a rugir para decirle a la señora Montraver que a ella la habían educado para ser una doncella. No una puta.

★★★

En una ciudad como Burdeos las noticias corrían como la pólvora. Y más si eran mentira. Juliet Lesson pateaba cada día las calles del centro en un intento de ser recibida por la señora o el ama de llaves de las grandes casas que iba encontrando, sin resultado alguno. Se daba cuenta de que, tras más de un año en Burdeos, apenas conocía la ciudad. También de que sus credenciales como alumna de Le Haillan y su experiencia en la casa de Montraver eran motivos más que de sobra para entrar al servicio de cualquiera de las casas que visitó. Y, con todo, o bien le respondían que no necesitaban a nadie más en la casa, o ni siquiera la recibían.

Estaba buscando otro timbre al que llamar cuando la paró una joven doncella que llevaba una sombrerera en las manos. Había reconocido a Juliet porque la había visto el día anterior solicitando empleo en casa de sus señores. Con cierta vergüenza le contó que, después de que se marchara sin siquiera ser atendida, el ama de llaves comentó que había sido despedida de la casa Montraver por robar piezas de la cubertería. Con toda probabilidad, Gretta, siguiendo órdenes de la señora, había hecho correr ese rumor para que no encontrara trabajo.

Sí, las mentiras corrían de forma muy veloz. Y Juliet se encontraba en una situación límite.

Las cosas no habían sido fáciles después de su despido. Nada fáciles. Una hora después de hacer frente a la señora Montraver, Juliet se había visto con sus escasas pertenencias en la calle. Una maleta con toda su ropa, un pequeño baúl con zapatos, un sombrero, unos pocos recuerdos familiares y el bolso que aferraba contra su pecho porque contenía sus escasos ahorros.

Allí mismo, a espaldas de la puerta de la que había sido su casa, y con la señora Montraver y Gretta todavía observándola a través del gran ventanal, Juliet reparó en que no sabía qué hacer ni tenía un lugar al que ir.

Se detuvo y contempló la vista que abarcaban sus ojos.

Cours d'Alsace et Lorraine era una de las avenidas principales del viejo Burdeos. Se extendía desde la catedral gótica de Saint-André hasta el muelle Richelieu, junto al río Garona, y era la vía natural de tránsito entre el ayuntamiento y las oficinas portuarias. Las familias cuyos negocios dependían de solicitudes y permisos de las autoridades se hacían construir sus mansiones y palacetes a ambos lados de la avenida para poder estar cerca de aquellos lugares que representaban sus valores: negocios, iglesias y vida social. Los Montraver no habían construido su casa, ciertamente, pero la señora supo actuar con habilidad para hacerse con el palacio dieciochesco de una familia noble venida a menos.

Un carruaje pasó junto a ella envolviéndola en una nube de polvo que recordó a Juliet que debía moverse; lo último que deseaba era ofrecer a quienes la espiaban desde la ventana a su espalda que no sabía adónde ir. Pero es que no lo sabía.

Cargada con su equipaje, cogiéndose un pliegue de la falda para levantarla unos centímetros al cruzar la calle y no mancharse el bajo, Juliet decidió que la del muelle era tan buena dirección como cualquier otra. A aquella hora de la mañana los repartidores hacían su ronda, las limpiadoras se afanaban en sacar brillo a las cancelas de hierro forjado y a los grandes portones de doble hoja, las niñeras que empujaban carritos con los bebés de sus señores copaban las aceras y el tránsito de carruajes era intenso en la avenida. Aquella mañana llena de vida era lo que siempre había visto a través de las grandes ventanas de la casa, pero los sonidos eran nuevos para ella, vivos, más nítidos. Antes los recibía amortiguados desde el otro lado del cristal. Ahora el sol de diciembre le calentaba el rostro y le levantaba el ánimo, empujándola a pensar qué podía hacer.

Su primera opción era ir a París a buscar a su madre y, para ello, tendría que tomar un carruaje hasta Angulema y, desde allí, el ferrocarril hasta la capital. Sin embargo, no sabía si con sus ahorros sería suficiente para los pasajes, y tampoco estaba segura de dónde encontrar a su familia. En su última carta, su madre le hablaba de que, gracias al salario de sus dos hermanos mayores, habían podido alquilar un sótano en el barrio metalúrgico. No era gran cosa y la humedad hacía que aflorara moho en las paredes, pero al menos estaban bajo techo. Juliet pensó que cabía la posibilidad de que ya no estuvieran allí y que incluso, visto lo visto, la señora y Gretta le hubieran escatimado alguna carta más que hubiera podido llegar.

Mientras trataba de esquivar, cargada con sus pertenencias, a dos damas que entraban a una sastrería, imaginó qué cara pondría su madre si la viera aparecer por allí. No le cabía duda de que se alegraría muchísimo, pero también, con toda seguridad, iba a preocuparle el hecho de que hubiera perdido el trabajo, tan digno, que tenía en Burdeos. Lo que estaba claro es que lo primero era buscar un lugar donde instalarse, y tiempo habría durante la noche para pensar qué era lo mejor.

Al llegar al cruce con la rue Sainte-Catherine, el tráfico se intensificaba por la confluencia de las dos vías y un guardia se afanaba en dirigirlo. Al mirar a su derecha, Juliet pudo ver el campanario de la iglesia de San Pablo y, a lo lejos, la Puerta de Aquitania, una de las seis puertas de entrada a la ciudad que se conservaban de la desaparecida muralla medieval.

Ver a distancia aquel antiguo acceso le recordó que Camille, otra de las doncellas de la casa Montraver, le había contado que sus tíos regentaban una pensión muy cerca del monumento, en la rue Beaufleury. Puestos a dormir en cualquier sitio, mejor uno del que tuviera referencias, por pocas que fueran. Al llegar a aquel pórtico que daba acceso a la ciudad en tiempos pasados, tuvo que preguntar por la calle en cuestión. Había salido de la parte señorial de Burdeos y recorría callejuelas cada vez más estrechas, donde vivía la gente trabajadora. Los comercios tenían en la puerta grandes sacos de garbanzos, alubias y trigo que vendían al peso, olía a pan recién hecho y las tabernas sacaban mesas y taburetes a la calle, donde los clientes hablaban a voces alrededor de frascas de vino. La tercera pensión de la calle donde preguntó resultó ser la de los tíos de Camille.

Aunque muy modesta, estaba limpia y las habitaciones eran acogedoras. Se trataba de una parada habitual de viajantes de vinos, que acudían a Burdeos a cerrar acuerdos para representar a las bodegas bordelesas a lo largo de todo el país. Los tíos de Camille, aun sabiendo que aquel lugar no era apropiado para una joven sola, se hicieron cargo de la situación de Juliet y la instalaron en una pequeña habitación de la segunda planta. La avisaron, eso sí, de que echara la llave por las noches: no querían tener que lamentar nada que pudiera ocurrir en su establecimiento.

A la mañana siguiente, había tomado una decisión. Su corazón le pedía ir a París en busca de su familia, pero no podía presentarse allí sin trabajo y sin ahorros. El poco dinero que tenía, después de hablar con los dueños de la pensión y que le hicieran un precio especial por ser amiga de su sobrina, le daba para tres semanas de alojamiento. Era absurdo gastar todo su dinero en los pasajes a París y llegar con las manos y los bolsillos vacíos.

Decidió que tenía tres semanas para encontrar un nuevo empleo en Burdeos, tratar de ahorrar lo máximo posible y, una vez que hubiera pasado un año o año y medio, poder viajar a la capital para reunirse con su madre y hermanos.

Sin embargo, nada en sus planes había salido como tenía previsto: ya habían pasado más de dos semanas desde que llegara a la pensión cuando aquella muchacha la paró por la calle para decirle que circulaba el rumor de que había sido despedida de la casa Montraver por robar. Fue entonces cuando Juliet supo que, por mucho que buscara, jamás iba a encontrar un puesto de doncella en ninguna de las grandes casas del centro de Burdeos. Los tentáculos de la señora Montraver eran demasiado largos.

Sintió cómo el suelo se abría bajo sus pies y un escalofrío la invadía: acababa de asumir que no iba a tener más remedio que aceptar el puesto de tabernera del que le había hablado Marcel, el propietario de la pensión. Era el único trabajo que le habían ofrecido y al que, dada la fama que había adquirido gracias a su antigua empleadora, podría acceder. Sueldo bajo y muchas horas. Y con la obligación —o la necesidad— de pasar por alto improperios y todo tipo de proposiciones. Se preguntaba si, habiendo dejado la casa donde trabajaba por un ataque de dignidad, ahora tendría que tirarla al suelo y pisotearla. Quizás hubiera sido más fácil meterse en la cama con Mathieu.

Al menos le habían dicho que el trabajo en la taberna incluía techo y comida.

—¿Qué tal ha ido, muchacha? —le preguntó Margot, la dueña de la pensión, cuando Juliet se plantó allí un rato antes de la hora del almuerzo.

Juliet, ya con cierta confianza con los tíos de Camille, entraba directa a la cocina para ayudar con la comida de los huéspedes. Margot pelaba unos ajos para añadirlos al puchero que se calentaba a la lumbre de la cocina de carbón. También estaba allí Joan, la panadera, que acababa el reparto a tabernas y restaurantes y se tomaba un descanso cuchicheando con Margot.

—Voy a aceptar el trabajo en la taberna del que me habló su marido —anunció Juliet.

—Bien que harás, hija. —Margot echó los ajos al puchero y removió la mezcla con una cuchara de madera—. No están las cosas como para rechazar un empleo.

—Pero será temporal, señora. —Juliet lo tenía claro—. Cuando ahorre lo suficiente, me marcho.

—La vida da muchas vueltas. —Margot se limpió las manos en el delantal—. Ya se verá.

—No, no se verá. Un año y me voy de esta ciudad.

—Claro que sí —le dijo con cariño Margot. Su sonrisa señalaba que las personas podían proponer, pero en ocasiones Dios se empeña en lo contrario.

—El dueño de la taberna es un buen hombre —intervino Joan, que, sentada en un taburete y con la espalda apoyada en la pared, se llevaba a la boca un pellizco de pan—. Estarás bien allí.

—Tú no dejes que los clientes te tomen demasiada confianza y todo marchará bien. —Margot llevaba años regentando una pensión y sabía mantener a raya a quienquiera que atravesase la puerta del establecimiento.

—Ya, bueno… —Juliet agradecía aquellas palabras, pero tenía sus dudas. No pensaba tener que aceptar un trabajo así.

—La taberna será afortunada de tenerte. —Joan recogía las migas que habían caído a su delantal—. Es difícil encontrar trabajo, pero a veces es más difícil encontrar una buena persona a la que contratar. Han tenido suerte contigo.

—Las personas de confianza no abundan. —Margot espolvoreó unas hierbas aromáticas sobre el puchero.

—Que se lo digan a doña Leocadia, que lleva más de dos semanas buscando institutriz. —La panadera le dio otro tiento a la hogaza.

—¿Todavía no la ha encontrado? —preguntó Margot tras probar el caldo.

—Las buenas ya están contratadas. Y doña Leocadia quiere lo mejor; sin pagar mucho, eso sí. Así puede pasar una eternidad hasta que la encuentre.

—¿Institutriz? —interrumpió Juliet.

—Una familia española, para la niña. Trece años.

—Quizá podría presentarme allí…

—¿Tú eres institutriz? —preguntó la panadera.

—No creo que sea tan difícil cuidar de una niña de trece años —dijo Juliet.

—Qué ingenua eres, chiquilla… —Joan rio, y Margot la secundó, sin saber muy bien por qué—. No se trata solo de cuidarla. Doña Leocadia pide que la institutriz sepa español y piano. —E hizo un gesto con la mano, como diciéndole que lo olvidara.

—Señoras… —la joven las miró con una sonrisa—, creo que han olvidado que me formé en Le Haillan.

6

Burdeos, diciembre 1827

Andrea Boscoscuro, siciliano, había convivido desde bien pequeño con el mundo criminal. Su familia era conocida por realizar *vendettas* por encargo: un chico que se había propasado con una joven, una traición de negocios, una disputa por unas tierras... Cualquiera que deseara mandar un mensaje —y dispusiera de las monedas suficientes— podía contratar al clan Boscoscuro y solucionar sus problemas. Eficacia asegurada. Cuando cumplió quince años, su padre le introdujo en el negocio familiar: dar palizas, alguna cuchillada ocasional o retener a alguien contra su voluntad hasta que pagara. Esas eran las lecciones que los Boscoscuro transmitían de generación en generación. Pero Andrea, mucho más listo que las últimas cinco generaciones de su familia juntas, se dio cuenta de que aquello no compensaba. Mucho riesgo, poco beneficio y mirar a su espalda de por vida.

Listo como un zorro, supo ver que existía un nicho de negocio inexplorado: personas poderosas que necesitaban de trabajos limpios, discretos, con los que no se les pudiera relacionar, y que pagaban muy bien. Asuntos políticos, disputas entre nobles o deudas entre caballeros. Pero los Boscoscuro no estaban hechos para mezclarse con aquella gente, así que Andrea se puso manos a la obra. Tuvo que pulir sus modales, aprender a vestir con elegancia y adquirir nociones de idiomas. Su familia no comprendía por qué se desmarcaba del negocio que llevaba años dándoles de comer, y eso le costó la relación con ellos. Le dio igual; Andrea tenía un objetivo y no iba a detenerse hasta cumplirlo.

Su primer trabajo lo ofreció sin coste, con veinte años, tan solo para darse a conocer. Un duque milanés, acompañado de su séquito, llegó a Nápoles para reclamar la propiedad del Castello Domiciano, una villa que databa de la época del dominio español en la zona. El duque y sus abogados venían con escrituras, cartas de sus antepasados, intrincados árboles genealógicos y varias pruebas más que demostraban que la propiedad del inmueble le correspondía. La familia Corsi, hasta entonces poseedora de la villa, veía el caso perdido, según sus abogados. Las pruebas eran irrefutables y sería un desastre para ellos, ya que la mayor parte de sus ingresos provenían de trabajar las tierras anejas a la finca. Aquel problema llegó a oídos de Andrea y supo que ahí estaba su oportunidad.

No pidió dinero a los Corsi; ese primer trabajo era cortesía de la casa. Pero, a cambio, sus siguientes servicios deberían ser remunerados de forma generosa y, además, los Corsi lo recomendarían como hombre de confianza.

Boscoscuro se personó en el hotel en el que se alojaba el duque milanés con su séquito y se presentó como abogado del cardenal de la ciudad. Elegante y con sus distinguidas maneras recién aprendidas, explicó que la Iglesia, conocedora de las reclamaciones, quería velar por el cumplimiento de la ley y brindaba su apoyo al duque, que recibió la noticia con los brazos abiertos. Allí mismo, en el salón del hotel, el propio noble y dos abogados le presentaron las contundentes pruebas que obraban en su poder. Eran incontestables, desde luego. Los Corsi estaban perdidos. Pero, para evitarlo, contaban con él.

Andrea confirmó el apoyo eclesiástico a la petición y pidió sellar las buenas noticias con una copa de limoncello, el licor por excelencia de Nápoles. Un camarero entró en la sala con las copas que el propio duque había pedido a voces y los cuatro caballeros se pusieron en pie para brindar.

Mientras el duque y sus abogados se retorcían de dolor en el suelo por el rápido efecto del veneno, Andrea tan solo tuvo que recoger de la mesa todos los documentos y salir de allí con paso tranquilo. Con discreción entregó las monedas pactadas al camarero y le pidió que avisara a un médico si no quería verse en problemas, recomendándole que le echara toda la culpa a él, el desconocido abogado del cardenal.

Acto seguido partió hacia Castello Domiciano, donde fue testigo de cómo el patriarca de la familia Corsi echaba al fuego toda la documentación que acababa de entregarle. Sin pruebas, la reclamación dejaba de tener sentido.

Y, pese a lo pactado, Andrea no rechazó la bolsa de monedas que Corsi puso frente a él. A partir de ahí, su fama fue creciendo de manera constante porque todos sabían que hacía aquello a lo que otros jamás se atreverían.

Desde entonces había trabajado en Francia, Inglaterra, Suiza o Austria. Había quitado de en medio a aspirantes a tronos, a supuestos nobles que reclamaban títulos e incluso había derrocado gobiernos e impulsado revueltas. Era un fantasma y nadie conocía sus métodos; en ese año de 1827, a sus cuarenta y dos años, Andrea Boscoscuro era uno de los dos espías más reclamados de Europa. Reclamado por quien pudiera pagarle, claro está.

El otro era Antonio Espina, el portugués. Pero el mercado era lo suficientemente grande como para que los dos disfrutaran de una amplia demanda y no tuvieran que cruzarse o luchar para quedarse con un determinado trabajo.

Benigno Malumbres, el funcionario español, había preferido sus servicios a los del portugués. Y como había sido capaz de reunir los honorarios que él exigía, ahora Boscoscuro balanceaba suavemente en su mano la copa de coñac que le habían servido en la sala de lectura del hotel Royale de Burdeos. Aunque por su trabajo parecía más aconsejable alojarse en discretas pensiones o fondas de viajante, el italiano aprendió pronto que era más práctico hacerlo en los mejores hoteles. Ropa limpia y planchada, servicio de habitaciones y una digna cama a la que llevar a alguna mujer sin preguntas del personal.

Recostado en el sillón orejero junto al crepitar del fuego que calentaba la sala, repasaba los objetivos que le habían llevado hasta allí: Leandro Fernández de Moratín, Manuel Silvela y Rogelio Valdés. Y el encargo extra que había añadido Malumbres: la cabeza de Francisco de Goya.

No pensaba que diciembre fuera a ser tan frío en Burdeos. No se debía tanto a la temperatura como a la humedad que el río Garona trasladaba en forma de bruma a la ciudad. Desde la gran cristalera del salón de lectura, Boscoscuro podía observar el concurrido tránsito de primera hora de la tarde en cours d'Albret, donde las niñeras que acudían a las puertas de los colegios se mezclaban con funcionarios que acababan su jornada en las dependencias municipales.

Haciendo uso del verdadero cometido de aquella sala, una dama de cabello rojizo, a la que no le echaba más de treinta y cinco años, leía absorta una edición de *Méditations poétiques,* de Alphonse de Lamartine. Aprovechando su ensimismamiento, la observó con calma. Sin ser bella al gusto de la época, irradiaba una exuberancia salvaje que le parecía muy atrayente. Una mujer sola y en un hotel como aquel, simplemente leyendo. Atrapada en la paz que le proporcionaba la lectura, ignoraba que un extraño la estaba observando.

Boscoscuro elucubró sobre cuál podría ser su historia. Le pareció que el elegante vestido no encajaba con la energía que irradiaba, con los sugerentes reflejos rojos de su cabello y con la voluptuosidad que se adivinaba bajo el corpiño.

Apuró los últimos tragos de la copa de coñac. Un trabajo era un trabajo; no se permitía distracciones ni jamás pensaba demasiado en las consecuencias que acarreaba llevarlo a cabo. No había nada personal: alguien tenía un objetivo y él, a cambio de dinero, se encargaba de ello. Las filias y fobias de quien le contrataba le resultaban indiferentes; su negocio exigía una total falta de escrúpulos y mantener a raya la conciencia. Pero Malumbres no había sido santo de su devoción desde el primer momento en que pisó su despacho, y en aquel encargo había algo que provocaba una cierta perturbación en su instinto. Pese a ello, sabía que su profesionalidad estaba por encima de todo, y que la reputación es algo que cuesta años ganar y muy pocos segundos perder. Y él no estaba dispuesto a perderla por nada del mundo.

Los primeros pasos de una misión siempre eran los mismos, una cómoda y tranquila rutina que Andrea Boscoscuro ejecutaba con precisión: reconocer la ciudad, detectar al objetivo, seguirle y aprender sus costumbres. Un arte que requería su tiempo. No tenía prisa.

En cuanto salió a la calle, se subió el cuello del abrigo y comenzó a caminar en dirección a la place des Quinconces, punto neurálgico de la ciudad y donde sabía que no tardaría en obtener la información que necesitaba sobre sus objetivos. Allí, las personas adecuadas, a cambio de las monedas necesarias, no tardaron en ponerle sobre la pista de los cuatro exiliados españoles. Y así, con los datos esenciales para poder localizarlos, a sabiendas de que en los días siguientes tendría que dedicar largas horas a conocer sus rutinas para poder trazar un plan, Boscoscuro encaminó sus pasos, siguiendo el curso del río por su orilla izquierda, hacia el muelle del norte, lejos del centro de la ciudad. Llegó al muelle cuando ya caía la noche, buscando aquello que solo el diablo sabe encontrar.

Para un trabajo de semejante calibre el italiano necesitaba dar con los hombres que lo ejecutaran, bravucones de taberna con aspiraciones y deseosos de llevarse al bolsillo una buena suma de dinero. «Nunca te manches las manos a no ser que sea inevitable» era una de las lecciones que había aprendido a lo largo de su carrera. Y se esforzaba por cumplirla a rajatabla.

Tras descartar un par de tabernas, la música de acordeón y el sonido de los dados sobre las mesas le llevaron hasta la puerta de El Zorro de Aquitania, un antro donde marineros y estibadores se gastaban el jornal en vino, putas y juego. Era allí donde un diablo como él podía oler el azufre.

Contratar a los hombres que se van a manchar las manos es otro arte, y Boscoscuro, ante la puerta de aquella taberna, puso en marcha el truco de magia que siempre le funcionaba: se deshizo la coleta, se abrochó la camisa hasta el cuello y se quitó el abrigo, que dobló bajo el brazo. También se abotonó los puños de la camisa de manera que el adorno de encaje cayera sobre sus manos. En apenas unos segundos, el diablo había adquirido la apariencia de un mojigato.

Entonces entró.

El olor a sudor se podía cortar. Las voces coreaban de manera desafinada una vieja canción occitana al ritmo del acordeón y las camareras servían y retiraban jarras de vino. En algunas mesas se jugaba, en otras se discutía y, en casi todas, las prostitutas ofrecían sus encantos a aquellos a los que todavía pudieran quedarles monedas que les permitieran subir a la planta de arriba. Sin duda, aquel lugar era perfecto. Siguiendo el papel que había decidido adoptar, Boscoscuro sacó un pañuelo del bolsillo de su chaleco y con él se tapó nariz y boca con una exagerada mueca de desagrado. Esquivando parroquianos, llegó hasta la única mesa que quedaba libre y limpió el asiento con el pañuelo.

—¿Vino? —preguntó a gritos la camarera, que se le acercó mientras él colocaba su abrigo en el respaldo.

—¿Tiene *prosecco*? —preguntó con voz tímida.

—¿Eso qué es? —La cara de extrañeza de la mujer daba a entender que jamás había oído aquella palabra.

—*Bianco, espumanti…*

—Mire, tenemos cabernet de Burdeos. Ya veo que usted no es de aquí. Si lo quiere, se lo traigo. Y si no, ya me va dejando la mesa libre…

—Está bien —aceptó con un gesto de resignación—. Traiga una jarra.

—¡Marchando! —Y la camarera desapareció entre la multitud.

Boscoscuro se acomodó en la silla y volvió a llevarse el pañuelo a la nariz, preguntándose quién de todos aquellos hombres sería el primero. Ese nunca era el adecuado, pero alguien tenía que romper el hielo.

—Bueno, bueno…, ¿qué tenemos aquí? —Tres hombres se acercaron a su mesa; el que hablaba tenía el pelo grasiento y los dientes picados—. ¿Se ha perdido, caballero?

—*Scusi?* —Boscoscuro se retiró el cabello de la cara y sonrió con inocencia al recién llegado. El juego había empezado—. *Non capisco bene la tua lingua.*

—¡El señor es italiano! —dijo el hombre riéndose y mirando a sus secuaces—. Vas muy elegante para un lugar como este, ¿no? —Tomó la silla que había frente a Boscoscuro y se sentó a la mesa. La camarera trajo la jarra de cabernet y un vaso, y el hombre, a sabiendas de que era la bebida del italiano, tomó la jarra, llenó el vaso casi hasta el borde y se lo bebió de un trago entre sonoros y groseros eructos—. Nos invitas, ¿verdad? —Los dientes picados se habían tintado con el vino.

—*Per favore…* —Boscoscuro hizo con calma un gesto con la mano mientras su interlocutor se servía otro vaso.

Los gritos y cánticos de la taberna hacían al resto de parroquianos ajenos al exceso de confianza que se estaba tomando el hombre con aquel recién llegado.

—¿Qué te parece si nos prestas unas monedas a mis amigos y a mí?

—¿«Monedas»?

—Monedas, dinero… —explicó mientras hacía el universal gesto de frotar el pulgar contra el índice y el corazón.

—*Non ho molti soldi…* —Boscoscuro negó con pesar.

El hombre miró a uno de sus compañeros y este abrió su abrigo ligeramente, mostrando un cuchillo que llevaba al cinto. Boscoscuro puso cara de sorpresa.

—Dinero… —repitió el hombre de los dientes asquerosos—. Saca todo lo que lleves en los bolsillos.

El primero. El que no es el adecuado pero que sirve para romper el hielo. Boscoscuro compuso un gesto de resignación, metió la mano en el bolsillo de su chaleco y sacó unas cuantas monedas, entre ellas una de oro. Del adelanto de Benigno Malumbres.

—Vaya… —El hombre sonrió y se giró para mirar a sus compañeros—. Bonito regalo el que nos hace este amigo italiano.

Justo cuando el de los dientes picados iba a echar mano de la moneda de oro, cuatro hombres que estaban sentados a la barra se levantaron a la vez en dirección a la mesa del italiano.

No habían perdido ojo de lo que allí ocurría. El líder, un gigantón que vestía capa a la antigua usanza, apartó de un empujón a un pobre hombre que se cruzó en su camino, lanzándolo contra otra mesa. El sonido de cristales rotos y las quejas de los comensales hicieron que todo el mundo se volviera hacia allí. La música se detuvo.

El segundo que entraba en acción, ese era el que tenía posibilidades de ser el bueno, según la teoría de Boscoscuro. Su juego, su truco de magia, estaba saliendo a la perfección. Como siempre.

—Lárgate —ordenó el de la capa al de los dientes picados cuando llegó a la mesa. El silencio se hizo en la taberna, todos los ojos estaban puestos en la escena. Boscoscuro, con asiento de primera fila, seguía con curiosidad el curso de los acontecimientos.

—Este negocio lo he visto yo primero, Fossé —dijo, sin levantarse de la silla, el de los dientes picados. Boscoscuro advirtió que le hablaba con respeto.

—Pues ya no es tuyo.

Aquel supo que no tenía nada que hacer y, lamentándose de su mala suerte, intentó volver a echar mano de la moneda de oro.

—Tócala y te corto los dedos —le dijo Fossé con calma, llevando su mano bajo la capa.

El de los dientes picados se levantó, mantuvo durante unos segundos la mirada a su oponente y se largó seguido de sus compañeros. El tal Fossé, victorioso, rio en voz alta y, apartando la capa, se sentó en la silla que el otro había dejado libre. Todo el mundo quería ver cómo el caballero italiano salía trasquilado de allí.

—Pues ahora sigue el juego conmigo, caballerete. —Aun sentado, la envergadura de aquel tipo era impresionante.

Pero Boscoscuro sabía que era ya hora de que el diablo recuperara su apariencia. Con ambas manos tomó su cabello y volvió a hacerse la coleta, se desabrochó los dos primeros botones de la camisa y comenzó a arremangarse mientras uno de los secuaces de Fossé, apenas un joven imberbe al que le faltaban los dientes superiores, cogió una silla, la puso al lado de Boscoscuro y se sentó al revés, apoyando los codos en el respaldo.

—Saca todo lo que lleves —ordenó Fossé.

El italiano metió la mano en el bolsillo interior de su abrigo y puso sobre la mesa una pequeña bolsa de tela. El sonido metálico de las monedas era inconfundible y Fossé sonrió a Boscoscuro en tanto sus hombres no quitaban la vista del posible tesoro. El gigante dejó caer sobre la mesa el contenido de la bolsa y el brillo del oro levantó un murmullo de sorpresa entre la gente que permanecía atenta a lo que estaba ocurriendo en aquel rincón de la taberna.

El principal ingrediente para un truco de magia es desviar la atención del público para que comience la ilusión, y las monedas habían cumplido a la perfección su papel de gancho. Boscoscuro supo que ya era hora de dar comienzo al espectáculo: de la cintura sacó un pistolete y con una velocidad endiablada lo pegó a la frente del chico que se había sentado a su lado.

—Jefe… —fue lo único que este acertó a balbucear.

Fossé levantó la vista de las monedas y sonrió al ver lo que intentaba el italiano.

—Pero a ver, hombre de Dios… —Hizo un gesto de disgusto con los ojos—. Somos cuatro, y eso solo tiene una bala.

Boscoscuro le devolvió la sonrisa y, con la mirada, le señaló la mesa. Fossé retiró la silla un poco y se inclinó para mirar por debajo. El italiano sostenía otro pistolete con la izquierda que apuntaba directamente a su entrepierna.

—Sí, sois cuatro. Pero te juro por la Santa Madonna que a este le abro un agujero en la cabeza y tú no vuelves a disfrutar de una mujer.

Las tornas habían cambiado y ahora parecía que el italiano era quien llevaba mejor mano. Pero todo el mundo en la taberna sabía que le iba a resultar imposible salir ileso de allí.

—¿Hacia dónde nos lleva esta situación? —preguntó el grandullón tras analizar lo que estaba ocurriendo—. Toda esta gente —trazó círculos en el aire abarcando a los parroquianos de la taberna— sabe que es imposible que salgas de aquí con vida.

—No solo voy a hacerlo. —Boscoscuro apretó todavía más el cañón contra la frente del joven—. Sino que tú y tus hombres me vais a escoltar para que nada me pase.

—¿Y cómo vas a conseguir eso? Ilumíname.

—Es sencillo. Ese oro —señaló con la mirada las monedas sobre la mesa— es tuyo. Os contrato para un trabajo. Y cuando lo acabéis, te espera otra bolsa igual.

—¿Por qué tendría que fiarme de ti?

—Te estoy dando a elegir entre el oro y tus cojones. —Boscoscuro hizo un gesto con los hombros—. La respuesta es simple.

El gigantón se quedó mirando a los ojos del italiano unos segundos, sabiendo que no tenía opciones.

—Necesitaré saber más sobre ese trabajo.

—Aquí no —Boscoscuro apartó el arma de la frente del joven—. Y me hablas de usted: ahora soy tu jefe.

Se levantó de la mesa y dio permiso a Fossé para que guardara la bolsa con las monedas de oro mientras se ponía el abrigo. Encontrar a los hombres adecuados para un trabajo era un arte que solo estaba al alcance del diablo. Andrea Boscoscuro ya tenía los sicarios que necesitaba. «Nunca te manches las manos a no ser que sea inevitable.»

—Escoltadme a la salida —ordenó.

Y, aun sabiendo que a aquel hombre no le hacía ninguna falta que nadie le escoltara para salir de aquella taberna de mala muerte, Guillaume Fossé respondió:

—Sí, jefe.

7

Burdeos, diciembre 1827

No, Burdeos no era París. Cualquiera de sus avenidas palidecía ante la inmensidad de los Campos Elíseos, no había un solo palacio que hiciera sombra a las Tullerías, y dentro del Louvre cabrían todos los museos de la ciudad del vino. Pero todo eso tampoco tenía demasiada importancia; al fin y al cabo, París era una de las grandes capitales de Europa. Lo peor de Burdeos, y en eso poco tenía que ver el tamaño, era que a Diego le parecía terriblemente aburrida.

En la semana que llevaba allí instalado no había encontrado una sala de espectáculos decente, una taberna nocturna donde la noche no acabara a cuchilladas o un café donde poder alternar con jóvenes solteras de buena educación y mente un tanto distraída.

Para Diego, la capital de Aquitania no era más que una ciudad de provincias venida a más gracias a su puerto fluvial y a la industria del vino.

Había salido de París al día siguiente de su conversación con Jacob Cordier en el muelle. Declercq le llevó un caballo y alforjas, en las que metió un poco de ropa, comida, dinero y algún arma. Ligero de equipaje, pudo recorrer el trayecto de

casi quinientos kilómetros en ocho días, evitando vías principales para tratar de esquivar los problemas. En París se había
dado la orden de detenerle por la muerte de aquel sobrino lejano del rey y, hasta que Cordier no consiguiera arreglarlo,
tenía que poner distancia de por medio. Porque con Antonio
Espina husmeando, tal y como le había confirmado el viejo,
la capital no era lugar en el que esconderse.

Cabalgó por vías secundarias y caminos, alejado de po-
blaciones donde cualquiera pudiera fijarse en un forastero
solitario. Paraba en granjas donde, a cambio de un pago generoso, compraba comida para él y su caballo y el derecho a
pasar la noche en el establo. Se bañó en ríos y durmió a la
sombra de alcornoques y encinas. Incluso durmió en una
ocasión al raso, bajo las estrellas, al abrigo de un fuego donde había calentado pan y algo de carne seca. De manera paradójica, aquella huida se convirtió en un oasis de libertad
que nunca había sentido. Y durante esos días percibió un
pinchazo de desasosiego al comprobar que había sido necesario que le acusaran de asesinato para sentirse más libre que
en toda su vida.

Dejando atrás los arrabales de Burdeos, cruzó al paso el
Puente de Piedra a lomos de su caballo, al que acariciaba las
crines como agradecimiento por su buen servicio. La Puerta
de Borgoña le dio la bienvenida a la ciudad y reparó en que la
gente con la que se cruzaba no disimulaba su curiosidad y
asombro por su aspecto desaliñado y el polvo acumulado durante el camino. El sol ya bajaba y Diego tenía la necesidad de
un baño caliente y un buen afeitado.

Con las indicaciones de un guardia llegó al Mercado de los
Capuchinos. El frío le calaba y Diego cerraba su abrigo con
una mano mientras con la otra manejaba las riendas. Una vez
bordeado el mercado, le fue fácil encontrar la casa de piedra

gris y tejado de pizarra a la que Jacob Cordier le había dicho que acudiera en cuanto llegara a Burdeos. Tras poner el pie en tierra y encorvar su espalda para estirarla, hizo sonar la campana que remataba la cancela del jardincillo de la casa.

—¿Qué se le ofrece, señor? —La levita negra y la camisa blanca con corbatín delataban al mayordomo.

—Mi nombre es Diego Girard, y tengo instrucciones de presentarme en esta dirección.

—Ah, le esperábamos. —El mayordomo hizo una pequeña reverencia—. ¡Pierre, abre la puerta y lleva el caballo a la parte de atrás! —ordenó con voz grave.

Un joven de no más de quince años salió del cobertizo anejo a la casa y esperó a que el jinete tomara las alforjas para desaparecer con el caballo.

—Por aquí, señor Girard —dijo el mayordomo señalando con su mano la entrada de la casa.

—Prefiero Diego, a secas —señaló mientras entraba.

—Sí, señor Girard. —El mayordomo le siguió al interior de la casa—. Madeleine, por favor, tome el equipaje del señor. La ropa, a lavar, y el resto súbalo a la segunda planta.

Una sirvienta ataviada con delantal y cofia tomó de las manos de Diego las alforjas y el hatillo que él le tendió. Los dos quinqués apenas iluminaban el recibidor de la casa, pero el suelo de madera y la alfombra de enjambrados arabescos proporcionaban una silenciosa calidez. El mayordomo abrió una puerta corredera de dos hojas que daba al distribuidor de la casa, presidido por la escalera que llevaba a los pisos superiores. Cuadros de escenas de caza colgaban de las paredes, salpicadas por vitrinas con armas y dos cabezas de ciervo disecadas. La lámpara de araña, de al menos treinta velas, daba un tono amarillento que contrastaba con la oscuridad de la madera que revestía suelo y paredes.

—Espere aquí, por favor —le indicó el mayordomo mientras abría una de las puertas del lateral izquierdo—. Señor, ha llegado —anunció con voz apagada.

—Que pase —respondió alguien con voz poderosa—. Ponga otro cubierto, vendrá hambriento.

Los pasos de Diego resonaban sobre la madera del suelo e iba dejando una estela de polvo a medida que avanzaba. La sala a la que accedió era el comedor, donde el fuego provocaba un baile de sombras en las paredes. Los trabajados cortinajes estaban echados y dos candelabros descansaban sobre la gran mesa de roble. Un hombre de edad avanzada, vestido con una bata de seda, cortaba un filete acompañado de patatas asadas. Un mastín, que ni se inmutó por su llegada, estaba tumbado a sus pies.

—Señor, soy Diego Girard y me presento aquí por orden de Jacob Cordier.

—Ya sé quién eres, chico. —El hombre dejó los cubiertos y dio un sorbo de su copa de vino—. Te esperamos desde hace dos días.

—El viaje ha sido largo.

—Sí, y mi hermano te ordenaría evitar las vías principales. —Puso los ojos en blanco—. Viejo cabezón.

—¿Su hermano? —se sorprendió Diego.

—Soy David Cordier y estoy al tanto de todo lo ocurrido en París —explicó mientras lanzaba un pedazo de grasa del filete al mastín—. Y ya veo que mi hermano Jacob te tiene en más estima de lo que imaginaba.

Diego se le quedó mirando sin comprender a qué se refería. David Cordier captó su confusión y se tocó con los dedos el cuello. La medalla de san Martín Caballero asomaba por la camisa de Diego y este volvió a esconderla.

—Siéntate y come algo.

—Preferiría lavarme antes, señor.

—Como quieras, la segunda planta es tuya. Ordenaré que te suban agua caliente y algo de comida.

—Se lo agradezco. —Diego continuaba de pie, a varios metros de distancia del señor de la casa.

—Mi hermano me ha pedido que te acoja, y lo hago con gusto. Pero escúchame bien… —El tono afable del hombre se oscureció—. Sé cómo eres, y no voy a consentir que te metas en líos ni que me metas a mí. Vas a estar un año aquí, así que relájate, disfruta la ciudad y no causes problemas.

★★★

A Diego solo le hizo falta una semana en Burdeos para darse cuenta de que un año se le iba a hacer muy largo.

La casa disponía de todas las comodidades que pudiera imaginar. Resultaba que David Cordier tenía una participación en la empresa de guardaespaldas de Jacob, quien le hacía llegar puntualmente su parte de beneficios anuales. Solo con eso ya hubiera sido suficiente para vivir de forma holgada, pero David poseía además una finca de viñedos a las afueras de Burdeos, y el buen precio de la uva hacía que tuviera otra importante fuente de ingresos.

Diego se instaló en la segunda planta de la casa, la última, donde disfrutaba de un gran dormitorio abuhardillado y un amplio aseo con bañera de bronce. El personal de servicio era silencioso y eficiente, coordinado con mano de hierro por el mayordomo, que llevaba quince años al servicio de David Cordier. Era el propio mayordomo quien había ordenado, la misma noche de la llegada de Diego, que toda su ropa se quemara y que al día siguiente un sastre acudiera a tomarle medidas para renovar su vestuario. Desde luego, Jacob Cordier se había tomado todas las molestias para que el periodo de inactividad de Diego fuera un retiro dorado.

El problema era que esa inactividad no casaba con él.

Cuando llevaba dos días disfrutando de la hospitalidad de ese hermano de Cordier del que desconocía su existencia, se presentó en un club de caballeros que el mayordomo le había recomendado para ejercitar sus músculos y practicar esgrima. Esperaba sudar un poco y recibir un par de buenos golpes, aunque fueran controlados, pero se encontró con un grupo de petimetres adinerados que acudían allí a hablar de sus negocios y a presumir de sus conquistas.

En el momento en que las preguntas sobre su procedencia, sobre dónde se alojaba y a qué negocios se dedicaba centraron la atención de los asistentes, supo que no podía volver por allí. Pero no se tuvo que preocupar en disculparse por no volver: a su primer contrincante de esgrima le partió la nariz de un codazo tratando de quitárselo de encima. Le invitaron a marcharse por no conocer las normas de las disputas entre caballeros.

Y ese carácter blando de la gente, junto con la falta de buenos espectáculos, de tabernas decentes y de alterne con señoritas de moral liberada, hizo ver a Diego lo difícil que iba a ser aguantar un año en Burdeos.

8

Burdeos, diciembre 1827

La tarde ya caía cuando Juliet salió del hostal. Había estado pensando cuál sería el mejor momento para presentarse, y decidió que doña Leocadia podría estar más tranquila durante las horas previas a la cena.

Cours de l'Intendance era la calle que ejercía de base del llamado Triángulo de Oro de Burdeos. Delimitado por cours de Tourny, les allées de Tourny y la propia cours de l'Intendance, aquella era la zona más lujosa de ciudad. Juliet observaba los grandes edificios de piedra de cuatro o cinco alturas, en los que cada planta debía de ser una elegante vivienda de incontables estancias, y donde los locales estaban ocupados por deslumbrantes comercios. Restaurantes, cafés y librerías de los que entraban o salían caballeros ataviados a la última moda de París. Los grandes escaparates mostraban maniquíes vestidos con amplias faldas abombadas por miriñaques, elegantes corsés dentro de los cuales sería tremendamente difícil respirar y pamelas de enormes vuelos y graciosos tocados. Jóvenes matrimonios, herederos de grandes fortunas, paseaban cogidos del brazo mientras las niñeras iban detrás, empujando pomposos cochecitos a la moda inglesa. Adornadas calesas de cuatro o seis caballos se dirigían al Gran Teatro y las patrullas de faroleros prendían con pértigas la llama de las farolas que iluminaban el centro de Burdeos cuando caía la tarde. Las calles del Triángulo de Oro, pavimentadas con adoquín, en las que el paso de los caballos no levantaba nubes de polvo, mostraban un ajetreado ambiente combinado con una cierta solemnidad tranquila; pocas de aquellas personas tendrían grandes preocupaciones, y se podían permitir ese pausado ritmo de vida.

Unos metros antes de llegar, Juliet se miró en el cristal de una tienda. No era lo mismo ir a solicitar un empleo de doncella que de institutriz; el perfil humilde que se mostraba para solicitar entrar al servicio de una gran casa lo había sustituido por una discreta elegancia de clase baja. Creyendo conocer bien a las damas, o a las que pretendían serlo, una institutriz debía dar una buena impresión, pero sin osar eclipsar a la señora de la casa.

Esta vez sí se había hecho un recogido en su cabello rubio, que asomaba ligeramente bajo el ala del pequeño sombrero. El vestido, de color lavanda claro, el único elegante que tenía, lo había abombado con unas enaguas para darle una cierta gracia a sus movimientos. Y el corpiño, bien apretado a la cintura, continuaba en la parte superior del vestido en un recatado cuello que se cerraba alrededor de su garganta. Con la cabeza levantada, se santiguó y accedió al portal del número 57 de cours de l'Intendance.

El edificio, con fachada de piedra que le daba ese característico color gris claro, constaba de planta baja y cuatro alturas. En la planta baja, además del acceso, había una joyería que exponía collares de perlas en bustos de porcelana y largos pendientes de brillantes que hacían contraste con pelucas blancas de recargados peinados a base de bucles. La primera planta era un entresuelo de estrechas ventanas que parecía pequeño por culpa del gran balcón de la segunda planta, la principal. Cinco ventanales dobles de madera, rematados por un trabajado adorno triangular de piedra sobre el dintel, daban salida a ese balcón que abarcaba toda la planta. La tercera, ya sin balcón, mantenía las cinco grandes ventanas y, la cuarta, similar en altura a la primera, tenía todo el aspecto de ser una buhardilla. Se trataba de un edificio elegante, pero no podía compararse con la arquitectura de las casas del interior del Triángulo de Oro. Aun así, era un más que digno acceso a este.

Preguntó a la portera, una señora con cara avinagrada y poco amable, que debía de vivir en el modesto cubículo de la planta baja del que había salido en cuanto oyó la voz de Juliet. Al informarle de que iba a presentarse como candidata a institutriz para la hija de doña Leocadia, la miró de arriba abajo, como considerando si merecía el acceso. Debió de parecerle adecuado lo que vio, porque le indicó que subiera a la segunda planta. Era la principal del edificio, lo que llevó a Juliet a pensar que la familia debía de tener ciertas posibilidades económicas.

La escalera que subía al entresuelo, visible desde la calle, era amplia y señorial. Los peldaños de mármol negro con vetas blancas hacían juego con el pasamanos de madera que se alzaba sobre la barandilla de volutas de forja. El final del tramo quedaba rematado por una figura en bronce que representaba una piña piñonera. La escalera que subía a la segunda planta ya era un poco más estrecha, pero mantenía la elegancia del tramo anterior.

Juliet, en un oxidado español, se presentó a la criada que le abrió la puerta y a continuación le informó, ya en francés, de que acudía a la casa para optar al puesto de institutriz para la hija de doña Leocadia.

La criada abrió la puerta del todo y le señaló una estancia a escasos metros de la entrada, donde debería esperar.

Era la sala del café en la que, imaginaba Juliet, la señora atendía a las visitas, o bien la utilizaba como lugar de lectura después de la cena. La estancia era elegante y acogedora, pero había algo allí que le chirriaba, que le resultaba fuera de contexto. Los muebles y tapizados, de calidad, ni se acercaban a la majestuosidad de lo que ella estaba acostumbrada en la casa Montraver. Las pequeñas piezas de decoración de porcelana, el juego de café y la cristalería de los licores no seguían una misma línea decorativa, un mismo argumento. Todo eran notas que discordaban entre sí. No resultaban desagradables, pero dejaban la sensación de que era algo a lo que no se le daba importancia en la casa.

Y, entre toda aquella cuasivulgaridad burguesa, los cuadros.

Maravillosos.

Lejos de esa tendencia de los ricos a decorar sus paredes con grandes cuadros de batallas napoleónicas u ostentosos retratos familiares, las pinturas de aquella sala eran de pequeño tamaño, incluso algunas ni siquiera eran pinturas. Los óleos se mezclaban con dibujos y con acuarelas; las escenas eran cotidianas, y los retratos, cercanos. Aquellas obras de arte eran ventanas a la vida, algunas a lo grotesco, otras a la intimidad de las personas retratadas. De la pared principal de la sala colgaba el cuadro más grande, apenas de setenta centímetros de lado. Una joven con un vestido de trabajo oscuro que se cruzaba sobre su pecho y el cabello cubierto con un pañuelo. Sentada en escorzo, miraba hacia un lado, con la vista perdida en un infinito que solo ella pudiera percibir. A su lado reposaba un cántaro. Y el fondo, difuminado, sin nada representado en él, era un conjunto de pinceladas en tonos azules y grises que atraía toda la atención de la joven, que se había detenido a descansar.

Juliet esperaba de pie, sin moverse del lugar en el que se había plantado, evitando la tentación de acercarse a aquella pintura de la joven con el cántaro.

—¿Le gusta el cuadro? —le interrumpió una voz, que sonó autoritaria.

La señora no tendría más de cuarenta años, calculó Juliet. El vestido, negro, cómodo para andar por casa, lo combinaba con una pequeña toca al cuello, de color verde muy claro. Delgada, con el cabello de color castaño, recogido, parecía frágil, delicada. Pero su forma de hablar era severa, de quien está habituada a mandar.

—Una pintura preciosa, señora —asintió Juliet, tratando de no bajar la vista tanto como era su costumbre. Con aquel español, que debía mejorar, no quería hablar más de la cuenta.

—Lo pintó el señor, hace unos meses. *La lechera,* lo llama —informó—. Casi todos son de él.

—¿Su marido pinta? —preguntó la joven.

—Tome asiento, por favor. —Doña Leocadia no respondió a la pregunta, pero le señaló uno de los dos silloncitos a juego, tapizados en terciopelo azul celeste, que decoraban uno de los rincones—. ¿Cómo se llama?

—Juliet Lesson. —Tomó asiento después de la señora de la casa—. He sabido que busca institutriz para su hija.

—Parece muy joven, ¿qué edad tiene?

—Diecinueve años. —Juliet sabía que esperaba una mujer más madura.

—Dios santo, diecinueve años… —Se le escapó una pequeña risa—. Si es usted poco mayor que mi Rosario. —Ese argumento era descalificador—. ¿Credenciales o recomendaciones?

—He estado al servicio de la casa Montraver durante el último año. —Juliet no sabía si esa referencia podía ayudarle o perjudicarle. Pero era la única que tenía.

—¿Como institutriz?

—No... —Negó con la cabeza—. Doncella.

—Discúlpeme... —Doña Leocadia actuaba como si aquello fuera una pérdida de tiempo—. No comprendo por qué cree que puede ocuparse de la educación de mi hija.

—Me formé en Le Haillan, señora.

—No conozco ese lugar.

—Es una escuela para señoritas donde se forma al mejor servicio de Francia.

—Pero yo no busco servicio.

—Mis estudios incluyen lectura, español, piano y protocolo.

—Que te hayan formado en algo no significa que sepas enseñarlo. —Doña Leocadia pasó a tutearla, ya se sabía superior a aquella aspirante.

—Por eso no pretendo que mis honorarios sean de institutriz. —Juliet trataba de manejar la información que Joan, la panadera, le había dado—. Busco emplearme con una buena familia y me ofrezco para ayudar en todo lo que sea posible más allá de la educación de su hija.

—Pareces una buena muchacha, no lo niego, y se te ven formas educadas. —Doña Leocadia la miró con cierto afecto—. Pero necesitamos a alguien con más experiencia para Rosario.

—Lo comprendo, señora. —Juliet tenía que ir con todo—. Necesito el trabajo, y no quiero que todo el esfuerzo que he hecho en estos años solo sirva para trabajar en una taberna. Creo que puedo aspirar a algo más.

—Sí, a ser doncella —concluyó la señora—. Gracias por venir.

Doña Leocadia se levantó y se hizo a un lado para dejar pasar a Juliet. No había nada más que hablar allí.

Juliet asintió con la cabeza e hizo una pequeña reverencia, antes de caminar de nuevo hacia el pasillo de la entrada. La criada, que había escuchado toda la conversación agazapada en el recibidor, se hizo ver para abrir la puerta.

—Juliet… —dijo la señora con aquella voz seca y grave que parecía sacada de otro cuerpo. La joven se giró, mirando a los ojos de la dama. Ya no le debía ningún tipo de pleitesía—. ¿Por qué ya no trabajas con los Montraver?

—Porque la señora quiso meter a su hijo en mi cama —dijo sin rodeos.

—¿Te despidió por eso?

—Me fui por eso.

—¿Te marchaste de un buen trabajo por no acostarte con un joven?

—Sí, señora.

Doña Leocadia se quedó mirando a Juliet, en silencio. Como si escrutara dentro de ella, como si quisiera poder ver el material del que estaba hecha su alma. Ella no se movió.

—Dignidad… —dijo pensando en voz alta. Tras unos segundos que a Juliet se le hicieron eternos, doña Leocadia pareció volver al mundo real—. Es condición obligatoria dormir aquí. La institutriz debe acostar y despertar a Rosario. Y estar pendiente de cualquier cosa que pueda necesitar durante la noche.

—¿Eso significa que estoy contratada?

—No, significa que te sientas ahí y esperas a que llegue el señor. Veremos si él da el visto bueno. —Y desapareció por la puerta de la salita, dejando a Juliet a solas.

Pasado un rato, Juliet oyó una puerta que se abría y voces de niños.

—¡Mamá, mamá! —gritaba una niña.

—Rosario, ya sabes que no se corre por casa —respondió doña Leocadia.

—¿Puede quedarse Juanito a cenar?

—Juanito tendrá que ir a su casa, ¿no?

—Tiene que venir la criada a recogerme, señora. —La voz del niño era aguda, debía de ser más joven que Rosario.

—Pues ya va siendo hora —respondió doña Leocadia con cierto fastidio—. Seguid jugando hasta que llegue tu padre, Rosario.

Y los mismos pasos acelerados que habían irrumpido en el pasillo completaron el camino hasta la habitación, que quedó cerrada de un portazo.

—Virgen santa… —protestó entre dientes la señora.

★★★

La noche ya había caído cuando una llave giró en la puerta principal de la casa. La criada, al oír aquel sonido, se dirigió a la puerta de la entrada a la vez que esta se abría. Juliet se incorporó en el pequeño sillón, dudando si tenía que ponerse en pie o no. Rezaba en su cabeza para que el señor diera su aprobación.

Esperaba encontrar a un hombre de negocios que volvía de sus quehaceres diarios, quizás un poco mayor que la señora. Un hombre cuyo trabajo pudiera mantener aquella forma de vida, pero que a la vez mostrara cierta sensibilidad, pues le gustaba pintar.

Desde donde estaba, se extrañó al ver a un anciano. Este dejó una abombada gorra de cuero marrón en el perchero, se quitó unos guantes de lana sin dedos y se giró para que la criada le quitara un abrigo que había vivido tiempos mejores.

—Ahhh…, Josephine…, ¿está la cena? —dijo el hombre.

La señora no le había dicho nada de que su padre viviera con ellos. Al quitarse el abrigo, Juliet pudo ver una panza considerable y una papada que casi tapaba el cuello de la camisa. Y elevaba demasiado la voz.

—Sí, señor —dijo la criada, dejando el abrigo en el perchero donde el hombre había dejado la gorra.

—¿La señora?

—Aquí estoy. —Juliet volvió a oír la voz de doña Leocadia—. Vaya horas...

—¡Mis asuntos no tienen hora, Leocadia! —Aquel hombre tenía poca cuerda.

—Pues esta casa sí las tiene. —La señora se mantenía firme, pero no entraba en conflicto armado.

—¿Qué hay para cenar? —La voz era poderosa, casi un estruendo.

—Huevos rellenos y filete de buey —contestó la criada mientras el anciano le miraba fijamente a los labios.

—Huevos rellenos... —repitió con agrado—. Sabes cómo cuidarme, Josephine... —Sonrió a la criada.

—Pero antes tenemos que tratar un tema —dijo doña Leocadia.

—¿Un tema? ¿Qué tema?

—Hay una candidata para institutriz de Rosario, quiero que la conozcas.

—¡Y yo quiero cenar! —protestó el anciano.

—Es importante, lo sabes.

—¿A ti te parece bien?

—Creo que sí.

—¡Pues si le podemos pagar, no me molestes con esas tonterías!

—Hay veces que no sé qué hago con un hombre como tú, Francisco. Cualquier día te dejo. —Doña Leocadia trataba de ponerse firme también. Y Juliet supo que aquel anciano era el marido de la señora de la casa.

—Pero si te encanta que te deje hacer y deshacer… —El hombre lo dijo con cariño, tratando de quitar hierro, y se oyó una carcajada grave que pretendía poner fin a aquella conversación.

—Quién me mandaría a mí enamorarme de Francisco de Goya —masculló por lo bajo doña Leocadia, dejando patente que la última palabra tenía que ser la suya—. Aragonés cabezota…

Por lo que parecía, Juliet tenía el visto bueno del señor.

9

París, enero 1889 (sesenta años después
de la muerte de Goya)

Cédric Martel trata de acomodarse en el sofá de aquel salón
que pisa por primera vez, pero no encuentra la postura porque
es demasiado mullido y la flácida panza amenaza con desabrocharle los botones de la camisa. Como buen hombre de negocios, es una persona ocupada, y el retraso de su interlocutor le
produce un cierto desasosiego al que no está acostumbrado. Se
levanta del sofá y se quita la chaquetilla para dejarla colgada en
el perchero, junto a su sombrero de copa. En vez de sentarse de
nuevo, da un pequeño paseo por la estancia.

La alfombra amortigua sus pasos mientras inspecciona los
muebles. El secreter de caoba indica que la persona que trabaja en él es pulcra y ordenada. El tintero, la pluma y el papel
están perfectamente encuadrados en la consola de madera, y
en los casilleros del secreter hay sobres con membrete —«Gilles Leland, detective»—, barras de lacre color dorado y un sello con las iniciales «GL».

Las vitrinas albergan pequeñas figuras de porcelana de Limoges con escenas de la infantería y la armada del ejército
francés en distintas épocas; le llama especialmente la atención

una detallada reproducción de la *Acheron*, una fragata de cuarenta cañones que recorrió los mares del Sur en las guerras napoleónicas.

Los periódicos del día forman una pequeña pila junto al juego de café, sobre la mesilla que está frente a la chimenea, escoltada por dos sillones Luis XVI. «París se prepara para sorprender al mundo», reza la primera página de *La Presse* sobre una ilustración de la Torre Eiffel, cuya construcción está a punto de concluir y en alusión a la Exposición Universal que se inaugurará en mayo. Toda la estancia refleja orden y buen gusto, y en los códigos de Cédric Martel eso es señal de dinero. Dinero que jamás habría imaginado que podría ganar un detective hasta que supo los honorarios que debía atender por hacerse con los servicios de Gilles Leland.

Cuando empieza a arrepentirse de no haber aceptado el té que el ama de llaves le ofreció al llegar, las puertas se abren de golpe y Gilles Leland sonríe a su cliente.

—¡Señor Martel! —Leland le tiende su mano—. Perdone la espera.

—He aprovechado para admirar su colección de porcelanas, Gilles. —A Martel le gusta demostrar su superioridad llamando a la gente por su nombre de pila—. Es magnífica —alaba mientras estrecha la mano que el detective le ha ofrecido.

—Vaya, celebro que le guste. Una afición que heredé de mi padre.

—Esa *Acheron* debió de costarle una fortuna.

—Fue un regalo. —Leland asiente con gesto de culpabilidad fingida—. Un caso complicado que se resolvió de manera satisfactoria.

—Que resolvió usted, querrá decir. —El cumplido de Cédric Martel es sincero—. ¿Quién estuvo tan agradecido como para hacerle ese regalo?

—Las personas confían en mí por la discreción. —Leland señala a su invitado el sofá isabelino—. Le ruego que no me haga perder esa pequeña virtud, señor Martel.

Gilles, todo cordialidad, se sienta frente a su invitado y hace sonar la campanilla que reposa en la mesa junto a los periódicos.

—Ahora sí me hará el honor de aceptar ese té, ¿verdad?

—Solo si es de Ceilán.

—Señor Martel, en esta casa sabemos cuidar a nuestros invitados.

A sus treinta y ocho años, Gilles Leland es el detective privado más conocido de París. Su carrera ha sido fulgurante: se convirtió con veinticinco en el inspector de homicidios más joven de Francia, alcanzó la fama a los veintiocho al detener a Luc Brossard —un asesino de niños que aterrorizó a todo el país—, fue despedido de la policía a los treinta por un asunto que no trascendió, y con treinta y seis, ya como detective privado, resolvió el robo del diamante de Bruneau. Desde entonces no hay caso importante que no llegue a sus manos. Otra cosa es que los acepte.

Porque Gilles Leland ostenta ese poder. Es requerido por quien se enfrenta a problemas graves y sabe manejar la demanda de sus servicios. Tiene estrictas normas y no hace excepciones: no trabaja para políticos —todos esconden porquería bajo la alfombra—, no trabaja para nobles que no aporten a causas benéficas ni para empresarios que exploten a compatriotas franceses en sus fábricas. Así, si alguien en París necesita a Gilles Leland y no lo consigue, significa que o bien no tiene suficiente dinero, o bien tiene algún trapo sucio que ocultar.

—¿Entonces? —pregunta Cédric Martel mientras hace tintinear la cucharilla en su taza de té—. ¿Algún resultado?

—Alguno —confirma Leland—, pero aún tengo variables por despejar. —Del bolsillo interior de su chaleco saca un pequeño cuaderno.

—Si yo puedo ayudarle…

—Queda claro que su cargamento de vigas de hierro desembarcó en Calais el pasado quince de diciembre —comienza.

—Ya le mostré el manifiesto —interrumpe Martel.

—Y que fue cargado en el ferrocarril que hace la línea Calais-París.

—Así es.

—La prefectura de Chantilly me ha confirmado el robo durante la noche, mientras el tren hacía su parada, de varias horas —dice Leland pasando la página—. El guardia recibió un golpe en la cabeza y quedó inconsciente.

—Y fue cuando robaron la mitad de mi cargamento de hierro.

—Sí, el asalto estuvo bien ejecutado.

—El perjuicio económico que me ha causado es considerable —confirma Martel—. Una verdadera ruina.

—Pero ¿quién puede planificar un robo así? —Leland mira con extrañeza a su cliente.

—En estos tiempos, el hierro forjado es un bien muy valioso.

—Cierto. Pero robar diez mil quilos no está al alcance de cualquiera; hace falta estructura, hombres, transporte…

—Esa maldita torre de Eiffel está acaparando la producción de hierro —se lamenta el industrial—. Cualquier constructor en horas bajas y con necesidad de material podría haber organizado el robo.

—Pero ese constructor debería tener los suficientes fondos para financiar una operación así. Y por eso centré mi investigación en esa dirección: constructores en horas bajas, sí…, pero que no estén en bancarrota. Todavía —Leland pasa a otra página—. ¿Sabía que Belfast Iron acuña cada una de las piezas que sale de sus talleres?

—Es una empresa de prestigio; supongo que tendrán sus controles.

—La serie a la que pertenecían las vigas que se embarcaron hacia Calais tenía la referencia R-01245. ¿Le suena?

—No. —Martel enarca sus cejas en un gesto que indica desconocimiento.

—Pues eran sus vigas —asiente el detective—. El número de serie se acuña en la cara interior de uno de los extremos. —Y acerca las yemas de los dedos pulgar e índice de su mano izquierda—. Muy pequeño.

—¿Cómo sabe que eran la mías? —pregunta el empresario.

—Porque, al igual que usted me entregó el manifiesto de descarga en Calais, he conseguido que Belfast Iron me entregue el de carga en Dover para cruzar el canal de la Mancha. —Y entrega un sobre a Martel.

—Su fama de detective es merecida. —Se admira el empresario mientras lee el documento—. De todos modos, quien las haya robado habrá limado ese número.

—Es lo que yo haría, sin duda.

—Y hemos llegado a un callejón sin salida.

—También pensé eso. Pero luego recordé a Clement Lafarge.

—Creo que no tengo el gusto.

—Descuide —Leland sonríe y hace un gesto con la mano, restando importancia—, ni falta que le hace. Es un tipo que se gasta el sueldo en partidas clandestinas de cartas y en botellas de Château Lafite.

—¿Y qué tiene que ver ese hombre en todo esto?

—Pues que su sueldo proviene del ayuntamiento. —Otra sonrisa; dosificar información le hace sentir a Leland que domina la situación—. Clement Lafarge es el funcionario encargado de las licencias de obra para industrias.

—Definitivamente, no le sigo.

—Permítame que acabe, verá que todo es muy sencillo: pedí a Lafarge que hiciera una lista de fábricas en construcción, y que me acompañara a visitarlas. Hoy en día, todas las estructuras de las cubiertas se hacen con vigas de hierro forjado.

—Es mucho más rápido y económico —confirma Cédric Martel, haciendo ver que conoce su sector.

—Sí, y todas esas vigas se pueden rastrear gracias a su número de serie. Tras visitar varias obras, llegamos a Nanterre y vimos la enorme factoría textil que se está construyendo, la de los hermanos Pourier. En unos meses estará terminada. Y ¿sabe qué? —Con cierto dramatismo, Leland se pone en pie.

—Sorpréndame, Gilles.

—Las vigas acopiadas para la cubierta tenían el número de serie limado.

—Es una excelente noticia. —Martel debe elevar la vista para mirar a los ojos al detective—. Pero me temo que esas vigas podrían proceder de cualquier lugar…

—Por eso me reuní con el dueño de la empresa de construcción. No sabe cuánto afloja la lengua hablar de policía, jueces y cárcel. —Leland se coloca tras el respaldo del sillón que ha ocupado y apoya sus brazos sobre él—. ¿Dejamos ya de jugar, señor Martel?

Cédric Martel se queda en silencio y baja la mirada. Sigue sin encontrarse cómodo en el sofá y se yergue hasta colocar sus posaderas al borde del asiento. Su panza tensa la camisa, dejando unas horribles aberturas a la altura de los botones.

—Sea lo que sea lo que está insinuando —dice por fin en un arranque de dignidad—, le pido que lo retire.

—Por favor, no me insulte en mi propia casa, Cédric. —Gilles Leland se pasa también al nombre de pila, señal de que ha perdido la paciencia—. La constructora tenía la factura de las vigas; el vendedor era Pereylan et Fils, una empresa de importación que opera desde hace dos décadas. Y que fue absorbida hace cinco meses por la compañía Commercial Gauloise, cuyo administrador único es… —Leland deja aquellas últimas palabras en el aire.

Gilles Leland siempre saborea ese momento, justo cuando, poco a poco, ha ido estrechando el cerco y acorrala a su presa. Es entonces cuando lleva a cabo la maniobra que hace que sus víctimas le odien durante el resto de sus vidas: se recrea. Tener como enemigo a Leland es malo, pero tratar de engañarle es terrible. Cédric Martel se debate entre negar la mayor o aceptar que la partida está perdida.

—Llegados a este punto, considero innecesario todo esto. —El empresario hace un esfuerzo para levantarse del sillón.

—Se equivoca, Cédric. —La mirada del detective es fría, como el hierro de las vigas que ha unido a esos dos hombres—. Precisamente ahora es necesario; para que sea consciente de lo que ha hecho y se avergüence de ello. Siéntese —ordena.

Cédric Martel acata la orden sabiendo que el mango de la sartén ya no está en su mano. Y el aceite hirviendo va a caerle encima.

—Su hijo. El administrador único de Commercial Gauloise es su hijo. Lo que significa que ustedes orquestaron el robo de su propio cargamento de hierro para cobrar el seguro y, además, poder venderlo luego. El pedido a Belfast Iron superaba con creces el número de vigas de hierro que usted necesitaba para las construcciones que tiene en marcha. El plan era redondo: la aseguradora, antes de pagarle, le exigía que usted hiciera todo lo que estuviera en su mano para resolver el robo. Por eso me contrató a mí, creyendo que jamás lo lograría.

—¿Y qué piensa hacer con todo esto? —Las palabras de Martel rezuman altivez; aun derrotado, no piensa agachar la cabeza.

—Verá, lo normal sería denunciar todo esto en el juzgado.

—Tengo buenos abogados.

—Lo sé —confirma Leland—. Pero los honorarios serán altos, y un juicio por desfalco siempre afecta a la reputación.

—Usted no es un hombre normal. —Martel ha visto la grieta en el razonamiento del detective—. Por tanto, no piensa hacer lo que sería lo normal.

—Celebro que me vea así. —Leland saca una pitillera de plata del bolsillo interior de su chaleco y toma un cigarrillo entre los dedos—. Lo primero que va a hacer es pagarme: me contrató para resolver un robo, y es lo que he hecho. Lo segundo que va a hacer es cobrar el seguro.

—¿El seguro? —Aquel giro no lo espera el empresario.

—Las compañías aseguradoras, Cédric, son tan ladronas como usted. —La sonrisa delata que Leland le está revelando una evidencia—. No seré yo quien les ahorre un dinero. Ahora bien… —El silencio de Martel hace ver que no entiende nada de todo aquello. Pero prefiere seguir callado, a la espera de que el detective continúe—. Donará la indemnización del seguro y el beneficio de la venta del hierro robado al orfanato de Saint-Denis.

—¡¿Cómo?! —se sobresalta Martel—. ¡Pero eso es una barbaridad de dinero!

—Le estoy cambiando un juicio por una obra benéfica. —Leland hace un gesto con las manos dando a entender que es la única solución—. Imagínese a todas esas monjas y niños aplaudiéndole cuando vaya a visitarles.

Ambos hombres se giran al oír que las puertas del salón se abren. Un joven mulato elegantemente vestido, ancho de espaldas y de unos treinta años, se sorprende al encontrarles.

—Disculpa, Gilles, pensé que ya habrías terminado.

—El señor ya se iba —anuncia el detective—. Cédric, le presento a Jean-François, mi ayudante.

—Joven —saluda el empresario haciendo malabares para levantarse del sofá.

—Por favor, hágame llegar el cheque cuanto antes. —Gilles Leland sonríe—. Y gracias de nuevo por su generosa donación.

Cédric Martel toma la chaquetilla y su sombrero de copa del perchero y se despide pasando junto a Leland y su ayudante con un escueto «buenas tardes». Sabe que el detective lo tiene bien cogido por el cuello, y lo que más le duele es tener que agradecerle que no le denuncie.

—Ya has impartido justicia, ¿verdad? —sentencia con disgusto Jean-François en cuanto el empresario ha salido.

—Alguien tiene que hacerlo.

—Sí, pero tú te ensañas. Medio París te odia.

—Y el otro medio me ama.

—Ya veremos hasta cuándo.

—Anda —Leland sonríe y pone una mano sobre el poderoso hombro del joven—, no te preocupes ahora por eso. ¿Qué deseabas?

—Tienes en la sala de espera a tu siguiente visita.

—Ni me acordaba. —Leland arrastra la palma de la mano por su mentón—. ¿De quién se trata?

—El cónsul español en Burdeos.

—¿Y qué quiere?

—No tengo ni la más remota idea.

10

Burdeos, enero 1828

—¿Por qué quiere verlos muertos? —preguntó Guillaume Fossé mientras llenaba de nuevo los dos vasos.

—Yo no quiero verlos muertos. —Boscoscuro dio un trago a su vino antes de responder—. Es solo un trabajo.

—¿Y quién lo encarga?

—*Professionalità,* Fossé. —El italiano entornó los ojos, la claridad del día le molestaba—. Esa información no es relevante para ti.

—Pero esos hombres son intelectuales, tienen una edad…

—¿Tienes dudas? —le interrumpió Boscoscuro—. Si es así, devuélveme el oro y sigue tu camino. Sobran sicarios en Burdeos. —Sabía que Fossé iba a recular.

—Solo digo que prefiero matar a personas que sepan defenderse —alegó el gigantón.

—Te honra pensar así —concedió el italiano—, pero los asuntos de política esconden misterios que no entendemos. Si no los matamos nosotros, otros lo harán. Y se llevarán nuestro oro.

—«¿Nosotros?» —repitió Fossé enarcando una ceja con ironía.

—Yo me manché las manos durante muchos años —recalcó Boscoscuro, dejando bien clara la línea que no quería que Fossé atravesara—. Si no quieres mancharte las tuyas, esfuérzate en progresar.

—Ya… —Fossé se acomodó la capa en el regazo, para que no rozara con el suelo—, usted págueme mi oro y ya me encargaré yo de progresar.

Zanjado ese tema, Boscoscuro desvió la vista por la terraza de la taberna, situada en la Place du Pont, que se abría en la orilla derecha del río Garona junto al Puente de Piedra de Burdeos. Prefería alejarse del concurrido centro para reunirse con Fossé y su banda; la experiencia le decía que cualquier detalle podía llamar la atención y no deseaba que algún testigo pudiera recordar su descripción ante la policía. Al italiano le faltaban dedos en el cuerpo para contar los casos de compañeros que habían acabado encarcelados por no tener en cuenta esos pequeños detalles. A él no iban a relacionarlo con ese gigantón y sus hombres.

Y, no obstante, se estaba bien allí, junto a la gente de los muelles, sentados ante barriles de vino que hacían las veces de mesas. El sol del mediodía calentaba la piel pese al frío de enero y a la humedad que empapaba los adoquines de la plaza y el pavimento del puente. Andrea Boscoscuro se levantó las solapas del abrigo, cerró los ojos y alzó su rostro al sol mientras inspiraba con fuerza.

Él mismo podría haberse convertido en alguien como Guillaume Fossé si, en su día, no hubiera dado un giro alejándose de su familia. De no ser por eso estaría en esos momentos, con toda probabilidad, en una taberna similar, pero en Sicilia. Andaría tras algún pelele a quien pegar una paliza o una

115

cuchillada para cobrar una deuda de juego o despejar el camino de una herencia, o quizás estaría en la cárcel, detenido tras obviar uno de esos pequeños detalles que tanto le obsesionaban. O, peor aún, criando malvas en un cementerio por culpa de un mal negocio.

Pero había sido capaz de cambiar su historia y convertirse en alguien distinto de lo que marcaba su destino.

Tres años más y se retiraba. Todavía se sentía fuerte como para trabajar mucho más tiempo, resistente como para soportar aquella tensión que provocaba un trabajo como el suyo, pero, teniendo ya una buena cantidad ahorrada, quería disfrutar de su dinero con salud. Una villa en la Toscana, unos viñedos de uva sangiovese y quizás una mujer joven que, con sus caderas, le calentara el cuerpo por las noches. Pensaba que merecía ese retiro dorado tras haber satisfecho las ambiciones de algunas de las personas más poderosas de Europa. Y no, Benigno Malumbres no era poderoso, pero su oro valía tanto como el de cualquiera.

Miraba a Guillaume Fossé con una mezcla de lástima y asco. Se creía el virrey del crimen en Burdeos, pero podía vaticinar que algún día sería presa de un lobo más fuerte o rápido; solo era cuestión de tiempo. Andrea Boscoscuro había visto muchas veces caer a bravucones más preparados y peligrosos que él y sabía que ese tipo de vida solo conducía a un lugar donde nadie te llora. Por eso le daba lástima. Y asco porque, tal y como entendía las cosas, todo hombre tiene la oportunidad de buscar una salida mejor a la vida que le ha tocado en suerte, y si no lo hace es porque no pretende invertir el esfuerzo necesario para ello. Como sí había hecho él.

Pero esa lástima, asco, compasión o desprecio ni siquiera hacían acto de presencia cuando miraba a los otros tres integrantes de la banda del gigantón Fossé. Los había contratado por apenas una parte de lo que él iba a cobrar cuando el encargo estuviera terminado y sabía que eran meros peones a los que ni se molestaría en mirar si cayeran ensartados a cuchillo junto a él. Los mellizos Pierre y Alphonse Ferdinand, de apenas veinte años, corpulentos y siempre con cara de no entender muy bien qué ocurría a su alrededor, no sabían leer ni escribir y la mejor manera de diferenciarlos era por la falta de incisivos superiores de Alphonse —el chico al que Boscoscuro había puesto el pistolete en la cabeza en la taberna donde los contrató—, perdidos por un puñetazo en una pelea. Y Serge Cheval, menudo, fibroso y mano derecha de Fossé; con los treinta y cinco ya cumplidos —o eso parecía—, era un incesante bebedor con una gran habilidad para mantener la verticalidad, que lucía una despeluchada calva junto a unas patillas al estilo bandolero español que le daban un cierto aire intimidante.

Boscoscuro había comprobado la obediencia que profesaban a Fossé, aunque esta provenía más del miedo que le tenían y del convencimiento de que el gigantón era su mejor baza para conseguir el dinero con el que comer —y beber— todos los días que de la confianza en sus dotes de liderazgo.

Y, con todo, ese grupo de matones de medio pelo eran perfectos para el cometido que había llevado a Burdeos a Andrea Boscoscuro.

—¿Cuál es el plan? —preguntó Fossé limpiándose los labios con su manga.

—¿Qué harías tú? —contraatacó Boscoscuro.

—Ellos son cuatro, nosotros somos cuatro… Cada uno de nosotros se encarga de uno de ellos. Cuando salgan de sus casas, en un callejón…

—*Amico,* si lo hacemos como tú dices, perdemos la fuerza del grupo.

117

Boscoscuro había estudiado bien a sus objetivos, había indagado sobre ellos durante su estancia en Madrid, y los primeros días en Burdeos se dedicó a localizarlos y a conocer sus rutinas. Por eso tenía un plan.

Leandro Fernández de Moratín, Manuel Silvela, Rogelio Valdés y Francisco de Goya formaban un cuarteto variopinto. Como hombres en edad madura —Goya más que eso— y exiliados de su patria, poco tenían que hacer más que dedicarse a sus menesteres; escribir unos y pintar el otro. Disponían de tiempo, pero eran escasas sus amistades, así que, al acabar el día, los cuatro se juntaban en el Café de Lorain, en la place de la Concorde, donde artistas e intelectuales debatían sobre la situación política, las nuevas obras literarias o las corrientes pictóricas.

Moratín, que ejercía de líder de aquel curioso grupo, cojeaba de la pierna derecha a consecuencia de una apoplejía que había sufrido en 1825. Dominaba el francés, entre otras lenguas, ya que, unas veces por gusto y otras por necesidad, había sido un incansable viajero durante toda su vida. Bajo la protección de Godoy, de quien guardaba un buen recuerdo, había estrenado en 1806 su obra cumbre, *El sí de las niñas,* y aunque ni su calidad literaria ni su producción habían mermado desde entonces, su condición de afrancesado había hecho que público, mecenas y monarquía le dieran la espalda en España. Aun así, los pocos amigos con los que se había reencontrado en su exilio francés eran su sustento y su refugio.

Entre ellos, Manuel Silvela, gran abogado y notable escritor. Enjuto, nervioso y de rápidos andares, el patrimonio que ya traía desde España tras muchos años de ejercer su profesión, junto al hecho de haber fundado en Burdeos un colegio para selectas familias españolas y francesas, le permitía mantener una situación económica más desahogada desde la que podía echar una mano a algunos otros exiliados españoles. Sobre todo a Rogelio Valdés, poeta, bohemio y adulador de damas que seguía empeñado, a sus sesenta años, en triunfar con sus versos. Echaba la culpa de su falta de éxito al propio rey Fernando VII porque, según él, había dado orden a los editores de Madrid de que no publicaran ninguna de sus obras por sediciosas y poco aduladoras al monarca. Moratín y Silvela sonreían ante este repetido argumento de su amigo, sabiendo que ni era tan cierto ni sus versos eran tan buenos. Por contra, Rogelio Valdés era un excelente compañero de tertulia y café, y eso compensaba todo lo demás.

Francisco de Goya era una nota discordante en aquella melodía. Mayor que sus compañeros, se había codeado con monarquía y nobleza, había gozado de sus favores —de todo tipo—, y había llegado a acumular cierta riqueza a lo largo de su carrera que había invertido prácticamente en su totalidad en su Quinta del Sordo. Pero allí se encontraba ahora, en Burdeos, lejos de su tierra, de su hijo, de su nieto y de su querida Quinta. Exiliado, por no decir fugado, por las represalias de la corona hacia todos los intelectuales y artistas que colaboraron de un modo u otro con los invasores franceses y que confraternizaron con el corto reinado en España de José Bonaparte. Mucho tenían que mejorar las cosas para que Goya no acabara sus días en Burdeos, y vivía esa certeza con resignación. Sordo y aislado, hallaba cierta conexión con el mundo a través de esos tres amigos que la vida le había traído a la vejez.

Con esa información tenía que trabajar Boscoscuro para su plan.

—Has de pensar —le explicaba a Fossé— que hay que atacarlos simultáneamente. No podemos arriesgarnos a que la noticia de la muerte de uno ponga en alerta al resto. Nos pagan por matar a los cuatro, así que debemos optimizar el tiempo.

—Pues eso decía yo —rebatía el gigantón—. Cada uno de nosotros se ocupa de uno de ellos en acciones individuales. A la vez: una operación coordinada.

—Ahí es donde se pierde la fuerza del grupo. Si ocurriera un inconveniente o algo inesperado, no tendríamos capacidad de reacción. Además, no me fío de tus hombres actuando a solas.

—Son de plena confianza, pongo la mano en el fuego por ellos —afirmó Fossé mientras la vista se le iba hacia la mesa donde sus tres subalternos trasegaban vino y piropeaban a las muchachas.

—Si no te importa, eso lo decidiré yo. —Boscoscuro también había desviado la mirada hacia los gemelos Ferdinand y Serge Cheval, seguro de que tenía razón.

—¿Entonces? —preguntó Fossé—. ¿Cuál es el plan?

Boscoscuro se quedó unos segundos en silencio, mirándole con superioridad.

—Dentro de tres noches hay un recital de poesía en el Café de Lorain —detalló—. Lo suficientemente interesante para que acudan nuestros objetivos y lo suficientemente aburrido para que allí solo haya viejos, damas y presuntuosos aspirantes a poeta.

—Si el trayecto hasta allí lo hacen los cuatro juntos, ya los tenemos —observó Fossé.

—¿Y si uno se retrasa?, ¿y si no acuden juntos? —Boscoscuro, con calma, ejercía de abogado del diablo.

—A la salida, entonces. Ahí sí que no tienen opción.

Nadie llegaba hasta el lugar que ocupaba Boscoscuro sin pensar muy bien cada uno de los pasos que dar. Este sabía que Benigno Malumbres actuaba por su cuenta y riesgo al sentir que era la única persona cercana al ministro Calomarde y a

Fernando VII con los arrestos suficientes como para quitar de la circulación a los exiliados que hacían llegar esos panfletos que eran distribuidos por todo Madrid y para que, puestos a pasar hambre y ser unos analfabetos, al menos el pueblo se riera y burlara de sus gobernantes. Si ese trabajo salía bien, Malumbres se quedaría con ganas de más. Y eso supondría mucho más oro para el bolsillo. La villa en la Toscana y los viñedos de sangiovese podían estar un poco más cerca.

—Fossé, si matamos a los cuatro, como tú dices, todo el mundo comprendería que se trataba de una acción contra exiliados españoles.

—¿Y no lo es?

—Sí, pero no deseo que sea tan evidente. Es posible que nos hagan más encargos, y eliminar a los cuatro de golpe pondría en alerta a los exiliados de toda Francia. Tiene que parecer... —sonrió de medio lado— una horrible tragedia.

—Pues usted dirá, jefe. —Los labios de Fossé, enmarcados en una barba mal afeitada, dibujaron un gesto de incomprensión—. Yo ya me he perdido.

—Eliminémoslos dentro.

—¿Dentro del Café de Lorain? —Fossé calibró aquella sugerencia—. ¿Cómo exactamente?

—Vamos a simular un atraco, un atraco en el café. Esa será la coartada...

—... Para matar a cuatro hombres.

—Tendrá que caer algún parroquiano más —añadió—. Para que resulte *credibile*.

—Vale... —Fossé necesitaba recapitular—: entramos armados en el café y empezamos el lío. Más de un quijote nos plantará cara.

—Esas serán las víctimas colaterales que necesitamos. —Boscoscuro había pensado en ello.

—Se encenderán los ánimos.

—Y ahí es cuando dais matarile a los cuatro españoles. —A ojos de Boscoscuro era bien sencillo—. Asegúrate de llevaros alguna joya, carteras, relojes… Recordad que es un atraco.

—Ese botín nos lo podremos quedar, ¿verdad?

—*Certo* —afirmó Boscoscuro—. Pero ten presente que no estaréis allí por ese botín; es solo la cortina de humo.

A medida que se acercaba la hora en que la tarde caía, el sol dejaba de calentar, las sombras se alargaban en dirección este y la humedad calaba con mayor intensidad en la place du Pont. Los estibadores descargaban los últimos barcos, y los carros cargados con cestos llenos de anguilas y truchas se dirigían a la lonja. La vida seguía, afortunada para unos y esforzada para otros. Andrea Boscoscuro no era un ignorante y hacía años que se había convencido de que el lugar o la familia en la que uno nace influyen en la vida que se tendrá, pero no son algo definitivo. Cada uno se forja su propio destino. Pocos instantes después se dio cuenta de que ese mismo pensamiento, o uno parecido, debía de ocupar la cabeza de Fossé.

—Progresar… —El gigantón retomaba una parte de la conversación que ya habían dejado atrás—. Para esa forma de progresar de la que usted habla, hay que enterrar muchos escrúpulos.

—Si se entierran, acaban saliendo a la luz —respondió firme Boscoscuro—. No se trata de enterrarlos; se trata de hacerlos desaparecer.

—Todo sea por progresar —dijo Fossé levantado su vaso y apurándolo de un trago.

El italiano, viejo lobo en el manejo de lealtades, levantó su vaso en dirección al sicario y también lo vació en su garganta.

—Una última cosa, Fossé —dijo entonces.

—Usted dirá, jefe.

—El más viejo, Goya... —Dejó la frase en el aire.

—¿Qué pasa con ese?

—No podemos dejarlo allí. —Metió las manos en los bolsillos del abrigo y se arrebujó dentro de él—. Tenemos que llevarnos su cadáver para... *¿come si dice?*... —Boscoscuro buscaba la expresión adecuada—... un último detalle.

11

Burdeos, enero 1828

Se sentó en la banqueta y dio un par de empujones con las caderas para acercarla al piano. Acarició las teclas y pulsó el do de la tercera octava para comprobar la afinación. Sentía el pálpito del corazón en el cuello como si fuera a enfrentarse a una prueba de fuego. Pero es que todo había sido una prueba de fuego desde que llegó. Alisó los pliegues de su falda con ambas manos, cerró los ojos y se centró en su respiración para intentar calmarse.

Juliet se iba adaptando a los estrictos horarios que imponía doña Leocadia y al día a día junto a Rosario. Y se daba cuenta de que la señora había tenido razón desde el primer momento: no era lo mismo ser doncella que institutriz.

La noche en que doña Leocadia le confirmó que el puesto era suyo, Juliet volvió a la pensión donde había estado alojada las últimas semanas para hacer las maletas e instalarse al día siguiente en la casa de Francisco de Goya. Apenas pudo dormir, y en cuanto amaneció bajó con todos sus bultos por la escalera para despedirse de los tíos de Camille. Con un sincero alivio porque la joven hubiera encontrado trabajo en una buena casa en vez de verse abocada a tomar el empleo de la taberna, los dueños de la pensión le desearon la mejor de las suertes.

Mientras los faroleros se afanaban en apagar las pequeñas llamas que iluminaban las calles durante la noche y los comerciantes barrían la entrada de sus tiendas y preparaban el género del día, Juliet se encontró de nuevo frente al número 57 de cours de l'Intendance. Volvió a mirar la fachada, se santiguó y accedió al zaguán sabiendo que adonde realmente accedía era a una nueva vida.

Josephine, el ama de llaves de los Goya, le mostró la vivienda, a excepción de los dormitorios principales, ya que los señores y Rosario todavía dormían. Comenzaron por el cuarto en el que se iba a instalar Juliet, que dejó su maleta y la sombrerera sobre la cama. Era pequeño pero acogedor, con una ventana que daba al patio interior del edificio desde la que se podían ver sábanas y mantelerías colgadas a la espera de que el sol saliera para acabar de secarlas. Además, tenía su propio baño, pequeño pero con todo lo necesario, lo que daba una intimidad que la joven jamás había conocido. Pasaron de manera apresurada por la salita del café, donde el día anterior había estado esperando el veredicto del señor, y se detuvo unos segundos para contemplar de nuevo *La lechera*. El comedor, al otro lado del pasillo, era pequeño pero elegante, aunque todo lo que contenía destilara un aire a antiguo o pasado de moda; algunas de las sillas necesitaban un retapizado y los cortinajes ya se transparentaban. El suelo de listones de madera, astillado en algunos puntos, crujía bajo los pies de las dos mujeres, que hablaban en voz baja para no molestar a sus patrones. La cocina estaba presidida por el fogón de carbón y leña, encendido ya a esas horas porque Josephine preparaba un guiso, que aprovechó para remover mientras le enseñaba la despensa. Le contó que los señores dormían en habitaciones

125

separadas —más adelante averiguaría que doña Leocadia no soportaba los ronquidos de don Francisco—, y que la del señor no era un dormitorio propiamente dicho, sino que era su estudio, en el que se había hecho colocar una cama, y donde dormía rodeado de caballetes, lienzos y botes de cristal llenos de pinceles.

La biblioteca, le explicó Josephine, era el lugar en el que impartiría sus clases a Rosario. Cuadrada, tenía anaqueles combados por el peso de los libros en dos de sus paredes, y el centro lo ocupaba una gran mesa ovalada rodeada por seis sillas tapizadas en terciopelo azul. Cruzando la estancia, frente a la puerta, un piano Sauter de pared que, según el ama de llaves, el señor había adquirido en un anticuario para que la niña aprendiera a tocar.

La sala del café y el estudio-dormitorio del señor tenían salida al alargado balcón desde el que se podía respirar la vida y el continuo trasiego de cours de l'Intendance. Desde luego, pensó Juliet, aquella no era la casa Montraver, pero, a la espera de poder ahorrar lo suficiente para ir a París, no era un mal destino.

Tras la visita guiada, Josephine la llevó hasta la puerta que había al final del pasillo, donde se detuvo.

—La habitación de Rosario —dijo en un susurro—. Entra y despiértala. Tienes que escogerle la ropa para hoy.

—¿Ahora? —respondió una asustada Juliet; no por la hora, adecuada para que una niña comenzara su jornada, sino porque solo hacía unos minutos que había entrado en aquella casa.

—Es tu trabajo. —Josephine se dio la vuelta y comenzó a desandar el camino por el pasillo—. Yo le preparo el desayuno y se lo sirvo en la salita.

Volvió a pulsar el do, esta vez de la cuarta octava, sintiendo cómo sus pulsaciones descendían y su corazón dejaba de ser, poco a poco, un caballo desbocado. En ese instante la puerta se abrió y vio a doña Leocadia, con su eterno vestido negro y una toca beis claro, que daba paso a Rosario para su clase de piano.

—Señora. —Juliet se puso en pie, con la vista en el suelo.

—Ya te he dicho varias veces que no son necesarias esas formalidades cuando estamos solo nosotras —dijo doña Leocadia con una sonrisa, pero queriendo dejar bien claro que sí eran necesarias cuando tuvieran visita.

Doña Leocadia prefería educar a su hija en casa, no creía en los colegios, y dentro del horario que había elaborado para la educación de Rosario, la jornada empezaba con francés y continuaba con protocolo, costura y lectura en castellano. Tras la comida, acudía al domicilio un viejo profesor que impartía, según los días, matemáticas, geografía, historia o filosofía. La última clase, rayando el atardecer, siempre era la de piano.

En la semana que Juliet llevaba en la casa, doña Leocadia había asistido a casi todas las sesiones que la nueva institutriz tenía con Rosario. Si a Juliet la anegaba la inseguridad por ejercer de educadora, esta crecía hasta el infinito cuando sentía la escrutadora mirada de la señora. Nada le recriminaba, ni siquiera había hecho en todos aquellos días la más mínima observación, pero podía sentir sus ojos clavados en el cogote, como si esperara que diera un paso en falso para saltar sobre ella y hacer evidente que no era la institutriz que deseaba para su hija.

—¿Qué has preparado para la sesión de hoy? —preguntó doña Leocadia mientras encendía la lámpara de la biblioteca y colocaba un candelabro sobre el piano, para que iluminara la partitura.

—*Para Elisa,* señora. —Juliet se apartó para que Rosario se sentara en la banqueta.

—Adecuada elección —aprobó—. El señor dice que le conoció.

—¿A quién? —intervino Rosario, que en presencia de su madre era todo un modelo de comportamiento.

—¿A quién va a ser? A Beethoven.

—¿Padre conoció a Beethoven? —preguntó Rosario de nuevo, con la misma curiosidad que Juliet sentía ante aquella historia.

—Eso fue lo primero que me contó cuando nos conocimos —confesó la señora—. Supongo que para impresionarme.

—¿Y lo hizo? —La niña rascaba minutos a la clase de piano.

—¿Conocerle?

—No —rio Rosario—. Impresionarla, madre.

—Sabes que Francisco de Goya tiene otras formas de impresionar. —Doña Leocadia señaló el piano, indicándole que se girara para comenzar la sesión—. De todos modos, si la anécdota es cierta, supongo que sería una conversación difícil.

—¿Por el idioma, señora?

—Por el idioma. —Esta vez la sonrisa se dibujó en los labios de la propia Leocadia—, y porque están los dos más sordos que una tapia.

Juliet y Rosario también sonrieron, aunque la institutriz trataba de disimularlo con una mano sobre la boca. Había ciertos límites que no deseaba cruzar.

—Bueno, Beethoven *estaba* sordo —retomó doña Leocadia enfatizando el tiempo verbal—. El año pasado nos llegó la noticia de su muerte. —Las sonrisas se apagaron ante ese giro.

—Un verdadero genio, señora.

—Como padre. —Las palabras de Rosario, que miraba hacia Juliet mientras las decía, contenían una carga de reproche.

—Por supuesto, como el señor. —Juliet bajó la mirada de nuevo, era la herencia que había recibido de la casa Montraver—. ¿Comenzamos?

—Sí, por favor —rogó doña Leocadia mientras se sentaba en una de las sillas.

Rosario interpretaba la melodía una y otra vez, ya que tenía que volver a comenzar en cuanto cometía un fallo; mientras, Juliet la acompañaba tocando los acordes en las octavas más graves. Era algo mecánico, que le permitía a su mente divagar en libertad. Pensaba que apenas había tenido contacto con el señor en la semana que llevaba allí, pero aun así había sentido la devoción que le profesaban tanto la señora como la niña, por más que doña Leocadia no tuviera reparos en regañarle o enfadarse con él ante sus continuas actitudes infantiles. Que en la biblioteca hubiera una pequeña vitrina con medallas e insignias, unas grabadas con el escudo de España, otras con el de Francia, le hacía suponer que Francisco de Goya debía de ser toda una personalidad. O al menos debía de haberlo sido.

—¡Leocadia!, ¡Leocadia! —Las tres mujeres oyeron, desde la biblioteca, su grave y potente voz.

—¿Qué tripa se le habrá roto ahora a este hombre? —Con un gesto de hastío, doña Leocadia se levantó de la silla. Juliet y Rosario dejaron de tocar—. Continuad —ordenó—. ¡Voy!

—Sigamos —dijo Juliet cuando volvieron a quedarse a solas frente al piano.

—¿Tú crees que puedo concentrarme con esos gritos? —respondió la niña con mal carácter.

Era cierto que la discusión entre doña Leocadia y Goya se oía en la biblioteca; sobre todo las voces de él. Pero a Juliet no se le escapó la insolencia en la respuesta de Rosario, cosa que no había ocurrido en toda la semana.

—Podemos cerrar la puerta y continuar —dijo, tratando de reconducir la situación.

—No me gusta el piano. —Girada en la banqueta, Rosario la miró a los ojos—. Y no me gustas tú.

Ese desafío hizo a Juliet transitar, en décimas de segundo, por el despido, la vuelta a la pensión, tener que aceptar el trabajo de tabernera…

—Tú no eres institutriz —siguió Rosario—. Apenas eres mayor que yo, tu castellano deja mucho que desear y el protocolo que me enseñas no lo has puesto en práctica en tu vida. —La rabia anidaba en sus ojos—. Como niñera tendrías un pase, pero lo que es como institutriz…

—Rosario, nos estamos conociendo y creo que…

—¡Que no me gusta el piano! —cortó Rosario mientras se ponía en pie—. ¡Yo quiero pintar, como padre!

—Hija… —Se oyó la voz de la señora en el pasillo—. ¿Tú has visto la trompetilla de tu padre?

—Está en la cómoda de su estudio, madre —contestó la niña elevando la voz, pero con el tono dulce de quien en su vida había roto un plato.

—Voy a ver… —La voz de doña Leocadia se alejaba por el pasillo.

Juliet se quedó en silencio. Se debatía entre utilizar la actitud servil que había aprendido en la casa Montraver para intentar reconciliarse con la niña o sacar la leona que llevaba dentro para plantarse en su sitio y responder al reto que le había lanzado su pupila. La entrada de Goya en la biblioteca evitó que tuviera que tomar una decisión. El anciano llevaba abierto su raído abrigo, del que asomaba su imperial panza, los guantes sin dedos y su abombada gorra de cuero en las manos.

—¡Hija! —El hombre sonrió a Rosario—. ¿Cómo van las clases de piano?

—Muy bien, padre. —El poco ilusionado rostro de Rosario contradecía sus palabras—. Hoy Juliet me está enseñando *Para Elisa*.

—Repítelo mirándome a la cara, para que pueda leerte los labios.

—¡*Para Elisa*! —Rosario acompañó la frase elevando la voz.

—¡Mi querido Ludwig! —exclamó Goya—. Anda, toca para mí.

Rosario se sentó de nuevo en la banqueta y miró a Juliet con unos ojos que le pedían que se ocupara de los acordes. La institutriz sostuvo durante unos instantes la mirada de la niña, tratando de averiguar si su petición contenía la insolencia de unos segundos atrás o una sincera necesidad de ayuda para intentar que el pintor se sintiera orgulloso de ella. Juliet comprendía que otra leona vivía dentro de Rosario y sabía de sobra de las dificultades de manejar esa fiera interior. Las manos en el teclado indicaron que aceptaba el ruego de su pupila, y esta le dedicó una leve sonrisa.

Mientras la niña acometía la melodía, con desigual resultado, Goya posó la palma de la mano sobre la parte superior del piano y se agachó ligeramente, ladeando la cabeza hacia el lado derecho.

—Maravilloso, Rosario. —Goya felicitó a la niña en cuanto terminaron, y Juliet comprendió que no había escuchado ni una sola nota—. Estás progresando mucho gracias a tu profesora. —E hizo una inclinación de cabeza hacia Juliet.

—Pero padre… —Rosario le habló mirándole a los ojos—, yo quiero pintar, como usted.

—Ay, zagala… —Goya no pudo evitar una carcajada—. Eso habrá que hablarlo con tu madre.

—Dígaselo usted, por favor —rogó la niña.

—¿Qué tiene que decirme a mí, Rosario? —Doña Leocadia apareció en la biblioteca con la trompetilla de Goya.

—Nada, mujer. —Goya tomó de la mano de la señora el artefacto para oír—. En otro momento.

Rosario se cruzó de brazos en señal de disgusto, y Goya le acarició el cabello.

—Ahora tengo que irme —añadió.

Unos pequeños golpes en la puerta abierta de la biblioteca interrumpieron la conversación.

—¡Juanito! —Rosario se alegró al ver a su amigo. Aunque un poco más pequeño que ella, era el único niño con el que podía jugar.

—El que faltaba… —murmuró doña Leocadia entre dientes.

—Madre, terminamos el piano por hoy. —No era una pregunta, Rosario solo constataba ese hecho—. Me voy a jugar con Juanito.

—Sí, hija, sí… —La madre se dio por vencida mientras Juliet asistía en silencio a la escena familiar, y Rosario y su amigo salían corriendo de la biblioteca.

—Bueno, me marcho. —La voz de Goya atronó en la sala—. Señorita… —se despidió de Juliet.

—¿A qué hora vas a llegar? —inquirió la señora.

—¡Llegaré a la hora que llegue, Leocadia! —Goya se revolvió ante el intento de Leocadia de controlar sus horarios—. Qué mujer…

—¿Y para qué quieres hoy la trompetilla? Si nunca la utilizas.

132

—Hay un recital de poesía en el Café de Lorain. —Goya ya salía por la puerta.

—Poesía… —refunfuñó Leocadia, que siempre tenía que decir la última palabra—. ¡Si ni siquiera te gusta!

12

París, enero de 1889

—¿Quién pagaría mis honorarios? —pregunta Gilles Leland mientras exhala el humo de su cigarrillo.

—Yo. —Pereyra no esconde sus cartas—. Si no tiene inconveniente.

—Inconveniente ninguno, pero quizá se tendría que ocupar la corona española.

—Verá, Monsieur Leland —el cónsul español cruza las piernas sin acabar de encontrar la postura en aquel sillón Luis XVI—, la corona española tenía olvidado al maestro. Bastante trabajo me costó que el rey intercediera para la exhumación de sus restos como para irle ahora con la cuenta de un detective. —Un gesto con la mano descarta la posibilidad—. Con todos los respetos hacia usted, por favor.

—Confío en su solvencia.

—Este era mi último servicio a España. Y pretendo que lo siga siendo, aunque el tema se haya enmarañado más de la cuenta.

—¿Ha pensado en la posibilidad de que jamás encontremos esa cabeza? —Las volutas de humo rodean la figura del detective mientras lanza la hipótesis.

—Si dio con el diamante de Bruneau, tengo esperanzas de que dé con el cráneo de Goya.

Jean-François, sentado en silencio en una silla junto a Leland, toma notas de la conversación y apunta cualquier dato de interés que mencione Pereyra. El joven observa al diplomático español. Su retiro debe de estar cercano. Y hay algo que le sorprende y a lo que solo el tiempo dará respuesta: el asunto es personal para Pereyra. No tiene nada de malo, cuando se requieren los servicios de Leland siempre es por un tema personal. Pero en el caso que les ocupa no hay un beneficio propio para Pereyra; está dispuesto a gastar dinero de su patrimonio en un encargo cuyo beneficiario, si tienen éxito, será toda una nación. Y el tanto se lo anotará un rey. No sabe si tras la cansada mirada del cónsul se esconde un patriotismo exacerbado o es una cuestión de honor.

—¿El resto del esqueleto? —El detective lanza la colilla al fuego.

—Sigue en el cementerio —confirma Pereyra—. La exhumación no se realizó.

—Por lo que, si localizamos el cráneo, volverá a tener que meterse en toda esa telaraña burocrática para la exhumación y el traslado a España. —Leland acostumbra a poner a sus clientes en las peores situaciones posibles, para comprobar hasta dónde llega su empeño.

—Eso, señor, ya es cosa mía. —Pereyra acepta el cigarrillo que le ofrece el detective, quien toma otro entre sus dedos—. Cada oficio ayuda a desarrollar unas virtudes. Y la carrera diplomática me ha aportado una paciencia a prueba de balas.

Leland mira a su ayudante, que sigue tomando notas. Jean-François percibe el silencio en la sala y levanta la cabeza. Su mirada se cruza con la del detective.

Pereyra ya sabe que Gilles Leland es el mejor investigador privado de todo París. Le han advertido sobre su difícil carácter y sus excentricidades, y la airada salida del hombre con quien el detective estaba reunido antes de él es prueba de lo primero. Tener un ayudante mulato vestido a la última moda demuestra lo segundo. Sin embargo, a estas alturas, Pereyra ya ha visto de todo en su carrera y procura no emitir juicios apresurados.

Sin expresarlo, los tres hombres se están midiendo, buscando sacar información de lo que se dice y, sobre todo, de lo que no se dice. Y los tres lo saben.

—¿Qué opinas? —Leland se dirige a Jean-François sin perder de vista las reacciones de su potencial cliente.

Esa pregunta forma parte de lo que no se dice, y Pereyra toma buena nota mental de ello: el detective consulta a su ayudante, y eso puede denotar que la relación entre ellos no es tan jerárquica como él había imaginado.

—Han pasado sesenta años desde la muerte de Goya —recapitula Jean-François—. La clave reside en saber en qué momento de esas seis décadas ha sido profanada la tumba. Cuanto más alejado en el tiempo, más difícil de resolver.

—¿Alguna idea sobre este punto? —Leland vuelve a dirigirse al cónsul.

—Ninguna —reconoce Pereyra.

—Ha dicho que había dos cuerpos. —Leland da marcha atrás en la conversación—. ¿De quién es el segundo?

—El director del cementerio no me ha dado ese dato. Dice que no me incumbe.

—¿Piensas que puede tener algo que ver el segundo cuerpo con la profanación? —interviene Jean-François dirigiéndose a Leland. A Pereyra no se le escapa que le ha tuteado. La relación entre esos dos hombres es, cuando menos, extraña.

136

—Todo detalle es importante. Tendríamos que visitar Burdeos e investigar allí. —Leland se pone en pie y mira su reloj de bolsillo—. Eso implica viajes, alojamiento y manutención.

—No se preocupe por eso. —Pereyra se anima—. ¿Entonces acepta el caso?

—Significa que lo voy a pensar. Para viajar a Burdeos tendría que dejar muchos asuntos pendientes aquí, en París. Y no sé si estoy en disposición de ello.

—¿Y cuándo cree que podrá darme una respuesta? —Joaquín Pereyra ya ha librado mil batallas y sabe que la incertidumbre nunca ayuda. Por ello presiona mientras, como su anfitrión ha hecho antes, lanza la colilla a la chimenea.

—Ha dicho que toma el tren en dos días. Tendrá noticias mías antes de poner un pie en el vagón.

—Así sea. —Conforme con la respuesta, Pereyra se pone en pie, evidenciando su altura y su espigada silueta, toma su sombrero y su abrigo del perchero y ofrece la mano a Leland. Ya no queda nada más que hablar allí.

★★★

La cena, como de costumbre, ha sido ligera. Leland permanece en la mesa con una copa de brandy ante él. En mangas de camisa y provisto de aceite y un paño, desmonta su Colt 45 y lo limpia. Es un ritual, hace tiempo que no ha tenido necesidad de dispararlo. Pero no desea que, llegado el momento, pueda encasquillarse. El revólver resulta exótico en Europa, pese a lo popular que es en Estados Unidos. Fue un regalo de un banquero americano en agradecimiento por la exitosa intervención de Leland en un delicado asunto de espionaje industrial. El detective podría llevar un arma más pequeña y de fabricación europea, pero, si la ocasión lo requiere durante un

137

trabajo, quitarse la chaqueta y dejarla a la vista prendida en su cinturón produce un efecto teatral que le encanta.

Jean-François está recostado en el sofá con el chaleco desabrochado y, descalzo, descansa los pies en un taburete. Tiene un libro de gran formato abierto entre las manos. El lento discurrir de las páginas hace pensar a Leland que el joven está absorto y se detiene a observar las ilustraciones.

—¿Qué lees? —Gilles lanza la pregunta sin mirarlo mientras hace rodar el tambor del Colt, que acaba de engrasar.

Jean-François, sin variar su posición, levanta el libro, abierto, por encima de su cabeza, y da unos golpecitos con el dedo en la tapa, para que Leland vuelva la vista hacia él. La ilustración que el joven muestra al detective representa a un hombre sentado en una silla, con las piernas cruzadas y la cabeza escondida entre los brazos, que apoya sobre la mesa. No se sabe si está durmiendo o desesperado por encontrar una solución al problema que le pueda estar preocupando. A su espalda, quizá sin que el hombre se percate de su presencia, búhos, linces y murciélagos de un tamaño gigantesco le están acechando. La ilustración le parece brillante, pero también sórdida, cargada de desasosiego.

—«El sueño de la razón produce monstruos» —lee Leland, en un casi perfecto español, la frase escrita en el lateral de la mesa donde el hombre está recostado.

—¿Qué interpretación le das? —pregunta Jean-François.

—Alcanzar el conocimiento es la empresa más complicada del ser humano —responde—. Cuanta más sabiduría tenemos, mejor comprendemos que no sabemos nada, que nos queda todo un mundo por aprender. —El Colt, montado, descansa sobre la mesa—. Y esa ignorancia nos desespera, crea monstruos en nuestra cabeza.

—Me gusta… —aprueba Jean-François.

—¿Cómo lo interpretas tú?

—Estar siempre en posesión de la razón es una entelequia, un sueño. Pero quien cree estarlo se convierte en juez y en verdugo. —Cierra el libro y lo deja en su regazo—. Y esa ilusión de ser poseedor de la verdad es la que genera monstruos.

—Ya… —Gilles cree saber por dónde quiere ir—. Dilo de una vez.

—¿Por qué no hemos aceptado el trabajo del cónsul?

Leland se gira en la silla y dirige su mirada al joven.

—Burdeos, ciudad de provincias… —dice por fin—. ¿Algo de dinero que ganar? Quizá. ¿Fama? Ninguna.

—Es el cráneo de Goya, Gilles.

—Que nadie sabe que ha desaparecido, no es un misterio que se publique en la portada de los diarios. —Toma de la mesa el ejemplar de *La Presse* del día y lo blande como una bandera ante él—. Es un tema que solo interesa a ese viejo cónsul.

—¿Fama? —Jean-François se incorpora en el sillón—. No era lo que buscabas cuando te hiciste policía. Ni cuando detuviste a Brossard y pusiste fin a esos infames asesinatos de niños. —Su ánimo se enciende—. ¿Cuándo cambiaste, Gilles?

—¿Piensas que esto se paga solo? —Con la mano abarca la elegante estancia.

—Nadie dice que no cobremos, Pereyra ya ha dicho que se encarga.

—¡Pero nosotros vivimos de la atención que generamos! —El tono de voz indica que la conversación no le está gustando—. Un cliente satisfecho o una buena crónica en la prensa hacen que vengan diez casos más. Por eso nos podemos permitir elegir.

—Claro…, por eso tú has decidido que el trabajo en Burdeos no nos interesa.

—Es que no nos interesa.

—Y que lo que interesa es que trabajemos únicamente en aquellos casos que te encumbren, que te hagan cada vez más famoso.

—No me negarás que nos va bien así. —Para el detective es evidente.

—Por eso te pregunto cuándo cambiaste —el tono ya no es de reproche, sino de decepción—, cuándo dejaste de querer ayudar a la gente, de escucharla.

—No estás siendo justo, Jean-François. —Gilles ha sentido la dentellada.

—Bueno, quizás el justo seas tú, como haces siempre, como has hecho hoy con Cédric Martel. —Aunque no estaba presente, conoce de sobra los métodos de Gilles—. Investigamos, descubrimos su culpa y le impones la penitencia.

—Según tú, ¿qué tendría que haber hecho?

—¡Dar parte a la policía! —Ahora sí se exalta—. ¡Ese hombre es un estafador, se merece ir a juicio!

—Y las monjas hubieran perdido una generosa donación.

—Una donación que sigue teniendo rédito para ti, no es un acto de generosidad pura. —Jean-François se levanta del sillón y camina hacia Gilles—. La gente que se puede permitir tus honorarios sabe que te necesita. Pero también te teme; están seguros de que airearás cualquier trapo sucio que encuentres.

—Quizá la solución sea que no tengan trapos sucios.

—Pero eso no está en tu mano, Gilles. —Se sienta en la silla junto al detective—. No puedes estar siempre en posesión de la razón.

—Ya… —Solo por entretener las manos, sopesa de nuevo el Colt y piensa en lo que Jean-François le está diciendo—. El sueño de la razón produce monstruos.

—Medio París te odia, tiene cuentas pendientes contigo. —Le pone una mano sobre el brazo—. Y cualquier día nos pasarán la factura por esas cuentas al doblar una esquina. O en un callejón.

—Quieres que hagamos el trabajo de Burdeos.

—Quiero que desaparezcamos una temporada de París, que trabajemos para una buena persona. Que intentemos solucionar un problema que sea una causa justa.

Se instala un silencio entre ambos. Leland no es tonto y sabe que Jean-François está en lo cierto. Y no ignora que, de unos años a esta parte, disfruta con esa reputación de infalible y estricto que se ha granjeado. Porque, después de todo lo vivido y de su deshonrosa expulsión del cuerpo de policía, esa reputación es parte de su venganza.

El fuego ya es débil, el tronco casi se ha consumido. Está tentado de levantarse y echar otro. Pero es tarde y sería como malgastarlo.

—¿Quién es el autor de la ilustración?

Jean-François se levanta de la silla y vuelve al sillón. Coge el libro y lo pone en manos de Leland. Este acaricia las tapas encuadernadas en una tela que ya está desgastada en las puntas y lee para sí: «Caprichos – colección de grabados de don Francisco de Goya».

—Avisa a Pereyra. Y prepara las maletas —dice mientras exhala el aire sonoramente y le devuelve el libro—. Tomaremos el mismo tren en el que vaya a viajar él.

13

Entre que la poesía no era algo que le atrajera, que el recital era en francés y que tenía que leer los labios a los que declamaban, Goya se aburría soberanamente. La trompetilla, por mucho que la introdujera en su oído, no le daba la más mínima ganancia auditiva. Al menos, el flujo de vino a la mesa era constante, y alguna de las damas presentes era agradable de ver.

Siendo elegante, el Café de Lorain no era de los lugares más exclusivos de la ciudad. Pero era el único con cierta solera que la Sociedad Poética de Burdeos había encontrado para celebrar sus veladas. Aunque en ocasiones conseguían que algún poeta de renombre venido de París actuara en los recitales, la mayoría de quienes presentaban sus obras eran petimetres con ínfulas que deseaban que la profundidad de sus versos los llevara a encontrar mecenas entre aquellas damas de alcurnia que acudían a escucharles. Mecenazgo que, por otro lado, solía incluir meterse bajo las sábanas de aquellas mujeres para que ellas pudieran presumir de joven amante. Y en eso andaban compitiendo las que se sentaban a las mesas junto al improvisado estrado. Cosas de la Francia de la época.

Cuando el público —compuesto, además de por las damas de la Sociedad Poética, por matrimonios burgueses que se

142

preciaban de apoyar la cultura, por críticos literarios y por esa pléyade de juntaversos— arrancaba en aplausos, Goya aprovechaba que el festín poético daba una tregua y levantaba su vozarrón para entablar un rato de cháchara con sus compañeros, lo que era seguido de forma invariable por una pequeña palmada en su brazo y el gesto de llevar el dedo índice a los labios para pedir silencio por parte de Moratín. A esas alturas, el viejo pintor ya había pronunciado cuatro veces con evidente disgusto la frase: «¿Pero es que esto no se acaba nunca?».

La Sociedad Poética de Burdeos trataba con mimo aquellos encuentros. En la parte izquierda del local situaban la tribuna, con un atril para los oradores, con dos centros florales y un macetero a cada lado donde se clavaba una antorcha para dar un efecto más intimista al acto. Las lámparas del techo no se encendían y, para compensar, se colocaban quinqués de aceite distribuidos por las paredes. Un viejo violinista atacaba una pieza con cada poema, para realzar las palabras recitadas. Las mesas del público se repartían a lo largo de la sala, pero dejaban libre acceso a la barra para que las camareras pudieran trabajar. Esa noche, la mesa que les había tocado a los cuatro exiliados españoles no estaba mal, ubicada casi en el centro del Café.

En mitad del recital la puerta se abrió, dejando pasar un viento frío, y una imponente silueta se dibujó en el umbral.

—¡La puerta, por favor! —dijo una de las damas sin siquiera mirar.

Pero no se cerró, y cuando varios asistentes se giraron en esa dirección ya se había hecho evidente que aquella visita era totalmente inesperada. Fue Manuel Silvela quien avisó a sus compañeros de que, tras el gigantón que se envolvía en una capa, entraban otros tres hombres embutidos en abrigos negros. Sombreros y pañuelos que les cubrían nariz y boca los hacían irreconocibles.

El portazo fue lo que hizo el silencio, dejando una nota de violín en el aire.

—Señoras y señores, lamentamos interrumpirles, pero el propósito de nuestra visita es recaudar todo objeto de valor que lleven encima —habló el grandullón de la capa. Sus tres secuaces se distribuyeron por la sala, cada uno con un saco de arpillera—. Así que, si nos facilitan la tarea, estaremos encantados de irnos lo antes posible.

El murmullo de los ocupantes de las mesas se hizo cada vez más audible. Unos se mostraban indignados, otros incrédulos... Goya no podía oírlos, pero se hacía una idea de lo que estaba ocurriendo.

—¿Qué pasa? —preguntó a sus compañeros en busca de confirmación.

Su vozarrón traspasó el murmullo y llamó la atención de los ladrones. Ya tenían localizada la mesa de los auténticos protagonistas de aquel negocio.

—Saca las pocas monedas que lleves y déjalas encima de la mesa —dijo Moratín en voz baja mirando a Goya de frente para que pudiera leerle los labios.

—Pues ya verás cuando se entere Leocadia —respondió este con disgusto—. Se va a creer que me lo he gastado todo en vino.

El líder hizo una seña a uno de sus hombres para que se acercara a sus objetivos mientras otro rondaba por las mesas próximas a la tribuna de oradores. El collar de una de las damas llamó su atención y no dudó en echar mano a su escote y tirar con fuerza. Debía de ser de buena calidad, porque el cierre no se rompió y lo único que consiguió fue que la señora diera con sus huesos en el suelo.

El resto de compañeras, asustadas, se pusieron en pie y comenzaron a gritar mientras el poeta a quien habían interrumpido el recital se dirigía al embozado.

—¿Pero usted qué se ha creído? —le increpó, propinándole un puñetazo que giró el rostro del ladrón.

Más asistentes se pusieron en pie, alertados por el incidente, y el ladrón, al que le costó unos segundos recuperarse del golpe, reaccionó sacando un cuchillo del cinturón y clavándoselo en el estómago al poeta.

Y ahí sí que se formó el acabose. Al ver que los ladrones no tenían reparos en utilizar la violencia, la indignación y la incredulidad se transformaron en miedo y todo el mundo se levantó para huir hacia no sabían dónde. El tabernero salió de la barra y, esquivando gente, llegó hasta la puerta trasera, que desatrancó de un golpe. Trató de que su voz se impusiera a los gritos que dominaban la sala llamando a los clientes:

—¡Por aquí!, ¡salgan por aquí!

La estampida de gente hacia la parte de atrás hizo que Guillaume Fossé perdiera de vista a sus objetivos y, tras mandar al suelo a un matrimonio de edad avanzada que se interpuso en su camino, aguzó la vista para tratar de identificarlos. Los gemelos Ferdinand habían sacado sus cachiporras, con las que golpeaban a quienes corrían, y despojaban de cadenas, anillos o relojes a los que caían al suelo.

Fossé localizó a Moratín, Silvela y Valdés, que intentaban ayudar a Goya a levantarse para huir por la puerta trasera. El viejo pintor no se había quitado el abrigo en toda la noche por miedo a un enfriamiento, y eso dificultaba sus movimientos. La gorra de cuero marrón asomaba por uno de los bolsillos del raído gabán. Los empujones de la gente que huía sin concierto, derribando mesas y sillas, dificultaba la tarea. Desentendiéndose del pánico que habían generado, el gigantón comenzó a caminar hacia los españoles, mientras desenvainaba un cuchillo. Serge Cheval, quien había comenzado las hostilidades apuñalando al poeta, vio la intención de su jefe y tomó la misma dirección desde el fondo de la sala.

—Estos vienen a por nosotros —exclamó Rogelio Valdés, que de un brusco tirón movió la mesa para liberar a Goya—. Hacia la puerta de atrás, ¡ya!

El camino de Cheval se vio interrumpido por un hombre que le cogió de la pechera entre insultos tras ver lo que le había hecho al poeta. Para sacárselo de encima, no dudó en tirar una cuchillada al brazo que le agarraba al tiempo que le propinaba una patada que lo lanzó contra la pared, con tan mala suerte que el hombre golpeó con la cabeza uno de los quinqués de aceite colocados allí para el recital. Cuando el aceite se derramó sobre sus ropas se convirtió, en cuestión de segundos, en una antorcha humana que corría despavorida entre alaridos, prendiendo en su carrera manteles y cortinajes.

De pronto, la íntima luz del Café de Lorain se convirtió en una llamarada que iluminó los rostros de todos los presentes. El hombre en llamas cayó contra una de las ventanas, haciéndola añicos y encendiendo la noche con el fuego que iba a acabar con su vida.

Los transeúntes que pasaban por la calle se asustaron al ver el descontrolado incendio del interior y alguno trató de entrar en el local, pero Fossé y sus hombres habían atrancado la puerta desde dentro.

Goya, Moratín, Silvela y Valdés se unieron al gentío que trataba de salir por la puerta de atrás, pero en ese cuello de botella se avanzaba muy despacio. Fossé supo que ya los tenía; los cuatro estaban atrapados.

—¡Empujad!, ¡empujad! —ordenó Rogelio Valdés al tiempo que lo hacía él mismo.

Tras ellos, los dos atacantes recortaban espacio a gran velocidad, empujando o tirando cuchilladas a todo el que se cruzaba en su camino.

Desde fuera, una de las personas que trataban de ayudar rompió una amplia cristalera junto a la puerta trasera y esa improvisada vía de escape aligeró el gentío que allí se agolpaba. Pero para entonces Fossé ya estaba cada vez más cerca de los españoles y, con tirones y empujones, apartaba personas como si fueran muñecos de feria para llegar hasta ellos.

—Sácalos —ordenó Rogelio Valdés a Moratín en voz baja.

—¿Dónde vas tú?

—A parar los pies a estos tipos. —Sacó de su cintura una pequeña daga—. Si no, aquí acabamos los cuatro.

Y Valdés se giró sobre sus talones dispuesto a enfrentar el tumulto para avanzar en dirección a Fossé, esquivando a todos los que huían hacia la salida.

—¡¿Dónde va Valdés?! —gritó Goya.

—¡Vamos!, ¡no hay tiempo que perder! —Moratín tenía la misión de hacer que el sacrificio de Valdés valiera la pena.

Ya próximos a la salida, Goya, Moratín y Silvela podían sentir el frescor de la noche en contraste con las altísimas temperaturas que el fuego ocasionaba dentro del Café. La puerta y la cristalera iban despejando de gente el local, pero los empujones hacían que varias damas y algún anciano cayeran al suelo, entorpeciendo la huida a todo el grupo. Los que salían, y la gente que desde la calle había visto lo que allí dentro ocurría, ayudaban a sacar a los que todavía estaban dentro.

Rogelio Valdés se interpuso en el camino de Fossé, blandiendo la daga. Sabía que no era rival para él. Treinta centímetros de altura, cuarenta quilos y unos veinticinco años de diferencia daban fe de ello.

—Yo que quería hacerme famoso con mis sonetos, y me va a dar a conocer un maleante de medio pelo —murmuró Valdés para sí—. Hay que joderse.

Cuando la vida se cuenta a través de guerras, encarcelamientos y exilios, se va aprendiendo que el momento llega cuando tiene que llegar. Y que es preferible que te encuentre con una daga en la mano y haciendo frente a un adversario antes que empujando viejos y mujeres para huir de un fuego.

Fossé, con el aura que le daban las llamas a sus espaldas, se hizo un gigante a ojos de Valdés. Le tiró una cuchillada al costado izquierdo, pero el español, por viejo que fuera, tenía más de una refriega a sus espaldas y giró para ponerse de perfil y esquivar la hoja del francés. Acompañando el movimiento de sus pies de una rápida elevación de su brazo, cortó con su daga a la altura del codo al líder de los asaltantes. El quejido de este hizo patente que había dado en carne. Aprovechando el desconcierto de Fossé, generado por el exceso de confianza, lanzó de nuevo su brazo hacia el abdomen del hombretón, que esta vez sí pudo girarse, de modo que el hueso de la cadera le salvó de una buena perforación de estómago. A costa de un pinchazo de primera, eso sí.

Silvela ya había salido y, agobiado por la multitud que peleaba por salvar la vida, tiraba de los brazos de un Goya al que la panza le dificultaba los movimientos. Moratín empujaba la espalda del pintor, intentando desembozar el tapón generado en la puerta.

Los gemelos Ferdinand, que registraban los bolsos y abrigos que habían quedado desperdigados por el local, se vieron rodeados por las llamas, que ya lamían las vigas del techo. Imposibilitados de llegar hasta el fondo por la saturación de mesas, sillas y personas, desatrancaron la puerta principal y salieron a la calle mientras se quitaban el pañuelo de la nariz y la boca, para parecer dos víctimas más del suceso. Al abrir aquella puerta, el humo que ya llenaba aquella parte del local tuvo un punto de fuga que hizo imposible que entraran por allí los voluntariosos ciudadanos que querían ayudar.

Una mujer que había quedado rezagada en un recodo de la barra y estaba empezando a asfixiarse vio una salida en esa puerta y se lanzó hacia ella, con la mala fortuna de que el pesado cortinaje del ventanal principal, envuelto en llamas, se descolgó de la barra que lo sujetaba y cayó sobre la salida, impidiendo su paso. La aterrorizada dama se volvió entonces hacia la parte de atrás y corrió hacia ella, pero Cheval, que había llegado hasta Fossé, la interceptó y la lanzó contra Valdés, haciendo que ambos, el español y la dama, cayeran al suelo. Valdés se levantó como pudo y ayudó a la mujer a ponerse en pie. Sabía que estaban a apenas unos metros de la puerta trasera, por lo que la empujó hacia la salida, donde fue a dar contra las personas que esperaban. Dolorida, quizá, pero salvada.

Silvela, al borde de sus fuerzas, dio un último tirón a los brazos de Goya, que, combinado con un gran empujón de Moratín, logró que el pintor por fin pudiera liberarse. Moratín, todavía dentro, desoía las voces de sus compañeros, que le alentaban a escapar. Prefirió seguir empujando a las aterrorizadas personas que huían para ayudarles a salir al frío de la noche. Una vez que encarriló a la mujer a la que Valdés había lanzado hacia la salida, volvió su mirada hacia dentro.

Fossé, herido en su orgullo más que en su cuerpo, lanzaba una cuchillada tras otra con la fuerza de un bisonte, y Valdés las esquivaba a duras penas. Con el brazo derecho entumecido por la caída, apenas podía contraatacar. Hasta que, caminando hacia atrás, dio con su espalda contra la pared. Ya no había salida, hasta ahí había llegado. Pudo ver que Goya y Silvela estaban a salvo, y que su amigo Moratín, todavía dentro, estaba ayudando a organizar la evacuación por la pequeña puerta. En ese instante sus miradas se cruzaron, justo cuando Moratín sacaba a la última persona que quedaba dentro. Sus ojos se quedaron prendidos en los de su amigo, que le miraba con tanta intensidad que le pareció que todo se detenía, hasta el punto de que ni siquiera fue consciente de los gritos de Goya y Silvela rogándole que saliera.

Días después, Moratín seguiría jurando que Valdés le sonrió a modo de despedida. Si no hubiera sido por él, ese escritor sin fortuna, ese grandísimo amigo, los tres exiliados no hubieran salido de allí con vida.

Moratín también juraría que esa sonrisa se quedó congelada justo cuando el cuchillo de Fossé le entró por el esternón, acabando con su vida al instante.

El cuerpo sin vida de Valdés se escurrió desmadejado hasta el suelo mientras Fossé y Cheval corrían hacia el interior del Café y atravesaban de un salto el muro de fuego en el que se había convertido la puerta principal, desapareciendo en la oscuridad de la noche.

En ese preciso momento, el sonido de los cascos de los caballos del coche de bomberos se detuvo junto a la muchedumbre que trataba de recuperar el resuello, y las mangueras comenzaron a lanzar agua a través de las cristaleras rotas del local.

Los llantos, los gritos y las toses se mezclaban en la calle, donde las víctimas del asalto y el incendio eran atendidas por los vecinos que bajaban agua y mantas. La policía ya andaba tomando declaración a los testigos y pidiendo descripciones. Moratín se ofreció para ayudar a los policías a condición de que un par de agentes acompañaran a Goya y Silvela a sus domicilios; él, al igual que el pobre Valdés, también se había dado cuenta de que los asaltantes iban a por su grupo.

Oculto en las sombras de la noche, observando todo aquel caos, Andrea Boscoscuro negó con la cabeza y se lamentó de la torpeza de los sicarios que había contratado; tiempo habría de pedirles cuentas.

—Desgraciados… —masculló entre dientes—. Ahora habrá que ir de uno en uno —dijo para sí mientras veía cómo los bomberos sacaban a la calle el cuerpo sin vida de Rogelio Valdés.

14

Burdeos, enero 1828

Diego, tumbado en el catre de la celda, acariciaba la medalla de san Martín Caballero. Tranquilo, acopiaba fuerzas para lo que fuera a venir. «Aprovecha los momentos en los que puedas descansar y comer, nunca se sabe cuándo será el siguiente», decía siempre Jacob Cordier. Y eso hacía, descansar. Porque, en lo que se refería a comer, en las diez horas que llevaba allí encerrado no le habían dado ni un mendrugo de pan. Ni un mísero vaso de agua.

Otras tres celdas estaban también ocupadas. Un loco que no dejaba de golpearse la cabeza contra los barrotes y lamentarse ocupaba una de ellas. Alternaba momentos de murmullos, como si rezara, con otros en los que pedía a gritos que le sacaran de allí. En otra, un tipo con pinta de vagabundo dormía la borrachera. Y en la última, un hombre bien vestido trataba de convencer a cada guardia que se acercaba a los barrotes de que él no tendría que estar allí.

Aunque aquello era un sótano, Diego podía ver la claridad del día por el tragaluz que había sobre el tosco escritorio de madera donde el guardia que les custodiaba leía el periódico. Las once de la mañana, calculó. Nadie le había dicho nada sobre qué iba a pasar con él, aunque tampoco había preguntado.

La humedad de la celda acentuaba el frío, y Diego lo sentía en sus huesos porque no llevaba abrigo. El olor a orín y a excremento de caballo que provenía de la calle resultaba asqueroso hasta que el olfato se acostumbraba.

—¿Alguna novedad sobre lo de anoche? —preguntó el gendarme que leía el periódico al compañero que bajaba la escalera.

—Acaban de informar de que uno de los heridos ha muerto en el hospital —se lamentó el recién llegado—. El Café de Lorain siempre ha sido un sitio tranquilo.

—Seis fallecidos… —No era algo habitual en la ciudad, y la propia policía estaba desubicada—. ¿Se sabe algo de los asaltantes?

—Nada. Los testigos solo coinciden en que eran cuatro y uno era muy grande.

—Con esas pistas no será fácil —concluyó el agente cerrando el periódico—. ¿Bajas a la ronda?

—El joven. —El recién llegado señaló hacia Diego—. Me lo llevo.

—Todo tuyo.

Con cualquiera de los vecinos del Niño hubiera sido diferente, pero con él cumplieron todo el protocolo. Se puso de espaldas contra los barrotes y sacó las manos para ser esposado. El policía le obligó a dar dos pasos hacia el interior de la celda antes de abrirla, y el gendarme recién llegado, porra en mano, le ordenó salir y caminar ante él. Después, Diego comenzó a subir la escalera mientras recibía pequeños empujones con la punta de la porra.

★★★

—Permítame una pequeña donación para los Huérfanos de la Policía.

—Se lo agradezco, será muy bien recibida.

—¿Quinientos francos le parece una suma adecuada?

—Lo que usted considere, es una donación voluntaria. Pero toda cantidad vendrá muy bien a las hermanas que educan a los niños. Hacen un gran trabajo.

—Pongamos seiscientos, entonces.

Los golpes en la puerta detuvieron la conversación entre los dos hombres y a la enérgica voz de «Adelante» le siguió la aparición del agente.

—Con su permiso, señor comisario.

—Pase, por favor —respondió este.

El agente hizo entrar a Diego al despacho y que se situara ante la mesa donde se sentaban el comisario y David Cordier, que estaba terminando de estampar su firma en un cheque. Todas las dudas de Diego se despejaron.

—Puede salir, agente —ordenó el comisario.

—¿Está seguro, señor? —La severa mirada que recibió de su superior bastó como respuesta—. Si no ordena nada más…

David Cordier rodeó su muñeca izquierda con la mano derecha y la hizo girar. El comisario le miró, levantando una ceja en un gesto interrogante.

—Yo respondo por él. —Cordier arrancó el cheque y lo dejó sobre la mesa.

—Agente, quítele las esposas.

Diego se masajeó las muñecas una vez que las tuvo liberadas. El despacho, pequeño para ser el principal del edificio, hablaba de la austeridad del hombre que lo ocupaba. O del poco presupuesto de la policía de Burdeos.

—Es la última. —El comisario, en cuanto el agente hubo salido, miró a David Cordier, al tiempo que le hizo una advertencia a Diego, que permanecía en silencio.

—No se volverá a repetir.

—No podré hacer nada a la próxima. —El comisario recogió el cheque y lo guardó en un cajón del escritorio—. Ni querré hacerlo.

—Entendido —confirmó el señor Cordier.

—Y con esto… —el comisario le miró— doy por sentado que nuestro pequeño asunto queda zanjado.

—Absolutamente.

★★★

El coche de caballos traqueteaba a lo largo del boulevard Antoine Gautier, bordeando la ciudad. Habían dejado atrás el muro que delimitaba la parte trasera del cementerio de La Chartreuse y solo se cruzaban con los carros de mercancías que habían acabado el reparto de la mañana. Aunque el camino por el bulevar era más largo, se hacía en menos tiempo que atravesando el laberinto de calles del centro de Burdeos. Cordier no había abierto la boca desde que dejaron la comisaría. Ni siquiera se había quitado el sombrero de copa, por lo que Diego sabía que estaba furioso y trataba de contener su ira.

—Señor Cordier… —Diego necesitaba rasgar ese silencio incómodo—, no fue culpa mía. Aquel tipo alemán golpeó a la chica y yo…

—¡Cállate! —le cortó Cordier, fulminante—. Me has avergonzado.

—Lo siento, señor.

—Me ha costado seiscientos francos…

—Le devolveré hasta el último céntimo —aseguró Diego.

—¿Tú qué vas a devolver? —respondió Cordier con desprecio—. Y he tenido que gastar el as en la manga que tenía con el comisario.

—Trataré de compensarlo, de verdad.

—Te conozco, sé cómo eres. Mi hermano ya me había advertido. —Cordier apoyaba las dos manos en su bastón mientras hablaba mirando por la ventanilla—. Y bien que te avisé la primera vez que pusiste un pie en mi casa: no te metas en líos… —Diego recordaba aquella frase—. ¡Tus problemas se convierten en mis problemas! —recalcó el «mis», para enfatizar los quebraderos de cabeza que todo aquello le causaba—. Pero nada: primero te expulsan del club de caballeros, y ahora mandas a cuatro tipos al hospital en una pelea de taberna.

—Se lo merecían.

—Eso no lo decides tú, Niño. —Desde luego, a Cordier le seguía sorprendiendo que la única señal apreciable en Diego fueran las heridas en los nudillos de la mano derecha—. Ayudar a aquella joven estuvo bien, pero tú eres un profesional. Sabes arreglar las cosas de otra forma.

—Todo sucedió muy rápido —seguía queriendo justificarse—. El tipo sacó la navaja y solo pude…

—No, Diego —Cordier volvió a interrumpirle—. Hay algo peor en todo esto: tú te estabas divirtiendo mientras peleabas.

Y Diego cayó en la cuenta de que Cordier tenía razón. Más que eso, era una necesidad: la de sacar el lobo que llevaba dentro para que no devorara sus entrañas.

—Mira, Niño —Cordier volvió a hablar con un tono más calmado—, te metiste en problemas mirando por la empresa de mi hermano, que también es la mía. Y por eso te estamos muy agradecidos. —Diego, callado, asintió con la mirada gacha preguntándose adónde quería llegar—. Te pusimos las cosas fáciles sabiendo que en París te busca Antonio Espina para acabar contigo. Unas vacaciones en Burdeos, con alojamiento, dinero y sin preocupaciones. Para pasear, conocer la ciudad, alternar…

—Ya… —Diego se pasaba la mano por el mentón—, soy un imbécil.

—Niño, las cosas no son tan sencillas. —Esa vez Cordier sí se giró para mirarle a los ojos—. Hay hombres que, en la situación en que tú estás, pueden relajarse y disfrutar, olvidarse de todo. Pero hay otros que, como viven siempre en guerra, no saben vivir cuando tienen paz.

Al girar por la rue de Pessac, el traqueteo del coche se hizo más patente, ya que aquella vía sí estaba adoquinada, y el cochero tuvo que ralentizar la marcha porque allí el tráfico se hizo más denso.

—Y yo soy de esos últimos, ¿verdad? —preguntó Diego—. No sé vivir en paz.

—No es tu culpa, hijo. Nadie te dio paz. —Para Cordier resultaba algo evidente—. Ni tu padre biológico, ni tu padre adoptivo.

El coche se detuvo junto a la Puerta de Aquitania, donde un guardia estaba ordenando el tráfico. En unos segundos arrancarían de nuevo.

—¿Qué hago? —Aquella conversación le estaba abriendo los ojos, y no le gustaba nada lo que veía—. Solo sirvo para estar alerta.

—Hasta que encuentres algo que sea más importante, me temo que sí. —La arrancada del coche hizo temblar ligeramente la voz de Cordier.

—¿Más importante?

—La vida recorre caminos inesperados. —Cordier sonrió y se mantuvo unos segundos en silencio—. ¿Cuatro hombres?

—Sí —asintió Diego con cierto pesar—. Alemanes, su barco acababa de amarrar en puerto.

—¿Cuánto tiempo te duraron?

—No llegó al minuto —reconoció Diego.

—Tu abrigo. ¿Dónde está?

—Se quedó en la taberna. También fue mala suerte que los gendarmes estuvieran de ronda por allí. Me detuvieron antes de que pudiera recogerlo.

—Lástima, era un buen abrigo.

—Lo era.

—Bendita juventud… Encontrarás algo más importante, confía en mí.

—¿Y hasta entonces?

—Hasta entonces, Niño… —el coche de caballos se detuvo delante de la casa de Cordier—, aféitate, date una ducha y vístete de manera presentable.

—¿Y eso?

—Hijo… —el cochero abrió la puerta para que David Cordier pudiera bajar—, si tu alma pide guerra, le daremos guerra. —El viejo emitió un gruñido de dolor al poner un pie en tierra—. Tienes un trabajo.

15

París-Burdeos, enero 1889

Viajar en tren invita a dormir. El balanceo del vagón, el sonido metálico amortiguado por los cristales y el discurrir de los paisajes bastan para que el sopor invada el cuerpo y cualquiera caiga en brazos del dios de los sueños. Si a eso se añaden las trece horas del trayecto París-Burdeos y la comodidad de un vagón de primera clase, no dormitar unas horas se hace imposible.

Es a lo que se dedican Pereyra y Jean-François. El joven ha puesto su abrigo a modo de almohada, sujetándolo entre su cabeza y la ventana. Aovillado, con las piernas encogidas sobre el mismo asiento, su respiración es inaudible. No como la de Pereyra, al que le costó un rato encontrar la posición. Que no es, para nada, tan elegante como la del compañero de Leland. Las piernas estiradas y abiertas, los brazos cruzados en el pecho y la cabeza apoyada en la parte superior del asiento corrido. La respiración, cavernosa, es mayormente por la boca, lo que hace que se le reseque la garganta y que su cuerpo, de manera inconsciente, le haga carraspear de vez en cuando y tragar saliva. Gilles Leland apuesta a que, cuando despierte, el cónsul se dolerá de la mala posición de su cuello.

Ya hace seis horas que salieron de París y tienen previsto llegar a Burdeos a las nueve de la noche. Acaban de pasar Tours. Tanto Orleans como Blois le han parecido estaciones modernas, con mucho tráfico de viajeros, y le produce curiosidad la llegada a Poitiers. Atrás quedaron los viejos tiempos en los que el tren no llegaba a la ciudad del vino y el lugar más cercano con estación era Angulema.

No, Gilles Leland no duerme. Y no porque no lo desee; es que su cabeza no le deja. Apura un cigarrillo tras otro, dejando una neblina cada vez más espesa en ese espacio cerrado. Por fortuna, la condición de diplomático de Pereyra ha bastado para que nadie más viaje en su compartimento. A Leland, instalado en un estado de ánimo que le produce inquietud y desasosiego, no le hubiera gustado compartir el viaje con desconocidos.

Todavía le duele la conversación de la otra noche, la que ha dado con sus huesos en ese tren. «El sueño de la razón produce monstruos.» Quizá tenga razón Jean-François y él se haya convertido en uno de ellos. El joven mulato le dice siempre que ya no tiene que demostrar nada a nadie, pero la verdad es peor que todo eso: se lo tiene que demostrar a sí mismo. O no dejar de demostrárselo. Cuanto más conocido es, cuantos más casos llegan, cuanto más dinero gana, más le demuestra a su padre cuánto se equivocó con él. Y eso que lleva cuatro años muerto.

Leland no quería estar en ese tren camino a Burdeos. Pero Jean-François sí lo necesita, y por eso lo hace. El joven no tiene nada que ver en la batalla que Gilles libra en su interior, y el detective no se perdonaría jamás que algo le ocurriera por su culpa. Porque es cierto lo que le viene repitiendo en los últimos tiempos: medio París le odia, y quizás alguien desee pasar factura cualquier día. La misma factura que pasa él impartiendo su justicia, imponiendo sus penitencias. Jean-François no dudaría en recibir un disparo por él; pero Leland arrastraría una culpa eterna.

Y por eso están en ese tren, para alejarse del ruido. Para que Jean-François sepa y sienta que para él es importante su opinión. Para ponerlo a salvo.

Uno de sus propios ronquidos despierta a Pereyra. El cónsul mira hacia los lados y parece que necesite unos segundos para ubicarse. Con el pulgar y el índice de la mano derecha se frota los ojos y, acto seguido, lleva su mano al dolorido cuello. Leland ha acertado en su vaticinio.

—Me apetece un café —dice mientras se levanta—. Voy a llamar al servicio.

—No le despierte —Leland señala a Jean-François, profundamente dormido—. Yo le acompaño al vagón restaurante.

—Entonces, permítame que le enseñe algo. —Y Pereyra, todavía medio traspuesto, toma el portadocumentos que lleva consigo desde que salió de París.

Algunos viajeros han pedido que la comida se les sirva en sus compartimentos, por lo que el restaurante no está muy concurrido. De momento, Leland y Pereyra deciden posponer la comida hasta que Jean-François dé señales de vida. El camarero les ofrece un café procedente de Abisinia. Excelente, les recalca. Y ninguno de los dos ve motivos para no probarlo.

—El día de la exhumación —dice Pereyra ya con las dos tazas de porcelana ante ellos— contraté a un fotógrafo.

—Así que existen imágenes. —A Leland le gusta que haya material para comenzar a investigar—. ¿Las tiene ahí?

Pereyra echa mano a su portadocumentos y le hace un gesto al detective para que baje la voz. Aunque haya poca gente en el vagón, no desea que oídos indiscretos puedan escucharles. Le pasa a Leland una carpetilla de cartón, y este la ojea.

Dos féretros abiertos en una cripta, sobre sendos bloques de piedra. Dos esqueletos. El primero, vestido con un traje ajado y roído, tiene las extremidades inferiores dentro de su ataúd. Pero la caja torácica, brazos y cráneo cuelgan por fuera de manera esperpéntica, hasta tocar el suelo. Como si se hubiera querido escapar reptando. El segundo está completamente tendido en el suelo de la cripta, con un hábito de ermitaño y los brazos extendidos. Casi intacto. Y ese «casi» se debe a que al esqueleto le falta el cráneo. Donde debería estar la cabeza hay una gorra abombada de cuero marrón.

—¿Estaban identificadas las cajas?

—No —responde Pereyra tras probar su café. Ha de darle la razón al camarero.

—¿Y cómo sabe que es a Goya a quien le falta la cabeza?

—La gorra —hace un gesto con las cejas—. Se autorretrató con ella.

—No es suficiente. —Leland saca su pitillera, toma un cigarrillo y le ofrece otro a Pereyra, que no lo rechaza—. Podría haber sido puesta ahí por quienes hicieron esto, su ubicación puede ser accidental.

Un solo fósforo basta para prender los dos cigarrillos, y ambos hombres aspiran la primera bocanada.

—El tamaño de los huesos. —Pereyra señala en la fotografía—. El esqueleto que está completo es más pequeño que el decapitado. El grosor de la columna, de las tibias. —El cónsul dibuja con su dedo a la vez que habla—. No hay duda.

—Demos por válida su teoría. ¿Por qué dos cuerpos en la misma cripta?

—No lo sé.

—Hemos de suponer que ambos fallecidos se conocían. O que al menos tenían algún nexo en común.

—El cementerio de La Chartreuse se queda pequeño. —Pereyra apura su café y hace un gesto con la mano para que le sirvan otro—. La ciudad ha crecido tanto en las últimas décadas que se lo ha comido. Puede ser que ambos tuvieran un nexo en común, o puede ser que alguien trate de aprovechar espacio. Vaya usted a saber.

Gilles descarta un nuevo café. Ya se siente bastante intranquilo como para añadir más estimulantes a su cuerpo. Pero la conversación con Pereyra le está viniendo bien, su cabeza se pone en marcha y se aleja, al menos temporalmente, de esos búhos, linces y murciélagos gigantescos que le acechan.

—Comenzaremos por el cementerio. —En su cabeza ya se forma el plan de trabajo—. Contésteme a una cosa con sinceridad… ¿Por qué contrató un fotógrafo?

—Había que dar fe.

—Ya tenía un notario, lo comentó en nuestra primera reunión.

—¿Qué me quiere decir? —Pereyra lo pregunta con paciencia de perro viejo.

—Quería inmortalizar su momento de gloria. —Leland no se anda con rodeos.

El cónsul se recuesta en su silla. Apura el cigarrillo, lo apaga en el cenicero y se mesa el cabello. Son ya muchos años de carrera —y de vida— como para distinguir los puntos de inflexión de una negociación. Y ese, sin duda, es uno de ellos. No le ha gustado la afirmación del detective; pero, si tiene que ser justo, no ha contratado a Leland por las cosas que dice, sino por las que hace. Se toma una pausa para evaluar los distintos derroteros que puede tomar esa charla.

A Leland le gusta conocer con quién se juega los cuartos. Las motivaciones por las que alguien le contrata son importantes para él. Y la sinceridad. En caso contrario, comienza a desconfiar, y eso nunca trae nada bueno cuando se trata de resolver un trabajo.

—Pues mire… —Pereyra ya ha decidido por dónde va a tirar—. Sí.

Silencio. Pereyra le mantiene la mirada a Leland. Y a este le gusta lo que acaba de escuchar: una verdad sin justificaciones.

—¿Por qué? —pregunta.

—Es usted un tipo curioso.

—Si no, no sería detective.

—Uno es joven cuando elige la carrera diplomática. Yo soñaba con viajar, ver mundo, interceder ante gobiernos de otros países…

—¿Y no es así?

—Sí, a veces —reconoce el cónsul—. He pasado por varios destinos, he conocido a personas notables y, hasta hace diez años, me acompañó la mujer más maravillosa que la vida podía darme. —Leland hace un gesto de pésame que es respondido con un leve asentimiento de Pereyra—. Pero la realidad es más prosaica.

—¿A qué se refiere?

—El verdadero día a día de un cónsul es papeleo, visados, preparar la visita de algún político… —enumera desganado—. La de un rey, con suerte. Pero poco más. Los diplomáticos somos olvidados, simplemente se supone que estamos. Vivimos lejos de nuestro país, las noticias llegan con cuentagotas. Un cambio de gobierno, un acto de nepotismo o un capricho, y desaparecemos. Nos relevan con una palmadita en la espalda y una mísera pensión. —El tono no es de queja, es un mero hecho objetivo—. Yo quiero acabar mis días en España, nada me une a Francia.

—Una lápida con el nombre de su esposa.

—Ya lloré lo que tenía que llorar. Hay que dejar descansar a los muertos.

—Pues vuelva a España.

—Eso deseo —reconoce Pereyra—. Pero con ese gran logro que todo diplomático quiere que figure en su hoja de servicios.

—Y ahí entra Goya.

El cónsul asiente. Leland es tenaz, no suelta la presa, y Pereyra siente que, por primera vez, se está sincerando con alguien. Que está escarbando en lo más profundo para explicarse a sí mismo el porqué de haberse embarcado en esta cruzada. Y esa verdad le hace sentir una punzada en el pecho, porque debe reconocer que sus motivos personales son tan mundanos como los de cualquiera.

—Ustedes dicen que la política francesa es complicada. —Leland asiente a la afirmación del español—. Pero la española es un caos.

—Bueno, no es lo más normal del mundo que su rey tenga tres años de edad.

—Ni que su madre sea la regente de la corona. —Pereyra abre las manos y encoge los hombros—. Pero es lo que hay; si quiero mi retiro en España con honores, tengo que llevar buenas cartas.

—¿Cree que repatriar los restos de Goya es un as en la manga?

—No lo sé. Pero al menos parece una buena mano.

Leland enciende otro cigarrillo, y deja la pitillera sobre la mesa. Tras esa conversación siente que ya hay confianza para que, si el cónsul desea fumar, se sirva él mismo. Son pequeños detalles que afirman la aceptación entre dos personas a las que la vida ha cruzado de manera temporal. Apenas conoce a Pereyra, pero se atrevería a afirmar que es un buen hombre, y que se merece ese retiro tranquilo en España. Y su dosis de reconocimiento; el ego forma parte del ser humano, y alimentarlo con precaución no es mal ejercicio.

—Usted era policía, ¿verdad? —retoma Pereyra.

—Verdad. —La brasa del cigarrillo del detective alumbra su cara mientras aspira—. Cuarta generación con un Leland en el cuerpo.

—¿Y qué pasó? —Pereyra se siente con la confianza de indagar.

—Las cosas fueron rápidas. —De un pequeño golpe, Leland descarga la ceniza del cigarrillo—. Ascenso a inspector de homicidios, resolví algún caso notable y, a los treinta años, me expulsaron.

—Vaya, una carrera… fulgurante. —Pereyra se abstiene de preguntar los motivos de dicha expulsión. Por el momento.

—Nunca mejor dicho —contesta mientras abre su reloj de bolsillo. Quizá vaya siendo hora de despertar a Jean-François y comer algo.

—Con ese historial familiar en la policía, ¿el comisario general no pudo hacer nada?

—Fue él mismo quien me expulsó.

—Debió de ser algo grave. O personal.

—Para él fueron ambas cosas. —Y vuelve a asomar en el detective la sonrisa irónica que Pereyra ya ha detectado como mecanismo de defensa—. Era mi padre.

El cónsul no esperaba el giro y decide cerrar ese camino. Ahora es él quien consulta su reloj, mirando durante un breve instante la foto de su esposa.

—¿Comemos?

Justo cuando Leland va a contestarle, a ambos les sobresalta la airada voz del camarero. A ellos y a los pocos comensales que hay en el restaurante.

—¡Muchacho, te has equivocado de vagón!

Aunque preferiría haberlo hecho de manera más rápida y brusca, Gilles Leland se controla para mantener las formas y levantarse de manera pausada. Bajo la mirada de los asistentes, se dirige a ese camarero que muestra exceso de celo.

—No se ha equivocado —dice con mirada amenazante—. Y ahora le invito a que, si no quiere tener problemas, conduzca al joven hasta nuestra mesa y traiga tres cartas.

Jean-François, aunque recién despierto, se da cuenta de lo que acaba de ocurrir. Y cómo Gilles ha ido a sacarle las castañas del fuego, cosa que le repatea el estómago.

★★★

Ya es noche cerrada cuando el tren atraviesa el río por la pasarela de Eiffel y se detiene en la estación de Saint-Jean. Burdeos les recibe con frío y humedad. El andén se llena de cansados viajeros que, después del largo trayecto, solo desean cenar algo y una buena cama. El cochero de Pereyra, que espera a pie de vagón, toma las maletas del cónsul y las de sus acompañantes, y estos le siguen hasta el coche.

—Sebastien —le pregunta Pereyra—, ¿están preparadas las habitaciones de nuestros invitados?

—Tal y como usted ordenó antes de partir.

Y aquel pequeño intercambio de frases hace ver a Leland que Pereyra ya sabía que iba a aceptar el caso. Quizá sí sea cierto que ese hombre ha construido una carrera que merece un buen retiro.

16

Burdeos, enero 1828

En las pocas semanas que llevaba allí, Juliet ya se había dado cuenta de que la residencia de los Goya era una casa de locos.

Las voces de don Francisco, los enfados de doña Leocadia con él, los gritos de Rosario y Juanito —que parecía que pasara más tiempo allí que en su propia casa— y la indiferencia con la que la trataba Josephine, el ama de llaves y cocinera, hacían que se preguntara si aquel era su lugar. También era cierto que ella no buscaba un trabajo a largo plazo, ya que la intención seguía siendo ahorrar para ir a París en busca de su familia. Y que había noches en las que, tumbada en la cama, oía los ataques de tos y las dificultades para respirar de don Francisco y pensaba que cualquier día aquel hombre se iba al otro barrio y ella se quedaba sin empleo.

Por no hablar de que Rosario no la aceptaba como su institutriz. Sus desplantes eran continuos; si estaban a solas se negaba a hacerle caso o lo hacía de mala gana, y su actitud en ocasiones era tan hiriente que a ella, en Le Haillan, le habrían soltado una bofetada por mucho menos.

No quería informar a doña Leocadia de su comportamiento por temor a que aquello fuera la prueba que la señora necesitara para decidir que no estaba capacitada para ser institutriz. Pero es que Juliet Lesson reconocía que no estaba capacitada para ser institutriz en aquella casa; del mismo modo que también sabía que ninguna institutriz con referencias y amplia experiencia aceptaría trabajar en unas condiciones como aquellas.

Era, de algún modo irónico, un caso claro de «lo comido por lo servido»: mientras Juliet lidiara con las impertinencias de Rosario, seguiría en esa casa de locos. Casa que había vivido un episodio especialmente alarmante dos noches atrás, cuando el señor llegó, tosiendo y dolorido, acompañado de un agente de policía.

Doña Leocadia puso el grito en el cielo pensando que don Francisco se había metido en un lío que requería presencia policial, pero Juliet escuchó desde su dormitorio al agente explicar a la señora que «su padre» solo era una víctima más de una confusa historia que incluía un atraco y un incendio. Don Francisco tosía por el esfuerzo y por haber respirado humo, pero a continuación fue él quien puso el grito en el cielo en cuanto la señora pronunció la palabra «médico». Las voces de ambos se prolongaron hasta bien entrada la madrugada, y siguieron al día siguiente, en cuanto llegó el periódico que informaba de heridos y víctimas mortales en el incendio del café. La señora juraba y perjuraba por su santa madre que el señor ya no iba a volver a salir de noche, y don Francisco le respondía con su vozarrón que se pasaba por sus partes nobles a la santa madre de la señora.

La tregua de la noche dio paso a otro de los sucesos extraños que se repetían en la casa, porque esa misma mañana Francisco de Goya, completamente desnudo y a remojo en la bañera, recibió una visita que hizo que Juliet tuviera que llevar una silla al baño para que conversara allí con el señor. Doña Leocadia, arrodillada, hacía friegas en la espalda a don Francisco para aliviar sus dolores. La panza y los descolgados pechos de él bamboleaban al ritmo de los movimientos de ella.

—Te digo que iban a por nosotros. —A Moratín le parecía incómoda la situación, pero tenía urgencia en hablar con su amigo.

—¿Pero qué iban a querer de nosotros esos desgraciados? —profirió Goya en la bañera en toda su extensión y desnudez.

—Los tentáculos del rey Fernando son largos en Francia. —Moratín sabía dirigirse al pintor, y vocalizaba mirando a su rostro más que alzaba la voz—. Ya quiso acabar con nosotros en España, y ahora quiere hacerlo aquí.

—Pero si me paga una pensión.

—Razón de más para quitarse un gasto. Seguro que Calomarde y ese mal bicho de Malumbres andan poniéndole la cabeza como un bombo.

—Poco necesita el felón para calentarse —reconocía Goya—, pero tiene preocupaciones más grandes que nosotros.

—Pues, por el momento, ya no van a correr por Madrid más versillos de Valdés. En eso ya han salido ganando.

—Y nosotros perdiendo. Pobre Rogelio —lamentó Goya—. Bien valiente fue.

—Y tanto —corroboró Moratín—. Murió como un héroe; dos cabezas casi le sacaba aquel tipo y aun así le dio guerra.

—Se sacrificó por toda aquella gente.

—No, Francisco… Nos salvó. Vi la mirada de aquel tipo y cómo se dirigía a nosotros. El asalto era solo una excusa para mandarnos al cementerio.

—¿Y qué piensas hacer?, ¿quedarte en casa? —Con furia, Goya golpeó con sus manos en el agua, salpicando el suelo. La respuesta de doña Leocadia, que sudaba por el esfuerzo, fue dar una palmada en la inconmensurable espalda del pintor.

—Francisco… —Moratín acercó su rostro al de su amigo—, me voy a París.

—¿Cómo? —acertó a decir Goya en cuanto comprendió sus palabras.

La propia Leocadia quedó paralizada. Confiaba más en el buen juicio de Moratín que en el de Goya, y si este había decidido marcharse a París era porque sus temores debían de ser fundados.

—¿Tan grave crees que es el asunto, Leandro? —preguntó ella.

—Ya te digo que iban a por nosotros —asintió—. Y dieron caza a Rogelio. No voy a esperar a que también acaben conmigo.

—¿Y Silvela? —Leocadia necesitaba más datos.

—También se viene a París. Al menos hasta que se calmen las cosas.

—¡¿También?! —Goya había leído los labios a su amigo—. ¿Y qué hago yo solo en esta ciudad de provincias? —protestó.

—Leocadia, venid con nosotros —rogó Moratín—. Os acogeremos hasta que encontremos una vivienda adecuada para vosotros. La niña estará muy bien en París, te lo aseguro.

Leocadia se levantó, se secó el sudor que le había producido el vapor de la bañera, y se puso delante de Goya para que le viera.

—Nosotros también nos vamos —dijo.

—¡Nosotros no vamos a ninguna parte! —El acceso de cólera levantó tanta agua que empapó una de las perneras del pantalón de Moratín.

—Sé razonable, Francisco —insistió su amigo.

—Leandro, compañero… —Goya aplacó su ira—, no me veo con fuerzas para esos trotes. Una mudanza, una casa nueva… —La mirada se le perdió en los baldosines del baño—. Estoy viejo…

—Prométeme que vas a pensarlo, por favor.

—… y mi situación económica no es boyante —continuó el pintor—. Todo lo invertí en mi Quinta, aquí me vine casi pelado. La pensión del felón es la que nos mantiene. —Moratín sabía que era verdad—. Y algún cuadro que logro colocar.

Moratín se levantó, puso una mano en el hombro desnudo de Goya y le sonrió.

—Tú piénsalo, ¿vale?

Y el asentimiento callado de Goya fue la despedida entre ambos hombres.

Leocadia acompañó a Moratín hasta la puerta para poder hablar a solas con él.

—¿Corre peligro, Leandro?

—Esos tipos iban a por nosotros, te doy mi palabra. —Moratín tomó el abrigo del perchero—. Tenían un encargo.

—No va a querer marcharse, lo sabes. ¿Y qué hacemos entonces?

—Leocadia, escúchame bien. —Moratín, con abrigo y sombrero, hablaba con la libertad de que Goya no estuviera delante. Ya había previsto su negativa a abandonar Burdeos—. Esta tarde va a venir aquí un joven. Contrátalo.

—¿De qué me estás hablando?

—No vas a poder encerrar a esa fiera. —Señalaba el pasillo—. Al menos, que esté protegido.

—¿Un joven? Acabamos de contratar a la institutriz, apenas podría pagarle.

—Por eso no te preocupes. —La sonrisa de Moratín trataba de tranquilizarla—. Me he encargado yo, está todo hablado.

—¿Y quién es ese joven?, ¿para qué lo voy a contratar?

—Para que proteja a tu marido, Leocadia. —Moratín abrió la puerta—. No me preguntes cómo, porque ni yo mismo lo sé bien, pero el mejor guardaespaldas de París va a cuidar de Francisco.

★★★

Josephine llamó con los nudillos, de forma suave, a la puerta del dormitorio de la señora. Como no obtuvo respuesta, decidió abrir con cuidado de no hacer ruido. Las cortinas estaban echadas y doña Leocadia estaba tumbada sobre la cama sin deshacer, vestida y con un antifaz sobre los ojos. En susurros, Josephine le informó de que eran las cinco de la tarde y que un joven la esperaba en la sala de visitas.

El joven en cuestión estaba de pie, observando *La lechera*. Ya le había dado tiempo a ver el resto de pinturas y dibujos, así como a echar un vistazo general a la estancia. Había aprendido que la forma en que vive alguien denota mucho sobre su carácter. Y apostaba a que la decoración de aquella salita decía más sobre el carácter de la señora de la casa que del señor. Sobria y elegante, pero muebles y ajuar habían vivido tiempos mejores. Un quiero y no puedo en toda regla.

—¿Habla usted español?

—Perfectamente, doña Leocadia. —Había oído los pasos que se acercaban por el pasillo, y la señora se había presentado tal y como él esperaba tras observar la sala de visitas: altiva—. Nací en España.

—¿Y su nombre es?

—Diego Girard, señora.

—¿Me permite su abrigo, señor Girard?

173

—Llámeme Diego, por favor. —Mantenía exquisitas formas. Y una notable distancia—. Y no, no me voy a quitar el abrigo.

—Como desee. —Leocadia se sentó en uno de los sillones y señaló el otro.

—Prefiero estar de pie, gracias.

—Le recibo porque así me lo ha pedido el señor Fernández de Moratín. —Ella sintió que también era momento de marcar su línea.

—Estoy aquí porque así me lo ha ordenado el señor David Cordier.

—No tengo el gusto.

—Es amigo del señor Moratín —aclaró—. Ambos piensan que su marido necesita protección.

—¿Usted qué opina?

—Yo no opino, señora. —Diego se acercó a la pared para observar mejor un paisaje pintado a acuarela—. Sigo órdenes, y trato de no cuestionarlas.

Dijo aquella última frase sin mirarla, sus ojos analizaban todo. Ella sintió cómo la irritación le subía por la garganta y trató de apagarla; no quería hacerle un feo a Moratín. Aquel joven alto, de anchas espaldas y cabello ensortijado, le dejaba claro que acatar instrucciones no era lo mismo que rendir pleitesía. Y ella, en el servicio de su casa, prefería lo segundo.

—¿Qué edad tiene?

—Veintitrés años. —Diego la miró—. ¿La edad es importante para usted?

—Dicen que es uno de los mejores guardaespaldas de París. La experiencia es lo que me importa.

—Llevo años protegiendo a personas.

—Imaginaba a alguien de mayor edad y formas más…

174

—¿Toscas? —le cortó él—. Para proteger personas no se necesita un bravo de taberna. Es algo que requiere habilidades un poco más especiales.

—Doy por hecho que está al tanto del incidente de la otra noche en el Café de Lorain. El señor Moratín está convencido de que los asaltantes iban a por ellos. Por eso cree que el señor de esta casa necesita protección. Y por eso está usted aquí.

—Es mi trabajo, y estaré encantado de aceptarlo. Siempre y cuando se cumplan una serie de condiciones.

—No puedo pagarle mucho.

—Eso no me importa.

—¿Entonces?

—La primera norma de la protección es que la persona en cuestión quiera ser protegida. ¿El señor Goya acepta llevar guardaespaldas?

—El señor tiene una edad. —Que ella no le mirase le indicó a Diego que Goya no sabía nada de todo aquello—. Es un hombre complicado. Pero hará lo que yo diga.

—¿Lo que usted diga?

—Si el señor Moratín dice que mi marido necesita seguridad, me encargaré de que sea así.

Diego comprendió que la señora consideraba exagerado todo aquello. Pero que, puesta sobre aviso, no se perdonaría que a Goya le ocurriera algo por no haber hecho caso a las advertencias. Se estaba cubriendo las espaldas.

—Pues eso nos lleva al segundo punto: la protección ha de ser integral.

—¿Qué significa eso?

—A toda la familia. —Diego sabía que aquello no le iba a gustar a doña Leocadia—. El señor Goya, usted y su hija.

—Vaya…, veo que se toma usted en serio su trabajo.

—Proteger una vida es una cosa seria.

—Pero no sé cómo pretende, usted solo, dar protección a tres personas. —Diego se quedó en silencio y levantó las cejas. Leocadia procesó rápido—: ¡Ah, no!, ¡ni se le ocurra pensarlo! —Su enfado corroboraba la idea que Diego se estaba haciendo de ella—. Usted no va a fiscalizar mi vida y la de mi hija.

—Señora, de nada sirve proteger a don Francisco si quien va tras él logra extorsionarlo a través de sus seres queridos. La debilidad de un hombre comienza por las personas que ama.

La máxima que Jacob Cordier le había enseñado —y que ambos, con el paso de los años, se habían saltado— alcanzó a Leocadia como una cuchillada. Se dio cuenta de que, aun siendo de carácter calculador, no había contemplado esa posibilidad. Si de verdad alguien quería hacerle daño al pintor y utilizaba para ello a Rosario, el mundo se derrumbaría sobre ella.

—Está bien… ¿Qué propone?

—Horarios de entrada y de salida. No puede haber más de una persona fuera de casa a la vez, y quien salga irá acompañado por mí. Control de visitas y de proveedores que traigan alimentos, material de pintura o lo que sea. —Su mente trabajaba veloz—. Tengo que revisar la casa y asegurar sus puntos débiles. Y tendrá que prepararme un dormitorio. A partir de ahora, yo vivo aquí.

En su sillón de terciopelo azul, Leocadia bajó la cabeza para apoyar sobre ella la palma de su mano derecha. No era un gesto de lamento; era la constatación de que no había visto venir lo que le caía encima. El ataque a la taberna, la huida de Moratín a París, la posibilidad de que Goya sufriera un atentado, y el cambio de vida que suponía su protección. Y, sobre todo, la batalla que iba a tener que librar con él para que hiciera caso a lo que Diego Girard ordenaba.

—Una última cosa… —Leocadia tenía una pregunta más—. Sus honorarios.

—No hay honorarios, este trabajo es cortesía del señor David Cordier. —A Diego aún le escocían los seiscientos francos que el hermano de su jefe había «donado» para sacarle de la celda. Acababa de empezar a devolverlos.

—Está bien —Leocadia se levantó del sillón pensando en que ni sabía quién era David Cordier ni qué pintaba en todo aquello—, escribiré al señor Cordier para mostrarle nuestro más profundo agradecimiento. Pase por aquí, le enseñaré la casa.

Fue entonces cuando Diego comenzó a desabrocharse el abrigo y se lo entregó.

Los pantalones y el chaleco que vestía iban a juego y, por extraño que pareciera, la camisa blanca la llevaba arremangada, pese a estar en lo más duro del invierno. Leocadia trató de contener su sobresalto al ver las correas que sujetaban las pistolas que Diego llevaba a los costados.

—Vaya acostumbrándose, señora —dijo Diego recolocando las correas en sus hombros—. Las armas van a ser habituales mientras yo esté aquí.

La primera parada fue en la cocina. Josephine amasaba carne picada para hacer unas albóndigas que se servirían en la cena. Diego observaba ventanas y puertas y, al abrir la alacena, dio con la entrada de servicio. Leocadia le explicó que no la utilizaban y que estaba siempre cerrada con llave, pero él tomó nota de que había que trabajar en mejorar la seguridad de ese acceso. También le dijo que la cocinera y ama de llaves no vivía en la casa, y que se marchaba tras la cena. Diego la saludó con un pequeño asentimiento de cabeza y, como la se-

177

guridad de Josephine no entraba dentro de sus funciones, en su cerebro la registró como «prescindible».

Siguieron por el baño, con la gran bañera de bronce en el centro, y después los dormitorios de la propia Leocadia, de Rosario y de la institutriz. Y el pequeño cuarto que se utilizaba de trastero y que adecuarían para que él pudiera instalarse.

Delante de la puerta de las estancias de Goya, quien, según la señora, estaba pintando, Diego comentó que no le era necesario verla en ese momento. Doña Leocadia le hizo una somera descripción: el estudio del pintor comunicaba con la pequeña habitación donde estaba su cama. El cerebro de Diego almacenaba todos aquellos datos sin obviar que el matrimonio dormía en habitaciones separadas.

La puerta que sí abrió fue la de la biblioteca. Los tres ocupantes se giraron al unísono al oír como se abría y mantuvieron silencio al ver a aquel extraño. Rosario, que a sus trece años estaba en ese punto intermedio entre niña y mujer, sujetaba en sus manos un papel de color azul y unas tijeras. Diego pudo ver que recortaba pequeños fragmentos que pegaba sobre otro papel para realizar un *collage*. Junto a ella estaba otro niño, un poco más pequeño, que Leocadia presentó como Juanito, hijo de una familia española muy cercana a los Goya y el mejor amigo de Rosario. Y Juliet, la institutriz de la niña. La única que se percató de que el joven que acompañaba a la señora iba armado. Otro capítulo más en aquella casa de locos.

Diego, sin entrar en la estancia, observó a las tres personas que la ocupaban. Rosario: prioridad. El otro niño: visitante puntual al que habría que organizar las visitas. La institutriz: «prescindible».

Prescindible, sí. Pero el ser más bello que había visto jamás.

17

París, enero 1828

La comuna de Bercy, atravesada por el Sena y pegada a París, era una división independiente de la capital aunque dependiera de ella en todos los aspectos. Sin embargo, esa independencia le daba la potestad de actuar en determinados aspectos de la forma que considerara o pudiera. Y estaba visto que, en cuanto a alumbrado público, su presupuesto no alcanzaba para ello. Ubicada al sur de la capital, más allá de los arrabales, tan solo las calles que estaban junto al río —aquellas en donde había factorías que trabajaban incluso de noche— tenían farolas para que los conductores de los carros tuvieran visibilidad.

Declercq, el hombre de Jacob Cordier, maldecía a aquellas horas la falta de iluminación en Bercy. Pero, entre que él y su viejo caballo habían hecho aquel trayecto cientos de veces y que los faroles y quinqués de algunas casas estaban encendidos, se las iba apañando. Se le había hecho más tarde que de costumbre; el estreno en la Ópera de París había atraído a políticos, diplomáticos y banqueros y, desde que el Niño no estaba, era él quien tenía que organizar a todo el equipo de guardaespaldas. Mucho más trabajo, pero el viejo sabía agradecérselo.

Abrió el cobertizo anexo a la casa y se tomó unos minutos en despojar de riendas y silla al caballo. Quería que el animal descansara bien. A oscuras, alcanzó la puerta de la casa y tomó la llave oculta sobre el marco. Ella la dejaba allí las noches de miércoles y domingo para que él entrase sin despertarlas.

Con ganas de cama, abrió y volvió a echar la llave por dentro. Mientras esperaba a que los ojos se le acostumbraran a la oscuridad del interior, se dio cuenta de que el resplandor de la llama de una vela se derramaba por la estancia contigua creando un haz de luz que le permitía orientar sus pasos. Pensó que la niña habría pedido a su madre que la dejaran encendida para él. Y sonrió con ternura.

Pero, en cuanto entró en la estancia iluminada por la vela que hacía las veces de comedor, cocina y sala de estar, la ternura se convirtió en miedo.

—*Boa noite,* Declercq —saludó el hombre que, sentado a la mesa, tenía a la niña sobre sus rodillas—. ¿Mucho trabajo en la Ópera?

Declercq evaluó la situación. La niña temblaba de miedo no solo por estar en brazos de un desconocido, sino también por el cuchillo que este empuñaba y que emitía reflejos metálicos a la luz de la vela. Mathilda, su madre, estaba sentada en otra de las sillas y un hilillo de sangre le corría desde la nariz hasta el labio superior. Había intentado en vano resistirse.

—Ya sabes cómo son estas cosas, Espina. —Declercq temía que el corazón se le saliera del pecho, pero intentaba aparentar calma—. Los poderosos se quieren dejar ver y que se aprecie lo ricos que son.

—Buena noche para el negocio. —El portugués sonrió—. Cordier estará contento. ¿Sabías que hace unos años me entrevistó?

—Algo me dijo. Comentó que no dabas el perfil.

—Demasiado impulsivo, dijo. Con tendencia a perder los nervios con facilidad.

Antonio Espina era un veterano del ejército portugués que, expulsado por indisciplina —eufemismo para decir que había dado una paliza a un capitán—, comenzó a buscarse la vida como espía y sicario. Tendría casi cincuenta años y, aunque el cabello ya le clareaba, la perilla y el aro en la oreja izquierda le daban una imagen de antiguo pirata.

—El viejo no suele equivocarse.

—No se equivocaba. Para nada. —Rozó la mejilla de la niña con la punta del cuchillo y esta, de apenas seis años, comenzó a sollozar quedamente. La madre hizo amago de levantarse, que abortó en cuanto Espina la miró—. También me dijo otra cosa que nunca olvidaré.

—La debilidad de un hombre comienza por las personas que ama.

—*Muito bem,* Declercq. —En su aprobación, Espina dio un manotazo sobre la mesa que sobresaltó a madre e hija—. Y aquí estamos.

—Y aquí estamos —repitió Declercq—. ¿Qué quieres?

—Al Niño.

—Vaya… —Declercq quiso acercarse a la mesa, pero un gesto del portugués le detuvo—. Así que te han contratado por la muerte del sobrino del rey.

—La cosa estaba entre Boscoscuro y yo —reconoció con calma Espina—, pero parece ser que él está liado con un asunto en España. Así que…

—… llamaron a la segunda opción —remató Declercq.

—Fui afortunado de que el viejo me rechazara —confesó Espina—. Ahora sería yo quien volviera de la Ópera. Y no sabes lo bien que me va por libre.

—Felicidades, pues —dijo Declercq con ironía.

—Ya sabes cómo funciona esto. Mucha demanda y poca oferta. Pero, entre tú y yo… —bajó la voz, como quien hace una confidencia—, Boscoscuro no es capaz de hacer esto. —Y con la punta del cuchillo hizo un leve corte en la mejilla de la niña.

—¡Vale, vale, no es necesario! —Declercq levantó las manos a modo de rendición mientras Mathilda luchaba por reprimir el llanto. La niña solo temblaba.

—El Niño —insistió Espina.

—Está en Burdeos.

—Burdeos es grande.

—Lo esconde David, el hermano de Cordier. Vive allí.

—No sabía que tuviera un hermano —se sorprendió Espina—. ¿Dirección?

—No la sé.

El cuchillo acarició la otra mejilla de la niña.

—¡Te juro que no la sé! Yo mismo preparé el caballo con el que huyó el Niño. No sé más.

—Está bien, te creo. —Apartó la hoja del rostro de la pequeña.

—Jacob sospechará si le pregunto.

—No es necesario, me las apañaré. —Espina se levantó con la niña en brazos, y le hizo un gesto a Declercq para que se apartara de su camino—. Voy a dejar orden de que las tengan vigiladas. —Señaló con el cuchillo a la madre y la niña—. Como tú o alguien más me siga o alerte al viejo, vendrán a arrancarles los ojos.

Declercq solo pudo asentir mientras Antonio Espina alcanzaba la puerta de la casa con la niña en brazos. La luz de la vela no llegaba hasta allí, pero la silueta del espía portugués se recortó en la puerta cuando la abrió. Bajó a la niña al suelo, le acarició el cabello y salió de la casa, dejando un profundo terror en el hombre de Jacob Cordier y en la familia que ocultaba a su jefe.

Segunda parte

1

Burdeos, enero 1828

—Entonces —preguntó Juliet—, ¿Josephine y yo sí podemos salir solas?

—Yo les recomendaría que redujeran las salidas al máximo, al menos por el momento —contestó Diego—. Pero sí, pueden salir solas.

Las tres mujeres, reunidas en la cocina, escuchaban las instrucciones de seguridad que el guardaespaldas les daba. El guiso para la comida borboteaba a fuego lento en el fogón, y dos pollos desplumados colgaban de un gancho esperando a ser despiezados para asarlos en el hornillo mientras Diego les explicaba el dispositivo que había ideado durante la noche. No lo sabían, pero Diego permitía a la cocinera y a la institutriz salir solas porque las consideraba prescindibles; no eran parte de su labor de protección.

—Yo apenas salgo —dijo Juliet—, pero Josephine hace la compra a diario.

—¿Puede pedir que traigan los víveres aquí, Josephine? —le preguntó Diego.

—Podría. —El tono indicaba que era una posibilidad, aunque no su preferida.

—Antes de irse por las noches, haga una lista con lo que necesite. Por la mañana, antes de subir, pase por la tienda y deje el encargo. —La solución que proponía Diego era sencilla—. Eso sí, que le indiquen quién es la persona que va a venir; y si viene otra diferente, no le abra.

—Entonces nos quedaríamos sin comer. —Josephine veía fisuras en el plan.

—Si eso ocurre, yo me encargaré, no se preocupe —respondió zanjando cualquier pega—. Usted y usted —señaló a la cocinera y a Juliet—, devuelvan a doña Leocadia la llave que tienen de la casa. Y usted —señaló ahora a Leocadia— me entrega una de esas llaves a mí.

—Cuando llega Josephine, yo aún duermo —protestó esta—. ¿Quién le abrirá?

—Yo. —Para Diego no era mayor problema—. Cuantas más llaves circulen, más fácil será que haya una brecha de seguridad.

Aquel joven estaba poniendo patas arriba la relativa normalidad de la casa. A doña Leocadia se la llevaban los demonios, aquellas medidas le resultaban excesivas y Diego le parecía altivo y soberbio. Al menos, pensó, en ese momento no iba armado dentro de la casa. Pero establecía una disciplina casi militar para tres mujeres, una niña y un anciano. Si ella aceptaba todo aquello era porque el joven venía de parte de Moratín; y porque, si Francisco sufriera un atentado, no quería sentirse culpable por no haber ayudado a protegerlo. Aunque no todo tenía por qué ser como ese guardaespaldas ordenara. Por muy de París que viniese.

—Acepto que nos proteja a Rosario y a mí en nuestras salidas —Leocadia pensó que ya era hora de imponerse un poco—, pero no quiero que me vean salir a la calle con un joven, ni ir acompañada a todos lados. La gente puede hablar.

186

—La comprendo. —Diego sabía que en aquellos primeros momentos de un trabajo había que soltar un poco de cuerda—. Nadie me verá con usted.

—¿Y se puede saber cómo va a hacer eso?

—Minutos antes de que vaya a salir de la casa, yo bajaré a la calle como si me fuera del edificio y me quedaré en la esquina. —Diego también había previsto aquello—. Cuando usted llegue a la calle, la seguiré a cierta distancia.

Doña Leocadia aceptó a regañadientes el plan. No iba a privarse de su salida por las tardes para pasear y ver escaparates por mucho que casi nunca comprara. O para hacer alguna visita a las pocas amistades que le quedaban en Burdeos.

Para Diego, por su parte, era vital que aquella protección fuera casi invisible. Quería observar, de incógnito, si la amenaza era real. Comprobar si alguien seguía a Goya o a Leocadia, o si alguna persona se acercaba a ellos en la calle. A una distancia prudencial, desde luego, pero lo suficientemente cerca como para poder intervenir si algo ocurría. Si era cierto que alguien quería matar al pintor, Diego lo averiguaría más pronto que tarde. Y si se sabía que él estaba protegiendo a Goya, su propia integridad podía correr peligro. Aunque era mejor no compartir todos aquellos pensamientos y posibilidades con la señora de la casa.

—¿Visitas? —retomó él.

—Pocas. —Leocadia lo admitió con desgana, como si deseara que recibir visitas fuera algo más frecuente—. El médico del señor, el profesor de Rosario…

—Y Juanito —añadió Juliet.

—Ah, sí…, Juanito. —La desgana de la señora de la casa le pareció aún mayor a Diego—. El niño que vio ayer en la biblioteca. El hijo de Muguiro.

—¿Muguiro? —Diego necesitaba más información.

—Juan Bautista Muguiro e Iribarren, un banquero español. —El guardaespaldas no pudo evitar fijarse en lo orgullosa que estaba la señora de tener amigos con nombres tan largos—. Buen amigo, también exiliado. Muy aficionado a la pintura del señor.

—Juanito es el mejor amigo de Rosario. —Juliet sentía que aquella parte le correspondía a ella, como institutriz—. El único, la verdad. Viene por las tardes.

—No veo problema en que siga viniendo y jueguen juntos. —Esto agradó a Juliet, pues a Diego no se le pasó por alto que una pequeña sonrisa iluminó su rostro—. Pero recuerde, doña Leocadia: nunca Goya y usted fuera de casa a la vez.

—Pues eso va a tener que explicárselo al señor. —Y el gesto de Leocadia indicaba que Diego iba a tener que vérselas con un toro bravo—. Suerte.

Diego salió de la cocina y cruzó el pasillo decidido, pero, justo antes de llamar a la estancia del pintor, se detuvo ante la puerta de la biblioteca y la abrió sin avisar. Rosario escribía con pluma, casi incorporada en la silla, como si tuviera prisa por terminar aquella tarea. Ambos se quedaron mirando; ella desde la mesa, él desde el umbral.

—¿Todo bien? —preguntó. Rosario solo asintió—. Si necesitas cualquier cosa, me lo dices. —Aunque la frase era amable, el severo tono de Diego sonaba grave.

—Eres serio.

—Me han contratado para un trabajo serio: protegeros a ti y a tus padres.

—Si te soy sincera, no sé si él es mi padre.

—Eso a mí me da igual.

—Pero yo le trato como si lo fuera. —Sonrió—. Quiero que me enseñe a pintar.

Diego no tenía tiempo, ni ganas, para aquella conversación.

—Si necesitas algo, me lo dices —zanjó.

—Tú me gustas. No como Juliet. A ella la odio.

—Me da que tú odiarías a cualquiera que tu madre hubiera contratado para enseñarte. —Diego la miró con media sonrisa—. El problema no es ella, eres tú.

—¡Pero si apenas tiene diecinueve años! —dijo Rosario de manera despectiva.

—¿Preferirías a alguien de la edad de tu madre? —El silencio de la niña dio a entender que no le parecía un buen cambio—. Juliet es tu aliada, y por alguna extraña razón te ha cogido cariño. No lo rechaces.

Entonces Diego volvió a cerrar la puerta de la biblioteca, dejando a la niña con la palabra en la boca. Apenas caminó unos pasos y llegó a la puerta del cuarto que ocupaba Goya. Según le había dicho doña Leocadia, le gustaba pintar por la mañana, y debía de ser cierto, porque Diego le oía canturrear con aquella voz rota y grave. Dio unos golpes con los nudillos y esperó respuesta. Nada. Volvió a intentarlo, con similar resultado, así que abrió sin esperar a que le diera permiso.

La habitación de Goya se dividía en dos. En primer lugar, el dormitorio. La vela, consumida por la mitad y apagada, descansaba en la mesilla junto a la cama de estilo imperio francés, de roble, con un gran cabezal curvado y una trabajada estructura donde encajaba el colchón. Todavía estaba deshecha y bajo ella asomaba el orinal sin vaciar. Sobre las arrugadas sábanas, el camisón y el gorro de dormir. Diego dedujo que a Goya no le gustaba que nadie entrara en su dormitorio hasta que él saliera, fuera la hora que fuera. Un armario que ya se agrietaba por algunos puntos, un asiento sin respaldo, para calzarse sentado, y un elegante secreter de roble oscurecido componían el resto del mobiliario. Una puerta de cristal de doble hoja, cerrada en aquel momento, daba acceso a la balconada de la casa, desde donde dedujo que debía de contemplarse una imponente vista de cours de l'Intendance.

Otra estancia se abría, sin puerta, desde el dormitorio: el estudio del pintor. Y allí era donde este estaba trabajando. La mezcla de olor a sudor de la noche, orín, tabaco, pintura y aguarrás hacía casi insoportable permanecer allí. Pero Goya, vestido con una bata oscura y de espaldas a la puerta, parecía no percatarse.

Diego observó aquellas anchas espaldas y cómo la mano manejaba el pincel, que dejaba un rastro negro en el lienzo. Ágil, firme y aparentemente anárquico, parecía que no tuviera sentido lo que pintaba. Pero aquella mancha negra, vista desde la perspectiva lejana de Diego, representaba la silueta de una multitud que acompañaba un féretro camino del camposanto.

Carraspeó para advertirle de su presencia, pero el pintor ni se inmutó. Doña Leocadia ya le había avisado sobre su sordera, así que pensó que la manera más adecuada de llamar su atención sería poner una mano sobre aquel ancho hombro.

—Que sea la última vez, joven, que me interrumpe mientras trabajo —dijo Goya dejando de pintar, pero sin girarse.

Diego dio un paso atrás, impresionado por la autoridad con la que hablaba.

—Sé que es usted —continuó aquel, retomando las pinceladas—, porque nadie en esta casa se atrevería a hacer lo que usted acaba de hacer. Espérese a que termine, demonios…

La orden había sido clara, y Diego no quería empezar con mal pie. Estaba allí porque David Cordier le había enviado, y no quería fallarle ni que este recibiera ningún informe desfavorable. Así que puso sus manos a la espalda, esperando a que el maestro decidiera el momento de hablar con él.

Goya acabó las pinceladas de aquella marcha fúnebre, a la que añadió formas que asemejaban murciélagos que la sobrevolaban, y con sus propios dedos difuminó los contornos sobre la pintura fresca. Con un trapo se limpió las manos, y colocó los pinceles en un bote.

—También sé que se ha instalado en mi casa con la fantasía de protegerme. —Por fin se volvió para mirarle, y se quitó las lentes que utilizaba para pintar—. No le echo a patadas porque viene de parte de Moratín.

—Señor, si estoy aquí…

—¡Hábleme de frente! ¡Y vocalice! —La panza, algo disimulada por la bata, pareció cobrar vida propia con el acceso de ira—. ¿No le han dicho que soy sordo?

—Estoy aquí —Diego, sin mostrar ningún signo de disculpa o miedo ante aquel vozarrón, habló más despacio— porque el señor Moratín cree que corre peligro.

—¿Qué peligro va a correr un viejo como yo? —La camisa, abierta en sus primeros botones, y por la que escapaba una mata de fuerte pelo gris, dejaba también en libertad una poderosa papada que temblaba a cada frase.

—Según Moratín, la noche del Café de Lorain iban a por ustedes.

—Otra fantasía.

—Quizá no lo sea tanto si acabó con la vida de Rogelio Valdés.

—¡No se atreva a mentar a mi amigo! Mal destino le esperaba —lamentó.

—Pues para eso estoy aquí —Diego supo que aquel hombre estaba acostumbrado a imponerse a voces—, para que ese destino no le alcance a usted.

—Si eso está escrito para mí, ni usted ni otros cincuenta guardaespaldas evitarán que llegue.

—Quizás al destino se le pueda empujar para que llegue más rápido, o burlar para que le cueste más trabajo.

—Qué sabrá usted, si apenas se afeita… —Goya intentaba herirle, pero Diego estaba entrenado en aquellas lides.

—Don Francisco, estoy aquí para hacer un trabajo, y voy a cumplirlo.

—¿Y si no quiero?

—Entonces, tendremos un problema. —Aunque Goya tenía un tamaño considerable, Diego le sacaba una cabeza, y sabía utilizar esa ventaja.

—Joven… —Goya bajó el tono—, agradezco que Moratín y ese tal Cordier, al que no tengo el gusto de conocer, se preocupen por mí. Pero tengo muchos proyectos en la cabeza y, como ve —se señaló—, poco tiempo para realizarlos.

—Nadie quiere apartarle de su trabajo, señor. Yo le acompañaré a cualquier lugar al que tenga que ir.

—No deseo rendir cuentas, ni a usted ni a nadie.

—No necesito que lo haga.

—Pero Leocadia me ha dicho que usted impone condiciones. —Y la despectiva mirada indicaba que, para él, Diego no era nadie para hacerlo—. ¿Cómo se atreve?

—La única condición que le afecta es que yo le acompañe siempre. —Diego pretendía rebajar tensión—. Y que, como también tengo que acompañar a la señora o a Rosario cuando salgan de casa, no pueden salir a la vez. Eso es todo.

—Ya…, todo… —Parecía que entraba en razón—. No sé si funcionará.

—Haremos que funcione, señor.

—Anda, tráeme mi abrigo y mi gorra —ordenó—. Me voy a la calle a tomar el fresco.

—Me gustaría dejarle algo claro desde el principio, don Francisco. Yo no soy su mayordomo. —Diego le miró a los ojos y vocalizó a la perfección. Ese era el tipo de cosas donde debía trazar una línea.

—Está bien, ya iré yo a por el abrigo.

—Y, perdóneme, pero no va a bajar ahora.

—¡Porque tú lo digas! —La ira hizo que su voz retumbara en toda la estancia.

—Señor, comprenda que hoy es el primer día que estoy aquí. —Diego no rogaba, simplemente informaba—. Tengo que establecer todos los protocolos de seguridad con la señora y usted, y hay mucho trabajo por hacer. Mañana saldremos.

—Mira, chico… —Goya se acercó tanto que Diego pudo sentir su aliento con sabor a tabaco—, con ochenta y dos años, nadie me va a dar órdenes.

—No es mi intención.

—¡Pues apártate! —Y cogió con su manaza la solapa del chaleco de Diego.

Ambos se miraron unos segundos. En los ojos de Goya, subrayados por unas bolsas enormes y envueltos en una apariencia acuosa por las cataratas, Diego pudo advertir la energía que vivía dentro de aquel anciano. Sentía la fuerza de su mano zarandeándole, pero no retrocedió. Goya puso la otra mano sobre su pecho, empujándolo para que le dejara pasar. Y Diego, viendo que aquel toro bravo podía salirse con la suya, no tuvo más remedio que, con su mano derecha, tomar la del pintor y presionar con fuerza hacia abajo para que tuviera que ceder.

El propio Goya se sorprendió por la facilidad con que el muchacho doblegaba su muñeca. Finalmente, se rindió.

La mirada que ambos se sostenían en silencio era testigo de aquel envite. Y a Goya, con ese saber que dan los años y lo mucho visto, no se le escapó que para Diego no había sido una victoria, sino que lamentaba haber llegado hasta ese punto.

—Don Francisco, por favor, se lo ruego… —esta vez el tono de Diego sí era de súplica—, solo quiero protegerle. Daré la vida por usted si es necesario.

—Mi vida ya vale poco, chico…

—¿Y cuánto cree que valdrá la vida de su mujer y la de su hija si le pasa algo? —Diego atacó con la última andanada que tenía preparada por si las cosas se complicaban—. Le necesitan, dependen de usted.

Quizá no tanto la referencia sobre Leocadia, pero la alusión a Rosario golpeó la línea de flotación del pintor.

Ambos se separaron y Goya se volvió hacia su estudio. De un estante tomó un pequeño cigarro puro y un chisquero y, al pasar junto a Diego, abrió el balcón.

Vestido con aquella bata oscura manchada de mil colores, con el cuello de la camisa abierto y su orgullo un poco magullado, peleó con el chisquero hasta que logró sacar humo de sus caladas. Apoyó sus codos en la barandilla observando todo lo que ocurría bajo sus pies, en la calle.

Diego cerró los ojos tratando de calmar los latidos de su corazón, y tuvo la certeza de que aquel trabajo iba a darle muchos quebraderos de cabeza.

2

Burdeos, enero 1828

Andrea Boscoscuro madrugaba. Abría los ojos cuando apenas despuntaba el alba y se tomaba unos minutos para planificar el día. Despertaba hambriento, sus cenas eran ligeras. Y uno de los puntos fuertes del hotel Royale de Burdeos era su restaurante y el interminable desayuno que allí servían.

El cristal del ventanal que separaba el dormitorio del balcón estaba empañado. La noche había debido de ser fría, pero el fuego de la chimenea había mantenido caliente su habitación. Limpió el vaho del cristal con la manga del pijama y, desde su habitación en la tercera planta, pudo ver la neblina que invadía cours d'Albret; hasta que el sol calentara los adoquines, aquel manto blanquecino que difuminaba formas y luces reinaría en el exterior.

La calle, todavía desierta, acrecentaba su aspecto fantasmal por la baja intensidad con la que lucían las farolas, ya escasas de aceite tras tantas horas encendidas. El traqueteo del carro que recogía los excrementos de caballo y el roce metálico de la pala contra la piedra del suelo rompían el sepulcral silencio de la gran avenida en la que se ubicaba el hotel. Boscoscuro podía oír los ronquidos procedentes de la habitación de al lado, profundos y rítmicos. Y los pasos vacilantes, arriba, de algún huésped al que una urgencia hubiera hecho buscar el orinal para descargar la vejiga.

Sí, el desayuno del hotel Royale era delicioso, pero debía esperar a las siete y media para que comenzaran a servirlo. Ya vestido, Andrea Boscoscuro se sentó en el tresillo de su elegante habitación y, mientras esperaba disfrutando del relativo silencio matinal, hizo una de las cosas que mejor se le daban: pensar.

La misión en el Café de Lorain, noches atrás, había resultado un desastre. Muertos, heridos y un incendio; todo para acabar solo con la vida de uno de los españoles. Y, lo peor, poniendo sobre aviso a los otros tres; Moratín y Silvela habían huido a París —unas monedas sueltan con facilidad la lengua de conductores de coche y portadores de maletas—, y a Goya no se le había visto el pelo desde entonces. En el mejor de los casos, estaría escondido en su casa, magullado y asustado, y Boscoscuro tendría que esperar a que retomara sus salidas. En el peor, un mal golpe en el caos que se produjo en el Café, o una intoxicación por el humo inhalado durante el incendio podían tenerle postrado en cama. Y a esas edades, pensaba el italiano, un mal viento se lleva a cualquiera a la tumba. Si eso sucediera, Boscoscuro no tendría acceso al cadáver y la macabra misión encargada por Benigno Malumbres sería imposible de cumplir.

Guillaume Fossé, todavía dolido en brazo y cadera por las dos veces que Rogelio Valdés le había alcanzado, le juraba y perjuraba que nada habían tenido que ver ellos con el incendio. Que fue uno de los parroquianos quien, en su huida, había desprendido un quinqué de la pared dando comienzo al pandemonio. Y que, en tales circunstancias, solo les fue posible acabar con la vida de Rogelio Valdés.

Bien sabía Boscoscuro que esas cosas podían pasar, y que tener bajo control todos los aspectos de una misión resultaba algo prácticamente imposible. Pero su olfato también le decía que Fossé y sus hombres no habían actuado con la frialdad necesaria y que, quizás, el brillo de collares, anillos y pendientes podía haberles nublado el juicio.

Llegados a aquel punto, el espía italiano tenía que hacer averiguaciones y tomar decisiones. En el apartado de averiguaciones, descubrir si Goya seguía vivo, y en qué condiciones. En lo que se refería a decisiones, la confianza en los sicarios que había contratado se encontraba bajo mínimos, y tenía que sopesar si eran los adecuados en aquel momento.

La cabeza le decía que no; aquellos hombres no tenían la discreción por bandera, y la misión había entrado en una fase diferente, en la que la cautela y la elección de los momentos para actuar iban a ser clave. Pero, pensando en sentido práctico, ya había adelantado una buena suma de oro a Fossé y, si le despedía ahora, sería como haberlo tirado a la basura. Sin contar con que tendría que encontrar y contratar a otros hombres. Cosa que, en aquel momento, descartaba; entre el pago a los sicarios y la ampliación de su estancia en el hotel, a Boscoscuro le preocupaban los beneficios que fuera a dejar aquel encargo.

Y, por otro lado, tenía que informar a Malumbres sobre sus progresos. Debía revestir ese informe con un cierto halo de victoria sin hacer referencia al desastre del plan que había elaborado. Decidió que, durante la mañana, redactaría la carta para el funcionario español. Salvaguardando su propia reputación, claro estaba. Con Rogelio Valdés muerto, que era el principal creador de los versillos que corrían por Madrid, y añadiendo la cabeza de Goya, quizá Malumbres se conformara. Pero, si tenía que viajar a París y buscar a Moratín y Silvela para acabar con ellos, sería necesario renegociar los términos del acuerdo.

Cuando dieron las siete y media y bajó al restaurante, pudo apartar todos aquellos pensamientos de su cabeza. Se sentó cerca de la pared del fondo, lejos del ventanal, para no ser visto desde la calle, sin nadie a su espalda y con control visual de cualquiera que entrara o saliese.

Boscoscuro se complacía cada día de su estancia en Burdeos tomándose aquel momento con calma. Le gustaba contemplar cómo el salón se llenaba y las mesas eran ocupadas por los variopintos huéspedes del hotel. Casi todo hombres solos, pero también alguna pareja de cierta edad y, en aquel momento, un matrimonio con dos hijos pequeños que debían de estar de visita familiar en la ciudad.

En el momento de mayor afluencia en el restaurante, cuando no quedaba una sola mesa libre, apareció ella.

Su cabello, suelto y rojo como el fuego, resplandecía como un aura alrededor de su rostro. Lejos de vestir encorsetada y arrastrando un miriñaque que abombara su falda, llevaba un vestido verde de gasa, color helecho, que bailaba al son de sus movimientos. Rematado a la cintura con un lazo de raso amarillo, la prenda hacía volar la imaginación de Boscoscuro, pues le permitía adivinar las formas de la dama. Los brazos, torneados, moldeaban las ligeras mangas del vestido, y las caderas, poderosas, se ceñían en los laterales como si quisieran demostrar que en aquel punto comenzaban unas piernas que podían hacer temblar el suelo que pisaba. Aquella mujer era y parecía una dama, pero todo su cuerpo proclamaba en ella un interior salvaje, una exuberancia que a Boscoscuro le resultaba terriblemente atractiva.

Con el ejemplar de *Méditations poétiques* en sus manos, la dama hablaba con el *maître* del restaurante, que negaba con la cabeza. El italiano supo de inmediato lo que ocurría y no dudó en levantarse y acudir a ellos.

—*Scusi,* madame… —interrumpió con discreción—, ¿quizás está solicitando una mesa y en estos momentos no es posible?

—Hoy he bajado antes de lo habitual —respondió ella con timidez—. Parece que es hora punta. El *maître* me dice que, en cuanto quede una mesa libre y dispongan un cubierto, me ubicará.

—Yo estoy solo en mi mesa, para mí sería un honor compartirla con usted.

—No quisiera molestarle. —Sonrió agradecida, pero declinando la oferta—. Enseguida estará solucionado.

—No es ninguna molestia. Para mí será un placer. Además, en pocos minutos me marcho y la dejaré tranquila. —Esa vez la dama accedió.

El encargado del restaurante asintió con la cabeza y Andrea Boscoscuro se apartó para dejar pasar a aquella mujer a la mesa donde él desayunaba.

★★★

—¡¿Chiara?! —Con la taza de café en su mano, sonrió sorprendido—. ¿Es usted italiana?

—Mi madre. —Ella degustaba, parecía que con agrado, los huevos pochados que él le había recomendado—. Según me contaban mis padres, el nombre era innegociable.

—Su madre debía de querer que sus raíces italianas pervivieran. *Parli italiano?*

—*Non lo parlo spesso.* —Ella tomó un sorbo de la infusión de jengibre, también recomendada por él—. Pero trato de no olvidarlo.

199

—*È un piacere trovare qualcuno con cui parlare in italiano.* ¿Qué hace en Burdeos?

—He venido acompañando a mi marido. —Sus palabras cayeron como un puñetazo en el estómago de Boscoscuro—. Residimos en Caen, y mi marido, el señor Duprée, es propietario de una empresa que exporta vinos a Inglaterra.

—Entonces han venido a cerrar contratos.

—Bueno, la verdad, *signor* Boscoscuro...

—Andrea, por favor.

—Pues la verdad, Andrea, es que es él quien ha venido a cerrar contratos. Está viajando por todo el sur de Francia y hemos establecido base aquí, en Burdeos.

—Así que... ¿está usted sola?

—No, por Dios —descartó—. Mi marido vuelve aquí tras cada uno de sus viajes. Se queda un par de días conmigo y vuelve a salir.

—Pero aun así debe de pasar mucho tiempo sin compañía...

—No me siento sola... —Chiara mostró su libro—. Le tengo a él.

Boscoscuro sonrió con afecto. Aquella criatura con apariencia elegante pero espíritu indomable fiaba su tiempo libre a un libro. Incluso le produjo ternura.

—«De tus perfecciones, que él busca concebir, este mundo es el reflejo, la imagen, el espejo. El día es tu mirada; la belleza, tu sonrisa» —recitó ella de memoria. Boscoscuro se quedó en silencio, y ella le imitó, temiendo haber hecho algo inadecuado.

—Vaya... —La sonrisa que había habitado los labios de Boscoscuro se esfumó sin dejar rastro.

—Lo siento. Quizá no le guste la poesía y estoy molestándole.

—Para nada… —Hizo un gesto con la mano para tranquilizarla—. He leído poesía, pero la que usted ha recitado me ha hecho caer en la cuenta de algo.

—¿Puede saberse de qué? —se atrevió a preguntar Chiara.

—Que puede ser que yo no tenga perfecciones.

—Nadie es perfecto.

—Lo sé. Pero quizá yo tenga una completa ausencia de perfecciones.

—No lo creo. Y, en todo caso, acaba usted de sentir la utilidad de la poesía. —Ella abrió el cielo con su sonrisa.

—¿Causar dolor?

—¡No! —Y esa sonrisa dio paso a una risa deliciosa, casi infantil—. Pensar, reflexionar sobre nosotros mismos.

—Le doy las gracias. Ha sido bello escucharla —confesó turbado. Ella bajó su mirada, él hubiera jurado que con las mejillas arreboladas—. ¿Hasta cuándo se quedan en el hotel? —cambió de tema.

—Tenemos reserva al menos hasta abril. Mi marido tiene que cerrar contratos para lo que queda de año.

—Mucho tiempo para estar sin compañía. Vida de esposa de comerciante.

—Bueno, él va y viene. Y ni sé cuándo viene ni cuándo se va. —Chiara se encogió de hombros—. Si le soy sincera, hay días en los que hubiera preferido quedarme en Caen. O volver a Cherburgo, que es donde he vivido siempre… Pero hoy no es uno de esos días. —Y su mirada mostró satisfacción por haber pasado un rato agradable con aquel desconocido.

—Entonces, habrá que crear más días como el de hoy. ¿Mañana a desayunar?

—No sé… —Ambos eran conscientes de que, en los códigos de etiqueta, no se podía ceder tan rápido. Ni dar determinadas impresiones—. Quién sabe.

—Le ruego que me perdone, pero tengo trabajo —dijo mientras se levantaba.

—No me ha dicho en qué trabaja. —Ella alzó la cabeza y le miró a los ojos.

—Quizá mañana en el desayuno se lo cuente. —Hizo una pequeña inclinación—. Ha sido un *vero piacere*.

Chiara siguió con la mirada a Boscoscuro mientras se alejaba. Vio cómo tomaba su abrigo y salía del salón. Y, tras pedir un café al camarero, se preguntó qué demonios hacía pensando en volver a desayunar al día siguiente con aquel tipo de coleta, mangas subidas y cuello de la camisa abierto.

★★★

Boscoscuro se subió el cuello del abrigo al sentir el frío de la calle. Se había demorado más de lo habitual en el desayuno, aunque no podía evitar alegrarse por la causa de aquel retraso. Con todo, en sus códigos aquello era una distracción en toda regla; de las que no podía permitirse, y menos en mitad de un trabajo que, además, había comenzado torcido. Ahora le tocaba enderezarlo.

Caminó por cours d'Albret hacia la place Gambetta. Allí, a un muchacho que ofrecía periódicos mientras se pelaba de frío, le compró un ejemplar de *Le Journal Bordelais*. Preveía un largo rato de guardia, y un periódico en las manos siempre era una buena tapadera. Pero también preveía que poco iba a leer con su mente ocupada en aquella melena rojiza.

Cours de l'Intendance era una vía ancha, el acceso a la zona más señorial de la ciudad. Los cafés, amplios y lujosos, eran un hervidero de hombres de negocios que se dejaban ver para mostrar o esconder sus cartas. Los comercios de productos traídos desde París no tenían clientes a aquellas horas de la mañana, pero era el momento adecuado para limpiar o diseñar creativos y atrayentes escaparates. Boscoscuro estaba seguro de que, durante la tarde, toda persona que era alguien en Burdeos se paseaba por allí. Eso sí, ante las tiendas de comestibles, criadas y amas de llaves formaban colas para las compras diarias.

Aquella ciudad palpitaba y no le extrañaba que, si alguien se veía obligado a salir de España, recalar allí fuera una inmejorable opción.

La vida en aquella zona de Burdeos estaba muy alejada de la que se respiraba en otras partes de la ciudad; era un pequeño mundo dentro de otro. Y Boscoscuro, en aquel mundo que no era el suyo pero en el que se sentía a gusto, eligió un banco desde el que podía obtener lo que estaba buscando.

Desde allí, su vista del segundo piso del número 57 era bastante buena. Dominaba la gran balconada y las cristaleras, así como el acceso al edificio. Abrió el periódico y, haciendo como que lo leía, no perdió ojo de su objetivo, al tiempo que estudiaba las fachadas del edificio y de los contiguos, registrando en su mente todo detalle. Si las cosas sucedían como deseaba, habría que elaborar un nuevo plan. Y cualquier dato sería de utilidad.

No pudo evitar sonreír convencido de que aquel era su día de suerte. No solo había desayunado con una dama que no se podía quitar de la cabeza, sino que además ahora tenía la certeza de que su objetivo estaba vivo y coleando: la segunda cristalera situada más a la izquierda acababa de abrirse revelando el orondo cuerpo de Francisco de Goya.

Con una bata oscura manchada de mil colores y la camisa abierta, que mostraba una fuerte pelambrera gris en el pecho, el pintor luchaba por encender un chisquero y prender un pequeño cigarro puro que sujetaba entre sus labios. Cuando lo consiguió, apoyó sus codos sobre la barandilla y se asomó a la calle.

Boscoscuro sabía que aquel hombre todo lo miraba, todo lo observaba. Porque quien es pintor guarda en su memoria cualquier cosa que pueda utilizar en un futuro trabajo. Sabía que los detalles de las obras maestras procedían de momentos de observación como aquel.

Y lo sabía porque no había artista al que admirara más que a don Francisco de Goya.

3

Madrid, febrero 1828

Estimado señor Malumbres,

RV ya no está en el juego. M y S se han desplazado a París de manera inesperada y estoy trabajando en averiguar cuándo será su vuelta. G, y el encargo especial, es el próximo objetivo. En los próximos días estará hecho y le informaré al respecto.

Atentamente

AB

Benigno Malumbres se quitó las gafas, dejó la carta sobre el escritorio de su humilde despacho y se sirvió una copa de brandy. Todavía era demasiado pronto para beber, pero pensó que la ocasión lo merecía.

Y no por celebrar nada, sino por las dudas que le habían dejado aquellas líneas. Deseaba que el alcohol, en su cuerpo todavía en ayunas, tuviera un efecto tranquilizador. Había perdido peso en las últimas semanas y sentía que se le caía el cabello —de los lados y de la parte trasera de la cabeza— a más velocidad de la habitual. La falta de noticias le producía una desazón que le quemaba por dentro.

Por fin habían llegado esas noticias que esperaba, pero le habían dejado un gusto amargo. La carta tenía fecha de una semana atrás. Por un lado, la muerte de Rogelio Valdés era una excelente noticia; Malumbres sabía que ese tipejo era el autor de los versos que corrían por toda la capital, y aquella cabeza de serpiente había sido cortada. Lo cierto era que ya hacía un par de semanas que no llegaba a sus manos, o a sus oídos, ningún panfleto injurioso con la corona. Buena señal.

Por otro lado, que Moratín y Silvela se hubieran marchado a París le desconcertaba. Bien era cierto que ambos eran dos caballeros con cierta posición, y que, siendo contrarios al régimen de Fernando VII, Malumbres les consideraba lo suficientemente inteligentes como para no cerrarse puertas en España. Con la muerte de Valdés, quizá se aplacaran las reivindicaciones políticas de ambos. Pero hubiera deseado saber a qué habían ido a París y cuáles podrían ser sus planes de regreso a Burdeos. Si es que los tenían.

El asunto de Goya parecía en marcha. Quizá, con esa semana de retraso en la correspondencia, en aquel momento el pintor ya fuera un cadáver decapitado. Y con un poco de suerte su cabeza podría estar en sus manos en solo unos días.

Aun así, se sintió decepcionado con Andrea Boscoscuro. Con su fama, y con el oro que habían acordado, Malumbres se había formado la idea de que aquello sería un trabajo rápido. Pistola y cuchillo para, en un momento, haber acabado con los cuatro. Y a otra cosa. Pero parecía que el tipo se lo tomaba con calma. Él era el profesional, claro estaba, pero quizá también se había visto afectado por la apatía y la inconstancia que eran la fuente de los males que vivía su época.

Sintió cómo el alcohol quemaba su garganta y caía a plomo a través de su estómago vacío, creando una desagradable sensación de amargor y acidez. Sin embargo era esa sensación la que le permitía estar anclado a la realidad, percibir el mundo como solo él lo percibía. Porque, en su opinión, aquella apatía e inconstancia era lo que se había apoderado de Calomarde e, incluso, del rey.

Pero para eso estaba él, para arreglar todos aquellos desajustes y seguir haciendo fuerte al ministerio, a la corona y al propio monarca. Aunque no se lo merecieran. Porque ministros y reyes habría más, pero coronas solo había una.

Y lo que estaba claro era que el pueblo ya no se reiría y mofaría con los versos de aquel desgraciado de Rogelio Valdés.

Solo gracias a él.

★★★

Burdeos, febrero 1828

La portera, acalorada pese al frío, barría la calle frente al portal. Un edificio como el 57 de cours de l'Intendance se merecía que el entorno del zaguán estuviera limpio. Así se lo habían ordenado. Además, un circo recién llegado a la ciudad había hecho un desfile la tarde anterior y, sí, los excrementos de elefantes y camellos los habían recogido las brigadas de limpieza, pero la cantidad de colillas, cáscaras de cacahuetes y los cucuruchos de papel que los contenían habían quedado abandonados a lo largo de toda la calle. Incluyendo su portal.

—Perdone —escuchó a su espalda—, ¿es usted la responsable de este edificio?

La mujer se giró y se encontró con un hombre elegante, recio, que no usaba sombrero, pero llevaba el cabello recogido en una coleta sujeta por un lazo negro. Su francés era perfecto, pero el acento italiano delataba su procedencia.

—Más que la responsable, lo dejaría en la portera —contestó dejando de barrer.

—Entonces, sí que es la responsable. Al menos en lo que a mí respecta. —El hombre lo dijo con una amplia sonrisa—. Mi nombre es Cossimo Poltieri, y *sono il* secretario personal del embajador de Italia en París.

—Vaya… —aquel cargo le pareció abrumador—, ¿y qué se le ofrece?

—Verá… —el hombre se acercó un poco, dando un carácter más confidencial a sus palabras—, el embajador quiere…, *come si dice…*, reubicar el consulado italiano de Burdeos, y me ha pedido que encuentre residencias que pudieran ser óptimas. Y *questo edificio* cumple con lo que estamos buscando: señorial y bien cuidado. —Con la mano hizo un gesto que abarcó a la portera, dándole a entender que todo eso era gracias a ella—. Y que esté ubicado en el Triángulo de Oro es importante *per noi*.

—Ay…, mire que lo siento —la mujer se apoyaba en su escoba mientras hablaba, satisfecha por los cumplidos que le había dedicado aquel desconocido—, pero todas las viviendas están ocupadas.

—Qué lástima… —dijo decepcionado—, la segunda planta era perfecta.

—¿Para un consulado? —Eso siempre daba prestancia a un edificio.

—La bandera italiana luciría *spettacolare* en esa balconada. —El hombre elevó la vista como si estuviera visualizando lo que decía—. ¿Quién es el propietario?

—Todas las personas que viven aquí son inquilinos, y no me tire de la lengua; no puedo decirle quién es el propietario. —Negó con la cabeza, indicando que nadie podría convencerla de lo contrario—. Yo solo soy una humilde trabajadora.

—Es usted discreta. —El asentimiento era de agrado—. Otro punto *in favore.*

—Gracias, quiero mantener mi trabajo. —La portera sentía que un desconocido valoraba más su desempeño que su propio empleador. Y oír esas palabras de vez en cuando enardecía el ánimo de cualquiera.

—¿Quiénes son los inquilinos de la *secondo* planta?

—Una familia española.

—*Ah, spagnole!* —Sonrió—. Es una buena noticia; quizás estén aquí de manera temporal y en breve se marchen.

—Es posible. Pero ya depende del contrato que hayan firmado.

—¿Cree usted que sería *possibile* que, si los inquilinos dejan la vivienda, el propietario escriba a la embajada en París? —Mientras hablaba, el hombre abrió un poco su abrigo para echar mano al bolsillo del pantalón, del que sacó dos monedas.

—Delo por hecho. Yo me ocupo. —La portera le guiñó un ojo con complicidad.

—*Grazie mille.* —El hombre hizo una ligera inclinación de cabeza—. Hasta pronto, *signora.*

—Vaya con Dios.

—*Scusi!* —Él pareció recordar algo—. ¿Qué dimensiones tiene la vivienda?

—Pues no sabría decirle, pero es bastante grande.

—¿Cuántas estancias puede tener?

—Yo diría que son cuatro dormitorios, la biblioteca, el comedor, el baño y la sala de visitas. Y la cocina, con una alacena bien grande.

—Sí, es lo que buscamos —confirmó—. ¿Y qué estancias dan a la balconada?

—La última de la derecha —señaló la portera mientras ambos levantaban la cabeza para mirar— es el comedor. Las otras dos dan a la sala de visitas, y las dos más a la izquierda son de un dormitorio que tiene su propio despacho.

—Quizás esas últimas fueran las ideales *per il* cónsul, ¿qué opina?

—No sabría decirle —esos asuntos le venían grandes a la portera—, pero el inquilino, que es pintor, tiene ahí su estudio.

—*Oh, meraviglioso…,* tienen un pintor en el edificio. ¿Es alguien que yo pueda conocer? —La mujer se quedó en silencio, pensando la respuesta—. Discreta… —Él volvió a sonreír—. No pierda eso, por favor. Lo valoramos y sabremos recompensarlo.

Aliviada por haber hecho lo correcto, y contenta de que aquel hombre tuviera la amabilidad de decírselo, la mujer quiso, al menos, darle alguna compensación.

—De los dos accesos al balcón que son las estancias del pintor, el que está más a la izquierda es su estudio, y el otro es su dormitorio. Ambos cuartos tienen salida al pasillo, pero están comunicados entre sí.

—Definitivamente, ese sería el despacho del cónsul —dijo—. Y usted ha sido de *molta utilità.* Por favor, no olvide comentarle a su jefe que nos avise cuando la vivienda quede libre.

—Descuide, señor. —Y la portera tanteó con sus dedos las dos monedas que había guardado en el bolsillo del delantal. Tendría que volver a barrer, pero, en aquel momento, poco le importaba.

Andrea Boscoscuro se abrochó el abrigo y metió las manos en los bolsillos mientras se alejaba del portal y cruzaba la calle esquivando los coches de caballos que circulaban por la calzada. Por apenas un par de monedas había conseguido la información que necesitaba, y un plan asomaba ya a su cabeza.

En la biblioteca, ignorantes de la escena que se acababa de vivir apenas unos metros más abajo, Juliet explicaba a Rosario la disposición de una mesa en una cena de etiqueta. El ejercicio era sencillo: Juliet, sentada en un lado de la mesa, tenía junto a ella cubiertos, copas y platos, y le pasaba un elemento cualquiera a Rosario, que estaba en el otro extremo, quien debía identificarlo y colocarlo en su lugar.

—Cuchillo de pescado —dijo la niña al tomar el utensilio. Lo ubicó a la derecha del bajoplato que ejercía de base y la miró.

—El filo hacia dentro —indicó Juliet.

—El filo hacia dentro… —repitió Rosario con cierto hastío mientras lo giraba.

La institutriz asintió conforme. Ese ejercicio lo habían repetido ya varios días, pero Rosario todavía olvidaba algunos detalles.

—Platillo de mantequilla. —Se lo dio a Rosario—. ¿Dónde lo colocamos?

Ella se quedó mirando la mesa y lo colocó a la izquierda. Juliet negó con la cabeza y Rosario se apresuró a cambiarlo al lado derecho.

—Copa de vino blanco. —Y la dejó junto a la de vino tinto y la de agua, formando una diagonal delante del comensal.

—La de vino blanco se coloca entre la de tinto y la de agua —la corrigió.

Rosario, con ambas manos, movió las copas mientras su respiración se hacía cada vez más audible. Cuando se aseguró de que las copas estaban en el lugar correcto, alineadas como era debido, alzó la vista y dio con los ojos de Juliet.

—¿Me puedes decir para qué quiero saber esto? —preguntó con ira contenida.

—El día que tengas que vestir una mesa de gala tendrás que saberlo.

—Has visto cómo vivimos… ¿Tú crees que en esta casa se va a servir algún día una cena de gala? Comparado con cómo vivíamos en Madrid, esto es casi pobreza.

—¿No crees que estás exagerando? —Juliet sí conocía la verdadera pobreza, esa que obliga a unos padres a entregar a una hija—. No veo que te falte de nada.

—¡¿Que no me falta de nada?! —La ira dio paso a la indignación—. ¡Tú no sabes los vestidos que yo tenía, los zapatos, mi cachorro!

—¿Y crees que necesitas todo eso para vivir? —Juliet hablaba con calma.

—Me invitaban a fiestas, pasaba un coche a recogerme para ir al teatro…

—Eres muy joven, Rosario. La vida cambia, pero, si eso es lo que quieres, tiempo tendrás para buscarlo.

—¡Tenía amigos! —aseveró la niña.

Y Juliet se dio cuenta de qué era lo que realmente le faltaba a su pupila. Algo tan natural como amigos, poder juntarse con chicas y chicos de su edad, tener confidencias. Evitó decirle que contaba con Juanito, porque era evidente que un niño de unos nueve años se le quedaba muy corto a aquella casi mujer.

Se tomó un tiempo para contestar. Jugaba con los pliegues de su falda por debajo de la mesa, para que la niña no advirtiera que solo estaba ganando tiempo para dar con las palabras adecuadas. Comprendía a Rosario; la hija de doña Leocadia era una privilegiada, solo que no se daba cuenta de ello.

—Rosario…, ser joven tiene cosas maravillosas. Mírate, tan llena de energía y de vida. El futuro será lo que tú quieras que sea.

—¿Para qué quiero yo esa vida y esa energía si estoy aquí encerrada?

—Pero ser joven también tiene algo terrible. —Juliet se tomó el respiro que merecía lo que iba a decir—: La vida, a tu edad, está condicionada por las circunstancias de nuestros padres. Nuestro rumbo es el que la vida les ha hecho tomar a ellos. Nadie elige pobreza o riqueza, nadie elige nada, ni siquiera dónde nacemos. Pero sufrimos las decisiones de nuestros padres. —Juliet se levantó y se acercó a la silla de Rosario—. Y tú sufres las de los tuyos.

—Yo no elegí venir a Burdeos, no quería hacerlo —confesó Rosario.

—Claro que no. Pero no tuviste más remedio; ellos decidieron por ti.

—Los odio por ello...

—Ni era tu decisión ni los odias.

—A mi madre sí. —Rosario estaba sacando toda la inquina que podía acumular a sus trece años—. Si no hubiera roto su matrimonio, yo seguiría en Madrid. Lo hizo mal —dio una palmada sobre la mesa—, aunque nunca me lo diga. Una mujer casada, juntándose con un hombre cuarenta años mayor que ella. Y yo sin saber siquiera quién es mi verdadero padre. Si el de Madrid o este.

Juliet no quiso contestar. Las palabras, a veces, son mechas que prenden rápido, y el silencio puede ser un dique que contenga una riada. Era necesario un poco de silencio para rebajar el oleaje que bullía dentro de Rosario.

—Rosario, yo no sé quién es tu padre... —dijo por fin Juliet—, pero sí sé que ese hombre —señaló la puerta— te quiere y procura que no te falte de nada. Estoy segura de que más pronto de lo que crees, tu madre te lo aclarará todo.

—¿Y si mi verdadero padre fuera aquel al que mi madre abandonó?

—Podría ser, pero yo lo lamentaría mucho.

—¿Por qué dices eso? —preguntó Rosario extrañada.

—Por ti. —Juliet miró a la niña con sus hipnóticos ojos verdes—. Porque ese hombre no parece que haga lo más mínimo para verte o estar en contacto contigo. Y si fuera un verdadero padre, lo haría.

Fue Rosario quien guardó silencio en aquel momento. Nunca se lo había planteado así, nunca lo había enfocado desde aquel punto.

—De todos modos…, ¿para qué quiero saber cómo se dispone una mesa?

—Porque, Rosario… —y Juliet se atrevió a poner una mano sobre la de la niña—, la vida es tan cambiante que un día podemos ser quien organiza una cena de etiqueta y, al día siguiente, los sirvientes que tienen que poner los cubiertos. —El pequeño apretón hizo que Rosario mirara a los ojos de Juliet—. Y debemos saber afrontar ambas circunstancias.

Tras decir esto, Juliet se levantó y caminó hasta la puerta de la biblioteca.

—¿Adónde vas?

—Al estudio de tu padre, a tomar prestado material para pintar.

—¡Estará echándose su siesta! —Rosario sabía que era una misión suicida.

—Por eso, no creo que me oiga. —Y guiñó un ojo a la niña que estaba a su cuidado.

214

4

Burdeos, febrero 1889

Una semana le ha costado a Joaquín Pereyra que el director del cementerio de La Chartreuse atienda al detective venido de París. A Leland le hubiera gustado que todo hubiera sido más inmediato, pero, ahora que han pasado los días, se da cuenta de que esa desconexión de su trabajo no le ha venido nada mal.

Burdeos es una ciudad más animada de lo que creía. Solo había estado de paso una vez, años atrás, y apenas había podido conocerla. Pero ahora, alojados con todas las comodidades en la residencia del cónsul, Jean-François y él han podido sumergirse en su ambiente.

Desde la rue Notre-Dame, donde se encuentra el consulado español, se llega en un agradable paseo a la place des Quinconces. Es una plaza rectangular, rematada por un semicírculo en la parte más cercana al centro de la ciudad, que impresiona por sus dimensiones. Dos imponentes columnas, en la parte del río, simbolizan la navegación y el comercio, los dos valores que representan a Burdeos. Un vendedor les cuenta que aquel lugar es donde, desde los años revolucionarios, se reúnen los girondinos y que, en honor a aquella tradición, se ha dado nombre a un nuevo club deportivo en la ciudad: Girondins de Burdeos.

La influencia de Pereyra también les ha conseguido asientos de palco en el Gran Teatro, donde han podido disfrutar de una reposición de la *Sinfonía fantástica,* de Berlioz. Y, también gracias a su anfitrión, y en su coche de caballos, han podido recorrer de noche la famosa cours Victor Hugo y sus elegantes cafés.

El urbanismo de Burdeos sorprende a Leland, es una ciudad avanzada, bien comunicada, y disfruta recorriéndola. Pero, sin duda, de lo que más disfruta es de ver cómo Jean-François, que vive esos días como si fueran unas merecidas vacaciones, recupera la fuerza y la alegría. Y, en cierto modo, lo son.

Hasta que se confirma la cita con el director del cementerio y, puntuales, detective y asistente se presentan en las oficinas de La Chartreuse.

Su puntualidad no es correspondida por el director. Sentados en un banco de madera junto a la oficina de administración, Leland resopla ante el retraso. Justo cuando consulta su reloj de bolsillo oye a su espalda:

—¡Señor Leland!

—¿Señor director? —Se pone en pie, impaciente por comenzar el trabajo.

—Les pido que disculpen a nuestro director, problemas de última hora. —El sonriente hombrecillo, portador de un bigote de largas puntas, le ha quitado ese asunto de encima a su superior. No puede ocultar cierta sorpresa cuando ve que a Leland le acompaña un joven mulato—. Soy Antoine Pessard, subdirector. Estoy a su disposición.

—Le presento a Jean-François, mi asistente. —Pessard evita dar la mano al joven, y sustituye el gesto con una sonrisa y una ligera inclinación de cabeza.

Pereyra ha advertido a Leland de que aquel asunto molesta al director del cementerio. Se le ha venido encima la apertura de una comisión de investigación por la profanación de los restos y parece ser que, desde el ayuntamiento, le están buscando las cosquillas. Leland deduce que, para el director, atenderles personalmente es rebajarse a colaborar en una investigación no oficial. Pero enviar a su segundo significa que concede cierto margen de maniobra al detective para beneficiarse de cualquier averiguación que pueda hacer y, quizá, librarse de la comisión de investigación.

—¿Podemos ver la cripta? —pregunta Leland.

—Por supuesto. —Parece que el solícito subdirector viene con los deberes hechos—. Los operarios nos esperan allí para mover la losa.

Durante el trayecto, Jean-François no puede evitar observar las maravillas arquitectónicas, en forma de mausoleos y panteones, que alberga el cementerio: pirámides, templetes clásicos con columnas jónicas y esculturas conmemorativas. La Chartreuse es, en sí mismo, un museo al aire libre.

Tras unos diez minutos caminando, llegan a la intersección de dos calles en la que se yergue un monolito circular de piedra blanca, de apenas un metro y medio de altura y con solo dos palabras grabadas en la piedra: «A Goya».

Los dos operarios, que entretenían la espera fumando, se apresuran a apagar sus cigarrillos cuando ven llegar al subdirector con los visitantes. Con amabilidad, este les pide que procedan. Leland advierte que el suelo de la cripta está limpio de malas hierbas, señal de que se abrió recientemente.

—¿Han tocado algo? —pregunta.

—Nada en absoluto. —El subdirector apremia con las manos a los operarios—. Un notario levantó acta el día que vino el cónsul Pereyra. Tras lo hallado, se volvió a cerrar la cripta, y solo se ha vuelto a abrir para que el juez iniciara diligencias.

Los operarios destapan la cripta, de la que sale un aire viciado con partículas de polvo y cierto olor dulzón, y fijan una escalerilla. Jean-François es el primero en bajar, seguido de Leland. El subdirector declina la invitación de acompañarles.

La luz que pasa a través del hueco de la losa es suficiente para poder observar la profanación. Leland, que no se fía ni de su sombra, saca de su abrigo la fotografía que Pereyra le mostró en el tren para comprobar si ha habido cambios. No los hay.

Los dos féretros, en alto, están soportados por dos altares de piedra. El esqueleto que permanece entero es menudo, tiene las piernas dentro de su caja y el resto del cuerpo cuelga de tal modo que los brazos reposan en el suelo. El traje, hecho jirones, le hace parecer un espectro que vaga por el inframundo. El otro esqueleto está extendido sobre el suelo de la cripta, completamente fuera de su féretro. Viste un hábito de ermitaño por el que asoman los huesos de la tibia y los metatarsos de los pies. Casi intacto, excepto porque le falta el cráneo. El detective le pasa la foto a Jean-François, por si este pudiera detectar alguna diferencia. El joven necesita varios minutos para llegar a la misma conclusión que él: no hay ninguna, incluso sigue allí la abombada gorra de cuero.

Estudian las tapas de los féretros, para examinar si tienen nombre o alguna marca identificativa. Nada. Son dos féretros sencillos, simples cajas de madera. El de Goya, con algún recubrimiento de zinc en determinadas zonas, pero nada más. Esos restos llevan casi sesenta y un años enterrados, es casi un milagro que, con la humedad, la madera no se haya deshecho. Un movimiento de cabeza de Leland, que señala hacia arriba, indica que allí ya han visto todo lo que tenían que ver.

Ambos, una vez fuera, se sacuden el polvo que han arrastrado con ellos.

—¿Ya se sabe quién es el segundo cuerpo? —pregunta Leland.

—El señor... —el subdirector consulta la carpeta que lleva consigo— Martín Miguel de Goicoechea.

—¿Y qué relación tenía el señor Goicoechea con Goya?

—Lo desconocemos. —El gesto del subdirector indica que la vida de sus huéspedes no es algo que les ataña. Solo su muerte.

—Pero alguna relación debían de tener si fueron enterrados juntos. —A Jean-François le escama aquel asunto tanto como a Leland.

—No fueron enterrados juntos. —Vuelve a consultar la carpeta—. El señor Goicoechea fue enterrado en 1825, tres años antes que Goya.

—¿Quién es el propietario de la cripta? —Leland ataca por otra vía.

—Es propiedad del cementerio, se paga un alquiler por ella.

—¿Desde 1825? —En un cálculo rápido, Leland llega a la conclusión de que, desde que fue enterrado allí Goicoechea, han pasado sesenta y cuatro años—. ¿Quién lo paga?

—Me temo que esa información no puedo dársela, señor —niega el subdirector con su perenne sonrisa y su actitud solícita.

—Señor Pessard... —Gilles está acostumbrado a negativas—, respetamos el celo con el que protege la intimidad de sus clientes. Su actitud es alabable. —Pone una mano en el hombro del subdirector—. Pero hemos venido a tratar de averiguar qué ocurrió aquí. Sé que el juzgado de Burdeos está trabajando en ello, pero le aseguro que este joven y yo —señala a Jean-François— vamos a ser más rápidos en averiguar lo que se pueda que el propio juzgado. Y, si tenemos suerte, evitaremos muchos problemas a su jefe.

Pessard no es tonto, y sabe que, si el director del cementerio se ve en problemas, él, como subdirector, también lo estará. Una profanación de ese calibre es un tema muy serio, y todo puede acabar con su despido y, si las cosas se salen de madre, incluso en un banquillo de acusados. Conoce la fama de Leland —suele echar un vistazo a los ejemplares de *La Presse* que llegan con retraso a Burdeos— y por eso cree que el detective es una de las pocas personas que pueden arrojar luz sobre aquel asunto.

—Perdónenme, caballeros... —Pessard deja su carpeta, abierta, sobre el banco más próximo—, pero voy a aprovechar que estamos aquí para comprobar una incidencia que se nos ha comunicado en esta zona del cementerio. En dos minutos —recalca la cifra levantando índice y corazón— vuelvo con ustedes.

Jean-François y Gilles se miran: sin duda, el subdirector no es tan tonto como parecía.

—Quien alquiló la cripta en 1825 fue... —el detective lee la documentación del subdirector— Juan Bautista Muguiro e Iribarren.

—Pero ese hombre ya no estará vivo. —Jean-François habla mientras escribe en su libreta—. El alquiler lo debe de estar pagando otra persona.

—No consta ningún otro nombre, sí una dirección: Allées de Tourny, número veinticinco. Aquí, en Burdeos. Nada más —concluye mientras vuelve a dejar la carpeta sobre el banco.

—¿Todo en orden? —La sonrisa del subdirector hace acto de presencia—. ¿Desean alguna cosa más, caballeros? He de volver a mis quehaceres.

—Le agradecemos su atención, señor Pessard —dice Jean-François.

—Pues, si me siguen, los acompaño a la salida.

★★★

Es evidente la siguiente parada, que además les pilla de regreso al consulado. Pero en el número 25 de les Allées de Tourny nadie ha oído hablar de Juan Bautista Muguiro e Iribarren. El conserje no tiene un registro histórico del edificio y ninguno de los inquilinos coincide ni en el primero ni en el segundo apellido de la persona que están buscando.

La siguiente vía, que también tienen a mano, es el propio consulado: si ese hombre era ciudadano español y residió en Burdeos, en la oficina del cónsul podrían tener algún registro de él. De momento, nada que sorprenda a Leland; perseguir fantasmas conduce a callejones sin salida y el caso que lleva entre manos, hasta el momento, solo trata de fantasmas.

★★★

—Si tenemos algo, Cisneros, mi secretario, lo encontrará. —Pereyra azuza el fuego—. No se preocupe.

—Estamos en una de esas ocasiones en las que un caso pende, de manera literal, de un hilo. —Con el cuello de la camisa abierto y el chaleco desabrochado, Gilles degusta el jerez que Pereyra le ha servido—. Es bueno. —Levanta la copa hacia el cónsul.

—¿Alguna vez ha dejado sin resolver algún caso? —Pereyra vuelve al sofá tras haber avivado las llamas. La única luz de la estancia proviene de la chimenea.

—No hay éxito sin fracaso —confiesa Leland.

—No hay éxito sin fracaso... —repite el cónsul para sí—. El propio Goya nos podría dar más de una lección sobre eso. —Pereyra, también en mangas de camisa, se sirve otra copa.

Su vivienda ocupa toda la segunda planta del edificio del consulado español. Decorada con gusto —con toda seguridad por su difunta esposa, imagina Leland—, la sala de fumar, en la que se encuentran, está separada del comedor por dos puertas corredoras decoradas con una cristalera tintada. El sofá chéster, frente a la chimenea, está escoltado por dos mesillas, y un juego de sillones isabelinos ocupa el rincón del fondo, junto al mueble de los licores. Un retrato del propio Pereyra y otro de su esposa son la única decoración de las paredes. Es una habitación pequeña y el fuego la calienta con rapidez.

Jean-François se ha excusado para retirarse a descansar, y Leland, como siempre que está en una investigación, tiene problemas para conciliar el sueño. Su mente baraja opciones y posibilidades y trata de adelantarse a los acontecimientos para ir un paso por delante. Pereyra, que es un insomne de libro, se alegra de tener compañía tras la cena.

—Cuénteme esa historia de Goya. —Gilles prende un fósforo y lo acerca a su cigarrillo—. La de los fracasos.

—Toda historia de triunfo está plagada de muros infranqueables. ¿Conoce los *Caprichos* de Goya? —Pereyra cruza las piernas y balancea su copa y, al ver que Gilles asiente, continúa—. Goya quería que personas acaudaladas y cultas pudieran acceder a su arte, por ello trabajó durante años en la compleja técnica del grabado y elaboró una colección de ochenta planchas. En ellas, denunciaba muchas situaciones que se producían en su época: el analfabetismo, los privilegios de la Iglesia, la educación que se daba a los niños, la afición de los españoles por los vicios… y, sobre todo, a los políticos que rechazaban los principios de la Ilustración que venían de Francia.

—El arte no es arte si no denuncia.

—Eso pensaba don Francisco —corrobora Pereyra—. El caso es que esas ochenta planchas metálicas fueron llevadas por Goya a su impresor y se imprimieron trescientos juegos para ponerlos a la venta. Solo se vendían en juegos completos, a un precio de trescientos veinte reales de vellón.

—Vaya… —aunque tiene dudas sobre el cambio, a Gilles le parece una suma considerable—, no eran para todo el mundo.

—Era 1799, y Goya ya tenía un nombre.

—¿Qué pasó?

—Pues lo que suele pasar… —Sonríe con desgana el cónsul—. Que con la política y la Iglesia topó el maestro. Godoy, valido de Carlos IV, que defendía esos valores de la Ilustración, perdió parte del poder que hasta entonces tenía y Goya temió que la Inquisición se personara contra él por algunas de las caricaturas de los *Caprichos*. —Hace una pausa mientras mira el fuego—. A los catorce días de salir a la venta, Goya los retiró.

—En catorce días se pudieron vender muchos de esos juegos de láminas.

—La gente no es tonta, Leland. Y menos aquellos que podían pagar esa cifra; nadie quería verse envuelto en líos con el Santo Oficio. —Pereyra se acaba de un trago su jerez—. Tan solo se habían vendido unos sesenta juegos.

—¿Qué pasó con el resto?

—Goya los guardó y un par de años más tarde los entregó, junto con las planchas originales, a Carlos IV.

—¿Un acto de contrición?

—Más o menos… —La sonrisa del cónsul se agranda un poco—. A cambio consiguió una pensión vitalicia para Javier, su único hijo.

—Entonces no fue tanto fracaso.

—Visto de ese modo… —Y la risa de Pereyra contagia a Gilles—. Me ha dicho que conocía los *Caprichos*.

—No se lo va a creer, pero son el motivo por el que estamos aquí.

—Explíqueme eso. —Ahora es Pereyra quien desea escuchar esa historia.

—He de reconocerle que no me atraía este viaje, pero Jean-François me convenció mostrándome una lámina de esos grabados. —Gilles se abstiene de ponerse una copa más; está al límite de la resaca al día siguiente—. *El sueño de la razón produce monstruos.*

—Vaya… —Pereyra vuelve a mirar al detective—, ahí hay una buena historia. Pero creo que, en estos momentos, otra me produce mayor curiosidad.

—Usted dirá.

—¿Qué relación tienen ese joven y usted? —Pereyra señala en dirección a los dormitorios, donde Jean-François se ha retirado ya hace un buen rato.

—Es mi asistente, no puedo hacer el trabajo yo solo.

—Ya… —El cónsul ve como el fuego vuelve a perder vigor, pero ahora no le apetece volver a levantarse—. Un asistente que vive en su casa, que viste a la última moda, que le convence para aceptar casos…

—Digamos que es mi protegido.

—Gilles, es usted un buen hombre… —Ambos hombres se miran—. Comprendo que hay pesos que no se pueden soltar en cualquier momento o en cualquier lugar, pero de vez en cuando hay que hacerlo. Es necesario para sentirnos libres y que no nos hundan. —Leland guarda silencio, no tiene respuesta—. Yo ya soy viejo y he vivido, viajado, amado… Si alguna vez desea compartir su peso, cuente conmigo.

Pereyra abre su reloj de bolsillo, y Gilles puede ver, de reojo, la foto de su difunta esposa. Tras asentir de nuevo, y golpear el hombro de Leland un par de veces, Pereyra se pone en pie para marchar a su aposento. Gilles decide que va a esperar todavía un poco a que el sueño le invada. Se despiden con un gesto leve y el detective siente que ha hecho lo correcto viajando hasta Burdeos. La providencia le trajo ese caso y también ha puesto en su camino a ese hombre que desea volver a España con honores.

★★★

Cuando, por la mañana, Gilles sale de su dormitorio para ir a desayunar, encuentra junto a su puerta un platillo de plata con un sobre. Dentro, tan solo un papel con unas cuantas palabras escritas en él:

Juan de Muguiro y Arregui
  Saint-Jean-d'Illac

5

Burdeos, febrero 1828

—¿Adónde vamos? —preguntó Diego.

—Quizá, si leyeras el periódico de vez en cuando, te enterarías de algunas de las maravillas que nos visitan —le recriminó Goya, que, viendo que el joven iba a ser su compañero habitual, ya se tomaba ciertas licencias con él.

Ataviado con su abrigo raído, los guantes sin dedos y la abombada gorra de cuero marrón, Goya caminaba rápido, empujado por su bastón. Tan rápido que Diego tenía que apretar el paso para seguirle, y más aún cuando se mezclaron con el gentío que se agolpaba en la place des Quinconces. Un anciano al que proteger metiéndose en una multitud: el sueño de todo guardaespaldas.

La caída del sol alargaba las sombras de cuantos se dirigían hacia la enorme carpa blanca que, sujeta por mástiles de más de quince metros y rematada por una banderola que ondeaba al viento, se alzaba en el centro de la plaza. Rodeado por una valla, el arco de entrada al recinto les daba la bienvenida al «Circo de Bestias y Monstruos».

—¡A esto me refiero con maravilla! —Goya se giró hacia Diego con una risa casi infantil, pero su vozarrón se vio apagado por los gritos de los niños y la música de la banda que recibía a los visitantes.

Arlequines con zancos repartían folletos, un faquir escupía fuego y una mujer con aspecto hindú se doblaba en imposibles contorsiones ante la jaula de un tigre. La gente rodeaba esos pequeños espectáculos y rompía en aplausos y silbidos.

El corpachón de Goya se abría paso entre el gentío casi a empujones, y Diego, al que le faltaban ojos para atender a todas las posibles amenazas, escondía la mano derecha bajo el abrigo tomando la culata de una de sus pistolas.

Pero, si el acceso al recinto estaba hasta los topes, aquello no era nada frente al remolino de cuerpos en torno al carromato que ejercía de taquilla.

—¡Yo sacaré las entradas! —Diego detuvo a Goya en mitad de aquel caos y le hizo girarse para que le mirara a la cara.

—Hijo, aquí no necesitamos entrada. —Y reanudó la marcha, sin importarle si su guardaespaldas le seguía o no.

En vez de dirigirse hacia la taquilla, rodearon la carpa y llegaron a una zona donde la multitud disminuía y los operarios del circo se afanaban en coser aberturas que, sin duda, habían sido hechas a navaja por espabilados que deseaban colarse. Dos gendarmes hablaban con un hombre vestido con un elegante traje de lentejuelas y un exagerado sombrero de copa, que parecía el jefe de pista.

Llegaron a la zona que unía los camerinos de los artistas —que eran también sus viviendas rodantes— con la entrada a la pista, donde un hombre con la cabeza rapada y cuerpo de oso detuvo a Goya llevando una mano al pecho de este.

—Por aquí no —dijo con voz amenazadora.

Diego se situó entre Goya y ese hombre, cercano a los ciento cincuenta quilos de peso, cuando una voz aguda puso orden.

—Déjalos pasar, Dimitri. —La orden del enano, con el rostro maquillado de rojo, blanco y amarillo, que imitaba una gran sonrisa y ojos desorbitados, tuvo su efecto en el portero, que quitó la mano del pecho de Goya y se apartó hacia un lado.

—¡Carlitos! —Goya abrió los brazos.

—¡Maestro! —El enano, a pasos pequeños y descompensados, corrió hacia él.

Decir que ambos se abrazaron sería inexacto; la cabeza de Carlitos se apoyaba en la panza de Goya y los pequeños brazos apenas podían abarcar la parte delantera de la cintura del maestro, que acariciaba el cabello del enano y le daba palmadas en la espalda mientras reía.

—¿Cómo están tus padres?

—Están bien, maestro. —El enano se separó de aquel corpachón y no dejó de mirar hacia arriba mientras hablaba—. Al menos hasta hace seis meses, cuando estuve en casa. Mi madre le da las gracias por los dibujos que me regaló el año pasado.

—¡Nada de gracias! Es un placer. —Y el abrigo de Goya volvió a engullir a Carlitos en un nuevo abrazo.

—¿Usted cómo está, maestro?

—¡Viejo! ¿No me ves? —Goya se golpeó en el pecho con las palmas de las manos—. Pero todavía fuerte.

—Qué alegría, don Francisco. —A Diego le pareció que los ojos de Carlitos incluso se empañaban por el gozo de ver a Goya.

—¿Qué traéis este año, viejo amigo?

—Lo habitual, maestro, y…

—¡Yo no he venido a ver lo habitual! —Goya elevaba siempre tanto la voz que a veces no se distinguía si estaba contento o enfadado.

—¡Es que no me deja terminar! —A Diego no se le escapó que aquel hombre diminuto se tomaba la licencia de gritar y enfadarse con el propio Goya.

Este, lejos de irritarse, apoyó sus manazas en los hombros de Carlitos y, con dificultad, puso rodilla a tierra para que sus rostros quedaran a la misma altura.

—Va a ver una anaconda del Amazonas de ocho metros…

—¿Viva? —le cortó.

—No, disecada… —Carlitos hizo una mueca de burla—. ¡Pues claro que viva! ¿Qué clase de circo se piensa usted que es este? —Goya se tronchaba de risa con las ocurrencias del enano—. Tenemos al hombre que come ratones vivos, dos cocodrilos del Nilo, y la mujer pez.

—¿La mujer pez?

—¡Una salvaje de Surinam que aguanta seis minutos bajo el agua! ¡Seis!

—¡Qué maravilla!, ¡qué maravilla! —Como un niño impaciente, Goya se volvió hacia Diego haciéndole ver que estaba ansioso de ver el espectáculo.

—¿Quién es este? —Carlitos señaló a Diego—. ¿Un discípulo?

—Algo así, amigo. Algo así… —Goya sonrió.

—Pase, maestro. —Carlitos les invitó a entrar por la abertura de la carpa por la que los artistas accedían a la pista—. Todavía no se han abierto las puertas, pueden elegir asientos —ofreció adentrándose en la arena, donde tendría lugar la función.

Señaló el asiento que pensaba que era el mejor de todos, desde donde se veía la pista completa sin necesidad de subir ningún escalón de la grada, y Goya, que se lo agradeció revolviéndole el cabello de nuevo, se dirigió hacia allí. Diego se disponía a seguirle cuando la voz de Carlitos le detuvo.

—Chico… —el enano miró a Diego a los ojos—, estás con don Francisco de Goya, el artista más grande de todos los tiempos. Que no me entere de que le faltas al respeto, porque te enviaré a Dimitri. —Y señaló hacia el calvo con cuerpo de oso.

—Te aseguro que le respeto tanto que daría mi propia vida por él. —Diego sonrió sorprendido.

—Lo sabe todo, y aún aprende. —Carlitos miró hacia don Francisco, que se acomodaba en el asiento que le había recomendado, y se quedó unos segundos en silencio—. Pareces un buen chico —ahora sí sonrió a Diego—, disfruta la función.

Y, con sus pasos cortos y descompensados, Carlitos se dirigió corriendo hacia los carromatos de los artistas. Diego se sentó en el asiento de detrás de Goya justo en el momento en que se abrían las puertas y la gente invadía la carpa con sus gritos y sus ganas de pasar un rato inolvidable.

—¿No te sientas a mi lado? —dijo Goya girándose.

—Estoy trabajando, y desde aquí trabajo mejor.

—Tú verás… —El pintor se desentendió de su acompañante y volvió de nuevo la vista hacia la pista de circo.

Para Diego fue inolvidable observar a Goya durante las casi tres horas que duró el espectáculo. El pintor, a quien Carlitos no dejó de traerle chucherías, dulces y algún vaso de vino, disfrutaba del espectáculo como un niño. Gritaba, aplaudía, silbaba. Se ponía de pie en toda su envergadura cuando un número era de su agrado, volcó su cucurucho de cacahuetes de un susto cuando, en movimiento veloz como un rayo, un cocodrilo arrancó de una dentellada un pollo vivo de las manos de su cuidador, y piropeó a gritos a una bella trapecista que realizó sin red unas acrobacias majestuosas.

Y dibujaba. No dejaba de dibujar.

Sacó un lapicero y un pequeño cuaderno del bolsillo del abrigo y su mano cobraba vida sobre el papel sin apartar los ojos de lo que ocurría ante él. Diego se dio cuenta de que era como si su vista, reforzada por los anteojos, estuviera conectada a su mano y no necesitara mirar el papel para plasmar su visión en aquellas hojas. Con su pulgar difuminaba los trazos, imprimiendo sombras y dando vida a lo que dibujaba. Le interesaban, sobre todo, las criaturas extrañas —el hombre elefante, la mujer barbuda o el oso humano—, reproducía aquellas deformidades grotescas que estas no tenían vergüenza en mostrar y, también, las reacciones del público, cuyos ojos desorbitados transitaban entre el miedo, el asco y la curiosidad. Y, en aquellos papeles, Goya creaba un universo de la nada.

Para Diego era mayor el espectáculo de ver a ese anciano en aquel despliegue de energía que cualquiera de los números circenses de esa tarde.

Tras el circo, acudieron a la que Goya llamaba «la calle de los pequeños lunares» —por el atuendo con que vestían las prostitutas que, desde ambos lados, les ofrecían sus servicios— para merendar en la chocolatería de Braulio Poc, un aragonés, como Goya, que había luchado contra las tropas napoleónicas en España y, como tantos otros, había acabado emigrando. Diego, que se quedó en la puerta vigilando, vio cómo el viejo pintor se relacionaba con los clientes habituales, todos españoles también, que iban desde aristócratas a casi vagabundos. Y cómo el pintor disfrutaba especialmente con estos últimos; con sus aventuras de guerra, con las anécdotas sobre mujeres a las que habían poseído una década atrás —pero que contaban como si hubiera ocurrido el día anterior— y con los insultos, chistes e improperios que proferían a gritos contra Fernando VII.

Diego tenía solo veintitrés años, pero toda una vida a sus espaldas. Se admiraba de cómo Goya se bebía los días de la misma forma que el vino: a grandes tragos, ansioso, con o sin sed. Como si le apremiara el tiempo. Era un torbellino que podía pasar en segundos de la ira más incontenible a la carcajada más interminable.

Ya se lo había dicho Carlitos: «Todo lo sabe, pero aún aprende».

★★★

Al llegar a casa, ya de noche, la bronca de doña Leocadia fue para ambos, pero Diego se desentendió con frialdad alegando que él no marcaba los horarios de don Francisco. Y allí los dejó, discutiendo a voces en el pasillo, con Goya más preocupado por la cena que por las quejas de su mujer.

Hizo una ronda rápida, preguntando a Josephine si, en su ausencia, había ocurrido algo destacable. Ante la negativa, entró a la biblioteca, donde Rosario y Juanito hacían una torre con piezas de madera.

—¿Dónde habéis estado? —preguntó la niña.

—En el circo —respondió Diego con cierta desgana desde la puerta.

—¡Podríais haberme llevado con vosotros! —Diego estaba seguro de que Rosario no le haría ese reproche a Goya. Juanito, con sus mofletes rechonchos, el remolino que le hacía el flequillo y el afeminado traje con que su madre lo vestía, asistía en silencio a la rabieta de Rosario.

—Pues eso díselo a tu padre. —Y cerró de un portazo, del que se arrepintió de inmediato.

Golpeó con los nudillos la puerta del dormitorio de Juliet y esperó a oír el «adelante» para abrir. La institutriz leía en una

232

mecedora, a la luz de un candil, y ambos se miraron cuando él abrió la puerta. Solo quería asegurarse de que estaba bien y, tras comprobarlo, le dio las buenas noches.

—Espera. —Juliet levantó la mano, como si así tuviera el poder de detenerle.

—Dime.

—¿Qué tal ha estado el señor durante la tarde?

—Todo bien.

—¿Crees que es cierto eso de que…? —Le daba reparo mentar la posibilidad, como si estuviera haciendo una llamada a que se materializara—. Ya sabes…

—¿Que quieren atentar contra él? —Diego no tenía reparos—. No lo sé, pero he de contemplar cualquier escenario.

—¿Quién querría matarlo?

—Llevo diez años en el negocio de proteger personas —Diego se quitó el abrigo y ella no pudo evitar que sus ojos fueran directos a las dos pistolas en sus costados—, y he visto de todo.

—Le protegerás, ¿verdad?

—Os protegeré a todos. —Hizo un gesto con la cabeza en señal de buenas noches—. Si hacéis caso a mis instrucciones. —Y cerró la puerta.

Desde luego, Diego desprendía una indudable seguridad, y eso tranquilizaba a Juliet. No podía negar, además, que le parecía escandalosamente atractivo. Pero también opinaba que se creía el ombligo del mundo. Y eso no lo soportaba.

★★★

A la mañana siguiente, Juliet salió de casa antes de despertar a Rosario. Ni siquiera había desayunado; quería que le atendieran lo antes posible, hacer la gestión que le urgía y volver a la casa para comenzar su jornada de trabajo.

Los bajos de la falda de su vestido azul asomaban por debajo del abrigo gris, en una combinación que no le gustaba; pero tampoco necesitaba ir elegante al lugar al que se dirigía. El bolso, cruzado en el pecho, iba escondido bajo el abrigo en previsión de que a cualquier rufián pudiera llamarle la atención. Calculó que, cuando llegara a su destino, o acabarían de abrir o todavía tendría que esperar unos minutos en la puerta. Pero era el único momento del día en que podía hacerlo.

La calle comenzaba a cobrar vida; los repartidores, las brigadas de limpieza en el barrio y los faroleros con sus pértigas apagando las llamas hacían su trabajo. Algunos comercios ya estaban levantando sus persianas y los aprendices barrían la calle y sacaban el género para cuando llegara la clientela. Un perro vagabundo buscaba un escondrijo lejos de los cubos de basura donde había estado escarbando durante la noche y algunos caballos, todavía somnolientos, ya hacían sonar sus cascos al tirar de los coches de sus dueños.

Juliet miró a ambos lados de la calle para cruzar, apenas estaba a cien metros de su destino, pero se detuvo para dejar pasar a dos hombres que cargaban con una plancha de madera que parecía pesada.

—Señorita, por favor... —oyó a su lado cuando puso un pie en la otra acera—, ¿puede ayudarme?

—No veo cómo —dijo Juliet de manera esquiva sin detenerse, vigilando de reojo al hombre que le había preguntado. Era joven, y llevaba una maleta de cartón que ya debía de haber alcanzado la mayoría de edad.

—Acabo de llegar a la ciudad, y busco el hospital de Saint-André. —El hombre parecía preocupado—. Me avisaron de que mi padre había sufrido un accidente, y ahora que estoy aquí no sé cómo llegar.

—No tiene pérdida, señor... —Juliet se tranquilizó, solo era una persona desesperada; aunque no dejó de presionar el abrigo con la mano derecha para sentir el contorno de su bolso—. Por aquí —señaló hacia su derecha— llegará a la place Gambetta, y tiene que dirigirse al sur por cours d'Albret. Allí pregunte de nuevo...

—Muchas gracias —dijo llevando su mano al pecho—. Que Dios se lo pague.

—Y que se recupere su padre. —Juliet sonrió a aquel pobre hijo.

Pero esa sonrisa que trataba de tranquilizar a un necesitado se convirtió en una mueca de horror cuando los dos hombres que cargaban la plancha de madera se situaron junto a ella y la fueron arrinconando de manera violenta hasta la boca de un callejón. La madera ejercía de pantalla, y Juliet no podía hacer otra cosa más que retroceder, hasta que la embocaron en la estrecha separación entre los dos edificios. Nadie había podido ver nada y Juliet, acelerada y agitada, apenas podía emitir unos gritos ahogados que el ruido de la calle silenciaba.

Los dos hombres dejaron la plancha apoyada en la boca del callejón, taponando la salida, y comenzaron a acercarse a Juliet. El callejón terminaba unos metros más atrás y allí estaba ella, atrapada con los dos asaltantes, entre un muro y una tabla de madera tan alta que nadie que pasara por la calle podría ver nada. Sin duda, el que preguntaba por el hospital era el tercer miembro de la banda, y se habría quedado al otro lado de la tabla, vigilando que nadie molestara durante la operación.

—Danos todo lo que lleves —dijo uno, cada vez más cerca de Juliet.

—No llevo nada, de verdad... —Su voz temblaba de terror mientras retrocedía y mostraba las palmas de las manos en señal de que era cierto lo que decía.

De una zancada, el hombre llegó hasta ella y, tomándola del cuello, le abrió el abrigo con violencia dejando a la vista el bolso que Juliet escondía. El olor a orín y basura, el miedo y la falta de luz debido a la madera que cerraba el callejón la estaban asfixiando. Se hallaba a merced de aquellos dos tipos que se habían olido lo que escondía. Juliet quería retroceder aún más, pero el tipo que le había arrancado todos los botones del abrigo dio una zancada y tomó la correa del bolso dándole un tirón. Este no cedió y Juliet cayó de bruces al suelo por la violencia de la sacudida.

Conmocionada y asustada, se quedó en el suelo, tratando de hacerse un ovillo en aquella oscuridad, cuando, de repente, se hizo de nuevo la luz y, sin mirar hacia sus agresores, solo pudo oír una maraña de pasos, golpes, gritos y quejidos. No sabía qué ocurría, pero se tapó la cabeza con los brazos en un gesto que era a la vez de protección y de deseo de escapar de todo aquello.

—¿Estás bien? —La voz que le hablaba también la tomaba del brazo, ayudándola a levantarse—. Tenemos que irnos.

—¿Diego? —Juliet se apartó el cabello de la cara y se quedó de piedra al verlo.

Al incorporarse descubrió que la madera ya no taponaba por completo la salida del callejón, de ahí la luz que cegaba sus pupilas. Y que los tres hombres estaban en el suelo: dos de ellos se dolían de los golpes, y el tercero ni se movía.

—Venga, vamos. —Diego la sujetaba por la cintura y, a la vez, tiraba de su brazo para salir de allí cuanto antes. Juliet reparó en que se metía de nuevo, dentro del cuello de la camisa, una medalla plateada sujeta de una fina cadena.

A través de la rendija que el guardaespaldas había abierto entre la madera y el callejón, salieron a la calle dejando a sus espaldas a los tres rateros tendidos entre la basura. Tenían que alejarse antes de que a alguno de ellos se le ocurriera dar una voz de alarma que los metiese en problemas.

Juliet caminaba guiada por Diego, flotando en una sensación de irrealidad. El corazón le bombeaba rápido y sentía un escozor en el cuello provocado por el tirón. No sabía cómo Diego podía haber aparecido allí en aquel preciso instante... De repente, una chispa de lucidez se abrió camino en su cerebro.

—¿Me estabas siguiendo?

—Juliet... —Diego aún la obligaba a caminar a paso rápido, pero intentando no alertar a ningún transeúnte—, una muchacha sola, a las ocho de la mañana y —señaló al edificio por el que pasaban— en la puerta del Banco de France... No hay que ser muy listo para saber que es una doncella que va a ingresar su paga.

—¡No me has contestado! —Se debatía entre el alivio de que Diego la hubiera salvado y la sospecha que latía en su cabeza.

—Sí.

—¿Por qué? —Juliet no entendía nada.

—No te lo tomes a mal. —Él no la miraba mientras le hablaba, pero seguía tirando de ella—. Tengo que descartar todas las opciones.

Con «descartar opciones» Diego se refería a asegurarse de que Juliet no informara a nadie sobre los movimientos de Goya y de su familia. Que no diera el aviso de que un guardaespaldas le seguía a todas partes. Porque a un tipo como él el olfato le decía que todos eran sospechosos mientras no se demostrara lo contrario.

Y, por mucho que fuera su trabajo, a Juliet le dolió en el alma que Diego hubiera desconfiado de ella.

6

Burdeos, febrero 1828

Place du Pont le parecía un lugar magnífico para ver atardecer. Situada al otro lado del Garona, Andrea Boscoscuro podía divisar desde allí todo el centro de la ciudad y, cuando bajaba el sol, casi cegándolo, el contorno del Palacio de la Bolsa, del edificio de la biblioteca o de la Puerta de Borgoña bajo la luz rojiza del ocaso.

Se sentía extraño, como si aquel encargo le estuviera desgastando, consumiendo. El gélido viento que soplaba en el río jugaba con el mechón que había escapado de su coleta, y lo único que le pedía el cuerpo era detenerse un poco y respirar profundo. Desde luego, todas las personas que le habían contratado a lo largo de su carrera estaban poseídas por una ambición desmedida y siempre se trataba de lo mismo: apartar a alguien de en medio para que cualquiera de esas personas que tan bien le pagaban viera cumplidos sus objetivos. Una sucesión de maldades para que el mal siguiera reinando.

Lo aceptaba. Para él solo se trataba de un medio con el que ganarse la vida. Tenía claro cuál era su plan: la villa en la Toscana y los viñedos de uva sangiovese. Una mujer que le diera calor por las noches, quizás un hijo en su madurez… Quién sabía. Y sin embargo ese plazo de tres años que se había dado para retirarse le parecía eterno en aquel momento. Que recordara, era la primera vez que sentía ese cansancio infinito, y debía rebuscar en su cabeza para saber de dónde podía venir.

Sí, el encargo era macabro: tener en sus manos la cabeza de don Francisco de Goya, cual Salomé con la de Juan el Bautista. Era enfermizo también, pero a él esas cosas no le asustaban; se mantenía en un cierto margen, que disfrazaba de profesionalidad, para que las ambiciones de sus clientes no calaran en él. En este caso, el odio de Benigno Malumbres hacia el pintor.

No sabía de dónde procedía ni le importaba, pero era abrumador, diría que indescifrable. Quizá, pensó, era de clientes como el funcionario español de quienes se estaba cansando. De cómo el Diablo se materializaba en personas como Malumbres y desataban una tormenta de maldad al contratarle a él a cambio de unas monedas. Bueno, algo más que unas monedas, de ahí la fortuna que estaba amasando para su retiro.

Pero, por primera vez, se planteaba el sentido de todo aquello, de la vida que se había construido.

Siempre presumía de que nadie le había regalado nada, se sentía orgulloso de haber recorrido aquel camino a solas. Pocos habían llegado a su nivel de excelencia y de demanda de sus servicios. Aunque sabía —no era un necio— que la ambición de quienes le contrataban era el combustible que hacía funcionar aquella rueda. Y, como era natural, si ese combustible le llegara a caer encima, acabaría ardiendo.

Encogió el cuello dentro de las solapas levantadas de su abrigo y, al resoplar, el vaho de su propia respiración calentó levemente el rostro. Un barco, amarrado en puerto, era descargado por los estibadores. Habían colocado una plancha de madera a modo de rampa, desde la cubierta hasta el muelle, y los barriles rodaban hasta tierra firme. El trabajo de aquellos hombres era muy duro, pero honrado. Su salario sería bajo, pero se lo ganaban con su sudor, sin hacer daño a nadie. Y sí, nunca tendrían una villa en la Toscana ni un viñedo de sangiovese, pero jamás se les aparecerían en la vejez los muertos que dejaron por el camino.

Matar a un viejo y cortarle la cabeza. Todo era sórdido en aquel encargo. Y entonces, en mitad de aquel páramo que Malumbres le había propuesto y él había aceptado, había aparecido ella. La salvaje melena rojiza, la sonrisa cegadora, la leona que ignora su condición, la voluptuosidad de sus caderas y la sensibilidad de su poesía. Chiara Duprée se había instalado en su cabeza y, maldita su suerte, estaba casada. Por eso tenía que acabar el trabajo cuanto antes y marcharse a otro lugar. Quizás a París, a buscar a Moratín y a Silvela. Adonde el destino tuviera el capricho de llevarle. Pero, desde luego, lejos de allí.

En cuanto vio llegar a Guillaume Fossé y sus hombres, que tomaron asiento en una de las mesas que la taberna había sacado a la plaza, detuvo sus pensamientos para centrarse en lo que llevaba entre manos.

—Tenemos un problema —dijo Boscoscuro cuando la mesera se alejó tras llevarles el vino—. Y no sé cómo resolverlo.

—¿Cuál? —Fossé sirvió el vino a todos antes de llenar su propio vaso.

—Os contraté para matar a cuatro hombres, y después de la chapuza del Café de Lorain, dos se han ido a París.

—¿Dónde está el problema? —preguntó Fossé.

—Si ya no van a ser cuatro… No creo que merezcas *il secondo* pago completo.

—Entiendo que nos echa la culpa de que dos de esos pájaros hayan volado. —Fossé tomó su vaso y lo sostuvo frente a su rostro, como pensando si beber o no—. ¿Me lo puede explicar mejor, jefe?

—No os echo la culpa de que se hayan marchado. —Boscoscuro no había tocado el suyo, y seguía con las manos en los bolsillos del abrigo—. Os echo la culpa de que no los matarais la otra noche.

—Así se dieron las cosas. —Fossé encogió los hombros, como si no se pudiera hacer otra cosa. Y bebió.

—*Allora...* habrá que asumir consecuencias.

—¿Y qué tiene pensado? —Ambos se medían bajo la mirada de los gemelos Ferdinand y de Serge Cheval, que dejaban hacer a su jefe. Y Fossé no tenía pensado claudicar delante de sus hombres.

—Matad a Goya y os pagaré dos cuartas partes de lo que os falta por cobrar. —Boscoscuro tenía que mirar por la viabilidad económica de aquel trabajo. Además, le quemaba por dentro el hecho de rebajarse a negociar con aquellos matones. Definitivamente, en aquel trabajo estaba saliendo todo mal.

—Mire, jefe... —el tono de la palabra *jefe* fue todo lo irónico que Fossé pudo—, el plan del Café de Lorain fue suyo. Descartó el mío, recuerde. Quizá, si me hubiera hecho caso, mis hombres y yo llevaríamos días gastando su oro en putas y jabalíes asados.

—O quizá llevaríais días en la cárcel, y estos dos —señaló a los gemelos— ya habrían sido sodomizados en su celda.

Cheval no pudo evitar reírse con el comentario y Fossé lo petrificó con una mirada furiosa. Luego habló en un tono que pretendía ser conciliador:

—Comprendo que usted es un hombre de negocios. Yo también lo soy; y si usted vela por su oro, yo velo por el nuestro.

—Di lo que tengas que decir y acabemos con *questa* disputa —le apremió Boscoscuro.

—Lo ocurrido en el Café de Lorain fue responsabilidad tanto nuestra como suya. —El dedo del gigantón apuntaba al italiano—. Renunciemos todos a algo. Matemos al viejo y nos paga tres cuartas partes. —Hizo una pausa para que aquella propuesta calara en la mente del italiano—. Ni para usted, ni para nosotros.

Boscoscuro se tomó mucho más tiempo del que en realidad necesitaba, cogió su copa y bebió la mitad del cabernet que contenía. Volvió a maldecirse en su cabeza por tener que estar negociando con aquellos tipos de medio pelo y finalmente asintió:

—*Va bene…* Vamos a terminar este trabajo y que nuestros caminos se separen.

—Brindo por ello. —Fossé levantó su copa—. ¿Qué tiene pensado para el viejo?

—¿Quién es el mejor escalador de todos vosotros?

—Cheval, sin duda —dijo Alphonse Ferdinand en un siseo por su falta de dientes superiores—. Con lo ligero que es, trepa a un árbol como si fuera un mono.

—¿Te ves preparado para escalar dos pisos de un edificio por su fachada?

—La duda ofende, señor Boscoscuro —dijo Cheval con chulería mientras se rascaba la calva despeluchada y una de sus patillas de bandolero.

—Goya duerme en una habitación que tiene salida al balcón de la fachada de su edificio. —El italiano dibujaba en el aire el plan que Cheval debía ejecutar—. De madrugada treparás hasta el balcón y accederás por la entrada situada más a la izquierda. Es su estudio, él estará durmiendo en la estancia contigua.

Cheval desvió la vista hacia unas muchachas que pasaron a su lado cargadas con una malla de pescados que acababan de comprar en el puerto. Una de ellas sonrió al sicario, y este le devolvió la sonrisa junto con un beso al aire lanzado con su mano.

—*Sei stupido?!* —Boscoscuro palmeó con furia la mano con que Cheval había lanzado el beso—. ¡Estoy contando el plan que tienes que ejecutar y te pones a flirtear con cocineras!

Cheval se revolvió ante la afrenta de Boscoscuro y echó mano a su cintura para sacar el cuchillo. Fossé le detuvo.

—¡Quieto! —Si el italiano quedaba herido o muerto, adiós al oro. Pero, además, Fossé sabía que en aquella refriega era su hombre quien tenía las de perder—. Discúlpele, es de natural caliente. En él es normal adular a una muchacha.

—Si esto sale mal, quizá no adule a las muchachas por mucho tiempo. O por siempre. —Boscoscuro fijó sus ojos iracundos en Cheval—. *Prima porta* a la izquierda. El asentimiento de Cheval indicaba que lo tenía claro—. Goya estará dormido, debes clavarle esto en el corazón. —Sacó un fino estilete del bolsillo de su abrigo y se lo entregó.

—¿No me oirá entrar?

—No hace falta decir que tienes que ser muy silencioso. Pero Goya está sordo como la tapia del cementerio.

—¿Cuánto tiempo tardará en morir?

—Si le perforas el corazón, en un par de *minuti* está listo. —Hablaba por experiencia, haciendo el gesto de clavarse el estilete en su propio pecho—. Pero tápale la boca por si acaso.

—No le dará tiempo ni a respirar. —Cheval confiaba en sus habilidades.

—Será el momento de conseguir la prueba de su muerte —añadió el italiano.

—¿Cómo quiere que le corte la cabeza?

—Hazte con un machete de unos treinta centímetros. —Boscoscuro echó mano al bolsillo de su pantalón y dejó un billete de diez francos—. Bien afilado, y golpe seco. Envuelves la cabeza en trapos que absorban la sangre, la metes en un saco, y fuera. ¿Alguna duda?

—¿Cuándo?

—Dos noches. —Boscoscuro se levantó y dejó unas monedas sobre la mesa—. Cours de l'Intendance, número cincuenta y siete. Cuatro de la mañana.

Acto seguido se levantó y salió de allí sin despedirse, con la idea de ir directo al hotel, pedir una copa de champagne mientras se hacía la hora de cenar, y esperar que la diosa Fortuna le tuviera preparado un encuentro con ella.

★★★

—¡Diego, venga aquí! —le pidió a voces y con gestos doña Leocadia desde la puerta del establecimiento—. ¡Yo no puedo con estas bolsas!

A última hora de la tarde, de vuelta de una visita a casa de los Muguiro, Leocadia se detuvo en un puesto de fruta y lo que iba a ser una bandeja de fresas que se le habían antojado como postre de la cena se convirtieron en varios quilos de fruta para casi un regimiento. El tendero se las había colocado en dos bolsas de papel y, por el peso —y por su reputación—, decidió que no iba a cargar con ellas.

Bastó ese gesto para romper la norma de que Diego no se le acercara y pudieran verlos juntos. Y la que él había impuesto a Goya de no usarle como su mayordomo.

Tanto Goya como Leocadia, los que se suponía que debían dar ejemplo al resto de miembros de la extraña tribu que habían formado, eran quienes peor llevaban la principal instrucción de Diego: solo un miembro de la familia fuera de la casa a la vez. Ambos competían cada mañana, en una agotadora discusión, por ver quién tenía la mejor excusa para salir a la calle por la tarde. E, invariablemente, el perdedor de esa lucha se quedaba enfurruñado el resto del día.

Hasta entonces, Diego había cumplido a rajatabla con los deseos de doña Leocadia. Cuando era ella quien iba a salir, él bajaba con antelación y esperaba en la esquina a que la señora saliera por el portal. Después, a unos diez pasos por detrás, la seguía sin perder ojo de nada. Si, como había sido el caso aquella tarde, Leocadia iba al domicilio de alguna amistad, Diego se quedaba en la calle. Si había suerte, sentado en un banco; si no, haciendo pequeñas rondas para no aburrirse.

Ahora, cargado con las bolsas de fruta, Diego caminaba al lado de Leocadia.

—¿Ha notado algo sospechoso en los días que lleva con nosotros?

—No —contestó él de forma seca pero educada.

—¿Y hasta cuándo cree que durará este numerito de la protección?

—Yo sigo órdenes del señor David Cordier...

—Al que todavía no tengo el gusto de conocer —le cortó ella.

—Y es el único que puede ordenarme que cese mi trabajo. —Diego marcaba territorio siempre que lo creía oportuno.

El anochecer en el centro de Burdeos era el momento en que cada cual ejercía el papel que le había tocado en el juego de la vida: empleados, comerciantes, doncellas y repartidores volvían a sus casas después de un duro día, mientras que aristócratas y banqueros, acompañados de sus señoras, vestían sus mejores galas para acudir a cafés y teatros. Todo ello bajo la vigilante mirada de policías y gendarmes, que procuraban que aquellos dos mundos que se juntaban durante ese corto espacio de tiempo siguieran siendo agua y aceite.

Diego pudo advertir que doña Leocadia preferiría salir a esas horas en vez de recogerse en su casa. Saludaba a conocidos, argumentando que la salud de don Francisco era débil aquel día y no les permitía acudir a tal concierto o recital.

—¿Cómo ve de salud al señor? —le preguntó a Diego sin mirarle mientras reanudaban la marcha tras saludar a un matrimonio de españoles propietarios de una importante bodega.

—Dolores en las piernas, su propio peso le ahoga al sentarse, su vista decrece por días…

—Y tiene muchas dificultades para orinar —añadió ella.

—Es muy fuerte, pero la edad ya le pasa factura.

—Ochenta y dos.

—Ya me gustaría a mí llegar. —Sonrió el guardaespaldas.

—Cualquier día se nos va. —Leocadia lo decía de una manera aséptica, como si fuera algo que estuviera escrito.

—Es ley de vida. —Diego se detuvo para acomodar el peso de las bolsas—. Pero haré todo lo posible para que don Francisco fallezca de manera natural.

—Y ese será el día en que Rosario y yo ya no le necesitemos.

—Si así lo indica el señor Cordier… —El joven estaba bien adiestrado para no salirse del guion—. Perdone la indiscreción, pero… ¿en qué situación se quedarían usted y la niña si don Francisco nos deja?

—Sí que es una indiscreción. —Leocadia aligeró el paso—. Y una insolencia.

Diego guardó silencio sin pedirle disculpas, pero sintió haberla ofendido. Un pianista tocaba en un hermoso café de estilo renacentista. Ante él, un empleado con uniforme de levita rojo y sombrero de copa negro abría la puerta a las parejas que acudían a tomar la primera bebida de la noche. Un agente de policía empujaba con su porra a un indigente que pedía limosna en la puerta del local.

—No estamos casados —confesó ella de repente con pesar.

—Pero entiendo que lo poco o mucho que posea el señor estará en un testamento a favor de usted y de Rosario.

—Francisco ya hizo testamento hace muchos años. —Seguía sin mirarle, como si así pudiera mantener a raya aquella bajada de guardia.

—¿A favor de quién?

—Javier, su único hijo. —Leocadia saludó con la cabeza a otros conocidos—. Vive en Madrid. Y, por extensión, a Gumersinda, su nuera, y a su nieto Mariano.

—¿Y no puede incluirlas a ustedes? —A Diego le sorprendió que Goya tuviera otra familia—. Bueno, tampoco sé si tiene mucho que incluir en su herencia.

—Para incluirnos a nosotras, Javier debería viajar hasta aquí, y acceder a una rectificación de testamento ante notario. —Leocadia daba a entender que todas las posibilidades estaban contempladas—. Y el patrimonio del señor es muy extenso; Francisco de Goya hizo fortuna siendo pintor del rey, y estuvo años recibiendo encargos muy bien pagados.

—No entiendo entonces cómo viven en condiciones que podrían ser muy mejorables.

—Eso es harina de otro costal, joven, y no es asunto suyo. —Leocadia parecía haber dado por terminado su ataque de sinceridad—. Pero le informo de que mañana acompañará al señor a enviar una carta donde le pide a su hijo que venga a Burdeos.

Y sin tener ni idea de por qué doña Leocadia había querido compartir esa información con él, Diego se sintió satisfecho de esa muestra de confianza y del acercamiento que ella había propiciado. Teniendo claro, eso sí, que aquella mujer no daba puntada sin hilo.

7

Burdeos, febrero 1889

Saint-Jean-d'Illac se encuentra a unos veinte kilómetros al oeste de Burdeos, en dirección al golfo de Vizcaya. El camino, de tierra una vez que se abandona la ciudad, está bastante bien cuidado. El cochero es Sebastien, el empleado de Pereyra, y el coche es el del propio cónsul, quien se lo ha cedido para que sigan la pista que Cisneros, el secretario del consulado, ha encontrado.

Juan de Muguiro y Arregui.

El único Muguiro que aparecía en los registros del consulado. O se convierte en un hilo del que tirar, o llegan a una vía muerta. No hay término medio.

Gilles Leland y Jean-François se balancean al ritmo de los baches. El polvo del camino se levanta a su paso y, aunque llevan las ventanillas cerradas, las partículas son visibles cuando algún rayo de sol entra de soslayo en el interior.

Jean-François va en el asiento que mira en el sentido de la marcha. Si se pone de espaldas a este, se marea. Gilles lo sabe bien, y por eso, al subir, ha elegido el lado que su compañero jamás escogería.

—¿De qué hablabas anoche con Pereyra? —El joven rompe el silencio en el que ambos se encuentran cómodos.

—Del caso. —Gilles abre las manos como si fuera algo evidente.

—Se han dado prisa en el consulado para encontrar pistas sobre el apellido Muguiro —constata Jean-François—. ¿Seguro que no hablabais de nada más?

—De ti.

—¿De mí?

—De que, si no fuera por ti, no habríamos aceptado este trabajo. —Gilles se enciende un cigarrillo y se remueve en su asiento, buscando la posición—. «El sueño de la razón produce monstruos», ¿recuerdas?

—Te agradezco que lo reconsideraras. —Jean-François abre la ventanilla más próxima a él. Prefiere polvo del camino a humo—. Necesitaba salir de París.

—A ambos nos ha venido bien. —Leland obvia decirle que él no necesitaba salir de la capital.

—Desaparecer de escena hará que la gente se olvide un poco de nosotros.

—Espero que no tanto como para que dejen de contratarnos.

—Gilles… —le sonríe—, sabes que eso es casi imposible. Pero tienes que reconocer que has humillado a más gente de lo recomendable.

—Amigo… —Leland deja que su vista deambule por el paisaje y habla sin mirarle—, la justicia impone la pena, pero no implica redención. Una buena colección de trapos sucios de culpables hace que se lo piensen dos veces a la siguiente ocasión.

—Entonces no es redención. —Jean-François sí le mira—. Es coacción.

—Lo que sea, mientras no vuelvan a hacerlo —sentencia el detective.

—Es posible. —Y, aunque Jean-François no está de acuerdo, sabe que pincha en hueso. Ya habrá ocasión de retomar ese tema.

El solitario paisaje de campos y más campos donde solo ven, de manera ocasional, a algún campesino trabajando, comienza a poblarse, según avanzan, de granjas y casas labriegas. Cuando estas tienen menos distancia entre sí y ya puede verse alguna taberna y alguna venta de carretera, ambos saben que están entrando en Saint-Jean-d'Illac.

Se detienen, y el cochero pregunta a una mujer cargada con una cesta llena de huevos. La conversación apenas se oye desde dentro, pero el coche arranca de nuevo como si Sebastien ya supiera hacia dónde dirigirse. Dejan atrás la pequeña concentración de casas —es un pueblo pequeño—, y otras granjas aparecen ante sus ojos. Hasta que, en un recodo del camino, el coche gira hacia la derecha y enfila hacia un caserío que parece desentonar en aquel paisaje. Construido en piedra, el camino de acceso es de gravilla, para no levantar polvo, y margaritas, rosas y jazmines crecen, silvestres, a ambos lados.

El coche se detiene ante el caserío. Un jardinero deja de trabajar y se queda mirando a los visitantes. Jean-François, al bajar del carruaje, no puede evitar sentir su mirada fija en él, sorprendido al ver a un chico negro vestido como un caballero. Es el efecto habitual que produce al llegar a los sitios.

Las buganvillas y enredaderas trepan por la fachada de la cara norte de la casa, en la que el oscuro tejado de pizarra a dos aguas contrasta con la piedra en la que está construida. Los recios ventanales de madera, cerrados, solo dejan ver las cortinas blancas. Y la puerta, que se antoja pesada por las grandes bisagras y los trabajados adornos en metal, se abre antes de que ellos golpeen el aldabón.

El ama de llaves, una mujer en edad ya madura, les hace una pequeña inclinación de cabeza a modo de saludo, pero, cosa que no se le escapa a Gilles, mira al jardinero para saber si está atento a los visitantes. Lo está. Y el cochero tiene puesta la atención en él, estableciéndose un pequeño juego de vigilancias y desconfianzas que durará hasta que los dos visitantes digan qué diantres han venido a hacer en ese perdido rincón.

—Caballeros… —el ama de llaves, con cofia y delantal, sabe hacer su trabajo—, ¿qué se les ofrece?

—Buenos días. —El detective saluda, manteniéndose a una cierta distancia para no perturbar a la mujer—. Mi nombre es Gilles Leland, y el señor Joaquín Pereyra, para quien trabajamos, nos ha dicho que podríamos encontrar aquí a don Juan de Muguiro y Aguirre.

—Esta es su residencia —confirma con gesto serio—. ¿Qué necesitan de él?

—Estamos buscando información sobre el señor Juan Bautista Muguiro e Iribarren y en el consulado español figura esta dirección como residencia del único Muguiro del que hay constancia en Burdeos. Nos preguntábamos si el señor de la casa podría tener alguna relación con la persona que buscamos.

—El señor Muguiro se encuentra indispuesto —la mujer no hace signo de franquearles la entrada—, pero, si me permiten, le pregunto sobre esa persona.

—Juan Bautista Muguiro e Iribarren —le recuerda Gilles.

—Le he escuchado a la primera, señor Leland. —Mantiene unos segundos la mirada de Gilles con una sonrisa forzada y vuelve a entrar, cerrando la puerta.

Leland y Jean-François se miran. Están acostumbrados a aquellos trámites y procesos cuando se encuentran en plena pesquisa, sabiendo que unas veces sale cara y otras cruz. No les queda otra que esperar. El joven ayudante se gira a mirar al jardinero, que no ha vuelto a su trabajo a la espera de ver cómo se resuelve aquello.

La puerta se abre de nuevo y la hierática ama de llaves da un paso hacia el interior, dejándoles entrar.

—Pasen, por favor. El señor les recibirá en la sala del fondo. —Señala en la dirección—. ¿Desean tomar algo?

—¿Sería posible un café? —pregunta Gilles.

—Por supuesto —asiente—. Y su acompañante, ¿quiere algo? —pregunta mirando a Leland.

—Yo deseo un té —contesta el propio Jean-François—. Con un poco de leche caliente, por favor. Y unas pastas de mantequilla para acompañarlo. —Es la venganza que se toma por la indiferencia con que le ha tratado el ama de llaves, que desaparece hacia la cocina.

El gesto de Leland, vacío de palabras, recrimina a Jean-François que aquello no era necesario. Y menos en una investigación. Las cejas alzadas del joven y un ligero bufido dan a entender que, para él, siempre va a ser necesario. Sabe que el color de su piel le delata, pero tiene que ponerse en su sitio.

El suelo de madera cruje mientras ambos atraviesan el pasillo. Un ramillete de flores recién cortadas en un jarrón proporciona un agradable aroma, y, junto a este, una fotografía de una mujer en un marco de plata. Los colores sepia y el tono amarillento del papel indican que la imagen debe de tener entre treinta y cuarenta años. Juan de Muguiro y Aguirre es viudo, piensa el detective.

Toca con los nudillos la puerta y siente la robustez de la madera. No espera a oír el permiso para entrar, y abre. Ante ellos aparece el salón, pequeño pero elegante, en consonancia con lo que han podido ver del resto de la casa. El fuego da calor a la estancia, aunque su crepitar queda ensordecido

253

por la alfombra y por el tapiz que cubre toda la pared del fondo. La rugosa pared de piedra de la casa también ayuda a mantener caliente el salón, y las vistas desde el ventanal, que tiene los postigos abiertos, incrementan la paz que se respira allí dentro.

Un tresillo tapizado en terciopelo verde, un sofá de piel marrón y un rincón de café. Libros antiguos con fragantes tapas de cuero, figuras de cerámica y cristal en una vitrina y una pequeña colección de dagas y puñales de trabajadas fundas.

Y los cuadros.

Pinturas que presiden la pared de la chimenea y visten la contigua. Quizás obras menores, sí, pero Leland detecta, al menos, un Renoir y un Cézanne. Desconoce las firmas del resto, pero no es ajeno a su calidad.

Una tos detiene su observación. En un diván frente al fuego, un anciano Juan de Muguiro, en pijama y batín, apenas es un amasijo de huesos. El gorro de lana le viene grande y se le inclina hacia un lado de la cabeza. En su rostro de caballero, cadavérico, el bigotillo denota la clase que todavía atesora; y las manos, nudosas y surcadas de venas moradas, son la única parte de su piel que queda visible de cuello para abajo. Un libro, cerrado pero señalado por un marcapáginas, descansa en su regazo. *Le tour du monde en quatre-vingts jours,* lee Leland en la cubierta.

—Pasen, por favor. —La voz es débil y acatarrada—. Cierren la puerta, se escapa el calor.

—Monsieur Muguiro… —Gilles habla pausado, en un tono más bajo de lo habitual en él—, gracias por atendernos. No deseamos molestarle…

—Siéntense aquí —señala el sofá de cuero marrón, junto al diván—, así podré escucharles bien. Las visitas siempre se agradecen.

Juan de Muguiro es frágil. Las perneras del pantalón del pijama le cuelgan a ambos lados de las delgadas piernas que cubren y el batín parece que le dé dos vueltas. Debe de sufrir, además, de rigidez en el cuello, porque su gesto instintivo es girarse para poder ver a sus visitantes y su cuerpo se lo impide.

—Acérquense, acérquense... —Sigue señalando el sofá, donde Gilles se sienta cerca de él y Jean-François a su lado—. Con que el afamado detective se presenta en mi casa, ¿eh? —dice con una sonrisa.

—Es un honor que conozca mi trabajo, señor Muguiro.

—¿Y quién es su acompañante? —Sigue tratando de girarse, pero le es imposible, así que Jean-François se levanta y entra en su campo de visión.

—Es mi asistente —presenta Gilles.

—¡Por los clavos de Cristo! —La expresión de Muguiro es de sorpresa. Positiva—. ¡Es usted negro!

—Mulato, Monsieur. —Jean-François no se toma a mal las palabras del hombre—. Mi padre era francés, y mi madre, de la Guayana.

—Sí, señor... —Muguiro se ríe de algo que solo comprende él—, el mundo es más grande de lo que abarcan nuestros ojos. —Y les muestra el libro de Jules Verne que tiene en el regazo—. Y juro por Dios que me alegra que este país evolucione.

—Bueno, aún le queda mucho por evolucionar —añade Leland—. Espero que nuestros ojos lo vean.

—Con ochenta y una vueltas al sol encima, los míos ya no. —Juan de Muguiro sonríe, y se adivina una mezcla de orgullo por haber alcanzado esa edad y nostalgia de tiempos mejores.

—Estamos aquí porque el consulado tenía sus datos como único poseedor del apellido Muguiro en la zona. —A Leland no le gusta andarse por las ramas.

—Goya, ¿verdad? —La voz cascada demuestra una seguridad envidiable.

—¿Cómo lo sabe? —pregunta Jean-François.

—Las noticias siguen llegándome a este pequeño rincón donde he venido a morir. —Señala el ventanal—. Pereyra, la cripta, y Gilles Leland. No hay que ser muy listo.

—¿Quién era Juan Bautista Muguiro e Iribarren? —Leland toma el único hilo del que dispone y comienza a tirar de él.

—Mi padre —responde con la mirada en el fuego—. Nos fuimos de España por la persecución a los liberales; afrancesados, nos llamaban. Mi padre era un financiero extraordinario y no tuvo problemas para seguir trabajando en Francia. Nos unimos a la colonia de exiliados españoles en Burdeos.

—Era amigo de Francisco de Goya, entonces.

—De Goya y de casi todos sus compatriotas. —A Leland no le ha pasado inadvertido el *sus:* Muguiro no se siente español—. Esa gente vino aquí casi con lo puesto, y mi padre echaba una mano en lo que podía.

—¿La cripta?

—Él la alquiló, sí —asiente el anciano.

—Y usted sigue pagando el recibo del cementerio. —El detective empieza a atar cabos, y esta vez Muguiro asiente sin decir una palabra—. ¿Quién era Martín Miguel de Goicoechea?

—Otro de los españoles, mi padre le tenía en gran estima —dice Muguiro con un ligero quejido de dolor al reacomodarse en el diván—. Cuando murió, en 1825, la familia no podía darle un entierro digno, y mi padre se ocupó.

—Y se ocupó también del cuerpo de Goya tres años más tarde.

—Tiempo después, mi padre me confesó que cuando firmó el contrato de la cripta ya pensaba en don Francisco. —La memoria de Muguiro parece más en forma que su cuerpo—. Le voy a dar un dato que seguro que no sabe.

—Sorpréndame. —Gilles le habla al anciano, pero mira a Jean-François con esa cara de satisfacción que se le pone cuando la pista es buena.

—Goya y Goicoechea eran consuegros.

—¡Consuegros! —Leland muestra sorpresa—. El mundo es pequeño.

—Gumersinda, la hija de Goicoechea, estaba casada con el único hijo de Goya, Javier. Ellos se quedaron en Madrid, nada tenía el rey en su contra. Y aquí vinieron sus ancianos padres.

—¿Usted sabe dónde y cómo murió Francisco de Goya?

La pregunta se queda en el aire, porque el ama de llaves entra en la estancia. Deja sobre la mesilla el café de Leland y hace un gesto de hastío cuando deposita la bandeja ante Jean-François. Taza, jarra con el té, cacillo con leche y plato con pastas de mantequilla. Todo un despliegue.

—A usted le he traído una tisana, señor —añade la mujer—. Le vendrá bien para la garganta.

—Ah, Clotilde…, ¿qué sería de mí sin ti? —Muguiro le palmea cariñosamente la mano—. Gracias, querida.

Clotilde deja la sala y Jean-François comienza a prepararse el té. No sabe si ella se lo ha servido así por protocolo o por fastidiarle. Pero, sin interesarle mucho la repuesta, se lleva una pasta de mantequilla a la boca.

—Goya vivía en el centro de Burdeos, con doña Leocadia Zorrilla y su hija Rosario. —Muguiro no ha olvidado la pregunta de Leland.

—¿Leocadia Zorrilla?, ¿su asistente o algo así?

—Un poco más complicado… —Muguiro pide a Gilles que le acerque el platillo con la tisana—. Goya era viudo, y

Leocadia tenía cuarenta años menos que él. Se dice que se hicieron amantes en Madrid, todo un escándalo. Leocadia abandonó a su marido, un joyero bastante conocido, y se vino a Burdeos con él.

—¿Y Rosario?

—Oficialmente era la hija nacida en el matrimonio de Leocadia con el joyero, el hombre que le dio su apellido: Isidoro Weiss.

Gilles mira a Jean-François, que está atento a la conversación. Ante esa mirada, cae en la cuenta y echa mano al bolsillo de su chaleco, del que saca su cuaderno de notas y el lapicero para recabar todos los datos que Muguiro les está dando.

—¿Goya y Leocadia estaban casados? —retoma Leland.

—¡No! —Muguiro pone los ojos como platos—. Pero en Burdeos todo el mundo les consideraba marido y mujer.

—¿La niña era hija de Goya?

—Según Leocadia, no. Pero ¿quién sabe? Goya la trataba como a su propia hija. Incluso le enseñaba nociones de pintura.

—Señor Muguiro, ¿qué edad tenía usted por entonces?

—Nueve años.

—¿Y cómo es que recuerda con tanta claridad todo aquello?

—Señor detective… —Muguiro le sonríe—, en casa de Goya me llamaban Juanito. Pasaba las tardes allí, jugando con Rosario. Era mi única amiga. Y yo el único de ella.

—Vaya… —Aquello era mucho más de lo que esperaba encontrar Gilles Leland—. ¿Sabe cómo murió Goya?

—Joven… —Muguiro se dirige ahora a Jean-François—, ¿podría usted acercarse a la librería y traerme la caja en forma de baúl?

Este la localiza de inmediato y se la entrega. Muguiro la abre con cuidado y revuelve entre papeles hasta que encuentra lo que busca y se lo entrega a Leland. Jean-François se acerca para poder mirar lo que le ha pasado.

—De viejo, en su cama… —contesta entonces Muguiro a la pregunta.

Lo que contemplan es un dibujo a plumilla donde se aprecia un hombre tumbado en una cama, con los ojos cerrados y un gorro que le cubre la cabeza. Las tensas sábanas, que hacen de mortaja, revelan el perfil del pintor, donde en él su panza es una isla y los picudos pies parecen dos náufragos que intentan llegar a ella.

—¿Es Goya?

—Así es. Recién fallecido. —Muguiro pide que le devuelvan el dibujo; se ve que le tiene un gran aprecio—. Una agonía que duró más de diez días.

—¿Quién lo dibujó?

—Antonio de Brugada, un joven pintor amigo de Goya. En el momento de su fallecimiento le acompañaba el propio Antonio con su esposa; Cyprien Gaulon, amigo de Goya y marchante de sus últimas obras; Leocadia, Rosario, Gumersinda, la nuera del pintor, y Mariano, su nieto.

—¿Usted no estaba?

—Mi padre me prohibió ir por la casa en cuanto supo que el maestro ya no se iba a levantar de aquella cama. Aún le veo diciéndome que yo era demasiado joven para ver moribundos. —Los recuerdos de aquellos días reviven en la mente de Muguiro, y eso se refleja en sus ojos. Jean-François no deja de tomar nota de todo lo que dice.

—¿Y cómo sabe quién estaba presente en ese momento?

—Esa es una larga historia.

Leland se fija en aquel hombre. Apenas tiene carne, parece que los huesos estén cubiertos solo de piel. Los ojos, hundidos en unas cuencas amoratadas, brillan de emoción por el ejercicio de memoria. Está bien afeitado y el bigote, recortado, es la última muestra de orgullo masculino que le queda. Cientos de pequeñas venas rojas se marcan en su rostro y un poco de cabello, blanco y pobre, asoma por debajo del ladeado gorro de lana.

—Sería un placer conocerla —responde con sinceridad, como en un ruego.

En la siguiente media hora, Leland y Jean-François escuchan una historia mucho más terrible y emocionante de lo que jamás hubieran supuesto cuando se encontraron cara a cara con Muguiro. Este les cuenta que perdió el contacto con Rosario cuando, al poco tiempo de fallecer Goya, ella y su madre abandonaron la casa en la que vivían. El padre de Muguiro le dijo que, tras el entierro del pintor, su hijo Javier se negó a seguir pagando el alquiler de la casa, y Leocadia y Rosario tuvieron que abandonarla.

Con el paso de los años, Juan Bautista Muguiro e Iribarren pudo volver a Madrid y su hijo Juan, Juanito, se quedó en Burdeos haciéndose cargo de los negocios familiares. Y pudo hacerse un nombre gracias al trabajo que durante años había sembrado su padre.

En uno de sus viajes a Madrid, años después, pudo visitar a la viuda de Antonio de Brugada, quien conservaba ese dibujo a plumilla del cadáver de Goya. Se lo compró por una generosa cantidad y fue la viuda quien le enumeró las personas que había presentes cuando el pintor falleció.

El anciano Muguiro se dedicó desde entonces a adquirir y coleccionar dibujos y pequeños apuntes que Goya hizo durante su vida, y los guardó en esa caja que ahora sostiene sobre sus piernas. Les va mostrando a sus visitantes, sin dejar que los toquen, algunos de ellos.

—Era un gran artista, ¿verdad? —Jean-François está impresionado con el trazo de los dibujos. Desde simples estudios de formas a complejos entramados de rostros depravados y cuerpos retorcidos.

—Al nivel de Velázquez, joven. —La voz de Muguiro se eleva por momentos—. Uno de los pintores más grandes de la historia. —Señala uno de los cuadros que cuelgan de la pared.

Es el retrato de un hombre sentado en una silla, junto a un escritorio en el que reposa un tintero con su pluma. Con el cabello abundante y ligeramente alborotado, y vestido con un traje negro, camisa blanca y pañuelo oscuro alrededor del cuello, sujeta un documento en su mano derecha mientras apoya la izquierda en el muslo.

—Es su padre, ¿no? —Leland, más que preguntar, afirma.

—El mismo. Retratado por Goya en 1827, un año antes de morir.

—Es muy bueno —reconoce Jean-François.

—Le capturó el alma con los pinceles, joven.

Gilles se da cuenta de que ni siquiera ha probado su café. Toma la taza y se la lleva a los labios; se ha quedado frío. El dibujo de Antonio de Brugada confirma, al menos, que Goya murió con la cabeza puesta. Algo es algo.

Muguiro apura su tisana, parece necesitar un respiro. Jean-François ve que las llamas de la chimenea son débiles y se levanta para echar un tronco.

—¿Es cierto eso de que no estaba la cabeza en la cripta? —pregunta Muguiro. Leland no sabe cómo ha podido enterarse de eso un anciano que vive a veinte kilómetros de Burdeos, pero es lo que menos le importa ahora.

—Sí —reconoce—. Por eso nos ha contratado Pereyra, para intentar averiguar qué ha podido ocurrir con ella.

—Recuerdo algo que me contaron hace unos años y a lo que no concedí mayor importancia. Pero ahora cobra más sentido.

—¿De qué se trata?

—Era solo un rumor que llegó a mis oídos cuando, en uno de mis viajes a Madrid, andaba por el Rastro buscando dibujos de Goya. Un vendedor me dijo que el marqués de San Adrián se pavoneaba de tener en su palacio de Tudela un cuadro de la calavera del pintor.

—Usted no le dio credibilidad, claro.

—Ninguna… —confirma Muguiro—, pero visto lo visto…

Leland se asegura que Jean-François lo tenga todo anotado en su cuaderno.

—Señor Muguiro, una última cosa… —Gilles se da cuenta de que el anciano se halla al borde del agotamiento—, ¿qué fue de Leocadia y Rosario?, ¿volvieron a Madrid cuando murió Goya?

—Se quedaron unos años en Burdeos. Mi padre les consiguió un alquiler barato, en las afueras.

—¿Barato?

—Tras la muerte de Goya, madre e hija se quedaron sin nada.

—Algo tendrían en herencia.

—Esa es otra larga historia. —Muguiro hace un gesto con la mano, señal de que no desea introducirse demasiado en ella—. No estaban casados, y la niña no llevaba el apellido Goya. Javier las dejó en la más absoluta miseria.

—No quería compartir lo poco o mucho que dejó Goya… —aventura Leland.

—Ya le digo yo que era mucho. —Frotando pulgar e índice, hace el universal gesto del dinero—. Pero legalmente nada les correspondía. Javier solo les dejó quedarse una cosa, y esa cosa se la compró mi padre para que pudieran subsistir.

—¿Qué era?

Muguiro, de nuevo, señala a la pared. A un cuadro de una joven con un vestido de trabajo oscuro que se cruza sobre su pecho y con el cabello cubierto por un pañuelo. Sentada en escorzo, mira hacia un lado y junto a ella reposa un cántaro. El fondo, difuminado, es un conjunto de pinceladas en tonos azules y grises que enmarca a la joven, que se ha detenido a descansar.

—*La lechera* —dice Muguiro.

Leland y Jean-François observan el cuadro durante unos segundos, en silencio.

—¿Recuerda dónde se fueron a vivir Leocadia y Rosario?

—Al noroeste de la ciudad, en… —entorna los ojos, como si eso pudiera ayudarle a rebuscar en su cabeza— la rue Bourbalet, creo.

—Si supiera el número… —Leland tienta a la suerte.

—Mucho me pide usted, detective. —Y esta vez Muguiro se incorpora un poco en el diván con la ayuda de los brazos y consigue, por fin, mirar a Gilles Leland a la cara—. Me temo que mi memoria es muy inferior a mi nostalgia.

8

Burdeos, febrero 1828

Goya y Diego abandonaron la oficina de correos. La temperatura era agradable y, ya que el pintor había resultado vencedor en su particular duelo diario con Leocadia para ver quién salía de casa por la tarde, estaba decidido a continuar su ronda.

—Vamos donde la chocolatería de Braulio Poc —ordenó—. Hoy estarán allí los Indocumentados.

Los Indocumentados a los que se refería eran españoles a cuya cabeza la Justicia y el rey Fernando VII habían puesto precio. En su mayoría se trataba de soldados que habían desertado y políticos de pequeñas ciudades que habían hecho caso omiso de alguna norma durante los años de restauración absolutista. Fernando VII se había pasado por la entrepierna la Constitución de 1812 que había jurado defender y soliviantó los ánimos de mucha gente. Pero solo unos pocos habían alzado la voz. Ahora estaban bajo tierra o escondidos por toda Francia.

Nadie sabía el verdadero nombre de los Indocumentados porque no se fiaban ni de su sombra, pero Goya disfrutaba bebiendo y riendo con ellos. El Profesor, el Pollo, el Ministro, el Manco, el Chaleco, el Chuletas o el Pastor eran algunos de sus apodos, él no necesitaba saber más. Le bastaba con pagarles alguna ronda y beberla en su compañía para volver contento a casa.

—¿Cree que su hijo Javier vendrá? —preguntó Diego mientras caminaban.

—¡Por supuesto! —Goya reaccionó airado—. Soy su padre. —Para él era motivo más que suficiente.

—No deseo meterme donde no me llaman —Diego sabía que lo estaba haciendo—, pero he notado preocupada a doña Leocadia.

—¿Leocadia? —Goya se detuvo y se giró para mirarle a la cara mientras apoyaba su peso en el bastón—. ¿Qué tripa se le ha roto a esa mujer ahora?

—Está preocupada por lo que pueda ocurrirle.

—Bueno… —Goya se apaciguó al leer la respuesta en los labios de Diego—, es su deber como buena esposa.

—Y está preocupada por cómo quedarían ella y Rosario si le pasara algo.

—¡Algo como que se me ocurriera morirme, ¿verdad?! —Don Francisco, iracundo, emprendió la marcha de nuevo. El golpeteo de su bastón contra los adoquines se oía en toda la calle.

—Por ejemplo. —Diego se puso a su altura para que pudiera verle la boca.

—Tenías razón… —dijo Goya conteniendo un poco la voz, pero mirándole a los ojos—, te estás metiendo donde no te llaman. Tú a lo tuyo, zagal.

Y ambos siguieron caminando hasta que Diego decidió que, por mucho que solo fuera una cuestión de trabajo lo que les unía, no tenía por qué callarse.

—Don Francisco —esta vez fue él quien se plantó delante de Goya y le hizo detenerse—, resulta muy difícil proteger a personas, vivir en su casa, y no cogerles un cierto cariño. —Hizo un gesto con el pulgar y el índice, para dejar claro que ese cariño era muy pequeño.

—¡¿Para qué crees que he enviado esa carta a mi hijo?! —Goya comenzó a caminar, esquivando a Diego—. Vendrá Javier y todo se resolverá.

La tarde era tranquila en la chocolatería —donde lo que menos se servía, al menos al grupo de españoles, era chocolate— y había varias mesas libres. Goya se instaló en la larga mesa del fondo, donde los Indocumentados ya llevaban un buen rato, a juzgar por las jarras de vino y por sus risas.

Diego se sentó solo en una de las mesas, con visión directa de la entrada y, en consonancia con el letrero del local, pidió una taza de chocolate.

—Se dice que intenta hacerle un hijo a la reina, ¡pero que tiene la verga tan grande que ni se le levanta! —decía a gritos y risas el Chaleco.

—¡Doy fe de ello! —Goya levantó su vaso—. Tuve que hacer maravillas para retratarle; ¡parecía que tenía una manguera dentro de los pantalones!

Y las risas volvían a crecer mezcladas con el sonido de las copas al brindar.

—Maestro, ¿cómo es el rey Fernando VII? —preguntó el Pastor.

—Un miserable. —Goya escupía las palabras—. En el siglo de las luces, él es quien las tiene más apagadas.

—¿Cree que podremos volver a España? —El Pollo quiso saber su opinión.

—Pues todo va a depender de lo que dure el felón y de quién suba al trono después de él. —Don Francisco sabía de la nostalgia por volver de aquellos hombres—. Con el rey Fernando va a ser imposible.

—Pues aún no tiene heredero —apuntó el Manco.

—Y va por la tercera esposa —recordó el Chaleco—. ¡Dos se le han muerto ya, ensartadas por su lanza! —Y mientras hacía el gesto del brazo flexionado con el puño en alto, la carcajada general hizo que el propio Braulio Poc les pidiera que bajaran la voz.

—Se dice que tiene asustada a la reina María Amalia. —El Profesor hablaba pausado, haciendo gala de su oficio de enseñar, al que se dedicaba hasta que huyó de España—. El rey la culpa de no engendrar un hijo, pero, las pocas veces que se le pone dura, ella contrae el útero por miedo a ser desgarrada por ese miembro.

—¡Claro, no quiere ser partida por la mitad como las dos anteriores! —Y vuelta a las carcajadas.

Diego observaba hasta qué punto Goya se encontraba a gusto en ese grupo de desheredados. Se había codeado con lo más alto y en ese momento de su vida alternaba con lo más bajo. Pero con prostitutas, rarezas de circo, enanos y perdedores como los de aquella mesa daba rienda suelta a su espíritu, sin vacilar en reír a carcajadas, beber vino a grandes tragos y fumar un cigarro tras otro. Parecía como si recuperara su verdadera esencia y lo que él siempre había deseado ser: un pintor del pueblo.

—Pues os aseguro que no sabéis la última… —El Pollo bajó la voz e inclinó la cabeza hacia sus compañeros, preparado para la confidencia—. El rey se ha hecho fabricar un cojín con un gran círculo en el centro.

—¿Y para qué? ¿Para que se le sujete?

—Qué poca imaginación tienes, Chaleco. Mete su miembro por el agujero cuando va a yacer con la reina… ¡Para que le haga de tope! —El Pollo se puso en pie para dar más énfasis a sus gritos—. ¡Así no le mete entero ese cipote que parece una maza de herrero!

Y toda la mesa volvió a romper en carcajadas, para gran enfado del dueño.

En mitad de aquel estruendo, a Goya le entró un acceso de tos que le obligó a dejar de reír. El Profesor le puso la copa en la mano, para ver si se le pasaba bebiendo, pero la tos seguía. El Pollo le dio unas palmadas en la espalda.

—Me ahogo… —dijo con voz débil sin dejarde toser.

—¡Ponedlo de pie! —Diego tiró su silla al suelo del ímpetu con el que se levantó—. ¡No le entra el aire!

El local se quedó en silencio. Los pocos clientes que había a aquellas horas no pudieron evitar girarse a ver qué pasaba en aquella mesa.

—¡Ponedlo de pie, tiene que respirar! —Diego ya sabía que Goya se ahogaba con su propio peso cuando estaba sentado y se colocó detrás del pintor para levantarlo por las axilas.

Ya de pie, Diego le apoyó la espalda contra su pecho, cogiéndolo por la cintura. Goya no dejaba de toser, pero parecía que podía respirar un poco mejor.

—No puedo ver, me mareo… —decía su débil voz.

—¡Manco! —ordenó Diego—. Sal a la calle y detén un coche. Tenemos que llevarlo a su casa.

Entre Diego y el Pollo cogieron de las axilas a Goya y lo sacaron a la calle. El Manco se puso delante de una calesa sin techo para que se detuviera.

—Mi chiquilla, mi chiquilla… —El viejo pintor parecía desvariar.

Diego subió primero y se sentó, apoyando la espalda del pintor contra su costado para que estuviera extendido y un poco incorporado. Su enorme peso caía sobre él, pero quería que el aire le entrara en los pulmones y aliviara su respiración. Mientras, Goya perdía color, estaba blanco como una pared.

—Profesor, Pollo… —ordenó Diego con voz autoritaria pero tranquila—, conmigo.

***

—Pero ¿qué ha pasado? —gritó doña Leocadia cuando Josephine abrió la puerta y los tres hombres metieron a Goya en la casa.

—Avise al doctor, señora. —Diego seguía a la espalda de Goya, que apenas podía caminar—. Eleve su colchón con algo, para que esté incorporado. Vamos a llevarlo a la cama.

—Ay, Dios… —A Leocadia se le amontonaban las instrucciones de Diego—. ¡Francisco!, ¿estás bien?

—¡Vamos, señora! —Diego se puso firme—. El médico y el colchón.

—¡A su habitación no! —Josephine negó con la cabeza, haciéndose cargo de la situación—. Estamos lavando sábanas y sacudiendo el colchón.

—¡¿A estas horas?! —A Diego le descuadró el inconveniente.

—¡Pues cuando el señor sale de la habitación y nos deja hacerla! —se defendió.

—Por el pasillo… —ordenó Diego al Profesor y al Pollo—. Al dormitorio del fondo. Josephine, coja algo para levantar el colchón.

Cuando Diego mencionó el dormitorio de la institutriz, a Leocadia se le encendieron por fin las luces.

—¡Juliet! —gritó.

Josephine pasó corriendo con un par de cajas de madera para colocarlas bajo la parte superior del colchón de la habitación de Juliet, y se cruzó por el pasillo con esta y Rosario, que salían de la biblioteca alarmadas por los gritos.

—¡Padre!, ¡padre! —Rosario entró en pánico cuando vio a Goya desmadejado y sujeto por tres hombres que lo llevaban casi en volandas. Juliet la cogió del brazo para que no entorpeciera el traslado al dormitorio.

—Juliet, avise al doctor —pidió doña Leocadia—. ¡Rosario, vuelve a la biblioteca!

En mitad de aquel caos, los ojos de Diego y Juliet se cruzaron, y ella le interrogó en silencio. Diego asintió tranquilizándola, en una señal de que aquello iba a acabar bien.

★★★

—Tiene los pulmones encharcados y la circulación muy dificultosa. También me ha parecido detectar un tumor en la zona del perineo —enumeraba el médico—. Probablemente sea la causa de las dificultades para orinar de las que me hablaba.

—¿El corazón? —preguntó Leocadia.

—Ahora se le ha calmado, pero tiene propensión a la arritmia.

Juliet había vuelto con el médico al cabo de unos minutos y este pidió que le dejaran a solas en la habitación con Goya. Avisó un par de veces a doña Leocadia para que llevaran toallas limpias y una jofaina. Ya caía la noche cuando el doctor pasó a la sala de visitas a hablar con la señora. Para entonces, el desorden que se había vivido en la casa durante la tarde ya se había calmado. Primero se marcharon el Profesor y el Pollo y después Josephine, tras preparar la cena. Juliet acostaba a Rosario leyéndole unos versos de fray Luis de León, tal y como le había indicado doña Leocadia como lectura de aquella semana.

La señora le había ordenado a Diego que estuviera presente —«si vas a cuidar de él, tendrás que saber cómo está»—, y escuchaba sentada en su sillón de terciopelo azul el diagnóstico del médico. Diego, de pie junto a ella, atendía en silencio.

—¿Qué recomienda usted?

—Descanso —señaló el médico—. Comidas ligeras, mucha agua... —La receta habitual—. Pero, doña Leocadia, son ochenta y dos años...

—¿Cuánto cree que le queda? —preguntó ella abiertamente.

—Días, semanas, meses..., quién sabe. —Hizo un gesto con las manos—. Lo que es seguro es que estamos cerca del final; es ley de vida.

—Gracias, doctor. —La señora sacó un pañuelo de la manga del vestido y se limpió con ligeros toques las lágrimas—. Diego le acompaña a la puerta.

A solas en aquella estancia, Leocadia agradeció que Goya hubiera enviado la carta a Javier aquella misma tarde. Le pedía que llegara cuanto antes, mientras su padre aún tuviera vida. Y que atendiera a razones con el asunto de la herencia.

★★★

A Juliet le daba miedo la habitación de Goya. Pese a estar ventilada y con sábanas y colchón limpios, el olor a disolvente se le clavaba en las fosas nasales, pero acabaría acostumbrándose. Eran las pinturas que se almacenaban en el estudio contiguo las que le producían esa intranquilidad. Los cuerpos mutilados, los niños muertos, los locos que se peleaban, las mujeres desnudas objeto de la lascivia de ancianos. Lienzos en caballetes o apilados en la pared que mostraban escenas horribles y que, con seguridad, se aparecerían en sus sueños.

Como Goya ocupaba su dormitorio, a ella le tocaba pasar la noche en el de él, rogando que solo fuera esa única vez. Todos sus fantasmas iban a acompañarla durante el sueño.

Cuando iba a apagar la vela, llamaron a la puerta.

—¿Estás cómoda aquí? —le preguntó Diego.

—No.

—Es solo por esta noche. —Le hablaba a ella, pero su vista se paseaba por la estancia, dando la razón en silencio a su intranquilidad.

—No te he dado las gracias.

—No tienes por qué darlas. —Él sabía que Juliet se refería al intento de robo en el que él había intervenido—. Pero creo que estabas más enfadada que agradecida.

—A nadie le gusta que le sigan —le reprochó.

—Sin embargo, todo el mundo quiere ser protegido.

Se miraron en silencio durante unos segundos.

—Buenas noches. —Ella evitó responderle, sabiendo que quien calla otorga.

—Descansa tranquila, Juliet. —Le sonrió—. Dejaré entreabierta la puerta del estudio que da al pasillo. Si necesitas algo, solo tienes que llamarme.

Al apagar la vela, ella pensó en los sentimientos encontrados que le producía Diego Girard. Por un lado, tan distante, y por otro, tan pendiente de todo. Altivo hasta el punto de odiarlo por vanagloriarse de haberla protegido y, justo cuando se disponía a borrarlo de su cabeza, capaz de hacer algo tan atento como preocuparse de si iba a dormir bien. Sin él, la escena de aquella tarde en la casa hubiera sido un drama; él había puesto cordura en medio de la desesperación. Sin contar con que, si no hubiera estado con Goya, era muy probable que de la chocolatería hubiera salido el cadáver del pintor.

Recordó cómo se había deshecho de los tres hombres del callejón en apenas unos segundos. Ella adoptó la pose de ofendida, cierto, pero qué alivio sintió cuando vio que era él quien la levantaba del suelo.

Sin saber si por fortuna o a su pesar, pero convencida de que Diego sostenía a aquella extraña familia en esos momentos tan complicados, Juliet dio con el modo de olvidarse de las figuras de los cuadros de Goya, y cayó rendida al sueño.

★★★

—Abre la boca y te atravieso el cuello —susurró una voz en su oído.

En los segundos que tardó en tomar consciencia de lo que estaba ocurriendo, Juliet percibió la peste de la mano que le tapaba la boca, la punzada en la garganta por el estilete que empuñaba el hombre, y su fétido aliento a alcohol.

Abrió mucho los ojos y se le aceleró la respiración, apenas podía respirar debido a la mano que le tapaba la boca. Por las luces de las farolas de la calle vio que todavía era noche cerrada, y que la salida que daba al balcón del estudio de Goya estaba abierta.

—Si das un grito, estás muerta.

El tipo, casi calvo y con unas largas y gruesas patillas, estaba sentado en su cama, y la presionaba contra el colchón para que no se levantara. El terror que sentía Juliet la paralizó.

—Esto sí que es un inconveniente. Esperaba al viejo. —El tipo parecía desconcertado—. Pero, a cambio, me encuentro una golosina… —El vaho de la silenciosa risa fétida, por el placer de tan inesperada sorpresa, la golpeó.

Juliet emitió un gemido que fue inmediatamente apagado por un pinchazo del estilete, que hizo brotar unas gotas de sangre en su cuello. Las lágrimas comenzaron a correr por sus mejillas mientras con sus manos trataba de sujetar el brazo que empuñaba el arma. El hombre reaccionó golpeándola con el codo en la clavícula. El agudo dolor y la obligación de no gritar hicieron que se desvaneciera por unos segundos, pero Juliet se puso otra vez en tensión al sentir que la mano que portaba el estilete se metía por debajo de las sábanas. Y al notar que esa mano le subía el camisón. Juliet, entonces, comenzó a mover las piernas y a patalear con un terror infernal.

Los dos pinchazos en el costado le hicieron entender que lo mejor era estar quieta, aunque por dentro llevara un caballo desbocado que golpeaba en su pecho. Sintió que el estilete rozaba en las piernas y subía por el muslo izquierdo, explorando de manera amenazante su intimidad.

Las lágrimas que brotaban de sus ojos se escurrían entre los sucios dedos que le tapaban la boca, y la asquerosa mezcla de olores y sensaciones, junto con los pinchazos que había recibido, la obligó a tratar de quedarse lo más quieta posible y esperar que aquel hombre se fuera cuanto antes.

De pronto, sus ojos detectaron un destello en el estudio de Goya. Aguzó la vista y, gracias a la luz que entraba desde la puerta abierta del balcón, pudo vislumbrar una figura recortada entre los lienzos. Solo era una sombra, quizá de los caballetes y bártulos de pintar. Pero, de nuevo, el destello. Y esa vez sí pudo verlo con más claridad: venía de un cuchillo que sujetaba Diego.

El asaltante seguía acariciándola contra su voluntad con sus dedos y la punta del estilete. Ella imploraba con la mirada a Diego, pidiéndole que actuara. Pero él, estático, se llevó un dedo a los labios pidiéndole silencio.

La mano del hombre se movía cada vez más rápido explorando más zonas de su cuerpo. Cuando llegó a su sexo, sin dejar de taparle la boca, el hombre se arrodilló en el suelo para tener mayor acceso a la intimidad de la joven.

Esa era la señal que esperaba Diego. Salió de su escondite en silencio, pero rápido como un gato. Juliet vio cómo cruzaba la habitación con tal sigilo que el hombre que la invadía ni siquiera advirtió su presencia.

En un movimiento felino, colocándose a espaldas del asaltante, Diego le puso la hoja de su cuchillo en la garganta y tiró bruscamente hacia atrás. Agarrándole del cogote, comenzó a asfixiarle. Ahora era el asaltante quien pataleaba y lanzaba el estilete hacia atrás, tratando de pinchar a quien le aprisionaba. Una patada en la mano hizo que perdiera el arma y, entonces, Diego apretó más fuerte.

—¿Quién te envía? —le susurró Diego al oído.

—Te voy a matar, hijo de mil putas. —Las palabras salían a duras penas de la boca del intruso.

—¿Quién-te-envía? —repitió, esta vez más despacio.

—Tu madre…

Los sonidos guturales denotaban la falta de aire en los pulmones del hombre; sus patadas contra el suelo y sus manos tratando de zafarse de los brazos de Diego indicaban su desesperada situación. Sin soltarle, Diego, con toda su envergadura, levantó al hombre del suelo y, ejerciendo más fuerza en el cuello, le obligó a caminar hacia el ventanal. El tipo era ligero, lo que facilitó la maniobra.

Juliet, libre de las manos de aquel hombre sobre su cuerpo, comenzó a chillar y a llorar con grandes gemidos al tiempo que se golpeaba las piernas y las frotaba frenética, como si así pudiera desprenderse del mancillamiento que había sufrido, sin siquiera caer en la cuenta de que sangraba en varias partes de su cuerpo.

Diego jamás lo reconocería en el futuro y guardaría silencio sobre lo ocurrido aquella noche, pero era consciente de que, aunque había actuado con cautela y medido los tiempos con destreza, la rabia y la ira le habían dominado. Rabia de que un intruso se colara en la casa que él estaba protegiendo, e ira por tener que presenciar cómo Juliet sufría esa humillación.

Y tan dominado estaba Diego por la ira que, con el intruso atrapado por el cuello, salió al balcón y, aprovechando su fuerza, tomó impulsó y golpeó con violencia la cabeza del hombre contra la barandilla. A continuación, lo alzó a plomo sobre esta y lo precipitó a la calle.

El golpe sordo y el charco de sangre que comenzó a extenderse alrededor de la cabeza del asaltante evidenciaron que el cráneo había recibido el impacto de lleno. Tras unos espasmos, el hombre, desmadejado en la calle solitaria, dejó de moverse. La luz de las farolas alargaba la sombra de aquel cadáver, dibujando en el suelo una figura que el propio Goya habría firmado.

En la balconada, oyendo de fondo los gritos de Juliet, Diego fue capaz de recuperar un instante de calma para estudiar si había alguien más con el intruso. Al otro lado de la calle, entornando los ojos para distinguir en la espesa oscuridad, percibió una silueta: no le veía la cara, pero la posición estática y las manos en los bolsillos del estilizado abrigo indicaban que aquella figura, semioculta en la negrura, estudiaba también a Diego y había presenciado lo ocurrido.

Ambos hombres se miraron durante unos instantes eternos.

—¡Un hombre ha caído desde el tejado! —alzó Diego la voz, sin dejar de mirar al extraño, para que lo oyeran en toda la calle—. ¡Un hombre ha caído!

Al oír sus voces de alarma, aparecieron luces en algunas viviendas y comenzaron también a oírse los «Por el amor de Dios» y los «Qué desgracia» de los vecinos, que salían a sus balcones. La figura del otro lado de la calle todavía aguantó un instante más la mirada de Diego. Después, caminando con tranquilidad, se perdió en la oscuridad en dirección a la rue Sainte-Catherine.

Justo cuando Diego volvía al interior, doña Leocadia abría la puerta del dormitorio con una vela en la mano.

—Pero ¿qué ha pasado aquí? —exclamó asustada cuando vio a Juliet envuelta en lágrimas, frotándose las piernas con furia, y a Diego de pie en mitad del dormitorio—. ¡¿Qué ocurre, Juliet?!

El primer pensamiento de doña Leocadia fue que Diego quizás había intentado propasarse con la institutriz, aunque no le cuadraba. Al ver que la salida al balcón estaba abierta y que se oían voces en la calle, se asomó al exterior.

Cuando volvió a entrar después de unos segundos y miró a Diego, ya sabía qué había ocurrido. Las circunstancias habían hecho que fuera Juliet quien ocupara aquella cama esa noche, pero su ocupante habitual era Goya. Y que el guardaespaldas había sabido repeler el ataque, evidenciando que su trabajo de proteger al pintor sí era necesario. El asentimiento de la señora de la casa fue un mudo agradecimiento a Diego.

Diego se agachó para examinar los objetos que traía consigo el asaltante: el estilete que le había arrancado de una patada y, también, un machete y un saco relleno de trapos. Sin decir nada, cargado con aquel extraño botín, se dispuso a abandonar la habitación, pero se chocó en la puerta con Rosario, a la que habían despertado los gritos.

—Cúrenla —dijo Diego mirando a Rosario y doña Leocadia, señalando a Juliet.

La niña, en camisón, y con una cara entre adormilada y alarmada, miró a Diego a los ojos. Este se guardó dentro de la camisa la medalla de san Martín Caballero, le acarició el pelo y salió de allí.

Rosario percibió desesperación en los gritos de su institutriz, también la ira y el terror en sus lágrimas. Varias manchas de sangre destacaban en el blanco camisón de Juliet. Y, sin tener ni la más remota idea de qué había podido ocurrir allí, la niña se lanzó a la cama para abrazarla y anidar la cabeza en su pecho.

Diego se dejó caer, resoplando a oscuras, en el silloncito de terciopelo azul de la sala de visitas donde aquella misma tarde doña Leocadia había escuchado las noticias del médico. Esta vez fue él quien emitió su propio diagnóstico: sí, alguien quería matar a Goya.

Caminando entre las sombras de la rue Sainte-Catherine, embozado en su abrigo, Andrea Boscoscuro, que acababa de presenciar la muerte de Serge Cheval, supo que conseguir la cabeza del pintor no iba a ser tan fácil como había supuesto. En la casa de Goya vivía un adversario formidable del que no había tenido constancia hasta aquella misma noche.

9

Burdeos, febrero 1828

—Veo que hoy ha retrasado su hora del desayuno.

La voz sacó a Boscoscuro del lejano lugar al que su mente había viajado.

—Chiara… —Se puso en pie en cuanto salió de su ensimismamiento—. Me alegra verla. —Y se acercó a retirar la silla que tenía frente a él—. *Per favore…*

—*Grazie.* —Ella sonrió mientras se sentaba, sabiendo que ambos eran conscientes de que aquel día quedaban muchas mesas libres en el restaurante del hotel—. ¿Qué ha preparado hoy el chef?

—Tortilla a la francesa con queso parmigiano. —Boscoscuro volvió a su lugar—. Una mezcla entre donde estamos y de donde venimos ambos.

—Sería interesante que también hubiera incluido algún ingrediente de hacia donde vamos. —Chiara fijó su mirada en él—. Aunque, si ni siquiera yo sé qué me depara el futuro, no veo cómo el chef podría saberlo. —Sonrió.

—El destino será el que usted escriba —afirmó Boscoscuro.

—Ojalá fuera tan fácil.

El camarero llegó a la mesa para tomar nota, y Andrea Boscoscuro pidió por ella sin olvidarse de añadir la infusión de jengibre.

—No ha contestado —insistió ella—. ¿Cómo es que hoy desayuna a esta hora?

—Anoche llegué algo tarde de un viaje de trabajo y se me han pegado un poco las sábanas —mintió él mientras soplaba a su taza de café.

En realidad despuntaba el alba cuando Boscoscuro llegó al hotel. Tras presenciar lo ocurrido en casa de Goya, muerte de Serge Cheval incluida, había necesitado un largo paseo para asumir que quizá su plan no hubiera resultado; porque lo cierto era que, a aquellas alturas, ya no sentía remordimientos por el hecho de que un sicario muriera ejecutando alguno de sus planes. Lo que le dolía era la posibilidad de que el trabajo no hubiera finalizado para poder cobrar y desentenderse. E incluso eso último empezaba a no tenerlo tan claro, ya que el encargo eran los cuatro españoles y se temía que Benigno Malumbres quisiera renegociar. Al menos es lo que él haría en su posición.

Pero también temía que los intentos fallidos repercutieran negativamente en su reputación y en los futuros encargos que pudiera recibir. La demanda de servicios como los que él ofrecía funcionaba como unos vasos comunicantes entre Antonio Espina y él. Fallos cometían ambos, como era lógico, pero un fracaso de cualquiera de los dos que corriera de boca en boca entre sus selectos clientes hacía que la balanza se inclinase hacia el otro durante una temporada. Pura física.

Con todo, lo que le atormentaba en realidad era la pregunta que no abandonaba su pensamiento: ¿quién era el chico que había lanzado al vacío a Cheval?

No sabía si Cheval había podido llegar a matar a Goya o si aquel joven lo había detenido antes de que pudiera hacer nada. Eso tendría que averiguarlo en los siguientes días. Pero, desde luego, ese chico era un profesional. No se le escapaba que tenía una envergadura considerable ni que, a aquellas horas de la madrugada, no iba en pijama. No, aquel tipo estaba preparado para cualquier cosa que pudiera ocurrir en la casa. Además, nadie que no estuviera acostumbrado a ello tenía la sangre fría como para inmovilizar a un hombre asfixiándolo con sus brazos, sacarlo al balcón, golpearle la cabeza contra la barandilla y lanzarlo a la calle desde un segundo piso a una muerte segura. Sin contar con que había tenido la rapidez mental para, desde aquel mismo lugar en el que acababa de matar a un hombre, hacer creer a voces que Cheval había caído desde la azotea.

«Nunca te manches las manos a no ser que sea necesario», se repetía Boscoscuro mientras caminaba por las oscuras y solitarias calles. Y tenía que reconocer que sentía una mezcla de incertidumbre y respeto pensando en la posibilidad de que, al final, tal vez sí tuviera que mancharse las manos estando en el tablero de juego una pieza como aquel joven del balcón.

Accedió al hotel, subió a su habitación, y volvió a sentirse infinitamente cansado. Villa en la Toscana y uva sangiovese. Era lo único que le pedía el cuerpo.

Sin ganas de dormir, y aunque el restaurante estaría a punto de abrir para el desayuno, decidió afeitarse y cambiarse de ropa; necesitaba sentirse limpio, como si así alejara de su mente todos esos pensamientos. Ese era el motivo por el que había bajado más tarde de lo habitual. Y toda esa concatenación de sucesos le había llevado a encontrarse observando en aquel momento los destellos del cabello rojo de Chiara Duprée.

—Espero que ese viaje de trabajo fuera bien —dijo ella.

—Podría haber ido mejor. —Boscoscuro se encogió ligeramente de hombros.

—Todavía no me ha dicho a qué se dedica.

—No es mi intención aburrirla con mis asuntos.

—Creo que olvida que soy esposa de un comerciante de vinos. Estoy vacunada contra ese aburrimiento.

—Investigador de seguros.

—¿Investigador de seguros? —Chiara estalló en una risa que iluminó el salón.

—Así es… —Para Boscoscuro, ver reír a aquella mujer era un espectáculo que la vida le estaba regalando—. Nuestros clientes comunican un siniestro y yo acudo a valorar si le corresponde a la compañía aseguradora el pago de una indemnización.

—Andrea, míreme a los ojos. —Y eso hizo él sin pestañear—. No-le-cre-o.

Su madre, siciliana de arraigo, le contaba a Andrea Boscoscuro, desde que este era bien pequeño, el significado de la Trinacria, símbolo de Sicilia: tres piernas flexionadas que forman un aspa, con la cabeza de Medusa en el centro y unas espigas de trigo que salen de esta. Tres piernas por los tres montes —Messina, Palermo y Noto—, la cabeza de Medusa por el pasado griego de la isla, y las espigas por ser el granero del Imperio romano.

Pero la mujer añadía su propia explicación a ese símbolo: llega un momento en el que una persona es capaz de leernos el alma, de ver en nuestro interior con más claridad que nosotros mismos. Y no importa que esa persona, capaz de descifrarnos, vea todas nuestras miserias; solo se irá de nuestro lado si le mentimos. La mentira hará que nuestras piernas se muevan en círculos, nuestro cuerpo quede petrificado y nada crezca en nuestro corazón. «Si llega alguien que es capaz de descifrarte de esa forma, esa es la persona», decía su madre.

Esas historias sobre la Trinacria retornaron a la memoria de Boscoscuro con aquellas tres palabras: «No le creo». Chiara las había pronunciado despacio y sin alterarse lo más mínimo; como un desafío, una muestra de que el alma de Boscoscuro acababa de ser leída.

Pero ella no se había ido; seguía allí, mirándole a los ojos. Podría haber sido elegante, y hacer algún comentario sobre la profesión que Boscoscuro le había dicho que ejercía, o formulado alguna pregunta sobre el mundo de los seguros. Pero no; Chiara Duprée no había dado por buena su respuesta y se lo había hecho saber. Le tocaba mover ficha a él. Podía enrocarse en la mentira, o reconocer que esa mujer salvaje de cabellos rojos había sido capaz de ver su interior.

Boscoscuro se quedó en silencio y mantuvo el contacto visual con Chiara, que seguía firme en su desafío, hasta que se dio por vencido.

—No me resulta sencillo confesarle a una persona a la que apenas conozco que me dedico al espionaje.

—Eso ya me cuadra más. —No se sorprendió—. No le veía redactando informes.

—Deseo no haberla decepcionado.

—Lo habría hecho si me hubiera mentido.

—Lo he hecho —reconoció Boscoscuro.

—Ha sabido rectificar a tiempo.

—¿A tiempo de qué?

—De seguir mereciendo mi confianza. Y de que siga sentándome a su mesa para desayunar. *Delizioso* —dijo, saboreando el último bocado de la tortilla y dejando sus cubiertos y servilleta sobre la mesa.

—Llegados a este punto, no se deje ninguna pregunta en el tintero.

—Ahora no.

—Como desee… —Boscoscuro le hizo un gesto al camarero para indicarle que habían terminado.

—Bueno, sí tengo una pregunta… —Chiara se inclinó sobre la mesa.

—Usted dirá. —Boscoscuro ya se preparaba para la nueva andanada cuando, una vez más, volvió a sorprenderle:

—¿Tiene algo que hacer esta mañana?

★★★

La sastrería de Auguste Marcel se preciaba de ser la más elegante de todo Burdeos, a tal punto que sus clientes presumían de que nada tenía que envidiar a las de París. Para Chiara Duprée esa afirmación quizás era un tanto exagerada, pero reconocía que Auguste Marcel tenía gusto a la hora de cortar y coser.

Ubicado en la place de Tourny, su taller ocupaba toda la planta baja de un lujoso edificio con fachada de piedra.

—Madame Duprée… —saludó con una inclinación de cabeza el hombre que les había abierto la puerta—, qué sorpresa verla de nuevo.

—Monsieur Merat —sonrió ella—, no será tanta, ya que me habían citado hoy.

—Pasen, por favor. Monsieur Marcel estará con usted en unos minutos —les dijo el menudo y elegante hombre que, sin duda, debía de ser el asistente del sastre.

Al cerrar la puerta del establecimiento, Boscoscuro sintió que se adentraba en un lugar que, pese a estar en la zona más transitada de la ciudad, se encontraba totalmente al margen de esta. El grueso cristal de los ventanales silenciaba el continuo murmullo de la calle, la mullida moqueta amortiguaba los pasos, y las telas y tapices que recubrían las paredes hacían que no resonara el más mínimo eco allí dentro, generando una curiosa pero placentera sensación.

Las lámparas de araña arrancaban vivos colores de los vestidos expuestos en sus maniquíes y los espejos ampliaban, aún más, las dimensiones de la sastrería.

—Tomen asiento. —Armado con una perenne sonrisa, el asistente señaló una zona de espera con un tresillo y sus sillones a juego—. ¿Me permiten sus abrigos?

Chiara y Boscoscuro se los entregaron y Merat deslizó uno de los espejos dejando ver un guardarropa que quedaba oculto a simple vista. Boscoscuro permanecía en silencio, todavía sorprendido por el lugar.

Al decirle que no tenía nada previsto para aquella mañana, Chiara le había propuesto que la acompañara. Ni él preguntó ni ella le dijo adónde irían. Pero, para Boscoscuro, la respuesta era obvia. Sí.

Los veinte minutos de paseo hasta que llegaron a su destino fueron su momento más feliz desde su llegada a Burdeos. Por mera costumbre profesional, una vez que salieron del hotel en dirección norte por cours d'Albret, Boscoscuro iba medio paso por detrás de ella. Pero Chiara aminoró la marcha para ponerse a su lado y le pasó la mano por el antebrazo.

La coleta, el ajustado abrigo por el que asomaba el cuello de la camisa abierto y las lustradas botas delataban que ella no iba acompañada de un hombre de negocios como los que por allí abundaban. Pero no parecía importarle lo más mínimo. El contacto de su mano en el brazo y el roce contra su costado mientras caminaban habían hecho desear a Boscoscuro que el desconocido destino al que ella le conducía quedara todavía muy lejos.

—¿Puedo ofrecerles algo mientras esperan?

—Un vermut —respondió Chiara mientras se sentaba—. Y si fuera italiano, me haría muy feliz —añadió con ese descaro al que Boscoscuro se estaba rindiendo.

—Tengo una botella de la bodega de los hermanos Carpano, de Milán. —Merat sabía cómo hacer sentir bien a su selecta clientela—. ¿Puedo traerle algo a usted, Monsieur Duprée?

—No, yo no…

—A mi marido tráigale lo mismo, por favor —cortó Chiara con desparpajo.

★★★

Boscoscuro se quedó a solas una vez que Chiara pasó al interior del taller de confección, preguntándose qué demonios hacía allí, acompañando a una mujer casada que había caminado todo el trayecto cogida de su brazo y, además, en mitad de un trabajo que estaba resultando un fracaso en toda regla.

Pero, por muy culpable que se sintiera de todos aquellos cargos, no pesaba en él ningún tipo de arrepentimiento. Se sentía bien de una manera que jamás había experimentado. Caminar con aquella criatura pegada a él había sido algo sumamente estimulante. Estaba deseando iniciar el trayecto de vuelta.

—Menos mal que ha venido bien acompañada —dijo Merat saliendo de la zona de taller cargado con varias fundas que contenían creaciones del sastre.

—No crea que resulta fácil convencer a un hombre para que acompañe a su esposa a recoger sus vestidos. —Chiara lanzó a Boscoscuro una sonrisa cómplice.

—Le preparo su nota, Madame Duprée.

—Antes, Monsieur Merat, necesito una última cosa: tome medidas a mi marido para hacerle tres camisas blancas.

Por el cristal de la ventanilla del coche de caballos asomaban los voluminosos vestidos con los que había tenido que cargar Boscoscuro a la salida de la sastrería. El coche estaba detenido en la place Mériadeck y el cochero fumaba sentado en el pescante. Esperaba porque Chiara y Boscoscuro habían decidido parar a tomar una ligera comida en la terraza de un café.

—¿Cómo decidió convertirse en espía? —disparó ella a bocajarro una vez que el camarero se llevó los platos.

—La verdad es que... —Boscoscuro buscaba las palabras—, después de fingir que soy tu marido, ordenar que me tomen medidas para tres camisas y hacerme cargar con tus vestidos, podríamos tutearnos, ¿no crees?

—¿Cómo decidiste convertirte en espía? —reformuló ella.

—Uno no decide convertirse en espía. —Aunque no rehuía la conversación, a Boscoscuro le costaba hablar de ello—. Una persona quiere averiguar o recuperar algo y contrata a alguien competente. Supongo que es cuestión de estar en el lugar adecuado y en el momento adecuado.

—Y de tener las habilidades y el valor necesarios.

—Cierto.

— ¿Has hecho algo ilegal?

—A menudo.

—¿Has matado alguna vez a alguien?

—Sí —respondió mirándola a los ojos, de manera sincera y sin mostrar pesar.

—Y supongo que estás en Burdeos por un trabajo. ¿De qué se trata?

—Si te lo contara, estaría implicándote. Y, como comprenderás, no lo haré.

—Mira… —Chiara señaló de forma discreta una mesa cercana—, todos esos hombres de negocios hacen cosas horribles en nombre de su empresa, de los beneficios… Y son aplaudidos y respetados por ello.

—No hacen nada ilegal. —Para Boscoscuro era evidente.

—Explotan a los trabajadores con sueldos de miseria, exprimen a los proveedores con el precio y la forma de pago, arruinan a familias… —Ella contuvo una cierta alteración mientras hablaba—. ¿Te parece poco?

—Me parece poco ético. Pero ¿qué tiene eso que ver con esta conversación?

—Mi marido es así.

—Chiara, no tienes que contarme nada que…

—Es la misma falta de escrúpulos que puedas tener tú. —El caballo salvaje se desbocaba de nuevo—. Pero al menos tú lo reconoces. Esa es la diferencia.

Boscoscuro se dio cuenta de que ella sabía de qué hablaba. No conocía el mundo en el que él se movía, pero sí el de su marido. Y había sido capaz de encontrar los paralelismos, las aguas oscuras que ambos compartían.

—De todos modos, ¿de qué sirve esa diferencia? —Aquella conversación comenzaba a pesar en su ánimo—. La maldad es la maldad, se vista como se vista.

—Reconocerlo es el primer paso para salir de ella, Andrea. —Chiara puso una mano sobre la de él—. Si se desea salir, claro.

Fue apenas un contacto leve, un instante nada más, pero la sensación del calor de la piel de ella quedó en su mano mucho tiempo, como si su impronta siguiera allí. Y aquellas últimas palabras resonaron en su cabeza: «Si se desea salir».

—Cuéntame tu historia, Chiara.

—Mi historia empieza con unos paraguas —aceptó.

—¿Paraguas?

—¡Los famosos paraguas de Cherburgo! —Con su gesto, ella parecía preguntarse cómo era posible que no los conociera—. El tiempo en Normandía requiere paraguas robustos, que resistan al viento. Los de Cherburgo son los mejores del mundo.

—¿Y qué tiene que ver eso contigo?

—Mis padres levantaron una fábrica, y el que hoy es mi marido les ayudó a exportar la producción a Inglaterra. El negocio creció como jamás habían visto. Pol les hizo un préstamo para todas esas inversiones. —En ese momento fue ella la que dejó vagar su vista, perdida en sus recuerdos, por la enorme plaza—. Más deudas y más necesidad de la facturación que Pol Duprée les proporcionaba.

—Por tanto, más dependencia de él. —Boscoscuro cerró su razonamiento.

—Cuando pidió mi mano, mi padre no pudo negarse. Dejé Cherburgo y vivo en Caen, de donde es mi marido.

—¿Llevas mucho tiempo casada?

—Diez años.

—Asumiste una gran responsabilidad. Nunca es fácil ese papel.

—A veces no hay otra opción.

—¿Y tus padres?

—Fallecieron hace cuatro años, con apenas unos meses de diferencia. —Una cierta melancolía invadió los ojos de Chiara—. Soy hija única y tardaron muchos años en concebirme. Ya tenían una edad…

—¿Qué ha sido de los paraguas de Cherburgo?

—Tienes delante a la dueña. —Volvió a sonreír—. Pero la realidad es que es mi marido quien gestiona la fábrica y se va cobrando la deuda que contrajeron mis padres. Me imagino volviendo a vivir en Cherburgo, dirigiendo la empresa y llenando el norte de Francia de paraguas Melián.

—Que tus deseos se cumplan, Chiara Melián.

—Que la vida nos lleve por el camino que tenga planeado, Andrea Boscoscuro.

Él se quedó en silencio, pensando en la historia de Chiara. Y en que no todo el mundo tenía la suerte de elegir la vida que quería vivir.

—Deseo que, pese a todas esas circunstancias, te guste la vida que tienes.

—*Non è vero,* embustero… —Chiara volvió a mostrar la sonrisa que todo lo iluminaba—. Recuerda que solo me decepcionas si me mientes.

—*Touché,* Madame… —Boscoscuro se admiró una vez más. Aquella mujer tenía una habilidad sobrenatural para ponerle contra las cuerdas.

★★★

Cargado con sus vestidos, Boscoscuro siguió a Chiara hasta la habitación 206. Ella abrió la puerta, pero no hizo el más mínimo gesto de dejarle pasar; tomó de sus brazos las fundas que contenían los trajes y las dejó sobre la cama. Él esperó en la puerta a que le despidiera.

—«De tus perfecciones, que él busca concebir, este mundo es el reflejo, la imagen, el espejo —recitó ella—. El día es tu mirada; la belleza, tu sonrisa.»

—Ya te dije que tengo una total ausencia de perfecciones. —Le era imposible no ser sincero con ella. De una forma casi suicida, sin límites.

—Yo creo en ti, Andrea. —Sonrió—. Gracias por este día. —Y cerró la puerta, dejando a Boscoscuro huérfano de su compañía.

10

Burdeos, febrero 1828

—Así que Moratín no iba tan desencaminado. —Doña Leocadia, en su silloncito azul de la sala de visitas, hacía tintinear la cucharilla mientras removía la infusión de valeriana. Necesitaba templar sus nervios tras todo lo vivido el día anterior.

—Eso parece —confirmó Diego sin quitar sus ojos de *La lechera*.

—¿Y qué vamos a hacer?

—Nada. —El gesto indicaba calma—. Continuar como hasta ahora.

La tarde ya había caído, y Josephine encendió los candiles de la sala.

El día estaba siendo demasiado largo.

Goya parecía evolucionar bien tras la noche de descanso, pero Juliet continuaba en estado de extrema agitación; Leocadia había necesitado la ayuda de Rosario para cuidarla. Sus heridas eran leves, el estilete no había perforado la piel, apenas eran unos pinchazos, pero esas heridas eran mucho más profundas en su mente. Cuando Juliet caía rendida por el sueño, despertaba a los pocos minutos, sobresaltada y con la respiración agitada. Incluso había necesitado ir al baño un par de veces para vomitar, y eso que no había probado bocado en todo el día.

El cadáver tendido en la calle había sido retirado tras el aviso de los primeros agentes que llegaron al lugar. Los curiosos se habían agolpado en ventanas y balcones, pero todavía era de noche cuando los operarios municipales de limpieza hicieron desaparecer la sangre de los adoquines con agua, vinagre y cepillos. Como si nada hubiera ocurrido.

Durante la mañana se presentaron dos inspectores de policía para investigar los hechos. Dando por buena la teoría de la azotea, subieron a inspeccionar y, a continuación, fueron piso por piso preguntando si alguien había visto algo. Doña Leocadia, aleccionada por Diego, les explicó su versión en la puerta de su casa: ella se había levantado por culpa de su insomnio y oyó el golpe en la calle; asustada, había despertado a su sobrino, quien pasaba unos días con la familia, y fue este quien se asomó al balcón y dio la voz de alarma.

La versión les encajó a los dos inspectores, que continuaron sus pesquisas. Pero a quien no le encajó fue a la propia Leocadia, que no entendía por qué Diego no quería informarles del allanamiento por parte del intruso. Este le explicó, sin rodeos, que acababa de matar a un hombre y que, aunque fuera en defensa propia, la policía podía detenerlo hasta que todo se esclareciera. Y si eso ocurría, el pintor y su familia se encontrarían desprotegidos.

Leocadia aceptó su explicación y cada uno, tanto ella como Diego, calló sus propios motivos, esa red de mentiras que tejían con esmero. Ella, que debía seguir asegurándose de que nada le ocurriera a Goya; por lo que sentía por él, y porque su propia posición y la de Rosario no estarían aseguradas hasta el cambio en el testamento. Y Diego, que una detención en

292

Burdeos podía destapar el asesinato en París por el cual se estaba escondiendo allí. Lo cierto era que no informar a la policía resultaba beneficioso para ambos.

No obstante, doña Leocadia seguía intranquila.

—Pero algo tendremos que hacer… Han querido entrar en esta casa. —No esperaba la respuesta de Diego asegurando que lo mejor era no tomar medidas.

—Estoy convencido de que la policía va a patrullar por el barrio las próximas noches. —Diego parecía seguro de lo que decía—. Nadie intentará colarse aquí.

—¿Y podré salir a la calle con normalidad?

—Sí. —Esta vez sí se giró para hablarle a la señora—. Acompañada por mí, claro.

—¿Cómo puede estar tan seguro sobre toda esta situación?

—Me tiene que prometer que no se va a alarmar sobre lo que voy a decirle.

—Diga entonces. —Doña Leocadia mantuvo su altivez para darle a entender que no se alteraba por nada. Diego, entonces, fue hasta la cómoda que había bajo *La lechera* y abrió el tercer cajón mientras se explicaba:

—El asaltante trepó por la fachada. Sabía qué balcón tenía que forzar.

—¿Quiere decir que sabía dónde dormía el señor? —Eso sí la alarmó.

—Así es —afirmó—. Las ventanas del edificio de enfrente, la portera, una indiscreción de Josephine… No puedo descartar nada; pero es lo que menos me importa ahora. —Diego sacó el estilete del cajón—. Alguien que trepa dos pisos tiene que ir ligero, y un arma como esta —se la mostró— basta para acabar con la vida de alguien. Pero… traía algo más.

Entonces Diego tomó el machete y el saco y los dejó ante doña Leocadia.

—¿Qué me quiere decir con eso? —preguntó, sin comprender.

—Son ya muchos años en esto, señora. —Diego preparaba el terreno—. Estos dos objetos los traía el asaltante para un objetivo muy claro...

—Usted dirá para qué.

—Amputar un miembro. —Diego hizo una pausa para observarla, pero Leocadia no cambió el gesto—. Guardarlo —señaló el saco— y llevárselo.

—Por Dios... —flaqueó al fin, con voz vacilante.

—Quien tenga el encargo de matar a don Francisco ha de demostrarlo con una prueba. Una mano, un pie..., quién sabe. No es la primera vez que lo veo.

—¿Y aun así no va a hacer nada? —preguntó con indignación contenida.

—Sé que le puede costar entenderlo, pero es una buena noticia. —Diego se sentó en el otro silloncito azul para, desde su misma altura, mirarla de frente y aportarle confianza—. Si quien quiere matar a don Francisco ha de llevar una prueba, no puede hacerlo en cualquier sitio. Necesita tiempo y tranquilidad.

—Su dormitorio. En plena noche. —Leocadia ató cabos y bajó la vista. Su cabeza no dejaba de darle vueltas a lo que Diego le acababa de explicar—. Pero... —su voz apenas era un hilo ahora—, ¿quién querría hacer tal barbaridad?

—Señora, preocupémonos de lo que esté en nuestra mano. —Diego también bajó la voz—. Moratín sospechaba que la corona española podía querer dar caza a los españoles exiliados; quizás estaba en lo cierto.

—Ni una palabra de esto al señor. —Leocadia recuperó la compostura en un instante. Tal vez su orgullo no le permitía que Diego la viera abatida.

—Descuide. —Él estaba de acuerdo con la medida—. ¿Cómo está?

—Empieza a ser él de nuevo. —Eso quería decir, sin duda, que a aquellas alturas Goya y Leocadia ya debían de haber discutido por cualquier nimiedad—. Quiere verte. —A Diego no se le escapó que era la primera vez que le tuteaba.

—¿Ahora?

Doña Leocadia asintió.

★★★

Diego abrió despacio la puerta de los aposentos de Goya. Rosario, sentada en la cama, acariciaba el pelo de Juliet, quien, tumbada de lado, parecía dormida. La niña le hizo a Diego una señal de silencio. La vela en la mesilla titilaba agrandando la sombra de Rosario sobre las cortinas echadas. Unos cascos de caballo al paso resonaban en la calle, donde la noche ya debía de ser cerrada.

—¿Ha comido algo? —susurró Diego. La niña negó con la cabeza—. ¿Y tú?

Volvió a negar.

—Diego… —Él la miró con cariño, animándola a hablar—. Tengo miedo.

—Lo sé. —Sonrió—. Es normal.

—¿Tú lo tienes?

—Claro… —Se apoyó en el marco de la puerta—. Pero el miedo es bueno, te ayuda a estar alerta.

—¿Nos protegerás?

—Siempre. —Y la sonrisa y el guiño fueron su despedida.

★★★

A Goya se le quedaba pequeña la cama de Juliet. Recostado, tapado hasta la cintura y vestido con el camisón de dormir, sujetaba como podía, entre la mano izquierda y la panza, un plato con un poco de pan y de queso. Diego se fijó en que el síncope que había sufrido el día anterior le había pasado factura: las venas rojas que formaban telarañas en sus pómulos y su nariz se habían multiplicado, las grandes bolsas bajo los ojos estaban azuladas y la papada, así recostado, hacía dos pliegues sobre sí misma. El doctor ya lo había dicho: «Estamos cerca del final». Pero, de forma paradójica, Diego veía al maestro con fuerzas, irradiaba energía en aquellos ojos acuosos que volvían a tener vida.

—Cierra la puerta, zagal —dijo con su vozarrón de siempre—. Y siéntate.

A Diego le pareció que Goya estaba fuera de lugar en ese dormitorio femenino. El espejo, el pequeño tocador, el cepillo del pelo y la mecedora no casaban con su corpachón. Cerró la puerta, acercó la mecedora a la cama y se sentó en ella.

—¿Cómo se encuentra?

—¡Si ya sabes que me muero! —sí, había recuperado la energía—, ¡qué majadería de pregunta!

—Pues no lo parece… —Diego sonrió al verle sacar su carácter indomable.

—Cállate, tenemos trabajo. —Goya le pasó la bandeja y Diego la dejó en el suelo—. Hay que preparar la llegada de mi hijo Javier. —Su memoria parecía intacta—. Y tenemos que ir a la notaría a redactar la rectificación del testamento.

—Don Francisco, no está usted para ir dando vueltas por ahí.

—¿No eras tú quién les cogía un poquito de cariño —hizo el gesto de acercar índice y pulgar de su mano derecha— a las personas que protegías? —Fijó los ojos en Diego, recordando sus propias palabras—. Pues hay que dejar aviadas a Leocadia y Rosario antes de que yo la espiche.

—Ya puestos, podría explicarme el tema ese del testamento.

—¡Mucho quieres saber tú!

—Es usted muy cabezota, don Francisco.

—Lo que soy es aragonés.

—Vale que a usted le quede poco —Diego inclinó la mecedora hacia delante—, pero yo, mientras el señor David Cordier no me ordene lo contrario, permaneceré en esta casa. Y si usted compartiera algo de información conmigo, quizá podría ayudarle mejor.

Goya miró al techo mientras refunfuñaba entre dientes. Diego ya sabía que en momentos así lo mejor era darle tiempo y dejar que las cosas cayeran por su propio peso. Volvió a recostarse en la mecedora y se balanceó de manera calmada.

—Antes de fallecer mi mujer, hicimos testamento a favor de Javier. Y mi Josefa, en su lecho de muerte, me hizo prometer que le donaría de inmediato a nuestro hijo todos nuestros bienes. —Goya parecía decirlo con arrepentimiento—. Y eso hice, claro.

—Suena lógico. Pero, si el testamento ya estaba claro, ¿por qué donarle todo a su hijo antes de que usted fallezca?

—Esa fue la pequeña venganza de mi Josefa. —Goya bajó la voz, consciente de que podía ser oído desde fuera—. No la culpo.

—¿Venganza?

—Seis hijos se nos murieron… —Sus ojos, acuosos y viejos, brillaron un poco más—. Y mientras ella se quedaba preñada y lloraba a esos niños que abortaba o morían a los pocos días, yo no estuve a su lado. Fui un miserable… Sí, trabajaba. Mucho… Pero también estuve ocupado con faldas. Y en Madrid todo se sabe.

—Josefa se enteró.

—De todo. —Una lágrima corrió por la mejilla mal rasurada de Goya—. Incluso supo de mis escarceos con Leocadia, que era solo una niña.

—Su venganza —comprendió Diego—: no quería que sus bienes acabaran compartidos entre su hijo Javier y alguna otra mujer.

—Era lista mi Josefa. No debí portarme así con ella.

—¿Y por qué quiere faltar a la promesa que le hizo cambiando el testamento?

—Por Rosario… No quiero que le falte nada.

—Usted cree que es su hija, ¿verdad?

—¡Pues claro que es mi hija! —Se dio cuenta de que había vuelto a levantar la voz—. Esa chiquilla solo quiere pintar, ¿no te has fijado?

—Bueno… —Diego quería poner un poco de cordura—, no creo que eso sea prueba suficiente.

—¡Pues para mí lo es!

—¿Y quiere dividir su patrimonio entre Javier y ella? —Diego levantó las cejas—. Dudo que su hijo esté de acuerdo.

—En cuanto yo me muera, se acabó la pensión que recibo del Estado, que es de lo que vivimos. —Negaba con la cabeza a la vez que hablaba—. Javier ya lo tiene todo: la casa donde viví con su madre, mi Quinta del Sordo, y todas las inversiones que hice con el dinero que he ganado en mi carrera. Solo quiero que libere una pequeña cantidad para que Leocadia y la chiquilla puedan vivir con dignidad.

—Suena razonable.

—Para cuatro reyes he trabajado, zagal. —Goya daba a entender que había ganado mucho dinero—. A cada cual peor, eso sí.

Diego comprendía la congoja que anidaba en la cabeza de Goya. No por la muerte, él estaba ya por encima de eso, sino por irse de este mundo sin dejar arreglado el asunto de Rosario y Leocadia. Por eso quería ganar todo el tiempo que pudiera: rectificar el testamento de modo que, en cuanto llegara Javier, este solo tuviera que firmar. Si es que estaba de acuerdo, claro; cosa que a Diego no le parecía tan sencilla.

—¿Tiene claro cuánto quiere dejarles a ellas?

—¿Tú me ves con cara de imbécil? —Cuando tenía uno de esos arranques, Goya podía llegar a dar miedo—. Está todo calculado. —Se señaló la sien—. Aquí.

—¿Cuándo quiere ir al notario?

—Mañana.

—Así será. —Diego se levantó de la mecedora—. Descanse.

—¡Siéntate, aún no he acabado!

Diego, sin rechistar, volvió a tomar asiento en la mecedora.

—También quiero ir al taller de litografía de Cyprien Gaulon.

—Comprendo que quiera solucionar lo del testamento, y si hace falta le llevaré yo en brazos a la notaría. Pero me parece que las cosas de trabajo pueden esperar.

—Hijo… —en uno de esos cambios que tanto desconcertaban, el viejo pintor sonrió—, ¿tú crees que me puedo permitir el lujo de esperar?

—Creo que se puede permitir el lujo de descansar.

—Diego… —Apenas le llamaba por su nombre, pero, cuando lo hacía, era para decir algo importante—, la eternidad no la regalan. Nunca sabes cuál será la obra que pueda hacerte inmortal. Mira Velázquez… —abarcó la habitación con su mano, como si lo visualizara—, si no llega a ser porque había un espejo al lado de los reyes, jamás hubiera pintado *Las Meninas*.

—Solucionemos primero lo de la notaría y ya vamos viendo, ¿no le parece?

—¿Mi retrato de la familia de Carlos IV? —Goya seguía en su mundo—. Una burda copia. ¡Si incluso me retraté yo tal y como aparecía él! Valiente ignorante estaba yo hecho… —Cabeceó varias veces para dar más fuerza a su afirmación—. Quizás el trabajo que todavía me falta por hacer sea el que me otorgue la gloria.

Diego no pudo hacer otra cosa que admirar a aquel hombre que tenía ante él. Un hombre que había bailado con la muerte el día anterior y que, sin duda, volvería a hacerlo más pronto que tarde, pero que solo quería seguir trabajando. Cualquier otro, en su lugar, estaría pidiendo cuidados y atemorizado ante la llegada de la parca, pero aquel viejo aragonés solo pensaba en su próxima obra. En el legado que quería dejar para seguir optando a la inmortalidad.

—Velázquez, la naturaleza y Rembrandt…, esos son mis maestros. —Goya se frotó los ojos—. Ojalá, dentro de doscientos años, algún insigne pintor nombre a Francisco de Goya como uno de sus maestros. Concédeme eso, Diego…

Este se quedó en silencio, asimilando las palabras de Goya. Le observaba acomodándose en el colchón, buscando la postura. «Todo lo sabe y aún aprende», le había dicho Carlitos, el enano del circo. Ahora se daba cuenta de cuánta razón había en aquella frase. Goya no solo creaba universos, *era* un universo en sí mismo. Una forma de ver la vida y de vivirla como Diego jamás había conocido.

—Don Francisco, ¿puedo contarle algo? —se atrevió a decirle.

—Me gustan las historias. Pero que sea buena.

—En 1810 yo apenas era un niño. Mi padre y yo abandonamos Cádiz y nos fuimos a Madrid en busca de un futuro mejor. Él creía que con su pasado militar podría encontrar hueco en algún destacamento del ejército francés.

—¿Lo encontró?

—Sí… —asintió Diego—, recogiendo excrementos de caballo en las cuadras.

—Trabajo digno —apuntó Goya.

—Nos daba para alquilar una buhardilla, y nos uníamos al rancho que servían a los soldados.

—La maldita guerra… Al menos estabais en el bando que tenía menos escasez.

—Yo apenas levantaba un metro del suelo, y recorría medio Madrid cada día hasta llegar a la cuadra donde mi padre daba paladas al estiércol. —Aquellos recuerdos todavía provocaban una punzada de dolor en Diego—. Nos poníamos en fila delante del puchero que había hecho la cocinera de la guarnición para llenar el cuenco de una sopa hecha con a saber qué.

—Por lo menos comíais.

—No nos quejábamos —confirma Diego—. Yo me hacía una siesta sobre la paja para los caballos, y mi padre me despertaba al terminar su trabajo para volver a cruzar Madrid camino al cuchitril que teníamos alquilado. Un día, en el parque del Retiro, nos encontramos con una escena dantesca… Las tropas francesas habían fusilado a cuatro hombres y habían dejado allí los cadáveres. Las familias, rotas de dolor, pretendían llevarse los cuerpos para darles sepultura. Pero otros hombres, españoles también, no dejaban acercarse a los familiares porque estaban desnudando a los muertos para quitarles la ropa. Camisas agujereadas y ensangrentadas que se llevaban como si fuera un tesoro. Incluso peleaban por ellas.

—En aquellos días —Goya sabía de qué hablaba—, hubo grandes penurias.

—Los muertos, con sus vergüenzas al aire, eran recogidos por sus familiares y cargados en un carro como peleles. Y allí, entre toda aquella escena terrible, un hombre dibujaba en un cuaderno. De pie, sin perder ojo de la macabra escena.

—¡Era yo! — Goya se sorprendió—. ¡Recuerdo aquello!

—«Ese que ves ahí —me dijo mi padre— es Francisco de Goya. El mejor pintor de todos los tiempos».

—Tú y yo ya nos habíamos cruzado, zagal...

—Y usted ya tiene ganada la inmortalidad.

—Ese fue uno de los grabados de mi colección *Desastres de la guerra*. —Goya se rascó la cabeza—. Dios se olvidó de España durante aquellos años.

—Pero usted no. —Diego estaba cansado tras lo ocurrido la noche anterior, y sentía pesadez en los ojos—. Y su trabajo hará que nadie se olvide jamás.

—Mucho confías tú en el alma humana.

—Si cree que todavía le queda trabajo por hacer, don Francisco... —Diego se puso en pie—, descanse bien. Yo le llevaré a hacerlo.

Y sin decir nada más salió del dormitorio pensando que a aquel hombre no se le quedaba pequeña solo aquella cama. Se le quedaba pequeño el mundo entero.

11

Burdeos, febrero 1889

—¡Rue Bourbalet! —alza la voz Sebastien, el cochero de Pereyra, a través de la puertecilla que comunica el pescante con el interior.

La calle, en el distrito noroeste de Burdeos, es apenas un arrabal. El suelo es tierra endurecida, barro en muchas de sus partes, y las casas, casi todas de un par de plantas, lucen parches marrones de revoque que parecen una lepra en lo que antaño fueron fachadas blancas. Los golpes metálicos de un herrero resuenan con eco; por la estrechez de la calle un hombre escuálido arrastra una carretilla llena de patatas, y un muchacho con una vara conduce a varias ocas, seguido de un corro de niños para quienes aquello es una diversión.

—Pare donde pueda —le ordena Gilles Leland.

El cochero continúa hasta el final de la calle, hasta un terreno sin construir, inundado como una laguna, que deja un recodo donde puede detener el coche.

Nada más poner el pie a tierra, tanto Leland como Jean-François se dan cuenta de que sus zapatos van a necesitar un buen lustre cuando salgan de allí. El coche ya había llamado la atención de los habitantes de la zona, pero ahora las miradas se centran en los dos caballeros que han bajado de él. Jean-François puede sentir los cuchicheos y ver los dedos que le señalan, y se siente el espectáculo de la mañana en aquella calle dejada de la mano de Dios.

—Así que aquí se vinieron Leocadia y Rosario. —Gilles observa a su alrededor—. Espero que, en aquellos tiempos, la calle estuviera más presentable.

—Pues, como mucho, las casas más blancas —responde Jean-François—. ¿Qué hacemos en este suburbio, Gilles?

—Curiosear… Vamos a ver qué averiguamos. —Y se interna en la calle.

La gente incluso avisa a personas que están dentro de sus casas para que salgan a ver a aquellos dos tipos de la ciudad que han llegado hasta aquel agujero. Mujeres con delantales sucios les sonríen con educación y los hombres, ancianos sentados a las puertas de las casas, los miran con curiosidad y cierto recelo.

—¿Una moneda, señor? —Un niño, pequeño pero con cara de espabilado, se planta frente a ellos. Quienes han detenido sus quehaceres no pierden de vista la escena. Jean-François se fija en que el chiquillo anda descalzo.

—¿Una moneda? —repite Leland, y por respuesta obtiene una sonrisa mellada y repetidos cabeceos de afirmación—. Antes tendrás que hacer algo por mí.

—Mientras no sea robar…

—¡No, tranquilo! —ríe Leland. Mete la mano al bolsillo del pantalón y saca tres monedas—. Quiero que me digas quién es la persona más vieja de la calle.

—¡La abuela Marianne! —dice una mujer desde la ventana de una casa—. ¡Ya me puede dar las monedas a mí!

—Discúlpeme… —Leland y Jean-François saben que todos los ojos están en ellos—, pero este muchacho es el primero que se ha acercado a saludarnos, y lo ha hecho con educación.

304

—¡Es la abuela Marianne! —el niño descalzo repite las palabras de la mujer.

—¿Es muy mayor, chico? —pregunta Jean-François.

—Uy, sí... —La mano se agita de arriba abajo, y la sonrisa no se borra—. Tendrá por lo menos... ¡cuarenta años!

La calle estalla en carcajadas ante la ignorancia del niño y Leland observa a toda aquella gente que se entretiene y divierte con la novedad que representan.

—Llévanos, por favor.

El muchacho sale corriendo, y Gilles y Jean-François le siguen, esquivando charcos, sin perderle de vista. El niño atraviesa la estrecha calle y se detiene ante la puerta de una de las últimas casas.

—¿Es aquí? —Cabecea de nuevo—. Te las has ganado. —Gilles le entrega las tres monedas y el chiquillo se va corriendo.

Leland toca a la puerta con los nudillos y, tras unos segundos, abre una mujer no muy mayor, pero cuyo aspecto envejecido denota la dura vida de aquella zona.

—¿Qué quieren? —A la mujer, poco agraciada, le faltan varios dientes.

—Mi nombre es Gilles Leland. —Sonríe educado—. Mi asistente y yo trabajamos para el cónsul español en Burdeos, y estamos tratando de averiguar alguna cosa sobre dos mujeres españolas que residieron en esta calle.

—No conozco a ninguna mujer española que haya vivido por aquí.

—Me temo, Madame...

—Mademoiselle —replica ella.

—Me temo, Mademoiselle... —rectifica Leland—, que no es usted quien puede ayudarnos. Las dos mujeres que buscamos vivieron aquí hace sesenta años.

—Válgame Dios. —La mujer bufa con sorna—. Pues no se remontan ustedes…

—Nos han dicho que aquí vive la abuela Marianne, la persona más anciana de la calle —interviene Jean-François. La mujer le observa con aire de superioridad.

—Es mi abuela, pero hay días que apenas recuerda cómo se llama. Está ya un poco… —El dedo índice en la sien pretende dar a entender que se le va la cabeza.

—¿Vive aquí desde siempre?

—Sí, lleva toda la vida en el arrabal. Calle arriba, calle abajo.

—¿Qué edad tiene? —Leland quiere hacer unos simples cálculos mentales.

—Pues no lo tengo claro, pero ya le digo yo que los ochenta los pasó.

—Nos gustaría hablar con ella, por favor. —Gilles toma la iniciativa.

—Y a mí me gustaría tener diez francos para comer una temporada como Dios manda —responde la mujer reafirmando su posición en la puerta.

Gilles se gira hacia Jean-François y le hace un gesto afirmativo con la cabeza. Este resopla, pone los ojos en blanco y se abre el abrigo para echar mano al bolsillo interior del chaleco. Rebusca y saca un billete de diez francos.

★★★

—¡Abuela!, ¡abuela! —La mujer mueve con poca delicadeza el brazo de la anciana que dormita en el interior de la vivienda—. Unos señores quieren preguntarte algo…

La casa es solo un pequeño cuadrado de una planta. La humedad crece en las paredes, generando moho y haciendo que se desconchen. El retrete, separado de la estancia por una cortina, es un agujero excavado en el suelo sobre el que han colocado una silla a la que le falta la parte central del asiento. Una única cama, arrinconada contra la pared, es el lecho de ambas mujeres, y un infiernillo de carbón, apagado, hace las veces de cocina.

La abuela Marianne, sentada en un pequeño sillón deshilachado, se arrebuja bajo una manta con un brasero de carbón encendido a sus pies. Es muy poca cosa, arrugada y con las manos llenas de manchas y venas azuladas. Esa gente vive en la miseria y no debían de ser muy diferentes las condiciones de la vivienda que Juan Bautista Muguiro encontró allí para Leocadia y Rosario cuando Goya falleció.

—¿Ya es hora de cenar? —pregunta cuando su nieta la despierta.

—¡Si no son ni las doce de la mañana, abuela! —La nieta desdentada suelta una carcajada—. Ya ven, no sé si le van a poder sacar algo.

—¿Me permite? —Gilles se acerca a la anciana y toma una silla para sentarse frente a ella—. Abuela Marianne, me llamo Gilles...

—¡Yo no conozco a ningún Gilles! —protesta la mujer, a quien los ojillos se le achinan tratando de enfocar para ver a quien tiene delante.

—¿Le recuerdan a algo los nombres de Leocadia Zorrilla y su hija Rosario?

—¿Esas personas vienen a cenar? —La anciana se sorprende, como si aquella noticia fuera un imprevisto—. Niña, tendrás que ir a recoger mi vestido...

—Sí, abuela, ya me encargo yo. —La nieta mira a Leland y niega con la cabeza—. Lo siento, hoy no tiene el día.

—Gracias de todos modos. —Gilles se levanta—. No las molestamos más.

—Espera… —Jean-François tiene la mirada fija en la pared mohosa; se acerca despacio a ella. Un pequeño dibujo, en un tosco marco de madera, cuelga huérfano.

Es el retrato a lápiz de una joven, apenas una niña. Lo observa con detenimiento. El dibujo reproduce el rostro, el cuello y los hombros de la joven. Y en el lugar que debería ocupar la firma, tan solo dos palabras: «Mi niña». Jean-François lo descuelga y se lo entrega a Leland, que lo toma en silencio. El primer vistazo ya le dice lo que ha descubierto.

—¿Quién es, abuela Marianne? —pregunta poniendo el pequeño retrato ante sus ojos. La anciana se acerca hasta que su nariz casi toca el cristal del marco.

—Eso lleva aquí toda la vida —corrobora la nieta.

—La niñera… —dice la abuela con cierta lucidez—. La niñera de Marie.

—Marie era mi madre.

—¿Y esta chica del retrato era la niñera de su hija? —Leland sigue sosteniendo el dibujo ante la anciana—. ¿Cuál era su nombre?

—La niñera, por las mañanas…, para Marie. —La abuela Marianne habla de manera deslavazada, casi incomprensible.

—¿Cómo se llamaba? —Leland trata de encontrar algún hilo del que tirar.

—La niñera, por las mañanas… —repite—. Se fue con su madre…

—¿Se fueron?, ¿dónde?

—Se fueron…

Leland sabe que poco va a sacar de allí. Pero necesita intentar una última cosa.

—Sé que lo que voy a preguntarle puede sonar extraño… —vocaliza para que la abuela Marianne le entienda—. ¿Recuerda algo de una cabeza?

—Sí, me duele la cabeza. —La abuela se lleva una mano a la frente—. Mucho…

—¿Qué dice de una cabeza? —La nieta, alarmada, quiere saber qué está ocurriendo.

—Nada, parece ser que la familia tenía una escultura que representaba la cabeza del, por entonces, rey de España —miente Leland—. Tiene cierto valor y el consulado quiere recuperarla. Pero aquí ya hemos hecho cuanto podíamos.

Gilles palmea de manera suave la mano de la anciana y la siente fría. Entrega el retrato a la nieta y esta los acompaña hasta la puerta. Gilles le hace un gesto con las cejas a Jean-François y este, tras resoplar y poner los ojos en blanco de nuevo, vuelve a meter la mano en el bolsillo interior del chaleco.

—Tome. —Leland entrega otros diez francos a la nieta—. Compre leña para hacerle un buen fuego a su abuela. Y… otra cosa…

—Dígame, señor. —Los veinte francos han suavizado a la mujer.

—Vaya a la ciudad, al consulado español. El cónsul le pagará bien por ese retrato —señala al cuadrito que ella sujeta—, o le dirá quién se lo puede comprar.

—¿Qué valor puede tener esto?

—Mademoiselle… —Leland le echa un último vistazo—, ese dibujo es de don Francisco de Goya.

★★★

—La del retrato era Rosario —afirma Jean-François mientras se balancea en el interior del coche, de vuelta a la ciudad.

—Ser niñera parece una opción lógica —asiente Leland—. Imagino que la abuela Marianne, en su juventud, tendría algún mísero trabajo y no sabría con quién dejar a su hija.

—Vida de suburbio. —Jean-François fija la vista en las salpicaduras de barro en sus zapatos—. Dejar a un bebé a cargo de una joven que era poco más que una niña.

—La necesidad obliga…

—Debieron de tener una relación cercana si le regalaron ese retrato.

—Muguiro nos confirmó que volvieron a España. —Leland levanta las cejas, todo parece encajar—. Quizá fuera un regalo de despedida.

Y la única respuesta que consigue formular Jean-François consiste en encogerse de hombros.

★★★

Tras la comida, Leland le ha pedido a Jean-François que le deje a solas con Pereyra. El joven se ha retirado a su dormitorio sin molestarse; no le apetece una charla sobre gastos a aquellas horas. Prefiere la costumbre española de la siesta.

Cónsul y detective fuman e intercambian impresiones, flanqueados por los retratos de Pereyra y su esposa, con una copa de brandy en la mano.

—¿Cuándo partirían? —pregunta el cónsul.

—Mañana mismo. —Leland exhala una bocanada de humo—. Siempre y cuando usted apruebe el gasto, claro.

—¿Tiene esperanzas de encontrar algo?

—Si le soy sincero… —con cada trago, Gilles reconoce de nuevo que el brandy que sirve el cónsul es excelente—, no. Pero es la única pista que nos queda.

—Un cuadro del cráneo de Goya que el marqués de San Adrián tiene en su palacio de Tudela —recapitula Pereyra.

—Es lo que nos contó Muguiro. Un rumor de mercadillo.

—Gilles sabe que es una teoría difícil de sostener, pero la información de rue Bourbalet era buena; quizás esta también lo fuera.

Ambos guardan silencio. Apuran los cigarrillos y lanzan las colillas a la chimenea. Pereyra se levanta para rellenar las copas, Leland pone una mano sobre la suya, tiene bastante, pero el cónsul se sirve a sí mismo.

—¿Sabe? —dice el cónsul mirando los retratos—. Si es la única pista que tenemos, no me voy a quedar con las ganas.

—Le diré a Jean-François que prepare el equipaje. —Asunto solucionado, piensa Leland. Es fácil hablar con ese hombre.

—¿Estima que estarán muchos días fuera?

—Tres noches como mucho.

—Aquí les espero entonces. Llévense mi coche y a mi cochero.

—Señor Pereyra... —Gilles se gira para mirar al cónsul—. Si no encontramos nada allí, se acabó.

—Lo sé... —Pereyra sabe que sería un fracaso para él—. Pero permítame tener esperanza.

—No quisiera que una decepción supusiera un lastre para usted. —Le sonríe.

—Hijo... —el cónsul le devuelve la mirada—, a estas alturas estoy hecho a todo. Puedo cargar con un peso más.

—Me alegra que se lo tome así.

—Pero sigo pensando que quien ha de aligerar peso es usted. —Pereyra acaba su brandy—. Y sigo aquí para ayudarle a soltarlo durante un rato.

Ahora es Gilles quien se queda en silencio, sopesando sus palabras. Un pensamiento sale de su cerebro y le llega a la garganta, que está preparada para pronunciarlo. Pero esa acción se detiene en la punta de la lengua.

—Por el momento, Monsieur… —Leland se levanta; allí ya está todo hablado—, no hay peso que necesite soltar.

12

Madrid, febrero 1828

Siempre había temido, supersticiones personales, que el nombre de la calle donde vivía, en la casa heredada, fuera un mal presagio. Pero hasta aquel momento no lo había sido, y esperaba que jamás lo fuera. Echó un vistazo de nuevo al letrero —calle del Desengaño— y se besó la uña del pulgar antes de comenzar su camino.

Podría haber parado un coche de caballos y llegar a su destino en apenas diez minutos. Pero, aunque a pie le costaría una media hora, en una mañana como aquella a Javier Goya y Bayeu le gustaba dejarse ver y saludar a los conocidos.

Se ajustó el pañuelo que llevaba en el cuello para que el frío no se le cogiera a la garganta, se caló el sombrero de copa y metió las manos en los bolsillos del elegante abrigo de franela negro. Aquellas mañanas de la capital, aunque soleadas, podían ser muy traicioneras.

La calle Montera, congestionada, estaba llena de puestos ambulantes a ambos lados; era día de mercado y tuvo que esquivar a las personas que allí había, obligándose a mirar por dónde pisaba. Varias cebollas habían caído de la mesa donde un viejo agricultor las exponía y no quería, nada más haber salido de casa, mancharse los botines de cuero negro que la doncella le acababa de lustrar.

Ya en la concurrida Puerta del Sol se encontró al marqués de Ciena junto con un grupo de caballeros a los que el veterano arquitecto Isidro González Velázquez trasladaba una serie de ideas para reformar aquella plaza y sus calles adyacentes. El marqués invitó a Javier a que los acompañara a tomar un vermut a una famosa taberna de la calle del Arenal, pero este, agradeciéndolo, tuvo que declinar la oferta para continuar su camino.

Ese tipo de encuentros eran los que le animaban a recorrer a pie las calles del centro de Madrid en cuanto tenía ocasión. Y dicha satisfacción provenía de verse aceptado como uno más entre los nobles y notables que apoyaban a Fernando VII. Porque no había resultado nada fácil. El patrimonio que tenía a su nombre era importante, sí, pero venía de donde venía: de un padre crítico con la corona y con el clero, que no había visto con malos ojos la causa francesa y que estaba exiliado en Burdeos. Con esos mimbres lo normal sería que Javier hubiera sido ignorado de todo círculo social, pero él había sido capaz de dar la vuelta a la situación hasta congraciarse con quienes no comulgaban con las ideas de Francisco de Goya.

La invitación del marqués de Ciena era prueba de ello; Javier se enorgullecía de lo conseguido y adiestraba a su hijo Mariano para que siguiera sus pasos.

★★★

Benigno Malumbres resopló al ver la pila de documentos que le quedaban por firmar. Los nuevos edictos del ministro Calomarde tenían que publicarse en *La Gaceta de Madrid* durante las siguientes semanas, y aquel trámite corría de su cuenta.

Armado con pluma, tintero y secante, libraba esa batalla cuando su asistente entró en el austero despacho anunciándole la llegada de su visita.

—Hágale entrar —ordenó mirando por encima de sus lentes y alegrándose de tener una excusa para olvidarse por un rato de todo aquel papeleo.

Su primera impresión fue de alivio; conociendo la corpulencia del padre, esperaba que el hijo la hubiera heredado. Pero no era así, su visitante era de baja estatura y estrechas espaldas, lo que dio confianza al funcionario.

—¡Don Javier! —Malumbres se puso en pie sin abandonar su puesto ante el escritorio—. Gracias por venir. —Y señaló la silla para las visitas.

—Señor Malumbres, encantado de conocerle. —Javier Goya se acercó a su anfitrión ofreciéndole su mano—. Es un honor estar en palacio.

—El honor es mío. —Benigno Malumbres estrechó la mano de ese hombrecillo encantado de que le hubiera citado el secretario del ministro de Gracia y Justicia.

El hijo de Goya, sombrero en mano, ni siquiera se quitó el abrigo, y Malumbres lo interpretó como una señal de que estaba nervioso y emocionado.

—¿Puedo ofrecerle una copa?

—No, gracias. —Javier sonrió mientras se sentaba—. Trato de no beber hasta las reuniones de la tarde, uno empieza a tener ya una edad.

—No exagere… —el funcionario daba carrete—, es usted un hombre en su plenitud. Pero celebro que siga esos hábitos saludables.

—He de reconocer que estoy expectante por esta reunión.

—Por favor, no se inquiete. —Malumbres, con la perenne sonrisa, ocupó su imponente sillón de trabajo—. Le aseguro que, si la corona tuviera algo en su contra, nuestra charla no sería en este despacho.

—Me alegra que así sea. —Javier pareció destensarse y se acomodó en su silla—. Pues estaré encantado de escuchar qué puedo hacer por usted.

—Por mí y por el rey.

—Entonces, mayor será mi empeño, si cabe.

—Sabemos que usted es uno de los inversores que está apoyando los proyectos de su majestad; permítame darle las gracias personalmente por ello. —Malumbres estaba bien informado; Javier Goya había invertido casi toda la fortuna heredada de su padre en bienes inmuebles, y una parte de ella en deuda pública que servía para financiar los proyectos de la corona, como la plaza de Oriente y el Teatro Real. No se le escapó la satisfacción con la que Javier Goya recibió aquellas palabras—. Sin embargo, hay un tema que deseo tratar con usted y no quiero andarme con rodeos.

—Usted dirá.

—¿Cómo es actualmente la relación con su padre? —disparó a bocajarro.

—Vaya… —El rostro de Javier cambió de color. Ahí estaba otra vez esa losa perenne que pesaba sobre él, sobre su buen nombre y sobre sus aspiraciones—. Hace tiempo que no nos vemos; reside en Burdeos. Mantenemos una correspondencia ocasional.

—A la corona le preocupa saber en qué disposición se encuentran sus bienes.

—Antes de fallecer mi madre, ambos hicieron testamento a mi favor. Poco después, mi padre me donó todo su patrimonio. Hasta donde sé, él subsiste con la pensión que le concedió la corona como pintor real que fue, e imagino que tratará de vender en Francia las obras que vaya haciendo.

—¿Qué ha sido de su última residencia en Madrid?

—¿La Quinta del Sordo? —Malumbres asintió—. Es propiedad de mi hijo Mariano; en esa donación en vida, mi padre quiso tener un detalle con su nieto.

—Me congratula escuchar esas noticias. —Malumbres parecía felicitarle.

—¿Puedo preguntar por qué la corona se interesa por esos asuntos?

—Verá… —El funcionario hizo una pausa, para demostrar que era él quien manejaba los tiempos. Tenía que reconocer que esa práctica se le daba mejor al ministro Calomarde, pero estaba progresando en esa faceta—. Somos conocedores de la curiosa relación de su padre con esa mujer… Leocadia Zorrilla.

—Esa mujer no es santo de mi devoción.

—Cualquier dato es importante, don Javier. —Malumbres le animaba a que siguiera hablando—. Y, si me permite, le comprendo a la perfección.

—Leocadia es pariente lejana de mi esposa…

—Gumersinda Goicoechea —le cortó el funcionario. Quería hacer ver que estaba bien informado.

—Exacto… —asintió Javier—. Mi padre y ella se conocieron en mi boda. Leocadia apenas tenía dieciséis años. Cuarenta de diferencia con él.

—Espero que no le moleste que le diga que me resulta un poco… peculiar.

—Escandaloso, querrá decir.

—No lo hubiera definido mejor, don Javier.

—Más escandaloso fue cuando ella se casó y siguió viéndose con mi padre.

—¿Su madre estaba al corriente? —Malumbres preguntaba ocultándole a Javier que ya conocía todas las respuestas.

—Estaba al corriente, sí. —Su gesto de pesar indicaba a las claras que aquello era un mal recuerdo—. Eso enterró en vida a mi madre, una mujer devota de su esposo que veía cómo morían los hijos que engendraba mientras mi padre presumía de Leocadia por todo Madrid.

—Un comportamiento deleznable, pobre doña Josefa. —Malumbres compuso un gesto de pesar—. Dios la tenga en su gloria.

—Esa fue la razón por la que mi madre, antes de morir, hizo que mi padre testara a mi favor y me donara en vida todo su patrimonio.

—Acertada decisión. Quería evitar a toda costa que esa otra mujer, a la muerte de su padre, pudiera heredar bien alguno.

—Ese tema está bien atado, señor Malumbres, pero el caso es que… —dijo Javier con gesto dubitativo.

—¿Hay algo que le preocupe?

—He recibido una carta de mi padre solicitando mi presencia en Burdeos.

—¿Con qué objeto?

—Me temo que siente que está cerca el final de sus días. Dice que podría ser la última vez que nos viéramos.

—¿Tiene en mente realizar ese viaje? —Malumbres preguntaba sin tapujos.

—Anoche mismo lo hablaba con mi esposa —reconoció Javier—. Sí, viajaremos a mediados de marzo acompañados de nuestro hijo.

—¿Cree que es posible que desee hacer alguna modificación en el testamento?

—He estado informándome con un notario y de nada serviría, ya que se realizó la donación a mi favor y todos los bienes que eran de mi padre están ahora a mi nombre. O al de mi hijo, en el caso de la Quinta. —Javier Goya también había hecho su trabajo—. Pero, si le soy sincero, creo que va a pedirme que libere alguna cantidad de dinero en beneficio de Leocadia.

—Eso es inadmisible, don Javier.

—No pensaba hacerlo.

—Leocadia Zorrilla abandonó a Isidoro Weiss, otro hombre leal a la corona. Él y su familia son, como usted, personas a las que valoramos mucho. —Malumbres se felicitaba de cómo estaba llevando aquella reunión; jugaba con Javier Goya a su antojo—. El señor Weiss ya sufrió una vergüenza pública cuando su esposa se fue con Francisco de Goya y no vamos a permitir que sufra otra si ella hereda del pintor.

—Ya le digo que no pensaba hacerlo —se reafirmó Javier—. Comprendo la delicada posición del señor Weiss, y no quisiera perjudicarle lo más mínimo.

—Permítame decirle, don Javier, que por experiencia sé que esos buenos deseos que usted alberga a veces no son suficiente.

—¿Qué quiere decir?

—Una vez allí, en Burdeos, si su casi moribundo padre le hace una última petición… A cualquiera se nos podría ablandar el corazón.

—Vaya, ya le digo yo que…

—No es suficiente, don Javier —cortó, tajante, el funcionario—. La corona no puede asumir ese riesgo.

—¿Y qué propone?

Benigno Malumbres se quedó en silencio, cabizbajo y pensativo. Sabía que todas sus alusiones a la corona se clavaban en el estómago de Javier Goya, deseoso de desvincularse de la actitud sediciosa de su padre contra el rey.

—Opinamos que no es conveniente que viajen a Burdeos —dijo por fin.

En ese momento, fue Javier quien permaneció callado durante unos segundos.

—¿Cuándo dice «opinamos»...?

—Me refiero al rey, al ministro y a mí, naturalmente.

—Malumbres acompañó la mención a esa santísima trinidad con un gesto serio, casi cercano al enfado.

—Señor Malumbres... —Javier quería estar seguro de estar entendiendo el mensaje—, me está pidiendo que no me despida de mi padre. Por muy en desacuerdo que esté con él, es cristiana obligación...

—Le estoy pidiendo un servicio a su rey —le cortó elevando el tono.

Javier Goya se dio cuenta de que estaba en un punto de no retorno; todo su trabajo para desmarcarse de su padre y para labrarse una reputación podría irse al traste si en aquel preciso instante daba un paso en falso. Haciendo un ejercicio de sinceridad para consigo mismo, tenía que reconocer que la idea del viaje a Burdeos para despedirse de su padre era más una obligación que se imponía para quedarse tranquilo con su conciencia que una demostración de devoción por Francisco de Goya. Pero si en ese momento la corona esperaba otra cosa de él...

—Señor Malumbres... —una idea se abrió paso en su cabeza—, no seré yo quien vaya contra los deseos de su majestad.

—Acertada decisión.

—Pero tampoco me pida que vaya en contra de mi conciencia.

—Explíquese.

—Permita que al menos mi esposa y mi hijo sí viajen a Burdeos y se despidan de mi padre. Yo me excusaré alegando algún importante asunto de negocios.

320

—Me parece una petición coherente, don Javier. —Al citar la palabra *petición,* Malumbres sabía que volvía a ponerse por encima de su interlocutor—. Y comprendo lo que me dice sobre su cristiana obligación; viaje usted a Burdeos una vez que le comuniquen el fallecimiento de su padre. Podrá visitar su tumba, rezar por su alma, y su reputación quedará salvaguardada.

Y con aquellas palabras del secretario del ministro de Gracia y Justicia, Javier Goya se dio cuenta de que la corona le había dado solución a la duda que le atenazaba desde que recibió la carta de su padre: él no quería ir a Burdeos, pero creía que era su obligación. Ahora habían cambiado las cosas y Gumersinda aceptaría su decisión. No podía ir en contra de los deseos del rey.

—Eso sí —añadió Malumbres mirando a Javier Goya por encima de las lentes—, infórmeme de la fecha en que su esposa y su hijo viajarán a Burdeos.

***

Benigno Malumbres se recostó en su sillón en cuanto su visita abandonó el despacho. Hablando en nombre del rey y del ministro, cuando en realidad solo lo hacía en el suyo propio, había realizado una jugada maestra. Se felicitó por lo fácil que le había resultado ordenar a Javier Goya, disfrazándolo de petición, que no viajara a Burdeos. Así se aseguraba de que aquella sería una pésima noticia para el traidor de Francisco de Goya y de ahogar financieramente a la descarada de su amante. Y pedía al cielo que Goya se enterara de que su hijo no iba a viajar a Burdeos antes de que Boscoscuro acabara su trabajo; quería que el pintor sufriera hasta el último instante de su vida.

Él solo se estaba encargando de que los exiliados tuvieran suficientes problemas como para pensarse seguir enviando aquellos panfletos insultantes contra el rey y el gobierno. Rogelio Valdés ya estaba fuera de circulación, y de Moratín y Silvela nada se sabía; toda la ira de Malumbres, por tanto, iba a recaer sobre el pintor. Lo que nadie se había atrevido a hacer lo estaba consiguiendo él. Calomarde no tenía arrestos para ese tipo de asuntos, por lo que quizá había llegado el momento de asumir que no era la persona adecuada para ser el titular de su ministerio. Él, en cambio, estaba demostrando que sí, y ya procuraría que todos sus méritos salieran a la luz cuando llegara la hora del relevo; él sí tenía verdaderas aptitudes para ser ministro, no como el inútil de Calomarde.

La montaña de edictos seguía allí, esperando que estampara su firma en todos ellos. Pero ya estaba preparado para hacerlo con más alegría.

13

Burdeos, febrero 1828

Diego sacó una moneda y se la entregó a la mujer del puesto de fruta. Cogió dos manzanas y se despidió con una ligera inclinación de cabeza y una sonrisa. Le ofreció una a Juliet, arrancaron a caminar de nuevo, y él dio un bocado a la suya, dejando marcado el contorno de su mordisco en la piel roja.

—¡No quiero una manzana! —rechazó Juliet con cierta indignación.

—¿A quién no le gustan las manzanas? —Diego caminaba un paso por detrás de ella a través del mercado de Saint-Pierre y hablaba mientras se limpiaba la comisura de los labios con el dorso de la mano.

—No he dicho que no me gusten… —Juliet no le miraba—, solo que ahora no quiero una.

—¡Ese es el problema! —Él sujetaba la manzana junto a su rostro, a punto de dar el siguiente bocado—. Pequeños placeres…

—¿Qué quieres decir con eso?

—No sabes disfrutar de los pequeños placeres, Juliet… —Diego redujo el paso que les separaba e hizo que se girara para mirarle a los ojos—. Hace un día estupendo —daba

323

cuenta de ello que él, en pleno febrero, llevara el abrigo abierto—, hay alegría en este mercado…

—¿Y qué tiene que ver eso con una manzana?

—¡No es la manzana! —Diego hablaba con entusiasmo—. ¡Es la actitud!

Juliet, elevando la vista para clavar sus enormes ojos verdes en el rostro de Diego, intentaba descifrar lo que él quería decir.

—Comes por la calle, te limpias con la mano, saludas a una anciana que pasa a tu lado, respiras hondo… —Diego inhaló profundamente—. Y sientes que el mundo es tuyo. Al menos durante ese instante.

—Eso es una tontería, Diego. Tenemos prisa.

—¿Lo ves? —Él enarcó las cejas, dejando patente que estaba claro a lo que se refería—. Sí, tenemos prisa. Pero ¿qué más da en este momento cinco minutos arriba o abajo? Habrá ocasiones donde el tiempo apremie de verdad, pero ahora te puedes dar el pequeño placer de esos cinco minutos.

Detenidos en aquel punto del mercado, las personas que pasaban junto a ellos tenían que esquivarles, aunque a nadie parecía importarle.

—Después de lo que pasó hace unos días, ¿crees que puedo pensar en eso?

—Precisamente, Juliet. —Diego dio el último bocado, dejando solo el corazón entre sus dedos—. Los malos momentos abundan, así que… disfruta de las pausas entre ellos.

Juliet guardó silencio tras las palabras de él y cerró los ojos mientras exhalaba todo el aire que contenían sus pulmones.

—Diego…, hay algo que no comprendes. —Al abrirlos, el brillo de la pena era infinito—. Tú convives con la muerte, pero el resto del mundo no. Las personas normales no estamos habituadas a que intenten violarnos, matarnos, ver un asesinato a sangre fría... y continuar como si nada hubiera pasado.

—Es que nada ha pasado.

—¡Para ti, Diego!, ¡para ti! —La desesperación en su voz le hacía ver que ese chico seguía sin entender nada—. Pero no des por hecho que todos somos como tú. Ni pretendas que lo seamos, porque yo no quiero ser así.

Y arrancó a andar de nuevo sin siquiera comprobar si Diego la seguía. Hasta que volvió a sentir el contacto de su mano en el brazo.

—El mundo es un lugar hostil, Juliet. Aunque tú no quieras verlo. Y las personas como yo somos necesarias.

—¿Necesarias para qué?

—Para que la gente que no queréis ser así podáis dormir tranquilos. Y seguir en paz de esa forma tan hipócrita.

La joven necesitó unos segundos para digerir aquello y meditar sus palabras.

—Ya sabía que eras muchas cosas, pero lo que no imaginaba es que eras un imbécil arrogante. —Y negó con la cabeza, dejando patente toda la decepción que sentía—. ¿Qué haces en Burdeos, Diego?

—Trabajar —contestó lacónico.

—Uno de los mejores guardaespaldas de París, me dijo la señora. —Juliet le retaba con la mirada, que había recuperado la fuerza—. ¿De qué huyes?

—En un trabajo como el mío suceden cosas que pueden hacer aconsejable desaparecer una temporada.

—Mataste a alguien, ¿verdad? —La hipótesis iba disfrazada de ataque frontal—. Y aquí solo te escondes.

—Fue en legítima defensa, estaba protegiendo a un político. —A Diego le incomodaba aquella conversación, pero no se veía con fuerzas para cortarla de malas formas—. El abogado de mi jefe me hubiera sacado del lío. Pero el problema es que contrataron a Antonio Espina, un asesino profesional, para acabar conmigo.

—¡Tuviste miedo! —No era una pregunta, sino una lanza directa al costado.

—Mi jefe me obligó a marcharme.

—Diego Girard nunca tiene miedo, para que los cobardes podamos dormir tranquilos.

—Claro que tengo miedo, como todo el mundo. Pero soy un profesional, estoy entrenado para controlarlo.

—Eso es lo que odio de ti. Que todo sea profesional.

—Por eso me contratan.

—Mira, Diego... —Ella se detuvo y se puso frente a él, como una fiera que se medía con un animal mucho más grande—. Me has salvado dos veces, y te estoy agradecida, pero ¿por qué me siento tan asquerosamente mal?

—Juliet... —resopló —, pronto llegaremos a la casa y no podremos hablar. Te pido que me digas ahora todo lo que tengas que decirme.

—¡Cuando me salvaste en el callejón, me seguías porque desconfiabas de mí!

—Simple precaución. —Para él estaba más que justificado.

—Y la otra noche, cuando aquel tipo me manoseaba y me hería, tuviste la sangre fría de quedarte quieto hasta que te dignaste a actuar.

—¡Era una situación muy delicada, tu vida corría peligro! ¿No lo entiendes?

—¡Cúrenla! —Juliet le recordó aquella frase—. Ni siquiera te preocupaste por cómo estaba yo.

—Pedí que te curaran... —alegó él en su descargo.

—Déjalo. —Ella se dio por vencida.

Un hombre con levita, monóculo y sombrero de copa, que leía el periódico mientras caminaba, soltó una risa socarrona al pasar a su lado. Diego se dio cuenta de que aquello debía de parecerle una pelea de enamorados.

Juliet, cabizbaja, continuó caminando sin importarle si él la seguía o no.

—El problema no es lo que yo hiciera —contestó Diego al fin, allí detenido—. El problema, Juliet, es lo que tú esperabas de mí.

Ella se giró al oír aquello. Las lágrimas luchaban por escapar de sus ojos, pero las detuvo enjugándolas con su mano.

—Déjame en paz, Diego. —Y siguió caminando.

El guardaespaldas cerró los ojos, impotente. Pero no quería zanjar así aquello y en dos zancadas la alcanzó.

—Juliet, mi trabajo es peligroso. —Ella no le miraba—. Bastante difícil es poner en riesgo mi vida como para hacer peligrar las de otras personas por mi culpa.

—Es que quizás eso no deberías decidirlo tú.

—¿Has pensado cómo podría sentirme si alguien quisiera vengarse de mí haciendo daño a una persona que me importe?

—Me dices que yo no vivo los pequeños placeres… —Sus ojos volvieron a brillar—. Pero tú no vives la vida.

—La debilidad de un hombre comienza por las personas que ama.

—¡Pues eso tiene fácil solución! —Esa vez Juliet no detuvo sus lágrimas—. Huye cuando sientas que alguien se te acerca demasiado. Sigue siendo un profesional, ajústate la correa de las pistolas, acaricia esa maldita medalla y justifícate diciendo que solo es tu trabajo. —Y le devolvió la manzana antes de continuar caminando.

La frase de Cordier era el escudo que Diego se ponía para protegerse, era la forma de vivir que había encontrado para escapar de las emociones y de los sentimientos cuando estos rondaban cerca. Pero también era consciente de que tanto él como Cordier la incumplían desde hacía años por el cariño que se profesaban. El peso de aquella paradoja le acababa de aplastar y, sabiendo que solo hacía lo que aquel hombre le había enseñado desde que tenía trece años, en aquel momento Diego se sintió peor que en toda su vida.

***

Leocadia y Rosario habían estado dos días con sus noches cuidando de Juliet, todavía aturdida por el asalto al que se había visto sometida. La señora se ponía en la piel de la joven institutriz e imaginaba qué cerca debía de haber sentido la muerte con los pinchazos de ese estilete.

Las horas de estudio con Rosario habían sido sustituidas por pequeñas conversaciones y tareas domésticas que pudieran hacerle olvidar la pesadilla que había vivido. Entre que Goya estaba físicamente convaleciente y Juliet también por tener alterados los nervios, Leocadia sentía que la casa se le venía encima por momentos. Se sentía afortunada de que Rosario estuviera dando la talla y emergiera en ella la mujer en la que se estaba convirtiendo. Francisco le había dicho que aquel mismo día iba a levantarse, pero todavía no se debía de encontrar con fuerzas suficientes, porque a media mañana seguía tumbado en la cama, en un estado entre durmiente y meditativo. Leocadia sabía que volver a la actividad no era lo adecuado para él, el médico ya le había confirmado que se acercaba el final, pero el papeleo en la notaría era urgente para su futuro y el de Rosario, y solo Goya podía hacerlo. Así que se debatía entre el deseo de que descansara y recuperara fuerzas y la necesidad de que dejara todo solucionado en el notario.

En Leocadia convivían, en equilibrada lucha, la preocupación por la cercanía de la parca y el instinto de supervivencia para ella y su hija. Y eso le hacía tener sentimientos encontrados: a veces se sentía una egoísta, otras simplemente una madre desesperada. Cuidar de Juliet le permitía pensar que la balanza se estaba inclinando hacia la bondad, pero sabía que aquello era otra forma de egoísmo.

Le había comunicado a la institutriz su intención de salir a por ovillos de lana y bobinas de hilo. Había ropa que zurcir, quería coser los bajos de los viejos cortinajes de la casa y quizá tejer a ganchillo algunos tapetes para decorar la biblioteca, que era donde se hacía gran parte de la vida de la casa. Se sorprendió cuando Juliet le pidió permiso para ir ella. Su primera reacción fue negarse; la joven transitaba entre el silencio y la tristeza y no parecía en condiciones de abandonar la casa. Pero esa petición le recordó por qué la había contratado: había visto en ella a una leona indomable, tanto como para dejar su trabajo en la casa de una importante familia por no permitir que el señorito se metiera en su cama. Así que le dio una lista con las cosas que debía comprar y unos francos para pagar. Y también ordenó a Diego que la acompañara y no la perdiera de vista.

Cuando doña Leocadia los vio entrar en la casa y observó el gesto triste de Juliet, supo que este no se debía a las consecuencias de lo vivido la noche del asalto. Asintiendo para sí, y viendo cómo Diego se metía en su dormitorio sin hacer la ronda habitual por la casa, se convenció de que entre la institutriz y el guardaespaldas había pasado algo durante aquella salida.

Y, para ser sincera consigo misma, lo que le extrañaba es que no hubiera ocurrido antes.

14

Burdeos, febrero 1828

Goya volvió a ponerse los guantes y la gorra de cuero al salir de la notaría. Diego le sujetaba el bastón mientras el pintor luchaba con sus manos artríticas por meter los dedos en los agujeros de sus guantes de lana. Ni siquiera se había quitado el abrigo desde que salió de casa; decía que se sentía destemplado. El día era frío y nublado, y a aquella hora todavía se respiraba la bruma que el Garona extendía por las calles de la ciudad.

El notario fuc claro: no era posible un cambio de testamento si Goya ya le había donado todos sus bienes a su hijo. Lo que correspondía, en su caso, era una donación de Javier Goya hacia Leocadia de una cantidad suficiente para que ella y su hija pudieran subsistir durante un tiempo. En previsión de que este llegase a Burdeos y acudiera a la notaría, el notario preparó los papeles para esa donación dejando en blanco la cantidad de dinero en cuestión. Según Goya comentaba, aquella donación supondría una ínfima parte de todo lo que Javier había heredado, por lo que estaba seguro de que no iba a poner pegas. Diego, en cambio, no lo tenía tan claro.

—Don Francisco, volvamos a casa.

—Chico… —el bastón golpeaba los adoquines a cada paso del pintor—, hay mucho por hacer todavía.

—No quiero que se enfríe con esta humedad.

—¡¿Pero tú eres un guardaespaldas o una niñera?! —La furia de Goya hizo acto de presencia, lo que Diego tomó como una señal de que se estaba recuperando—. Me lo prometiste: la notaría y mi trabajo.

—Pues también es verdad…

—Venga entonces, al estudio de litografía de Cyprien Gaulon. —Y señaló con su bastón en dirección a cours d'Alsace et Lorraine.

—Abróchese al menos el abrigo, no se nos vaya a ir por una pulmonía…

—Hay que joderse con el niño… —farfulló Goya entre dientes.

—Así me llamaban en París. —Diego sonrió—. Niño.

—Muy bonito… Pues andando, Niño.

De camino al estudio de Gaulon, un animado Goya, con ganas de hablar, le explicó a Diego que las colecciones de los *Caprichos* y los *Desastres de la guerra* las había hecho en su día con la técnica del aguafuerte. La idea era que sus obras pudieran estar al alcance de más personas imprimiendo una determinada cantidad de cada una de ellas. El problema era que esa técnica se realizaba con una plancha de metal que se cubría de cera sobre la que había que dibujar con un buril, eliminando la cera de las líneas del dibujo para que este quedara expuesto en el metal. Después se introducía la plancha en ácido para que este actuara, generando una corrosión que coincidía con el dibujo. A partir de ahí, se entintaba la plancha y se trasladaba con una prensa al papel.

Goya le mostró a Diego las quemaduras que producía el ácido, que le habían dejado casi lisas las yemas de los dedos.

Estaba cansado de aquella técnica, le dijo, pues debía ser estrictamente precisa cuando su vista ya no lo era tanto.

La litografía, en cambio, era un proceso algo más sencillo y cómodo ya que, en vez de sobre una plancha de metal, se trabajaba sobre una lámina de piedra caliza, por lo que no era necesaria la corrosión del ácido. Trabajando con un lápiz graso sobre la piedra, se conseguía que la tinta solo actuara en determinados lugares, siguiendo el principio de separación del agua y el aceite. Por lo demás, el proceso de traspasar el dibujo a papel era similar.

En el estudio de Gaulon había impreso, tres años atrás, las láminas de la colección *Toros en Burdeos,* que tuvieron un merecido éxito. En aquel momento Goya quería sacar otra colección y obtener unos buenos ingresos por las ventas. El propio Gaulon actuaba como vendedor de las litografías —llevándose su parte, por supuesto—, pero haciendo que estas se vendieran rápido y a buen precio gracias a sus contactos y dotes comerciales.

Cyprien Gaulon era un cincuentón menudo y simpático que se mantenía en bastante buena forma. Diego observó que trataba a Goya con una deferencia y una educación admirables. Sabía que había que hablarle mirándole a la cara, vocalizando, y se esforzaba por hacerlo en español, ya que Goya seguía sin dominar el francés.

Pero, más allá de sus negocios, entre aquellos dos hombres parecía haber confianza y complicidad, incluso amistad. Y todo partía de la sincera admiración que Gaulon profesaba por don Francisco de Goya.

En mitad del caos organizado que era aquel estudio, el viejo pintor encargó varias planchas de piedra caliza, y los productos químicos y grasas para proceder sobre ellas. Gaulon tomaba nota de sus necesidades y le daba todas las facilidades del mundo para que pudiera trabajar: el encargo se lo serviría en la casa y, cuando Goya le avisara de que el trabajo estaba hecho, pasaría a recoger las planchas para comenzar la fase de impresión. Una vez realizadas, él se encargaría de las ventas.

***

—Ahora sí, para casa —dijo Diego cuando salieron del estudio de litografía.

—Todavía no.

—Notaría y trabajo, don Francisco —le recordó—. Ya hemos hecho lo que me pidió.

—¡Esto no era trabajo, zagal! —Los ojos acuosos le miraron con furia—. El trabajo empieza ahora —dijo, comenzando a caminar con energía.

—Pues ya me dirá dónde vamos.

—Ya te dije que tenías que leer más el periódico.

***

Edificios de fachada de piedra y oscuros tejados de pizarra delimitaban la place Gambetta. Diego no esperaba encontrar a aquella hora esa muchedumbre que entraba a la plaza desde las calles adyacentes. Volvía a sentir la tensión en el cogote, como si fuera un gato; Goya se abría paso entre el gentío a manotazos y él se esforzaba por cubrirle la espalda con una mano dentro del abrigo: si Goya era el objetivo de alguien que había recibido el encargo de matarlo, no se iba a andar con tonterías.

El pintor se dirigía hacia unas gradas de madera instaladas en la parte sudeste de la plaza y pronto Diego descubrió su cometido: en el centro de esta, sobre un amplio cadalso, se erguía una guillotina. Iban a ver una ejecución pública.

El público allí congregado estaba formado por trabajadores —era la hora del mediodía, que coincidía con el descanso laboral—, mujeres con delantales que portaban pucheros para comer allí mismo y niños que se sentaban en el suelo junto al cadalso para que nadie les tapara la visión del espectáculo. Ni rastro de toda aquella clase pudiente que dirigía la ciudad: ningún caballero con levita y sombrero ni damas de las altas casas de Burdeos. Una ejecución era el entretenimiento de la clase baja, el tipo de personas con las que a Goya le gustaba codearse.

Esquivando a un vendedor de quesos que empujaba su carro, Goya llegó hasta el acceso al graderío, cuyas estrechas escalerillas estaban atestadas de personas ansiosas por gozar de la visión privilegiada de una muerte por decapitación. El rumor continuo de la multitud, los gritos de los vendedores ambulantes, los empujones de la gente y el olor a humanidad concentrada hacían a Diego torcer el gesto. Además, en un par de ocasiones tuvo que parar los pies a tipos que querían pasar demasiado cerca de Goya, con el consiguiente riesgo de tirarle al suelo.

Ante la imposibilidad de subir por aquellas concurridas escalerillas, Diego se encaramó a la estructura de madera y consiguió alcanzar el graderío con una ágil escalada. De un rápido vistazo vio que había dos hombres que compartían una bota de vino y se habían puesto demasiado cómodos, por lo que les pidió que se juntaran e hicieran sitio. Se negaron, pero Diego no dudó en abrirse el abrigo y mostrar la culata de su arma, con lo que no tuvieron el más mínimo inconveniente en cederle ese hueco y reservarlo hasta que él regresara, ahora escoltando a don Francisco, a quien instaló en el lugar del graderío que guardaban los dos borrachines.

Diego veía feliz a Goya, con esa sonrisa infantil que se le ponía al mezclarse con el pueblo.

—¿A quién ajustician? —preguntó Goya, en su rudimentario francés, al hombre que tenía al lado.

—A un trabajador del puerto... —apuntó el hombre. Su aliento apestaba a alcohol, pero al pintor parecía no importarle—. Estranguló a una prostituta.

—Válgame Dios... —Goya se santiguó—. Merecido lo tiene.

Diego consiguió sentarse en la fila de arriba, detrás de don Francisco. Vio cómo este se metía la mano en el bolsillo y sacaba cuaderno y lapicero para, tal y como hizo la tarde del circo, ponerse a dibujar todo lo que veía.

Un grupo de prostitutas, sin duda compañeras de la asesinada, cargaban con tomates y lechugas a la espera del carro que transportaba al condenado. Dos cuerdas extendidas a lo largo de la plaza y sujetas por postes formaban un pasillo que separaba a la multitud y terminaba en el cadalso, donde la hoja de la guillotina brillaba por el aceite con el que el verdugo la había untado. El cepo donde el reo debía encajar el cuello estaba levantado, y un canasto se ubicaba justo delante, para recoger la cabeza cuando esta cayera amputada. Un sacerdote, flanqueado por dos caballeros que Diego supuso que serían el juez y un notario, oraba hacia la multitud en un vano intento de que esta le siguiera mientras el verdugo, orondo y ya superada la cincuentena, comprobaba las cuerdas que sujetaban la cuchilla.

Goya hacía bocetos rápidos de todo lo que veía. Unas pocas líneas, y pasaba página para el siguiente dibujo. Pero, para Diego, esos escasos trazos recogían la realidad mejor que la propia realidad. De una forma perturbadora, grotesca, exagerada. Ojos desorbitados, sonrisas desdentadas, espaldas encorvadas que buscaban un lugar donde ver el espectáculo, niños felices ante aquella barbaridad pública. Y Goya retratándolo todo con rapidez, casi fugaz, de un modo que solo él veía. Diego no pudo más que reconocer, en mitad de ese aquelarre, que el viejo pintor no creaba universos: un universo entero vivía en los ojos de Goya.

El silbato hizo el silencio en la plaza. La gente que estaba de pie se puso de puntillas y los privilegiados que habían encontrado un asiento en el graderío se levantaron. Goya dejó de dibujar y, con ayuda de Diego y bastante dificultad, se alzó también. Los guardias cuidaban de que nadie atravesara las cuerdas que creaban aquel pasillo de seguridad entre la multitud, y el murmullo comenzó a crecer cuando una comitiva compuesta por guardias, un tamborilero y dos monaguillos apareció en la plaza atravesando la Porte Dijeaux. A los pocos segundos, los gritos e improperios comenzaron a tomar forma: un humilde carro, tirado por un asno, traía al condenado vestido con ropas de preso. El tipo iba de pie, atado de manos al propio carro. Los gritos se extendieron por toda la plaza y comenzaron a volar trozos de repollo, tomates y hojas de lechuga sobre el condenado. Varios niños pasaron por debajo de la cuerda y comenzaron a tirarle piedras, hasta que uno de los guardias cogió de la oreja a uno de ellos y los demás huyeron corriendo. El paso del carro por la zona donde estaban las prostitutas se saldó con varias docenas de escupitajos que buscaban alcanzar al asesino, crucifijos en alto que pretendían condenar su alma, la descarga de su artillería de verduras, y lloros e insultos que clamaban justicia para la compañera asesinada.

En mitad de aquel rugido, el carro se detuvo frente al cadalso y el reo fue desatado y conducido escaleras arriba hasta colocarlo frente a la guillotina. El momento en el que el sacerdote daba la extremaunción fue aprovechado por los espectadores de la grada para volver a sentarse, y Goya retomó los trazos y líneas que nacían de sus dedos.

El silencio fue sobrecogedor cuando los alguaciles pusieron al hombre de rodillas y aprisionaron su cabeza con el cepo. La sentencia fue leída por un joven que debía de ser asistente del juez, y el notario asintió con la cabeza, dando su conformidad. El verdugo comprobó que la cuerda que sujetaba la hoja estuviera bien tensa y puso su mano sobre la palanca que la accionaría. Sabiéndose el centro de atención, y veterano en aquellas lides, se recreó en su momento, tratando de hacer ver que era una operación más compleja de lo que parecía.

En ese silencio sepulcral, el chasquido de la palanca resonó en la plaza y la hoja de la guillotina cortó el aire. El público contuvo la respiración, el corte sonó seco, parecido al de una rama que el viento parte con su fuerza, y la cabeza del condenado cayó sobre el canasto. Una pulsación de sangre, producto del último latido de su corazón, tiñó de rojo varias tablas del cadalso.

El público rompió en aplausos y vítores; la justicia había prevalecido. Pero en los bocetos de Goya no aparecía esa justicia por ningún lado; se podía ver venganza, diversión, maldad. El viejo pintor dibujó al diablo en cada rincón, aunque todo aquel espectáculo estuviera escenificado e interpretado casi como si se tratase de un designio divino para el que la Iglesia daba licencia.

★★★

—Maestro… —dijo Diego cuando lograron salir de la plaza.

—¿Me has llamado maestro? —se sorprendió Goya con un pequeño respingo—. Yo no soy tu maestro.

—Eso lo dirá usted… —masculló Diego entre dientes.

—¡¿Cómo dices?! —dijo levantando la voz—. ¡Y mírame a la cara!

—¿Cómo logra ver lo que ninguno vemos? —Diego se detuvo frente a él.

—Lo que nadie ve… —Goya sonrío de manera socarrona—. ¿Tú qué crees?

—Si se lo pregunto es porque no lo sé.

—¿Qué tienes tú que no tenga yo?

—Don Francisco, no me venga con adivinanzas…

—¡¿Adivinanzas?! —Su genio aparecía en cualquier momento—. ¡Has sido tú quien ha preguntado!

—Porque quiero saber cómo es capaz de ver el mundo así.

—La sordera —contestó Goya—. Tú escuchas y ni siquiera lo valoras, lo ves como algo normal, un derecho, cuando en realidad es un privilegio. Escuchar es un privilegio, pero te deforma la realidad. Tu cerebro —golpeó con la punta del dedo índice varias veces en la frente de Diego— cree antes a tus oídos que a tus ojos. Y se deja llevar por los gritos, los rugidos, los lloros…

—No comprendo.

—Quítale el sonido al mundo, zagal, y verás la verdad —asintió severo—. Deja de escuchar y guíate solo por tus ojos; no hay mejor manera de conocer a las personas. Sus intenciones, sus gestos, sus miedos y sus esperanzas. Las palabras dicen una cosa, pero los rostros expresan otras.

—Vaya… —Diego nunca había pensado de aquella manera.

—Desde que me quedé sordo, soy mejor pintor —resopló, consciente de la incongruencia—. Mis oídos no me engañan y solo puedo ver la verdad.

—¿Hace mucho que se quedó sordo?

—Unos treinta años… Hasta entonces solo era un pintor con ínfulas. De peluca blanca y polvos en la cara para andar por la corte. Menudo cretino estaba hecho…

—Ya será menos, don Francisco.

—Lo que yo te diga. —Goya tomó del brazo a Diego para reanudar la marcha.

—Si usted ya era pintor del rey.

—Porque el panorama estaba lleno de inútiles… —Negó con la cabeza—. Mi cuñado, el primero. Pero los *Caprichos,* los *Desastres* y las pinturas de mi Quinta los hice ya sin oído. Por eso te arrancan las entrañas; porque solo ves la verdad. Sin ningún tipo de distracción ni artificio.

Continuaron caminando. Apenas se encontraban a unos cientos de metros de la casa y don Francisco ya estaría hambriento, pensó Diego. Ochenta y dos años y seguía trabajando, seguía teniendo proyectos y sueños. Era admirable; por eso le había llamado *maestro.*

—Escucha, Niño… Te llamaban así, ¿verdad? Explícame qué clase de majadería es esa de que la debilidad de un hombre comienza por las personas a las que ama.

Diego ató cabos: Juliet se lo había contado a doña Leocadia, y esta a don Francisco. Y en ese momento él tenía que explicarse ante el hombre que veía el mundo como nadie más lo hacía.

—Si no me tengo que preocupar por nadie, mejor podré hacer mi trabajo.

—Así que, por mi culpa, ¿dejarías escapar a esa preciosa muchacha?

—Mi prioridad es usted.

—Ay… —Goya rio con su voz cascada—, si yo tuviera cuarenta años menos, te ibas a enterar tú de prioridades.

—Qué cosas tiene, don Francisco…

—¡No! ¡Qué cosas tienes tú, que pareces necio! —Goya golpeaba más fuerte el suelo con su bastón cuando se encendía—. Yo en dos días me iré de este mundo, a ti te queda una vida. Y no volverás a cruzarte en toda ella con una criatura igual.

—Ya... —Eso lo sabía Diego sin que Goya se lo dijera.

—Así que cambia tu frasecita de estúpido, que no sé de dónde la habrás sacado.

—Mi jefe en París, Jacob Cordier.

—Otro necio... —afirmó el pintor—. Pues entérate: la fortaleza de un hombre comienza por tener algo que amar y defender.

Aquello era nuevo, un mantra desconocido y que resonaba muy lejano. En apenas un instante, Goya desmontó todo lo que el joven guardaespaldas había aprendido de Jacob Cordier, la mayor enseñanza que este le había legado. Y lo había hecho de la manera más natural del mundo, como cuando dibujaba con esos dedos gordos y nudosos que sobresalían de sus mitones de lana. «La fortaleza de un hombre comienza por tener algo que amar y defender.»

Diego ya no supo responder a aquella sentencia de don Francisco de Goya; lo único que le vino a la cabeza fueron las palabras de Carlitos, el enano del circo: «Todo lo sabe y aún aprende».

15

Burdeos, febrero 1828

—Ni siquiera vino al funeral del pobre Cheval —le recriminó Guillaume Fossé, mientras se echaba vino en la copa.

—Somos profesionales —respondió Boscoscuro con la vista perdida en la actividad de la place du Pont.

—Y personas —dijo el gigantón tras el sorbo.

—Si os he contratado, es para que yo pueda quedar en segundo plano. ¿De qué me serviría esa medida si cualquiera me hubiera visto en el funeral y pudiera relacionarnos? —Y con el dedo índice se señaló a sí mismo y al jefe de los sicarios.

—Usted, jefe... —Fossé se estaba acostumbrando a pronunciar ese *jefe* con un cierto retintín y, aunque a Boscoscuro no le gustaba, tampoco iba a abrir un nuevo frente por ello—, siempre pensando en salvaguardarse.

—Tú no conoces mi trabajo, querido Fossé... —argumentó con calma—. No te culpo, *è normale*. Pero tampoco tengo que darte explicaciones; para eso os pago bien. —Y esa vez, además de a Fossé, también señaló a los gemelos Ferdinand.

—¿Cómo ocurrió? —Alphonse Ferdinand disparó aquella pregunta a bocajarro, parecía como si la hubiera tenido retenida en la boca desde que se habían sentado.

—Resbaló —respondió Boscoscuro sabiendo que se refería a Cheval—. *Penso* que se confió y ni siquiera pudo alcanzar el balcón.

—Eran solo dos pisos… —El otro gemelo, Pierre, corroboraba las sospechas de su hermano—. Cheval era como un mono; podría haber saltado desde ese balcón a la calle y no se habría hecho ni un rasguño.

—Eso mismo pensé yo cuando le vi comenzar a trepar —asintió Boscoscuro—. En solo unos segundos, sigiloso, había rebasado el primer piso. Pero cuando fue a alcanzar el segundo el pie de apoyo resbaló y cayó de cabeza contra el suelo —mintió—. Una *fatalità*.

—Usted estaba allí, pudo ayudarle —le recriminó Alphonse—. Quizás aún seguía vivo.

—Se abrió la cabeza, *capisci*?

—Claro, la cabeza… —Fossé seguía con el tono irónico—. Y usted no podía permitir que nadie le viera allí.

—Los vecinos solo tardaron unos segundos en dar la voz de alarma.

—¿Unos segundos? ¿De madrugada? —A Fossé no le cuadraba el relato.

—El sonido de la cabeza contra el suelo fue terrible. Una mujer que debía de estar despierta se volvió loca a gritos.

—Jefe… —el tono era más comedido—, este trabajo se está complicando.

—No siempre nos sonríe la fortuna.

—Pero este encargo ya nació maldito —insistió Fossé—. Hombres viejos, cortar una cabeza… —Dejó el vaso vacío en la mesa—. Este asunto no tiene honor.

—È *possibile*… —Boscoscuro parecía coincidir con él—. Pero tiene oro.

—¿De qué sirve el oro si acabas con la cabeza aplastada en el suelo?

—Elegisteis un trabajo que conlleva riesgos. —Incluía a los dos gemelos en aquella obviedad—. Yo os he pagado más por un solo trabajo de lo que hubierais conseguido en un año.

Las palabras de Boscoscuro contenían una buena dosis de desprecio y rabia. No hacia aquellos hombres, no; él ya sabía el espíritu de los peones que contrataba. Ese desprecio y rabia era consigo mismo, por la forma en que estaba llevando el encargo de Benigno Malumbres. Aquellos hombres habían fallado dos veces y la culpa era suya por no haberlos elegido bien. Quizá lo adecuado habría sido deshacerse de ellos tras la chapuza en el Café de Lorain para encargarse él, personalmente, de acabar con el viejo Goya. En cambio allí estaba, dando explicaciones a aquellos zoquetes sobre cómo había actuado en el momento de la muerte de Cheval. Por supuesto, ocultándoles que había una nueva pieza en la partida. Y que esa pieza, el tipo que lanzó a la calle al inútil de Cheval, no era un peón. Era un purasangre.

—Pues usted dirá cuál es el próximo paso. —Fossé le sacó de sus pensamientos.

—Tengo que estudiar la situación de nuevo. —Lo que significaba que, con enorme pereza, debía volver a espiar los movimientos y costumbres de Goya para establecer un nuevo plan de acción.

—Quiero proponerle algo. —Fossé, como prueba de buena voluntad, llenó el vaso de Boscoscuro—. Estamos los tres de acuerdo. —Incluyó a los gemelos.

—*Tu dirai...* —Con un gesto accedió a escucharle.

—Déjenos a nosotros, jefe —propuso el gigantón—. Nos instalaremos en la calle, le vigilaremos y aprovecharemos la primera ocasión que tengamos.

—Con todo el respeto, Fossé... —Boscoscuro, con infinito cansancio, se cubrió los ojos con la palma de la mano—, esto no es una venganza entre truhanes. No se trata solo de matarlo; hay que tener tiempo para, con calma, hacernos con la cabeza.

—¡Lo sabemos! —Al gigante no le gustó que el italiano les tratara como a novatos—. En algún momento Goya saldrá de su casa a solas. Le seguiremos, y uno de nosotros conducirá un coche de caballos. Nos lo llevaremos, es solo un viejo; el resto es cosa nuestra.

Boscoscuro se quedó en silencio, evaluando lo que le acababa de proponer. Por un lado, desentenderse de ese modo no iba con su talante profesional. Pero, por otro, solo tenía ganas de que aquello acabara. Mientras consiguiera la cabeza de Goya, el encargo estaría cumplido; a falta de ver qué decidía Malumbres sobre Moratín y Silvela. Aunque era consciente de que había obviado contarles a aquellos matones que en casa del pintor habitaba un adversario peligroso.

El colmillo afilado del italiano comenzó a barajar las posibilidades que se abrían ante él. Si Fossé conseguía su objetivo, fuera del modo que fuese, Boscoscuro saldría indemne del asunto de Goya; les pagaría su parte y aquí paz y después gloria. Si no conseguían su objetivo, Boscoscuro estaba seguro de que sería porque correrían la misma suerte que Cheval y una fosa común sería el destino de aquellos hombres. En ese caso, él tendría que acabar el trabajo —cosa que era la última opción, y no acababa de gustarle—, pero se ahorraría el dinero.

No había una solución sencilla; Andrea Boscoscuro se sentía en el momento más confuso de su vida profesional. Por algo, lo único de lo que tenía ganas era de retirarse. Villa en la Toscana y uva sangiovese.

—Está bien… —dijo al fin—. Hacedlo.

—Me alegra que esté de acuerdo. —Fossé irguió la espalda, dando cuenta de la enorme envergadura que tenía—. Solo queda un pequeño detalle… Dijimos que al finalizar el trabajo nos pagaría la cantidad que acordamos la última vez… Pero queremos la mitad ahora.

—Los acuerdos se respetan. —Boscoscuro se puso en pie para irse.

—Necesitamos motivación. —Y él supo que no harían el trabajo sin otro adelanto.

En su cabeza, Boscoscuro comenzó a calcular de nuevo: si les pagaba lo que pedían, se acababa el adelanto que le había dado Malumbres. A partir de ese momento, los gastos correrían de su cuenta hasta que el español volviera a pagarle. Pero si Fossé y los gemelos se retiraban, el dinero ya pagado tendría el mismo efecto que si hubiese quemado billetes en una chimenea; se habría evaporado.

Sí, aquel trabajo ya había empezado maldito.

El inconfundible sonido hizo sonreír a Fossé y a los gemelos. Boscoscuro había metido la mano en el forro de su abrigo para sacar una bolsa que, de pie como estaba, lanzó sobre la mesa. Ahí iba lo último que le quedaba del adelanto.

Después, sin decir palabra, se subió el cuello del abrigo y se marchó.

★★★

La noche ya caía sobre Burdeos cuando el botones le abrió la gran puerta de entrada a su hotel con una inclinación de cabeza, a la que ni siquiera respondió. Sin embargo, toda la rabia y frustración de Boscoscuro se evaporó cuando, al llegar a la puerta de su habitación, vio una funda de tela colgada del picaporte. La tomó, abrió con la llave que le habían entregado en recepción y, sobre la cama, desplegó las tres camisas blancas que contenía. Una tarjeta, firmada por el propio sastre, Auguste Marcel, le deseaba que disfrutara de las prendas.

Sin pensar, dejó aquel despliegue sobre la cama, salió al pasillo y bajó a la segunda planta. Se detuvo solo un instante frente a la puerta de la habitación 206, respiró hondo y dio tres golpes con más energía de la que hubiera deseado.

El destello rojo le cegó cuando ella abrió. El candil de la habitación hacía que su figura pareciera enmarcada en la puerta en un aura dorada que arrancaba brillos a su cabello. Chiara no se inmutó, como si llevara esperándole toda una vida, convencida de que, tarde o temprano, él fuera a llegar. Ambos sabían que no eran necesarios saludos ni formalismos, solo sostenerse la mirada para que cada uno pudiera sumergirse en la profundidad de los ojos del otro hasta alcanzar ese lugar donde residen los deseos y los miedos; allí donde el alma de una persona valora lo que tiene, lo que quiere, lo que podría perder y lo que ansía alcanzar. Boscoscuro sabía que todo aquello era una apuesta en la que no había certezas ni seguridades. Tan solo instintos, incertidumbre y miedo.

En su corazón se libró una batalla entre todas aquellas fuerzas. Ganó su instinto, poderoso e intuitivo. Un paso le bastó para abandonar el pasillo y entrar en aquella habitación. Chiara retrocedió despacio, sin dejar de mirarse en sus ojos, y él, perdido en los suyos, cerró de un portazo, seco y potente, que tuvo el efecto de sacarlos de aquel trance en el que se encontraban.

De pronto, comprendieron que había una línea que ya se había cruzado. Un hombre que no era su marido estaba en la habitación con ella.

Boscoscuro recortó en un paso la distancia que había entre ambos y su mejilla quedó a escasos milímetros de la de ella, respirándose al unísono, hundiendo su nariz en el cabello rojo y sintiendo el calor de la piel de Chiara. Ella cerró los ojos, no los necesitaba para verle, para sentir el vaho de su aliento en el oído ni para alcanzar con las yemas de los dedos el dorso de su mano.

Ella, con su salvaje exuberancia, también había decidido situarse al otro lado de la línea y no pensaba retroceder ni un solo milímetro. Boscoscuro la miró a los ojos y, así, sellaron ese pacto. Ambos lo deseaban.

Aceptado el envite, ella rozó con sus labios los de Boscoscuro y él la tomó por la cintura, quedando reducido a la nada el espacio entre ambos. Podían sentir el contorno de sus cuerpos y el contacto de sus manos; el roce de los labios se repitió una vez y otra, de forma más intensa y prolongada, con la seguridad de que reconocer el terreno confirmaba la firmeza del suelo que pisaban, hasta que la respiración agitada de ambos y la fuerza con la que entrelazaban sus manos los llevó a fundir sus bocas y detener el tiempo, y comenzaron a comerse a besos, con una voracidad y violencia que indicaba cuánto habían reprimido.

***

Chiara se levantó de la cama con ese acuerdo de intimidad que implicaba no importarle que él la viera desnuda. Boscoscuro observó cómo se ponía una bata de seda, que dejaba que su cuerpo se transparentara a la luz del candil. Ella fue hasta la cómoda, de donde tomó una jarra con agua y un vaso. Bebió hasta saciar la sed y lo volvió a llenar; después volvió a la cama para que él también bebiera.

—Tienes que irte —le dijo, sentándose en el borde del lecho.

—Lo sé. — Boscoscuro sonrió tras beber.

—¿Cuánto le queda a tu trabajo en Burdeos?

—Quién sabe… —Resopló—. Se está complicando más de lo que imaginaba.

—Solo quiero saber hasta cuándo voy a verte. —Andarse sin rodeos era otra muestra de la complicidad en la que Chiara se sentía cómoda.

—Vas a verme hasta cuando quieras —correspondió la confianza—. Mi trabajo y tú sois dos asuntos distintos.

—Mi libertad durará hasta que llegue mi marido. —Chiara quiso volver al mundo real—. Después, cada uno tendrá que vivir su vida.

—*Sai qualcosa?* —Él enredó sus dedos en el cabello de ella.

—*Che cosa?* —Ella sonrió.

—La vida me ha enseñado que nunca puedes apostar a que algo es seguro.

—Pues entonces no apostemos. Pero prométeme que no habrá dramas.

—¿Qué quieres decir?

—Sabemos lo que hay, *signore* espía. —La mirada de ella no era severa, pero quería asegurarse de que él lo entendía—. Soy una mujer casada; no me arrepiento de lo que ha ocurrido, pero conozco mis obligaciones.

—Sin dramas… —Boscoscuro sabía dónde se había metido—. No te preocupes.

—Andrea… —Chiara le llamó por su nombre para remarcar que lo que iba a decirle era importante—, no soy una princesa a la que haya que salvar, ni tú eres el caballero andante que llevo toda la vida esperando.

—También lo sé, Chiara —aceptó.

Ella se acercó para besarle con una delicadeza inédita. Con ese beso le demostraba que, cuando quería, podía ser la criatura más dulce que pisaba la faz de la Tierra, del mismo modo que antes le había demostrado que también podía ser la más salvaje. Una y otra volvían loco a Andrea Boscoscuro.

—Y ahora, *signor* Boscoscuro... —rio—, haga el favor de vestirse y marcharse a su habitación.

16

Tudela, febrero 1889

Tudela es estrecha, abigarrada y barroca. A orillas del Ebro, su riqueza se asienta sobre las aguas de ese río que hace crecer las cosechas, que reverdece el paisaje y que proporciona pesca a los habitantes de la villa. La arquitectura, que toma guiños renacentistas, hace que, aunque la ciudad no sea de gran tamaño, tenga personalidad propia y una grandeza que es el orgullo de los tudelanos.

Sebastien, el cochero de Pereyra, sabe que el coche de su patrón no es el más adecuado para cruzar los Pirineos, y por ello enjaezó otro caballo y se tomó el viaje con calma, haciendo noche en Biarritz para descanso propio, de sus dos pasajeros y de los animales. En dos jornadas han recorrido el trayecto desde Burdeos, y ya está avanzada la tarde cuando llegan a la ciudad navarra.

Gilles Leland ha insistido en acudir de inmediato al palacio del marqués de San Adrián; tiempo tendrán de encontrar alojamiento. La poca anchura de las calles del centro dificulta el paso del coche y Sebastien opta por detenerse en la plaza de San Francisco, y que el detective y su ayudante recorran a pie las dos calles que les separan del palacio.

En ese pequeño paseo, que les sirve a Leland y a Jean-François para estirar las piernas, se percatan de la calma que se respira en Tudela y del carácter serio, pero educado, de sus gentes. El silencio, solo roto por las campanadas que marcan las seis y por el sonido de los cascos de los caballos que traen a sus dueños de vuelta a casa, llega a ser agradable. El frío de febrero corta el rostro, y el vaho que expulsan las bocas de los viajeros es visible a cada respiración.

El palacio del marqués de San Adrián es un edificio de tres plantas en ladrillo de piedra visto con balconadas y ventanales decorados con arcos de medio punto, y un voladizo de artesonado de madera que remata el tejado. El inmueble es la viva representación de la arquitectura y el carácter que destila la ciudad: robusto, de poco presumir, pero de una innegable distinción y opulencia.

El aldabón golpea la imponente puerta y el eco resuena en el interior. Gilles Leland ha llamado porque no detecta signos de actividad en la casa; los postigos cerrados indican que quizás esté deshabitada.

Sin embargo, tras un par de minutos, un cerrojo que se descorre alivia al detective. En mitad de la gran puerta se abre una más pequeña por la que asoma una mujer de unos cuarenta años; una sirvienta, por sus ropas.

La mujer se queda mirando a la extraña pareja que componen Gilles y Jean-François; un elegante tipo de raza negra no es algo que estén acostumbrados a ver por allí, pero Leland prefiere aligerar tiempos y toma la iniciativa.

—Buenas tardes… —con una ligera inclinación de cabeza, intenta pulir su oxidado español—, quisiéramos ver al marqués de San Adrián.

—Usted y media ciudad… —masculla entre dientes la mujer con una ligereza que pone en alerta al detective—. ¿Qué se le ofrece?

351

—Venimos —remarca el plural— de parte de don Joaquín Pereyra, cónsul español en Burdeos. Los restos de don Francisco de Goya…

—¿El pintor? —le corta la mujer con descaro, y sorpresa.

—El mismo… —Leland hace uso de una paciencia que no siempre tiene—. Sus restos descansan en Burdeos y el señor cónsul desea repatriarlos a España.

—¿Y qué tiene que ver eso con esta casa?

—Eso preferiría hablarlo con el marqués.

—Pues tendrá que ir a verle a Madrid. —La mujer hace amago de cerrar.

—¿Madrid? —A Leland le descuadra el dato.

—¿Cree que al marqués se le ocurriría pasar el invierno aquí? —La mujer abarca con la mirada el cielo encapotado, que ya oscurece—. Viene en verano, y alguna vez en temporada de caza. Solo estoy yo, y bastante trabajo da la casa para lo que me pagan…

—Vaya… —Eso no entraba en el plan y el viaje quizás haya sido en balde.

—Buscamos un cuadro que representa un cráneo. —Jean-François, ante la sorpresa de Gilles, interviene—. Nos han dicho que está aquí y querríamos verlo.

—¿Usted… —la mujer le mira de arriba abajo, como si no creyera que se haya atrevido a hablarle— se piensa que esto es un museo?

—Depende… —Jean-François, desafiante, sostiene la mirada de la mujer— de cuánto cueste la entrada. —Del bolsillo de su abrigo saca un billete de veinticinco pesetas proveniente de la provisión de fondos del cónsul y lo sostiene ante ella.

Ese billete representa una fortuna para la mujer; es casi la renta que le paga el marqués por tres meses de trabajo. Sabe que, como personal de confianza que es, no debe dejar pasar al palacio a aquellos dos hombres. Pero también sabe que, olvidada allí de la mano de Dios, nadie se va a enterar.

—Traiga al susodicho. —La mujer estira la mano y Jean-François le entrega el billete, que se guarda en el escote del vestido. Acto seguido, se aparta para dejar entrar a los dos viajeros, tras lo cual pasa de nuevo el cerrojo.

El patio de la entrada al palacio está a oscuras. Leland espera unos segundos a que la mujer les guíe y, mientras tanto, tres pensamientos aparecen en su cabeza. El primero, que la mujer no ha negado la existencia del cuadro, por lo que debe de encontrarse allí. El segundo, que Jean-François está aprendiendo a tomar las riendas cuando es necesario. Y el tercero, que la referencia al «susodicho», que no había entendido en un principio, le ha quedado clara en cuanto el billete ha cambiado de manos ante sus ojos: la ilustración principal de ese billete emitido por el Banco de España es el rostro de Francisco de Goya. Envejecido, con la frente despejada y unas grandes bolsas bajo los ojos; pero elegante, con camisa de gala y abrigo. Y una poderosa mirada que desentraña universos. Si Fernando VII hizo la vida imposible al viejo pintor, parece ser que María Cristina, viuda de Alfonso XII y reina regente, está por la labor de devolverle los honores.

La mujer toma un candil y conduce a los visitantes al interior del palacio. La oscura entrada da paso a un imponente claustro central desde el que se distribuye toda la casa. Las anchas escaleras están decoradas con frescos monocromáticos de figuras de mujeres de porte clásico. Jean-François, que cierra el trío, se detiene a contemplarlos, lamentando la poca luz que arroja el candil de la casera.

—Grisallas. —Ella levanta el quinqué para aportar un poco más de visibilidad.

—¿Cómo dice? —pregunta este.

—La técnica empleada. —Con el quinqué señala las tres paredes—. Se pintaron en 1570 para el matrimonio de Pedro de Magallón. Escenas de la mitología griega.

—¿Magallón? —Ahora quien pregunta es Leland.

—Es el apellido de la familia. —La mujer continúa andando, dejando a oscuras la escalera y las grisallas—. Pero el título de marquesado no se concedió hasta 1729 por Felipe V.

—Sabe mucho usted de la historia de la familia —la adula Leland.

—Como para no saber… —responde con hastío—. Yo misma soy Magallón de segundo apellido, familia lejana del actual marqués. Pero la historia quiso que su parte fuera la rica, y que nosotros seamos sus sirvientes.

—Lo lamento —dice Leland—. La historia es caprichosa.

—Y tanto… —La casera no parece querer hablar de ello.

Se adentran en un pasillo con paredes y techo forrados en madera y ella abre una puerta que da a un despacho. Estanterías llenas de legajos y libros con tapas de cuero, un escritorio de madera noble y su silla, una chimenea que hace meses que no se enciende y una trabajada cristalera desde la que se domina el patio interior.

Leland le señala un cuadro a Jean-François. Un hombre vestido con chaleco, levita y pañuelo al cuello, de pie, con el codo apoyado en una mesa donde descansa un sombrero de copa. Sonriente, confiado, incluso juvenil; se siente un privilegiado, el rey del mundo. Pero lo que le llama la atención no es el personaje, sino el estilo de la pintura.

—Claro… —dice la mujer—. Goya.

—Es inconfundible… —balbucea Jean-François con su vista en el cuadro.

—José María Magallón y Armendáriz —explica ella—. Sexto marqués de San Adrián.

354

—¿En qué año se pintó el cuadro? —pregunta Gilles.

—Principios de siglo... Parece que fueron buenos amigos.

—Muéstrenos el cuadro del cráneo, por favor —pide Jean-François, recordándole por qué están allí.

Ella camina rasgando la oscuridad con el quinqué, y a su luz amarillenta se van quedando atrás retratos, paisajes y la tela de un tapiz. Se detiene al fondo, junto a la mesa de escritorio, y vuelve a alzar la luz. Y allí lo ven: es pequeño, de apenas treinta centímetros de lado, y oscuro. Muy oscuro. Excepto por el blanco de la calavera, que ocupa el centro de la negra composición. El cráneo reposa sobre un tapete con pequeños toques de verde; le falta la mandíbula inferior y está casi desdentado, solo le quedan los premolares superiores. Se aprecian las líneas que separan el hueso frontal de los huesos parietales, no tiene tabique nasal, y las cuencas de los ojos parecen mirar hacia la derecha de Leland y Jean-François.

El detective se acerca forzando la vista ante la poca luz que hay en la estancia. Toma el brazo a la mujer para elevar el quinqué un poco más.

—«Fierros, 1849» —lee entornando los ojos.

—Dionisio Fierros —confirma la casera—. Fue un pintor amigo de la familia durante aquellos años, una especie de protegido.

—Imagino que el marqués sería su mecenas. ¿Puedo? —Leland lleva una mano a cada lado del cuadro con la intención de descolgarlo.

—En un museo no se toca —responde seca.

Gilles se le queda mirando de forma severa y la mujer sostiene su mirada unos segundos, pero acaba haciendo un gesto con la mano, como dando permiso. Él descuelga el cuadro y lo lleva hasta el escritorio, donde le da la vuelta.

En el reverso, sobre el travesaño superior del lienzo, hay pegado un viejo pedazo de papel que reza «Marqués de San Adrián», que indica su propiedad. Debajo, una firma ininteligible.

En el travesaño inferior, escritas sobre la madera, seis palabras les dejan anonadados, sin dar crédito a lo que leen: «Cráneo de Goya pintado por Fierros».

—Que me aspen... —dice la casera, quien, tras tantos años en aquella casa, nunca se habría imaginado aquello.

—Muguiro tenía razón... —Leland no deja de observar el cuadro—. Un rumor escuchado en el Rastro de Madrid...

—¿Y el cráneo? —pregunta con vehemencia Jean-François a la mujer.

—¿El de verdad? —Se altera—. ¿Y a mí qué me cuenta?

—Si está el cuadro, no veo por qué no tendría que estar aquí la cabeza.

—¿Cree usted que si aquí hubiera un cráneo yo no lo habría visto? —La luz del quinqué hace sombras en su indignado rostro—. Aquí no hay ningún cráneo.

—¡Debe de estar oculto en algún rincón! —Jean-François se altera por momentos.

—¡Aquí no está! ¿Cómo quiere que se lo diga?

Leland le pide el quinqué con un gesto y ella se lo entrega a regañadientes. Inspecciona de nuevo la parte trasera del cuadro, por si algo se les ha pasado por alto.

—Necesito algún documento firmado por él. —Señala el cuadro del marqués de San Adrián pintado por Goya.

—Lo que necesitamos es más luz. —La casera le arrebata el quinqué de las manos y sale del despacho dejándoles en una oscuridad impenetrable.

Gilles y Jean-François se quedan en silencio. Saben que están a pocos centímetros aunque no se vean. El joven aguarda con paciencia; si Gilles ha pedido un documento firmado por el marqués es porque algo tiene en mente. De repente siente la mano del detective posarse en su hombro en un gesto de fraternidad.

—¿Estás bien? —le pregunta Gilles—. Te he notado alterado.

—¿Cómo no va a estar el cráneo aquí? —Jean-François lo está aún, aunque hable en susurros.

—La historia es caprichosa… —Gilles repite la frase que le dijo a la mujer.

La luz que ven acercarse es mucho más potente que la que se fue. La casera vuelve con el quinqué que se llevó y con dos más, encendidos, y la estancia cobra vida a ojos de detective y ayudante.

—Esto es otra cosa —dice Leland apartando la mano del hombro de su compañero—. Un documento firmado por el marqués —repite.

La mujer se dirige a la estantería y rebusca entre los legajos doblados o enrollados. Abre algunos, los cierra, toma uno de otro anaquel, arrima la llama para darse luz… Finalmente acerca al detective uno de aquellos documentos.

—Es la misma firma. —Lo corrobora antes de entregárselo.

Leland abre el legajo bajo la atenta mirada de Jean-François y compara la firma con la de la etiqueta de la parte trasera del cuadro que indica a quién pertenece.

—Sí, es la misma… —La mente de Leland procesa el descubrimiento.

—¿Qué esperabas? —Jean-François no entiende qué busca.

—¿En qué año murió? —El detective se gira hacia la mujer y vuelve a señalar el cuadro de Goya—. Usted ya ha dicho que sabe mucho sobre esta familia.

La casera, Magallón de apellido y a la que los caprichos de la historia han privado de ser una noble para convertirla en sirvienta, ya sabe por dónde va Leland. Tiene que reconocer que el tipo es inteligente, y que lo que acaba de descubrir va a revelar un misterio de aquella familia. Un misterio que ni ella misma sabía y que quizás, en un futuro, pudiera ser un as en la manga.

—José María Magallón y Armendáriz —mira al cuadro— murió en 1845.

—¡¿Cómo?! —Jean-François se sorprende y mira a Gilles, que sonríe—. ¿Cómo puede ser que el cuadro de Fierros, fechado en 1849, lleve la firma de un marqués muerto en 1845?

—Porque, amigo, aquí hay algo que no encaja. O ese cuadro fue pintado antes del año que dice su firma, o la firma del marqués es falsa. —Se masajea la sien, como si exprimiera su cerebro—. Aunque poco importa la razón concreta; lo que hay que averiguar es por qué alguien se preocupó tanto en dejar este misterio.

—Pues no veo cómo pueden averiguarlo —se entromete la casera.

—Señora... —Leland eleva el quinqué a la altura de su rostro—, querríamos revisar la documentación del marqués. —Y señala a la estantería.

—A ver, caballeros... —se pone seria—, bastante he hecho con dejarles entrar. La documentación es privada y además está anocheciendo. Mi marido puede llegar a casa y no verme allí.

—Pensaba que usted vivía aquí. —Se sorprende el detective.

—¿Rodeada de muertos —señala el cuadro— y misterios? Quite, quite.

—Necesitamos revisar la documentación, compréndalo.

—Señores, no me obliguen a llamar al alguacil. Váyanse, por favor.

Otro billete con el rostro de Goya aparece en la mano de Jean-François.

—Déjenos dormir aquí. —Mientras el joven se explica, Leland advierte el leve respingo de la mujer ante el segundo billete de veinticinco pesetas; en un solo día se puede embolsar el salario de seis meses—. Solo somos unos enviados del cónsul de España en Burdeos que vamos camino de Madrid y no hemos encontrado alojamiento. —Jean-François le pone la coartada perfecta en bandeja, por si alguna vez la mujer se viera en problemas.

—Han tenido suerte —ella salta como una fiera a por el billete, y también lo guarda—, hay dos habitaciones del servicio preparadas. Aunque hará frío. Necesitaré que me firmen algún documento con sus nombres y el del cónsul ese.

—Mañana encontrará ese documento sobre el escritorio. Pero ahora tendrá que avisar a nuestro cochero para que entre a dormir también. —Leland recuerda que Sebastien les está esperando—. Necesitamos que los caballos coman y descansen.

—Ahora le abriré la caballeriza, debe de haber algo de paja y forraje. —Eso parece fastidiarla, tendrá que limpiar excrementos a la mañana siguiente. Pero es un mal menor ante seis meses de paga—. Solo dos dormitorios —les recuerda.

—Está bien —responde Gilles—. Nuestro cochero ocupará uno de ellos.

—¿Y ustedes compartirán el otro? —Eso alarma a la mujer—. ¿Son bujarrones?

—¿Cómo dice? —Quien se indigna ahora es el detective.

—Invertidos, desviados... No quiero sodomitas en esta casa. —Y se santigua.

—¡Señora, por favor…! —Gilles, molesto, señala la estantería atestada de documentos—, ¿usted cree que nos va a dar tiempo a dormir?

★★★

Sebastien, previsor, ha ido a por un par de pollos asados a la taberna después de quitar los arreos a los caballos y dejarles comiendo y descansando. Los tres hombres han compartido la cena en el despacho, para no perder tiempo, y Sebastien se retira al dormitorio que la casera le ha asignado tras encender las velas de la lámpara de araña, para que Leland y Jean-François no se queden ciegos, y el fuego en la chimenea, para que no cojan una pulmonía y Pereyra le eche las culpas a él.

—¿Qué buscamos? —pregunta Jean-François.

La tarea promete ser titánica, pero la noche ofrece muchas horas por delante.

—Cualquier pista que nos diga algo del cuadro. —Gilles tampoco lo tiene muy claro—. Empieza tú por las cajas de arriba y yo comenzaré por las de abajo.

A los pocos minutos, ambos están sentados en el suelo, junto al fuego, en mangas de camisa y con legajos abiertos a su alrededor, que van creciendo en número a medida que los van leyendo. Arrendamientos de tierras, cesiones de derechos de riego, venta de cosechas o estados contables. Los negocios y propiedades de aquella familia eran y siguen siendo tantos que sus ramificaciones llegan a cualquier rincón de la comarca y a multitud de personas.

La noche avanza y las cajas con documentos abandonan la estantería para volver a ella después de ser revisadas. Nuevas cajas ocupan el suelo, nuevos documentos se abren ante sus ojos. El sueño comienza a hacer acto de presencia; Jean-François se toma un pequeño descanso en la silla del despacho del marqués, y se queda traspuesto con la cabeza sujeta por su mano derecha. Gilles le mira, sonríe y decide darle unos minutos de tregua.

La misma tregua que Jean-François le da a él cuando comienza a amanecer y Gilles, sentado en la silla, con las piernas estiradas y la cabeza mal apoyada en el respaldo, respira profundamente sumergido en el sueño.

La voz de Jean-François le despierta.

—¡No puede ser! —Sostiene un papel entre sus manos, apenas una cuartilla.

Leland se incorpora y lo ve sentado en el suelo con cara de circunstancias. Toma el papel de sus manos y lee en silencio.

He recibido de Alexandre de Lemaire la cantidad de mil francos franceses por:
Cuadro de un cráneo pintado por Dionisio Fierros.
París, a dieciséis de julio de 1844.

—Dios santo… —Leland relee el recibo—, nada cuadra.

—No, Gilles…, es hora de dejarlo.

—Alexandre de Lemaire le pagó al marqués por un cuadro que sigue aquí. —El detective, absorto, ha puesto en marcha la maquinaria—. No tiene ningún sentido.

—Gilles… —le ruega Jean-François—, ¿no lo ves? Es una señal.

—Lemaire le pagó en 1844, el marqués muere en 1845 y el cuadro lleva fecha de 1849.

—¡Por favor, Gilles, recapacita…! —Jean-François se ha levantado, y toma del brazo al detective—. Vamos a dejar este caso, por favor.

Pero la cabeza de Gilles Leland ya está en otro lugar, a mil kilómetros de Tudela. Y allí no puede escuchar la súplica del joven mulato.

—Tenemos que volver a París —dice al fin, con la vista perdida en aquel despacho que el alba ya ha iluminado—. Ahora nada parece tener sentido, pero te aseguro que se lo vamos a encontrar.

—¡Gilles, no! —Jean-François necesita que el detective vuelva del lugar al que se ha marchado su mente—. ¡¿No te das cuenta de que por esto nos fuimos de París?!

17

Burdeos, febrero 1828

—*Caralho…*, esto es *muito bonito* —dijo Antonio Espina sentándose en la silla y poniendo los pies encima de la mesa—. Veo que le va bien.

—No me quejo. —David Cordier, envuelto en su bata de seda, había dejado de cenar ante la llegada de ese visitante inesperado—. Podría ordenarle a Trueno que te atacara —dijo desafiante mientras acariciaba al mastín tumbado a sus pies.

—¿Trueno? —Espina soltó una carcajada mientras señalaba al perro—. ¡Pero si ese perro tiene pereza hasta para levantarse a comer!

Antonio Espina se había demorado en su búsqueda de David Cordier. Una vez que *animó* a Declercq a confesar que el Niño se encontraba en Burdeos, tuvo que esperar a que el intermediario diera parte de dicha novedad a quien le contrataba —él no le había llegado a conocer— y aprobara los gastos del viaje. Mientras esto sucedía, Espina se lo había tomado con calma, disfrutando de las noches de París, de sus cabarés y de sus casas de citas del barrio de Pigalle.

Una vez que le dieron carta blanca para viajar a Burdeos, comprobó que David Cordier vivía de manera muy discreta en la ciudad. Con la tapadera de traer un mensaje de su hermano desde París, preguntó por él en tabernas y círculos portuarios, pero nadie había oído jamás su nombre. O eso decían. Así que cambió de táctica: si David Cordier era un hombre de dinero, quizá sí le conocían en otros sitios. Así que preguntó en notarías, bancos y oficinas de comercio. En efecto, sí parecían conocer el apellido Cordier, pero eran lugares que protegían la privacidad de sus clientes; sobre todo de aquellos que no querían perder.

Recurrió entonces a lo que nunca fallaba: sobornar a un inspector de policía. En apenas un par de días tuvo la dirección de Cordier. Y, una vez que llamó al timbre de su elegante casa, le fastidió tener que darle un golpe en la cabeza con la culata de su pistola al impertinente mayordomo, que no quería dejarle pasar.

Por fin, allí estaba; delante del hombre que podía decirle dónde se escondía el Niño. Por supuesto, preveía que no se lo iba a soltar por las buenas. Pero Espina tampoco tenía problemas en que fuera por las malas.

Sentado en una de las sillas, con los pies encima de la mesa, una copa de vino en la mano y su pistola en la otra, había interrumpido la cena de David Cordier.

—El Niño, ¿verdad? —preguntó Cordier.

Espina se limitó a asentir y a beber de la copa que se había tomado la libertad de servirse.

—No está aquí —confirmó el hermano de Jacob Cordier—. Y si lo estuviera, quizá ya estarías muerto.

—*Pode ser…* —Espina no quería entrar en esa diatriba—, pero el caso es que quiero saber dónde está.

—Espina, sabemos de qué va este negocio… —Cordier se recostó sobre su silla, mostrando una relajación que estaba lejos de ser cierta—. Si no te lo digo, me matarás; y si te lo digo, me matarás para que no le avise.

—La realidad, Cordier... —Espina se levantó a por más vino. Y se permitió el capricho de agacharse y acariciar la cabeza del viejo mastín—, es que si no me lo dijera, no le mataría. En los tercios portugueses nos enseñan técnicas para que un hombre hable. —Y palmeó con su mano el cuchillo que llevaba a la cintura.

—Entonces acabaría hablando, y al final me matarías.

—Pues ahórrese el trámite y dígamelo sin más.

—¿Para que me mates sin más? —Cordier seguía con calma el juego dialéctico.

—¿Usted avisaría al Niño?

Espina volvió a sentarse frente a Cordier, pero en ese momento, en el que las cartas ya estaban repartidas, obvió la soberbia de volver a poner las botas sobre la mesa. Sabía que dominaba la situación; era el momento de maniobrar para obtener lo que quería. David Cordier se encontraba en una encrucijada; no imaginaba que esa noche, una como cualquier otra, en la que lo único que deseaba era seguir sus rutinas de anciano, su vida iba a correr serio peligro. Y no llevaba una buena mano.

—Mira, Espina... —dijo mientras se servía vino—, si tengo dinero, una buena casa y personas a mi servicio, es porque no he dejado de luchar toda mi vida. He podido morir mil veces en todos estos años; algunos estuvieron cerca de conseguirlo. —Hizo una pausa para saborear el vino—. Y, llegados hasta aquí, a lo que aspiro es a morir de viejo en mi cama.

—Que cada palo sostenga su vela, ¿verdad?

—La debilidad de un hombre comienza por las personas a las que ama, ya sabes.

Antonio Espina sonrió y asintió, mostrándose de acuerdo con aquella máxima de su negocio. David Cordier sabía lo que se estaba jugando y no era un necio. Se levantó, bajo la atenta mirada del mastín, y se acercó al fuego de la chimenea para calentarse las manos.

—Por cierto… —se giró a mirar a Espina sin separar las manos del calor de las llamas—, ¿mi mayordomo?

—Dormirá un rato. Y estará unos días con un buen dolor de cabeza.

—Es un buen hombre.

—Eso me ha parecido. Por eso no lo he matado.

—El Niño está protegiendo a Francisco de Goya. —Cordier, sin mirar a su interlocutor, había tomado su decisión.

—*Caralho,* un cliente de altura —apreció Espina—. No sabía que siguiera vivo.

—Cours de l'Intendance, numero cincuenta y siete. —Aún de espaldas al asesino, completó la información.

Antonio Espina se levantó de la silla donde había estado sentado. David Cordier, con la vista fija en el tronco que ardía en la chimenea, se metió las manos en los bolsillos de la bata para que él no las viera temblar y aguzó los oídos para detectar cualquier movimiento que delatara las intenciones del portugués.

—Que cada palo sostenga su vela. Buena decisión, Cordier. —Espina dio un último trago de vino y dejó la copa en la mesa—. ¿Dónde tiene que acudir un hombre en esta ciudad para que le den bien de cenar?

—Yo probaría en el hotel Royale. —Cordier tensó todos los músculos de su cuerpo a la espera de saber por cuál iba a entrar la hoja del cuchillo—. Pero me temo que solo admiten a caballeros.

—Creo que me arriesgaré. —Espina comenzó a caminar hacia la puerta—. *Boa sorte,* Cordier. —Y salió del comedor.

David Cordier soltó el aire que tenía retenido en los pulmones. Sabía que había traicionado a Diego Girard y a su hermano Jacob. Incluso, quién sabía, quizás había puesto hasta al propio Goya a los pies de los caballos.

Pero había pagado el precio necesario por poder morir de viejo en su cama.

***

A Andrea Boscoscuro le había parecido delicioso el suflé de queso, pero el foie con pan brioche y mermelada de higos era de otro mundo. Nada en Burdeos estaba resultando como tenía previsto, pero, al menos, estaba comiendo como nunca.

Hay personas que no son capaces de cenar sin compañía en un restaurante. Andrea Boscoscuro no era de ellos. No se trataba solo de que estuviera obligado por su trabajo a viajar solo; es que le gustaba estarlo. Era su momento de pensar, de intentar encontrar la calma en su interior, de meditar los siguientes pasos e, incluso, de celebrar sus éxitos. Cuando los había, que no era el caso.

Pero también debía reconocer que durante aquella estancia en Burdeos le había cogido gusto a que le sorprendieran en el restaurante. También a que lo hiciera esa dama de cabellos rojos, salvaje como una pantera y que huía de convencionalismos, horarios y dependencias. Jamás había conocido a nadie como ella y, aunque sentía que se iba acercando el momento de la despedida, cada vez que se sentaba en su mesa del comedor rogaba en su interior ser interrumpido y deslumbrado por ella.

—Vaya, me habían dicho que aquí solo admitían a caballeros. Temía que no me dejaran entrar, pero al verte me he quedado más tranquilo.

La voz sorprendió al italiano, pero no de la forma que él deseaba ser sorprendido. Plantado frente a su mesa, con una sonrisa de medio lado que deformaba la perilla y el aro de la oreja izquierda reflejando la luz de la lámpara de araña, estaba la última persona en el mundo que esperaba ver por allí.

—*Amigo mio...* —Boscoscuro miró al recién llegado sin mostrar expresión alguna en su rostro—, ciertos establecimientos ya no son lo que eran.

Antonio Espina se sentó a la mesa sin pedir permiso y pidió al primer camarero que pasó que colocara un cubierto y le trajera lo mismo que estaba cenando su *amigo*. Ambos sabían jugar a aquel juego —de hecho, eran los mejores—, y Boscoscuro continuó untando el foie en su pan como si nada; Espina era el recién llegado, así que suyo era el trabajo de llevar el peso de la conversación. El camarero dispuso platos, cubiertos y copas frente al portugués.

—¿Dos trabajos a la vez en Burdeos? —Espina echó mano a la botella de vino que tenía Boscoscuro, pero este marcó terreno poniendo su mano delante.

Se quedó mirando al portugués y coincidió en que era extraño que los dos espías más reclamados de Europa se encontraran a la vez en una pequeña ciudad como Burdeos. Sin decir palabra, tomó la botella de vino y sirvió en la copa de Espina la pequeña cantidad de vino tinto que marcaba el protocolo de un lugar como aquel. Con esos gestos, mantenía la iniciativa en aquel envite.

—La casualidad también juega —dijo por fin.

—*Muita* casualidad, ¿no? —Espina bebió de la copa; al primer sorbo supo que aquel vino no lo hubiera encontrado en ninguna taberna de Burdeos—. Tendríamos un problema si *o nosso* objetivo fuera el mismo.

Espina no conocía a la persona que quería eliminar al Niño, solo hablaba con un intermediario. Pero, sabiendo que el muerto en París era un sobrino del rey de Francia, no le extrañaría que su patrón llevara corona, ocupara un trono y quisiera evitar mezclarse con un asunto así; de ahí la necesidad de un representante. Boscoscuro, a su vez, pensaba que no le extrañaría lo más mínimo que Benigno Malumbres, ansioso y cargado de odio como estaba, hubiera contratado también al portugués para hacerse con la cabeza de Goya. Y si este cumpliera el encargo, él ya podría despedirse de recibir, al menos, parte del oro apalabrado con el funcionario español que le quedaba por cobrar.

—*Certo…* —Boscoscuro, con calma, untó la última porción de foie en el pan—, tendríamos un problema. —Y se lo llevó a la boca como si aquella conversación careciera de importancia para él.

El camarero sirvió el suflé de queso y el plato de foie a Espina.

—Tiene algo enfermizo, ¿verdad? —dijo mientras diseccionaba la comida con la mirada y tomaba cuchillo y tenedor.

—¿El qué?

—Engordar a un animal hasta atrofiarle el hígado y que este sea un manjar.

—Visto así… —Boscoscuro asintió.

—No me gustaría que alguien estuviera engordándonos a uno de nosotros para disfrutar con nuestra muerte.

Boscoscuro dejó los cubiertos sobre el plato y se quedó mirando a su colega, animándole a que dijera lo que estaba pensando.

—Un joven que mató a alguien en París. —Antonio Espina destapó sus cartas.

—Un exiliado al que persigue la corona española —respondió Boscoscuro.

—Entonces… —el portugués atacó el suflé de queso—, ya puedo comer tranquilo. Yo a lo mío y tú a lo tuyo.

—Pocas personas se podrían permitir contratarnos a los dos. —Al italiano también le pareció una buena noticia que ambos tuvieran objetivos distintos.

—Había que eliminar la posibilidad —dijo Espina con la boca llena—. ¿Te vas pronto?

—En un par de días. —Boscoscuro quería hacerle ver que tenía el asunto controlado. Cosa que distaba mucho de la realidad, pero no iba a darle aquel gusto.

—¿Próximo destino? —Espina trataba de tirarle de la lengua. Tener información de la competencia nunca estaba de más.

—Está por ver. —Boscoscuro no iba a caer en la trampa; pero la realidad era que no tenía ni idea de qué le depararía el futuro. Solo sabía que estaba cansado de aquella vida—. ¿Tú?

—En diez días tengo que estar en Londres. Caprichos de la realeza inglesa. —A Espina no parecía preocuparle desvelar parte de sus futuros planes.

—Sí…, pero pagan bien.

—Eso es lo que me motiva. —Y, con una sonrisa, Espina untó su foie y la mermelada de higos en el pan—. ¿Planeas retirarte?

—No he pensado en ello —mintió el italiano—. ¿Quieres quitarte competencia?

—*Caralho*, Andrea… —Espina hablaba con la boca llena y a Boscoscuro no se le escapó que le había llamado por su nombre de pila—. Los dos sabemos cómo es este trabajo, y siempre es bueno hablar con alguien que nos comprenda. Hay días que tengo ganas de volver al Algarve y retirarme en una casa en la playa.

Y, en ese momento, estando los dos con la guardia baja, Boscoscuro advirtió en los ojos de su rival el mismo cansancio infinito que él sentía. Y que los deseos del portugués no diferían tanto de los suyos. Villa en la Toscana y uva sangiovese.

—Pues hazlo… —Boscoscuro hacía como si no le importara lo que Espina le contaba—. Seguro que ya tienes dinero para vivir como un rey en Portugal.

—Sí… —esta vez fue el portugués el que tornó la mirada y un desafío apareció en sus ojos—, pero entonces recuerdo que te dejaría a ti todo el trabajo, y me vuelven las fuerzas. —Y soltó una carcajada que se oyó en todo el restaurante. Después, tomó la botella de vino y, haciendo patente el desafío, se la llenó hasta casi el borde. Nadie estaba por encima de él.

Boscoscuro dejó la servilleta en la mesa y se levantó. Espina debía ir armado, porque no se había quitado el abrigo, pero era evidente que él, en chaleco y mangas de camisa, no lo estaba. Y con un tipo impulsivo como Antonio Espina, las cosas podían torcerse en cualquier momento.

—¿Ya te vas? —El portugués siguió hablando con la boca llena.

—*Buona fortuna* con ese chico, Espina.

—*Boa sorte* con ese exiliado español, Boscoscuro.

Y el portugués, masticando ruidosamente, vio como su rival tomaba el abrigo del perchero y salía del restaurante del hotel Royale de Burdeos.

★★★

Golpeó con los nudillos de manera discreta. No quería alertar a nadie, pero, en vista de que parecía no estar siendo escuchado, golpeó con mayor insistencia. A la tercera vez, la puerta de la habitación 206 se abrió y la sonrisa traviesa de Chiara le hizo ver que le había oído a la primera, pero que se había divertido haciéndole esperar.

Boscoscuro la miró de arriba abajo deteniéndose en las curvas de su cuerpo, solo cubierto por la ceñida bata. Su piel brillaba, y el aroma del perfume de jazmín que usaba envolvía por completo la habitación. El largo cabello rojo, ladeado hacia la derecha, le cubría un hombro y parte del pecho, y sus labios escarlata susurraron un «¿por qué has tardado tanto?».

Chiara tomó la mano de Boscoscuro y, con violencia, lo atrajo hacia ella. Cerró la puerta del dormitorio y, con la misma ansia, comenzó a desabrocharle el chaleco mientras le devoraba a besos.

Tercera parte

1

Burdeos, marzo 1828

—Quiere verte —le dijo doña Leocadia desde la puerta de la sala de visitas.

Tras comer, Diego había tomado el ejemplar del *Quijote* de la estantería de la sala para sentarse en uno de los sillones a leer un poco. Estiró las piernas y relajó la cabeza en el respaldo. Cervantes apenas había presentado al ingenioso hidalgo cuando, mecido por los tibios rayos de sol que entraban por los ventanales, le venció el sopor de la primera hora de la tarde. La voz de la señora le sacó del ligero sueño.

—Hoy no tiene el día —añadió refunfuñando—, a ver si tú le puedes sacar algo.

Diego se levantó, aún somnoliento, y se desperezó. Asintió, y doña Leocadia volvió a lo que estuviera haciendo. Dejó el libro en su lugar, con el ánimo de recuperarlo cuando tuviera ocasión, y se dirigió al estudio del pintor.

La puerta de la biblioteca estaba cerrada. Tras llamar con los nudillos, la abrió.

—¡Diego! —exclamó Rosario con alegría al verle asomar la cabeza—. ¿Sabes cuál es la capital de Austria?

Juliet, la niña y Juanito estaban sentados a la mesa. Por el mapa de Europa extendido ante ellos. Diego supuso que estaban en la clase de geografía. Los tres pares de ojos le observaron; risueños los de Rosario, medio dormidos los del mofletudo Juanito e indiferentes los de la institutriz.

—¿Salzburgo? —Diego dio a propósito una respuesta errónea.

—¡Es Viena, tonto! —Rosario sonrió al creer que sabía algo que él ignoraba.

—Vaya… —En un gesto exagerado, Diego cerró los ojos y se llevó la palma de la mano a la frente—. Me tocará venir a alguna clase con vosotros.

Vio la indiferencia de Juliet en su rostro y recobró la compostura.

—¿Todo bien por aquí? —le preguntó.

—¿No ves que sí? —respondió ella con cierto desagrado.

Diego asintió y, sin decir palabra, cerró la puerta.

Entró sin pedir permiso en la estancia de Goya —de todos modos, no iba a oírle si llamaba— y se lo encontró vestido con la bata oscura llena de manchas multicolor, de pie, e inclinado sobre una de las placas de piedra que Cyprien Gaulon le había enviado. Con dos pares de gafas sobre la nariz, aguzaba la vista para dibujar los trazos de la litografía en la que estaba trabajando.

Diego se sentó en la banqueta que estaba junto a la cama de don Francisco; ya sabía que no debía interrumpirle, y decidió esperar con paciencia. La salida al balcón estaba abierta y, aunque el dormitorio estaba bien ventilado, el olor dulzón de la cera que recubría la piedra inundaba el ambiente. Se fijó en que la mano de Goya trabajaba a un ritmo que su orondo cuerpo ya no aguantaba. La panza llegaba a estorbarle, las piernas temblaban cuando permanecía varios segundos en la misma posición, y podía oír su trabajada respiración.

El pintor se separó un par de pasos del dibujo e inclinó la cabeza para observarlo en perspectiva. Cogió un paño húmedo y se limpió las manos.

—Cada vez veo menos, zagal —constató sin mirar a Diego, quitándose los dos pares de lentes. Este se sorprendió de su sexto sentido para saber que él estaba allí.

—Doña Leocadia dice que hoy está taciturno. —Diego no se levantó de la banqueta, pero esperó a que Goya le mirara para hablarle—. ¿Se encuentra bien?

—Con que mi mano responda, me voy conformando. —Hizo un gesto para que Diego se levantara de la banqueta y poder sentarse él—. Esa mujer es una pesadilla.

—Se preocupa por usted.

—¡Que se preocupe por sus asuntos! —Goya dio rienda a su vozarrón y Diego, apoyado en el marco del ventanal, supo que le habrían oído en toda la casa.

—Me dice que rechazo a quienes se me acercan, pero usted no se queda corto.

—Yo no he dicho eso. —La negación con el dedo remarcaba la frase—. Solo te dije que esa frasecita tuya sobre la debilidad de un hombre es una estupidez. Y si no ves que la institutriz está enamorada de ti, es que estás más ciego que yo.

—Todo se andará, don Francisco. —Diego salió por la tangente.

—Nada se andará, zagal… Tenemos que ser nosotros los que andemos.

—Pues entonces, quizás usted también debería comenzar a andar hacia esa mujer y su hija. Se desviven por cuidarle.

Goya asintió con un gruñido. Apoyó las manos en las rodillas y tomó aire.

—El arte es una puta muy exigente —confesó con un suspiro—. Te lo pide todo y te quita más de lo que te da.

—¿Qué tiene que ver eso con doña Leocadia y con Rosario? —Diego se permitía la licencia de hablarle claro; sentía que se había ganado ese derecho.

—No hay nada más humano que la capacidad de crear con fines estéticos —dijo con la vista perdida—. No hay nada más elevado ni más sublime. Pero esa capacidad de creación, que solo posee la especie humana, te vuelve inhumano.

—No me venga con trabalenguas, don Francisco.

—Acabas viviendo más con los personajes que pintas que con las personas que te rodean; sientes la necesidad de soltar todo lo que llevas en la cabeza y no vuelves al mundo hasta que lo consigues. —Sus ojos, en los que vivían universos enteros, brillaban mientras hablaba—. Cuando estoy creando para el mundo, el mundo me molesta…

Goya se quedó en silencio y Diego comprendió que aquellas frases demostraban la gran confianza que sentía hacia él. La paradoja era que escuchar aquello le parecía infinitamente triste, pero sentir la cercanía de uno de los mayores genios de la historia le enorgullecía como nada lo había hecho en toda su vida.

—Sé que busca la eternidad. —Diego se sentó en la cama para poner su rostro a la altura de los ojos de Goya—. Sé que piensa que cualquier obra que logre acabar puede ser la que le haga trascender…, pero quizá sea hora de que se reconcilie con el mundo. —Señaló hacia la puerta—. Y con doña Leocadia y Rosario.

—He sido un necio toda mi vida, zagal. —Su mirada era triste de una forma que Diego no había visto hasta entonces—. Mi Josefa daba a luz niños que nacían muertos, y yo me preocupaba más de mi peluca blanca y de pavonearme en la corte del rey que de estar a su lado. Cuando enfermé y me quedé sordo, corrí tras las faldas de la duquesa de Alba… Josefa rezando por mi vida, y yo reclamando la atención de la duquesa. —La barbilla le temblaba ligeramente, remarcando el pesar que sentía en su alma—. «Solo Goya», llegué a escribir en uno de los retratos que le hice… Valiente ignorante.

—La duquesa de Alba… —Aquellas cuatro palabras resumían, para Diego, la increíble vida que había tenido aquel anciano. Una vida que se acercaba de forma inexorable a su final. Mientras le escuchaba, Diego deseaba que, de algún modo, don Francisco de Goya pudiera reconciliarse consigo mismo.

—La duquesa… —Parecía visualizarla mientras hablaba—. Yo solo era una más de sus obras de caridad, otro bicho raro de su séquito. Y me creía especial…

—¿«Solo Goya»?

—Ya me hubiera gustado a mí. —Rio con ironía—. Pobre Teresa, la víbora de la reina María Luisa acabó con ella…

Aquel anciano que apenas podía sostenerse en pie había vivido seis décadas en el centro de la historia de España. Había conocido a los personajes más notables, asistido a las intrigas más despreciables y navegado entre las turbulentas aguas de la corona, intervención de Napoleón incluida. Había sobrevivido a todos esos nombres, había visto cómo todas aquellas personas habían quedado en el recuerdo o en el olvido, según sus méritos. Y seguía allí, compartiendo el peso de su alma con su joven guardaespaldas. Quien, a cada frase que pronunciaba el pintor, se daba cuenta de que esa inmortalidad que tanto perseguía la tenía más que ganada.

—¿De cuál de sus obras está más orgulloso, don Francisco?

—He pintado tanto…

—Sí, pero ¿por cuál de sus obras le gustaría ser recordado?

—Zagal... —don Francisco rio de nuevo—, si el arte es una puta, la historia es la madame del burdel. Esa sí que manda y hace lo que le viene en gana. Así que... —levantó los hombros— quedo en manos de ella.

Ambos hombres, sin mirarse, guardaron silencio uno ante el otro. Solo acompañándose, tan solo permaneciendo allí. El relato de Goya seguía flotando en aquella habitación, en aquel rincón de Burdeos, muy alejado de los lugares que habían marcado la vida de aquel genio de la pintura.

Goya se levantó al fin y abrió la puerta del armario. De uno de los cajones sacó una carta, que le entregó a Diego con un tácito permiso para leerla. Este sacó el papel del sobre, ya abierto, y leyó las pocas líneas que contenía:

Estimado padre,

Deseo que se encuentre razonablemente bien, y que esté recibiendo los cuidados que necesite.

Recibí su carta reclamando mi presencia en Burdeos y, aunque es algo que deseo de todo corazón, varios negocios que requieren mi completa atención me hacen imposible dejar Madrid en este momento.

Comprendiendo que su anhelo es tener cerca a su verdadera familia, he dado orden a Gumersinda y a Mariano para que viajen a Burdeos para estar con usted. Yo llegaré en cuanto se solucionen estos complejos asuntos que me ocupan.

Reciba usted el afecto de su hijo Javier.

Diego levantó la mirada buscando una explicación de boca de Goya.

—Su verdadera familia... —A Goya le había escocido la expresión—. Ese desagradecido no va a venir hasta que yo me muera.

—Dice que solo es un retraso. —Diego trató de no ser tan negativo como Goya.

—Lo que yo te diga.

—Entonces…, ¿el notario?, ¿la donación a doña Leocadia?

—Pues ahí está el tema… Javier odia a Leocadia y me deja claro que no va a ceder. Manda a mi nuera y a mi nieto, pero él…

—¿Y si viaja usted a Madrid? Yo le acompañaría.

—Diego, si apenas puedo andar por esta habitación.

—Lo siento, don Francisco… —Diego era consciente de que ese viaje mataría a Goya antes de llegar a Madrid, pero quería que supiera que estaba dispuesto a hacer todo lo que estuviera en su mano.

—Chico, solo quiero poder hacer algo bien antes de morir. —Los ojos volvieron a brillar—. Irme de este mundo sabiendo que esa niña tiene un futuro.

—Si hay algo que yo pueda hacer, maestro…

—Niño… —Goya le llamó por su nombre profesional—, mírame bien. —Guardó silencio hasta asegurarse de que Diego ponía toda su atención en lo que iba a decirle—. Yo ya no puedo hacer más, mis manos están atadas… —Goya le puso la mano sobre su brazo, apoyándose en él—. Pero necesito que me prometas algo.

—Dígame, don Francisco.

—Haz lo que sea para que Leocadia y Rosario puedan vivir sin mí, que no les falte comida y un techo.

—Pero, don Francisco…, ¿cómo voy a poder hacer yo eso?

—Lo que sea, Diego. Estoy desesperado… —En un signo de complicidad, Goya le apretó el brazo—. Y lo que sea significa lo que sea.

La desesperación e impotencia que Diego percibió en él le produjo una enorme pena. Lo había tenido todo y, a las puertas de la muerte, pedía ayuda a un casi desconocido para que a su compañera y a la hija de esta no les faltara comida y un techo. Goya no pedía lujos para ellas, pero quería morir tranquilo sabiendo que no les iba a faltar lo esencial. Y en aquel momento no podía asegurarlo.

El bienestar de Leocadia y Rosario eran su deseo de redención. Goya, siendo un maestro, sabía que durante su vida había sido injustamente inhumano con las personas que más le habían querido.

—Lo que sea, Diego... —El hilo de voz era un ruego y una desesperada petición hacia la única persona con la que, en ese momento de su vida, Goya sentía una conexión como para poder sincerarse así—. Ahora déjame solo, por favor.

Diego se puso en pie mirando a aquel anciano cabizbajo y triste que le había confiado lo que más le preocupaba. Un anciano que le trasladaba una responsabilidad que no tenía capacidad de asumir; era un gesto egoísta de Goya, sí, pero por causa de un instinto tan humano como el de la supervivencia de los seres queridos. Aunque desoyera a ese hombre y no moviera un dedo, Diego sabía que cualquier cosa que le ocurriera a Rosario pesaría en su conciencia. Se sintió tan vulnerable como el propio Goya en aquel momento. Y esa vulnerabilidad le daba tanto miedo que la única reacción que su cuerpo sabía expresar era la ira.

—Don Francisco... —le tocó el hombro para que le mirara—, ¡y aún me dice que la fortaleza de un hombre comienza teniendo personas a las que amar y proteger! —Y salió dando un portazo, comido por la rabia.

★★★

Saltándose todas sus normas, Diego bajó a la calle para tomar aire e intentar ahuyentar la furia que sentía. Estaba acostumbrado a que se le requiriera para trabajos difíciles, incluso en los que era posible que perdiera la vida. Pero no para cargar con la responsabilidad de cuidar de otras personas en el sentido intrínseco de la palabra: proveerles de lo necesario para llevar una vida digna, ser escudo protector ante los vaivenes de esta. Eso era lo que le pedía Goya, y lo hacía porque, a sus ochenta y dos años, se sabía incapaz de hacerlo por sí mismo.

Las calles estaban concurridas a esa hora en la que comenzaba a oscurecer. Los comercios, todavía abiertos, atendían a los últimos clientes mientras el personal de teatros y cafés ya se preparaba para el trabajo que llegaba al caer la noche.

Aquella responsabilidad que don Francisco le traspasaba no le correspondía a él, no formaba parte de su trabajo. Tenía dos opciones: rechazarla o asumirla como la última voluntad de alguien a quien la muerte visitaría pronto. Sabía que estaba en su completo derecho de hacerse a un lado, pero también sabía que estaba demasiado involucrado. Alguien le pedía para una niña de trece años la ayuda que él no tuvo a esa edad. Diego daba gracias al cielo porque Jacob Cordier le hubiera encontrado tras la muerte de su padre y le hubiera dado una nueva oportunidad, pero quién sabía qué hallaría Rosario en el camino de espinas que se abría ante ella.

«Lo que sea significa lo que sea.»

Era una consigna de medidas desesperadas, un grito al cielo.

Caminando sin rumbo, Diego llegó a la rue Saint-Remi, donde las tabernas servían vino caliente a los destemplados clientes. Se le antojó calentar sus huesos con aquel brebaje y, abrochando su abrigo, tomó asiento en una mesa.

Soplando para atemperar el vino, observó el comercio que tenía frente a él, al otro lado de la acera. Un hombre de mediana edad, tal vez el dueño del negocio, medía el perímetro de la cabeza de un cliente. Era una sombrerería donde, además de ofrecer un enorme surtido de sombreros, también se confeccionaban a medida todo tipo de prendas para cubrir la cabeza.

Y esa imagen le recordó a una persona que conoció una vez: un amigo de Jacob Cordier que también medía cráneos y tomaba anotaciones. Pero con otro objetivo.

Una idea se abrió paso en su cerebro; alocada, pero con cierta probabilidad, pequeña, de tener éxito. Tendría que mover muchos hilos, pero podría merecer la pena. Y, animado gracias al vino y al plan al que estaba dando forma, levantó el vaso para pedir que se lo rellenaran.

Antonio Espina fumaba sentado en otra de aquellas mesas. Protegido por su anonimato, estudió a Diego Girard. El Niño era bastante más alto que él, y sabía que estaba entrenado para el combate cuerpo a cuerpo. Sería una temeridad confiar su suerte a un enfrentamiento directo; pero, ahora que ya sabía qué cara tenía, tan solo debía encontrar la forma de acabar con él sin poner en riesgo su propia vida.

Cobrar, y a por el trabajo que le esperaba en Inglaterra.

2

El fuego de la habitación de Chiara se había apagado durante la noche, pero las mantas de lana contenían el frío. El roce de la piel de ambos también ayudaba a conservar el calor.

Boscoscuro, despierto desde antes del alba, observaba cómo las vigas de madera del techo se iban haciendo visibles a medida que la claridad se abría paso a través de la oscuridad. Sentía la calmada respiración de ella, que dormía con la cabeza apoyada en su pecho desnudo, y aspiraba el aroma de su cabello rojo. Apoyó la mano en su hombro, sintiendo la suavidad de aquella piel que había puesto su mundo del revés. Todo escapaba a su control, aquella misión en Burdeos estaba resultando todo lo contrario a lo que él acostumbraba a vivir.

Tenía que quitar del medio a cuatro viejos exiliados y solo había sido capaz de hacerlo con uno. El desastre del Café de Lorain, la huida a París de Moratín y Silvela, y el fracaso del plan para matar a Goya mientras dormía. Y, en vez de ocuparse en persona de acabar el encargo, había delegado la consecución del objetivo en aquellos patanes comandados por Guillaume Fossé.

Ya tenía claro que la causa de esa dejadez estaba apoyada en aquel momento sobre su pecho, dormida tras una larga batalla de besos, caricias y palabras susurradas al oído. Una liza en la que Chiara, sentada a horcajadas sobre él con los ojos cerrados, cabalgando como una amazona en la playa de Themyscira, había conjurado un aquelarre de placer en el que era ella quien mandaba.

El mundo de Andrea Boscoscuro no volvería a ser el mismo hasta que desapareciera de su vida. Y ahí radicaba el problema: no sabía si quería eso.

—Te oigo pensar —susurró Chiara en su duermevela—. *Tutto bene?*

—*Non preoccuparti, cara...* —respondió—. Pensaba en el trabajo.

—¿Ese trabajo que, en cuanto lo termines, llevará tu rumbo hacia otro lugar? Quizá tengas ganas de acabarlo para irte.

—Quizá lo esté alargando para no irme.

—¿Y qué es lo que le retiene, *signore* Boscoscuro? —preguntó con ironía.

—Si te dijera que es una dama de cabellos rojos, corro el riesgo de que me digas algo que no quiero oír.

—Si me dijeras que es por una dama de cabellos rojos, me halagarías. —Chiara enredaba entre sus dedos el vello del pecho de Boscoscuro—. Pero ya acordamos que aquí no había cabida para el drama.

Boscoscuro era más que consciente de cuál era la situación de ambos, y que ella, como mujer casada, tenía obligaciones que no podía dejar de cumplir. También de que, desde luego, aprovechaba cualquier ocasión para recordarle que no iba a dejar de hacerlo. Lo comprendía, sus caminos se habían cruzado en Burdeos, pero estaban destinados a separarse. Aunque no podía dejar de preguntarse qué hubiera ocurrido si se hubieran conocido en circunstancias diferentes. Pero para eso jamás tendría respuesta.

—Andrea…, ¿cuál es tu trabajo aquí? —Chiara cambió de tema.

—Sabes que no puedo decírtelo. —Acarició su cabello—. No quiero implicarte.

—¿Implicarme? —Ella acomodó su cabeza sobre el pecho de él—. ¿Más?

—¿Crees que ya te he implicado?

—Tú no. Me he implicado yo solita. Compartimos un secreto que siempre tendré que callar.

Boscoscuro guardó silencio, sopesando sus palabras.

—Tengo que matar a un hombre —confesó al fin.

—¿Se lo merece?

—Ese no es mi problema. Solo hago mi trabajo.

—Andrea. —Ella levantó la cabeza y le miró a los ojos—. ¿Se lo merece o no?

De nuevo un silencio se instaló entre ambos, y Boscoscuro desvió su mirada.

—No.

—Pues no lo hagas.

—Pues deja a tu marido. —Y el italiano volvió a clavar sus ojos en los de ella.

—Sabes que no puedo.

—Lo mismo te digo.

Chiara se levantó de la cama, sin importarle que la viera desnuda, y entró al baño. Él pudo oír como orinaba y, lejos de disgustarle, le pareció el mayor gesto de complicidad que jamás había tenido nadie con él.

—Por favor, márchate —dijo al regresar al dormitorio—. Van a comenzar a limpiar las habitaciones y no quiero que te vean salir de aquí.

—¿Estás enfadada?

—Sí… —No podía ocultarlo—. Pero no contigo. ¿Cómo voy a enfadarme contigo por hacer algo que no me gusta cuando yo misma estoy haciendo algo horrible? —Se puso la bata y dejó la ropa de Boscoscuro sobre la cama.

Boscoscuro, haciendo gala de la misma complicidad, se levantó y comenzó a vestirse. Ella se acercó para observar cómo comenzaba el día en la calle a través del ventanal del dormitorio. Prefería no mirarle mientras se vestía para marcharse.

—Chiara… —A Boscoscuro le costaba un mundo decir lo que iba a decir—. Creo que es mejor que lo dejemos aquí.

—Estoy de acuerdo —respondió sin girarse—. Ha sido un placer, Andrea.

***

Se sintió desorientado durante todo el día, como si su ausencia le hubiera dejado huérfano de algo que había tocado con los dedos, pero que no había sido capaz de sostener entre los brazos. Muchas mujeres habían calentado sus sábanas, con muchas había saciado su deseo; pero Chiara era distinta a todas. A aquellas alturas, Boscoscuro ya sabía que no era un romántico que exaltara la capacidad del amor para cambiar el destino del alma o que enloqueciera ante un sentimiento no correspondido. Pero tampoco era tan necio como para no percatarse de que podría pasar el resto de su vida con aquella salvaje de cabellos rojos que había entrado en su cabeza como una avalancha que todo lo arrasa.

Le vinieron a la cabeza las palabras de su madre, quien siempre repetía lo mismo cada vez que la diosa Fortuna sonreía o daba la espalda: «En esta vida ya está escrito lo que es para nosotros».

Atendiendo a aquellas palabras, Boscoscuro se convenció de que era preferible haber conocido a Chiara Duprée y haberla perdido, que no haberla conocido jamás. Y, entonces, se sintió el hombre más afortunado del mundo por haberla conocido y el más desdichado por no haberlo hecho en otras circunstancias.

Dejó correr el tiempo vagando por el mercado de los Capuchinos, mezclándose entre las mujeres que regateaban con los tenderos y llenaban sus cestas de patatas, cebollas y coles para alimentar a su familia. Escuchó en tabernas las conversaciones entre hombres que buscaban trabajo en los muelles y, en la estación de Saint-Jean, observó a los viajeros que se despedían de la ciudad y a los que sonreían por llegar a ella. Incluso, pese a no ser creyente, entró a oír misa en el Seminario para constatar cómo la gente seguía confiando su suerte y su destino a un poder superior omnipotente, aceptando así todo lo que llegara con un sumiso «Los caminos del Señor son inescrutables». Que tampoco difería tanto de aquellas palabras de su madre sobre cómo el destino de cada ser humano ya estaba escrito.

Y él se resignó también: su destino con Chiara se había escrito aquella misma mañana, en la habitación 206 del hotel Royale de Burdeos.

★★★

Guillaume Fossé y los gemelos Ferdinand reían en la mesa de la taberna de la place du Pont. Pierre parecía contar algo muy gracioso y su hermano Alphonse dejaba ver la falta de dientes al arrugar el rostro por las carcajadas. La risa del jefe, el grandullón Fossé, era más comedida, como si estuviera dejando que sus chicos disfrutaran de un poco de calma antes de la tempestad.

Sin saludar, Boscoscuro se sentó a la mesa y los tres hombres dejaron de reír al verle. Fossé le acercó un vaso, pero el italiano negó con la cabeza.

—No ha salido de su casa —informó el gigantón—. Quizás esté enfermo.

—Quizá la parca haga *il lavoro* por ti...

—Si así fuera, espero que nos pague igual, jefe.

Boscoscuro asintió, tranquilizando a Fossé. Llegados a ese punto, no pensaba discutir con aquellos hombres; que la fortuna dictara su sentencia. Había decidido abandonarse a la fatalidad que le había acompañado durante todo el día: si la cabeza de Goya tenía que llegar a sus manos, llegaría de un modo u otro.

—Llevamos todo el día vigilando en la calle —informó Fossé—. Le hemos visto a través de los cristales, pero nada más.

—Necesitaré que me aviséis cuando lo hayáis hecho. —Obvió decirles que tenía serias dudas de que lograran llevar a cabo el encargo.

—Pues usted dirá cómo quiere que lo hagamos. —Fossé no ignoraba que Boscoscuro era tan hermético con ellos que ni siquiera sabían dónde se alojaba.

El italiano metió la mano en el bolsillo de su abrigo y sacó una carta; en el sobre rezaban dos líneas:

Monsieur Andrea Boscoscuro
Hotel Royale de Burdeos

Se la entregó a Fossé, y este leyó las señas del destinatario.

—¿Quiere que le dejemos este mensaje aquí —señaló el nombre del lugar donde se alojaba Boscoscuro— una vez que demos pasaporte al viejo?

Boscoscuro asintió de nuevo. Lo ocurrido con Chiara le había quitado, aún más si cabía, las ganas de hablar. Fossé tomó su daga de la cintura y se dispuso a abrir el sobre cerrado.

—¿Qué crees que estás haciendo? —Mostró su enfado ante el gesto de Fossé.

—Quiero asegurarme de que no dejamos pistas —explicó Fossé sin mirarle mientras rasgaba con cuidado el sobre; cualquier ocasión era buena para demostrarle a Boscoscuro que él no era un títere que pudiera manejar a su antojo—. Sería estúpido entregar una carta que no sé lo que lleva escrito.

Con un gesto de su mano, Boscoscuro le dio a entender que hiciera lo que creyera conveniente. Tenía que admitir que, si hubiera estado en su situación, habría hecho lo mismo. Fossé se sorprendió al abrir el sobre.

—¿Y esto? —preguntó al comprobar que estaba vacío.

—No necesito que haya nada escrito, el sobre es solo una señal. *Io* soy el primero que no quiere dejar pista alguna.

Fossé asintió conforme, alisó el sobre y lo guardó en el interior de su capa. Boscoscuro se levantó y comenzó a alejarse sin despedirse.

—Jefe… —Fossé alzó la voz para que le escuchara, y este giró la cabeza—. ¿Está todo bien?

Boscoscuro asintió con la cabeza, mirando a los tres hombres. Volvió a girarse, y dejó atrás esa taberna en la place du Pont a la que estaba harto de acudir para hablar con aquellos incompetentes.

★★★

Ya en el hotel apenas cenó; se dedicó a diseccionar los platos y a probar un poco de cada uno. Ansiaba poder conciliar el sueño al menos durante unas horas, y que el vacío que tenía en su interior se hubiera atenuado a la mañana siguiente.

Mientras subía las escaleras para llegar a su habitación, se detuvo en el pasillo de la segunda planta, que tantas veces había recorrido en los últimos días para buscar refugio en las caderas de Chiara Duprée. Sonrió al recordar esos momentos, y siguió su camino hacia la planta superior.

Pero unas voces le detuvieron.

No entendía qué decían, pero por el volumen supo sin duda que se trataba de una discusión. Se adentró en el pasillo, afinando el oído para detectar de dónde procedían los gritos.

—¡Así que, mientras yo estoy trabajando para poder darte todos los caprichos que desees, tú te dedicas a alternar con otro hombre a mis espaldas!

—¿Prefieres que esté sola esperando a que te dignes a aparecer?

—Además, tienes la desfachatez de confirmarlo.

—No tengo nada que ocultar.

—¡Qué vergüenza! Todo el hotel te ha visto.

—¡Todo el hotel menos tú! Me dejas aquí abandonada y pretendes que me quede encerrada en la habitación.

—¡Lo único que pretendo es que mi mujer sea una dama decente! ¡No una puta!

—Si piensas que soy una puta, no tienes más que dejarme.

—¡Lo que tendría que hacer es averiguar quién es el desgraciado con el que te has visto y darle su merecido!

—Me parece que no estarías a su altura.

—Maldita insolente…

El inequívoco sonido de la palma de una mano golpeando una mejilla hizo que Boscoscuro levantara la pierna y descargara toda su fuerza contra la puerta, rompiendo la cerradura y haciendo visible su figura recortada en el vano.

392

—Si buscaba a quien ha acompañado a su esposa, soy yo —dijo dando dos pasos y adentrándose en la habitación—. Arreglemos esto como hombres.

El único candil prendido en la estancia hacía que la luz titilara en los rostros de Chiara y su marido, y envolvía en sombras a Boscoscuro, dándole una apariencia espectral. Chiara, con un hilillo de sangre manándole de la nariz, parecía petrificada. Y Pol Duprée, aún con la mano en alto tras la bofetada que le había propinado, advirtió, nada más verlo, que era un mal negocio meterse en problemas con aquel tipo.

—¡Pero cómo se atreve!, ¡está entrando en un lugar privado! —acertó a decir.

Duprée era un cincuentón cuya fofa barriga rebosaba el chaleco desabrochado y con una incipiente papada, visible por el cuello abierto de la camisa. Aun así, intentaba mantener la compostura ante Boscoscuro. Los tirantes, todavía sujetos a la cintura del pantalón, colgaban a los costados, dejando que este creara una bolsa muy poco favorecedora en su trasero. El acceso de furia contra su esposa le había despeinado y el flequillo, ridículo, casi le tapaba los ojos.

—¡Voy a llamar a la policía! —amenazó con ira.

—No es necesario que llame a nadie. —Boscoscuro se quitó el abrigo y lo dejó caer al suelo, al tiempo que desabotonaba los puños de una de las camisas que Chiara le había regalado—. Preguntaba por mí, y aquí me tiene.

Duprée, en una muestra de la hombría que suponía que debía demostrar, se subió los tirantes y también se desabrochó los puños, aun a sabiendas de que entraba en un terreno desconocido para él.

—Andrea, vete de aquí. —La voz de Chiara rasgó la tensión de la habitación.

—Si ese hombre —Boscoscuro señaló a Duprée— es capaz de pegarte, supongo que también será capaz de pelear conmigo.

—¡He dicho que te vayas! —La ira contrajo el rostro de Chiara, su respiración se aceleró y sus ojos parecieron lanzar puñales—. No necesito que me salves.

—Yo solo quería…

—¡Me da igual lo que quieras! —gritó—. ¡Fuera!

El grito sonó como una orden que no se podía discutir. Boscoscuro midió con la mirada a aquel cobarde que no le habría durado ni un suspiro, preguntándose cómo la misma mujer a la que había abofeteado podía estar salvándole. Recogió su abrigo y, sin decir palabra, abandonó la habitación.

Caminó por el pasillo ignorando a los huéspedes curiosos que se habían asomado a la puerta de las habitaciones al oír el escándalo y que, siguiéndolo con la mirada, se preguntaban qué había sucedido.

3

Burdeos, febrero 1889

—¿Alexandre de Lemaire? —pregunta extrañado Pereyra cuando Leland le habla del recibo que han encontrado en Tudela—. ¿Debería sonarme ese nombre?

—Un nombre de otros tiempos —admite—. No tiene por qué conocerlo.

—¿Quién era?

—Monsieur Pereyra... —Gilles Leland prende un fósforo y se enciende un cigarrillo—, ¿ha oído usted hablar de la frenología?

El viaje desde Tudela había sido un pequeño infierno en la cabina del carruaje del cónsul. Y en el hostal de Biarritz donde pararon a descansar. Jean-François, callado, ya le había dicho a Gilles cuanto debía: era hora de abandonar el caso. Pero este había olido la presa y, aunque sabía que el terreno podría ser pantanoso, no iba a soltarla. De nuevo en Burdeos, el joven había alegado que se encontraba indispuesto para retirarse a su habitación, de donde no había salido ni para cenar.

Y tras la cena, sentados en el chéster de la sala de la chimenea, es cuando Leland pone al día a Pereyra: le habla del cuadro del supuesto cráneo de Goya pintado por Dionisio Fierros que hallaron en el palacio del marqués de San Adrián, y del recibo por el cual Alexandre de Lemaire pagó al marqués por el cuadro.

—¿Frenología? —repite el cónsul—. No había oído jamás esa palabra.

El detective va al mueble de las bebidas y sirve dos copas de brandy.

—Fue una pseudociencia muy popular en Europa a principios de siglo. —Entrega una copa a Pereyra y se deja caer, cansado, sobre el sofá—. Sostiene que la medida de determinadas partes del cráneo puede predecir las capacidades de un individuo.

—¿Quién se cree esa patraña?

—Quizá pueda parecerle algo estúpido, y lo es… —Leland aspira el humo de su cigarrillo—, pero existieron grandes defensores y estudiosos. Se dedicaban a comprar cráneos de personas fallecidas para analizarlos, tomar medidas y tratar de hallar correlaciones, con la intención, en un principio, de predecir posibles comportamientos criminales y enfermedades mentales.

—¿Y qué tiene que ver eso con nosotros?

—Alexandre de Lemaire le añadió un toque más… —Leland se toma un par de segundos para buscar la palabra adecuada— «creativo» al asunto: investigó si la frenología también podría predecir la genialidad.

—Y para ello… —Pereyra enlaza conceptos.

—Exacto. Necesitaba cráneos de genios.

Pereyra bebe de su copa despacio mientras ordena toda la información.

—Así que cree posible que Alexandre de Lemaire se hiciera con el cráneo de Goya —deduce—. ¿Tan lejos iban esos hombres como para profanar tumbas?

—¿Tan lejos? —El detective sonríe irónico—. Circulan historias muy escabrosas sobre cómo algunos frenólogos conseguían los cráneos para sus estudios. Pero Lemaire solía utilizar un procedimiento distinto.

Pereyra ya tiene confianza con Leland como para conversar con el chaleco y el cuello de la camisa desabrochados. Ahora es él quien enciende un cigarrillo.

—Alexandre de Lemaire era médico, muy famoso en París —continúa Gilles—. Entre su clientela se encontraban las familias más ricas de la ciudad, e hizo fortuna con su buen hacer. Su posición le llevó a tener una estrecha relación con intelectuales y artistas; esas eran las cabezas que le interesaban.

—¿Y cómo se hacía con ellas?

—El dinero todo lo puede. Ofrecía una buena suma a la familia cuando fallecía un individuo de su interés. O incluso hacía una oferta a la persona mientras vivía.

—Suena enfermizo. ¿Y usted cree que se hizo con la cabeza de Goya?

—A eso apuntan todas las pistas.

—¿Y el asunto del cuadro de Tudela?

—Una cortina de humo. —Gilles apura su copa y se sirve otra—. Goya es uno de los mayores genios de la pintura y Lemaire intuiría que, tarde o temprano, alguien querría repatriar sus huesos a España. —Mira al cónsul; ese «alguien» ha resultado ser él—. Saltaría el asunto de la cabeza, y él no querría que se descubriera su implicación. Quizá no esperaba que pasaran sesenta años, tal vez creía que sería todo más inmediato, pero necesitaba una coartada.

—Ahí es donde entra el marqués de San Adrián.

—Un buen amigo de Goya. —Leland, de pie, bebe junto a la chimenea—. Quizá también del propio Lemaire. Casi al final de su vida, el marqués cobra esos mil francos, y guarda un recibo…

—¿Por la venta de un cuadro que todavía no estaba pintado? —corta Pereyra.

—No… —niega—, no por la venta. Solo por pintarlo y dejar una pista falsa, por si alguien se ponía a investigar. Alexandre de Lemaire no quería tener el cuadro; quería que, si se daba el caso, apareciera en un lugar lejano. De ese modo cortaba todo vínculo con el asunto y las miradas, llegado el momento, se desviarían hacia el marqués. Que ya llevaría años criando malvas, así que le era indiferente.

—Suena maquiavélico.

—Es el plan de un genio; a Lemaire le hubiera interesado estudiar su propia cabeza —le corrige el detective—. Ocultar algo a plena vista, difundir rumores, la etiqueta en la parte trasera…, y todo ello, a miles de kilómetros de París, para que nada pudiera relacionarle con el cráneo.

—Pues, entonces… —Pereyra le sonríe—, permítame decirle que es usted otro genio, Gilles.

—Solo hubo algo con lo que no contó Lemaire: que hubiera un recibo, que el marqués registrara aquella transacción. Y, por supuesto, que nosotros husmeáramos durante toda una noche en aquella montaña de papeles hasta dar con esa pista falsa.

—¿Por qué ese tal Fierros pintaría el cuadro en 1849? El marqués ya llevaba cuatro años muerto.

—Esa es la fecha que figura, pero vaya usted a saber… —Leland vuelve al sofá—. Apuesto a que eso también formaba parte del plan.

—¿Tiene pensado cuál es el siguiente paso?

—Nos vamos a París.

—¿Y qué espera averiguar allí? Lemaire llevará décadas muerto.

—Así es… Pero hay una víbora que sabrá la verdad —Leland hace una mueca con la boca y, ante el gesto de asombro de Pereyra, se explica—: Eleonora de Lemaire, su bisnieta. Heredó toda la colección de cráneos de su bisabuelo y, entre otras cosas, lleva años dedicada a ampliar su catálogo.

—Vaya…, ¿una mujer frenóloga?

—Lo de Eleonora no tiene nada que ver con la frenología. —Leland mira a Pereyra—. ¿Recuerda lo que usted me dijo cuando, el día que vino a mi casa de París, le insinué la posibilidad de que jamás encontráramos el cráneo de Goya?

—Que si usted había sido capaz de encontrar el diamante de Bruneau…

—¿Qué sabe de esa historia? —le pregunta.

—Un raro diamante rosa, el mayor conocido, que fue robado al duque de Bruneau. —Pereyra, masajeando su sien, hace memoria—. Usted lo recuperó.

—La historia es un poco más enrevesada que todo eso.

—No tengo previsto acostarme todavía.

Pereyra se levanta, toma la botella y la lleva hasta la mesilla que tienen frente al sofá. La noche se prevé larga.

—El diamante era, es… —corrige Leland—, la posesión más preciada del duque de Bruneau. Fue hallado en una de sus minas en Botsuana y, aunque el precio que habría alcanzado en el mercado hubiera sido inimaginable, el duque decidió quedárselo. Hizo que lo tallaran y que lo engarzaran en una trabajada cadena de oro, y lo lucía al cuello cuando era invitado a actos de la alta sociedad.

—Otro maldito presuntuoso… —Pereyra escupe con odio sus palabras, tal vez recordando a personajes que él mismo habría conocido en la corte española.

—Ni más, ni menos. Hasta que se cruzó con alguien más presuntuoso que él: hace dos años, en una recepción en la embajada alemana en París, el conde Dremmel, un industrial germano que se había hecho rico instalando vías férreas, se encaprichó del diamante. —Leland toma la botella y sirve brandy en las dos copas—. Para ser sinceros, quien se encaprichó fue la amante de Dremmel...

—Otro clásico.

—Y Dremmel, también aficionado a presumir de su fortuna, hizo allí mismo a Bruneau una oferta por el diamante. Un millón de marcos.

—¡La virgen! —Pereyra da un respingo al oír la cifra, y Leland sonríe.

—Para Bruneau no fue una oferta, sino un duelo para dilucidar quién de los dos tenía una mayor fortuna.

—Se negó, claro. —Para el cónsul es obvio.

—Por supuesto. Hizo ver que ese millón de marcos le importaba bien poco.

—¿Y Dremmel? —La historia le interesa a Pereyra, que se incorpora en el sofá.

—Tomó la tangente. —Leland le imita, dejando de lado por unos momentos el cansancio del viaje desde Tudela—. Contrató a alguien para que robara el diamante a cambio de pagar el millón que le había ofrecido a Bruneau. Pero muy pocas personas están preparadas y tienen los medios para dar un golpe así.

—¿A quién contrató?

—Eso, Pereyra, es lo enrevesado de esta historia... —Leland guarda silencio unos segundos—. Dremmel encargó el robo a Eleonora de Lemaire.

—Dios santo... —Pereyra acaba de comprender, de golpe, las ramificaciones tan profundas que «su» caso tiene para Leland.

—Eleonora diseñó el plan, y reclutó a los hombres adecuados para aquel trabajo. Sus tentáculos son tan largos que fue capaz de concertarle a Bruneau la única cita a la que acudiría sin presumir del diamante: una reunión en el palacio del Elíseo con Jules Grévy.

—El mismísimo presidente de la República... —Se sorprende Pereyra.

—Todo ese poder tiene Eleonora de Lemaire —afirma Leland—. El grupo que había reunido asaltó la residencia del duque mientras este estaba fuera, redujo a todo el servicio y tuvo pleno acceso a sus tesoros. Pero solo había una persona en todo París capaz de abrir su caja fuerte Birmingham Safe; un viejo conocido de otros golpes, al que Jean-François y yo no tardamos en encontrar. Y que cantó como un pajarito cuando le metí el cañón de mi Colt 45 en la boca.

—Pudo detener la entrega del diamante y devolverlo a Bruneau.

—Resumiéndolo mucho, sí. Y Eleonora se quedó sin su millón de marcos, aunque jamás hubo pruebas para relacionarla con el caso; tenía bien aleccionada a la gente que participó en el robo y ella no es dada a mancharse las manos.

—¿Y pretende que esa mujer le pueda dar información sobre su bisabuelo y el cráneo de Goya? —Pereyra comprende el dilema al que se enfrenta Leland—. Esa tal Eleonora se la debe de tener jurada.

—Es la única opción que nos queda. —Leland encoge los hombros—. Y la única persona que puede contarnos la verdad. El cuadro, las fechas, la relación de su bisabuelo con el marqués de San Adrián...

—Y el cráneo de Goya... —El cónsul termina el razonamiento de Leland.

Pereyra recuesta su espalda en el chéster y saca su reloj del bolsillo del chaleco. Lo abre, pero no mira la hora; solo quiere observar la fotografía de su esposa que hay en el interior. Levanta la vista, la detiene en el retrato de ella colgado junto a la chimenea y compara ambas imágenes. En parte, la conversación que está teniendo con el detective es gracias a ella: si la muerte no la hubiera encontrado en Burdeos, él jamás habría hallado la tumba de Goya y, tras la sorpresa de la exhumación y la falta de su cabeza, no habría contratado al detective. Y entonces no estarían esa noche compartiendo historias y confidencias.

—¿Sabe? —El cónsul mira el cuadro en la pared y se lo señala a Leland—. Habría hecho cualquier cosa por ella. Era la luz de mi vida, y murió en mis brazos.

—Lo siento…

—Pero, por mucho que me duela, sé que soy un afortunado por haberla tenido a mi lado tantos años. —Cierra el reloj y lo devuelve al bolsillo—. Daría todo lo que tengo por volver a abrazarla unos segundos.

—Le comprendo.

—No, Gilles… No me comprendes. —Y, por primera vez desde que se conocen, Pereyra tutea al detective—. Y ya que no quieres aligerar tu peso, lo voy a tomar yo para que puedas descansar un poco.

Leland se incorpora, alerta ante el giro en la conversación.

—¿Dónde quiere ir a parar, Pereyra?

—Si me comprendieras, dejarías este caso. Aunque sea tirar piedras sobre mi propio tejado.

—Usted me ha contratado.

—Si me comprendieras —repite—, pensarías más en ese muchacho. —El cónsul señala hacia la puerta—. Está enamorado de ti y te seguiría al fin del mundo, pero no quiere que continúes adelante con esta historia. Se ha encerrado en el dormitorio desde que habéis llegado, y ahora entiendo todo: no quiere volver a París para que os crucéis en el camino de esa tal Eleonora de Lemaire.

402

—Tengo una reputación como detective...

—Por favor, reconoce que no lo haces por tu reputación. —Pereyra, amistoso, le pone un brazo en el hombro—. Lo haces por ti: quieres ganar el duelo a esa mujer.

—Reconozco que es un contratiempo inesperado que ella haya aparecido en este asunto. Pero ahora no voy a dejar el caso.

—Ya lo has hecho otras veces, solo que no te has dado cuenta.

—¿Cuándo he dejado yo algo?

—Dejaste la policía...

—¡Me expulsaron! —Leland rechaza la mano de Pereyra y se pone en pie en un acceso de cólera—. ¡Mi propio padre me expulsó!

—Porque se enteró de que eras homosexual, ¿verdad? —Pereyra mantiene la calma. Sabe que llevar esa carga comporta una reacción como la de Leland.

—¡Fui la deshonra de la familia! —Leland se tapa los ojos, intentando contener el dolor que todavía le invade al recordar aquello—. ¡Me dijo que ya no era su hijo!

—Pero tú no trataste de negarlo o de reconducir la situación. Simplemente lo aceptaste.

—No puedo ir contra mi condición, no sería yo.

—Pues eso mismo, Gilles... —El cónsul vuelve a señalar la puerta—. Si me comprendieras sabrías que ese hombre que muestras al mundo como tu ayudante está sufriendo; no se lo merece. Está asustado porque sabe que os estáis metiendo en terreno peligroso, y teme más por tu vida que por la suya. —Pereyra sonríe conciliador—. Si de verdad me comprendieras, abandonarías aquí mismo.

Las cartas boca arriba. Pereyra ha sido capaz de desentrañar todo por su cuenta, tan solo observando. Y Gilles, que esconde su rostro para que Pereyra no vea sus lágrimas, agradece que lo haya hecho de una forma tan honesta y respetuosa; en un hombre de la edad y posición de Pereyra, no juzgar a alguien por su orientación sexual resulta un milagro. Un milagro que el diplomático no es siquiera consciente de haber obrado; para él tan solo significa ayudar a alguien a quien aprecia.

Siempre escondiéndose, siempre ocultándose. Siempre guardando secretos y trapos sucios de personas poderosas para utilizarlos si se da el caso, si llega el momento en que alguien averigua su homosexualidad y le amenaza con hacer correr la noticia. Por eso Gilles Leland es juez en los casos en que descubre las miserias de quienes alardean de sus fortunas, por eso impone sus penitencias y por eso se ha convertido en alguien odiado por medio París. Y aunque hace un instante haya dicho que no puede ir contra su condición, es lo que siempre hace. Ama a Jean-François como nunca ha amado a nadie, y jamás podrá pasear con él de la mano, besarle en público, o unirse en matrimonio. Y, aunque le gustaría, acepta vivir así: detective y ayudante, una complicidad de la que nadie sospecha.

Pero, a pesar de que ama a Jean-François con toda su alma, también persigue vengarse de su padre. Vengarse del ridículo que sintió cuando le expulsó de la policía; vengarse del hombre que le dio la vida y que le juzgó por su sexualidad. Y sabe que solo saboreará esa venganza sabiéndose invencible y resolviendo casos como el de Pereyra. Encontrar la cabeza de don Francisco de Goya, aunque tenga que enfrentarse a Eleonora de Lemaire.

—Pereyra... —dice apartando las manos de sus ojos y dejando que este vea el brillo en ellos—, le agradezco su preocupación. Pero permítame repetirle que aún no ha llegado el día en el que yo me retire de un caso.

4

Burdeos, marzo 1828

El relente ya bañaba las baldosas de piedra de la place du Parlement. A la caída del sol, la humedad reinaba en la ciudad empapando el suelo, las fachadas y las barandillas de forja de los balcones de los grandes edificios del centro de Burdeos.

El recital de piano en el Salon de Thé Bordeaux había acabado más tarde de lo previsto, pero a doña Leocadia no parecía importarle que fuera casi la hora de cenar. Conversaba cogida del brazo de la señora de Ibarra, la anciana viuda de un comerciante español, acompasando su caminar al de esta, que no era muy alegre debido a los dolores de cadera que padecía y que se encargaba de recordar cada pocos pasos.

A unos metros de distancia, Diego las seguía. Doña Leocadia le había ordenado que se mantuviera algo alejado, pero él sabía que le gustaba presumir, ante la viuda de Ibarra o ante quien fuera, de ir bien acompañada a todas partes. Así demostraba que su situación económica les permitía —y hacía necesario— un guardaespaldas.

Ya en la rue de la Maison Daurade, doña Leocadia esperó a que bajara el ama de llaves de la señora de Ibarra para ayudarla a subir a su casa, y solo entonces se giró hacia Diego, permitiéndole volver a caminar a su lado.

—Andemos ligero —pidió él al ponerse a su altura—. Se ha hecho tarde.

—Se ha hecho la hora que se tenía que hacer. —Doña Leocadia hacía ver que sus citas eran importantes para ella y que le daba igual cuánto pudieran demorarse.

Siendo lunes, día de descanso de cafés nocturnos y teatros, las calles estaban casi desiertas a aquella hora, a excepción de cocheros que ya iban a dejar descansar a sus caballos, o algún vagabundo que buscaba cobijo para pasar la noche.

—Josephine ya se habrá marchado. —Diego insistía en que se había hecho demasiado tarde—. Esperemos que Juliet le haya servido la cena a don Francisco.

—¿Ahora te preocupas también por eso? —dijo la señora con ironía.

—Ya sabe cómo se pone.

—Sí, y también sé que en esos casos no eres tú quien tiene que aguantarle.

—Es cierto… Pero yo le aguanto otras cosas. —Le vino a la cabeza la petición que el maestro le había hecho días atrás. «Lo que sea significa lo que sea».

—Quizá debamos dejar de quejarnos. —La voz de doña Leocadia se entrecortaba por el ritmo que marcaba Diego—. Más pronto que tarde ya no tendremos nada que echarle en cara.

—No infravalore al señor —respondió Diego con ironía pensando, aunque ella no podía saberlo, en el encargo que le había hecho Goya—. Su sombra es alargada.

—Diego, ¿hay algo que debas decirme? —preguntó, extrañada por sus palabras.

—Nada, señora. —Quizás había hablado más de la cuenta—. Solo que es posible que don Francisco dure más de lo que nos imaginamos.

—Eso solo Dios lo sabe.

—¡Ya estamos aquí! —advirtió doña Leocadia en voz alta al abrir la puerta de la casa—. Se ha hecho tarde.

—¡Mamá!, ¡mamá! —Rosario salió de la salita con los ojos anegados en lágrimas—. ¡No he podido detenerle!, ¡no me hacía caso!

—¿Qué ocurre? —preguntó Diego, poniéndose en guardia.

—¡El señor! —Juliet, con el rostro pálido, salió tras Rosario—. ¡Se ha ido!

—¡¿Cómo que se ha ido?! —Doña Leocadia, alarmada, abrazaba a su hija, que se le había echado en sus brazos mientras lloraba.

—Decía que te estaba esperando —Juliet miró a Diego— para ir al estudio de Cyprien Gaulon. Pero que como no llegabas se iba él solo.

—¡Maldito cabezota! —masculló Diego—. Si le he dicho que iríamos mañana.

—¡Hemos intentado detenerle, mamá! —Rosario sollozaba—. Fue imposible…

Diego miró a Juliet interrogándola con los ojos. Sabía que ella y Rosario no habían podido hacer nada ante el empeño de un Goya iracundo por abandonar la casa para visitar el estudio de litografía. Sus ojos verdes de leona denotaban la impotencia por no poder detener a un anciano de ochenta y dos años. Pero él no la culpaba; Goya, aun a su edad, podía ser un furioso vendaval si se lo proponía.

—Diego… —Doña Leocadia, mientras consolaba a Rosario, buscaba respuesta.

Pero no era necesario que le instara a tomar medidas. Para cuando dirigió sus ojos a él, Diego ya estaba desabrochándose el abrigo y sacando una de las pistolas que llevaba a los costados. Comprobó que estuviera cargada y que la humedad no le hubiera afectado. La volvió a guardar y repitió la misma operación con la otra. A continuación fue con prisa hacia su dormitorio y se arrodilló para sacar una caja de debajo de la cama, de la que tomó otra pistola. Se aseguró de que también estaba cargada y salió corriendo, dejando a las tres mujeres mirándose entre ellas.

Juliet se acercó al perchero, cogió su abrigo y comenzó a ponérselo mientras bajaba la escalera. Leocadia y Rosario la vieron marchar sin entender adónde iba.

Diego, ya en la calle y pistola en mano, corría cuanto podía, sin apenas luz, por cours de l'Intendance hasta girar a la derecha por rue Sainte-Catherine.

★★★

Una solitaria figura caminaba por rue du Cancera, apenas un callejón. Despacio, se apoyaba en un bastón que hacía eco a cada golpe contra el suelo y temblaba de frío pese a la abombada gorra de cuero, el abrigo raído y los mitones de lana. La falta de luz le había desorientado y entornaba los ojos en cada esquina para ver si daba con la calle que debía tomar para llegar a su destino. Maldiciendo, giró hacia la derecha. Se detuvo ante el letrero que figuraba en la fachada de la casa que indicaba el nombre de la calle, pero con su vista cansada y la poca luz que había no alcanzaba a leerlo. Giró sobre sí mismo para ver si algo le resultaba familiar, pero estaba tan oscuro que le fue imposible identificar nada conocido.

Goya, casi tan asustado como furioso, no oyó que, más allá de la curva que hacía la solitaria calle, un coche de caballos se ponía en marcha. Primero muy despacio, con el caballo al paso y las ruedas basculando sobre los adoquines, pero cuando el cochero hizo restallar el látigo el animal aceleró y el ritmo de los cascos del caballo creció a la vez que el traqueteo. A los pocos segundos, como si fuera el estallido de un río, el ruido y temblor que producía el coche se hizo dueño de la calle. El cochero, embozado en un abrigo, con un pañuelo que le cubría boca y nariz, tuvo al anciano a la vista una vez pasada la curva y, a unos cien metros de distancia, volvió a sacudir el látigo en el aire para azuzar todavía más al caballo.

Goya, debido a su sordera, no podía oír el rugido de aquella avalancha que avanzaba contra él. Sin embargo, sí pudo sentir el temblor del suelo y, siguiendo su instinto, se giró para averiguar de dónde provenía. La visión de aquel coche que vibraba al avanzar por los adoquines a toda velocidad le paralizó, y, con los ojos como si fueran a salirse de sus órbitas, solo pudo abrir la boca sin emitir sonido alguno.

Un eco lejano, el de un coche que avanzaba deprisa y el de unos cascos de caballo al trote, guio a Diego entre las estrechas calles que morían en la iglesia de Saint-Pierre. Su respiración jadeante, las pisadas de sus botas y el retumbar de su propio corazón en los oídos le hicieron perder la pista por un momento. Se detuvo un instante y, aquietando su respiración, se concentró en el silencio de la noche. No se había cruzado con nadie en toda su carrera y nadie había allí a quien preguntar, por lo que decidió dejarse guiar por los sentidos. Fue solo un instante, fugaz como un brillo, pero sus ojos captaron, en una bocacalle que tenía a su derecha, el destello de una sombra provocada por un tenue farol que coincidía con el ritmo del rugido que cada vez sentía más cerca. Pistola en mano, arrancó de nuevo a correr.

Por fin, al enfilar la bocacalle, pudo ver al fondo la silueta de un hombre orondo al que el abrigo le dibujaba una gran panza, con bastón y una gorra abombada cubriendo su cabeza. Goya estaba inmóvil, paralizado, pese a que Diego podía oír más y más cerca el ruido de aquel coche fuera de control.

Y entonces, mientras corría a toda velocidad por el callejón, gritando inútilmente para advertir a don Francisco, pudo ver la sombra del coche y del caballo que iban directos al pintor con la intención de arrollarlo.

Al desembocar en la calle, sin disminuir el ritmo de sus zancadas y jadeando por el esfuerzo, se encontró con el coche a menos de diez metros de Goya. Sin dejar de correr hacia él para protegerle, levantó el brazo con la pistola, apuntó al cochero, y disparó.

La detonación sonó en la noche como un trueno, amplificado por la estrechez de la calle. Diego llegó hasta Goya justo a tiempo de chocar con él, abrazarle para disminuir la fuerza del impacto y apartarle para que el caballo no lo arrollara.

Ambos sintieron el temblor pasando a escasos centímetros, y recibieron la violenta bocanada de aire que la velocidad del coche había levantado. A pocos metros, el cuerpo del cochero —que, aunque los dos lo desconocían, se trataba de Alphonse Ferdinand, uno de los gemelos al servicio de Fossé— cayó desmadejado al suelo con un golpe seco. La bala le había entrado por un ojo y había abierto una salida en la parte trasera del cráneo.

El caballo perdió velocidad y el coche se alejó poco a poco hasta detenerse más allá de la siguiente esquina. La calle volvía a estar en silencio.

—Tú… —Goya, desorientado, tardó unos instantes en reconocer a Diego.

—Claro, don Francisco…, ¿quién iba a ser?

Algunos vecinos salieron discretamente a sus balcones tras oír el disparo, con las precauciones necesarias para no meterse donde no habían sido llamados.

—Me has salvado, Niño...

—Es mi trabajo. —Diego palpaba los hombros y brazos de Goya, asegurándose de que no estuviera herido o se hubiera llevado un mal golpe con el choque.

—¡Cuidado! —dijo una voz de mujer desde uno de los balcones.

El aviso hizo que Diego girara la cabeza hacia su derecha y viera una figura, también vestida de negro, que había emergido de la oscuridad de un zaguán, a unos cuarenta metros, y se dirigía corriendo hacia ellos alzando una pistola. Pierre Ferdinand, cegado por la locura tras haber visto caer muerto a su hermano, había decidido saltarse el plan para acabar con el asesino de Alphonse. Y Guillaume Fossé, sabiendo que todo se había ido al traste y viendo a distancia que Pierre iba a jugarse la vida con aquel joven que había salvado a Goya, se lamentó, negando con aire fatalista, por no poder desentenderse de lo que allí iba a ocurrir. Entonces salió también de su escondite, al otro lado de la calle, corriendo hacia ellos.

Los afilados sentidos de Diego percibieron de algún modo al tipo que corría hacia su espalda; un gigantón de capa negra y también armado.

Dos malhechores, cada uno desde un lado de la calle, corriendo hacia ellos para matar a Goya. Y, de paso, meterle una bala entre ceja y ceja también a él. No pintaba bien el negocio, y al propio Goya no le hacía falta que Diego dijera palabra alguna para darse cuenta.

Los ojos de pintor y guardaespaldas se cruzaron y a Diego le sorprendió la calma que desprendían esos ojos acuosos, remarcados por las pobladas cejas y las grandes bolsas de los párpados inferiores, que habían sido testigos de tantos desastres a lo largo de su vida.

Quizás acabara todo, sí, pensó Diego; pero si allí terminaba su vida, iba a hacerlo por un alto precio.

Lanzó al suelo la pistola que había usado contra el cochero y abrazó por los hombros a Goya, a quien ni siquiera le dio tiempo a reaccionar. Puso un pie detrás de sus piernas para hacerle trastabillar pero, como lo tenía abrazado, acompañó la caída de su cuerpo hasta el suelo con suavidad. Así Diego, después de haber apartado a Goya de la línea de tiro, se incorporó dejando al pintor tendido, boca arriba, entre sus piernas. La gorra de Goya había caído al suelo, pero seguía agarrando el bastón como si fuera su última posesión.

Diego miró a derecha e izquierda de forma fugaz para asegurarse de la distancia a la que estaban los atacantes y cruzó los brazos sobre el pecho para alcanzar la culata de las pistolas que llevaba sujetas a los costados.

Los dos atacantes corrían hacia ellos, cada uno desde un lado y armados con sendas pistolas que ya les apuntaban. Veinte metros, quince, diez…

Diego bajó la vista y su mirada se encontró con la del maestro. En el suelo, protegido por sus propias piernas, hubiera jurado que Goya sonreía y disfrutaba como un niño. Que aquello era como esos espectáculos que tanto le gustaban —el circo o una decapitación pública—, pero viviéndolo en primera persona. Una de esas aventuras que contaban sus compañeros de tertulia en la chocolatería, uno de sus grabados, una de esas imágenes de los *Desastres de la guerra*.

Y Diego pudo verlo de nuevo. Aquello que solo el maestro tenía y que le hacía diferente a todos y cada uno de los pintores que habían existido. Aquello que le iba a hacer ser eterno: los ojos de Goya albergaban todo un universo en su interior.

Descruzó como un diablo los brazos de su pecho, sacando una pistola en cada mano. Desde su posición, tendido en el suelo, a Goya le parecía que Diego era un gigante; un héroe mitológico que jamás se rinde y que lucha hasta su último aliento. El abrigo, abierto, ondeaba a sus costados. Las solapas y el cuello, levantados, tapaban su boca cuando se giraba a mirar a sus enemigos. Y las manos, fuertes, asían aquellas armas con una templanza y precisión que pocos podían igualar.

Goya vio los destellos que salieron de los cañones de ambas pistolas. A derecha y a izquierda, al unísono, provocando un latigazo en cada brazo del Niño. Y, como si el tiempo se hubiera ralentizado, el pintor al que aguardaba la eternidad pudo ver cómo el faldón del abrigo de su guardaespaldas era agujereado por la bala que había venido desde su derecha y que solo erraba por unos milímetros.

Y también cómo la bala que venía desde su izquierda impactaba en él, salpicando de sangre su rostro.

—¡Diego!

El grito de Juliet, agudo de dolor, como si el disparo lo hubiera recibido ella, rompió la noche al tiempo que el Niño caía al suelo.

5

Burdeos, marzo 1828

Tumbado en su cama, Boscoscuro había visto amanecer. Más bien había visto transcurrir todas las horas de la noche hasta que la luz tomó el relevo a la oscuridad.

Por un lado, estaba poseído por la ira. Le enfurecía que Chiara hubiera sido abofeteada por su marido —estaba seguro de que no era la primera vez—, y se le llevaban los demonios por haber visto la sangre en su rostro. Él podría haber acabado con Pol Duprée en un abrir y cerrar de ojos, con el mínimo esfuerzo. O, al menos, enseñarle una lección que le quitara las ganas de volver a ponerle la mano encima. Pero Chiara no se lo permitió. De manera incomprensible, ella había defendido a su marido y le había echado de aquella habitación justo en el instante en que creía que ella más le necesitaba. Aquel fuego en sus ojos, ordenándole que se marchara, le había dolido como una daga en el pecho.

Decidió asearse para bajar a desayunar. Zanjado el asunto de Chiara, solo le quedaba cumplir el encargo de Malumbres y marcharse de allí para siempre.

Mientras se abrochaba el chaleco y se recolocaba el cuello de la camisa —había evitado ponerse una de las que ella le regaló—, oyó como tocaban a su puerta. El corazón se le aceleró ante la posibilidad de que Chiara acudiera a explicarle qué había sucedido la noche anterior. Aunque la verdad es que poco le importaban aquellas explicaciones; su único deseo era verla. Y abrazarla. Y besarla.

Aquella maraña de pensamientos y deseos se esfumó de golpe cuando, al abrir, se encontró con un hombre corpulento, de unos cincuenta años, vestido con un tosco traje gris, sombrero hongo y un monóculo en el ojo derecho.

—¿Andrea Boscoscuro? —El hombre ni siquiera saludó.

—Depende de para qué.

—Claude Perion, inspector de policía. —Entró en la habitación, sin pedir permiso, mientras mostraba sus credenciales—. ¿Se marcha a algún sitio?

—Bajaba a desayunar. —Boscoscuro observaba cómo el inspector husmeaba sin ningún reparo.

—Eso puede esperar —dictaminó—. ¿Qué hace un italiano en Burdeos?

—Negocios.

—¿De qué tipo?

—Un poco de todo, ya sabe…

—No, no sé.

—Compro vino y contrato barcos para llevarlo a Italia.

—Tenía entendido que allí ya hay buen vino.

—No como *il suo* cabernet, señor Perion. —Boscoscuro había aprendido a lidiar con situaciones como aquella; un cierto servilismo con la policía indicaba debilidad. Y no era lo que pretendía mostrar—. ¿Qué puedo hacer por usted?

—¿Está esperando alguna carta? —Ahora Perion fue directo con él.

—*È possibile, signore.* Quizá de algún intermediario —confirmó—. Pero todavía no veo el interés que usted pueda tener en ello.

El inspector sacó del bolsillo interior de su chaqueta un sobre, abierto, que entregó a Boscoscuro, quien lo identificó inmediatamente.

Monsieur Andrea Boscoscuro
Hotel Royale de Burdeos

Completó la acción mirando qué podía contener, aunque ya sabía lo que iba a encontrar. Lo que le escamaba era que el sobre estuviera en manos de ese inspector de policía. Quizá Fossé, o alguno de sus hombres, se hubiera ido de la lengua.

—No hay nada. —Se hizo el sorprendido.

—¿Y bien? —preguntó el inspector.

—Me temo que no tengo la menor idea de a qué se debe todo esto. —Devolvió el sobre al policía—. Ni por qué está *il mio nome* escrito en ese sobre vacío.

—Anoche murieron tres hombres en un callejón. —Perion comenzaba a dar información—. Un ajuste de cuentas, parece ser. Uno de ellos llevaba esta carta tal y como usted puede verla: vacía.

—Vaya, me deja usted de piedra.

—¿Por qué llevaría una de las víctimas esta carta?

—No lo sé, quizás tenía previsto escribirme para algún asunto. —Boscoscuro ya tenía claro que sus sicarios estaban en el depósito de cadáveres. Pero seguía esperando a ver dónde quería llegar Perion—. ¿Quiénes eran las víctimas?

—Viejos conocidos en comisaría. —El inspector observaba a Boscoscuro—. El que llevaba encima la carta, un tal Guillaume Fossé, y los hermanos Ferdinand, sus secuaces. ¿Le suena alguno de esos nombres?

—En absoluto —respondió tras una pausa en la que fingía que hacía memoria—. *Non ho sentito* esos nombres jamás.

—Ya le digo que la muerte de esos tres tipos no es algo que me produzca pesar —el inspector se sinceraba—, pero, me guste o no, he de investigar.

—Lo comprendo… —Boscoscuro daba cuerda midiendo bien las palabras—. Dos bandas rivales, a tiros en un callejón.

—Nada de bandas. —Negó con la cabeza—. Fue un pistolero.

—¿Un solo *uomo?* —Se sorprendió.

—Eso dicen los testigos… —Perion se quitó el sombrero hongo para peinarse cansadamente el escaso cabello—. Que acompañaba a un viejo. A saber…

—Debía de ser un tipo hábil si salió con vida de aquello.

—Yo no he dicho eso… —Perion volvió a ponérselo, mientras clavaba una mirada de sospecha.

—Ha mencionado tres víctimas, no cuatro. —Boscoscuro le hizo ver que estaba atento a la conversación, y el inspector cayó en la cuenta de que la deducción de aquel italiano era correcta.

—Quizás a estas horas ya sean cuatro; había un enorme charco de sangre en mitad de la calle. Y no era de las víctimas.

—Pues le deseo éxito en resolver el caso, *signore* Perion. —Boscoscuro le ofreció la mano, adelantando el fin del encuentro—. ¿Necesita algo más de mí?

—No, señor Boscoscuro… —Perion se dirigió a la puerta—. Pero tome precauciones, por si alguien le sigue.

—*Grazie per* el aviso, inspector.

—Disfrute de su desayuno. —Volvió a ponerse el sombrero—. Usted que puede… —Y salió por la puerta, desapareciendo de la vista de Boscoscuro.

***

Boscoscuro jugueteaba con el plato de huevos revueltos que le habían servido en el restaurante del hotel. El hambre había tomado el camino de huida con la visita del inspector. Pero, al menos, el café le ayudó a aclarar un poco sus pensamientos.

El guardaespaldas de Goya. No sabía si a esas alturas estaría vivo o muerto, pero había acabado con la vida de Cheval la noche que este se coló en la vivienda, lanzándolo por el balcón con una asombrosa sangre fría y retándolo con la mirada mientras él estaba oculto en las sombras de la calle. Y también había sido capaz de acabar con Fossé y con los hermanos Ferdinand a la vez. Las variables aparecidas en aquel trabajo en Burdeos eran inesperadas para Boscoscuro y, por primera vez, había fracasado de una manera estrepitosa. No había nada que salvar allí, nada que rescatar en aquella ciudad.

Planeó escribir a Malumbres para informarle de que su plan había fallado y de que ya no le quedaba presupuesto para continuar con la operación. Esa misma mañana iría a la oficina de correos a enviar la carta, y esperaría la respuesta del español antes de abandonar Burdeos. Su ética profesional no le permitía irse sin zanjar el asunto con él.

Le pasó por la cabeza la posibilidad de encargarse él mismo de Goya, pero, por primera vez desde que se dedicaba al espionaje, Andrea Boscoscuro reconocía que ya no tenía sentido aquel trabajo; incluso le había confesado a Chiara que Goya no merecía morir asesinado. Además, si es que seguía vivo, sentía respeto por aquel joven que vivía en la casa del pintor. No sabía quién era ni de dónde había salido, pero era un adversario admirable. Y él no tenía pensado dejarse la vida en aquella ciudad francesa.

—Ha llegado el momento de que hablemos, ¿no le parece?

La voz sorprendió a Boscoscuro sacándole de sus pensamientos. Pero más le sorprendió que Pol Duprée apartara una silla y se sentase a su mesa. Había elegido un lugar público, así se sentía seguro y, eso creía, podría controlar la situación.

El marido de Chiara levantó la mano y, cuando el camarero se acercó, se limitó a pedirle «lo de siempre». Este asintió sumiso y se marchó rumbo a la cocina. Boscoscuro odiaba a esa clase de tipos, los que se creen tan importantes como para que la gente tenga que recordar sus gustos.

Que Pol Duprée eligiera ese momento para hablar no significaba que Boscoscuro quisiera hacerlo. Lo único que podía decirle a aquel hombre es que era un cobarde por pegar a su mujer.

—Diga pronto lo que tenga que decir, porque no tengo hoy el día como para tener cerca a alguien como usted. —Boscoscuro dejó los cubiertos con desagrado sobre su plato y tomó la taza de café—. Tiene suerte de que *non* estemos a solas.

—Saber buscar el momento adecuado no es suerte —sonrió Duprée con suficiencia.

—¿Qué quiere?

—Desayunar, como usted —respondió mientras el camarero dejaba un plato con unas tostadas, y otro con mermelada y mantequilla—. Y hablar de negocios.

—¿De negocios?

—La vida son oportunidades, y es de necios no verlas. —Duprée untó mermelada en una de las tostadas y se la llevó a la boca—. Y las oportunidades vienen hasta de los acontecimientos más… desagradables.

Boscoscuro observaba los modales refinados de aquel hombre que tomaba con calma su desayuno. La levita, abierta, dejaba ver la correa de los tirantes, y el pañuelo al cuello estaba atado en un trabajado lazo que le daba una apariencia de elegante naturalidad.

—No me negará que sufrir la infidelidad de una esposa no es desagradable.

—No lo sé, no estoy casado… —Boscoscuro apoyó los codos sobre la mesa, para acercarse un poco más a él. Sabía que estaban librando una batalla donde cualquier gesto importaba—. Pero puedo suponer que si una mujer es infiel es porque su marido no la hace feliz.

—La felicidad… —Duprée sonrió mientras se limpiaba la boca con la servilleta—. ¿Qué es la felicidad? Cualquier mujer diría que es no preocuparse por el dinero, vivir en un pequeño palacio, no renunciar a sus caprichos…

—Chiara no es cualquier mujer —le cortó el italiano.

—Ahí le doy la razón. —Le señaló con el dedo—. Es tozuda como una mula, salvaje y con un alto grado de indisciplina. —Eran esas, precisamente, las cualidades que más atraían a Boscoscuro de aquella guerrera de cabellos rojos—. Déjeme que le cuente una historia.

—Que no sea muy larga.

—Tenga paciencia, le prometo que esto va hacia algún sitio.

Duprée, con experiencia en duras negociaciones, parecía sentirse como pez en el agua. Lejos de mostrar indignación o despecho por saberse traicionado, se veía relajado ante el hombre que había navegado entre las caderas de su esposa.

Le contó la historia de cómo el señor Melián, un acomodado artesano de Cherburgo, elaboraba los mejores paraguas de toda Normandía. Resistentes al azote del viento, con un mecanismo de apertura que jamás fallaba y elegantes tanto en la empuñadura como en su punta metálica. Melián, ya con una edad, estaba preocupado por el futuro de su única hija una vez que su esposa y él fallecieran. Y Duprée le propuso una solución: hacer crecer su pequeña fábrica de paraguas

420

para que pudieran venderse en todo el norte de Francia y al otro lado del canal de la Mancha. Crear una gama variada tanto para caballeros como para trabajadores que soportaban horas bajo la lluvia y, así, aumentar las ventas para que pudiera dejar esa fábrica en herencia a su hija.

Duprée, además de ayudarle a abrir los canales de comercialización, le ofreció un préstamo para levantar nuevas instalaciones, contratar obreros, adquirir materiales y hacer de Paraguas Melián la mejor marca de paraguas de toda Europa. Un préstamo de una cantidad importante de dinero, con un plazo de amortización de más de diez años.

Y Melián, pensando que una empresa con beneficios era la mejor herencia que podía dejar a su hija, aceptó la propuesta.

Duprée, un zorro de los negocios, hizo que los paraguas de Melián se vendieran en toda Normandía y en el sur de Inglaterra, lugares donde la lluvia es compañera habitual. Y que llegaran a Alemania, a Austria y a muchos otros países del centro de Europa. La fábrica se encontraba a plena producción y los beneficios crecieron como Melián jamás había visto. Bien era cierto que la mayor parte de estos iba a los bolsillos de Duprée, como devolución del préstamo que habían firmado, ya que los intereses eran muy superiores a lo que cualquier banco hubiera fijado, aunque también era cierto que ningún banco hubiera concedido ese préstamo, dada la edad de Melián. No pasaba nada, pensaba el fabricante de paraguas: en unos años se le habría devuelto a Duprée la cantidad completa y, a partir de ese momento, los beneficios se quedarían en la familia.

La relación entre Melián y Duprée era amistosa y los negocios iban viento en popa, así que el fabricante de paraguas y su esposa no pudieron negarse a conceder la mano de su única hija al inversor cuando este la pidió. Además de que Chiara heredaría la fábrica, la casaban con un caballero mayor que ella, pero adinerado, que haría que a la joven jamás le faltara de nada.

Ver a su hija casada y con la vida solucionada fue el único consuelo del matrimonio Melián cuando contrajeron la viruela a raíz de una plaga localizada en Cherburgo y Valognes. Ninguno superó la enfermedad, y Chiara, llorando a sus padres, se convirtió en la dueña de Paraguas Melián.

—No veo el interés que pueda tener para mí esta historia. —Boscoscuro miraba fijamente a Duprée.

—Mi matrimonio con Chiara es mi garantía —respondió Duprée—. Estando casados me aseguro de que puedo acceder sin problemas a las cuentas de Paraguas Melián e ir cobrando mi préstamo.

—Vaya… —Boscoscuro sonrió de medio lado—. Todo muy romántico.

—Señor Boscoscuro… —Duprée guiñó un ojo con sarcasmo—, para hacerse rico hay que tener cierto pragmatismo.

—Sigo sin ver qué tiene que ver esto conmigo.

—Si yo cobrara mi deuda, le concedería con gusto el divorcio a mi mujer. —Hizo un gesto con sus manos, mostrando las palmas—. Mi esposa me ha sido infiel, no tendría que indemnizarla con cantidad alguna. He sido agraviado por ella.

Boscoscuro comprendió por fin cuál era el motivo por el que Pol Duprée se había sentado a su mesa y le había contado la historia de Paraguas Melián. Podía levantarse y olvidarse de toda aquella historia, podía desentenderse y continuar su camino. Incluso podía esperar a que llegara la ocasión y el lugar propicio para clavar un cuchillo en el corazón a ese prepotente y despreciable hombre de negocios para quien su esposa solo era una mera garantía con la que proteger una de sus inversiones. Pero no hizo nada de eso. Se quedó en silencio, sosteniendo la mirada de aquel indeseable.

—¿De cuánto dinero estamos hablando? —dijo por fin.

—Bueno... —Duprée dejó la servilleta sobre la mesa y cruzó las piernas—, entre lo que resta de la deuda y la cantidad para resarcirme por los intereses que dejaré de cobrar y los daños a mi honor... —la pausa pretendía hacer ver que estaba sopesando los números—, liberaría a mi esposa por doscientos mil francos.

Duprée se fijó en si Boscoscuro reaccionaba tras escuchar aquella desorbitada cantidad. Pero el italiano debía de ser un buen jugador de cartas, porque no borró la sarcástica sonrisa de su rostro, ni cortó en ningún momento el contacto visual.

—¿Solo vale eso su esposa para usted?

—Vale menos, señor Boscoscuro. Pero ese es el precio de mi reputación.

—Ya... —asintió—. ¿Y qué le hace pensar que yo le pagaría esa cantidad?

—Me da igual si me la paga o no, ni si tiene ese dinero o no... —En ese momento fue Duprée quien se inclinó sobre la mesa y se acercó a Boscoscuro—. Soy un hombre de negocios y propongo soluciones; como le he dicho, hasta de las situaciones más desagradables puede surgir una oportunidad.

Los amenazantes ojos entornados con los que Boscoscuro miraba al marido de Chiara escondían los cálculos mentales que estaba haciendo. Doscientos mil francos: casi todo lo que había ahorrado en sus años de trabajo.

Villa en la Toscana y uva sangiovese.

—He hecho cosas despreciables a lo largo de mi vida —le confesó—. Más de las que usted pueda imaginar, y eso que su mente es bastante retorcida. —Boscoscuro se levantó de su silla—. Pero ponerle precio a una esposa es quizá lo más ruin que he visto jamás.

—No le he pedido su opinión. —Duprée continuaba sentado, siguiendo con sus ojos los movimientos de Boscoscuro—. Solo necesito una respuesta a mi oferta.

—Señor Duprée... —Boscoscuro, de pie, apoyó sus manos en la mesa y colocó su rostro muy cerca del de su interlocutor—, no habría empleado su tiempo en contarme toda esa historia con el objetivo de decirme esa cifra si no supusiera que estoy en condiciones de pagarla. No soy un *stupido*...

—Su respuesta, Boscoscuro.

—Si está dispuesto a vender a una esposa, también lo está para que yo le conteste cuando crea conveniente —y acercándose todavía más a Duprée, en susurros, añadió en su oído—. Y como crea conveniente.

Sin añadir nada más, salió dejando a Duprée con la certeza de que iba a tener que mirar a su espalda a cada paso que diera en aquella maldita ciudad.

6

Burdeos, marzo 1828

—¿Se va a morir? —preguntaba Rosario en el silencio de la noche.

—No, no se va a morir. —Juliet acariciaba su pelo y respondía en susurros.

La institutriz se balanceaba de manera suave en la mecedora de su dormitorio y Rosario, en camisón y de rodillas en el suelo, recostaba la cabeza en su regazo y sentía aquellos dedos entrelazándose en sus cabellos. Y, a la luz del único candil encendido en el dormitorio, ambas miraban a Diego, quien, dormido en la cama de Juliet, tenía un sueño pesado e inquieto.

—¿Lo dices de verdad o para tranquilizarme?

—Lo peor ya ha pasado, mi niña. —Juliet empapó el paño en el agua de la jofaina y lo escurrió con la mano—. Si después de dos días ardiendo todavía no se ha ido, ahora que la fiebre ha bajado ya sabemos que es fuerte.

Le dio el paño a Rosario y esta se incorporó para humedecer los labios de Diego y dejárselo en la frente. El agua fresca pareció relajarle. Calmó su respiración agitada y destensó sus músculos. Estaba destapado, desnudo de cintura para arriba, y la medalla de San Martín Caballero brillaba en el centro de su pecho. Y ya no había tanta sangre en el vendaje que le cambiaban cada pocas horas.

—¿De verdad mató a tres hombres por proteger a padre? —preguntó Rosario.

—Así es —asintió Juliet—. Al menos no se movían cuando nos fuimos de allí.

—Me siento segura con él. —Rosario humedeció el cabello del guardaespaldas.

—Yo también…

Pero esto último sí lo dijo Juliet para tranquilizar a Rosario. Era cierto que Diego siempre transmitía la impresión de poder con todo, de que estando él nada malo iba a pasar. Pero no era menos cierto que siempre dejaba un reguero de sangre y muerte a su paso: en el callejón donde aquellos hombres la habían atracado, con el tipo que se coló en el dormitorio de Goya y, también, con los tres atacantes de la noche anterior. A saber a cuántas mujeres había convertido en viudas y a cuántos niños en huérfanos antes de entrar en sus vidas. Rosario lo veía como un ángel llegado del cielo, pero ella solo podía verlo como alguien que, cuando era necesario, podía convertirse, también, en ángel caído. Eso sí, un ángel caído que había sabido mantener a raya los peligros que acechaban a esa familia.

Porque de lo que no cabía ya duda alguna era de que alguien quería matar a don Francisco. Juliet no sabía quién podría buscar algo así, y más sabiendo que la muerte no iba a tardar en llevarse al señor. Nadie habría culpado a Diego si Goya hubiera muerto en aquel callejón: había salido solo de la casa, de noche, sin que la niña ni ella pudieran hacer nada por impedirlo. Nadie hubiera culpado a Diego si hubiera alcanzado a Goya unos segundos más tarde, o incluso si se hubiera desentendido de todo aquello. Pero lo único cierto es que se había jugado su propia vida protegiendo a un moribundo.

—Es guapo, ¿verdad? —Rosario se giró hacia Juliet mientras seguía humedeciendo el cabello de un Diego inconsciente.

Una tímida sonrisa y un ligero asentimiento fueron su respuesta.

***

—¡Diego!

El grito de Juliet, agudo de dolor, como si el disparo lo hubiera recibido ella, rompió la noche al tiempo que el Niño caía al suelo.

Desesperada, se lanzó al suelo de rodillas en cuanto estuvo a su lado.

—¡Diego!, ¡Diego! —Abofeteaba su rostro para ver si reaccionaba.

Goya trataba de incorporarse haciendo fuerza con los brazos, y Juliet supo que estaba bien cuando este le preguntó por su guardaespaldas.

—¡Reacciona, por favor! —Juliet lo zarandeaba para que diera señales de vida.

Finalmente, un suave quejido y una tos indicaron que el Niño seguía vivo. El disparo le había impactado en la parte superior del brazo izquierdo, que sangraba a borbotones empapando el abrigo y la camisa. La bala estaba alojada bajo la axila izquierda, y solo la suerte había hecho que no acabara en su corazón.

El brazo debía de arderle, porque los quejidos fueron ganando en intensidad y el dolor se manifestaba en forma de calambres y pinchazos, como si le clavaran una lanza en la zona herida. Juliet recogió la gorra del suelo y ayudó primero a Goya, que pudo levantarse tras varios patéticos intentos apoyado en el bastón, para después, entre ambos, intentar poner en pie a Diego.

—Tenemos que irnos ya… —Juliet empujaba la espalda de Diego, mientras Goya tiraba de su brazo derecho—. No sabemos si van a venir más.

Diego pudo pasar el brazo derecho por los hombros de Juliet, que sacaba fuerzas de donde no las tenía para soportar su peso. Y Goya, a su izquierda, arrimó el hombro al joven para que este se apoyara.

Institutriz, pintor y guardaespaldas desaparecieron a paso lento en la oscuridad de la noche, dejando tras ellos un charco de sangre en el lugar donde Diego había caído y, también, los cadáveres de Guillaume Fossé y los gemelos Ferdinand, que jamás habían imaginado que aquella noche se iban a cruzar con la muerte.

Ni que esta tendría el rostro de Diego Girard.

A duras penas habían podido subir la escalera. Las fuerzas de Diego, apoyado en Juliet, ya flojeaban. Cuando abrieron la puerta de la casa, el rostro del guardaespaldas estaba pálido y su mirada parecía perdida como la de un loco. Doña Leocadia y Rosario se debatieron entre la alegría de saber a don Francisco con vida y la preocupación por ver a ese joven poderoso que apenas podía caminar y que cayó inconsciente en la cama de Juliet, donde las tres mujeres le llevaron casi a rastras. Habían dejado tras de sí un camino de sangre.

Doña Leocadia reaccionó rápido: ordenó a Juliet que corriera a casa del médico y encargó a Rosario que limpiara de inmediato la escalera del edificio. Ella le quitó como pudo el abrigo a Diego y cortó el chaleco y la camisa para dejar a la vista la herida de bala en la axila. Le asustó la sangre que brotaba y aplicó unos paños para tratar de contener la hemorragia, que se volvieron rojos en apenas segundos.

El médico, con aspecto somnoliento, colocó un paño sobre la boca y nariz de Diego y vertió sobre él varias gotas de tintura de láudano para dormirlo. Pidió a doña Leocadia que trajeran todas las velas y candiles que pudieran y se puso manos a la obra. Las pinzas rebuscaban dentro de la herida tratando de encontrar la bala mientras Diego, inconsciente, gruñía y se revolvía entre espasmos de dolor, lo que obligó a inmovilizarle brazos y piernas.

Una vez que el doctor logró sacar el proyectil del cuerpo de Diego, siguió rebuscando en la herida. Un par de minutos después, el doctor sujetaba frente a sus ojos un minúsculo trozo de tela empapado en sangre; la bala, al penetrar en el brazo, había arrastrado con ella un pequeño fragmento de la camisa. «Esto es lo que acaba matando —dictaminó el médico—. Ahora solo queda esperar.» Y se marchó.

Luego vinieron dos días de fiebre, que hacía arder a Diego. Este, entre delirios e inconsciente, luchaba por levantarse de la cama o arrancarse el vendaje. El láudano era la única solución para mantenerle dormido.

★★★

A la luz del solitario candil, Juliet dormitaba tras haber ordenado a Rosario que fuera a acostarse. Sentada en la mecedora y tapada con una manta, la institutriz no se había puesto su ropa de dormir en esos dos días, por si Diego empeoraba durante la noche y tenía que salir corriendo a buscar al médico. Doña Leocadia la había relevado durante las mañanas y Juliet, en el dormitorio de Diego, apenas había podido conciliar un sueño ligero entre aquellas sábanas que olían a él.

—¿Cómo sigue, niña?

Juliet se despertó de un sobresalto y, al centrar la vista, pudo ver a Goya, en camisola de dormir, apoyado en el marco de la puerta del dormitorio.

—De esta sale, don Francisco. —Le sonrió—. Y usted debería estar durmiendo.

—A mi edad ya no se duerme —negó—. Me duele la cadera, las piernas se me hinchan y tengo continuas ganas de orinar. Pero solo echo dos gotas, y con dolor.

Goya se acercó con pasos vacilantes a mirar a Diego. Parecía que le doliera verle en ese estado de vulnerabilidad, dormido y herido, sin mostrar esa alerta siempre presente en su rostro y en su postura. Se sentó con esfuerzo en el colchón, junto a Diego, para quedar cara a cara con Juliet.

—Creí que ese coche se me llevaba por delante, hasta que sentí su empujón. Cuando vi que era él —dijo en un susurro con voz rota—, supe que estaba a salvo.

—Los otros dos también pudieron acabar con usted y con Diego.

—Los vi salir, pero no tuve la menor duda, mientras corrían hacia nosotros, de que eran ya muertos andantes.

—¿Tanto confía en él?

—Niña, tenías que haberle visto como lo vi yo. —Mirando al suelo, Goya sonrió al recordar—. La determinación en su rostro, su reacción al lanzarme al suelo, su envergadura con los brazos extendidos y esas armas en las manos…

—Le salvó la vida.

—Vaya que sí… Cuando siempre es uno el que tiene que cuidar y proteger, resulta liberador ser protegido.

—Hay que reconocer que sabe hacer su trabajo.

—¿Crees que solo era trabajo? —Goya volvió a elevar la voz y Juliet hizo un gesto para que la bajara de nuevo—. Lo que hizo no se hace solo por trabajo.

—¿Por qué entonces?

—Ser viejo y sordo solo tiene una cosa buena: lo ves todo con claridad. De noche, solos en aquella calle y con tres enemigos; si eso no es hacer algo porque quieres a alguien, que me parta un rayo aquí mismo.

—La debilidad de un hombre empieza por las personas a las que ama —recordó ella.

—Hija, eso es solo miedo. —En ese momento dio un par de suaves palmadas en la rodilla de su guardaespaldas, como si fuera una reprimenda cariñosa—. Tan fuerte, tan seguro, tan resuelto... y está muerto de miedo.

—¿A qué cree usted que le tiene miedo?

—A la pérdida.

—No comprendo, señor...

—Prefiere no tener, a tener y perder.

—Todos hemos perdido. Y aquí seguimos. —Las palabras de Juliet escondían un reproche hacia el propio Diego.

—Por eso tú eres más valiente que él. Tener valor es mucho más que empuñar armas y enfrentarse a la muerte: tener valor es enfrentarse a la vida. Sé de lo que hablo, es lo que muchas veces no hice...

—Entonces, mientras se siga escondiendo detrás de sus pistolas...

—Eso ya ha cambiado, niña —le cortó—. Este joven necesitaba ese disparo, por loco que parezca lo que digo. Ya sabe que no es inmortal, que es vulnerable.

—¿Y qué cambia eso?

—Que aprendes que la vida puede acabar en un instante. —En ese momento, Goya miró a los ojos de Juliet—. Y si llega ese instante, te aseguro que quieres a alguien a tu lado.

—Usted tiene a doña Leocadia...

—Voy a serte sincero… —esa vez Goya bajó el tono de voz de manera deliberada—, Leocadia es una buena mujer, y Rosario ha traído la alegría a mi vida. Pero a quien quisiera tener yo ahora al lado es a mi Josefa. —Y llevó su dedo a los labios pidiendo silencio, como si aquello fuera un secreto entre ambos.

—Pero, al menos, no está solo.

—Ante la muerte estamos todos solos. —Las bolsas bajo los ojos de Goya parecían cada día más grandes, y las venas rojas que le surcaban el rostro y la hinchada nariz dibujaban una intrincada telaraña—. No va a tardar en venir a por mí, pero vosotros seguiréis aquí. La vida —señaló a Diego— le ha dado otra oportunidad. Tú estás enamorada de él, ¿verdad, zagala?

Juliet desvió la vista del maestro y miró al techo, como si así pudiera detener la lágrima a punto de rodar por su mejilla. Y asintió sin hablar, porque las palabras no podían dar forma a los sentimientos que crecían en su interior.

—Pues este viejo inútil te asegura que él también lo está de ti. —Goya se levantó con esfuerzo de la cama y, acercándose a ella, le acarició con suavidad la mejilla—. Todo va a ir bien, niña.

Salió de la habitación arrastrando los pies, renqueante y dolorido, y se adentró en la oscuridad del pasillo. Mientras Juliet le veía marcharse, la fuerza de la gravedad ganó la partida en sus ojos y las lágrimas cayeron.

★★★

El aceite del candil ya se había consumido cuando Juliet, sentada en la mecedora y cubierta por la manta, sintió la claridad del amanecer a través de sus párpados cerrados. Tenía la espalda dolorida y los brazos entumecidos. Bostezó y abrió los ojos.

Lo primero que vio fue a Diego, tumbado en la que era su cama, mirándola en silencio. Ella se sorprendió al verle despierto, pero lo que acabó por descolocarle fue su sonrisa. Estaba sereno, tranquilo y sonriente.

—¿Has pasado la noche aquí? —preguntó.

—Llevo dos días aquí.

—¿Hace dos días de…? —Ella asintió—. Apenas recuerdo cuando subíamos la escalera. Pensaba que todo acababa.

—Ha estado cerca, Diego.

—¿La bala?

—La sacó el médico. No acabó en tu corazón por centímetros.

—Se ve que no era mi hora. —Diego hizo un gesto de dolor al moverse, y observó el vendaje que le cubría la parte superior del brazo y el hombro.

—Eso parece… —Juliet se levantó de la mecedora—. Voy a avisar de que estás despierto. —Y se dirigió a la puerta mientras él la seguía con la mirada.

—Juliet…

—Dime —dijo desde la puerta.

—Ven. —Diego alzó el brazo derecho, ofreciendo la mano.

Se quedó inmóvil, estática. Él pensó que quizá le había pedido algo que no quería hacer, que la estaba poniendo en un compromiso. Así que negó con la cabeza, pretendiendo que ella olvidara lo que había dicho.

Juliet se quedó mirando los ojos de Diego, y una sonrisa se dibujó en su rostro. Se acercó rápida a la cama y se agachó para, con cuidado, rodear su espalda y pegar su mejilla a la de él. Diego podía aspirar el aroma de su cabello rubio, y sabía, sin verlos, que sus ojos verdes brillaban a la luz de los rayos de sol que ya iluminaban la habitación.

—Gracias, Juliet…

—¿Por abrazarte?

—Por seguirme la otra noche, por llegar hasta mí, por traerme hasta aquí... —le susurraba al oído—, por no despegarte de mi lado en estos dos días. Y por abrazarme —añadió finalmente.

—Diego... —susurró Juliet sin separarse de él.

—¿Sí?

—Necesitas un baño. —Y la risa de ella le pareció el sonido más hermoso que jamás había escuchado.

7

París, febrero 1889

No ha pasado ni un mes y medio desde que se marcharon, pero París está diferente. Toda la ciudad se vuelca en la preparación de la Exposición Universal, que se inaugurará en mayo. La famosa torre de Eiffel, aún sin rematar, es la puerta de entrada a un inmenso recinto que se extiende a lo largo de Campo de Marte, Trocadero, la estación de Orsay, la explanada de los Inválidos y la orilla del Sena.

Hay trabajo y buenos salarios, y Gilles Leland lo percibe en que las tabernas, teatros y cabarés están abarrotados. La construcción de los pabellones de los treinta y cinco países participantes y de los más de sesenta mil expositores ha atraído a París a familias de toda Francia que buscan su pan con trabajos de todo tipo: albañilería, forja, pintura, carpintería o cristalería. Sí, la Exposición Universal celebra el centenario de la Revolución francesa, y en eso se ha convertido de nuevo París: en una revolución, pero de arquitectura, ingeniería y urbanismo dispuestos a asombrar al mundo. En unos meses, donde cien años atrás rodaban cabezas guillotinadas, pasearán más de treinta millones de visitantes. París es, en ese momento, la ciudad más avanzada y cosmopolita del mundo.

Gilles tenía ganas de volver a su casa. Ansiaba pisar la mullida alfombra de su salón, sentarse a leer en su sillón frente a la chimenea, contemplar su colección de porcelanas de Limoges y trabajar en su secreter de caoba. Pero apenas ha cruzado palabra con Jean-François en la semana que llevan allí. Este se ha mostrado esquivo y distante, enfrascado en algunas tareas de mantenimiento que la casa pedía a gritos o paseando a solas durante horas al caer la tarde. Muchas noches ni siquiera ha cenado en casa y, por supuesto, no han dormido juntos desde su regreso.

El detective le da su espacio. Piensa que, poco a poco, Jean-François abandonará ese estado melancólico. No quería volver a París, ya se lo dejó bien claro. Pero la aparición en escena de Eleonora de Lemaire fue lo que le hizo suplicar a Gilles que abandonaran el caso, que lo dejaran correr. Incluso Pereyra le aconsejó lo mismo, le daba permiso para desentenderse de la búsqueda del cráneo de Goya.

Pero es que ese caso que él no quería aceptar, y que lo llevó, por la petición de Jean-François, a dejar París por una temporada, ha adquirido una nueva dimensión. Si todas las pistas conducen a Eleonora, la investigación tiene una rival a la altura de Gilles Leland. Y ahora, si es capaz de resolverlo, sí trascendería a la prensa y sí le traería fama y clientes.

Ama a Jean-François, pero no va a desistir llegados a este punto.

Hace unos días escribió la carta. Le costó varias horas darle forma para que tuviera la intención que él buscaba.

Estimada Eleonora,

Sé que hemos tenido nuestras diferencias en el pasado. Por mi parte, nada que reprocharle; usted mira por sus intereses y yo por los míos, por lo que deseo que tampoco nada me reproche usted a mí. Bruneau queda olvidado en mi mente.

El asunto que me ocupa es un caso cuyas pistas han destapado la participación de su bisabuelo Alexandre. Tampoco nada que achacarle a él, por favor. Pero, como mi intención es resolver con éxito el encargo que mi cliente me ha hecho y, por supuesto, mantener todo este asunto en la máxima discreción, me veo en la tesitura de solicitarle audiencia para hacerla partícipe de mis hallazgos y recabar la información que usted pudiera tener al respecto.

Cuente con la garantía por mi parte de que la reputación de su bisabuelo siga siendo tan intachable como lo es ahora si acepta mi solicitud de entrevistarla. Solo necesito una conversación con usted que pueda arrojarme luz para resolver el caso.

Le adelanto que un simple cráneo es el detonante de esta carta.

Atentamente, Gilles Leland

Desde luego, no tenía nada claro que Eleonora de Lemaire aceptara el encuentro. O que ni siquiera le contestara. Pero escribir y enviar esa carta era lo único que estaba en sus manos.

★★★

Esta noche sí han cenado juntos. La cena ha sido tranquila, de charla escasa e intrascendente. Pero, al menos, cordial. Gilles sabe que esa silenciosa conformidad es la forma en la que Jean-François le transmite su descontento y su desacuerdo con la decisión de volver a París. Espera que solo sea cuestión de tiempo; están cerca de resolver el caso, con éxito o sin él, y quizá deban replantearse los términos de su relación. Sabe que el joven está en lo cierto cuando le dice que su forma de actuar les pone en peligro, y que haber sido juez y verdugo de hombres de negocios y nobles que piensan que su condición les permite cualquier licencia es garantía de un posible ataque contra su vida. Pero es su vida, la vida que Gilles ha elegido; y no ve que sea incompatible con su relación con Jean-François.

Es cierto que Pereyra ha contribuido a que descargue parte de su peso. Sus conversaciones con él le han ayudado a aceptar su sexualidad, a confiar en sí mismo y a convencerse de que nada malo hace amando a un hombre que, además, es más joven que él. Aunque sabe que nadie le contrataría si se hiciera público.

Pero también sabe que su sentimiento de venganza hacia su padre tiene que pasar a mejor vida. Que nada tiene que demostrarse a sí mismo ni al hombre que le expulsó del cuerpo de policía. Es posible que desde el más allá pueda verle, pero es hora de que deje de importarle qué pensaría su padre de él y de que empiece a preocuparse por lo que piensa de él su amado Jean-François.

Le observa: frente a la chimenea, tras la cena, lee a la luz de una vela una edición renovada de *Los miserables*. Inmerso en el duelo entre Jean Valjean y Javert, es ajeno a la meticulosa limpieza del Colt 45 que Gilles realiza en la misma mesa en la que han cenado. El tambor engrasado emite un sonido suave al rodar; Gilles lo cierra, acciona el percutor y dispara. El chasquido es potente, perfecto.

Terminar esta tarea le hace volver a la realidad. Se levanta y se acerca a la librería, de donde, tras detenerse a buscarlo, toma un ejemplar.

—Fuiste tú quien quiso que aceptáramos el caso —le dice a Jean-François. Este despega los ojos de las palabras de Victor

Hugo y mira el ejemplar que Leland le muestra. *Caprichos. Colección de grabados de don Francisco de Goya*—. ¿Por qué me echas ahora en cara que quiera llegar hasta el final?

Jean-François cierra el libro y se incorpora en el sillón. Ha llegado el momento de tener «esa» conversación.

—Pereyra nos ofreció un caso que era un misterio —dice—. Y que nos alejaba de París.

—Yo no quería aceptarlo —alega Gilles—. Lo hice por ti, porque vi que tenías razón: me había salido del camino y esta era una causa justa. Y ahora me castigas.

—No imaginaba que sería una serpiente que se muerde la cola y que nos traería de vuelta aquí. Y ahora, además, te quieres enfrentar a esa serpiente.

—¿Pero no comprendes que no podíamos prever eso? —Los gestos de las manos de Leland pretenden hacer entrar en razón a su pareja—. ¿Cómo íbamos a saber que Eleonora de Lemaire tendría un papel en todo este asunto?

—No podíamos saberlo, cierto. Pero, ahora que lo sabemos, tenemos la opción de olvidarlo.

—Sin embargo, yo no quiero hacerlo. —Gilles se sienta en un sillón junto al de Jean-François—. ¡Ahora necesito saber qué fue del cráneo de Goya!

—¿Aun a costa de enfrentarte a una mujer que te odia y que tiene todos los medios para acabar contigo? ¿Aunque pueda desear vernos muertos por haber frustrado el robo del diamante de Bruneau?

Gilles, a su pesar, asiente.

—Conmigo no cuentes —prosigue el joven mulato, con un amago de amenaza—. ¡Ojalá no te reciba, ojalá te niegue esa cita porque lo último que quiera sea ayudarte a resolver un caso! —estalla Jean-François—. Porque ten por seguro que si te recibe es para intentar acabar contigo.

439

Gilles echa mano al bolsillo interior de su chaleco y saca un papel doblado en tres partes, que le ofrece. Jean-François lo toma para poder leerlo.

Estimado Gilles,

Me permito tutearte por la antigua relación que nos une. Y también me permito confesarte que ha sido una verdadera sorpresa recibir tu carta.

Percibo por tus líneas que necesitas mi ayuda, y dudo entre dos opciones: que tu caso sea de vital importancia para ti, y estés tan desesperado como para recurrir a mí, o que necesites presumir de que alguien con quien has tenido un importante desencuentro te reciba por el peso de tu fama.

Pero no me voy a quedar con la duda. Así que estás invitado a cenar el próximo jueves en mi humilde hogar para que podamos jugar esa partida que pareces desear tanto. Estoy ansiosa por saber qué tienen que ver mi bisabuelo y alguno de los cráneos de su colección con tu caso.

Te aseguro que, si tengo las respuestas a tus preguntas, te las daré.

Todo sea por los viejos tiempos, querido.

Eleonora de Lemaire

PD: Abstente, por favor, de traer contigo a ese joven que calienta tus sábanas.

—¿Irás? —pregunta Jean-François evitando opinar sobre esa última línea.

—Sí.

—Ella misma lo dice, se lo toma como una partida.

—Tomaré mis precauciones, te lo prometo.

Jean-François se levanta, devuelve la carta a Gilles y se acerca en silencio a la chimenea para sentir el calor del fuego en sus piernas.

—Te lo voy a rogar por última vez —dice, con la vista fija en los troncos que arden—. No vayas, por favor.

—Sabes que si no lo hago me voy a preguntar siempre si ella sabía algo sobre la cabeza de Goya.

—Está bien… —asiente el joven—. Haz lo que consideres.

—Gracias. —A Leland le tranquiliza que su pareja le dé su aprobación.

—No me lo agradezcas. —Sigue sin mirarle—. Te dejo, Gilles. Mañana me marcho de aquí.

Y dando la espalda a Gilles Leland, que se ha quedado sin habla, Jean-François abandona el salón con una pena infinita. El Colt 45 que reposa en la mesa es la última visión de aquella estancia en la que tan feliz ha sido con el detective.

8

Burdeos, marzo 1828

La cercanía de la primavera se hacía notar. El sol ya no era solo un disco tibio que apenas calentaba, y a aquellas alturas del mes de marzo se dedicaba a juguetear en los cristales de los edificios de cours de l'Intendance.

Diego, con su brazo izquierdo en cabestrillo, cerró los ojos y llenó de aire los pulmones en cuanto salió a la calle. Estaba dolorido, pero no aguantaba más tumbado en la cama. Por imposición de Juliet, llevaba el abrigo sobre los hombros, y, aunque sintiera que no lo necesitaba, prefería dejarse cuidar por ella. Recorrían despacio la rue Vital Carles, con su suave pendiente, que terminaba con la vista de las dos agujas de la catedral de Saint-André, deteniéndose a curiosear en los escaparates de los comercios y en los puestos de los libreros de lance.

Como consecuencia de la caída, Diego aún cojeaba levemente. El caminar de ambos, acompasado a esa lenta velocidad, hacía que el brazo derecho de él y el izquierdo de ella se rozaran, pero ninguno de los dos hacía nada por evitarlo.

Don Francisco no había pasado buena noche. Tanto Diego, de vuelta en su dormitorio, como Juliet, que ocupaba de nuevo el suyo, habían oído de madrugada su vozarrón. Se quejaba de dolores en el abdomen, pero doña Leocadia no podía hacer más que prepararle una infusión de manzanilla para aliviarle.

Cuando llegaron a la plaza de la catedral y el Palacio Rohan, pasearon entre los puestos de fruta y verdura allí instalados. Algunos de los vendedores, viendo que finalizaba la mañana y que todavía tenían género, vociferaban sus ofertas para tratar de quitárselo de encima. Juliet sacó un pequeño monedero, se alejó de Diego sin mediar palabra y fue hasta uno de los puestos. Al volver le tendió a Diego una manzana mientras ella le daba el primer bocado a otra.

—Pequeños placeres… —comentó con la boca llena mientras sonreía.

Eso arrancó otra sonrisa a Diego, y ambos comieron en silencio.

—Esta mañana el señor ha orinado sangre —dijo ella con tristeza cuando acabó su manzana.

—Don Francisco se muere, Juliet.

—Eso lo sabemos hace tiempo. —Con un pañuelo se limpiaba manos y boca.

—Sí… —«Lo que sea significa lo que sea», retumbaba en los oídos de Diego—, pero tengo que hablarte de algo.

Junto a la torre Pey-Berland, un anexo posterior a la construcción de la catedral en su parte este, se abría una plaza en la que unos niños echaban alpiste a las palomas. Diego llevó a Juliet de la mano hasta un banco, en el que tomaron asiento.

—Me estás asustando…

—Juliet… Don Francisco no tiene nada. —Hizo una pausa para intentar explicarse—. Ni dinero, ni patrimonio… Nada.

—El señor debe de ser rico, Diego. Quizás un poco agarrado, pero rico.

—Lo era —asintió—. Pero, antes de fallecer, su mujer le obligó a donar todos sus bienes a su único hijo, Javier. Apenas subsiste con la pensión que le otorgó el rey de España, y una vez que muera...

—¿Entonces...? —Juliet ató cabos—. ¿Doña Leocadia y Rosario...?

—Eso es. Nada.

—¿Lo sabe la señora?

—Quién sabe... —Diego encogió los hombros y una mueca de dolor se reflejó en su rostro—. El caso es que el señor escribió a su hijo Javier para que viniera a Burdeos e intentar convencerle de que hiciera una donación a doña Leocadia. Pero él le contestó que no podía venir por ahora, aunque su esposa, Gumersinda, y su hijo Mariano sí se adelantarían para acompañarle en sus últimos días.

—Quizá llegue antes de que el señor fallezca y se pueda hacer esa donación.

—No va a llegar, Juliet —negó Diego—. Parece ser que Javier odia a doña Leocadia. Goya sospecha que Gumersinda avisará a Javier cuando fallezca, y que entonces vendrá aquí para cerrar todos sus asuntos.

—¿Incluida la casa?

—Doña Leocadia y Rosario se verán en la calle y sin dinero —asintió Diego.

—Virgen santa... —Juliet hizo el instintivo gesto de santiguarse—. ¿Hay algo que podamos hacer?

Diego guardó silencio. Las palomas revoloteaban alrededor del grupo de niños, reclamando más alimento.

—Hay algo, Juliet. —Diego se acomodó el cabestrillo y descansó la espalda en el respaldo del banco—. Pero si te lo cuento estarás implicada, y te necesitaré. —Al ver que ella le animaba a continuar con un gesto decidido, prosi-

444

guió—. Don Francisco está desesperado, sobre todo por Rosario.

—La quiere como si fuera su hija…

Diego la miró con una ceja levantada. Para él era algo más que una sospecha que Rosario era hija del maestro, que quería poder asegurarle un futuro.

—Goya tiene las manos atadas, no hay nada que pueda hacer. Pero me pidió que hiciera lo que sea para que las dos tuvieran una vida digna.

—¿Qué vas a poder hacer tú?

—«Lo que sea significa lo que sea», especificó. El señor está al límite, y no quiere morir con esa pena.

—Si aceptaste es porque tienes un plan.

—No acepté. —Diego quería dejarlo bien claro—. Me enfadé con él por cargarme con esa responsabilidad… Pero no voy a dejarlas en la indigencia.

—Te voy conociendo, Diego Girard. —Juliet sonrió—. Y bien —suspiró—, ¿qué vamos a hacer?

—¿Sabes qué es la frenología? —La expresión de Juliet reveló que no había oído esa palabra en toda su vida—. Es una ciencia que estudia las medidas y dimensiones de los cráneos para tratar de hallar patrones que indiquen posibles enfermedades mentales. —Diego colocaba la mano derecha sobre su propio cráneo, ilustrando lo que le contaba a Juliet—. O que predigan la genialidad.

—Eso suena a patraña…

—Es posible —reconoció él—. Pero el caso es que los frenólogos tratan de conseguir cráneos para sus estudios. Y pagan muy bien por los de artistas famosos.

—¿Cráneos… de personas muertas? —se asombró Juliet.

Diego metió la mano en el bolsillo interior del chaleco y sacó una carta.

—Jacob Cordier. —Juliet leyó el nombre del destinatario al tomarla.

—Es mi jefe en París. —Hizo un gesto con los ojos, invitándole a leerla.

Querido Jacob:

Sé que quizá nos pongo a ambos en peligro escribiendo esta carta, pero no lo haría si no fuera por algo de extrema urgencia.

Necesito que contacte con su amigo Alexandre de Lemaire y le pregunte si desea hacer una oferta por la cabeza de don Francisco de Goya. Su fallecimiento está cercano, y estoy en disposición de conseguírsela.

Estoy seguro de que usted tendrá preguntas, jefe. Tendrá que esperar, pero todas se las responderé en su debido momento.

Envíe la respuesta a la oficina de correos de Burdeos, a nombre de Juliet Lesson.

Confíe en mí.

Niño

PD: Deseo que nuestro asunto en París con Antonio Espina se haya relajado.

Juliet, sentada en aquel banco junto a la catedral de Saint-André, levantó los ojos del papel y posó la mirada en los de Diego, interrogándole sobre lo que acababa de leer.

—«Lo que sea significa lo que sea», ¿no? —insistió él.

—Pero, Diego… —balbuceó, impactada por la solución que proponía—, esto es una aberración.

—¿Tienes alguna idea mejor?

—Algo se podrá hacer… —Juliet buscaba otras opciones mientras doblaba la carta de nuevo y se la devolvía a Diego—. Vender algún cuadro, los muebles…

—Juliet… —Diego puso su mano sobre la de ella—, Cyprien Gaulon no consigue colocar ni uno solo de los grabados de don Francisco. Encontrar comprador para alguno de sus cuadros sería un proceso lento, y no se conseguiría mucho dinero.

—Pero… ¿su cabeza?

—Es la única opción si quiero cumplir lo que me ha pedido don Francisco.

—Si queremos —añadió ella—. Yo tampoco deseo que Rosario tenga que mendigar por un plato de comida. —Al pensar en ella, sus ojos brillaron.

—¿Has pensado que, cuando muera don Francisco, tú…?

—Perderé mi trabajo —le cortó Juliet—. Lo sé.

—Juliet… —Diego, azorado, buscaba las palabras—, pase lo que pase, no deseo que nuestros caminos se separen aquí.

—Me he acostumbrado a vivir en Burdeos, Diego. Pero tengo pendiente una visita a París para buscar a mi madre.

—Allí es donde yo he de volver. Nadie conoce mejor París que yo.

—Entonces… —sonrió—, necesitaré tu ayuda.

Para ambos sonó como un pacto de seguir juntos más allá de lo que ocurriera en Burdeos, sin necesidad de añadir más palabras o compromisos.

—La cabeza… —Solo de pensarlo se le revolvía el estómago—. ¿Cómo lo haremos?

—No he pensado en ello.

—Habrá que esperar a que fallezca, ¿verdad?

—Por supuesto —respondió Diego con rapidez para quitarle esa preocupación—. Pero habrá que ir pensando en algo.

Ella miró hacia las manos de ambos, que seguían una sobre otra, y él esperó su reacción. Que fue girar la palma para que entrelazaran sus dedos.

—Estás diferente —afirmó Juliet.

—La otra noche pude morir en aquella calle. —Diego presionó ligeramente su mano, como si quisiera estrechar ese vínculo—. Eso te da que pensar.

—Conmigo —insistió ella—. Estás diferente conmigo.

Diego desentrelazó su mano y la llevó hasta un mechón rubio que caía sobre el rostro de Juliet. Lo colocó detrás de su oreja, recreándose en la curva que trazaba. Ella giró el cuello y aprisionó su mano entre la mejilla y el hombro.

—Juliet… —susurró—, vives en mi cabeza desde el primer día que te vi.

Ella podría haberle preguntado entonces el porqué de tanta frialdad, de tanta distancia e, incluso, de alguno de los desprecios que le había hecho. Pero no lo hizo porque ya sabía la respuesta; aquella que el propio Goya le había dado. Miedo. Miedo a perder; porque para él era mejor no tener, a tener y perder.

Sin embargo, todo eso parecía haberse esfumado.

Juliet volvió del lugar al que había viajado con la mano de Diego en su mejilla.

—Vamos a la oficina de correos a enviar esa carta —decidió.

Diego sonrió ante la resolución que mostraba. Indicaba que aprobaba el plan que le había propuesto y, sin decir palabra, redujo la distancia que separaba sus rostros y le dio un suave beso en los labios, que todavía guardaban el sabor de la manzana. Sin despegarse, a tan solo unos milímetros, él se miró en sus ojos; en ese océano verde esmeralda en el que sentía que podría perderse como un náufrago y vivir para siempre. Y esa distancia casi inexistente fue reducida a la nada por ella, que detuvo el tiempo, el vuelo de las palomas que aleteaban junto a la catedral de Saint-André y los gritos de los niños con un beso. Un beso que sellaba que él también vivía en su cabeza desde el primer día en que apareció por la casa de don Francisco de Goya.

***

Atajando por los callejones para salir a la rue Sainte-Catherine en busca de la oficina de correos, Juliet tiró de su mano para detenerle.

—No puedo creer lo que vamos a hacer.

—Podemos dejarlo si quieres.

—Si lo hacemos…, ¿qué le espera a mi niña? —se preguntó preocupada.

—La nada, Juliet. Le espera la nada.

—Hagámoslo entonces —decidió, arrancando a caminar de nuevo—. Vendamos la cabeza del señor.

—Una última cosa… —En ese momento fue Diego quien se detuvo—. Ni una palabra. Ni a él ni a doña Leocadia.

—A él ya le va a dar igual. Pero prométeme que, si todo sale bien, doña Leocadia y Rosario jamás se enterarán de dónde ha salido el dinero.

—Así será. —El dedo de Diego sobre sus labios indicaba que estaba de acuerdo.

—Y, Diego…, una última cosa. —La leona que llevaba dentro sacó su instinto—. ¿Quién es Antonio Espina?

Por la determinación que él vio en su rostro, supo que no iba a parar hasta que se lo contara. Iba a añadir una piedra más al peso que ya compartían, pero, llegados a ese punto, ya no quería ocultárselo.

—Es una larga historia, Juliet.

9

Burdeos, 25 de marzo de 1828

A Benigno Malumbres, la primera palabra que se le vino a la cabeza nada más poner un pie en Burdeos fue «humedad». Sus huesos ya estaban lo suficientemente cansados tras el viaje como para que esa bruma de la caída de la tarde calara todavía más en ellos.

La diligencia que le había traído desde Madrid —dos eternos días de camino— había dejado a los viajeros en la gran plaza que remataba la Puerta de Aquitania. Malumbres se encontró allí, en territorio desconocido para él, con sus dos maletas en el suelo y con una ciudad que ya se recogía. Se puso el sombrero de copa, se abrochó el abrigo y, levantando la mirada por encima de sus gafas redondas, hizo una seña a un cochero que, fumando, esperaba pasajero.

Le indicó que iba al hotel Royale y se sentó dentro de la cabina para entrar en calor mientras el hombre cargaba sus maletas. Odiaba Francia. A su entender, todos los males de su época venían de las ideas ilustradas que había exportado ese infame país. Y odiaba a los franceses; tan orgullosos de sí mismos que se creían capaces de dar lecciones al mundo. El único mérito que les otorgaba era haber enviado al duque de Angulema al frente de los Cien Mil Hijos de San Luis para ayudar a volver a poner orden en España.

Pero allí estaba. Y todo porque el hombre que había contratado para acabar con cuatro viejos exiliados españoles había sido incapaz de hacerlo. Al final, como siempre, él tenía que asumir el mando y arreglar los entuertos. Tal y como le sucedía con el ministro Calomarde y su maldita desidia. Rezaba por que llegara pronto el día en el que Fernando VII descubriera que era un inepto y pusiera, por fin, los ojos en él.

Cuando se registró en el hotel pidió que le subieran las maletas a su dormitorio y, sombrero y abrigo en mano, se dirigió a la sala de lectura. La noche, que ya había caído en Burdeos, se podía contemplar desde el gran ventanal de la sala, donde el fuego que ardía en la chimenea calentaba la estancia.

—Para tener que acabar viniendo yo hasta aquí, no hubiera hecho falta que le contratara —dijo cuando llegó a la altura del sillón que estaba junto a la librería.

Andrea Boscoscuro, único ocupante de la estancia, levantó la mirada y observó en silencio durante unos segundos al funcionario español. La temperatura que hacía allí dentro le permitía estar en chaleco y mangas de camisa —con el cuello desabrochado, por supuesto— y, con las piernas cruzadas, apoyaba los codos en los brazos del sillón. Con las manos entrelazadas a la altura del rostro, sellaba sus labios con los dedos índices levantados, en actitud reflexiva.

—El hombre propone, y la vida dispone —dijo al fin—. Yo no le pedí que viniera hasta aquí.

—Pues al enviarme su carta —Malumbres dejó abrigo y sombrero en el perchero y se sentó en un sillón junto al del italiano—, ha evidenciado que sí hacía falta que viniera hasta esta ciudad del diablo.

—Solo le informaba de que la operación había fracasado; he encontrado… dificultades inesperadas.

—Pero es que para eso se contrata a uno de los dos mejores espías de Europa, ¿no cree? —La postura relajada de Malumbres trataba de hacer ver que era él quien dirigía esa conversación—. Para que supere esas condiciones adversas.

—Si Moratín y Silvela deciden irse a París de la noche a la mañana, *non è colpa mia*.

—Bueno —Malumbres sonrió irónico—, lo es si tiene a los cuatro a tiro y solo consigue matar a uno e incendiar un café. O si únicamente tiene que asesinar a un viejo y se lo encarga a un grupo de patanes que acaban muertos en plena calle.

—Si he esperado a que llegara ha sido por cortesía profesional. —Boscoscuro no quería discutir—. Para darle explicaciones personalmente antes de irme.

—Está muy equivocado… —Malumbres sonrió y negó con la cabeza—. Usted no se va de aquí hasta que completemos el trabajo.

—¿Va a obligarme?

—No, por favor, ¿cómo puede pensar eso? —Hizo un gesto, como descartando esa posibilidad—. Pero sí voy a escribir cartas a las cortes de Europa informando de mi mala experiencia con su trabajo y recomendando que no se le contrate.

—Malumbres… —Boscoscuro negó con la cabeza—, creo que se sobreestima.

—Cartas con el sello del rey, Boscoscuro. —El gesto del funcionario español se agrió de pronto—. Le recomiendo que no me tome por estúpido.

Andrea Boscoscuro se recogió el cabello con ambas manos para arreglarse la coleta. Dejó vagar la vista por la sala mientras pensaba en las palabras de Malumbres. Desde luego, le parecía factible que ese inepto al que la ropa le venía grande se jugara su puesto enviando cartas en nombre del rey Fernando para desacreditarle. Era una mala noticia, desde luego, pero también una señal más de que quizás iba siendo hora de empezar a pensar en retirarse. Aunque, como él era capaz de tomarse un respiro para pensar y no dejarse llevar por impulsos, decidió que era mejor, al menos por el momento, seguirle el juego al español.

—Tendrá un plan, supongo. Será un *piacere* escucharlo.

En ese momento, la pausa se la tomó Malumbres. Consideraba un triunfo haber logrado con sus amenazas que Boscoscuro se hubiera echado atrás en sus intenciones de abandonar Burdeos. Y ese triunfo había que degustarlo.

—Vamos a acabar con Goya desde dentro —dijo al fin.

—Malumbres, ese anciano ya está más muerto que vivo.

—Pues vamos a acelerarlo. —Informar de su plan a cuentagotas le hacía sentirse poderoso—. Goya sabe que se muere y escribió a su hijo Javier para que viniera a Burdeos y pudieran despedirse. —Malumbres alardeaba de estar bien informado—. Además, quería que hiciera una donación a la mujerzuela que yace con él, para que ella y su hija puedan mantenerse una vez que él muera.

—¿Y?

—He… «convencido» a Javier para que no venga hasta que le comuniquen el fallecimiento de su padre.

—Todo muy ético, Malumbres. Impedir que un padre se despida de su hijo… Le felicito —dijo Boscoscuro con ironía.

—Javier odia a Leocadia, la meretriz de Goya. Prefiere no despedirse de su padre a verse obligado a donar parte de su dinero a esa mujer.

—¿Y su plan?

Un empleado del hotel entró en la sala y ambos quedaron en silencio. Echó un tronco más al fuego y, con una inclinación de cabeza, volvió a dejarlos a solas.

—En tres días llegan a Burdeos Gumersinda, esposa de Javier, y Mariano, su hijo. —Malumbres se levantó, necesitaba estirar las piernas tras el viaje—. Así el viejo tendrá a alguien de su familia en su lecho de muerte. Mariano, su nieto, será nuestro caballo de Troya. —Sonrió triunfante—. Él hará el trabajo desde dentro.

—Se supera —elogió Boscoscuro—. ¿Le pedirá que mate a su abuelo?

—De eso, Boscoscuro, deje que me ocupe yo —dijo Malumbres frunciendo el ceño e inclinando la cabeza con rostro severo.

—Y, si se puede saber... —aquello le parecía un disparate—, ¿para qué me quiere usted aquí?

—Le hacía más inteligente, Boscoscuro. —Sonrió condescendiente—. Recuerde que todavía tiene una cabeza que cortar.

—Le aseguro que «eso» no se me ha ido del pensamiento desde que llegué —contestó con retintín—. Pero ya me dirá cómo hacemos si Goya muere en su casa.

—¡Que muera, Boscoscuro! ¡Que muera! —Malumbres alzó la voz—. Que le lloren, que le velen, que le hagan un funeral. Y que le entierren. —Hizo un gesto con el dedo índice hacia el suelo—. Esa misma noche entraremos en el cementerio, abriremos su tumba y le cortaremos la cabeza.

Que Malumbres albergaba mucho odio en su interior era algo que Boscoscuro ya había advertido cuando se reunieron por primera vez en Madrid. Pero acababa de descubrir que ese odio que ahora escupía le consumía, le quemaba por dentro.

—Se lo dije una vez... —El italiano entornó los ojos, mirando dentro del alma del funcionario—. Tenga cuidado: ese odio acabará matándole.

—¿Me lo dice un asesino?

—Se lo dice alguien que ha visto más cosas de las que desearía. ¿Por qué odia tanto a Goya?

Malumbres tomó asiento de nuevo. Y, sin saber si por una necesidad de justificarse o por un deseo de quitarse un cierto peso, en la sala de lectura del hotel Royale de Burdeos le contó a Boscoscuro su historia con Goya.

★★★

En 1819, la esposa de Malumbres, hija del notario real, había recibido como herencia unos terrenos en la ribera del río Manzanares. Ella tenía la ilusión de construir una finca que contara con jardines, una arboleda y una casa a la altura del estatus que consideraba que tenía. El problema era que el terreno era pequeño para todas sus ambiciones. El propio Benigno Malumbres decidió tomar cartas en el asunto y fue a visitar al dueño de los terrenos colindantes con el de su esposa, un tal Pedro Marcelino Blanco, un hombre aquejado de proverbial sordera que en su amplísima parcela disponía de una buena casa con huerto, una gran explanada de grava, pozo y zonas ajardinadas. Se la conocía como la Quinta del Sordo.

Malumbres pensó que con una buena reforma podría quedar una casa magnífica y que, uniendo la Quinta del Sordo con los terrenos de su esposa, la finca podría ser la envidia de todo Madrid. Le contó a su esposa que iba a hacerle una oferta al propietario, ansioso por demostrarle que era un hombre de recursos y que su trabajo en el ministerio le convertía *per se* en alguien importante.

El tal Pedro Marcelino Blanco le recibió, sí, pero solo para notificarle que don Francisco de Goya le había comprado la Quinta. Contrariado, Malumbres se presentó una noche en el domicilio de Goya, en la calle del Desengaño, y fue recibido por Leocadia Zorrilla, una joven que decía ser el ama de llaves del pintor, aunque todo Madrid comentaba que era su amante y que había abandonado a su marido para estar con un hombre cuarenta años mayor que ella. Todo un escándalo.

Leocadia le comunicó que el pintor no había llegado aún, pero que, siendo un funcionario del Ministerio de Gracia y Justicia, estaba invitado a pasar y esperarle. Eso hizo Malumbres.

Bien entrada la noche, un Goya envejecido, orondo, vocinglero, con claros síntomas de ir bebido, pero elegantemente vestido, llegó a su casa y se encontró al funcionario, que le explicó el motivo de su visita: quería comprarle la finca que el pintor había adquirido recientemente. Francisco de Goya, rico y bravucón, le respondió que solo la vendería por un precio exorbitante, que superaba las posibilidades de Malumbres. Y cuando este, tan poca cosa a su lado, con esas lentes redondas y su aire ratonil le planteó pagar a plazos, Goya se deshizo en carcajadas y le contestó con una sentencia que se le clavó en el alma: «No se puede pretender una vida de rico sin tener el dinero suficiente para ello».

Benigno Malumbres, con el rabo entre las piernas, volvió a su casa y le contó a su esposa que Goya no había accedido a venderle la propiedad. Y ella, harta del carácter blando y timorato de su marido, le dijo que ella misma iría a hablar con el pintor para tratar de convencerle.

★★★

—No le convenció —adivinó Boscoscuro.

—No —admitió Malumbres—. Pero comenzaron a circular rumores de que había yacido con Goya. Se decía que él mismo iba por las tabernas pavoneándose de haber fornicado con la esposa del secretario del Ministerio de Gracia y Justicia.

—¿Era cierto?

—Le pregunté; claro que le pregunté. —Malumbres se quitó las lentes y se frotó los cansados ojos—. Ella no lo confirmó, pero tampoco lo desmintió. Se limitó a responderme: «Ni en cien vidas tendrías tú la cabeza que tiene ese hombre».

—Ahora todo encaja… Es una simple *vendetta*.

—Francisco de Goya va a descansar toda la eternidad sin cabeza. —Volvió a ponerse las gafas con gesto serio—. Y si esa cabeza es lo que mi mujer tanto desea, la va a tener.

—*Santa Madonna*… —murmuró Boscoscuro—. Está usted enfermo.

—Piense lo que quiera, pero va a ayudarme. —Se levantó y tomó su abrigo y su sombrero—. Prepare un coche, cochero y dos caballos aparte con sillas y riendas para cuando lleguen Gumersinda y Mariano.

—¿Para qué?

Malumbres no respondió. Dijo solo que iba a su habitación a dormir y recuperarse del viaje. Salió de la sala de lectura no sin antes levantar tres dedos de la mano derecha para recordarle que eran solo tres días los que faltaban para la llegada de la nuera y el nieto del pintor.

Andrea Boscoscuro tenía pensado cenar en el restaurante del hotel, pero aquella historia le había quitado el hambre. Estaba harto de que utilizaran sus servicios para venganzas y miserias, para dar rienda suelta a las locuras que no se atrevían a llevar a cabo quienes le contrataban. Sí, él había accedido a ser su brazo ejecutor a cambio de grandes sumas de dinero.

Pero quizás había llegado el momento de marcar un límite y dejar de ser el aliviadero de las ambiciones y frustraciones de indeseables como Malumbres.

Se acercó a la recepción para recoger su llave, anhelando dormir y olvidar unas horas aquel asunto.

—*Velho amigo!* —oyó a su espalda—. Veo que has cenado temprano.

—Hoy no tengo el día para tus juegos, Espina —respondió sin girarse.

—¿Tal vez no encontraste a tu exiliado español?

—¿Y tú? —Con ese cansancio infinito que arrastraba desde hacía días, se giró para encontrarse con Antonio Espina—. ¿Has dado con ese joven que buscas?

—La duda ofende… —El portugués sonrió—. Voy a cenar en el restaurante para celebrar que mañana ese joven dejará este mundo. ¿Quieres acompañarme?

—Creo que antes preferiría pegarme un tiro en… —Y señaló sus partes nobles.

—Tú te lo pierdes. —Abrió las manos, aceptando su respuesta.

—¿Y quién es ese pobre desgraciado al que mañana vas a dar pasaporte?

—Lo tenía localizado desde que puse un pie en Burdeos, y hoy he estado siguiéndole. —Espina levantó una ceja, dando a entender que nada escapaba a su control—. ¿Y sabes una cosa? Es alguien del gremio; esas piezas son las que más valen.

—¿Del gremio?

—Un guardaespaldas —asintió Espina—. Protege a un viejo pintor.

—¿Qué pintor puede necesitar guardaespaldas? —Boscoscuro disimuló su sorpresa haciéndose el ignorante. No podía creer que el cerco se estrechara tanto.

—El *velho* Goya. No sé por qué… ni me importa. —Espina contestaba a la pregunta de Boscoscuro, y se mostraba tan seguro que alardeaba ante su máximo rival—. Aunque yo pensaba que ese hombre ya estaría muerto.

A los dos mejores espías de Europa no les había contratado la misma persona, pero un giro caprichoso del destino había logrado que sus objetivos estuvieran uno al lado del otro.

Pero, además, aquella era la constatación de que el joven que había lanzado a Cheval por el balcón seguía vivo tras el tiroteo con Fossé y los hermanos Ferdinand. El inspector de policía le había confirmado que había resultado herido aquella noche, pero parecía ser que era necesario algo más que un encuentro con tres sicarios para acabar con la vida de ese purasangre.

Si Boscoscuro ya le había confesado a Chiara que Goya no merecía morir, quizá tampoco se mereciera perder a su guardaespaldas en los últimos días de su vida. Menos aún tras el disparatado plan que Malumbres le había contado y que se había visto, por el momento, obligado a aceptar.

—Te deseo suerte. —Boscoscuro se giró para seguir subiendo la escalera—. Y ojalá la diosa Fortuna me conceda a mí el deseo de no volver a verte más.

—¿Seguro que no quieres compartir ese *vinho*? —preguntó Espina de nuevo.

Boscoscuro, ya a mitad de la amplia escalera, ni siquiera se dignó en contestarle.

10

Burdeos, 26 de marzo de 1828

Antonio Espina había nacido en Faro, municipio costero del Algarve, allá por 1778. Y, como todos los hombres de la región, su futuro estaría ligado al mar y a la pesca del atún en aquella parte del océano Atlántico.

Apenas contaba diez años cuando embarcó, en labores de grumete, en el *Fortuna,* un pesquero. A los trece, gracias a su envergadura y a su buen hacer, ya era un miembro de pleno derecho de la tripulación y se batía junto a sus compañeros en las tareas de agotar y subir a cubierta especímenes adultos de trescientos quilos de peso.

En 1801, Napoleón conminó a Portugal a que rompiera su alianza con los ingleses y cerrara sus puertos a barcos británicos. Ante la negativa portuguesa, Francia utilizó al aliado que tenía más a mano, España, para que invadiera la parte central del país luso, lo que dio comienzo a la llamada guerra de las Naranjas.

La guerra apenas duró dieciocho días y quedó casi en nada, pero sirvió para que Espina descubriera dos cosas: que había un mundo más allá de las labores del mar —lo que le llevaría a alistarse en el ejército— y que había algo que se le daba mejor que pescar. Matar.

Años después, expulsado del ejército por indisciplina, recaló en Cádiz, donde no tuvo problemas para retomar su antiguo oficio como miembro de una tripulación. Solo que esa vez no era en un pesquero, sino en un buque sin bandera que se dedicaba a piratear en el estrecho de Gibraltar. Además de hacer fortuna, aquellos tiempos de quemar barcos y quitar vidas lo fueron también de escuchar en tabernas, y de extraer información sobre buques que navegaban en el estrecho y sobre las cargas que portaban. Ahí descubrió Espina que, además de soldado y pirata, también era un consumado espía.

Durante la segunda década del siglo XIX, Antonio Espina se convirtió en un fantasma que podía aparecer en cualquier lugar de Europa para acabar con la vida de personas poderosas y resolver asuntos de herencias o sucesiones. El trabajo se le acumuló y jamás le faltó clientela dispuesta a pagarle unos buenos honorarios por despachar a quien fuera.

Con un aro en la oreja izquierda, una perilla que se perfilaba a diario y un pañuelo para tapar el cabello que ya le clareaba, su imagen era sinónimo de eficacia, y solo otro hombre era capaz de hacerle la competencia: Andrea Boscoscuro. Pero jugaban en un terreno lo suficientemente grande para los dos.

Hasta que, por cosas del destino, ambos habían coincidido en Burdeos.

Aquel día, junto a la iglesia de Saint-Pierre, Antonio Espina leía un periódico mientras vigilaba la puerta de la oficina de Correos.

Observó como una pareja de agentes de policía paseaba por las inmediaciones al acecho de carteristas y descuideros. Y como las sirvientas caminaban deprisa, cargadas con la compra, hacia la casa de sus señores para preparar la mesa y servir la comida. Un grupo de niños salía del colegio y corría por la plazuela ganándose una bronca de los agentes y, en medio de todos ellos, Diego Girard salió de la oficina de Correos.

Sin abrigo, parecía ir desarmado. Espina levantó el periódico para ocultarse y reparó en cómo miraba a izquierda y derecha antes de tomar la rue du Parlement Saint-Pierre en dirección al centro de la ciudad. Le sorprendió descubrir, al seguirlo el día anterior, que el Niño llevaba el brazo en cabestrillo; pero le pareció el mejor de los presagios: menos guerra le daría a la hora de acabar con él.

Espina esperó unos segundos y se levantó para comenzar el juego. El joven cojeaba levemente y caminaba más lento de lo que hubiera sido normal en alguien como él; miel sobre hojuelas. Lo cierto es que tenía una envergadura considerable y, si no fuera por su estado, podría ser un adversario temible.

Diego giró a la derecha por la rue des Caperans, donde el bullicio del mediodía disminuyó. Espina, pegado a las fachadas de la estrecha calle, tuvo que esconderse varias veces porque se detenía y se giraba a mirar a su espalda. Sin duda, su sentido de alerta funcionaba a la perfección; aunque no fuera a servirle de nada aquel día.

La calle era tan estrecha que las mujeres colgaban sábanas y mantas al sol de un balcón a otro, como si una ola de color blanco se elevara sobre los transeúntes. Espina, que seguía en silencio a Diego, vio que se acercaba a un callejón que se abría a mano izquierda y decidió que ese sería el lugar. Las voces que salían de las casas, un niño que lloraba y un par de perros ladrando apagaron los pasos apresurados del portugués. Cuando Diego pudo sentirlos y girarse, ya era demasiado tarde: Espina se lanzó contra su pecho, golpeándole con el hombro y haciéndolo caer en el callejón, lejos de la vista de cualquiera.

Sin poder hacer fuerza con el brazo izquierdo, Diego intentó levantarse agarrándose a una reja con la mano derecha, pero Espina, viendo que lo tenía a su merced, le dio una patada en el estómago que le hizo rodar de nuevo por tierra.

—Ya sabes a qué he venido, Niño.

Diego trataba de recuperar la respiración. Todavía tumbado, echó mano a su bota, de donde sacó un cuchillo, pero una nueva patada se lo arrebató.

—*Aquelha noite,* en París, mataste al tipo equivocado —dijo Espina poniéndose junto a Diego, que trataba de incorporarse.

—Jamás he matado a nadie que no lo mereciera.

—Te creo… —dijo el portugués mientras sacaba un cuchillo de la cintura—. El problema es que su familia tiene suficiente *dinheiro* para contratarme.

Antonio Espina agarró por el pelo a Diego, le levantó la cabeza y le puso el cuchillo en la garganta. Sabiendo que el peligro del espía portugués había estado presente desde que huyó de París, el hecho de que le hubiera encontrado en aquel preciso momento era altamente inconveniente para todo el plan que el Niño tenía que ejecutar. Pero, como se decía en su oficio, «las cartas no se eligen».

—Prefiero puñalada al corazón —dijo Diego, a quien le asomaba la medalla de san Martín Caballero por el cuello de la camisa.

—Claro que lo prefieres —el portugués sonrió, tirando aún más de su pelo—, *é mais rápido.* Pero no es mi estilo.

—*Certo* —dijo una tercera voz—. Tu estilo es matar por la espalda.

Diego sintió cómo la presión del cuchillo en su garganta disminuía y pudo girarse un poco para ver quién era el recién llegado. Un hombre de la misma corpulencia del portugués, de largo abrigo y que peinaba su cabello con una elegante coleta, apuntaba con un pistolete a la sien de Antonio Espina.

—Boscoscuro… —Espina, sin apartar el cuchillo del cuello de Diego, cerró los ojos en una muestra de disgusto—, ¿quién te ha invitado a *esta festa*?

—No necesito invitación. —Apretó un poco más el cañón contra la cabeza del portugués—. El muchacho no muere hoy.

—Tendrás tus razones —volvió a presionar con el cuchillo el cuello de Diego—, pero yo tengo las mías.

—Aviso final —recalcó el italiano.

—No te creo, es un farol. —Y Espina se dispuso a rebanar la garganta de Diego.

El disparo resonó en la calle desierta y Antonio Espina cayó junto a Diego, con un agujero en la sien del que comenzó a manar sangre.

—Vamos —dijo Boscoscuro mientras las cabezas comenzaban a asomarse a los balcones—, no van a tardar en dar el aviso.

★★★

—¿Benigno Malumbres? —dijo Diego cuando le sirvieron el café en aquella terraza de cours du Chapeau-Rouge—. No había oído ese nombre en mi vida.

—Pero tu viejo pintor sí. —Boscoscuro hablaba observando con curiosidad la fachada del Gran Teatro de Burdeos—. Aunque quizá ni le recuerde ya.

Cuando tratas con la muerte, se convierte en compañera de viaje. Te acostumbras a su presencia, a sus designios; siempre es preferible que se lleve a otro, pero alguien como Diego era perfectamente consciente de que cualquier día podía llevar una mala mano. Ese día la llevaba, pero los caminos de la vida y la muerte son intrincados e inexplicables, y había aparecido un italiano como un afortunado as en la manga. No había llegado su hora, eso era todo.

Con ese pensamiento en mente, hablaba con tranquilidad con el tipo que le había ofrecido amanecer al día siguiente. Pero nadie hace nada sin querer algo a cambio, así que tampoco debía deshacerse en agradecimientos. Códigos del oficio.

—¿Quién es?

—Un funcionario español con cierto poder, a quien el señor Goya no quiso venderle su finca y despachó de malas maneras. —El gesto de la mano indicaba que era una anécdota menor—. Pero la *moglie* del funcionario fue a tratar de convencer a don Francisco y acabó en la cama de él.

—Eso me cuadra en don Francisco. —Diego sonrió.

—Malumbres le odia a muerte. Me contrató para matarlo…, pero apareciste tú.

—Y tú eras a quien vi la noche que aquel asesino entró en la casa por el balcón. —El italiano asintió—. ¿Te queda algún asesino más por enviar a matar a Goya?

Esta vez, Boscoscuro negó con la cabeza.

Los dos eran profesionales y estaban por encima de rencores personales. Diego tenía ante él al tipo que envió a los sicarios para matar a Goya porque así se lo había encargado ese funcionario español. Nada que no comprendiera.

—Como entenderás, no puedo lamentar que le hayas fallado a tu cliente.

—Mataste a tres hombres la otra noche; todo mi respeto profesional —dijo Boscoscuro llevándose una mano al pecho.

—Casi acaban conmigo. —Diego levantó el brazo que llevaba en cabestrillo.

—Has sido un adversario *formidabile;* ahora necesito de tu ayuda.

—Si es algo que no interfiera con lo que llevo entre manos… —Aquel italiano le había salvado la vida; aunque cierto era que antes había querido arrebatársela. Lo comido por lo servido.

—El tema te interesa… Malumbres está en Burdeos, y ahora quiere ver muerto a Goya.

—Dile que esté tranquilo… En unos días, la parca hará su trabajo.

—Esto va más allá, chico. —El italiano se inclinó para hacer una confidencia—. Mi encargo era matar a don Francisco, sí… —Hizo una pausa, bajando la mirada como si le doliera lo que iba a decir—, y entregar su cabeza a Malumbres. Es su venganza contra su esposa. Y le da igual que la parca vaya a hacer su trabajo.

Andrea Boscoscuro contó a Diego que, al informar a Malumbres del fracaso de la operación, este había viajado a Burdeos con un plan: en dos días llegarían a la ciudad la nuera y el nieto de Goya, cosa que Diego ya sabía. Pero lo que no sabía era que Malumbres iba a mediar para que el nieto, Mariano, acelerara de algún modo la muerte del pintor. Y que, cuando Goya estuviera enterrado, Malumbres pretendía profanar su tumba para decapitarlo y llevarse a Madrid su trofeo.

—Dios santo —murmuró Diego sorprendido—. Lo que dices de la cabeza es…

—Ese hombre está enfermo.

Diego se pasó la mano por el mentón, intentando ordenar sus ideas. Del interior del chaleco sacó la carta que había recogido en la oficina de Correos y se la entregó a Boscoscuro, con el permiso implícito de leerla:

Querido Diego:

Me guardo las preguntas para cuando el destino designe que volvamos a vernos.

Alexandre de Lemaire ofrece veinte mil francos por la cabeza de don Francisco. Escríbeme con tu respuesta. Si aceptas, él saldría de inmediato hacia Burdeos para recoger lo que ha comprado.

Jacob Cordier

PD: Antonio Espina está en Burdeos. Cuida tu espalda.

Y, en ese momento, fue Diego quien compartió su historia con Boscoscuro. La de cómo Goya quería asegurar un futuro para doña Leocadia y Rosario —«lo que sea significa lo que sea»—, y cómo lo único que se le había ocurrido era recurrir al famoso frenólogo para conseguir el dinero necesario.

—*Porca miseria...* —El italiano no podía creer que los asuntos de ambos confluyeran por encima de los hombros de don Francisco de Goya—. ¿Y cómo habías pensado hacerte con la cabeza?

—Abriendo la cripta y decapitándolo —confesó Diego.

—Imposible —negó—. Malumbres quiere hacer lo mismo la noche del entierro; y contratará hombres armados, te lo aseguro. Tienes que hacerte antes con la cabeza. —Boscoscuro sacó unas monedas del bolsillo del abrigo y las dejó sobre la mesa—. Piensa algo. —Sonó más a ruego que a orden—. Mi prioridad es ver fracasar a Malumbres; por eso te he salvado la vida.

Diego asintió. Apenas hacía una hora que había estado a punto de morir degollado en un callejón y ahora conversaba con el hombre que había planeado los intentos de asesinar a don Francisco. Y al que ahora le debía la vida. Que le estaba contando, además, que un funcionario español quería llevarse la única cosa que podía salvar a doña Leocadia y a Rosario. El destino siempre abría caminos por los que alguien jamás hubiera pensado que tendría que transitar.

—¿Conocías a Espina? —Diego cambió de tercio.

—En este negocio acabas conociendo a todo el mundo.

—No has dudado en matarle.

—En este negocio… —repitió Boscoscuro—, acabas siendo un demonio sin escrúpulos. —Se arrebujó en el abrigo y cruzó las piernas—. Acaba este asunto y dedícate a otra cosa antes de convertirte en alguien como yo.

—¿Qué tiene de malo ser alguien como tú?

—*Tutto*… —respondió el italiano—. Ahora me voy a matar a otro hombre.

—Un reguero de sangre a tu paso… —Diego recordó las palabras de Juliet—. ¿Puede saberse por qué ha de morir ese otro hombre?

—Una cuestión personal… —En contra de lo que era habitual en él, Boscoscuro estaba destemplado y, aun con el abrigo, sentía el frío en los huesos—. Ha puesto precio a su esposa. De la que, casualmente, estoy enamorado.

—Vaya… —Diego sonrió—, de veras creo que no debe ser tan malo ser como tú. ¿Ella te corresponde?

—Lo hacía… —Boscoscuro jamás se sentía cómodo hablando de temas personales, pero con aquel chico, sorprendentemente, no le ocurría—. Hasta que me echó de su dormitorio cuando quise defenderla mientras su marido le pegaba.

—Una mujer orgullosa que no necesitaba tu ayuda. —Diego iba en mangas de camisa, pero la experiencia vivida no le permitía sentir el frío de la tarde—. Eso debió de doler, ¿verdad? —Boscoscuro asintió a regañadientes—. Pues no parece que matar a su marido sea una buena forma de reconquistarla.

—¿También eres experto en asuntos de mujeres?

—Esa mujer ya convive con la violencia. —En ese momento, Diego se acercó al italiano, bajando la voz para esa confidencia—. No puedes solucionar sus problemas con más violencia.

Boscoscuro se levantó de su silla y se recolocó el abrigo. Se quedó mirando a Diego, como considerando sus palabras.

—En dos días llegan Gumersinda y Mariano. —Le hizo un gesto de advertencia con el dedo índice—. Cuida de don Francisco.

—Sé hacer mi trabajo. —Sonrió.

—Y envía la carta aceptando la oferta de ese tal Alexandre de Lemaire —dijo mientras se marchaba.

—Es lo que he hecho antes de salir de la oficina de Correos. —Diego levantó la voz para asegurarse de que Boscoscuro le escuchaba.

—Te faltará decirle que Espina ya *non è un problema.* —Sí le había escuchado.

Mientras se alejaba de aquel café, dando la espalda a un Diego que seguía sentado en su silla, Andrea Boscoscuro dibujó una leve sonrisa; sí, aquel joven sabía hacer su trabajo. Y, además, era un buen chico.

11

Gilles Leland no pensó que fuera a acusar tanto el golpe, pero siente la casa vacía sin Jean-François.

Ya no está su discreción, ni sus pocas palabras, ni sus pies apoyados en la mesa mientras lee después de cenar. Ya no está la compañía que tanto le sosiega, ni su suave respiración junto a él en la cama, ni el cálido aliento de sus besos a la luz de las velas. Le falta su sonrisa, la mano en el hombro que le dice «Todo irá bien», incluso sus enfados cuando a él le da por impartir justicia.

Todo eso es lo que ha tenido durante los últimos cuatro años y, ahora que no lo tiene, se da cuenta de que no lo ha sabido valorar.

Lo cierto es que le subestimó. No creyó que fuera a atreverse; pensó que era tan solo una amenaza pasajera que se esfumaría en cuanto Eleonora de Lemaire le proporcionase luz sobre la historia de su bisabuelo y la cabeza de Goya.

La noche en que Jean-François le dijo que se marchaba, durmieron separados, tal y como el joven había deseado desde que regresaron de Burdeos. A la mañana siguiente, Gilles no quiso salir de su dormitorio. Por un lado, le horrorizaba la idea de ver a su amado irse de la casa con todas sus pertenencias; pero, por otro, albergaba la esperanza de que se echara atrás. E incluso, maldito ignorante, oía cómo su orgullo le decía en su mente que estuviera tranquilo, que Jean-François le pediría perdón por su órdago.

No respondió cuando los nudillos tocaron a su puerta.

—Adiós, Gilles. —La voz de Jean-François sonó al otro lado—. Me voy.

No se levantó a abrirle. No quiso ver su rostro en ese momento de despedida. No encontró las fuerzas para mirar a los ojos a la persona que más amaba en el mundo, que le había rogado que no acudiera a la cita con Eleonora de Lemaire y a la que él había decidido no escuchar.

Con una mezcla de orgullo malherido, tristeza y rabia, Gilles Leland lleva desde entonces tres días vagando por la casa. En pijama y bata, sin salir a la calle. Sobre su secreter, las notas que guarda acerca del caso del diamante de Bruneau, que ha leído varias veces para recordar todos los detalles del asunto en el que estuvo envuelta su anfitriona de esta noche.

Abre las vitrinas de su colección de porcelanas de Limoges para, con un plumero, dejarlas relucientes. Los periódicos sin leer se acumulan sobre la mesa y no ha guardado el Colt 45 después de engrasarlo de nuevo la noche anterior.

Resuenan en su cabeza palabras que aún le duelen: «Te lo voy a rogar por última vez. No vayas, por favor». En ese ruego se escondía un ultimátum, un último aviso que no supo interpretar. El detective no había sabido ver las pistas.

Gilles Leland se afeita. A la cuchilla le cuesta abrirse paso a través de esa dura barba de tres días. Se aplica la loción mirándose en el espejo empañado del baño. Escoge camisa de cuello alzado y pantalones gris oscuro con chaleco a juego, un corbatín negro que anuda en forma de lazo y un pañuelo en el bolsillo del pecho del chaleco. Toma el abrigo negro y duda si ponerse el sombrero hongo, ya que es una visita de cortesía. Lo descarta, y sale de la casa.

Necesita aire y ha decidido ir caminando. Son casi las seis de la tarde y calcula que sobre las siete llegará a casa de su anfitriona. La tarde es fría y Gilles puede ver el vaho de su respiración a medida que la electricidad hace su magia y se encienden las farolas de aquella parte de París. No ha nevado ese año, al menos todavía, y eso ha permitido que los trabajos del recinto de la Exposición Universal no se detengan o retrasen. El tráfico de carros con todo tipo de materiales de construcción es incesante y los guardias se afanan en darles prioridad.

Mete las manos en los bolsillos del abrigo mientras camina, y esconde nariz y boca entre el cuello de la prenda para que su propia respiración le caliente el rostro. En la place de la Concorde los enamorados pasean cogidos del brazo, los niños corren tirando de pequeños caballos de madera con ruedas que llevan sujetos de una cuerda y los vendedores de chocolates, castañas asadas y manzanas con caramelo hacen sonar sus campanillas desde la entrada al Jardín de las Tullerías.

Al atravesar el puente contempla, a su derecha, la torre Eiffel que, aún sin terminar, ya se erige, iluminada con grandes focos desde el suelo, como la estructura más alta de París.

El Sena le parece más negro que nunca. El sol ya se ha ocultado y, entre el frío y la escasa luz de la tarde de febrero, el río que corta en dos la ciudad es una cicatriz oscura; como la que él siente en su interior. Ya no recuerda cuándo fue la última vez que acudió a solas a una cita como aquella; que Jean-François estuviera a su lado le daba una confianza de la que no era del todo consciente. Ahora sí lo es.

Al pasar por los Inválidos recuerda que allí descansan los restos de ese que se autoproclamó emperador y también fue vencido por su propio orgullo. Porque Gilles ya sabe que lo que guía sus pasos hacia el palacete de Eleonora de Lemaire es su orgullo; la necesidad de tirar del último hilo para intentar resolver el caso de la cabeza de Goya, el deseo de reconocimiento por parte de Joaquín Pereyra y demostrarse a sí mismo lo que siempre ha buscado confirmar. Y sabe que es tan grande ese orgullo que es capaz de meterse él solo en la boca del lobo.

La residencia de Eleonora de Lemaire se erige en mitad del boulevard Raspail. Aislada de los demás edificios de esa zona residencial, la casa de tres plantas, con grandes balconadas de piedra y trabajados adornos rococó en la fachada, destaca por la iluminación de los ventanales de la planta baja. Leland observa los coches de caballos parados en fila en la calle y la reunión de cocheros que, abrigados, fuman para entretener el tiempo. Escucha la apagada música de violines a través de la gran puerta de la casa, abierta y custodiada por un mayordomo vestido a la usanza del siglo XVIII con peluca blanca, levita roja y medias hasta las rodillas que cubren las perneras de su pantalón abombado. Nada es como él esperaba.

El mayordomo hace sonar una campanilla y la música deja de sonar de una forma desacorde. Los asistentes detienen sus conversaciones y se giran hacia la entrada.

—¡El señor Gilles Leland! —anuncia con voz solemne el mayordomo.

La partida ha comenzado. En su carta, Eleonora no había mencionado que aquella cena era una fiesta que daba en su palacete. Los caballeros, vestidos de frac, y las damas, con elegantes vestidos de noche, se quedan mirando al recién llegado al salón, que, con su indumentaria, está totalmente fuera de lugar.

473

—¡Sigan, sigan! —Una voz risueña anima a los músicos a tocar. Con la música vuelven las conversaciones en pequeños grupos.

—¡Querido Gilles! —Eleonora de Lemaire, con sus cuarenta ya cumplidos, pero instalada en una eterna juventud, viste al estilo María Antonieta: peinado alto, rostro empolvado con un lunar pintado junto a sus labios rojos, y un vestido con miriñaque que luce con joyas y un generoso escote—. ¡Qué bien que hayas llegado!

—Eleonora... —Gilles se inclina para besar su mano—, no había sido informado de que venía a una fiesta.

—Una fiesta... —Hace un gesto con la mano que pretende borrar sus palabras—, qué exagerado. Es solo una reunión de amigos.

—¿Me permite su abrigo, señor? —Un hombre corpulento, que saca una cabeza a Gilles, con acento del este de Europa y vestido completamente de negro, se acerca hasta la anfitriona y el detective.

Gilles hace ademán de quitárselo y el empleado de Eleonora de Lemaire se pone a su espalda para ayudarle. Pero lo que hace es palpar los costados del detective y su cintura. Con un gesto de asentimiento le indica a su patrona que el recién llegado está limpio, y esta sonríe al detective para hacer ver que son meras precauciones.

Desde luego, la partida ha empezado. Eleonora pone su brazo sobre el suyo y, juntos, recorren el salón. El cuarteto de cuerda interpreta *Música nocturna de las calles de Madrid,* de Luigi Boccherini. Gilles sabe que ella no da puntada sin hilo.

—Son viejos amigos extranjeros que han venido a París para comprobar los avances de la Exposición —dice mientras sonríe a izquierda y derecha y los caballeros levantan las copas a su paso—. Tengo negocios con ellos.

—¿Es mucha indiscreción si le pregunto qué tipo de negocios?

—No seas impaciente, Gilles... —Eleonora, sabiéndose bellísima esa noche, se gira y le sonríe—. Todo a su tiempo.

—Él se percata de que le tutea.

Se acercan a algunos grupos de invitados y Eleonora interrumpe las charlas para presentar al «detective más famoso de París». Todos son vizcondes, barones y marqueses con nombres imposibles, acompañados de sus esposas —o amantes, a juzgar por la juventud de algunas de ellas—, venidos desde lugares como Austria, Rusia o Suecia. Y en cada uno de esos pequeños grupos ella hace un comentario jocoso sobre la profesión de Gilles: «Si les desaparece la cubertería y sospechan de alguna de sus sirvientas, aquí tienen a su hombre» o «Si sus trabajadores van a la huelga, Gilles Leland es la persona ideal para encontrar los trapos sucios de los cabecillas». Comentarios que son respondidos con risas y que Gilles se ve forzado a secundar. Siempre puede marcharse de allí, pero, llegado a este punto, no va a hacerlo. Todo forma parte del número de Eleonora de Lemaire, y lo único que puede hacer es soportarlo con buena cara.

—Ven, te voy a presentar a un viejo amigo. —Le arrastra mientras el cuarteto ataca la *Llegada de la Reina de Saba*, de Händel—. ¡Pedro!

—Querida Eleonora... —El tal Pedro, con una copa de champagne en la mano, hace una inclinación de cabeza cuando la anfitriona y Gilles llegan a su altura—. Tus fiestas siempre tan elegantes.

—Y tú siempre tan encantador. —Sonríe—. Te presento a Gilles Leland. Si sospechas que tu mujer te es infiel, tienes a tu disposición al mejor detective de la ciudad.

—Cómo eres, querida... —Pedro sonríe—. Gilles Leland... —Le ofrece su mano—. Su fama le precede.

—Pedro Gil Moreno de Mora. —Eleonora hace las presentaciones—. Banquero español, uno de los propietarios de la Banca…

—La Banca Gil —corta Leland—. Su fama y la de su familia también le preceden.

—Celebro que así sea. —El banquero hace otra pequeña inclinación—. Permítame que le presente a mi acompañante. Joaquín, por favor…

Un joven, vestido como el resto de caballeros, pero al que el traje le viene ligeramente grande, se acerca al trío compuesto por Eleonora, Pedro y Gilles. Por su timidez, el detective sabe que ese joven tampoco está en su lugar.

—Señor Leland… —Pedro Gil señala con la mano al joven—, le presento a Joaquín Sorolla, un prometedor pintor español.

—Un placer. —Gilles le estrecha la mano—. ¿Alguna obra suya que conozca?

—No creo, señor —responde el joven pintor con timidez—. Con algunas pinturas he tenido cierto éxito, pero están en España.

—Recuerden su nombre —les advierte Pedro—. Va a dar mucho que hablar.

—¡Por favor! —El mayordomo llama la atención de los presentes—. Pasen al comedor, la cena va a ser servida.

El anuncio es acogido con alegría por los invitados, que, con sus copas en la mano, acceden a la sala contigua a través de las grandes puertas correderas.

—Me alegro de que hayas conocido a Joaquín Sorolla —susurra Eleonora a Gilles, y le sonríe enigmática—. Ya sé que últimamente estás muy interesado en la pintura.

La partida sigue su curso. Eleonora hace saber a Gilles que ella domina los tiempos, que sabe —o al menos sospecha— sobre qué quiere hablarle, y que él está a su merced.

El salón que hace de comedor tiene también el estilo recargado que caracteriza a la mansión y a la propia dueña. La larga mesa acoge a los más de treinta invitados y un ejército de sirvientes comienza a sacar bandejas y a llenar las copas con vinos de Borgoña. Gilles, en mangas de camisa y chaleco, se encuentra encajado entre un joven heredero moldavo —que lo primero que le ha dicho es que no va vestido de manera adecuada para una recepción como aquella— y una anciana vizcondesa de Rumanía, sorda como una tapia.

Las conversaciones giran en torno a la Exposición Universal, al canciller Otto von Bismarck y su política internacional, y al curioso trabajo de unos hermanos de Lyon, los Lumière, sobre su teoría de elaborar imágenes en movimiento.

Gilles no puede más que escuchar y esperar acontecimientos. Ve a tres hombres vestidos de negro en la sala, haciendo guardia —uno es el que le ha registrado—, y comprende que hay algo que se le escapa. Sabe que Eleonora, en la cabecera de la mesa, le observa, porque le regala una sonrisa cada vez que sus miradas se cruzan.

Tras la cena, interminable debido a los brindis y discursos de algunos invitados, Eleonora les propone pasar de nuevo al salón, donde se sirven bebidas y licores digestivos. Y, poco a poco, los asistentes comienzan a despedirse, deshaciéndose en elogios ante la anfitriona por tan maravillosa velada.

Gilles, a solas en un rincón de la sala, junto al lugar en el que hasta hace unos minutos tocaban los músicos, observa a aquellos acaudalados hombres que, junto a sus parejas, se marchan del lugar y que, alojados en lujosos hoteles de París, acudirán a fiestas como esa cada una de las noches que permanezcan en la ciudad. Los tres miembros del servicio de seguridad de Eleonora entregan abrigos y sombreros a los invitados y vigilan que ningún vagabundo o maleante les moleste mientras llegan a sus coches de caballos, que les esperan en la calle.

—Te he observado… —Eleonora sorprende a Gilles—. No has bebido nada en toda la noche.

—No sabía que venía a una fiesta —se excusa el detective.

—¿Y eso es razón para no probar mis vinos y licores? Siempre en guardia, ¿no?

—Eleonora, no tengo el cuerpo para… —Sabe que ha sido su juguete durante toda la noche y quiere, al menos, marcar alguna línea roja dentro de esa partida.

—Pues esta copa no me la vas a negar —le corta ella—. Es un licor de hierbas de la Baja Sajonia —le tiende un pequeño vaso con un líquido amarillento—, cortesía del barón Von Schtremmer.

Gilles sabe que no tiene alternativa; toma el vaso y ella levanta el suyo para que ambos brinden. Se derraman unas gotas al chocar, y Eleonora se lo bebe de un trago. Él no tiene más remedio que imitarla.

—Y ahora, señor detective… —ella, despreocupada, lanza al suelo el pequeño vaso de cristal, que se hace añicos—, voy a despedir a mis últimos invitados.

—Pensé que iba a poder preguntarle…

—Y lo vas a hacer. —Vuelve a cortarle, pero esta vez ha desaparecido la actitud divertida y desinhibida que ha mostrado durante toda la noche—. Porque tú, Gilles Leland, todavía no te marchas de aquí.

12

Burdeos, 27 de marzo de 1828

—¿Y dónde quieres que les metamos, Francisco? —Leocadia, con un tono de hartura, preguntaba casi a gritos.

—¡En tu dormitorio! —Goya, con su vozarrón, hacía retumbar las paredes de la biblioteca—. Y tú en mi cama; hace siglos que no duermes conmigo.

—¿Cuántas veces te tengo que decir que no puedo dormir ahí? Ese olor a disolvente y pintura hace que me levante con un dolor de cabeza horrible.

—¡Pues quítalo todo y ventila!

—Sí, para eso estoy yo ahora...

—Entonces me voy yo a tu dormitorio y que ellos se instalen en el mío.

—¡¿Pero tú te oyes, viejo cabezota?! —A Leocadia se le acabó la paciencia—. ¿Quieres meter a tu nuera y a tu nieto en esa pocilga?

Josephine había servido la cena en la biblioteca antes de marcharse, y Goya y Leocadia habían convertido ese momento en una de sus habituales batallas. Rosario, más que acostumbrada a sus gritos, cenaba observando, a la luz de las velas de la lámpara del techo, un libro de pintura que había tomado prestado del estudio del pintor. Ante la llegada de Gumersinda y Mariano al día siguiente, el duelo de aquella noche versaba sobre dónde se iban a alojar.

—¡Son mi familia, tengo obligación de acogerles!

—Pues no veo que tu familia te cuide por las noches, ni que te frieguen las piernas cuando te quejas de que no puedes andar... —enumeraba Leocadia—, ¡ni que te sujeten el orinal durante una hora para ver cómo sangras!

Juliet, que cenaba a solas en la cocina, no podía evitar escuchar la discusión. Ni ella, ni todos los vecinos del edificio. Mientras Goya respondía a Leocadia que no se metiera en los asuntos de su familia, la joven institutriz pensaba en cómo la vida había unido a ese grupo de personas, entre las que se incluía, bajo el mismo techo.

Ella, que solo era una sirvienta, estaba allí porque doña Leocadia no podía pagar la institutriz que hubiera deseado; Diego, porque Moratín, con un finísimo olfato, se había dado cuenta de que el incendio en el Café de Lorain había sido un atentado; Goya, porque la corona española había hecho la vida imposible a todo aquello que oliera a Ilustración y afrancesamiento; doña Leocadia, porque a saber qué viviría en su matrimonio como para romperlo por un hombre cuarenta años mayor. Y Rosario, la pobre Rosario, porque con solo trece años la obligaban a bailar al ritmo de toda aquella locura. Juliet, que sabía que los acontecimientos de la niñez marcan una vida entera, ya había tomado la decisión de no dejarla sola y de procurar que la muerte de Goya, llegara cuando llegara, no marcase su existencia. Por eso había aceptado participar en el truculento plan de Diego.

Diego, de pie en su dormitorio, frente al estrecho y alargado espejo, se había puesto las correas que sujetaban las pistolas en los costados. Sin cabestrillo, cruzaba los brazos en el pecho y desenfundaba contra su propio reflejo para comprobar con enfado que el brazo izquierdo no le respondía; sentía dolor al asir la culata y no tenía fuerza para desenfundar con rapidez el arma. Le pedía a Juliet que le cambiara el vendaje una vez al día y la herida, que ya no sangraba, parecía empezar a cicatrizar. Pero el dolor no se marchaba y había momentos en los que no tenía sensibilidad en el brazo, le parecía como si fuera de madera.

Contrariado, apagó una maldición que quería salir de su boca, dejó las pistolas sobre la mesa y se sentó en la cama mientras, cabizbajo, hundía los dedos en su cabello, rogando poder recuperar toda la movilidad.

—¡No es su culpa si viven en Madrid y yo aquí! —Goya defendía a su hijo.

—¡¿Tampoco lo es que no hayan venido a visitarte durante estos años?!

—Mira, Leocadia… —Goya bajó la voz porque sus pulmones fallaban y su respiración se entrecortaba—, ya sabes por qué los quiero aquí. —Y con la barbilla señaló a Rosario, que continuaba absorta en el libro.

Los suaves golpes en la puerta detuvieron la conversación. Leocadia y la niña se giraron y Goya, que no había oído nada, mojó un poco de pan en su plato.

—Señora —dijo Juliet—, me retiro con su permiso. —Hizo una ligera inclinación—. Rosario, vamos a la cama.

—Puedes retirarte, Juliet —dijo Leocadia—. Yo me encargo de mi hija.

—Como desee. —Dibujó una sonrisa cómplice a Rosario, que ella le devolvió.

Juliet, ya en el pasillo, pasó de largo su dormitorio para llamar a la puerta de la siguiente habitación. La abrió cuando oyó el «Adelante».

—¿Estás bien? —preguntó al ver a Diego sentado en la cama.

—Sí —mintió él.

—Tenemos guerra esta noche.

—Ya los oigo —asintió Diego—. ¿Quieres entrar?

—No sé si debería.

—¿Tú quieres?

Juliet se quedó unos segundos en el umbral de la puerta, en silencio. Finalmente entró y cerró la puerta a su espalda, quedándose junto a ella.

—Mañana llegan la nuera y el nieto del señor, discuten por su alojamiento.

—Esta mañana he reservado una habitación en la pensión Clemenceau, al girar la esquina.

—Pues el señor no va a estar de acuerdo.

—De don Francisco me encargo yo. —Sonrió—. Aquí ya somos bastantes para un solo baño, ¿no crees? —Y la sonrisa se convirtió en risa, que contagió a Juliet.

—Algo te pasa —dijo ella tras disfrutar unos segundos del comentario jocoso—. Te voy conociendo.

—Estoy bien, Juliet. De verdad.

—Prefieres no contármelo.

Diego calló, consciente de que momentos casuales como aquel son, en ocasiones, los que marcan la confianza y complicidad entre dos personas.

—No tengo fuerza en el brazo —confesó al fin—. No puedo desenfundar. Me duele, y a veces no tengo sensibilidad.

Juliet le sonrió, confortada porque Diego se abriera y le contara lo que le afligía. Despegó la espalda de la puerta y se acercó a él.

—El médico te sacó una bala y un trozo de tela. Todo requiere su tiempo.

—He visto muchas heridas, y a hombres que no han conseguido recuperar sus facultades. —Diego la miró a los ojos—. Esta tiene pinta de ser de esas.

—¿Qué es lo peor que puede pasar? —Juliet le puso las manos en las mejillas—. El brazo ya sabemos que no vas a perderlo.

—¿Qué clase de guardaespaldas sería si no puedo utilizarlo?

Juliet llevó la cabeza de Diego hasta su abdomen, que cerró los ojos al contacto con su cuerpo.

—A todos nos asusta lo desconocido —susurró ella mientras le acariciaba el cabello—. Solo te pido una cosa. Que me dejes vivir ese miedo contigo.

Porque Diego Girard, como era habitual en él, solo tenía miedo. Y como llevaba años ocultando ese miedo tras dos pistolas, en aquel momento se sentía desprotegido. Desorientado. Vulnerable.

—Deja que todo siga su curso —insistió Juliet—. Jamás habrías imaginado que tendrías que cortar la cabeza de alguien a quien proteges; y ahora lo vas a hacer. —Sintió en su abdomen los pequeños espasmos de un llanto que él apagaba—. Que la vida te lleve adonde haya de llevarte, Diego. Pero conmigo a tu lado.

Él despegó el rostro de su vientre y la miró, preguntándose cómo siendo tan joven podía albergar tanta sabiduría. Y cómo había sido tan estúpido de evitarla, pensando que amarla le hacía más débil. Cómo era posible, se dijo, que Juliet, armada solo con su alma, se enfrentara a todo con mil veces más valentía que él.

Aunque jamás hasta entonces se lo había permitido, y pese a que lo intentó con todas sus fuerzas, Diego fue incapaz de llorar. Ella enjugó con su mano la única lágrima que rodó por su mejilla y le sonrió con infinita dulzura. Luego, con delicadeza, llevó las manos hasta sus hombros y bajó las correas de cuero, despojándole de su escudo.

—Tal vez ha terminado el tiempo de las armas.

Y sus dedos, hábiles, desabrocharon los botones del chaleco. Y continuaron con los de la camisa. Las palmas de sus manos alcanzaron su pecho desnudo, para que toda la calidez, amor y deseo que sentía por él penetraran a través de su piel. Se agachó y le besó los ojos. Despacio, suave. Deslizó la nariz por su mejilla y respiró junto a su boca.

Y Diego, con su dolorido brazo izquierdo, aprisionó esas manos contra su pecho deseando que no las despegara jamás. Y rodeó su cintura con el brazo derecho y la atrajo hacia él, haciéndola girar hasta acogerla en su cama.

★★★

Andrea Boscoscuro se deshizo la coleta frente al espejo. A través de la ventana podía ver cómo la noche dominaba Burdeos haciendo desaparecer a la gente de las calles. Los adoquines húmedos brillaban bajo las farolas y él, tras haber cenado en la habitación, se preparaba para intentar dormir a la luz de un quinqué.

—*Avanti!* —vociferó cuando oyó que llamaban a la puerta. Supuso que el personal del hotel estaba recogiendo el servicio de las cenas, pero nadie abrió.

Fue él quien se acercó hasta la entrada. Tenía que reconocer que iba a echar de menos la discreción de los empleados del hotel Royale de Burdeos.

Para su sorpresa, al abrir no vio el carro que debía transportar los platos sucios y los restos de comida, sino el ejemplar de *Méditations poétiques*.

Acunado en las manos de Chiara.

Boscoscuro, a la penumbra de la pequeña llama del candil, no supo articular palabra. El cabello rojo emitía destellos dorados y en su rostro jugaban las sombras.

—Te he buscado en el restaurante, durante la cena.

—He... —extendió la mano hacia el interior— cenado aquí.

—Quizá querías estar a solas... —ella bajó los ojos— y estoy molestando.

—No, por favor...

Chiara extendió los brazos y le ofreció el libro.

—Es para ti. Quiero que lo tengas tú; conmigo ya ha cumplido su función.

Boscoscuro, sin embargo, no hizo ademán de tomarlo.

—Es tu compañía para cuando estés sola. No puedo aceptarlo.

Chiara volvió a llevarse el libro al pecho, como si se estuviera protegiendo con él. Acariciaba la tapa con la mano de una manera inconsciente.

—Sí, voy a estar sola. Pero ya no lo necesito. —Hizo acopio de todas sus fuerzas para volver a mirarle—. ¿Por qué le has pagado?

Boscoscuro cerró los ojos y resopló. Una de las condiciones que le había exigido a Pol Duprée era que no le contara nada a ella, pero era evidente que el muy imbécil la había ignorado. Debía de ser su pequeña y mezquina venganza contra él.

—Por favor, entra. —Se apartó de la puerta para que ella pudiera pasar—. El pasillo *non è* el mejor lugar para hablar.

Al entrar, Chiara pudo ver el orden que había allí dentro. Boscoscuro había cenado en la habitación, pero los platos estaban recogidos en la bandeja. El abrigo, colgado de dos perchas, denotaba la anchura de su espalda. En el cajón, abierto, brillaba el metal de los dos pistoletes, y él se apresuró a cerrarlo en cuanto vio que ella posaba sus ojos allí. Chiara dejó el libro sobre el pequeño mueble de la entrada y pudo percibir el aroma de la loción de afeitado que él usaba, y que aún recordaba.

—¿Por qué le has pagado? —insistió ella, de pie en el centro del dormitorio.

—Te mereces una nueva oportunidad.

—¿Y no pensabas decírmelo?

Boscoscuro negó con la cabeza y ella le interrogó con los ojos.

—No quería que te sintieras obligada a agradecerme nada.

—Se ha ido —dijo tras unos segundos—. Pero antes de hacerlo me ha dicho que has comprado mi libertad por doscientos mil francos.

—No he comprado nada, Chiara…

—¿Tanto dinero tienes?

—Tenía… —Una sonrisa melancólica apareció en su rostro—. Ahora apenas me queda para pagar unas semanas más en este hotel.

—Si querías mi libertad, podrías haberle matado. —Chiara decía una obviedad—. Yo sería una triste viuda rica y tú seguirías teniendo tu dinero.

—Si quieres ser viuda, aún estamos a tiempo. Pero mi dinero estaba manchado de sangre. —Boscoscuro se acercó para ver mejor su rostro—. Y no puedo solucionar con violencia los problemas de alguien que convive con la violencia —dijo con seriedad, recordando que había sido testigo de cómo su marido le pegaba.

Chiara, de manera instintiva, llevó los dedos a su propia mejilla, donde aún sentía dolor tras la bofetada recibida.

—¿Matas a Goya y te vas?

—Todo ha cambiado… —Negó, y sonrió—. Tenías razón, ese hombre no merece que lo mate.

—¿Entonces?

—El hombre que me contrató está aquí, en Burdeos. Voy a asegurarme de que el pintor muere en su cama.

—Todo ha cambiado… —Chiara repitió las palabras de Boscoscuro y le sonrió.

—«De tus perfecciones, que él busca concebir, este mundo es el reflejo, la imagen, el espejo» —recitó los versos que ella le regaló cuando se conocieron.

—Pensaba que eras un hombre con una total ausencia de perfecciones.

—Alguien me ha hecho cambiar…

—Has encontrado tus perfecciones. —Ella acortó la distancia que les separaba.

—Tú las encontraste…

—¿Adónde irás?

—Siempre puedo volver a Sicilia. Tengo buenos amigos que cultivan viñedos y hacen un vino bastante decente.

—¿Quizás haya terminado el tiempo de las armas?

—Aún no; cuando me vaya de Burdeos. —Había aprendido a no mentirle—. ¿Y tú?

—Soy dueña de una fábrica de paraguas. —Sonrió franca—. Sin deudas.

—Entonces, resguarda al mundo con ellos, Chiara Melián.

—Tal vez… —redujo la distancia hasta llegar a él—, antes de resguardar al mundo, prefiera resguardarte a ti.

—*Io non sono* el hombre que tú necesitas. *Non* te merezco. Solo el infierno expiará todos los pecados que he cometido.

—«Habrá más gozo en el cielo por un pecador que se arrepienta que por noventa y nueve justos que no lo necesiten»

—susurró Chiara mientras alzaba una mano para acariciar la mejilla rasposa de Boscoscuro.

—Chiara... —él cerró los ojos al contacto de la mano de ella sobre su rostro y, por primera vez en años, sintió un irrefrenable deseo de llorar—, ni todo el Evangelio de san Lucas podría salvarme.

—Puede que el Evangelio no..., pero yo sí.

Y lo atrajo para atrapar su boca mientras la mano que acariciaba su rostro pasó a la cabeza para enredarse en su cabello. Y besarle con ansia desmedida, con el deseo que le provocaba saber que había un hombre sobre la faz de la Tierra que se había deshecho de todas sus posesiones materiales por ella. Sin pedirle nada a cambio; sin ni siquiera decírselo.

Boscoscuro la tomó por la cintura, apretándola con violencia contra él, para sentir el aroma, el brillo de su cabello rojo, las curvas del cuerpo que tanto había echado de menos.

—¿Vino en Sicilia? —dijo ella despegando unos milímetros sus labios.

—Parece una buena idea —respondió él.

—¿Qué tal... paraguas en Cherburgo? —Y volvió a arremeter contra su boca.

13

Burdeos, 28 de marzo de 1828

—¿Pero cómo voy a mandarlos a un hostal? —dijo Goya, sentado en la cama, mientras se ponía los pantalones con dificultad—. Tú te has aliado con la demente de Leocadia.

—Don Francisco... —Diego se apoyaba en la barandilla del balcón, mirando a la calle para vigilar—, aquí ya somos muchos.

—¿Qué has dicho? —Goya levantó la voz, recriminándole que no le hablara a la cara.

—¡Que aquí ya somos muchos, maestro! —dijo girándose hacia el pintor.

—¡¿Y qué va a pensar mi hijo cuando sepa que he mandado a su mujer y a su hijo a una pensión de mala muerte?!

—¿Se refiere a ese hijo que no viaja hasta aquí? —Diego levantó una ceja—. ¿A «lo que sea significa lo que sea»?

—Pues ya me dirás tú qué tiene que ver dónde duermen mi nuera y mi nieto con eso. —Goya estaba con fuerzas aquel día, aunque comenzara a vestirse pasada la hora de la siesta. Y esas fuerzas se demostraban en la cólera con la que hablaba.

Diego se quedó mirándole en silencio, dando a entender que esa actitud iracunda le importaba un pimiento. Joven y viejo ya habían establecido sus códigos, su forma de comunicarse y entenderse. —Y a todo esto..., ¿ese tema cómo lo llevas, zagal?

—Pues... —Diego suspiró—, jodido por el encargo, pero ahí andamos.

—¿Qué se te ha ocurrido? —Goya luchaba por abrochar el botón de la cintura.

—Eso es asunto mío. —Diego entró al dormitorio y abrió el armario para tomar la chaquetilla que iba a juego con el pantalón—. Pero si ha confiado en mí para solucionar el futuro de doña Leocadia y Rosario, tiene que confiar en mí para todo.

—¡¿Pero tienes algo pensado para ellas o no?!

—Maldita sea, don Francisco..., parece que no me conozca.

—Pues se lo dices tú.

—¿El qué?

—¡Que no duermen aquí, demonios!

—Ya ve usted qué problema... —Y, haciendo un gesto despectivo, salió de la estancia del pintor, mientras doña Leocadia entraba para ayudarle con los zapatos.

★★★

En la Puerta de Aquitania, Benigno Malumbres sacaba una y otra vez su reloj para comprobar la hora. El sol de marzo ya caía, y prefería que no les pillara la noche para poder hacer lo que llevaba en mente.

—Se retrasan.

—Es una diligencia desde Madrid... ¿Qué esperaba? —respondió Boscoscuro.

Ambos estaban de pie junto al coche de caballos, con el cochero subido al pescante. Las riendas de los caballos preparados con sillas de montar estaban atadas a la parte de atrás.

—¿Es usted siempre tan insolente? —Malumbres le miró por encima de sus lentes.

—No, por favor... —Sonrió—. *Non sempre.*

Mientras el funcionario español refunfuñaba, un coche tirado por cuatro caballos entró a la plaza por cours de l'Argonne para detenerse a apenas veinte metros de ellos. Los viajeros bajaban estirando las piernas y haciendo muecas de dolor mientras se tocaban la espalda y los riñones, y el ayudante del conductor de la diligencia se subió al techo de esta para comenzar a bajar los equipajes.

Malumbres hizo un gesto a su cochero y a Boscoscuro, para que le acompañaran hasta el grupo de recién llegados.

—Doña Gumersinda, supongo —dijo a la única dama acompañada de un joven.

—¿Sí? —respondió con sorpresa, sin saber quién era el hombre que le hablaba.

—Me llamo Benigno Malumbres, soy funcionario de la corona española... —Hizo una leve inclinación de cabeza—. Sabía por don Javier que ustedes llegaban a Burdeos y he decidido darles la bienvenida personalmente.

—Es un detalle por su parte. —Pareció agradarle el recibimiento—. Me dijo mi marido que había informado al ministerio de nuestra llegada.

—Así es. —Malumbres se mostraba servil—. Y usted será el señorito Mariano.

—Un placer, señor Malumbres —dijo el joven estrechando su mano—. Perdóneme, voy a recoger nuestro equipaje.

—No se preocupen, por favor..., mi ayudante lo hará. —Con la cabeza, hizo un gesto a Boscoscuro para que él y el cochero se encargaran.

Aquello le supo a cuerno quemado al italiano, pero, sabedor de que su plan estaba por encima de cualquier cosa, recurrió a toda su fuerza de voluntad para morderse la lengua y no maldecir a Malumbres allí mismo. Gumersinda era una mujer elegante, aunque no hermosa. Su atuendo y sus maneras, así como sus maletas, destilaban buen gusto y elevado coste. Mariano le pareció un petimetre: un joven que rondaría los veinte años, que se sabía heredero de la fortuna de Goya y que no tendría mayor preocupación en la vida que averiguar en qué gastarla cuando llegara a sus manos.

—Doña Gumersinda, acompáñeme hasta nuestro coche. —Malumbres le ofreció el brazo—. El clima de esta ciudad es traicionero y no quisiera que se enfriara.

—Nos dirigimos a casa de mi suegro —dijo ella tomando su brazo.

—Allí les dejaremos. —Malumbres no borraba la sonrisa de su rostro—. Deseo que don Javier sepa que su familia ha estado en buenas manos hasta su llegada.

Mariano, vestido con un abrigo que le llegaba casi a los tobillos y tocado con un sombrero de copa, daba órdenes a Boscoscuro y al cochero para que tuvieran cuidado con el equipaje, muy voluminoso porque no sabían cuánto tiempo se quedarían en Burdeos; la parca lo decidiría.

—Mariano… —una vez que hubo acomodado a Gumersinda, Malumbres se dirigió al joven—, imagino que querrá montar hasta casa de su abuelo para estirar las piernas tras el viaje.

—¿Es segura esta ciudad para recorrerla a caballo? —preguntó el chico con cierto temor en su voz.

—Muchacho, vas escoltado por la corona —respondió el funcionario, garantizándole que nada le pasaría estando a su lado—. Boscoscuro, acompañe en el coche a la dama —ordenó.

—Qué amable el señor Malumbres —comentó Gumersinda cuando el coche hubo arrancado.

—*Non* lo sabe usted bien… —asintió Boscoscuro con una sorna que la dama no advirtió.

—¿Es usted el asistente de don Benigno?

—Algo así.

—Pues qué clase tiene el señor… —se admiró ella—, un asistente italiano.

—*Molta classe.* —Boscoscuro remarcó su acento—. *È* un ejemplo *per me.*

★★★

A través de rue Sainte-Catherine, estrecha y concurrida a esa última hora de la tarde, se abría paso el coche que llevaba a Gumersinda y Boscoscuro, mientras que Malumbres y Mariano lo seguían montando al paso uno junto al otro. El funcionario, como si fuera un experto, recomendaba al joven una determinada taberna en la que probar los excelentes vinos de Burdeos, o una pastelería donde hacían los mejores *canele* de la ciudad.

—Su padre debe de estar orgulloso de usted… —Malumbres sabía darle un tono de admiración a sus palabras—, un joven de buena familia, educado en valores, con un porte señorial y todo el futuro por delante.

—Pues… no sé. —Aquella conversación le venía grande al chico.

—Menos mal que le tiene a usted —Malumbres miraba al frente mientras hablaba, ya sabedor de que el joven no era de muchas entendederas—, porque su abuelo le está martirizando.

—¿Qué tiene que ver mi abuelo con todo esto? —Mariano, inseguro sobre el caballo, se giró alarmado—. ¿Le ha pasado algo?

—Esa concubina con la que vive…

—¿Leocadia?

—Esa… —dejó las palabras en el aire unos segundos—, aquí en Burdeos, con todo el terreno despejado para manipular a su abuelo y robarles su herencia.

—Pero si mi padre ya ha heredado todo… —Mariano hablaba con timidez, por si había algo que se le escapara.

—Hemos sabido que su abuelo se ha personado en una notaría para intentar cambiar el testamento, y tememos que quiera dejarlo todo en manos de esa arpía.

Enfilaban el tramo ascendente de la rue Sainte-Catherine, y Malumbres dejó que las palabras calaran en el muchacho. El coche se detenía cada pocos metros debido al tráfico y a que la multitud obstaculizaba la calzada.

—Se nota que es noche de gala en el Gran Teatro —informó el funcionario—. Se estrena *Silvana,* de Carl Maria von Weber, todo un éxito en Fráncfort.

—¿De verdad cree que esa mujer podría heredar de mi abuelo?

—Otro país, otras leyes… —Malumbres, con semblante adusto, supo que había calado en el joven—. Si un notario firmara ese testamento, Leocadia podría recurrir a los tribunales en España y quién sabe si podría ganar… Como decía mi suegro, notario real: «No hay mayor maldición que un juicio».

—Dios santo… —Mariano estaba pálido.

—Su abuelo es un gran hombre… —Malumbres se subió las lentes hasta el puente de la nariz—, pero la edad no perdona, y hasta un hombre como él puede perder la cordura.

Por fin desembocaron en la place de la Comedie, presidida por el Gran Teatro, y ahí pareció despejarse un poco el tráfico. A la luz de las farolas, que ya comenzaban a encenderse, el coche giró a la izquierda por cours de l'Intendance, donde se encontraron a contracorriente de la gente que acudía al estreno.

—Ya llegamos, esta es la calle en la que vive su abuelo.

—Malumbres... —Mariano no encontraba palabras—, ¿mi padre sabe esto?

—Esos son los asuntos que le han retenido en Madrid —asintió con pesar—. Está en conversaciones con abogados para ver qué se puede hacer en caso de que su abuelo firme a favor de Leocadia.

—¿Y nosotros podemos hacer algo desde aquí?

—Solo rezar por que su abuelo no vaya a la notaría. —Con la mano izquierda, que había soltado la rienda, hizo un gesto dando a entender que nada podían hacer.

—Eso sería un desastre... —Mariano seguía anonadado.

—No le quepa duda, joven, de que la corona desea que los bienes de don Francisco de Goya permanezcan en manos de su verdadera familia.

—Gracias por sus palabras, don Benigno.

—Y, aunque suene duro lo que voy a decirle... —otra pausa dramática—, mi suegro también aseguraba que a veces, en asuntos de herencias, una buena muerte era lo mejor que podía ocurrir.

—Mi madre dice que a mi abuelo le queda poco de vida.

—Una gran vida, sí. —Malumbres le señaló el edificio al que se dirigían—. Ojalá no quede emborronada por un patético último acto que les deje en la miseria.

Cuando el coche se detuvo en la puerta del número 57 de cours de l'Intendance, Benigno Malumbres ya sabía que la semilla de la duda estaba sembrada en la cabeza del joven Mariano. El cochero bajó del pescante y abrió la puerta para que Boscoscuro y Gumersinda se apearan.

—¡Marianín! —tronó una voz en lo alto.

Cuando los recién llegados alzaron la cabeza, pudieron ver a Goya, asomado al balcón de la segunda planta, sonriendo de alegría al ver a su nieto. Mariano, que vio a su abuelo gordo, enrojecido y congestionado, evitó sonreírle y bajó del caballo para ponerse al lado de su madre.

—Descarguen el equipaje —ordenó Malumbres al cochero y a Boscoscuro.

—No descarguen nada —dijo una voz desde el zaguán del edificio.

Malumbres se quedó mirando al joven que había dado la contraorden; alto, de anchas espaldas, en chaleco y mangas de camisa y con el brazo izquierdo en cabestrillo. Con unas correas sujetas a sus hombros y cruzadas a la espalda que portaban un arma en el costado izquierdo.

—¿Y usted es…? —preguntó Gumersinda.

—Soy el asistente de don Francisco, señora. —Diego hizo una leve inclinación de cabeza—. Les he reservado una habitación de hotel —sabía que era muy generoso con lo de «hotel»—, para que estén más cómodos. La casa es pequeña, y el señor requiere mucha atención durante la noche, lo que podría molestarles.

—Vaya… —La nuera de Goya parecía dudar entre la ofensa de no alojarse en casa de su suegro y el alivio de evitar la posibilidad de ser enfermera de noche.

—Hotel Clemenceau, al girar la esquina —dijo Diego al cochero—. Descargue el equipaje de los señores allí.

—Llevamos un par de baúles con enseres de don Francisco —dijo Gumersinda.

—Súbalos entonces —ordenó Diego al cochero de nuevo.

—¡Marianín! —insistió Goya desde lo alto mientras saludaba con una mano.

El joven levantó de manera tímida la suya, bajo la atenta mirada de Diego, que, mientras pensaba que aquella era una familia de desagradecidos, miró hacia arriba y le hizo un gesto a Goya para que se metiera dentro de la casa.

Malumbres y Diego se midieron con la mirada durante unos segundos, hasta que el primero hizo un gesto a Boscoscuro para que ayudara al cochero a subir los dos baúles a los que se refería Gumersinda.

—Él no. —Diego señaló al italiano, dando a entender que él era quien mandaba de puertas hacia dentro y que no iba a dejar que los lobos entraran al redil—. Que ayude el muchacho y vea a su abuelo. Señora… —Diego se apartó y habló a Gumersinda—, si desea usted subir a ver al señor…

Esta entró al edificio seguida de Diego, mientras Mariano indicaba al cochero cuáles eran los dos baúles que le habían traído a su abuelo.

—Es ese, ¿verdad? —preguntó Malumbres en un aparte a Boscoscuro aludiendo a Diego—. Tan joven y te ha comido la tostada.

—Es bueno. —Fue lo único que dijo el italiano en su defensa.

—Está tullido de un brazo —bufó el funcionario con desprecio—. Te doy permiso para que acabes con él cuando terminemos nuestro trabajo.

—Esa pieza ya no me interesa.

—Ese joven te ha acobardado —dijo Malumbres observando al italiano.

—Lo que usted diga… —Y Boscoscuro volvió a morderse la lengua.

La noche ya había caído, y Mariano y el cochero, cargados con el primer baúl, accedieron a la oscura boca del edificio.

La carga no era pesada, pero para subir los dos pisos se hacía necesaria la participación de dos hombres. Lo dejaron en el rellano de la segunda planta, junto a la escalera, y bajaron a por el otro, que volvieron a manipular con cierto esfuerzo en el punto en el que la escalera se estrechaba. Cuando ya enfilaban los últimos peldaños, la voz volvió a tronar.

—¡Marianín, hijo! —Goya, renqueante y apoyado en su bastón, salió de la casa para recibir a su nieto en lo alto de la escalera.

—¡Espérate ahí, abuelo! —El joven cargaba el baúl en la parte de delante y, todavía escocido por la conversación con Malumbres, le habló de malas maneras.

—¡Dichosos los ojos! —Goya, sonriente y con su caminar vacilante, se acercó al último peldaño para dar la bienvenida al chico.

Con ese caminar lento y desacompasado que le costaba un mundo, Goya adelantó el bastón para apoyarse en él, con la mala suerte de que se enganchó en el lateral del primer baúl que su nieto y el cochero habían subido y dejado junto a la escalera. Al adelantar la pierna, esta se encontró con el obstáculo del bastón obstruido y, aunque trató de agarrarse al pasamanos, no pudo evitar que su cuerpo se desequilibrara.

La caída fue terrible.

Goya cayó por la escalera, su cuerpo impactó contra los primeros escalones y rodó a lo largo de todo el tramo. Golpeó contra su nieto, que no lo vio caer por estar de espaldas, y el pintor, Mariano, el baúl y el cochero aterrizaron en el descansillo de la escalera.

Mariano y el cochero, magullados, se levantaron de inmediato. El baúl se había abierto, dejando un rastro multicolor de prendas y objetos a lo largo de la escalera.

Pero Goya, cuyo bastón había salido despedido, yacía inconsciente tendido boca abajo, con el rostro deformado contra el pavimento y todas sus orondas carnes a la vista tras habérsele salido la camisa de la cintura del pantalón.

El estruendo de la caída se oyó tanto dentro de la casa como en el portal, a la altura de la calle. Malumbres y Boscoscuro encararon la escalera a toda prisa para ver qué había ocurrido, y se encontraron al joven tullido y a una joven de cabellos dorados que, a gritos, trataban de girar a don Francisco bajo la aturdida mirada de su nieto y el cochero.

—Vaya… —susurró Malumbres entre dientes con una sonrisa de medio lado—, no esperaba que mi plan fuera a dar resultados de manera tan inmediata.

14

París, febrero 1889

Los invitados han dejado tras de sí un silencio inquietante. El gran salón del palacete de Eleonora de Lemaire se ha quedado desierto, pero las copas —vacías algunas, a medias otras—, los ceniceros llenos y las sillas descolocadas transmiten una sensación de desorden que provoca a Leland un cierto ahogo.

El suelo está pegajoso, salpicado por los añicos del vaso que la propia Eleonora ha lanzado tras beberse el licor que ha compartido con él. El ejército de doncellas y sirvientes entra con utensilios y productos de limpieza para comenzar su trabajo. El mayordomo da órdenes y organiza al personal para optimizar el tiempo.

Y él, simplemente, espera.

Sabe que la anfitriona ha jugado, se ha mofado y le ha puesto en evidencia ante sus invitados. Primero, por no haberle avisado de que era una fiesta, lo que le ha hecho presentarse allí con un atuendo inapropiado; después, haciendo comentarios jocosos sobre su profesión de detective. Y, como no deja de repetir en su cabeza, ha de estar alerta: ella no da puntada sin hilo.

Por fin vuelve la anfitriona, con su atuendo María Antonieta y su maquillaje tan perfectos como al inicio de la noche, seguida de los tres hombres de negro que se encargan de su protección. Le hace una pequeña seña al que le registró al comienzo de la noche y este desaparece del salón por una puerta lateral.

—Ya estoy contigo. ¿Estás preparado? —Le sonríe mientras camina sujetando la amplia falda del vestido. Gilles, con las manos a la espalda y gesto serio, asiente—. Sígueme. Me preguntabas por mis negocios con los invitados...

Eleonora se encamina hacia la puerta lateral por la que ha salido su hombre.

—Tengo curiosidad. —Gilles se coloca a la altura de la anfitriona y se fija en que sus dos hombres les siguen a pocos pasos de distancia.

—Todo lo que ves —con un gesto de la mano abarca el salón y el pasillo en penumbra al que van a acceder— fue obra de mi bisabuelo; un genio. Hizo fortuna, y los inútiles de mi abuelo y mi padre se encargaron de dilapidarla.

—Perdóneme, Eleonora...

—Te permito que me tutees —le corta.

—Pues, perdóname, pero viendo esto no parece que tu familia haya dilapidado nada.

—Lo que yo te diga... —el pasillo, estrecho, está iluminado cada pocos metros por un candil, pero no es luz suficiente como para que Gilles pueda contemplar todos los detalles de cuadros y tapices con los que se cruzan—, unos inútiles. Cuando falleció mi padre, me dejó esta casa en herencia, pero era casi una ruina.

—¿Tus negocios te han permitido reformarla?

—Ya sabes que me muevo en muchas áreas. —Se gira y le sonríe—. En todas con relativo éxito, excepto nuestro pequeño asunto con el diamante de Bruneau. —Se palpa el cuello, como si lo llevara aún—. Pero no todo puede salir bien. —Suspira.

—Me hablabas de tus negocios... —dice, evitando remover el pasado.

—Mi padre me dejó esta casa, hecha una ruina, es cierto. —Llegan a una puerta abierta de la que sale un brillante haz de luz—. Pero la casa también contenía la..., ¿cómo decirlo?... —Eleonora se detiene ante la puerta abierta y se gira hacia Gilles—, curiosa colección de mi bisabuelo.

La luz proviene de un quinqué colgado en la pared, que Eleonora toma. Al levantarlo, Leland puede ver una escalera de caracol que desciende al sótano. Ella le advierte de que tenga cuidado, los peldaños de piedra son traicioneros. Bajan en fila, ella abre el grupo seguida del detective y de los dos hombres de negro.

—Como ya sabes, mi bisabuelo, además de ser un excelente médico, desarrolló aficiones... inusuales. —Sus tacones resuenan en la piedra con un eco siniestro.

—Era frenólogo —afirma Gilles, que percibe que el descenso está terminando.

—Eso es lo que la gente sabía —Eleonora cuelga el quinqué de clavo en la pared, a la altura del último peldaño—: que estudiaba cráneos para hallar patrones. Pero su trabajo fue mucho más allá.

Llegan a una amplia sala, iluminada por dos lámparas de techo con todas sus velas encendidas y una docena de candiles. Multitud de vitrinas de cristal brillan bajo los destellos de todas las pequeñas llamas. El hombre de negro con acento ruso, que se les ha adelantado por orden de Eleonora, está plantado en mitad de la sala. Gilles, deslumbrado tras venir de la penumbra de la escalera, no puede dar crédito a todo lo que allí se encuentra almacenado cuando alcanza a verlo.

En las vitrinas se exponen incontables calaveras humanas. Muchas de ellas tienen líneas dibujadas en las uniones de los huesos, mientras otras están divididas como curiosos rompe-cabezas. Dentro de esos armarios de cristal está el trabajo de frenología que —a saber durante cuántos años— reunió Alexandre de Lemaire.

Pero eso no es todo.

Gilles contempla el esqueleto de dos bebés siameses, se detiene ante otro que, en pie y sujeto por un bastidor metálico, supera los dos metros de alto, y cierra los ojos ante una interminable sucesión de horrendas deformidades que parecen sacadas de las pesadillas del propio Francisco de Goya. Cabezas deformes, enanos con piernas diminutas o columnas vertebrales retorcidas en ángulos imposibles.

—Mi bisabuelo se dedicó a reunir aberraciones de la naturaleza. —Gilles, quizá por la impresión de ver todo aquello, siente un pequeño mareo que le hace apoyarse en una de las vitrinas—. ¿Estás bien?

—Sí, sí... —responde mientras respira hondo y vuelve a incorporarse.

—Yo no lo sabía, y me encontré con... «esto» cuando heredé la casa.

También hay allí, lo que deja perplejo a Gilles, un gorila disecado golpeándose el pecho, un enorme cocodrilo con las fauces abiertas, lo que supone que es un canguro australiano y varios animales exóticos más.

—¿Y qué tiene que ver esto con los negocios que haces con esa gente?

—Es fácil... —Eleonora gira abarcando su colección—. Todas estas piezas que ves forman el «Gabinete de Curiosidades del Doctor Lemaire».

—No entiendo.

—Gilles, querido… —sonríe—, todas esas personas que has visto arriba me pagan fortunas por exponer estos especímenes en sus mansiones, en sus palacios…

Sin dejar de observar todos aquellos cráneos, esqueletos y animales, que en otros tiempos estuvieron vivos y que ahora no son más que una lujosa atracción de feria, Leland vuelve a sentir un mareo que le hace tambalearse.

—Las casas reales de toda Europa quieren ver y ofrecer a sus invitados la oportunidad de sorprenderse con mi gabinete de curiosidades.

—El morbo de la humanidad nunca ha tenido límites… —Gilles tiene que apoyarse de nuevo para no caer.

—¿De veras que estás bien? —vuelve a preguntar ella.

—Sí… —él no está tan convencido—, solo necesito sentarme.

Uno de los hombres de negro mueve una silla que hay junto a un escritorio y se la ofrece. Intentando no trastabillar, Gilles la alcanza y se deja caer en ella. El sótano parece dar vueltas sobre él, y la iluminación produce destellos en sus ojos.

Eleonora se acerca y, ahuecando la falda del vestido, se sienta junto a él.

—Sé que has estado en Burdeos, Gilles… —se inclina para estar más cerca de su rostro, que palidece—, y que vienes a preguntarme algo. Tengo mis informantes, detective —dice, seductora—. En esta ciudad no se mueve nadie sin que yo lo sepa.

—Una cabeza… —Parpadea varias veces—. Que pudo tener tu bisabuelo.

—Burdeos, una cabeza… —Eleonora enumera con gesto pícaro—, ya te dije que te veía muy interesado en la pintura. —Hace una seña a uno de sus hombres.

Este se acerca y le entrega un libro del tamaño y grosor de una Biblia, que Eleonora abre por la página que marca la cinta. Lo deja sobre la mesa y con los ojos le indica a Gilles que lo lea. El detective lo pone frente a él y trata de enfocar la vista, pero le cuesta. Además de que la letra manuscrita, aunque pulcra, es enrevesada, la tinta parece haber perdido intensidad en algunas zonas del papel.

18 de marzo de 1828

Ha venido a verme mi querido amigo Jacob Cordier y me ha hecho una propuesta totalmente inesperada. Dice que uno de sus hombres está en Burdeos y asegura que puede conseguir la cabeza de Francisco de Goya. Todavía vive, pero está enfermo y no le quedan muchos días.

La verdad es que es una pieza que deseo en mi colección; el cráneo de ese gran maestro puede ser clave para mis estudios sobre la predicción de la genialidad. Pero también le he expresado a Cordier que albergo mis dudas de que su hombre pueda hacerse con la cabeza del pintor español.

Jacob me ha confesado que, en mi lugar, también le extrañaría. Pero que tiene plena confianza en quien le traslada la noticia; dice que es como su propio hijo.

Le he dicho que, si todo es cierto, ofrezco veinte mil francos por la cabeza de Francisco de Goya.

Cordier va a trasladar la oferta.

—¿Es...? —El mareo ha pasado a ser un cansancio que le impide apenas hablar.

—El diario de mi bisabuelo —asiente Eleonora—. Sigue leyendo.

Cordier ha vuelto a mi casa para decirme que su hombre acepta la oferta de veinte mil francos. La muerte de Goya puede ser inminente, me pide que salga cuanto antes en dirección a Burdeos.

Las instrucciones son que me registre en el Grand Hotel y que espere noticias. Y que lleve conmigo los veinte mil francos en efectivo.

En un primer momento me he negado; confío en Cordier, pero él también podría estar siendo víctima de un engaño. Me ha asegurado que pone la mano en el fuego por su hombre y que, si las cosas no salieran bien, se hace cargo de mi dinero. Además, pone uno de los guardaespaldas de su empresa a mi disposición para que me acompañe.

He aceptado, en dos días tomo el tren a Burdeos.

Le he exigido saber el nombre de su hombre allí. Prefería no dármelo, pero, al decirle que era una condición innegociable, no ha tenido más remedio que hacerlo.

Su nombre es Diego Girard.

Diego Girard. Gilles Leland lee dos veces el nombre. El diario de Alexandre de Lemaire hace referencia a que su «querido amigo» Jacob Cordier actuó como intermediario en la venta de la cabeza de Goya. Un Jacob Cordier que ponía a uno de sus guardaespaldas a disposición del frenólogo para viajar a Burdeos. Un guardaespaldas. No podía ser casualidad; el tal Diego, «hombre de su máxima confianza», debía de trabajar para Cordier. Protegiendo a Goya.

Aun con la mente nublada, Leland sabe que son demasiados datos los que encajan como para que sea una casualidad:

la persona que ofrecía la cabeza de Goya era su propio guardaespaldas, cuyo nombre era Diego.

El pintor español fue traicionado por el hombre que debía protegerle.

Gilles reúne todas sus fuerzas para pasar a la siguiente página, pero Eleonora le quita el libro de las manos.

—Lo sientes, ¿verdad? —le dice.

Él, con la cabeza aturdida, se queda mirándola fijamente, pero lo único que ve es la figura de una Eleonora distorsionada y difuminada por las luces del sótano. Intenta levantar el brazo para coger el diario, pero los músculos no le responden.

—Aturdimiento, parálisis muscular, sensación de irrealidad… —Eleonora se acerca a Gilles para hablarle al oído—. Una fórmula de mi bisabuelo a base de curare, un veneno extraído de plantas que usaban los indígenas de América del Sur.

—¿Voy… a… morir? —pregunta a duras penas.

—No, Gilles, no morirás. —Ella le acaricia el rostro—. Pero vas a pagar muy caro ese vaso de licor de la Baja Sajonia que has tomado.

Leland trata de incorporarse, pero vuelve a derrumbarse en su silla. De lo único que siente tener control es de sus ojos, pues aunque le cuesta centrarlos pueden seguir a Eleonora, que merodea alrededor de él.

—He esperado con paciencia a que llegara el momento de vengarme de ti. —Se gira hacia sus hombres—. Tumbadlo en el diván.

Dos de los hombres de negro le agarran por las axilas y lo levantan de la silla. Gilles no puede caminar, tiene los músculos paralizados. Siente cómo el ruso y su compañero lo arrastran y lo tumban en un diván junto al gorila disecado.

—Tranquilo, no vas a perder la consciencia en ningún momento —le asegura Leonora—. Te voy a tener cogido por donde más te duele, Gilles. Jamás se te va a ocurrir tratar de entrometerte en nada en lo que yo esté involucrada, y ganaré mucho dinero con lo que va a pasar aquí ahora.

El ruso monta una cámara de fotos en un trípode colocado junto al diván, y prepara las planchas y el magnesio para iluminar las instantáneas. Mientras, otro de los hombres de Eleonora comienza a desvestirse y queda completamente desnudo.

—¿Está lista la cámara? —El ruso asiente—. Pues que comience el espectáculo.

Y Eleonora de Lemaire chasquea los dedos con un aire de satisfacción en su maquillado rostro.

15
Cronología de una muerte

28 de marzo de 1828

Diego y Juliet sintieron alivio al comprobar que Goya, aunque inconsciente, todavía respiraba. El golpe había sido brutal, pero, al menos hasta ese momento, no lo suficiente como para llevárselo al otro barrio.

Leocadia tuvo una crisis nerviosa al verlo inmóvil en el suelo, y Rosario gritaba y lloraba de puro miedo. Juliet y Gumersinda, que mantenía cierta calma, se encargaron de ambas, metiéndolas en la casa con la excusa de preparar la cama para poder tumbar a Goya. Viendo que Gumersinda tomaba cartas en el asunto, Juliet bajó la escalera para ir corriendo a buscar al médico.

Levantarlo del suelo fue un trabajo de titanes, y Diego no podía hacer fuerza con el brazo izquierdo. Boscoscuro trató de ayudarle, pero fue el propio Diego quien lo echó de allí junto con Malumbres. No convenía que el funcionario tuviera noticias de primera mano del estado de don Francisco.

Finalmente, Mariano y el cochero giraron al maestro, lo levantaron, y ayudaron a Diego a subirlo por la escalera y llevarlo hasta el dormitorio.

29 de marzo de 1828

Goya recuperó la consciencia, pero sabía que aquella vez no era como las anteriores ocasiones en las que había bailado con la muerte; de aquel baile no se iba a poder escapar. A su alrededor, Leocadia, Rosario, Gumersinda y Mariano se alegraron de volver a oírle hablar, y él de verles, aunque sentía dolor hasta en el alma y necesitaba estar incorporado para respirar.

El médico había diagnosticado un fuerte traumatismo craneoencefálico, así como contusiones en costillas, hombro y rodillas. Su capacidad pulmonar estaba reducida a la mínima expresión, y sus latidos eran muy débiles.

Aun así, se sintió con hambre para tomar varias cucharadas de sopa que Leocadia le daba, y de beber agua.

2 de abril de 1828

Su voz perdió fuerza, y apenas balbuceaba las palabras en un discurso que comenzaba a carecer de sentido. Pero reconocía a las personas que entraban en su habitación y se percataba de sus rostros solemnes.

Se dieron cuenta de que había perdido el control de su vejiga cuando las blancas sábanas comenzaron, en un determinado momento, a teñirse de una creciente mancha roja a la altura de la entrepierna. El tumor que se le había diagnosticado en el perineo ganaba la batalla con paciencia. Leocadia ni siquiera se alarmó; sentada junto a la cama, solo pudo apoyar la frente en la palma de su mano, preguntarse cuánto iba a durar aquello y pedirle a Juliet que trajera sábanas limpias.

Acto seguido, con su ayuda, levantó las piernas de Goya para aplicarle varios trapos a modo de pañal, bajo la incómoda mirada de Gumersinda, que se tapaba boca y nariz con un pañuelo.

5 de abril de 1828

La noche transcurrió entre delirios y gritos en sueños. Hubo incluso que sujetarle para que no se levantara. Goya, en un estado de semiinconsciencia, maldecía e insultaba a Leocadia por no dejarle hacer lo que le viniera en gana.

Durante la mañana, una vez que se hubo despertado, comprobaron que una parálisis había afectado al lado derecho de su cuerpo. La mandíbula quedó inclinada hacia ese lado, en un rictus de amargura, y perdió la capacidad de cerrar el ojo, ni siquiera cuando intentó dormitar un rato tras la hora de comer.

Diego informó a Juliet de que iba a avisar a los amigos de Goya de que estaba cerca el final, por si querían despedirse. Le hizo saber que iba a tardar, porque iba a reunirse con Andrea Boscoscuro para comunicarle el plan que había ideado.

6 de abril de 1828

Braulio Poc, junto a los Indocumentados —el Profesor, el Pollo, el Chaleco, el Manco y el Pastor—, pasaron a ver a su compañero de tantas risas y tertulias.

Cyprien Gaulon intentó, sin éxito, que Goya le dijera si tenía alguna nueva litografía terminada para hacer las copias y ponerlas a la venta, a ver si podía conseguir algo de dinero para ayudar a la familia. Antonio de Brugada, pintor y admirador de Goya, también estuvo en aquella visita junto a su esposa.

Juan de Muguiro, acompañado de su hijo Juanito, tras tomar la mano de su amigo y comprobar que no reía con sus pequeñas bromas, hizo un aparte con Leocadia y Gumersinda para informarles de que iba a dar parte al cementerio de que la cripta donde yacía Goicoechea, el padre de Gumersinda, fuera abierta de inmediato para recibir al pintor.

Goya no reconoció a ninguno de todos ellos.

9 de abril de 1828

«¿Dónde está mi hijo?, ¿nadie le ha dicho que su padre se muere? —gritaba Goya—. ¡Decidle a Moratín que vaya a buscarle!»

Su mente ya viajaba por otros lugares, por otras épocas y por otras realidades. Llevaba dos días sin apenas comer, y la deshidratación se hacía patente en los pliegues de la piel y en la sequedad de la frente y mejillas.

De noche, cuando Gumersinda y Mariano volvieron a la pensión y el resto dormía, Leocadia se sentó en la cama y le humedeció los labios con un paño mojado.

—Me muero, Leocadia. —Aunque le costaba hablar, debido a la mandíbula torcida, en aquel preciso instante de aquella precisa madrugada, Goya pareció encontrar durante unos segundos la lucidez perdida.

—Lo sé, Francisco. —Ella le acarició la mano—. Ve tranquilo.

—Ha sido una buena vida.

—La que tú te has sabido labrar. —Leocadia no pudo, ni quiso, reprimir las lágrimas—. El Altísimo te abrirá las puertas del cielo.

—Eso… —soltó un quejido— ya se verá. Tendrá anotados mis pecados.

—Francisco… —quizá ya no hubiera otro momento, y Leocadia decidió aprovecharlo—, ¿qué va a ser de nosotras cuando tú no estés?

—Diego… Vosotras no os separéis de Diego.

12 de abril de 1828

El cansancio hacía mella en todos los habitantes de la casa. Goya pasaba la mayor parte del día dormido, aunque en sueños no dejara de quejarse.

Gumersinda acudía a media mañana, «a ayudar en lo que se pueda», pero los cuidados que requería su suegro eran superiores a su aguante, y se limitaba a estar en la cocina con Josephine mientras esta hacía la comida.

Mariano aparecía a última hora de la tarde, después de haber estado explorando la ciudad en larguísimos paseos. Nunca había vivido la experiencia de lo eterna que puede hacerse la espera de la llegada de la parca.

Doña Leocadia lucía unas ojeras hinchadas por la falta de sueño, y en pocos días se le habían marcado —aún más— los pómulos y los huesos de las clavículas. Juliet la sustituía en el cuidado de Goya para que pudiera echarse un rato.

Rosario deambulaba temblorosa por toda la casa, sujetando un pañuelo con el que enjugar sus lágrimas y preguntando constantemente «¿Cómo está padre?». La primera vez que lo hizo, Gumersinda la miró con cara de sorpresa, sin creer que esa niña se atribuyera un título que a ojos de Dios no tenía. Leocadia la reprendió; pero a medida que pasaron los días, ya le dio igual lo que pensara o dijera la nuera de Goya y dejó a su hija que preguntara lo que quisiera y como quisiera.

El deterioro del pintor era mayor a cada minuto e incluso, en ocasiones, Leocadia pegaba la oreja a la boca de Goya para ver si respiraba.

Juliet, aunque durante la noche no conseguía conciliar el sueño más allá de unos pocos minutos, se protegía tumbada con la cabeza apoyada en el pecho de Diego. Y con el brazo de él sobre sus hombros. La situación era de un dolor indescriptible, pero ella sabía que nada podía pasarle acurrucada bajo ese brazo.

15 de abril de 1828

—¡Niño!, ¡Niño! —gritó Goya con voz cavernosa a mitad de mañana, tras despertar de un sueño inquieto y quejumbroso.

—¿De qué niño habla? —preguntó Gumersinda confusa.

—¡Que venga el Niño! —vociferaba el pintor—. ¡Quiero ver al Niño!

Leocadia hizo una seña a Juliet y esta salió de la estancia. Volvió acompañada de Diego, que se puso ante la vista de don Francisco.

—Acabáramos… —dijo Gumersinda al descubrir que se refería al joven tullido.

—Fuera todas —ordenó Goya con dificultad—. Dejadme con el Niño.

Leocadia se sorprendió por la claridad de ideas con la que había despertado el pintor. Parecía volver a encontrar un periodo de luz en su cerebro. Con la mano le indicó a Gumersinda que salieran del dormitorio, y cerró la puerta tras ellas.

Diego no pudo evitar una pena infinita al ver así a don Francisco. Su rostro ya era cadavérico; mal afeitado, pálido, con los ojos hundidos, pero la papada más hinchada, y con la piel y los labios sumamente resecos. La parálisis había torcido todavía más su boca, y el párpado derecho describía una curva imposible. No comprendía cómo Dios permitía que una de sus criaturas sufriera tanto en el tránsito hacia la muerte; Goya se había convertido en un personaje de sus propios grabados.

El pintor señaló con la barbilla la silla junto a su cama, y Diego la ocupó.

—¿Está solucionado lo de Leocadia y Rosario?

—Lo está, maestro.

—¡¿Estás seguro?! —La pregunta era casi tan ininteligible como furibunda.

—Tan seguro como que Diego Velázquez y usted son los dos pintores más grandes de la historia. —La referencia fue seguida de un intento de sonrisa de satisfacción por parte de Goya.

—Escúchame... —se detuvo a tomar aire—, vendrá mi hijo... —otra pausa— y las echará de aquí.

—No me voy a separar de ellas, don Francisco. —Diego vocalizaba ante él para que pudiera leerle los labios—. Se lo juro por lo que más quiero.

—¿Me lo juras por Juliet?

—Tampoco me voy a separar de ella —asintió con una pequeña sonrisa.

—Me voy en paz, Niño... —Un acceso de tos detuvo sus palabras y Diego acercó el vaso que había en la mesilla y mojó con él sus labios—. Ojalá mi Josefa me esté esperando al otro lado.

—Ojalá así sea, maestro.

—Dile a Leocadia que quiero que me entierren con un hábito de ermitaño. Con nada vine… y con nada quiero irme.

—Déjelo en mis manos.

Goya, mirando al techo, masculló palabras que Diego no entendía, pareciendo que viera cosas que nadie más veía. Y eso era, ni más ni menos, lo que había hecho a lo largo de toda su vida: ver cosas que nadie más podía ver.

—¿Sabes… —pareció volver de su trance— que has sido como un hijo?

Diego, sorprendido, se quedó en silencio, mirando a aquel hombre que se encontraba cerca de abandonar un mundo en el que había dejado huella. Un hombre que había retratado a cuatro reyes, que había vivido guerras, que todo lo sabía y aun aprendía. Y que le estaba llamando «hijo».

—Yo he tenido tres padres, don Francisco. El que me dio la vida, el que me enseñó a ganármela y el que me mostró cómo vivirla—. Esto último lo dijo mientras posaba su mano sobre la de Goya—. Gracias, maestro.

—Aleja tus demonios, hijo… —Volvió la vista de nuevo al techo—. No dejes que te consuman como me consumieron a mí.

La mirada perdida parecía traspasar el techo del dormitorio. Diego hubiera jurado que, en ese momento, los ojos de Goya contemplaban el cielo gris de Burdeos. Un cielo bajo el que había circos, muchedumbres que jaleaban una decapitación, risas al calor del vino con buenos amigos, pinceles y batas manchadas de todos los colores. Un cielo bajo el que Goya todo lo miraba y todo lo pintaba; un cielo bajo el que seguía aprendiendo, incansable, porque nunca se sabe si la última obra es con la que se va a lograr la inmortalidad. Un cielo en el que se perdían sus ojos para poder pintar el mundo como solo él lo veía y así dejar en las páginas de la historia la prueba de que todo un universo vivía en la mirada de Goya.

—Maestro… —Diego sabía que Goya estaba lejos de ese dormitorio que también había sido su último estudio. Comenzó a llorar en silencio mientras apretaba su mano—, sus demonios fueron necesarios para alcanzar la eternidad.

Y se quedó observando la que quizá fuera la última mirada de Goya.

16 de abril de 1828

El sonido del reloj de la sala de visitas, al dar las dos de la madrugada, sacó a Leocadia de su duermevela. Se frotó los ojos y se incorporó en la silla, doliéndose de la espalda. La respiración de Goya era agitada y ruidosa, como si el aire no le llegara a los pulmones.

Se quedó quieta, observando cómo el hombre que amaba mantenía, valiente, una nueva lucha contra la muerte que, aquella vez, estaba cerca de perder.

De pronto, Goya abrió unos ojos desorbitados al tiempo que boqueaba buscando oxígeno, y comenzó a retorcerse en la cama. Leocadia, asustada, se levantó y tomó sus brazos con la intención de incorporarle. Los movimientos de él eran tan bruscos, y su cuerpo tan pesado, que apenas podía moverlo.

Ella supo que se estaba librando la última batalla.

Leocadia quería ayudarle, quería darle fuerzas para pelear un día más. Pero la sombra de la guadaña se cernía sobre él.

En un último esfuerzo, Leocadia metió los brazos por las sábanas, abrazó su espalda y tiró con fuerza hacia arriba logrando separar su cuerpo del colchón, con la intención de permitir que el aire fluyera hacia sus pulmones.

Pero era inútil. En sus brazos, Goya seguía revolviéndose tratando de escapar del destino y abriendo la boca para sobrevivir. Su garganta gemía en apagados balbuceos y sus pies habían iniciado una carrera frenética en la que no avanzaba.

De repente, su espalda se tensó, sus piernas se detuvieron y el sonido gutural cesó. Tras unos segundos de quietud, en los que Leocadia seguía abrazándole, expulsó el poco aire que había conseguido atesorar en una breve exhalación.

A las dos y ocho minutos del día 16 de abril de 1828, en la ciudad de Burdeos, y a la edad de ochenta y dos años, fallecía don Francisco de Goya y Lucientes.

16

Burdeos, 17 de abril de 1828

Faltaban quince minutos para que el reloj diera las diez de la mañana cuando el féretro cruzó el umbral del número 57 de cours de l'Intendance e hizo acto de presencia en la calle a hombros de Braulio Poc, Cyprien Gaulon, Antonio de Brugada y del Pollo, uno de los Indocumentados.

Una muchedumbre observaba en solemne silencio cómo los cuatro hombres se dirigían hacia el coche fúnebre, seguidos en primera instancia por una Gumersinda deshecha en llantos, completamente de negro y con el rostro cubierto con un velo, y por Mariano, quien, también de riguroso luto, portaba el sombrero de copa en la mano y ofrecía el brazo a su desconsolada madre.

Ellos eran los dolientes oficiales gracias a los acuerdos que se habían alcanzado tras las discusiones acaecidas el día anterior, con Goya de cuerpo presente.

El Profesor abrió la puerta trasera del coche fúnebre —una carroza alargada negra, acristalada en sus cuatro lados, con las cortinas recogidas para que se pudiera ver el interior desde fuera— y los cuatro porteadores introdujeron el féretro con suavidad. Cuando el Profesor volvió a cerrar la puerta, la multitud irrumpió en aplausos; algunos porque lo habían conocido y sabían quién era el ilustre hombre que habían tenido como vecino durante sus últimos años, y otros porque eran habituales de entierros e imitaban a los primeros.

En el pescante, los dos cocheros iban completamente vestidos de negro, embozados en capas y pañuelos que solo permitían ver sus ojos, y con sombreros de tres picos inclinados sobre el rostro; el atuendo adecuado para dar el último viaje terrenal a alguien que comenzaba su tránsito al otro mundo.

Leocadia revivió en aquel momento todo lo que había ocurrido tras la muerte de Goya. Recordó cómo se quedó contemplando su cuerpo tras su último suspiro. Cómo se sentó de nuevo en la silla y cómo sobre ella se precipitó de golpe, con el peso de una montaña, todo el cansancio acumulado durante los días de su agonía. Su hombre había sido cabezota hasta para morirse. Y también cayó en la cuenta de que no había recibido la extremaunción; ninguno de ellos había pensado en llamar a un sacerdote. Pero no lo lamentó, porque un cura quizá sería lo último que el propio Goya querría ver en su lecho de muerte.

Después, en el silencio de la madrugada, le destapó por completo y situó el cuerpo recto y centrado en la cama, estirando sus piernas y colocando sus brazos a los costados antes de que comenzara el *rigor mortis*. Tomó paño y agua y lo limpió. Finalmente, con ayuda de un pañuelo, rodeó su cabeza y le cerró la boca, colocando la mandíbula en su sitio. Por último, bajó sus párpados inertes.

Fue a por una sábana blanca limpia con la que le tapó de nuevo, dejando el rostro a la vista; un rostro que, ya a salvo de los dolores de la agonía, parecía haber vuelto a recuperar sus facciones. Remetió la sábana bajo el colchón hasta dejarla bien tensa y colocó un gorro de dormir blanco sobre la cabeza de Goya, que parecía estar plácidamente dormido.

Y volvió a sentarse junto a él.

★★★

—Señora…

Leocadia despertó sobresaltada. La luz del día entraba por los ventanales del dormitorio de Goya y Juliet, con suaves golpes en el hombro, la había sacado de esa tierra de los sueños a la que había viajado sentada en una silla.

—¿El… señor…? —susurró la joven con los ojos llorosos.

Leocadia solo asintió y Juliet se santiguó y, aguantando las lágrimas, pidió permiso para ir a despertar a Rosario y contárselo ella misma. Doña Leocadia, sin fuerzas ni para levantarse de la silla, le agradeció que se encargara de ese difícil trance. Un par de minutos después oyó el llanto desgarrado de la niña.

Diego, ya vestido, con el brazo en cabestrillo y la pistola en el costado izquierdo, entró en el dormitorio. Miró unos segundos el cadáver del hombre al que había acompañado los últimos meses, e inclinó la cabeza ante doña Leocadia.

—Le salvaste aquella noche en la que recibiste el disparo… —dijo ella—. Te doy las gracias por permitir que viviera unas semanas más.

—Nunca he arriesgado mi vida con más orgullo que protegiéndole, señora —respondió Diego con respeto—. Voy a comunicar la noticia.

A su vuelta, tras casi tres horas, cargaba con un hábito de ermitaño que había adquirido en el seminario por unas pocas monedas y, en la puerta de la casa, Juliet le hizo una seña para que guardara silencio; se oían los gritos de Gumersinda en la sala de visitas. Diego cerró los ojos con pesar y tomó la mano de Juliet. Juntos entraron en la estancia de la que provenían las voces.

—¿Todo bien, señora? —Diego, solemne, se dirigió a doña Leocadia, sentada con aspecto demacrado en uno de los silloncitos azules situados frente al cuadro de *La lechera*. Gumersinda, de pie, parecía increparla, pero se detuvo al oír la voz de Diego. Mariano estaba apoyado en el ventanal, presenciando la escena.

—¡El funeral de mi suegro ha de ser en la catedral! —le dijo Gumersinda a Diego.

—Discúlpeme, pero no le he preguntado a usted. —Sus fríos ojos se clavaron en Gumersinda, que se sintió intimidada—. ¿Señora? —volvió a dirigirse a Leocadia.

—El señor de Muguiro me dijo que el grupo de exiliados españoles tenía por costumbre hacer los funerales en Notre-Dame du Chapelet… —Leocadia hablaba a la nada, cansada de batallar—. Francisco también lo comentó en su día.

—Doña Gumersinda… —Diego se dirigió de nuevo a la nuera—, el funeral de don Francisco será en la iglesia de Notre-Dame. —Y guardó silencio unos segundos para que su frase calara en los presentes—. ¿Alguna cosa más, doña Leocadia?

—¿Qué llevas ahí?

—Lo que me pidió don Francisco para ser enterrado. —Diego se acercó para mostrarlo—. Un hábito de ermitaño.

—Muy de Francisco… —Leocadia sonrió—. Déjalo sobre la cama, junto a él.

—¡Ah, no! —Gumersinda estaba indignada—, ¡mi suegro no va a ser enterrado como un indigente! ¿Para qué le trajimos ropa desde Madrid?

—Señora… —Diego hablaba desde una calma amenazante—, don Francisco va a ser enterrado vestido como él me pidió ayer mismo.

—¡Leocadia, dile a tu chico que deje de hablarle así a mi madre! —Las miradas de todos se dirigieron al nieto de Goya, que hablaba con un evidente enfado.

Lo único que hizo Diego tras aquellas palabras fue mirar a doña Leocadia, dispuesto a oír su reprimenda solo por contentar a Gumersinda. Pero ella se limitó a hacer un gesto con los labios y uno de sus hombros: le daba igual lo que el hijo de Gumersinda opinara.

—Señorito Mariano… —la frialdad de Diego se dirigió esa vez al muchacho—, creo que he sido muy respetuoso al dirigirme a su madre. Pero, si usted tiene otra opinión, estaré encantado de que lo discutamos a solas.

Gumersinda, que sabía que Diego, aun con un solo brazo, podía partir en dos a su hijo, bufó de indignación y tomó su bolso.

—Haced lo que os dé la gana… —con la mano indicó a su hijo que se marchaban de allí—, pero la familia oficial somos nosotros. Y no consentiré que no seamos mi hijo y yo los primeros en seguir al coche fúnebre.

—Eso sí que no podemos evitarlo… —masculló Leocadia con ese aire de indiferencia en el que se había instalado.

—¡Y estaremos a solas en el primer banco de esa iglesia de mala muerte!

La tarde fue un trasiego de visitas que venían a dar el pésame. Los amigos de Goya advirtieron la ausencia de la nuera y el nieto del pintor, pero tampoco parecían darle mayor importancia. Sus pensamientos y palabras de consuelo eran para Leocadia y Rosario.

A última hora de la tarde, cuando solo quedaban los más allegados, volvieron a aparecer Gumersinda y Mariano y recibieron el protocolario pésame. Bajo la atenta mirada de los presentes, el joven pintor Antonio de Brugada, realizó junto a la cama un dibujo a plumilla del cadáver de quien tanto admiraba. La tensión de la sábana marcaba la panza como si fuera una montaña, y los pies eran dos picos en aquel inmenso lienzo en blanco donde Goya había pintado su última obra.

★★★

El cochero azuzó las riendas para que los caballos arrancaran. Al paso, el coche fúnebre era seguido por Gumersinda y Mariano. Tras ellos, Leocadia pasaba el brazo por los hombros de una Rosario que no podía dejar de llorar. Juliet iba detrás de su niña, y Josephine, la fiel cocinera y ama de llaves, las seguía.

Los amigos más cercanos —Muguiro, los Indocumentados, Gaulon y demás— seguían a la familia oficial y a la oficiosa. Y toda la multitud que había roto en aplausos se unió a la comitiva a través de cours de l'Intendance. Las personas que se cruzaban con aquella marcha fúnebre, aun sin saber quién era la persona fallecida, se detenían y, en silencio, se santiguaban o se quitaban el sombrero.

El coche giró por la rue Montignac y apenas cien metros después se detuvo frente a la iglesia de Notre-Dame du Chapelet, cuyo párroco esperaba, junto a las grandes puertas abiertas, para dar la última despedida a don Francisco de Goya.

Juliet se quedó mirando la fachada barroca de la iglesia, que, embutida en aquellos callejones del centro de Burdeos, se erigía poderosa sobre las casas que tenía alrededor bajo el cielo gris de aquella triste mañana. El féretro fue sacado del coche por los mismos porteadores y el sacerdote lo recibió en el templo.

Al sonido del murmullo de la gente que iba llenando la iglesia, Gumersinda y Mariano alcanzaron la primera fila, sorprendidos de que no hubiera bancos para sentarse, sino baratas sillas de enea. Eso les hizo reafirmarse en que ese no era lugar para un funeral como aquel. Benigno Malumbres se acercó hasta Gumersinda para darle el pésame, y esta se alegró de ver a la única persona que le presentaba sus respetos con los modales que ella esperaba; veía que el verdadero cariño se lo llevaban la arpía de Leocadia y esa niña que —habría apostado una mano— era hija bastarda de Goya. Complacida por la visita del funcionario, Gumersinda le invitó a compartir la primera fila con ellos, y este, haciendo ver que suponía un honor para él, se colocó a su lado.

—¿Dónde está Diego? —le susurró doña Leocadia a Juliet antes de comenzar el oficio.

—Ha ido al cementerio, para asegurarse de que esté todo preparado cuando lleguemos con el féretro —le respondió ella al oído.

—Me sentiría más segura si estuviera aquí.

—Está usted conmigo, señora. —Juliet le dio un sentido apretón en la mano para infundirle confianza.

Las puertas de la iglesia se cerraron y se hizo en ella un silencio sepulcral.

★★★

Ya con el ataúd de nuevo en el coche fúnebre, los cocheros no podían arrancar porque las personas que no acudirían al cementerio querían presentar sus respetos a la familia por última vez. En un improvisado acto, Gumersinda, Mariano, Leocadia y Rosario estaban frente a la puerta de la iglesia recibiendo sus pésames; para la nuera de Goya era evidente que a ella y a su hijo les daban las condolencias con respeto, pero a Leocadia y a Rosario la gente del pueblo se las daba con cariño. Ante aquella evidente incomodidad, Benigno Malumbres, que había adoptado un inesperado papel principal en todo aquello, se acercó a los cocheros embozados y, enfadado, les ordenó que salieran de inmediato hacia el cementerio. El que llevaba las riendas las hizo restallar y los dos caballos se pusieron en movimiento.

La comitiva, más pequeña que en el camino de ida a la iglesia, pero todavía con un buen número de almas, volvió hasta cours de l'Intendance, pasó de nuevo ante el domicilio de Goya, atravesó la place Gambetta y enfiló la rue Judaïque en dirección al cementerio de la Chartreuse. La caminata era larga, y a ese paso lento les costaría cerca de media hora llegar hasta allí.

Los cocheros, negros fantasmas de la muerte, retenían el paso de los caballos para acompasar la velocidad a la de Gumersinda, que era quien abría el desfile de caminantes. Una Gumersinda que, escoltada por Mariano y por Malumbres y ya cansada por el trayecto, no lloraba tanto como al principio de la jornada. Leocadia y Rosario, justo detrás, dejaban caer sus lágrimas en llantos silenciosos, como si pudieran ser reprendidas por los dolientes oficiales.

En el cruce de rue Judaïque con rue Scaliger, apenas un callejón, un par de muchachos tiraban de una pesada carreta que cargaba leña. Salieron a la calle por la que pasaba el coche fúnebre de manera imprevista, lo que provocó que los caballos se asustaran y aligeraran el paso para alejarse de allí. Los muchachos, viendo que el coche fúnebre ya había pasado, dieron un fuerte tirón a la carreta tratando de cruzar rue Ju-daïque antes de que la comitiva llegara hasta ese punto, con la mala suerte de que una de las ruedas golpeó contra el bordillo de la acera y la carreta volcó, desparramando con un estruen-do todos los troncos a lo largo de la calle.

El accidente hizo que el grupo de caminantes diera un res-pingo por el susto. Una barrera de leña se había interpuesto entre la comitiva y el coche, que, ajeno a lo que acababa de ocurrir, desapareció tras la curva que hacía la calle un poco más adelante. Los dos muchachos tuvieron que levantar la ca-rreta y empezar a recoger la leña para despejar el camino cuanto antes.

Juan Bautista de Muguiro, el padre de Juanito, se adelantó hasta doña Leocadia para ver si había manera de esquivar los troncos y así avisar al coche fúnebre de que la comitiva había quedado retenida. Hasta que sintió que una mano le detenía.

—No, señor de Muguiro… —le dijo Juliet—. Les vendrá bien el descanso. —Y con los ojos señaló a Leocadia y a Ro-sario, deshechas de dolor.

El coche de caballos se detuvo a unos cincuenta metros de donde había quedado atrapado el grupo de personas que les seguía. La curva que dibujaba la calle hacía que les hubieran perdido de vista.

—*Cinque minuti* —dijo Boscoscuro bajándose del coche.

Diego se puso en pie en el pescante y levantó la madera que hacía de asiento. Del compartimento extrajo un saco de arpillera, un par de sábanas dobladas y un machete de filo re-luciente.

Embozados, y sin que las mujeres que limpiaban la calle o los hombres que fumaban en los balcones pudieran recono-cerlos, abrieron la puerta trasera del coche y entraron en él. Boscoscuro cerró desde dentro y corrió todas las cortinas.

Diego levantó la tapa del ataúd y se encontró de nuevo con don Francisco. Con los brazos cruzados sobre el pecho, vestía el hábito que él había comprado, y la capucha sobre su cabeza apenas dejaba verle el rostro. Boscoscuro metió las manos bajo los hombros del difunto hasta alcanzar las axilas y necesitó reunir todas sus fuerzas para levantar el cadáver y dejar el cuello a la altura del borde de la caja. Con el cuerpo incorporado, el italiano sujetó la cabeza de Goya con las manos.

Diego hacía fuerza con el brazo izquierdo para que el cuerpo no cayera por inercia dentro de la caja otra vez. Necesitaba que la cabeza de Goya quedara fuera del féretro para asestar el golpe con el machete. Pero se quejó al sentir un latigazo de dolor en el brazo herido.

—Cámbiame el sitio —dijo Boscoscuro en el asfixiante interior del coche fúnebre—. No puedes hacer *forza* con ese brazo.

—¡Tú sujeta la cabeza! —ordenó Diego con autoridad—. Esto lo acabo yo aunque sea lo último que haga.

—¡No seas idiota! —El italiano trató de quitarle el machete—. Yo la cortaré.

—Boscoscuro… —Diego se incorporó y, tras respirar hondo, habló muy despacio—, tócale un pelo a don Francisco y la cabeza que volará hoy será la tuya.

Y a Boscoscuro le quedó claro que ese asunto no era suyo.

★★★

Salieron del coche fúnebre tras descorrer de nuevo las cortinas. El saco que Diego llevaba oscilaba por el peso. Vieron a un muchacho que caminaba hacia ellos llevando a un caballo de las riendas; se acercó al coche, se las entregó a Diego y se marchó sin abrir la boca.

—Aquí nos despedimos. —Diego puso el pie izquierdo en el estribo y, de un impulso, montó en el caballo—. Gracias por tu ayuda.

—¿Por qué le has dejado esa gorra *di* cuero? —Boscoscuro señaló al coche—. Ya no le hará falta.

—Quiero que lleve algo en las manos cuando se presente ante el Altísimo.

Boscoscuro entornó los ojos y asintió.

—Con que el Niño, ¿eh? —Bajo el pañuelo que le ocultaba el rostro, Diego le oyó reír—. Eres el mejor que he visto jamás. —Inclinó la cabeza con respeto—. ¿Dónde irás ahora?

—Donde quiera ir Juliet —dijo mientras ataba el pesado saco al pomo de la silla de montar—. ¿Y tú?

—Todavía tengo un asunto *qui*. Después me espera aprender a fabricar paraguas en Cherburgo. —Subió al pescante del coche fúnebre—. Con una *donna* que me vuelve loco. —Y le guiñó un ojo.

—Adiós, Andrea Boscoscuro.

—*Addio*, Diego Girard.

El coche fúnebre emprendió su marcha hacia el cementerio cuando la comitiva, después de esperar a que la calle se despejara, llegó a su altura. Juliet sonrió para sí cuando vio que solo lo conducía un cochero.

17

París, febrero 1889

Aunque está tumbado en el diván y no puede mover un músculo, Gilles Leland es consciente de todo lo que ocurre a su alrededor. Hasta hace unos segundos no entendía por qué uno de los hombres de Eleonora está desnudo; ahora, aunque su mente está nublada, ata cabos cuando observa que la cámara fotográfica está lista.

—Tu mayor temor va a estar en mi poder. —Eleonora sonríe acercándose mucho a su rostro—. Ocultas tu homosexualidad, pero yo voy a tener las pruebas.

El hombre desnudo se tumba junto a Gilles, pasa una mano por detrás de su cuello y posa los labios en su mejilla. El destello del magnesio indica que se ha tomado una fotografía.

—Muerto no me sirves de nada —prosigue Eleonora—. Cuando alguien se sienta presionado por ti, cuando ejerzas tu venganza contra algún banquero, noble o empresario, sabrán que pueden recurrir a mí.

El chirrido indica que el ruso saca la plancha de la cámara y se dispone para la siguiente fotografía. El compañero de diván de Gilles pone el torso desnudo contra el rostro del detective y un nuevo fogonazo ilumina el sótano.

—Y yo... —Eleonora se regodea— cobraré fortunas protegiendo a esas personas de ti. Porque, si estas fotografías salen a la luz, tu carrera y tu reputación estarán acabadas.

Eleonora pasea orgullosa entre las piezas del Gabinete de Curiosidades del Doctor Lemaire. A la luz de las velas, su cuerpo proyecta sombras sobre la inmensa colección de cráneos y esqueletos deformes. Los animales disecados parecen cobrar vida por el brillo que las luces arrancan a sus ojos vidriosos.

Leland ha caído en la trampa; ya sabe que, a partir de ahora, puede ser chantajeado en cualquier momento por la bisnieta de Alexandre de Lemaire, y que eso va a marcar su trabajo para siempre. Pero no olvida por qué está allí, por qué se ha arriesgado a caer en manos de esa serpiente.

—Goya... —logra articular en apenas un susurro.

—Es cierto, te prometí respuestas.

El hombre de Eleonora se coloca a horcajadas sobre Gilles en el diván, echa sus brazos hacia atrás y gira el rostro del detective hacia la cámara. La luz blanca de la toma fotográfica le deslumbra, y no puede ver que Eleonora ha cogido de nuevo el diario de Alexandre de Lemaire. Pero sí puede oírla.

7 de abril de 1828

Estoy alojado en el Grand Hotel de Burdeos. Es elegante y acogedor; sienta bien salir de París. Hacía años que no visitaba la ciudad y, aunque sigue siendo provinciana, me sorprende lo que ha crecido y el comercio que se ha desarrollado.

Me acompaña un tal Declercq, el hombre de Jacob Cordier. Viajar a solas con veinte mil francos en efectivo no parecía la mejor de las ideas.

Le he preguntado por Diego Girard; Declercq me dice que no tiene idea de en qué andará metido ese chico, pero que pone la mano en el fuego por él. Evidentemente, mi acompañante no sabe qué negocio llevo entre manos con el tal Diego.

He recibido un mensaje. Diego me informa de que Francisco de Goya sufrió una grave caída y se encuentra en su lecho de muerte. Solo queda esperar.

—Como ves, mi bisabuelo era metódico. —Eleonora cierra el libro, pero deja un dedo para señalar la página que estaba leyendo.

El hombre que está sobre Gilles le desabrocha el botón de la cintura de su pantalón y, simulando con las manos que está a punto de desnudar de cintura para abajo al detective, posa para una nueva fotografía.

16 de abril de 1828

Acabo de ser informado del fallecimiento de Goya. Y de que mañana, alrededor de las doce, recibiré lo prometido.

Una muestra orgánica de ese tipo requiere unas condiciones muy especiales para su transporte y conservación hasta que llegue a París. Traigo conmigo un baúl con un frasco de cristal de tamaño suficiente, y veinte litros de una solución a partir de alcohol metílico elaborada por mí. Es vital que el cráneo no se corrompa ni emita hedor hasta que llegue a mi laboratorio.

El que maneja la cámara fotográfica sigue cambiando las planchas y tomando instantáneas; el segundo hombre de Eleonora posa desnudo sobre Gilles, y el tercero se mantiene en guardia junto a la escalera de bajada al sótano.

—Unas cuantas más —dice Eleonora, pensando que el honor de Gilles Leland todavía no está lo suficientemente mancillado como para tenerlo a raya durante el resto de su vida—. Ponte de pie junto a él y acaríciale el pelo —ordena.

Gilles, tumbado entre todos aquellos objetos curiosos y aberrantes, siente que empieza a recuperar, muy poco a poco, la movilidad y sensibilidad en pies y manos. Frente a él puede ver todas las vitrinas de la macabra exposición y la colección de animales disecados. Eleonora vuelve a entrar en su campo visual; su sonrisa delata su satisfacción por haber sometido al hombre que le privó de un millón de marcos.

Otro fogonazo.

Entre dos de las vitrinas que contienen el trabajo frenológico del doctor Lemaire, llama la atención un armario estilo Kabinettschrank que, en su parte frontal, está tapizado con motivos japoneses que representan cerezos rojos y *minkas,* las casas tradicionales del Imperio del Sol Naciente.

Eleonora vuelve a abrir el diario, y lee para el detective.

17 de abril de 1828

Declercq ha abierto la puerta de mi habitación, donde estábamos a la espera, en cuanto han sonado los golpes. El tal Diego me ha llamado la atención; vestía completamente de negro y era muy joven. Pero Declercq se ha alegrado de verle y le ha mostrado un respeto reverencial.

El joven parecía dolido del brazo izquierdo, pero ha contestado que no era nada cuando ha sido preguntado al respecto. Declerq le ha contado que un tal Espina estaba en Burdeos, y Diego le ha sonreído, diciéndole que ya no era problema. No tengo la menor idea de a qué se referían.

Me ha entregado un saco. Envuelta en trapos, y con restos de sangre coagulada, estaba la cabeza de Francisco de Goya. No podía creer que tuviera en mis manos uno de los cerebros más privilegiados de la historia.

Entregué el dinero al joven, que se despidió con educación, no sin antes fundirse en un fuerte abrazo con el hombre de Jacob Cordier.

Después, mientras preparaba la cabeza para conservarla en el frasco con la solución alcohólica, no pude evitar levantar sus párpados y fijarlos con alfileres: no todos los días se tiene la oportunidad de mirar a los ojos a un genio.

—Tu bisabuelo… —Gilles puede hablar con mayor fluidez, pero lo disimula para no alertar a Eleonora de su recuperación— consiguió la cabeza de Goya.

—Un hombre metódico, ya te lo he dicho.

—El cuadro de Fierros en Tudela, el recibo…

—Esa es otra pequeña historia. —Eleonora levanta las cejas con el dramatismo con el que suele comportarse—. Pero, por el mismo precio, puedo contártela.

Eleonora le revela que, en 1844, cuando su bisabuelo se encontraba en el final de su vida, fue informado de que hubo una iniciativa, por parte de exiliados que habían vuelto a España tras la muerte de Fernando VII, de reunir fondos para repatriar los restos de Goya. La iniciativa tenía el respaldo de María Cristina, viuda del rey y regente del trono hasta que su hija Isabel cumpliera la mayoría de edad. Pero este respaldo solo era anímico; la regente se encontraba en mitad de la primera guerra carlista y no podía destinar dinero a un asunto como aquel.

Alexandre de Lemaire, preocupado porque esos fondos pudieran reunirse y que al exhumar a Goya vieran que faltaba su cabeza, no quiso que los hilos del destino pudieran, a saber cómo, unirle a él con esos hechos. Amigo del marqués de San Adrián, que, a su vez, era un viejo amigo de Goya, se desplazó hasta Tudela y orquestó el engaño. El marqués tenía que encargar a Fierros, pintor del cual era mecenas, un cuadro que representara una calavera y refrendar, con su firma, que se trataba del cráneo de Goya; añadiendo, además, fechas falsas para crear una confusión con los años de la muerte del marqués y de la ejecución del cuadro. Alexandre de Lemaire pagó mil francos al noble para que el engaño tomara forma; de ese modo, alejaba los posibles vínculos que pudieran quedar de su participación en la desaparición de la cabeza del maestro español.

Y ese fue el cuadro que Gilles Leland vio en el palacio de Tudela, acabando de comprender todo ese baile de fechas que contenía; Alexandre de Lemaire había sido muy hábil, desde luego. Pero el detective, recuperando la sensibilidad, sonríe al saber que él ha sido más hábil todavía. Al fin y al cabo, ha resuelto el misterio de la cabeza de Francisco de Goya desaparecida.

El hombre desnudo se sienta junto a él en el diván para una nueva instantánea. Aunque Gilles ya ha reunido algo de fuerza en los brazos, no intenta apartarlo. Sabe que no será suficiente.

—Y aún me queda una última cosita… —Eleonora levanta el dedo índice—. Te dije que te contaría todo lo que supiera.

Gilles frunce el ceño mientras siente la mano del hombre sobre su cabeza.

—Mi bisabuelo se enamoraba de algunas de sus piezas, les tenía un cariño especial. Los ojos de Goya le obsesionaron, decía que esa mirada contenía mundos enteros. Estudió las medidas de su cráneo, claro… —Eleonora se dirige hacia el armario Kabinettschrank—, pero… —Lo abre.

Gilles debe levantar el cuello y enfocar la vista para creer lo que está viendo.

En un frasco de cristal, sumergida en un líquido amarillento, se encuentra una cabeza de piel pálida, carnes flácidas y un cabello ralo que parece flotar en un lento y oscilante movimiento. Los alfileres que sujetan los párpados brillan a la luz de los candiles del sótano, y los ojos, conservados en esa especie de líquido amniótico, parecen mirar mucho más allá de las paredes del sótano, atravesándolas para ver lo que nadie más parece ver.

—Nunca quiso que esta cabeza se convirtiera en huesos. —Pasa el dedo por el cristal del frasco, como si quisiera acariciar la mejilla de Goya—. Una calavera es una eternidad anónima —abarca con su mano la colección de cráneos expuestos—, la muerte nos iguala a todos; pero mi bisabuelo no quiso que ese fuera el destino de Francisco de Goya.

—Dios santo… —alcanza a decir Gilles, perplejo—, nadie merece una eternidad en un frasco de cristal.

—Gilles, querido… —la risa de Eleonora es exagerada—, ¡esta es la pieza más valiosa de mi Gabinete! Es la estrella que más brilla en los palacios de Europa.

—Eleonora…, es enfermizo hasta para ti.

—Mira sus ojos… —Ella parece no escucharle, roza con la nariz el cristal del frasco y habla mirando fijamente el contenido—. Son sabios, escrutadores, curiosos, furiosos… —Eleonora entra en un trance que denota que está tan enamorada de la cabeza de Goya como lo estuvo su bisabuelo.

El fogonazo de una nueva fotografía deslumbra a Gilles.

Y, aunque está cegado, escucha un golpe y se sobresalta por el disparo que resuena aumentado en las paredes de aquel sótano. Ese estallido es inconfundible para él.

—¿Qué demonios es… esto? —Jean-François no puede creer lo que está viendo y su voz vacila, al borde de las lágrimas, entre la incredulidad y la desesperación. Cráneos, animales disecados, Gilles tendido junto a un hombre desnudo, la cámara fotográfica… Y esa cabeza, que parece tener vida, en un frasco de cristal—. Sabía que era una locura que vinieras hasta aquí…

Gilles se recupera del destello que le ha cegado y le ve: un candil a la altura de su rostro en la mano izquierda y, en la derecha, el Colt 45 humeante tras el disparo al techo. El hombre de Eleonora que vigilaba la escalera está tendido en el suelo, inconsciente y sangrando por una brecha en la cabeza tras el golpe recibido.

—Te dije que no trajeras al joven que calienta tus sábanas… —Eleonora parece decepcionada—. Yuri, mata al mulato.

El ruso, como un rayo, se abalanza sobre Jean-François, a quien no le ha dado tiempo a apuntar con el arma al tipo que ahora le sujeta el brazo para que no dispare. Entre los dos comienza un forcejeo en el que el hombre de Eleonora, de mayor envergadura, impacta contra el joven y le golpea contra la pared. La sacudida es tan fuerte que a Jean-François se le cae el candil, que se rompe contra el suelo y extiende todo su aceite en llamas por la zona donde están expuestos los animales disecados.

—¡No! —El grito de Eleonora es desgarrador cuando el canguro empieza a arder—. ¡La colección!

El hombre que está desnudo trata de apagar las llamas con una manta, pero esta se prende al instante y el fuego alcanza al enorme cocodrilo.

El codazo de Yuri da con Jean-François en el suelo. El ruso saca un cuchillo de la cintura, que brilla a la luz del fuego que se extiende por las vitrinas. Gilles reúne todas sus fuerzas y se incorpora del diván justo a tiempo de ver cómo la hoja del cuchillo se eleva sobre el pecho de Jean-François.

El disparo vuelve a resonar en el sótano, y la fuerza del Colt 45 lanza a Yuri contra la pared con un agujero en el rostro. El cuerpo hace que se desprenda de la pared un quinqué, que cae estrellándose contra el suelo y desatando un nuevo foco de llamas en el sótano. Eleonora y el hombre desnudo que posaba junto a Gilles interpretan un patético baile tratando de apagar las llamas, que ya crecen hasta el techo y muerden las vigas de madera que lo sujetan.

—¡Vámonos! —dice Jean-François, que sangra por la nariz, mientras pasa un brazo de Gilles por sus hombros y lo levanta del diván.

—¡La cabeza! —grita Leland mientras lucha por incorporarse.

Pero las llamas ya han hecho presa de todo el gabinete de curiosidades y están devorando el armario Kabinettschrank. Eleonora trata de coger el frasco y ponerlo a salvo, pero el bajo de la voluminosa falda de su vestido María Antonieta se prende y, al revolverse para apagarlo, golpea el frasco, que cae al suelo haciéndose añicos y desparramando todo el alcohol, que prende y convierte su vestido, junto a la máquina fotográfica y la cabeza de Goya, en una enorme bola de fuego.

Jean-François y Gilles ven cómo los ojos de Francisco de Goya brillan por última vez, reclamando su descanso eterno, antes de que, asfixiados por el humo, logren alcanzar la escalera, que comienzan a subir con dificultad para huir del incendio que ya domina todo el sótano, convertido ahora en un infierno.

Ambos han sido testigos de la última mirada de Goya.

18

Burdeos, 17 de abril de 1828

Las campanas de la catedral de Saint-André dieron las once de la noche. En la desierta rue de Belfort, Andrea Boscoscuro esperaba dentro de un coche de caballos. Palpaba el bolsillo derecho de su abrigo cuando la puertecilla se abrió y Benigno Malumbres, que había añadido una bufanda a su vestimenta —quizá temeroso de la humedad de la noche—, entró y se sentó frente al italiano.

—Vamos —ordenó.

Boscoscuro golpeó con la palma de la mano en la pared interior del coche, y el látigo del cochero hizo que los dos caballos emprendieran la marcha.

—No te he visto esta mañana en el entierro. —Malumbres, que no llevaba sombrero, le tuteaba con la boca cubierta por la bufanda.

—No me gusta asistir al funeral de personas que no conozco.

—Pues te esperaba, aunque fuera solo por profesionalidad.

—*Professionalità?* —Boscoscuro miró al funcionario, enarcando las cejas.

—Para saber dónde se encuentra la tumba, diantres... —se indignó Malumbres.

—*Per favore…* —Una pequeña sonrisa irónica asomó al rostro del italiano, dándole a entender que por supuesto conocía la ubicación de la tumba de Goya.

El coche giró a la izquierda por la avenue d'Arès, con un traqueteo que resonaba en el silencio de la noche. Unos minutos después se detenía junto a la iglesia de Saint-Bruno, desde donde podían divisar la entrada principal, cerrada por una trabajada cancela doble de forja, del cementerio de la Chartreuse.

A lo lejos, un farolillo mostró su luz durante un instante. Era la señal.

—Vamos allá —dijo Malumbres, satisfecho porque los hombres que había contratado esperaban puntuales.

—Aquí no. —Boscoscuro lo detuvo para que no se levantara—. Estamos lejos.

Se asomó por la puertecilla del coche y, valiéndose de dos dedos, emitió un pequeño silbido para llamar la atención de los tres hombres que esperaban en la cancela.

—A la pared norte —ordenó al cochero—. Aquí puede haber vigilancia —dijo señalando el lugar por el que pretendía acceder Malumbres al cementerio.

Sin que el español protestara, los caballos se pusieron en marcha de nuevo y los hombres, cargados con el material necesario, comenzaron a andar en su dirección.

A la altura de rue Pierre, con el alto muro del cementerio a su izquierda, Boscoscuro golpeó de nuevo la pared del coche para que se detuviera en aquel punto. Ya en la calle, y con Malumbres tratando de protegerse del frío de la noche echando el vaho a sus manos, esperaron a que llegaran los tres hombres.

Entre dos, que ocultaban su rostro con pañuelos, cargaban una escalera de mano, que apoyaron contra el muro. El tercero, también con el rostro oculto, llevaba un farolillo y un par de palancas metálicas para mover la losa. En su cintura brillaban una pistola y un machete de grandes dimensiones. Malumbres asintió satisfecho al comprobar que, por unas pocas monedas, había contratado a unos tipos que parecían competentes.

Uno de ellos subió por la escalera y, a horcajadas, se sentó sobre el muro. Uno a uno, todos hicieron lo mismo. Cuando los cinco estaban sobre el muro, dos de los hombres tomaron la escalera, la elevaron hasta pasar por encima de ellos y la apoyaron en el suelo de gravilla del cementerio para comenzar a bajar.

Cuando las botas de los cinco hombres ya estaban en el interior de la Chartreuse, Malumbres reconoció para sí que Boscoscuro tenía razón; habían desembocado a apenas unos pasos de la confluencia de dos calles en la que se encontraba la cripta donde reposaban, desde esa mañana, los restos de Goya.

Boscoscuro ordenó con la mano al hombre del farolillo que cerrara la puertecilla para que nadie viera la luz en aquella oscuridad; la luna decreciente bastaba para alumbrar el camino. Tras un par de minutos caminando por el sendero de gravilla, Boscoscuro señaló una losa de piedra en el suelo.

Con las palancas pudieron correrla lo suficiente como para meter dentro la escalera y descender por el hueco que habían abierto. El que cargaba con la pistola y el machete desenfundó este en cuanto estuvo dentro de la cripta. El compañero que llevaba el farolillo abrió la tapa y lo elevó para que emitiera su luz y todos vieron los dos ataúdes. Malumbres se extrañó de que una segunda alma descansara allí, pero, por el brillo de la madera, estaba claro cuál era el que se había enterrado aquella misma mañana.

Malumbres tomó el farol y se quiso dar el capricho de saborear aquel momento. Con una sonrisa en su rostro, asió la tapa del ataúd, casi acariciándola, y la levantó.

No pudo creer lo que sus ojos vieron.

Era Goya, sí. Vestido con el hábito de ermitaño, con las manos cruzadas sobre el abdomen y con una abombada gorra de cuero reposando sobre su pecho.

Pero la capucha del hábito estaba vacía, y unas manchas de sangre coagulada oscurecían la zona del cuello de su indumentaria.

—¡¿Qué?! —Malumbres, con una mezcla de ira e incomprensión, rompió el silencio de la noche—. ¡¿Dónde demonios está la cabeza?!

Palpó la capucha, por si sus ojos le estaban engañando, y comprobó que no había nada en ella. Metió las manos por los lados del cuerpo, buscando a saber qué, y ordenó al hombre del machete que cogiera de la parte delantera del ataúd, que estaba elevado sobre un banco de piedra. Entre ambos, con violencia, volcaron el féretro, arrojando el cuerpo de Goya contra el suelo, que rodó hasta volverse a poner boca arriba. La gorra de cuero cayó junto al cuerpo orondo, del que unos pálidos pies asomaban por debajo del hábito de ermitaño.

—¡Tú! —Malumbres escupió a la cara de Boscoscuro—. ¡Esto lo has hecho tú!

Tomó el farolillo y lo elevó a la altura del rostro del italiano, que, con los ojos brillantes por el reflejo de la pequeña llama, esbozó una sonrisa burlona.

—*Non* sabe cuánto me alegro de su decepción. —Boscoscuro se giró para buscar la salida—. El único motivo por el que he permanecido en Burdeos hasta ahora era ver su cara cuando llegara este preciso momento.

—¡Malnacido! —gritó el funcionario a la espalda del italiano, que ya había comenzado a subir por la escalera para salir de la cripta.

Malumbres, frenético, abrió el otro féretro. En él, un cadáver al que apenas le quedaba carne en el rostro vestía un traje negro con un corbatín de nudo perfecto. Con un grito de rabia levantó como pudo —apenas unos centímetros— ese segundo cadáver para comprobar si en la caja podía estar la cabeza del pintor; pero al no verla, y perder las fuerzas, lo dejó caer por fuera de su féretro, dejándolo con una absurda postura, como un tétrico ser que trata de escapar del más allá.

Con una respiración agitada que empañaba los cristales de sus lentes, y los dientes apretados por la ira, Malumbres alcanzó la escalera y salió al exterior.

—¡Boscoscuro! —gritó al italiano, quien, con tranquilidad, se dirigía hacia el muro del cementerio—. ¡Eres despreciable!, ¡un inepto incapaz de matar a unos malditos ancianos!

—Cálmese, Malumbres... —Tenía las manos metidas en los bolsillos del abrigo—. Usted no merecía ganar esta partida.

El hombre del machete salió de la cripta y, una vez emergió al exterior, los otros dos retiraron la escalera y comenzaron a colocar la losa en su lugar. Los tres quedaron a la espera de recibir la orden para salir de allí.

—No vas a volver a trabajar en tu maldita vida, italiano... —Benigno Malumbres masticaba con desprecio sus palabras—. Y vigila tu espalda, porque en cualquier momento llegará un hombre contratado por mí para acabar contigo.

—Yo ya estoy fuera de este negocio, Malumbres. —Boscoscuro hablaba sin inmutarse—. Y usted no es más que un pobre hombre devorado por la *ambizione*.

543

—¡En cuanto llegue a España... —al funcionario se le agotaba el aire a causa de la cólera—, contrataré a Antonio Espina para que te corte la garganta!

—Lo dudo, Benigno... —Por primera vez, Boscoscuro llamó al funcionario por su nombre de pila—. Hace unos días que le volé la tapa de los sesos.

La furia arreboló el rostro de Malumbres y, en un rápido movimiento, dio un paso atrás y estiró el brazo para coger la pistola de la cintura del hombre al que había contratado. Boscoscuro, con las manos en los bolsillos, vio la maniobra, y cómo el funcionario se giraba hacia él con el arma en la mano.

El disparo retumbó en el cementerio.

Los tres hombres embozados contemplaron sorprendidos cómo Malumbres se llevaba una mano al pecho, a la altura del corazón, incapaz de frenar la sangre que brotaba entre sus dedos. Tras unos pasos vacilantes, fijó sus ojos en el italiano durante unos instantes y cayó de espaldas al suelo.

Andrea Boscoscuro, plantado en toda su envergadura ante la tapia del cementerio de la Chartreuse, sacó la mano derecha del bolsillo de su abrigo empuñando el pistolete. El disparo había abierto un agujero en la tela.

—Ya le dije que ese odio acabaría matándole.

Y, haciendo una seña con la cabeza a los tres hombres, abandonaron el cementerio, dejando el cadáver de Malumbres sobre la tumba de un tal Bernard Traver.

19

Burdeos, 20 de abril de 1828

—Eso significa que nos tenemos que ir de aquí, ¿verdad? —preguntó Leocadia.

—En ningún momento he dicho yo eso. —Javier Goya fumaba, de pie, apoyado en el piano—. Solo que tendrás que pagar tú el alquiler de esta casa.

—Sabes que no estoy en disposición de ello. —La señora de la casa, que lo era al menos hasta final de mes porque la renta corriente ya estaba pagada, no se amilanaba—. Francisco hubiera querido que quedara algo para nosotras.

—Si lo hubiese querido, así habría sido, ¿no crees? —Sonrió él.

El hijo de Goya había llegado el día anterior a Burdeos; sus «asuntos» no le habían permitido hacerlo antes. Gumersinda y Mariano le contaron con detalle lo poco que habían podido vivir en primera persona los días de agonía del pintor, y que no se habían tenido en cuenta ninguna de sus sugerencias para el funeral. Y todo porque quien había fiscalizado el proceso había sido, en boca de Gumersinda, «esa furcia de Leocadia». Protegida por las amenazas de «ese chacal que tenía por guardaespaldas», en palabras de Mariano.

Lo primero que hizo Javier al llegar a Burdeos fue sacar a su familia de la pensión Clemenceau y reservar dos habitaciones en el Grand Hotel. Ya habría tiempo de hacerle pagar a la amante de su padre el haber metido a su esposa y a su hijo en ese hostal de mala muerte. Fue a agradecerle al señor de Muguiro todo lo que había hecho por su padre, y a que le informara de en qué banco podían estar sus cuentas bancarias. Con el certificado de defunción retiró los fondos que había en ellas, asegurándose de que ese dinero —poco más de dos mil francos— no acabara en unas manos que no fueran las suyas. Junto a su familia, quiso visitar el cementerio y rezar un padrenuestro en el lugar en el que yacía, desde hacía tres días, el cuerpo de su padre. Después, cansado del viaje y las gestiones, se retiró a descansar y acopiar fuerzas para ir a visitar a Leocadia al día siguiente.

Y allí estaba, a las doce de la mañana, en la biblioteca de la vivienda, dejando claro a la amante de su padre cómo quedaban las cosas tras la muerte de este.

Leocadia estaba sentada a la mesa, vestida de negro y con los brazos cruzados sobre el pecho. Su delgadez impresionó a Javier, que, aunque la odiaba con toda su alma, tenía el recuerdo de la mujer hermosa que era. Había preferido ir solo a la casa, convencido de que lo que estaba haciendo era algo parecido a impartir justicia; a saber cuánto le habría sacado esa mujer a su padre los años que habían convivido en pecado.

—Él quería dejarnos algo para que pudiéramos vivir con dignidad, así me lo hizo saber. —A Leocadia le costaba mantener la pose altiva, pero no iba a dejarse humillar ni a rogar por nada.

—Mi padre podía querer eso, aunque permíteme que lo dude. —Tiró la ceniza al suelo—. La realidad es que yo ya heredé todo hace años, y lo único que él recibía era la pensión del rey; que, ahora que ha muerto, desaparece.

—Su cuenta bancaria no formaba parte de tu herencia. —Leocadia entornó los ojos mientras hablaba—. En buena ley, me pertenece.

—Ayer estuve en el banco —dijo el hijo de Goya mientras tiraba la colilla al suelo y la apagaba con la suela de su bota—. Cerré las cuentas de mi padre y retiré los fondos. Estoy de acuerdo con lo que dices.

Javier echó mano al bolsillo interior de su chaleco y sacó un sobre, que lanzó a la mesa. Ella lo tomó, pero no quiso perder la dignidad contando el dinero.

—Aquí solo hay unos setecientos francos —calculó guiándose por la vista.

—Mil.

—¿Solo había mil francos en la cuenta?

—Así es —mintió.

—Nos apañaremos —mintió ella también—. Pero creo que, si hubieses tenido que contratar a una enfermera durante estos últimos años, te habría salido más caro.

—No sabía que lo que hiciste estos últimos años fuera un servicio. —Javier, apoyado en el piano, tiró de ironía—. Pensaba que todo lo hacías por amor.

—Y así ha sido. —No le iba a dar la satisfacción de verla enervada—. Y, por ese mismo amor, él querría que tuviésemos una vida digna.

—Podéis volver a Madrid, y le pides perdón a tu marido —sugirió Javier—. Seguro que se lleva una alegría al verte.

—Y esa vez, en vez de a ironía, el comentario sonó a burla; Isidoro Weiss había sido carne de chanzas y corrillos por todo Madrid porque su esposa le había puesto los cuernos con un viejo.

—¿Algo más? —Leocadia ignoró sus palabras, dando por terminada la conversación.

—Me llevaré algunas cosas de mi padre como recuerdo.

—Para Javier también había terminado, satisfecho por sentir la desesperación de Leocadia—. Cuando termine, puedes coger lo que quede.

—Qué generoso… —dijo entre dientes sin mirarle.

—El cuadro ese que tienes en la sala de visitas… —se refería a *La lechera*—, ese te lo puedes llevar ya. —Abrió la puerta de la biblioteca y salió sin despedirse—. Es de lo peor que ha pintado jamás.

★★★

Leocadia quería hablar a solas con Javier. Por ello había pedido a Rosario que se quedara en su habitación, y a Diego y a Juliet que salieran y volvieran en un par de horas. A su regreso, se encontraron a la señora y a la niña en la biblioteca. Leocadia dejó de hablar con su hija en cuanto los vio entrar, pero Juliet, viendo cómo su mano tomaba la de Rosario, supo que estaban en una de esas conversaciones que transforman a una niña en mujer.

—Pasad… —Una pálida Leocadia todavía tenía fuerzas para ordenar—. Le estaba contando a Rosario cómo iba a ser nuestra vida a partir de ahora.

—¿Y cómo va a ser? —preguntó Diego, apoyado en el marco de la puerta.

—A final de mes nos vamos de esta casa. —Puso una mano encima del sobre que le había lanzado Javier—. Tengo un poco de dinero para alquilar algo decente, y le decía a la niña que tendré que buscar trabajo.

—¿No va a volver a España, señora? —A Juliet le parecía lo más lógico.

—¿Adúltera y concubina de un liberal? —No le importó decirlo delante de su hija; ya no había nada que ocultar—. Hasta que muera el rey, ese camino está cerrado para mí.

Leocadia no soltó la mano de Rosario. Era consciente de que ella era la culpable de la vida que le esperaba a su hija: si se hubiese quedado con su marido, a la niña no le faltaría de nada en Madrid. Había puesto por delante sus instintos como mujer a su obligación como madre, y las consecuencias las iba a pagar Rosario, lo que la hacía sentirse una persona horrible.

—En esta situación, no puedo hacer frente a todos los gastos —continuó—. Ya he despedido a mi querida Josephine… —bajó la vista un instante—, y a ti tampoco puedo pagarte. —Miró a Juliet—. Lo siento mucho.

Miró a continuación a Diego, buscando en su cabeza las palabras exactas.

—Y tú… —dijo por fin—, vete cuando debas hacerlo. Estás liberado del servicio por el que llegaste a esta casa.

Leocadia sacó un pañuelo de la manga de su vestido negro, y se enjugó la nariz con él. Rosario, con los ojos llorosos, se levantó para abrazarse a Juliet. A sus trece años, acababa de aprender que la vida puede separarte de quien más necesitas.

—Señora… —Diego no se movía del marco de la puerta—, ¿qué le dijo don Francisco que tenía que hacer cuando él muriera?

Volvió a quedarse callada y observó la luz de aquella mañana de primavera que se colaba por la ventana de la biblioteca. Leocadia supo que, aunque se encontraba inmersa en una espesa oscuridad, la vida seguía adelante, ignorando los dramas de cada cual. Agachó de nuevo la mirada y volvió a meter el pañuelo en la manga.

—Que no nos separáramos de ti. —Le costó un mundo decirlo, como si hubiera una implícita deshonra en el hecho de confiarlo todo a un chico de veintitrés años.

Diego asintió despacio y salió de la biblioteca.

Cuando volvió, puso otro sobre delante de Leocadia, mucho más abultado. La señora lo abrió, palideció aún más y miró a Diego con infinita sorpresa.

—Virgen santa... ¿Cuánto dinero hay aquí?

—Veinte mil francos.

—¿Y puede saberse de dónde ha salido?

—El señor tenía un plan para ustedes. —Diego señaló a Rosario con la cabeza.

—¿Y no me lo dijo?

—No era seguro que tuviera éxito, y prefirió no darle falsas esperanzas.

—Ya... —Leocadia se quedó pensando si alegrarse de que Goya se hubiera preocupado por ellas o entristecerse porque le hubiera dejado de contar esa y a saber cuántas cosas más—. Al menos podremos quedarnos por ahora en esta casa.

—Señora... —Diego supo que tenía que poner orden en aquella situación—, esta casa tiene muchos gastos y el dinero se acaba pronto. El señor de Muguiro les ha encontrado una pequeña vivienda en las afueras, en la rue Bourbalet; con un mes de alquiler de esta, pagan seis meses allí.

—Tienes razón... —asintió, dándose cuenta de que su incierta situación no invitaba a llevar la vida de aristócrata que ella deseaba—. Pero Rosario sí la necesita —dijo refiriéndose a Juliet y al salario que debía pagarle.

—Doña Leocadia, mi sitio está en París. —La institutriz seguía abrazando a la niña—. He de buscar a mi madre y a mis hermanos, pero no me iré hasta asegurarme de que ustedes están bien. Con techo y comida me consideraré pagada.

—¿Y tú? —La señora se dirigió a Diego.

—Yo voy donde vaya ella. —Sonrió—. Con techo y comida también, claro.

En la tormenta que era la vida de Leocadia y Rosario en esos momentos, Diego y Juliet eran dos tablas a las que agarrarse hasta que amainara. Y, a menudo, ese tipo de tablas eran la diferencia entre la calma y el caos, entre la razón y la desesperación, entre tener una oportunidad o echar la vida por la borda.

Leocadia era muy consciente de sus defectos, pero, pese a ello, sonrió pensando que algo habría hecho bien cuando esos jóvenes le mostraban fidelidad y cariño.

Ella ya sabía que no merecía nada, pero Rosario sí merecía la oportunidad que aquel dinero les daba.

—Diego… —volvió a palpar el sobre—, ¿de dónde ha salido? Quiero saber qué ha tenido que hacer Francisco para quedarse tranquilo por nosotras.

—El señor me dio órdenes claras de que quedaría entre él y yo. —A Diego le dolió mentirle; ni siquiera el propio Goya supo que su cabeza sería lo que proporcionaría un futuro a Rosario—. Y no voy a romper mi palabra.

—¿Qué habrá hecho ese viejo cabezota para reunir este dinero?

—Solo puedo decirle que estaba dispuesto a hacer lo que sea.

—¿Y qué significa «lo que sea»? —Leocadia no sacó el pañuelo para limpiar las lágrimas que resbalaban por su rostro.

—Señora… —Diego le puso la mano derecha sobre el hombro—, «lo que sea significa lo que sea».

Epílogo

París, febrero 1889

Ha helado durante la noche, aunque, siendo las diez de la mañana, las calles ya están transitables. El pavimento está mojado y aún queda relente congelado en la calzada y los bordillos en las calles a las que no alcanzan los rayos del sol.

El coche de caballos avanza por rue de Rivoli dejando a la derecha el Museo del Louvre. Brigadas de operarios de limpieza, armados con palas, se esmeran por acabar de deshacer ese hielo rebelde para evitar resbalones y accidentes.

«Pavoroso incendio en la mansión Lemaire», lee Gilles Leland en la portada de *La Presse*.

—Los bomberos encontraron cuatro cuerpos en el sótano —recapitula con el diario en sus manos Jean-François desde su asiento, frente a él—. Irreconocibles.

—Eleonora y sus tres hombres de negro... —El detective observa el dibujo con que el diario ilustra la noticia en su portada; la mansión Lemaire mientras es devorada por las llamas—. ¿Alguna víctima más?

—No dice nada al respecto.

—Esperemos que toda la gente que estaba trabajando allí esa noche pudiera salir por su propio pie.

—¿Cómo crees que se tomará Pereyra la noticia?

—Pues creo que, aunque no le guste que se haya perdido para siempre la cabeza de Goya, al menos sabrá lo que ocurrió.

—Este caso no ha sido un éxito... —Hay un cierto lamento en las palabras de Jean-François.

—Pereyra es un tipo razonable. —Más que eso, piensa Gilles—. Le he escrito esta misma mañana contándole todo.

—La policía encontrará todos los cráneos y esqueletos que había en el sótano, y los inspectores se harán mil preguntas.

—Eso será su problema. —Gilles, con las piernas cruzadas, hace un gesto con la mano—. Si es que ha quedado algo después del fuego.

—Bueno, quizá sea su problema... —reconoce Jean-François—. O quizá puedes echar una mano y convertirte en detective consultor.

—¿Detective consultor? —se extraña Gilles—. No lo había oído jamás.

—Alguien que ayuda a la policía. —Levanta los hombros y las cejas en una mueca que a Gilles le parece divertida—. A lo mejor es hora de que tu trabajo sirva para resolver crímenes y que otros impartan justicia. —Y le guiña un ojo.

El coche gira hacia la derecha por rue de la Coutellerie y cruza Pont Notre-Dame, con el Sena bajo sus pies, para desembocar en la isla de la Cité.

—¡Rue d'Arcole! —exclama en voz alta el cochero cuando se detienen.

Jean-François se levanta y lleva su mano hasta el tirador de la puertecilla, para bajar del coche. Pero Gilles lo detiene. Se acerca a su frío rostro, pone las manos en sus mejillas para darle un poco de calor y le da un beso en la boca.

—Ahora ya podemos bajar —dice con una sonrisa.

La catedral de Notre-Dame se erige ante ellos. Caminan unos pasos y se detienen frente a una casa pequeña con amplios ventanales en las dos plantas, fachada de piedra, tejado de pizarra y aspecto elegante y señorial.

Un ama de llaves de mediana edad, de uniforme negro y delantal y cofia blancos, abre la puerta cuando ellos tocan la campanilla, y se queda unos segundos observándoles.

—Buenos días. —Gilles hace una casi imperceptible inclinación de cabeza—. Mi nombre es Gilles Leland, soy detective, y él es mi compañero Jean-François Gimestre —dice señalándole—. Verá, quisiéramos saber si en esta casa está domiciliada la empresa de guardaespaldas de Jacob Cordier.

El ama de llaves abre mucho los ojos, como si aquella pregunta fuera lo último que esperaba oír en una fría mañana de febrero.

—El señor Cordier falleció hace más de cincuenta años, señor Leland.

—Estamos tratando de seguir la pista de Diego Girard, que trabajó para él.

Gilles observa que la mujer ha vuelto a sorprenderse. Un incómodo silencio se instala entre ella y esos dos desconocidos visitantes.

—Si esperan aquí unos segundos, por favor. —Y cierra la puerta de la casa, dejando a Gilles con la palabra en la boca.

Ambos hombres se miran extrañados, pero no les queda otra que esperar.

El frío es intenso, y Gilles y Jean-François se arrebujan en sus abrigos. Cinco minutos después, la puerta vuelve a abrirse, pero esta vez aparece ante ellos un hombre de unos sesenta años, con un abundante y cuidado cabello canoso peinado hacia atrás y que viste una elegante chaqueta de lana.

—¡Señor Leland! —dice con una sonrisa mientras ofrece su mano—. Es un placer tener en mi casa al detective más famoso de París. —Estrecha la mano de Leland y, a continuación, se la ofrece a su acompañante—. ¿Y usted es?

—Jean-François Gimestre, señor. Socio del señor Leland.

—Pues encantado de conocerlos. —La sonrisa no se borra del rostro de ese hombre que, aun con una cierta edad, parece jovial y en buena forma.

—Discúlpeme… —es Gilles quien ahora se muestra confundido—, pero no tengo el gusto de conocerle.

—Me alegra escuchar eso, señor Leland… —El hombre guiña el ojo con amabilidad y cercanía—. Que no me conozca significa que hago bien mi trabajo. Soy el propietario, junto con mi hermana, de Girard&Girard Protección Personal, una agencia de guardaespaldas.

—¿Una agencia heredera del servicio que ofrecía Jacob Cordier?

—Entren, por favor… —El hombre se aparta y les señala con una mano el interior de la casa—. Que descortesía tenerles en la puerta. Dejen sus abrigos en la percha y pasemos a la sala de visitas. —El anfitrión les guía—. Laurel, querida, ¿puede servirnos té? —dice en voz alta para que el ama de llaves le escuche.

En la sala de visitas está encendido un fuego que calienta la estancia. El ventanal, que inunda de luz el acogedor espacio, tiene unas preciosas vistas de la catedral y el Sena. La casa no es ostentosa en cuanto a tamaño, pero está decorada con buen gusto y los muebles y las obras de arte destilan un alto nivel económico.

El ama de llaves entra y sirve el té en la mesilla que hay entre dos sofás de piel oscura, tan cómodos que parece que se deshinchen cuando Gilles y Jean-François se sientan en uno de ellos.

—Diego Girard era mi padre —cuenta el hombre mientras, sentado en el otro sofá, echa un poco de leche a su té—. Jacob Cordier, al fallecer, le legó la empresa. Si con el viejo ya daba buenos beneficios, mi padre la llevó a otro nivel.

—Y parece que usted y su hermana a otro aún más elevado —apunta Jean-François paseando la vista por la estancia.

—Trabajamos duro —dice con modestia—. Soy viudo y mis esfuerzos van dirigidos a mis nietos y a esta empresa.

—Que maneja de manera muy discreta. —Gilles da un sorbo a su té y hace un gesto de aprobación.

—Es necesario que sea así si queremos hacer bien nuestro trabajo. —Deja la taza y se recuesta sobre su cómodo sofá—. ¿En qué puedo ayudarles? Laurel me ha dicho que preguntaban por mi padre.

—Es una larga historia, señor Girard.

—Mi hermana está arriba, en el despacho, con la contabilidad de la empresa. Y no deja que me acerque, aunque me coma la impaciencia por saber los resultados financieros de este mes. —Cruza las piernas y estira los brazos a lo largo del respaldo—. Tengo tiempo para esa historia.

Y Gilles le cuenta todo. Burdeos, Pereyra, la cabeza desaparecida de Goya, la investigación que los lleva hasta Tudela, el recibo del cuadro firmado por Alexandre de Lemaire, el Gabinete de Curiosidades, el diario del doctor Lemaire, la cabeza hallada de Goya, el incendio y los turbios negocios de Eleonora…

—¿Así que el incendio de la mansión Lemaire que aparece en los diarios se debió, en parte, a la cabeza de Francisco de Goya? —El señor Girard se sorprende—. Vaya… Es una historia increíble. Pero sigo sin entender para qué me necesitan si ya la han resuelto.

—Cuando se investiga algo, señor Girard, se genera un inusitado interés por los pequeños detalles —le explica Gilles—. El investigador tiene la necesidad de conocer la historia completa para poder pasar página.

—¿Y qué detalles le faltan que yo pueda aportarle?

—Vera, no quisiera ofenderle ni faltarle al respeto... —el circunloquio de Gilles hace que Girard sepa que va a ofenderle y faltarle al respeto—, pero el diario del doctor Lemaire sugería que su padre, Diego Girard, fue quien le vendió la cabeza de Goya.

—Así es, señores —asiente el hijo de Diego Girard.

—Entonces, ¿su padre traicionó a Goya?

—¡Por favor!, ¡nada más lejos de la realidad! —Girard se altera, pero comprende que la conclusión a la que ha llegado Gilles Leland es lógica con la información que tiene.

—¿Qué ocurrió entonces? —pregunta Jean-François impaciente.

—Me temo que ahora es mi turno de contar una historia.

Girard mete la mano por el cuello de su camisa y saca una cadena de la que cuelga una medalla de plata. La acaricia y juega con ella entre los dedos mientras les cuenta que Jacob Cordier escondió a su mejor guardaespaldas en Burdeos porque en un trabajo mató a un sobrino del rey de Francia. Y si Gilles Leland pensaba que la historia que él había contado resultaba increíble, tuvo que admitir que la historia que les relató Girard era más increíble todavía. La historia de cómo su padre y su madre se conocieron en casa de Goya, de un espía italiano que encontró la redención, de sicarios asesinados y de un funcionario español al que su odio le acabó matando. La historia de un Goya que no tenía nada que dejar a su pareja y a la joven hija de esta, de los demonios de un pintor al que su mala conciencia llevó a convertir a su hijo en heredero de todos sus bienes antes de tiempo, y de cómo le quitaba el sueño qué ocurriría con la mujer que convivía con él una vez que muriera. La historia de cómo Goya hizo prometer a Diego Girard que haría lo que fuese para que a la mujer y a la niña no les faltara de nada, y de cómo el guardaespaldas no encontró otra forma que vender la cabeza del pintor a Alexandre de Lemaire. La historia de cómo el sicario italiano redimido y Diego Girard urdieron un plan para conseguirla, lo que fue la causa de que el guardaespaldas tuviera pesadillas durante toda su vida por haber decapitado el cadáver de un hombre que había sido como un padre para él. La historia, en fin, de cómo Diego Girard y Juliet Lesson siguieron viviendo con Leocadia y Rosario durante unos años y de cómo habían formado con ellas una extraña familia.

—Señor Girard... —Gilles, al igual que Jean-François, necesita unos minutos para digerir todo lo que este les ha contado—, le debo una disculpa.

—¿A mí?

—Sí. Es una historia tan increíble que es imposible que no sea cierta. Yo ya me imaginaba a un guardaespaldas ambicioso capaz de vender la cabeza del hombre al que protegía para hacerse rico.

—Deberían haber conocido a mi padre.

—Todo el mundo debería conocer esta historia. —Jean-François continúa impactado por las revelaciones que acaban de escuchar.

—Les pido que no sea así, por favor. No hay ningún honor que restituir, no hay nada que solucionar. Mi hermana y yo somos mellizos, y mi padre y mi madre nos contaron esta historia cientos de veces; forma parte de nuestro legado familiar, de nuestra herencia. Y queremos que siga siendo solo nuestra.

—¿Y por qué nos la ha contado a nosotros? —pregunta el detective.

—Porque no puedo permitir que el gran Gilles Leland piense que mi padre fue un hombre sin honor.

—¿Qué pasó con Leocadia y Rosario?

—Verán… —Girard se mesa los cabellos; nada indicaba que el día iba a traerle estas emociones—, nuestro padre y nuestra madre vivieron durante casi tres años con ellas, en un barrio muy humilde de Burdeos. Era la mejor forma de estirar el dinero que consiguieron por la cabeza.

Jean-François, con cierta impaciencia, interrumpe con la duda que le asalta:

—¿Leocadia llegó a saber que su padre había vendido el cráneo?

—No lo supo jamás —niega de forma tajante—. Mi padre sabía que, si se lo revelaba, Leocadia podía no entenderlo o sentirse culpable. Mis padres volvieron a París en 1831. —Girard se sirve otro té—. Mi madre estaba embarazada de nosotros y querían establecerse aquí. Mi padre volvió a trabajar con Jacob Cordier, pero ya no de guardaespaldas; comenzó a aprender cómo se gestiona una empresa como esta. Y mi madre trató de encontrar a su familia.

—¿Lo hizo?

Girard niega con pesar.

—Mi padre los buscó, incluso yo lo hice durante años. Pero fue como si se los hubiera tragado la tierra.

—Lo sentimos, señor Girard. —Jean-François se pone en la piel de Juliet.

—Pero lo peor estaba por llegar: mi madre siguió escribiéndose con Leocadia y Rosario; continuó cuidándolas, aunque fuera en la distancia. —Se tomó un respiro y dio un sorbo a su té—. En 1834, tras la muerte de Fernando VII, Leocadia y Rosario volvieron a España. La frecuencia de las cartas se fue espaciando, pero nunca se interrumpió. A mi madre le hundió la noticia de la muerte de Rosario en 1843; ya nunca volvió a ser la misma.

—¿Tan joven falleció Rosario? —Jean-François ha sentido una punzada de dolor al conocer este dato. Todavía recuerda el retrato de la niña encontrado en la casa de rue Bourbalet.

—Se convirtió en una gran artista —asiente Girard—. De hacer copias en el Museo del Prado a ser la profesora de dibujo de la infanta Isabel, la que sería reina de España. Y se fue con solo veintiocho años.

—¿Qué le ocurrió?

—Mi madre nunca lo supo con certeza. Una de esas fatalidades de la vida…

—¿Francisco? —Girard, Leland y Jean-François se giran al oír la voz de una mujer madura—. ¿Quiénes son estas personas?

—Les presento a mi hermana Rosario. —Girard se pone en pie—. Los señores Gilles Leland y Jean-François Gimestre; estábamos hablando de papá y mamá.

—Señor Leland, qué placentera e inesperada sorpresa. —A los detectives no se les escapa que la mujer también conoce la fama de Gilles. Ni los nombres que ambos poseen: Francisco y Rosario.

—¿Sabes? —Francisco Girard se acerca hasta ella y le pasa un brazo por encima de los hombros—. Querían conocer la historia.

—La historia, ¿eh? —Sonríe—. ¿Les has enseñado la biblioteca?

—No.

—Pues si lo consideras adecuado, adelante…

—Señores, ya han oído a mi socia. —Y la jovialidad vuelve al rostro de Girard.

Gilles y Jean-François se levantan del sofá de cuero y siguen a los hermanos hasta una trabajada puerta doble de madera de roble. Girard abre las dos hojas y él y su hermana esperan a que sus invitados entren.

El más impaciente es Jean-François, con la curiosidad que da la juventud. Ya en el interior, da una vuelta sobre sí mismo y se queda boquiabierto porque no puede creer lo que ve. Observa unos segundos y, sin mirar a Gilles, le hace un gesto con la mano para que entre a la biblioteca. Él se gira hacia los dos hermanos y estos le animan a que siga a su compañero. A su socio. Al amor de su vida.

Los pasos de Gilles resuenan en las losas de mármol. Entre vitrinas y anaqueles se amontonan libros, figuras de porcelana, candelabros, algún reloj y una colección de armas. Pero, al girarse en la dirección que marcan los ojos de Jean-François, puede verlo.

Enmarcados, una docena de dibujos; algunos a carboncillo y otros a tinta. Dibujos que apenas son trazos deslavazados, manchas que parecen inconexas, pero que esconden escenas asombrosas, que destilan emociones que muy pocos ojos y muy pocas manos saben captar. Escenas que solo un genio puede ver, y que nadie más sería capaz de realizar de esa forma.

Un enano de circo que observa al público que ha acudido a la función y espera impaciente a que comience. Una decapitación pública en la que la gente jalea y da rienda suelta a su locura. Un grupo de hombres que comparten mesa, vino y risas. Una joven y una niña sentadas en una banqueta mientras tocan el piano. Un hombre que lanza a otro a la calle desde un balcón en mitad de la noche. Una mujer, delgada y con un vestido de cuello alto, que apoya la cabeza en sus manos de forma reflexiva. Un hombre plantado en mitad de una calle, con los brazos extendidos y una pistola en cada una de sus manos, mientras protege a un anciano obeso que está tumbado en el suelo entre sus piernas.

Y todos aquellos dibujos, con la misma firma: «Goya, Burdeos, 1828».

—Francisco y Rosario Girard... —dice Gilles, dirigiéndose a los dos hermanos—. Aquí está plasmada su historia.

—Señor Leland... —ahora es ella quien contesta—, es la historia que Diego Girard y Juliet Lesson ayudaron a escribir.

Valencia, 1 de diciembre de 2022

Nota del autor

Querida persona lectora:

Permíteme suponer que si has llegado hasta aquí es porque esta novela te ha gustado lo suficiente como para querer acompañar a todos los personajes hasta el final de su viaje. Vivir una historia hasta la última página es meternos en la piel de quienes la habitan, luchar a su lado, llorar con ellos, celebrar sus alegrías y lamentar sus infortunios. Incluso, por qué no, llegar a odiar a alguno de los nombres que pueblan esta historia que acabas de leer.

Y permíteme seguir con este ejercicio de suposición para decirte que quizá no sepas con certeza qué es verídico y qué es ficción en *La última mirada de Goya*. Si has leído alguna de mis anteriores novelas —y si no es el caso, pues te lo digo yo—, sabrás que son una amalgama de hechos históricos y reales combinados con otros nacidos de mi imaginación, para dar explicación a acontecimientos que, a día de hoy, todavía no la tienen. Teniendo muy claro, eso sí, que en ningún caso mi intención es narrar ucronías: la Historia (con mayúsculas) es la que es y ocurrió como ocurrió, y la línea roja que siempre me pongo es no modificar ni un ápice la realidad. Pero si esa realidad tiene lagunas, o quedan huecos por rellenar, es ahí donde encuentro la materia prima con la que hilar veracidad y ficción.

También he de reconocer que me gustaría que la vida de mis novelas no termine con la palabra «Fin», sino que mi deseo es que —además de que hayas vivido con intensidad la historia— investigues por tu cuenta y trates de averiguar un poco más sobre lo que has leído.

Así que déjame que te cuente algunas cosas que quizá te animen a realizar esa pequeña investigación.

Joaquín Pereyra ocupó el cargo de cónsul de España en Burdeos, y se marcó como objetivo repatriar los restos de Goya tras la muerte de su esposa. Y, una vez que le fueron concedidos todos los permisos y se procedió a abrir la cripta donde estaba enterrado el pintor, fue testigo directo del hallazgo de que faltaba su cráneo. En la misma cripta había un segundo cuerpo, perteneciente a Martín Miguel de Goicoechea, consuegro de Goya.

Todas las teorías respecto a la falta del cráneo apuntan a la frenología, una pseudociencia muy popular en Europa durante la segunda mitad del siglo XIX, impulsada por el médico alemán Franz Joseph Gall, que trataba de establecer correlaciones entre las dimensiones del cráneo y la personalidad de los individuos. Corren teorías que abarcan desde la «venta» por parte de Goya de su propio cráneo antes de morir a la vulgar profanación encargada por algún frenólogo para tener en su colección una pieza tan codiciada como la cabeza del pintor.

También es completamente cierta la existencia del cuadro *Cráneo de Goya,* pintado por Dionisio Fierros, fechado en 1849, y que se encontraba en el Palacio del Marqués de San Adrián en Tudela con la firma e inscripciones que Gilles Leland y Jean-François hallan en la parte trasera. Actualmente, dicho cuadro se conserva en el Museo de Zaragoza, sin que exista ninguna evidencia de que el cráneo de Goya estuviera en algún momento en poder del Marqués de San Adrián o del propio Fierros.

La entrada en España del destacamento francés de los Cien Mil Hijos de San Luis, en 1823, propició la vuelta al absolutismo de Fernando VII, y la presión sobre los llamados «afrancesados». Goya, en 1824, pidió permiso real para acudir a tratar sus dolencias al balneario francés de Plombiers, que le fue concedido. Ese viaje tenía como verdadero objetivo una huida de España: Goya, junto con Leocadia y Rosario, hicieron un pequeño periplo por Francia hasta que se establecieron en Burdeos, ciudad en la que residían algunas amistades del pintor, como Leandro Fernández de Moratín, Manuel Silvela o Juan Bautista Muguiro e Iribarren. Oficialmente, Leocadia era el ama de llaves de Goya, pero las desavenencias en el matrimonio entre esta y su marido, Isidoro Weiss, fueron comentadas por todo Madrid, ya que él llegó a ofrecer testimonio de que el comportamiento de su esposa era «infiel, de trato ilícito y mala conducta». La propia Leocadia y Rosario se instalaron en la famosa Quinta del Sordo junto a Goya, antes de la partida a Francia. Lo que supuso otro escándalo considerable.

En Burdeos tuvieron un par de domicilios hasta que recalaron en el número 57 de cours de l´Intendance, vivienda en la que Goya fallecería el 16 de abril de 1828, a los ochenta y dos años, después de una larga agonía tras caer por las escaleras del edificio.

Sabemos que la vida de Goya en Burdeos fue humilde, y gustó de acudir a espectáculos taurinos, circos y ejecuciones públicas, además de confraternizar con otros españoles exiliados en la chocolatería de Braulio Poc. Grabados, litografías y dibujos en distintos soportes fueron las obras que Goya realizó en este tramo final de su vida, trabajando hasta casi su último día.

Efectivamente, su hijo Javier no llegó a tiempo de despedirse de su padre, aun sabiendo de su crítico estado. Sí estuvieron presentes en su muerte su nuera Gumersinda y su nieto Mariano. Y sí se produjeron escenas de tensión en la casa al convivir durante esa agonía de Goya la familia oficiosa y la familia oficial.

La llegada de Javier a Burdeos, varios días después de la muerte, sirvió para que este confirmara a Leocadia que no iba a seguir pagando la vivienda de cours de l'Intendance, y la despachara con mil francos y el cuadro de *La lechera*. Leocadia y Rosario se instalaron en una humilde casa en los suburbios y tuvieron que llegar a vender *La lechera* a Muguiro e Iribarren para poder subsistir.

En Burdeos todavía podemos encontrar, a día de hoy, huellas del paso de Francisco de Goya por la ciudad: la placa de Mariano Benlliure en el número 57 de cours de l'Intendance (actualmente sede del Instituto Cervantes en Burdeos), la estatua del pintor en la plaza donde se encuentra la iglesia de Notre-Dame du Chapelet, donde se ofició su funeral, o una copia del monolito que coronaba su cripta y encontró Pereyra, en el cementerio de la Chartreuse. El monolito original se halla en Zaragoza.

Madre e hija regresaron a Madrid en 1833, a la muerte de Fernando VII y con la amnistía a las personas con pensamiento liberal. Su vida en la capital también fue muy humilde y subsistieron gracias a los trabajos de copias que Rosario, que llegaría a convertirse en una notable artista, hacía de cuadros de Murillo o Vicente López en el Museo del Prado. Su progresión fue tal que, en 1840, fue aceptada como Académica de Mérito en la Real Academia de San Fernando, y nombrada profesora de dibujo de las infantas Isabel (futura reina de España) y Luisa Fernanda.

Una tarde de verano de 1843, a la salida de sus clases de palacio, Rosario fue sorprendida por una revuelta tras la caída del general Espartero como regente. No se sabe bien si por un mal golpe o por la entrada en un estado de agitación nerviosa, pero Rosario falleció de forma imprevista a los veintiocho años de edad.

Leocadia murió en agosto de 1856, en una precaria situación económica, y fue enterrada en una fosa común de la Parroquia de San Martín.

Joaquín Pereyra no cejó en su empeño de repatriar los restos del pintor, y en 1891 le concedieron la orden oficial para trasladar a Goya a Madrid, pero no fue hasta junio de 1899 cuando se procedió al traslado definitivo en tren. Con una peculiaridad, eso sí: ante la imposibilidad de distinguir los restos de Goya de los de Goicoechea, se repatriaron ambos en un mismo féretro.

El periplo aun sería largo, ya que, en un primer momento, el féretro fue llevado temporalmente a una cripta en la Colegiata de San Isidro, donde permaneció un año hasta que se acabó la construcción de un panteón junto a la ermita de San Isidro, muy cerca de donde se ubicó su Quinta del Sordo.

Y en 1919 se decide su traslado a la ermita de San Antonio de la Florida, cuyos techos había pintado él mismo. Cuando visitamos esa ermita, podemos comprobar otras dos curiosidades: la primera es que se construyó, justo al lado, una reproducción exacta de la ermita original para acoger el culto, y así no perturbar el descanso del pintor; y la segunda, tal y como indica una losa de piedra, que Goya sigue enterrado junto a su consuegro. Y sin cabeza.

Respecto a Diego, Juliet, Boscoscuro, Chiara, Malumbres, Gilles Leland, Jean-François y resto de personajes, son producto de mi imaginación, para rellenar los huecos que la historia nos ha dejado. Pero sus tramas me parecen verosímiles y, en mi opinión, encajan a la perfección con los hechos reales de la vida —y la muerte— de don Francisco de Goya.

Una novela histórica no se puede sostener solo por su parte histórica; si así fuera, sería un tratado o una obra de investigación. Yo solo soy un humilde contador de historias, pero en las historias de las que yo me enamoro tiene que haber Historia (con mayúsculas), pero también emoción, misterio, venganza, romance, peligros… Y todo eso es lo que intento ofrecer a las personas que dais una oportunidad a cada una de mis novelas.

Gracias de corazón.

Una última cosa: por favor, echa un vistazo a la obra de Francisco de Goya de una forma consciente, en retrospectiva. Seis décadas de trabajo, cuatro reyes y una interminable evolución de su estilo. Desde los cartones para la Real Fábrica de Tapices a las Pinturas Negras, desde los retratos reales a sus *Caprichos,* desde la duquesa de Alba a las brujas… Goya es el padre de la modernidad, es quien reinventa a sus antecesores —«Velázquez, la naturaleza y Rembrandt; esos son mis maestros»— y se convierte en fuente de inspiración para sus sucesores. Incluso hoy en día sigue inspirando a pintores, fotógrafos, escultores, cineastas y, como has comprobado, escritores.

Agradecimientos

Esta es mi séptima novela y, desde hace ya unas cuantas, me he dado cuenta de una verdad absoluta: escribir es un acto solitario, pero publicar es un trabajo en equipo.

Todavía me sorprendo por la cantidad de personas que son necesarias y que hacen un trabajo enorme para que una novela acabe en las manos de quienes deseamos leerla.

Gracias a Fernando Paz, director de la división de narrativa del Grupo Anaya, por creer en esta historia y, por extensión, en mí. También a todo su maravilloso equipo, compuesto, entre otras personas, por Marina Mena, Ana Sánchez, Juan Miguel de Pablos, etc. Por supuesto, a todo el equipo de marketing, diseño, maquetación, comercial, comunicación y demás departamentos.

A Mercedes Castro, que con su exigencia máxima (combinada con un gran sentido del humor) me ha ayudado a repasar y trabajar todos los detalles de la narración al máximo. Ha sido un proceso apasionante, Mercedes: esta novela también necesitaba de ti.

A Pablo Álvarez, mi agente literario, quien sigue consiguiendo que mis sueños se hagan realidad. Él y su increíble equipo de Editabundo (con David de Alba y David Álvarez, entre otros) llevan mis novelas hasta lugares que ni siquiera podría haber imaginado. Gracias por confiar en mí, os prometo nuevas historias muy pronto.

A todas las libreras y libreros, por vuestro trabajo infatigable con los libros. Los leéis, los analizáis y los recomendáis con todo el criterio del mundo cuando los lectores aparecemos por la puerta de vuestros establecimientos. Sois la punta de lanza, la primera línea. Y, en mi caso particular, por el cariño que siempre me brindáis cuando nos encontramos en ferias y en las librerías.

A Loles, Begoña, Maite e Ivanna, mis lectoras cero, por haber leído con tanto mimo, pero con tanto espíritu crítico, cada capítulo. Por vuestras indicaciones, vuestras recomendaciones y vuestras sugerencias. Pero, sobre todo, por lograr que yo mismo creyera que esta era una novela grande de verdad y trasladarme la confianza que en algunos momentos he necesitado. Mi gratitud hacia vosotras es eterna.

A mis hijos, Alejandro y Aitana, por aguantar con estoicismo que, cuando me encuentro en pleno proceso creativo, se me pase hasta la hora de cenar. Os quiero infinito.

A Aitor y a Mamen, por vuestra amistad y porque siempre me hacéis sentir que soy escritor. Y porque me regaláis un tiempo que compartimos juntos en el pódcast *La plaza de las letras,* que me da la vida.

A mi primo Darío, fuente inagotable de curiosidades históricas que siempre me inspiran. Me entregas hilos de los que tirar, y la mejor forma que tengo de agradecértelo es tirar de ellos.

A todas las personas que a lo largo de los años se han dedicado a estudiar y analizar la vida y obra de Francisco de Goya: Berna González Harbour, Antonio Larreta, Julia Blackburn o Janis Tomlinson, entre muchos otros, han sido fuente de investigación e inspiración para esta novela.

Y, por último, a ti. Un libro es un acto de comunicación entre quien lo escribe y quien lo lee, un mensaje a través del tiempo y el espacio. Las personas que contamos historias podemos escribirlo, pero si tú no estás al otro lado no se produce la magia. Gracias por tu apoyo y tu cariño.

Nos vemos en la siguiente novela.

Y mientras tanto…, ¡leamos!

Javier Alandes
dispara@javieralandes.com

Javier Alandes (Valencia, 1974) es Licenciado en Economía y desarrolla su carrera profesional, además de como escritor, como formador y conferenciante en emprendimiento, storytelling y competencias transversales.

Es autor de las novelas *Partido de vuelta* (2018), *La balada de David Crowe* (2019), *Las tres vidas del pintor de la luz* (2019) y *Los guardianes del Prado* (2022), un thriller de aventuras ambientado en el traslado de las obras maestras del Museo del Prado de Madrid a Valencia durante la Guerra Civil.

El rey del bronce (Contraluz, 2025), es un trepidante thriller donde nada es lo que parece y en el que un joven emprendedor conseguirá traspasar su empresa para poner en marcha el plan que lleva años urdiendo: vender un legendario busto de bronce de Alejandro Magno, datado en el siglo IV a.C., a uno de los más grandes museos de Estados Unidos.